LA FILLE DU BOURREAU

D1322976

DU MÊME AUTEUR

LA FILLE DU BOURREAU, tome 1, Jacqueline Chambon, 2014 (prix *Historia* du roman policier 2015) ; Babel noir n° 188.
LA FILLE DU BOURREAU ET LE MOINE NOIR, tome 2, Jacqueline Chambon, 2017 ; Babel noir n° 229.

Titre original :
Die Henkerstochter
Éditeur original :
Ullstein Taschenbuch Verlag, Berlin
© Ullstein Buchverlage GmbH, Berlin, 2008

© ACTES SUD, 2014
pour la traduction française
ISBN 978-2-330-12992-7

OLIVER PÖTZSCH

LA FILLE
DU BOURREAU

roman traduit de l'allemand
par Johannes Honigmann

BABEL NOIR

En souvenir de Fritz Kuisl.
Pour Niklas et Lily,
à l'autre bout de la lignée.

Maison de
la sage-femme

Ballenhaus et
auberge Semer

Port de flottage et entrepôt

Maison
du médecin

Château (derrière
l'église du cimetière)

Prison
fortifiée

...issiale
...e
...omption

Quartier des tanneurs

Maison du bourreau

Gravure sur cuivre d'Anton Wilhelm Ertl, 1690

DRAMATIS PERSONÆ

Jakob Kuisl*, bourreau de Schongau
Simon Fronwieser, fils du médecin municipal
Magdalena Kuisl, fille du bourreau

Anna Maria Kuisl, épouse du bourreau
Les jumeaux Kuisl, Georg et Barbara

Bonifaz Fronwieser, médecin municipal
Martha Stechlin, sage-femme
Josef Grimmer, charroyeur
Georg Riegg, charroyeur
Konrad Weber, curé
Katharina Daubenberger, sage-femme de Peiting
Resl, servante à l'auberge *À l'Étoile Dorée*
Martin Hueber, charroyeur augsbourgeois, membre d'une guilde
    de charroyeurs
Franz Strasser, aubergiste d'Altenstadt
Clemens Kratz, boutiquier
Agathe Kratz, femme de boutiquier
Maria Schreevogl, épouse de conseiller municipal
Comte Wolf Dietrich von Sandizell, intendant du prince électeur

* Se prononce « couizeul ». *(Toutes les notes sont du traducteur.)*

Les conseillers municipaux

Johann Lechner, bailli
Karl Semer, premier bourgmestre et patron de l'auberge *À l'Étoile Dorée*
Matthias Augustin, membre du conseil intérieur
Matthias Holzhofer, bourgmestre
Johann Püchner, bourgmestre
Wilhelm Hardenberg, administrateur de l'hôpital du Saint-Esprit
Jakob Schreevogl, potier et témoin pour le procès
Michael Berchtholdt, boulanger et témoin pour le procès
Georg Augustin, charroyeur et témoin pour le procès

Les enfants

Sophie Dangler, pupille du tisserand Andreas Dangler
Anton Kratz, pupille du boutiquier Clemens Kratz
Clara Schreevogl, pupille du conseiller municipal Jakob Schree-vogl
Johannes Strasser, pupille de l'aubergiste d'Altenstadt, Franz Strasser
Peter Grimmer, fils de Josef Grimmer et orphelin de sa mère

Les mercenaires

Christian Braunschweiger
André Pirkhofer
Hans Hohenleitner
Christoph Holzapfel

PROLOGUE

Schongau,
12 octobre de l'an du Seigneur 1624

Le 12 octobre était un bon jour pour tuer. Il avait fait pleuvoir toute la semaine, mais ce vendredi après la kermesse, le bon Dieu était revenu à la raison. Bien qu'on fût au début de l'automne, le soleil chauffait le Pfaffenwinkel* et du bruit et des rires résonnaient depuis les hauteurs de la ville. Des tambours retentissaient, des grelots tintinnabulaient, un violon jouait quelque part. Une odeur de nouilles au saindoux et de viande grillée se répandait jusque dans le quartier puant des tanneurs. L'exécution promettait d'être belle.

Dans la pièce principale inondée de lumière, Jakob Kuisl secouait son père pour le réveiller enfin. Deux fois déjà, le valet du bourreau était venu les chercher. La prochaine fois, il ne se laisserait plus renvoyer. La tête de l'exécuteur de Schongau gisait sur la table, ses longs cheveux poisseux trempaient dans une flaque de bière et d'eau-de-vie. Il ronflait non sans tressaillir parfois dans son sommeil.

Jakob se pencha à l'oreille de son père. Il sentit un mélange d'alcool et de sueur. De sueur d'angoisse. Son père sentait

---

* Région de Haute-Bavière dans laquelle se situe la petite ville de Schongau.

toujours ainsi avant une exécution. Lui qui d'ordinaire ne buvait que modérément se mettait à se soûler dès que la sentence tombait, et parfois même avant. Il ne mangeait presque rien et ne parlait quasiment plus. La nuit, il se réveillait en hurlant, trempé de sueur. Les deux derniers jours, on ne pouvait pratiquement plus lui adresser la parole. Sa femme, Katharina, le savait et préférait dans ce cas-là aller habiter chez sa belle-sœur avec ses enfants. Jakob, lui, devait rester, c'était après tout le fils aîné et, par conséquent, l'aide de son père.

« Nous devons partir ! Le valet du bourreau nous attend ! »

Jakob avait d'abord murmuré, puis parlé d'une voix forte, et à présent, il beuglait. Enfin, les ronflements du colosse cessèrent.

Johannes Kuisl regarda son fils avec des yeux injectés de sang. Sa peau avait la couleur d'une vieille pâte à pain desséchée, dans sa barbe noire et hirsute subsistaient des reliefs de la soupe à l'orge de la veille. Il passa sur son visage ses longs doigts crochus, presque des griffes. Puis il se leva de toute sa taille, qui ne faisait pas loin de six pieds. Le corps puissant chancela un moment, parut sur le point de tomber en avant. Mais Johannes Kuisl se ressaisit et se redressa.

Jakob tendit à son père la veste tachée, le pourpoint en cuir et les gants. Le géant s'habilla posément et repoussa les cheveux qui lui tombaient sur le front, puis il se dirigea sans un mot vers le fond de la pièce. C'était là, entre le banc de cuisine usé et le « coin du bon Dieu » avec son crucifix et ses roses séchées, qu'était posée l'épée de justice. Elle mesurait bien quatre coudées de long, n'avait qu'une garde courte, pas de pointe, mais une lame capable de couper en deux un cheveu lancé en l'air. Son père l'aiguisait régulièrement. Elle brillait au soleil comme si elle avait été forgée la veille. Personne n'aurait su dire son âge. Avant Johannes Kuisl, elle avait appartenu à son beau-père, Jörg Abriel, et avant celui-ci, au père Abriel et au grand-père. Un jour, elle appartiendrait à Jakob.

Le valet attendait devant la porte de la maison. Le petit homme malingre ne cessait de tourner la tête vers les remparts de la ville. Ils étaient en retard, la foule devait commencer à s'impatienter.

« Prépare la charrette, Jakob. »

La voix de son père était calme et grave. Les hurlements et les sanglots de la nuit passée s'étaient évanouis comme par enchantement.

Lorsque Johannes Kuisl passa son corps massif à travers la porte basse, le valet fit instinctivement un pas de côté et se signa. Le bourreau était mal vu en ville. Ce n'était pas un hasard si sa maison se trouvait en dehors des remparts et près du quartier des tanneurs. Quand le taciturne malabar buvait son vin à l'auberge, c'était toujours à une table à part. Dans la rue, les gens évitaient son regard ; on disait qu'il portait malheur, surtout les jours d'exécution capitale. Quant aux gants de cuir qu'il mettait pour l'occasion, on les brûlait sitôt l'exécution terminée.

Le bourreau s'assit sur le banc près de la maison pour savourer les rayons du soleil de midi. En le voyant ainsi, on aurait eu peine à croire qu'il était ivre mort à peine une heure auparavant. Johannes Kuisl était considéré comme un bourreau expérimenté. Rapide, vigoureux, il n'atermoyait pas. En dehors de sa famille, personne ne savait à quel point il se bourrait la gueule avant chaque exécution. À présent, il fermait les yeux, comme s'il écoutait une lointaine mélodie. Les bruits de la ville arrivaient jusqu'ici. De la musique, des rires, et quelque part, pas trop loin, un merle qui gazouillait. L'épée était posée contre le banc comme un bâton de promenade.

« Pense aux cordes ! » lança le bourreau à son fils, sans ouvrir les yeux.

Dans l'écurie adjacente à la maison, Jakob jeta la bride sur le cou du vieux cheval gris avant de l'atteler à la charrette. La veille, il avait passé deux heures à frotter le véhicule à deux roues. En pure perte, comme il s'en apercevait maintenant. La crasse et les taches de sang étaient incrustées dans le bois. Jakob recouvrit les endroits les plus sales d'un peu de paille. Puis la charrette fut prête pour le grand jour.

À douze ans, le fils du bourreau avait vu quelques exécutions de très près, deux pendaisons et la noyade d'une voleuse condamnée pour la troisième fois. Il n'avait que six ans lors de la première pendaison. Jakob avait encore devant les yeux le brigand de grand chemin dansant au bout de la corde pendant près d'un quart d'heure. La foule avait hurlé de joie et le soir, en rentrant, son père avait ramené à la maison un gigot d'une taille respectable. Après une exécution, les Kuisl menaient toujours la belle vie.

Jakob alla chercher quelques cordes dans le coffre placé au fond de l'écurie et les fourra dans un sac en compagnie des chaînes, des tenailles rouillées et des morceaux de toile destinés à éponger le sang. Puis il jeta le sac dans la charrette et mena le cheval gris devant la maison. Son père grimpa dans la charrette et il s'assit en tailleur à même le tablier. L'épée reposait sur ses cuisses puissantes. Le valet marchait devant. Il était heureux de n'être pas à côté du bourreau.

« Allons-y ! » ordonna Johannes Kuisl.

Jakob monta sur le siège du cocher, tira sur les rênes et la charrette se mit en route en grinçant.

Pendant que le cheval gris trottinait paisiblement sur la grand-route qui menait à la ville haute, le fils se retournait sans cesse vers son père. Jakob avait toujours tenu la profession de sa famille en haute estime. Les gens avaient beau qualifier son métier de déshonorant, il n'y trouvait rien de condamnable. Les prostituées fardées et les saltimbanques se déshonoraient. Mais son père exerçait une profession dure et honnête qui exigeait beaucoup d'expérience. De lui Jakob apprendrait le difficile métier de tuer.

S'il avait de la chance et si le prince électeur l'agréait, il passerait dans quelques années son épreuve de maîtrise. Une décapitation dans les règles, parfaite sur le plan professionnel. Jamais encore Jakob n'avait assisté à une telle exécution. Il importait d'autant plus de bien observer aujourd'hui.

Pendant ce temps, la charrette était entrée dans la ville en suivant une rue étroite, à forte pente, et avait atteint la place du Marché. De nombreux étals avaient été dressés ainsi que des baraques devant les maisons des patriciens. Des petites filles aux visages barbouillés de crasse vendaient des noix grillées et des petits pains odorants. Un groupe de musiciens ambulants s'était installé dans un coin. Ils jonglaient avec des balles et chantaient des couplets moqueurs qui raillaient la femme infanticide. La prochaine foire n'aurait lieu que fin octobre, mais la nouvelle de l'exécution s'était répandue dans les villages voisins. On bavardait, on mangeait, on s'offrait des friandises, avant d'assister au spectacle sanglant destiné à couronner cette belle journée.

Du haut du siège du cocher, Jakob regardait les gens qui lorgnaient la charrette du bourreau, les uns rieurs, les autres étonnés. Il ne se passait plus grand-chose à cette heure, la place du Marché s'était vidée. La plupart des habitants de Schongau s'étaient hâtés de gagner le lieu de l'exécution, situé au-delà des remparts de la ville, afin de s'assurer les meilleures places. L'exécution devait avoir lieu après les douze coups de midi, il restait à peine une demi-heure.

Quand la charrette du boureau arriva sur la place pavée, la musique cessa. Quelqu'un cria : « Alors, l'exécuteur ! T'as aiguisé ton épée ? À moins que tu ne veuilles la prendre pour femme ? » La foule tout autour s'esclaffa bruyamment. Certes, à Schongau aussi, on respectait la coutume qui voulait qu'un bourreau puisse épargner la condamnée à condition de l'épouser. Mais Johannes Kuisl avait déjà une femme. Et Katharina Kuisl n'avait pas la réputation de se laisser faire. Née du tristement célèbre bourreau Jörg Abriel, elle était surnommée « la Fille Sanglante » ou « Madame Satan ».

La charrette traversa la place du Marché, longea la Ballenhaus* et se dirigea vers les remparts. Une haute tour à trois étages s'y dressait, ses murs étaient couverts de suie, ses fenêtres munies de grilles, aussi étroites que des meurtrières. Le bourreau mit son épée sur l'épaule et descendit de la charrette. Puis le père et le fils pénétrèrent, par le portail en pierre, dans la fraîcheur de la prison fortifiée. Un escalier exigu et usé conduisait au cachot, tout en bas. Il aboutissait à un couloir obscur sur lequel s'ouvraient, à droite et à gauche, de lourdes portes bardées de fer. De minuscules œilletons grillagés étaient percés à hauteur d'yeux. À travers un grillage sur la droite, on entendait un gémissement presque infantile ainsi que le chuchotement du curé. Des fragments de paroles en latin parvinrent aux oreilles de Jakob.

Le valet ouvrit la porte et l'air s'emplit de puanteur. Urine, excréments, sueur. Instinctivement, le fils du bourreau retint sa respiration.

À l'intérieur, les gémissements de la femme cessèrent un instant, avant de se muer en cris aigus et larmoyants. L'infanticide savait que sa fin était proche. La litanie du prêtre s'amplifia, elle aussi. Les prières et les cris se mêlèrent pour ne plus former qu'un unique et infernal tapage.

« *Dominus pascit me, et nihil mihi deerit…* »

D'autres gens d'armes avaient accouru pour remonter à la lumière du jour le paquet humain.

Elisabeth Clement avait été une belle femme aux longs cheveux blonds, aux yeux rieurs et aux lèvres retroussées

* Édifice (littéralement : « maison aux ballots ») qui servait à la fois d'entrepôt municipal et d'hôtel de ville.

qu'étirait volontiers un sourire narquois. Souvent, Jakob l'avait aperçue en train de laver du linge dans le Lech en compagnie d'autres filles de ferme. À présent, les gens d'armes lui avaient coupé les cheveux et son visage était livide et émacié. Elle portait une simple chemise grise de pénitente, toute couverte de taches. Ses omoplates se voyaient à travers la chemise et la peau. Elle était maigre et ne semblait pas avoir touché à l'abondant repas du condamné auquel elle avait pourtant eu droit trois jours durant, auquel tous avaient droit, et qui était traditionnellement offert par le patron de l'auberge Semer.

Elisabeth Clement avait été la servante du fermier Rössl-bauer. Sa beauté l'avait rendue célèbre auprès des valets de ferme. Ils lui avaient tourné autour comme les mites fascinées par la lumière, ils lui avaient offert de menus cadeaux, ils l'avaient attendue devant la porte de la ferme. Le Rössl-bauer avait pesté, mais à quoi bon ? On rapportait que certains s'étaient même éclipsés dans les foins avec elle.

La deuxième fille de ferme avait retrouvé l'enfant mort dans une fosse derrière la grange, la terre au-dessus était encore fraîche. Avant même que les tortures commencent, Elisabeth s'était effondrée. Elle ne pouvait ou ne voulait dire de qui était l'enfant. Mais les femmes de la ville y allaient de leurs cancans et de leurs ragots. La beauté d'Elisabeth avait causé sa perte, un bon nombre de bourgeoises laides en retrouvèrent le sommeil. Le monde était à nouveau juste.

À présent, Elisabeth hurlait sa peur au monde entier et se débattait frénétiquement pendant que les trois gens d'armes s'efforçaient de l'extraire de son trou. Ils tentèrent de la ligoter mais elle ne cessait de leur glisser entre les doigts comme une anguille.

Alors se produisit une chose étonnante : le bourreau s'avança et lui posa les mains sur les épaules. L'homme de haute taille se pencha sur la frêle jeune fille avec une sorte de tendresse et lui murmura quelque chose à l'oreille. Seul Jakob se trouvait assez près pour l'entendre.

« Cela ne fera pas mal, Lisl. Je te le promets, cela ne fera pas mal. »

La jeune fille cessa de hurler. Elle tremblait toujours de la tête aux pieds, mais elle consentit à se laisser ligoter. Les gens d'armes regardèrent le bourreau avec un mélange d'admiration et de crainte. À leurs yeux, c'était une formule magique que Johannes Kuisl avait murmurée à l'oreille de la jeune fille.

Ils finirent enfin par émerger du bâtiment, devant lequel de nombreux habitants de Schongau attendaient avec impatience l'apparition de la pauvre pécheresse. On entendait chuchotements et messes basses, quelques-uns se signaient ou prononçaient une brève prière. La cloche se mit à retentir du haut du clocher, un son aigu, perçant, que le vent diffusait au-dessus de toute la ville. À présent, on n'entendait plus la moindre exclamation moqueuse, en dehors des coups de cloche il régnait un silence général. Elisabeth Clement avait été une des leurs, maintenant la foule la lorgnait comme un animal sauvage en captivité.

Johannes Kuisl souleva la jeune fille tremblante et la déposa dans la charrette tout en lui murmurant de nouveau quelque chose à l'oreille. Puis il lui tendit un petit flacon. Comme Elisabeth hésitait, il lui saisit soudain la tête, la tira en arrière et lui versa le liquide dans la bouche. Tout alla si vite que seuls quelques rares spectateurs s'en aperçurent. Les yeux d'Elisabeth devinrent vitreux. Elle se traîna dans un coin de la charrette et s'allongea sur le plancher. Sa respiration était devenue plus paisible, ses tremblements cessaient. La potion de Kuisl était connue dans tout Schongau. Cette grâce, toutefois, il ne l'accordait pas à tous les condamnés. Le pilleur de troncs et meurtrier Peter Hausmeier avait senti chaque coup lorsque, dix ans avant,

Kuisl lui avait brisé les os un par un. Attaché à la roue, il avait hurlé jusqu'à ce que le bourreau, d'un ultime coup, lui fracasse les vertèbres cervicales.

Normalement, les condamnés à mort devaient se rendre à pied sur le lieu de leur supplice, ou bien on les y traînait derrière un cheval, enveloppés dans une peau de bête. Mais le bourreau savait par expérience que la plupart des condamnées pour infanticide n'étaient plus en état de marcher. Le jour de l'exécution, afin de les tranquilliser, on leur administrait trois litres de vin, puis la potion faisait le reste. La plupart du temps, les femmes n'étaient alors que des agneaux mal assurés sur leurs jambes et qu'il fallait quasiment porter jusqu'à l'abattoir. C'est pour cette raison que Johannes Kuisl venait toujours avec sa charrette. De plus, le véhicule dissuadait quiconque de frapper la pauvre pécheresse et de l'envoyer dans l'au-delà.

À présent, c'est le bourreau qui tenait les rênes, son fils Jakob marchait à ses côtés. La foule lorgnait et assiégeait la charrette, si bien qu'ils n'avançaient que lentement. Dans l'intervalle, un père franciscain avait grimpé dans le véhicule et, assis à côté de la condamnée, il disait son chapelet. La charrette contourna lentement la Ballenhaus puis s'arrêta du côté nord de l'édifice. Jakob reconnut le forgeron de la Hennengasse, qui les y attendait, la poêle à braises à la main. Des mains vigoureuses et calleuses actionnaient le soufflet pour attiser le charbon, si bien que la tenaille rougeoyait comme du sang frais.

Deux gens d'armes redressèrent Elisabeth comme une marionnette. Le regard de la jeune fille était complètement vide. Lorsque le bourreau lui pinça le haut du bras droit avec la tenaille, elle poussa un bref cri strident. Puis elle sembla de nouveau sombrer dans un monde inconnu. Il y eut un sifflement et de la fumée, les narines de Jakob s'emplirent d'une odeur de chair brûlée. Son père lui avait décrit la procédure au préalable, mais il n'en devait pas moins lutter contre une envie de vomir.

La charrette s'arrêta encore par trois fois, à chaque angle de la Ballenhaus, et chaque fois, la procédure se répétait. Elisabeth fut pincée une fois dans le bras gauche, une fois dans le sein gauche et une fois dans le sein droit. Mais grâce à la potion, elle n'eut qu'une perception limitée de la douleur.

Elisabeth commença à fredonner une berceuse tout en se caressant le ventre avec un sourire : « Dors, mon petit, dors… »

Ils quittèrent Schongau par la porte Hoftor, puis suivirent la route d'Altenstadt. De loin déjà, on apercevait le lieu d'exécution. Un terrain herbeux, où la terre était à nu par plaques, situé entre les champs et la forêt attenante. Tout Schongau ainsi que les habitants des villages voisins s'y étaient rassemblés, des bancs et des chaises avaient été disposés pour les membres du conseil municipal. Le peuple se tenait debout à l'arrière et se distrayait avec force commérages et friandises. Au milieu s'élevait la *Köpfstatt*, l'endroit de la décapitation, une plate-forme en maçonnerie, haute de sept pieds, à laquelle menait un escalier de bois.

Lorsque la charrette arriva sur la place, la foule s'ouvrit devant elle. Les gens, pris de curiosité, essayaient d'apercevoir la femme infanticide, qui gisait sur le tablier.

« Qu'elle se lève ! Debout, allons, debout ! Bourreau, montre-la-nous ! »

Visiblement, le peuple était furieux. Beaucoup attendaient ici depuis l'aube et voilà que la criminelle était invisible. Déjà, les premiers bourgeois commençaient à jeter des pierres et des fruits pourris. Le père franciscain s'accroupit pour protéger son habit brun, mais quelques pommes l'atteignirent dans le dos. Les gens d'armes repoussèrent la foule qui se massait autour du véhicule, pareille à un être uniforme prêt à l'avaler avec tout ce qu'il contenait.

Toujours impassible, Johannes Kuisl conduisit la charrette jusqu'aux pieds de la plate-forme. Les conseillers municipaux et le bailli Michael Hirschmann l'y attendaient. C'était Hirschmann qui, en tant que représentant local du prince électeur, avait prononcé la sentence deux semaines plus tôt. À présent, il regardait de nouveau la jeune fille dans les yeux. Le vieil homme connaissait Elisabeth depuis son enfance.

« Allons, Lisl, qu'as-tu fabriqué là ?

— Rien. J'ai rien fabriqué, Votre Excellence. » Elisabeth Clement regarda le bailli avec des yeux qui étaient déjà morts, tout en continuant à caresser son ventre.

« Dieu seul le sait », murmura Hirschmann.

Le bailli hocha la tête, et le bourreau conduisit l'infanticide jusqu'à la plate-forme de décapitation. Jakob monta les huit marches à leur suite. Par deux fois, Elisabeth trébucha, puis elle vint enfin à bout de son dernier trajet. En haut de la plate-forme se tenaient déjà un autre père franciscain ainsi que le héraut municipal. Jakob regarda le pré. Il vit des centaines de visages tendus et impatients, la bouche et les yeux grands ouverts. Les conseillers municipaux avaient pris place. De la ville parvint de nouveau le son des cloches. Tout le monde attendait.

Le bourreau appuya doucement sur la tête d'Elisabeth Clement pour qu'elle s'agenouille. Puis il lui banda les yeux avec un des morceaux de toile. Le corps de la jeune femme fut agité d'un léger tremblement, elle se mit à marmonner une prière.

« Je vous salue, Marie, pleine de grâce, le Seigneur est avec vous. Vous êtes bénie entre toutes les femmes… »

Le héraut s'éclaircit la gorge, puis il lut une nouvelle fois la sentence. Aux oreilles de Jakob, sa voix n'était qu'un grondement lointain.

« … que ton cœur se tourne à présent entièrement vers le Seigneur, afin que ta mort soit pieuse et sereine… »

Son père lui donna un léger coup dans les côtes.

« Il faut que tu me la tiennes », glissa-t-il d'une voix aussi basse que possible afin de ne pas perturber le discours.

« Comment ?

— Il faut que tu maintiennes ses épaules et sa tête pour que je puisse faire mouche. Sans ça, Lisl va s'effondrer. »

De fait, le buste de la condamnée s'affaissait lentement vers l'avant. Jakob fut déconcerté. Jusqu'ici, il avait cru qu'il n'assisterait à l'exécution qu'en tant que spectateur. Jamais encore son père ne lui avait demandé de l'aider. Mais il était trop tard pour atermoyer. Jakob saisit Elisabeth Clement par ses cheveux coupés court et lui releva la tête. Elle gémit. Le fils du bourreau sentit la sueur couler entre ses doigts, il tendit le bras afin que son père ait de la place pour son épée. L'art consistait à faire passer la lame, en tenant l'épée à deux mains, pile entre deux vertèbres cervicales. En un clin d'œil, en une simple respiration, la chose était accomplie. À condition seulement de l'exécuter comme il fallait.

« Que Dieu ait pitié de ta pauvre âme… »

Le héraut avait terminé. Il sortit un fin bâton de bois noir, le tint en l'air au-dessus d'Elisabeth Clement puis le brisa. Le craquement du bois retentit sur toute la place.

L'intendant administratif fit un signe de tête à Johannes Kuisl. Le bourreau leva son épée et s'apprêta à porter le coup.

À cet instant, Jakob sentit les cheveux de la jeune femme glisser entre ses doigts dégoulinants de sueur. Elisabeth Clement, qu'il avait pourtant tenue droite, tomba soudain vers l'avant comme un sac de blé. Il vit l'épée de son père fendre l'air dans sa direction, mais au lieu de frapper au cou, la lame toucha la tête à hauteur de l'oreille. Elisabeth Clement se tortilla sur le plancher de la plate-forme d'exécution. Elle hurlait de toutes ses forces, sur sa tempe s'ouvrait une plaie profonde. Jakob vit tomber une moitié d'oreille dans une mare de sang.

Le bandeau avait glissé du visage de la femme blessée. Les yeux écarquillés de terreur, elle leva la tête vers le bourreau qui, l'épée levée, se dressait au-dessus d'elle. D'une seule voix, la foule poussa un gémissement. Jakob sentit une grosse boule se former dans sa gorge.

Son père l'écarta et s'apprêta à frapper une nouvelle fois. Mais Elisabeth Clement roula sur le côté en voyant l'épée fondre sur elle. Cette fois-ci, la lame la frappa à l'épaule et s'enfonça profondément dans son omoplate. Du sang jaillit de sa blessure qui aspergea le bourreau, les gens d'armes et le père franciscain effaré.

Elisabeth Clement rampa à quatre pattes vers le bord de la plate-forme d'exécution. La plupart des habitants de Schongau étaient remplis d'effroi à la vue de ce spectacle, mais on en entendait aussi qui hurlaient. D'autres jetaient des pierres au bourreau. Le peuple n'aimait pas que l'homme à l'épée gâche le travail.

Johannes Kuisl voulait en finir. Il se plaça à côté de la femme gémissante et s'apprêta à porter un troisième coup. Cette fois-ci, il l'atteignit en plein entre la troisième et la quatrième vertèbre cervicale. Les gémissements cessèrent instantanément. Mais la tête refusait de se décoller. Elle restait attachée aux tendons et à la chair, et seul un quatrième coup la détacha entièrement du tronc.

La tête roula sur le plancher en bois et s'arrêta directement devant Jakob. La vision du fils du bourreau se brouilla, son estomac se révulsa. Il tomba à genoux et vomit la bière diluée et la bouillie d'avoine qu'il avait avalées le matin, il dégobilla à s'étrangler jusqu'à ce qu'il ne crache plus que de la bile verte. Il entendait comme à travers un mur les hurlements des gens, les exclamations furieuses des conseillers municipaux et l'ahanement de son père à côté de lui.

« Dors, mon petit, dors… »

Juste avant d'être saisi d'un évanouissement propice, Jakob Kuisl prit une résolution. Jamais il ne suivrait les traces de son père, jamais de sa vie il ne serait bourreau.

Puis il s'écroula dans la mare de sang.

1

Schongau,
le matin du 24 avril de l'an du Seigneur 1659,
trente-cinq ans plus tard…

Magdalena Kuisl était assise sur le banc en bois, devant la petite maison basse du bourreau, un lourd mortier en bronze fermement calé entre les cuisses. À coups répétés et réguliers, elle pilait du serpolet, du lycopodium et du génépi séchés afin d'obtenir une fine poudre verte. Une odeur épicée lui montait aux narines et lui donnait comme un avant-goût de l'été qui approchait. Le soleil brillait sur son visage bronzé, si bien qu'elle devait cligner des yeux et que des gouttes de sueur coulaient sur son front. C'était le premier jour vraiment chaud de l'année.

Dans le jardin jouaient son petit frère et sa petite sœur, les jumeaux Georg et Barbara, âgés de six ans. Ils couraient à travers les sureaux déjà parés de leurs premiers bourgeons. Les enfants poussaient des cris de joie chaque fois que les longues branches effleuraient leur visage comme autant de doigts. Magdalena ne put retenir un sourire. Elle se rappelait comment elle faisait courir son père à travers les mêmes buissons, il n'y avait que quelques années de cela. Elle revit sa silhouette grande et massive, alors qu'il la poursuivait, ses grosses pattes en avant, en grondant comme un ours en colère. Son père avait été un merveilleux camarade de jeu. Elle ne comprenait pas, alors, pourquoi les gens de la ville changeaient de trottoir ou marmonnaient des prières quand ils venaient à le croiser. Elle n'avait appris que plus tard, à sept ou huit ans, que son père pouvait faire tout autre chose avec ses grosses pattes que jouer. C'était sur la colline aux potences, Jakob Kuisl avait passé la corde de chanvre au cou d'un voleur et avait tiré dessus.

En dépit de tout, Magdalena était fière de sa famille. Déjà son arrière-grand-père Jörg Abriel et son grand-père Johannes Kuisl avaient été bourreaux. Jakob, le père de Magdalena, avait été l'apprenti de grand-papa, tout comme son petit frère Georg serait dans quelques années celui de son père. Une fois, alors qu'elle était encore petite fille, sa mère lui avait raconté, à l'heure du coucher, que son père n'avait pas toujours été exécuteur ; il avait participé à la grande guerre*, avant de revenir finalement à Schongau. Quand la petite Magdalena avait voulu savoir ce qu'il avait fait à la guerre et pour quelles raisons il préférait, en fin de compte, trancher la tête aux gens plutôt que d'arpenter les pays lointains avec un harnois et un sabre étincelant, sa mère avait gardé le silence et posé le doigt sur ses lèvres.

Les herbes étaient parfaitement pilées. Magdalena versa la poudre verte dans un pot de grès qu'elle referma soigneusement. Préparé en décoction, le mélange odorant allait aider les femmes à faire réapparaître les saignements qui avaient cessé. Un moyen réputé pour empêcher des naissances qui n'étaient pas les bienvenues. Le serpolet et le lycopodium poussaient quasiment partout, mais seul son père savait où trouver du génépi. Même les sages-femmes des villages environnants venaient le trouver pour lui acheter cette poudre. Il l'appelait « poudre de Notre-Dame » et

---

* La guerre de Trente Ans.

elle lui permettait de gagner quelques pfennigs supplémentaires.

Magdalena repoussa une boucle qui ne cessait de lui tomber sur le visage. Elle avait hérité de la chevelure rebelle de son père. Des sourcils broussailleux surmontaient des yeux noirs et étincelants qui semblaient toujours cligner un peu. À vingt ans, elle était l'aînée du bourreau. Après elle, sa mère avait accouché de deux enfants mort-nés ainsi que de trois petits si faibles qu'ils n'avaient pas survécu plus de douze mois. Puis, enfin, les jumeaux étaient nés. Les deux petites canailles faisaient la fierté de son père, et quelquefois Magdalena en aurait presque conçu de la jalousie. Georg, en tant que seul fils de son père, allait apprendre le métier de bourreau, quant à Barbara, qui n'était qu'une petite fille, elle avait encore des rêves plein la tête. Magdalena, par contre, était la « donzelle bourreau », la « fille sanglante » que personne n'avait le droit de toucher et derrière le dos de qui on ragotait et on riait. Elle soupira. Apparemment, sa vie était déjà toute tracée. Elle épouserait le bourreau d'une autre ville, car les familles de bourreaux se mariaient toujours entre elles. Pourtant, il y avait déjà quelques jeunes hommes qui ne lui déplaisaient pas dans cette ville. L'un, en particulier…

« Quand tu en auras fini avec la poudre de Notre-Dame, rentre et occupe-toi du linge. Il ne va pas se laver tout seul. »

La voix de sa mère arracha Magdalena à ses rêveries. Anna Maria Kuisl regarda sa fille pour la rappeler à l'ordre. Ses mains étaient couvertes de terre car elle venait de travailler au jardin, elle essuya la sueur de son front avant de poursuivre.

« Te voilà encore à rêver de garçons, je le lis sur ton visage, dit-elle. Oublie les garçons, je te l'ai dit. On jase déjà bien assez dans la ville. »

Elle sourit à Magdalena, mais la fille du bourreau savait que sa mère parlait sérieusement. C'était une femme à l'esprit pratique, qui pensait et agissait avec rectitude. Elle n'avait pas beaucoup d'empathie pour les rêveries de sa fille. Elle trouvait d'ailleurs inutile que le père ait appris à lire à sa fille. Une femme qui fourrait son nez dans les livres était regardée de travers par les hommes. Si, par-dessus le marché, il s'agissait de la fille du bourreau, il n'y avait qu'un pas pour la conduire au masque d'infamie et au pilori. Plusieurs fois, l'épouse du bourreau avait peint dans de sombres couleurs le jour où il devrait passer le carcan au cou de sa propre fille avant de la promener à travers toute la ville.

« C'est bon, mère, dit Magdalena en posant le mortier sur le banc. Je porte tout le linge à la rivière. »

Elle prit le panier de draps sales et traversa le jardin, suivie par le regard pensif de sa mère, pour rejoindre le chemin qui descendait vers le Lech.

Juste derrière la maison, un étroit sentier de terre, qui longeait de petits jardins, des granges et des maisons coquettes, conduisait au bord de la rivière, à un endroit où celle-ci avait creusé une baie peu profonde. Magdalena contempla les tourbillons qui s'étaient formés au milieu du Lech. Maintenant qu'on était au printemps, l'eau atteignait les racines des bouleaux, et entraînait des branches et des arbres entiers. L'espace d'un instant, Magdalena crut voir un morceau de toile ou quelque chose de semblable flotter dans les flots bruns, mais en y regardant de plus près, elle ne vit plus que des branches et des feuilles.

Elle se pencha, sortit le linge du panier et se mit à le lessiver sur le gravier humide. Ce faisant, elle repensait à la fête du marché de la Saint-Paul, trois semaines plus tôt, où elle avait dansé. Surtout dansé avec *lui*… Elle ne l'avait revu que dimanche dernier, durant la messe. Au moment où elle avait pris place, tête baissée, tout au fond de l'église, il s'était relevé pour aller chercher son livre de prières. En passant, il lui avait adressé un clin d'œil. Cela l'avait fait glousser et les autres filles lui avaient jeté des regards mauvais.

Magdalena fredonna une chanson dont elle battit le rythme en frappant les draps humides sur le gravier.

« *Maikäfer flieg, der Vater ist im Krieg** ... »

Elle était tellement plongée dans ses pensées qu'elle prit tout d'abord les cris pour le fruit de son imagination. Il lui fallut un moment pour réaliser que ces sons déchirants et ces lamentations s'élevaient quelque part en amont du fleuve.

C'est un bûcheron de Schongau qui, du haut de la rive escarpée, avait aperçu le garçon le premier. L'enfant s'accrochait à un tronc d'arbre qui tournoyait dans l'eau écumeuse comme une feuille minuscule. Au début, le bûcheron n'était pas sûr que le petit paquet là en bas, pris dans la fureur des flots, fût réellement un être humain. Mais lorsque l'enfant commença à se débattre et à agiter frénétiquement les bras, l'homme appela à la rescousse les flotteurs de bois qui s'apprêtaient, en cette aube brumeuse, à entamer leur premier voyage à Augsbourg. Ce n'est qu'un peu avant Kinsau, à quatre lieues au nord de Schongau, où la berge est assez plate et le Lech suffisamment calme, que les hommes purent s'approcher du garçon. Ils essayèrent de le repêcher à l'aide de leurs longues perches, mais chaque fois il leur échappait en glissant comme une anguille. Parfois il s'enfonçait complètement, et avec son tronc d'arbre il restait sous la surface pendant un temps inquiétant, puis il rejaillissait à un tout autre endroit en flottant comme un bouchon.

Une nouvelle fois, le garçon fit un effort, se cabra sur le tronc d'arbre glissant et sortit sa tête de l'eau pour reprendre souffle. Il tendit la main droite vers la perche, allongea ses doigts autant qu'il put, mais il ne saisit que du vide. Avec un bruit sourd, le tronc heurta d'autres troncs qui s'étaient accumulés dans le port de flottage. Le choc fit perdre prise

---

* « Vole, hanneton, le père est à la guerre. »

au garçon, il glissa et coula au milieu de douzaines d'arbres gigantesques qui flottaient à la surface.

Pendant ce temps, les flotteurs s'étaient précipités vers le petit appontement du côté de Kinsau. Ils amarrèrent leurs radeaux en toute hâte et s'avancèrent prudemment sur le plancher instable que formaient les troncs d'arbre flottant près de la rive. Marcher en équilibre sur un tronc d'arbre humide constituait un exploit même pour le plus expérimenté de la guilde des flotteurs. On pouvait facilement glisser, tomber et se faire broyer entre les puissants hêtres et sapins. Mais à cet endroit, la rivière était calme et les troncs d'arbre menaçants se contentaient de se balancer paresseusement sur l'eau.

En peu de temps, deux hommes avaient atteint le tronc d'arbre du garçon. Ils fouillèrent à coups de perche entre les troncs, dans l'espoir de rencontrer une résistance molle. Les troncs sous leurs pieds se mirent à bouger et à rouler. Les hommes devaient sans cesse veiller à leur équilibre, changeant en permanence la position de leurs pieds nus sur l'écorce glissante.

« Je l'ai ! » s'écria soudain le plus costaud des deux. De ses bras vigoureux, il leva la perche avec le garçon au bout et jeta celui-ci sur la berge salvatrice comme un poisson au bout d'une ligne.

Les cris des flotteurs avaient attiré l'attention d'autres gens. Des lavandières de Kinsau, tout proche, ainsi que quelques charretiers s'étaient dépêchés d'accourir à la rivière. À présent, ils étaient tous réunis autour de l'appontement branlant et examinaient à leurs pieds le paquet ruisselant.

L'athlétique flotteur écarta les cheveux du visage du garçon. Un murmure s'éleva de la foule.

Le visage était bleu et enflé, une bosse sur le crâne semblait provenir d'un violent coup de bûche. Le garçon râlait. Du sang suintait à travers la veste trempée et gouttait dans le Lech. Ce garçon n'était pas simplement tombé à l'eau. Quelqu'un devait l'y avoir poussé et auparavant, ce même quelqu'un l'avait assommé.

« Mais c'est le gamin de Josef Grimmer, un charroyeur de Schongau ! s'écria un homme qui se tenait un peu plus loin, près d'une charrette à bœufs. Je le connais ! Il était toujours avec son père au port de flottage. Vite, portez-le dans la charrette, que je le ramène à Schongau.

— Et que quelqu'un coure avant dire au père Grimmer que son fils se meurt ! s'exclama une des lavandières. Bon Dieu, il a déjà perdu tant d'enfants…

— Mais dépêchez-vous, grogna l'athlétique flotteur, il n'en a plus pour longtemps, celui-là. » Il donna une tape à quelques garçonnets curieux. « Allez, courez. Et prévenez le barbier ou le médecin, tant que vous y êtes ! »

Pendant que les garçonnets se hâtaient de regagner Schongau, les râles du jeune garçon faiblissaient. Il tremblait de tous ses membres et semblait murmurer quelque chose, peut-être une ultime prière. Il avait environ douze ans et était malingre et blafard comme presque tous les enfants de son âge. Son dernier repas vraiment consistant devait remonter à quelques semaines, et la soupe à l'orge aqueuse et la bière diluée des derniers jours avaient creusé ses joues.

La main droite du garçon ne cessait d'attraper le vide, son murmure enflait puis faiblissait comme le grondement du Lech sous lui. Un des flotteurs s'était agenouillé devant lui pour comprendre ce qu'il disait. Mais le murmure se transforma en un gargouillis ; des bulles de sang rouge clair mêlé de salive éclatèrent aux commissures de ses lèvres.

On chargea le mourant sur la charrette, le charretier fit claquer son fouet, puis le véhicule s'ébranla sur la route de Kinsau en direction de Schongau. Tout le long du trajet, qui prit bien deux heures, de plus en plus de gens se joignirent au convoi silencieux. Lorsque la procession atteignit enfin le port de flottage de la ville proche, ils étaient plus de deux douzaines de badauds à se presser derrière l'attelage. Des enfants, des paysans, des lavandières qui se lamentaient. Des chiens sautillaient en aboyant tout autour des bœufs, quelqu'un marmonnait un « Je vous salue Marie ». Le charretier arrêta sa charrette près du môle à côté de l'entrepôt. Deux flotteurs sortirent délicatement le garçon, puis le couchèrent sur de la paille près de la rive du Lech qui glougloutait, tourbillonnait et se jetait sans repos contre les piles.

Des pas lourds sur l'appontement en bois firent s'éteindre le murmure de la foule. Le père de l'enfant avait attendu un peu à l'écart, comme s'il craignait l'instant ultime, définitif. À présent, livide, il se frayait un chemin à travers la cohue.

Josef Grimmer avait eu huit enfants et les avait vus mourir l'un après l'autre. De la peste, de la diarrhée, de la fièvre, ou bien tout simplement parce que le bon Dieu l'avait voulu. Le petit Hans était mort à l'âge de six ans, noyé dans le Lech, au bord duquel il jouait, la petite Marie, âgée de trois ans, avait été piétinée à mort dans une ruelle par les chevaux de mercenaires ivres. Quant à sa femme, elle était morte en couches en même temps que son nourrisson. Le petit Peter était tout ce qu'il restait au vieux Grimmer. En le voyant étendu devant lui, il sut que le Seigneur allait lui prendre aussi ce dernier fils. Il tomba à genoux et lui écarta doucement les cheveux. Les yeux du jeune garçon étaient déjà clos, sa poitrine se soulevait et s'abaissait avec violence. Au bout de quelques minutes, un frisson parcourut le petit corps, puis ce fut le silence.

Josef Grimmer leva la tête et hurla sa peine en direction du Lech. Sa voix était aiguë et stridente comme celle d'une femme.

Le cri parvint à Simon Fronwieser en même temps qu'une série de coups frappés à sa porte. Il n'y avait qu'un jet de pierre de la maison du médecin, située dans la Hennengasse, jusqu'à la rivière. Mais depuis un moment Simon levait sans cesse les yeux de son livre, car les exclamations des flotteurs le tiraient de sa lecture. Lorsque le cri résonna dans la rue, il comprit qu'il était arrivé quelque chose. Les coups à sa porte se firent plus énergiques. Il referma en soupirant le gros traité d'anatomie. Ce lourd pavé ne faisait lui aussi qu'effleurer la surface du corps humain. L'examen des humeurs, les saignées comme remède universel... Simon ne connaissait que trop ces sempiternelles litanies. Il n'avait rien appris de concret sur le fonctionnement interne du corps. Et ce n'était pas aujourd'hui que cela allait changer, car maintenant, outre les coups, on l'appelait d'en bas.

« Monsieur le docteur, monsieur le docteur ! Venez vite ! Au port de flottage, y a le fils du vieux Grimmer qui nage dans son sang ! Ça a l'air sérieux ! »

Simon enfila le manteau noir orné de boutons de cuivre, aplanit de la main sa longue chevelure sombre et remit de l'ordre dans sa barbe devant le petit miroir de son cabinet d'études. La crinière jusqu'aux épaules et sa barbe à la Richelieu, redevenue à la mode, le faisaient paraître plus âgé que ses vingt-cinq ans. Certains habitants de Schongau le prenaient pour un freluquet, mais Simon n'en avait cure. Il savait que les filles, elles, le voyaient tout autrement. Avec ses yeux noirs et doux, son nez bien modelé et sa fine silhouette, Simon était très apprécié de la gent féminine de Schongau. À cela s'ajoutait qu'il s'occupait quotidiennement de sa personne. Il avait encore toutes ses dents, prenait régulièrement des bains et faisait venir d'Augsbourg un parfum onéreux à l'eau de rose qu'il payait sur ses maigres appointements. Il n'y avait que sa taille qui lui donnait du souci. Haut de cinq pieds à peine, Simon devait lever les yeux vers la plupart des hommes, et vers quelques femmes aussi. Mais il y avait les cuissardes à talon haut pour y remédier.

Les coups à la porte s'étaient mués en un martèlement régulier. Simon se précipita en bas et ouvrit à la volée. Devant lui se tenait l'un des tanneurs qui travaillaient à la rivière. Gabriel, il s'appelait, si la mémoire de Simon était bonne. Le médecin le connaissait pour l'avoir déjà soigné. L'année précédente, il avait dû lui mettre une attelle au bras après une bagarre d'ivrognes pendant le marché de la Saint-Jude. Simon prit un air officiel. Il savait ce qu'il devait à sa profession.

« Eh bien, qu'y a-t-il ? »

Le tanneur le toisa avec méfiance. « Où est votre père ? On a un sale accident au Lech.

— Mon père est monté à l'hôpital. Si c'est urgent, vous devrez vous contenter de moi, ou alors du barbier.

— Le barbier est malade... »

Simon fronça les sourcils. Les gens d'ici persistaient à voir en lui uniquement le fils du médecin municipal. Alors qu'il avait étudié à Ingolstadt et que cela faisait presque sept ans qu'il aidait son père à soigner tous les petits bobos. Au cours des dernières années, il avait plusieurs fois guéri des malades tout seul. Le dernier en date avait été un cas de fièvre maligne. Pendant des jours, il avait soigné la fillette du tonnelier avec des serviettes humides et des cataplasmes aux mollets, et il lui avait administré un médicament nouveau, une poudre à base d'une écorce jaune venue d'Inde et appelée « poudre des jésuites ». La fièvre était tombée et le tonnelier, en lui versant deux florins, s'était montré plus que reconnaissant. Et cependant, les gens du cru ne lui faisaient pas confiance.

Simon regarda l'homme avec un air de défi. Le tanneur haussa les épaules, puis il tourna sur ses talons afin de s'en retourner. Non sans lancer au médecin un regard méprisant par-dessus son épaule.

« Alors dépêche-toi, s'il n'est pas déjà trop tard. »

Simon rattrapa l'homme et arriva dans la Münzstraße en même temps que lui. Aujourd'hui, le lendemain de la

Saint-Georges, la plupart des artisans avaient déjà ouvert leur échoppe depuis des heures. Le jour de la Saint-Georges marquait l'entrée en service des valets et des filles de fermes tout autour de Schongau. Par conséquent, il y avait beaucoup de monde dans les rues. Sur la gauche retentissait le martèlement métallique du maréchal-ferrant en train de ferrer le cheval d'un conseiller municipal. À côté, le boucher égorgeait une truie devant sa maison. Des filets de sang coulaient sur les pavés, si bien que le médecin dut sauter par-dessus pour ne pas salir ses bottes neuves. Un peu plus loin, un boulanger proposait du pain frais. Simon savait que celui-ci serait encore une fois plein de glumes et qu'il grincerait sous les dents. À l'heure qu'il était, seuls les conseillers municipaux pouvaient s'offrir du pain blanc véritable, et encore, seulement les jours de fête.

Pourtant, les gens de Schongau pouvaient s'estimer heureux d'avoir quelque chose à se mettre sous la dent en cette onzième année après la fin de la grande guerre. Au cours des quatre années passées, la récolte avait été à deux reprises quasi anéantie par de la grêle. Puis au mois de mai de l'année dernière, une pluie torrentielle avait provoqué une crue du Lech qui avait emporté le moulin municipal. Depuis, les habitants de Schongau devaient, pour moudre leur grain, se rendre à Altenstadt ou plus loin encore, ce qui leur coûtait bien entendu plus cher. Un grand nombre de champs dans les villages environnants étaient en friche et les fermes, abandonnées. Au cours des dernières décennies, un habitant sur trois était mort de la peste ou de la faim. Ceux qui en avaient les moyens élevaient des bêtes chez eux et vivaient des choux et des betteraves de leur jardin.

Au moment de traverser la place du Marché, Simon jeta un coup d'œil à la Ballenhaus. Cet entrepôt, au-dessus duquel s'élevait la salle du conseil, avait jadis fait la fierté de la ville. À l'époque où Schongau était encore une ville riche qui rivalisait avec Augsbourg, les puissants marchands de l'Empire s'y pressaient. La petite ville, située sur le Lech et au carrefour des anciennes routes commerciales, avait jadis constitué un emplacement de choix pour le trafic de toutes sortes de marchandises. Mais la guerre avait tout réduit à néant. La Ballenhaus tombait en ruine, le crépi de ses murs s'effritait, son portail était de guingois.

À l'époque des meurtres et des pillages, Schongau s'était appauvrie. La ville du Pfaffenwinkel, jadis riche et élégante, n'était plus qu'une étape pour les mercenaires désœuvrés et les vagabonds. Une fois la guerre finie, arrivèrent la famine, les maladies, les pestes du bétail et les orages de grêle. La ville était à bout et Simon ignorait si elle serait capable de se redresser un jour. Et pourtant, les bourgeois n'avaient pas renoncé. Du chemin qui, passant sous la porte Lechtor, descendait jusqu'à la rivière, Simon découvrait une scène animée. Des charretiers conduisaient leur attelage à bœufs sur la rue escarpée qui menait à la place du Marché. Du côté du quartier des tanneurs, les cheminées fumaient et, au bord de la rivière, les lavandières avaient jeté leurs eaux usées dans le Lech qui coulait, aussi déchaîné qu'un torrent. Schongau trônait sur sa colline au-dessus des forêts et de la rivière et semblait regarder du côté d'Augsbourg, sa sœur plus ancienne et plus puissante, avec une condescendance de matrone. Soudain, Simon se mit à sourire. Non, cette ville ne se laisserait jamais abattre. La vie continuait, en dépit de tous les morts.

Là-bas, au port de flottage, une foule nombreuse s'était rassemblée.

Simon entendit un murmure de voix et, les entrecoupant régulièrement, les cris de douleur d'un homme. Il traversa le pont et se dirigea vers la droite en direction du hangar qui bordait l'appontement. Il dut se frayer un chemin à travers la cohue pour parvenir au cœur du rassemblement.

Le charroyeur Josef Grimmer, agenouillé sur des poutres mouillées, était penché sur un paquet sanguinolent. Son large dos empêchait Simon d'en voir plus. Simon posa sa main sur l'épaule de l'homme et sentit combien il tremblait. Grimmer mit un certain temps avant d'apercevoir le médecin debout derrière lui. Son visage barbouillé de larmes était pâle comme un linge.

D'une voix brisée par l'émotion, il jeta sa malédiction au visage de Simon : « Voilà ce qu'ils ont fait à mon fils ! Ils l'ont égorgé comme un pourceau ! Je les tuerai, je les tuerai tous !

— Qui ça ? » demanda Simon à voix basse. Mais le charroyeur s'était déjà retourné vers son fils en sanglotant.

« Il parle des charroyeurs d'Augsbourg », murmura un homme près de lui. Simon le reconnut comme un membre de la guilde des charroyeurs.

« Ces derniers temps, on s'est souvent disputé avec eux, parce qu'ils sont contraints de nous laisser le chargement, continua l'homme. Ils disent qu'on se sucre sur la marchandise au passage. Josef a eu une sérieuse empoignade avec eux, là-haut, à L'Étoile. »

Simon hocha la tête. Après cette dispute à l'auberge, il avait dû panser quelques nez ensanglantés. Il y avait eu une pluie d'amendes. Mais la haine qui divisait les charroyeurs d'Augsbourg et ceux de Schongau n'avait fait que croître. En vertu d'un antique édit ducal, ceux d'Augsbourg ne pouvaient transporter leurs marchandises de Venise ou de Florence que jusqu'à Schongau ; ensuite, c'étaient ceux de Schongau qui prenaient le relais. Cela faisait longtemps que les habitants d'Augsbourg voyaient ce monopole d'un très mauvais œil.

Simon poussa doucement de côté le père en larmes, qui fut entouré par ses amis de la guilde des charroyeurs. Puis il se pencha sur le garçon.

Jusqu'ici, personne ne s'était encore donné la peine de lui ôter sa chemise mouillée. Simon, en l'ouvrant d'un coup sec, découvrit un spectacle affreux. La poitrine du garçon était tout entaillée, quelqu'un l'avait sauvagement lardé de coups de couteau ou de poignard. À l'arrière du crâne béait une plaie d'où suintait un sang clair. Simon supposa que le garçon avait heurté les troncs flottant dans l'eau. Son visage tuméfié était verdâtre, mais cela pouvait avoir été causé par le choc contre les troncs d'arbre. Dans l'eau, ces géants immobiles acquéraient une puissance mortelle qui pouvait écraser un homme comme un fruit pourri.

Simon posa l'oreille sur le cœur du garçon. Puis il prit son petit miroir et le tint sous le nez ensanglanté et cassé. On ne voyait nulle trace d'un souffle. Les yeux du jeune garçon étaient grands ouverts. Peter Grimmer était mort.

Simon s'adressa à l'assistance, qui observait ses faits et gestes en silence. « Un linge humide », demanda-t-il.

Une femme lui tendit un morceau de toile. Simon le trempa dans le Lech puis le passa sur la poitrine du garçon. Une fois le sang nettoyé, il put compter sept marques de coups, toutes situées autour du cœur. En dépit de ces blessures mortelles, le garçon n'était pas mort tout de suite. Sur le chemin du port de flottage, le tanneur Gabriel avait raconté à Simon que le garçon n'avait cessé de murmurer quelque chose jusqu'à la fin.

Simon retourna le garçon. D'un coup vigoureux, il déchira la chemise au niveau du dos. La foule poussa un râle collectif.

Sous l'omoplate s'étalait une marque grande comme la paume de la main, telle que Simon n'en avait encore jamais vu. Elle était tracée en violet et montrait un cercle imparfait d'où pendait une croix.

♀

Pendant quelques secondes, tout le monde sur l'appontement garda le silence. Puis certains se mirent à crier : « C'est de la sorcellerie, il y a des sorcières là-dessous ! » Quelqu'un hurlait : « Les sorcières sont revenues à Schongau ! Elles sont venues prendre nos enfants ! »

Simon passa un doigt sur la marque, elle ne s'effaça pas. Elle lui rappelait quelque chose, mais il n'aurait su dire quoi. Avec sa teinte sombre, elle ressemblait à la signature d'un démon.

Josef Grimmer, qui jusque-là s'était appuyé sur quelques amis, tituba vers le cadavre de son fils. Il contempla brièvement le signe, comme s'il ne pouvait croire ce qu'il voyait. Puis il s'exclama à la ronde : « C'est la vieille Stechlin qui lui a fait ça ! La sage-femme, cette sorcière, c'est elle qui lui a peint ça dessus ! C'est elle qui l'a tué ! »

Simon se rappela qu'en effet il avait souvent vu le garçon, ces derniers temps, chez la sage-femme. Martha Stechlin habitait juste à côté des Grimmer, près de la porte Kuehtor. Depuis qu'Agnes Grimmer était morte en couches, le garçon allait souvent chercher du réconfort auprès d'elle. Son père n'avait jamais pardonné à la vieille Stechlin de ne pas avoir su arrêter les saignements. Il l'accusait d'être en partie responsable de la mort de sa femme.

« Du calme ! Rien ne dit que… »

Le médecin essaya de se faire entendre par-dessus l'agitation furieuse des gens de Schongau, mais c'était peine perdue. Le nom « Stechlin » se propagea sur l'appontement comme un feu de brousse, et déjà certains couraient sur le pont en direction de la ville. « La vieille Stechlin ! C'est la vieille Stechlin ! Allez chercher le garde pour qu'il l'amène ! »

En un rien de temps tout l'appontement se vida, il ne resta que Simon et le garçon mort. Même Josef Grimmer, emporté par sa haine, s'était précipité vers la ville haute avec les autres. On n'entendait plus que le grondement du fleuve.

Avec un soupir, Simon enveloppa le corps dans un drap de lin sale qu'une des lavandières avait abandonné dans sa hâte, et jeta le paquet sur son épaule. Ahanant sous le poids qui lui pliait le dos, il prit le chemin de la porte Lechtor. Il savait qu'à présent une seule personne était en mesure de l'aider.

2

Mardi,
24 avril de l'an du Seigneur 1659,
9 heures du matin

Debout dans sa salle commune, Martha Stechlin plongeait ses doigts barbouillés de sang dans un récipient rempli d'eau tiède. Ses cheveux étaient collés sur son crâne, des cernes profonds s'étaient creusés sous ses yeux, cela faisait presque trente heures qu'elle n'avait pas dormi. L'accouchement chez les Klingensteiner avait été un des plus difficiles de l'année. L'enfant s'était présenté par les pieds. Martha Stechlin avait dû enduire ses mains de graisse d'oie et les enfoncer profondément dans le corps de la mère pour retourner l'enfant à naître, mais sans cesse il lui échappait.

Maria Josefa Klingensteiner avait quarante ans et avait déjà enduré une douzaine d'accouchements. Seuls neuf enfants étaient venus au monde vivants, et cinq d'entre eux n'avaient pas vécu plus d'une saison. Il restait quatre filles à Maria Josefa, mais son mari continuait d'espérer un héritier. En tâtonnant dans le ventre de la parturiente, la sage-femme avait senti qu'il s'agissait bien, cette fois-ci, d'un garçon. Il semblait encore vivant, mais à mesure que les heures passaient, il devenait de plus en plus vraisemblable que, de la mère ou de l'enfant, l'un des deux ne survivrait pas à cette lutte.

Maria Josefa hurlait, s'agitait, pleurait. Elle maudissait son mari qui, tel un taureau en rut, la montait après chaque nouvelle naissance, elle maudissait l'enfant, elle maudissait le bon Dieu. Lorsque l'aube pointa, la sage-femme était convaincue que le garçon était mort. Pour parer à une telle éventualité, elle emportait toujours un vieux tisonnier, avec lequel, s'il le fallait, elle pouvait extraire l'enfant comme un morceau de viande, parfois lambeau par lambeau. Les autres femmes réunies dans la pièce chaude et étouffante, tantes, nièces, cousines, avaient déjà envoyé chercher monsieur le curé ; l'eau bénite pour l'ondoiement était posée sur la cheminée. Mais soudain, sur un ultime cri de Mme Klingensteiner, la sage-femme réussit à saisir le garçon par les pieds. Il parut à la lumière en glissant comme un poulain nouveau-né. Il était vivant.

C'était un enfant vigoureux. *Et sans doute l'assassin de sa mère*, se dit Martha Stechlin en considérant le corps livide et les râles de Maria Josefa tandis qu'elle coupait le cordon ombilical avec ses ciseaux. La femme du forgeron avait perdu beaucoup de sang, la paille par terre était rouge et poisseuse. Ses yeux étaient aussi caves que ceux d'une morte. Mais au moins son mari avait-il un héritier.

L'accouchement avait duré toute la nuit ; le matin, Martha Stechlin avait préparé une décoction à base de vin, d'ail et de fenouil pour fortifier la mère, puis elle l'avait lavée ; après quoi elle était rentrée chez elle. À présent, elle était assise à sa table dans la salle de sa maison et se frottait les yeux pour tenter d'en chasser la fatigue. Vers midi, les enfants viendraient lui rendre une petite visite, comme ils aimaient le faire ces derniers temps. Elle-même ne pouvait en concevoir aucun, alors même qu'elle en avait mis tant au monde. Aussi la sage-femme était-elle contente de recevoir fréquemment la visite de Sophie, du petit Peter et des autres. Même si parfois elle se demandait ce que les enfants pouvaient bien trouver à une sage-femme de quarante ans et à ses baumes, creusets et poudres.

Martha Stechlin entendit son estomac gronder. Elle se rappela soudain qu'elle n'avait rien mangé depuis deux jours. Après avoir avalé quelques cuillerées de bouillie d'avoine froide prise dans la marmite pendue dans l'âtre, elle résolut de se remettre sérieusement à ses recherches. Elle avait perdu quelque chose. Quelque chose qui ne devait à aucun prix tomber entre de mauvaises mains. Sans doute l'avait-elle juste fourré quelque part…

De la place du Marché on entendait des cris. Au début, ils étaient faibles et indistincts, un brouhaha de voix, bas et menaçant comme le grondement furieux d'un essaim de guêpes.

Matha leva les yeux de son bol. Quelque chose avait dû arriver, mais elle était trop exténuée pour aller voir par la fenêtre.

Puis les cris se rapprochèrent, on entendit des pas sur les pavés, les gens traversaient la place du Marché, passaient devant l'auberge *À l'Étoile Dorée*, s'engouffraient dans la ruelle étroite, en direction de la porte Kuehtor. À présent, Martha Stechlin pouvait distinguer un nom dans le brouhaha.

C'était son propre nom.

« Stechlin, sorcière ! On te fera brûler ! Sors de là, Stechlin ! »

La sage-femme ouvrit la fenêtre pour mieux voir et fut frappée en plein front par une pierre de la taille d'un poing. Tout devint noir devant ses yeux, elle s'effondra. Lorsqu'elle revint à elle, elle vit à travers un voile de sang qu'on cherchait à ouvrir sa porte. Retrouvant ses esprits, elle se précipita et appuya dessus de toutes ses forces. Plusieurs jambes tentaient de passer à travers l'interstice. Puis la porte se referma en claquant. Des exclamations furieuses retentirent au-dehors.

Martha fouilla sa robe, à la recherche de sa clé. Où était-elle passée ? Une nouvelle fois, quelqu'un cherchait à ouvrir la porte. Là, sur la table, quelque chose qui scintillait à côté des pommes ! Pendant que la sage-femme, de son corps vigoureux, appuyait de l'intérieur pour empêcher qu'on n'entre, elle tâtonnait du bout des doigts, presque aveuglée par le sang et la sueur, afin de saisir la clé sur la table. Elle y parvint enfin, la tourna dans la serrure, et le verrou glissa en grinçant.

La pression de l'extérieur cessa brusquement pour être remplacée, à peine quelques secondes plus tard, par un martèlement sourd. De toute évidence, les hommes se servaient à présent d'une grosse poutre pour enfoncer la porte. Le bois mince eut tôt fait de voler en éclats, un bras velu passa à travers l'ouverture et tâtonna pour la saisir.

« Stechlin, sorcière, sors de là, si tu ne veux pas qu'on mette le feu ! »

À travers la porte fracassée, la sage-femme parvint à reconnaître les hommes qui se tenaient derrière. C'étaient des flotteurs et des charroyeurs, elle connaissait le nom de plusieurs d'entre eux. La plupart étaient les pères d'enfants qu'elle avait mis au monde. À présent, leurs yeux brillaient d'un éclat bestial, ils transpiraient et hurlaient et martelaient la porte et les murs. Martha Stechlin regarda autour d'elle comme une bête traquée.

Un volet vola en éclats. À travers le trou apparut la tête massive de Josef Grimmer, son voisin. Martha savait qu'il ne lui avait jamais pardonné la mort de sa femme. Était-ce donc la raison de cette émeute ? La main de Grimmer brandissait un bout de latte hérissé de clous.

« Je vais te tuer, la vieille Stechlin ! Avant qu'ils te brûlent, je vais te tuer, tu entends ! »

Martha courut à la porte de derrière. Celle-ci donnait sur un petit jardin fermé par les remparts de la ville. Dans le jardin, elle se rendit compte qu'elle se trouvait dans un cul-de-sac. À droite et à gauche, les maisons allaient jusqu'au mur des remparts. Le chemin de ronde était bien à dix pieds de haut, impossible donc d'y grimper.

Juste au pied des remparts poussait un petit pommier. Martha Stechlin y fut en quelques enjambées et se hissa de branche en branche. Du sommet, elle parviendrait peut-être à atteindre le chemin de ronde.

Dans la maison de la sage-femme éclata le bruit de vitres qu'on brisait, puis la porte du jardin fut ouverte à la volée. Dans son cadre se dressait Josef Grimmer, ahanant, la main serrant toujours la latte hérissée de clous. Derrière lui, d'autres charroyeurs se bousculaient pour sortir dans le jardin.

Martha Stechlin grimpa dans le pommier comme une chatte, de plus en plus haut, jusqu'à ce que les branches n'eussent plus que l'épaisseur d'un doigt d'enfant. Elle agrippa le rebord de la muraille et tenta de rejoindre le chemin de ronde salvateur.

On entendit un craquement.

Le bout des doigts en sang, la sage-femme tomba au bas des remparts et atterrit dans le potager, la face dans la terre humide. Josef Grimmer avança sur elle et leva la latte en bois pour lui asséner un coup fatal.

« À ta place, je ne ferais pas ça. »

Le charroyeur leva les yeux dans la direction de la voix. Sur le chemin de ronde, directement au-dessus de lui, se dressait une silhouette massive. Vêtu d'un long manteau troué, l'homme portait un chapeau de feutre à large bord orné de quelques plumes effilochées. Au-dessous se déployaient une crinière noire et hirsute et une barbe qu'aucun barbier n'avait touchée depuis longtemps. Le chemin de ronde était dans l'ombre, si bien qu'on ne voyait rien du visage proprement dit, à l'exception d'un imposant nez crochu et d'un long tuyau de pipe.

L'homme avait parlé sans ôter la pipe de sa bouche. À présent, il la tenait à la main et s'en servait pour désigner la sage-femme qui s'accroupissait en haletant contre le mur, au-dessous de lui.

« Si tu lui casses la tête, à Martha, ça rendra pas la vie à ta femme. À ta place, je ferais pas un geste malheureux.

— Ta gueule, Kuisl ! Ça te regarde pas ! »

Josef Grimmer s'était repris. Comme tous les autres, il avait d'abord été surpris par l'homme qui avait surgi là-haut sans que personne ne le voie approcher. Mais cet instant de stupeur fut de courte durée. Il entendait accomplir sa vengeance, et personne ne l'en empêcherait. La latte en bois bien en main, il fit un pas vers la sage-femme, puis un autre…

« C'est un meurtre que tu vas commettre, dit l'homme à la pipe. Grimmer, si tu frappes, je me ferai un plaisir de te passer la corde au cou. Et ça durera longtemps, tu as ma parole. »

Josef Grimmer s'interrompit. L'air hésitant, il se retourna vers ses compagnons, qui paraissaient tout aussi irrésolus que lui.

« Elle a mon fils sur la conscience, Kuisl, dit Grimmer. Vas-y voir toi-même, au bord du Lech. Elle l'a envoûté puis elle l'a poignardé. Elle a même peint un signe du diable sur son dos.

— S'il en est ainsi, pourquoi tu n'es pas resté auprès de ton fils et tu n'as pas envoyé les gardes chercher Martha ? »

Soudain Josef Grimmer réalisa que son fils mort devait effectivement se trouver toujours près de la rivière. Dans sa haine, il l'avait tout simplement abandonné pour suivre les autres. Ses yeux se remplirent de larmes.

Avec une agilité dont on ne l'aurait pas cru capable, l'homme, sans ôter la pipe de sa bouche, grimpa sur le parapet du chemin de ronde et sauta dans le potager. Il dépassait tous les hommes présents d'une bonne tête. Le géant se pencha sur Martha Stechlin. Elle vit son visage tout près du sien, le nez crochu, les rides creusées comme des sillons, les sourcils broussailleux et les yeux bruns très enfoncés. Les yeux du bourreau.

« Tu vas m'accompagner, chuchota Jakob Kuisl. Nous allons aller voir le bailli et il va t'enfermer. C'est ce qu'il y a de plus sûr pour toi, à l'heure qu'il est. Tu m'as compris ? »

Martha hocha la tête. La voix du bourreau était douce et mélodieuse, elle avait un effet apaisant.

La sage-femme connaissait bien Jakob Kuisl, elle avait mis ses enfants au monde, les morts et les vivants… La plupart du temps, le bourreau avait lui aussi mis la main à la pâte. Elle lui achetait à l'occasion des potions et des cataplasmes pour pallier l'absence des règles et empêcher l'arrivée d'enfants non souhaités. Elle le connaissait comme un père dévoué à ses enfants, raffolant particulièrement de ses petits derniers, qui étaient des jumeaux. Mais elle l'avait vu également passer la corde au cou d'hommes et de femmes, puis enlever l'échelle. *Et maintenant, il va me pendre,* se dit-elle. *Mais avant cela, il me sauve la vie.*

Jakob Kuisl l'aida à se relever, puis il jeta un coup d'œil plein d'attente à la ronde. « Je vais conduire Martha en prison, dit-il. Si elle est vraiment pour quelque chose dans la mort du petit Grimmer, je vous promets qu'elle subira son juste châtiment. Mais jusque-là, vous lui fichez la paix. »

Sans ajouter un mot, le bourreau saisit Martha Stechlin par la nuque et la poussa devant lui à travers le groupe silencieux des flotteurs et charroyeurs. La sage-femme était certaine qu'il mettrait sa menace à exécution.

Simon Fronwieser haletait et jurait. Il sentait son dos devenir de plus en plus moite. Cependant la transpiration n'était pas en cause : il s'imprégnait du sang qui avait suinté à travers le drap. Il allait devoir faire retoucher sa veste, les taches apparaîtraient trop nettement sur l'étoffe noire. En plus, le paquet sur ses épaules devenait de plus en plus lourd.

Chargé de son encombrant fardeau, Simon avait traversé le pont sur le Lech puis tourné à droite dans le quartier des tanneurs. Lorsque le médecin atteignit les ruelles étroites, il fut assailli par l'âcre odeur d'urine et de pourriture qui régnait partout. Il retint sa respiration et avança, longeant des perches, de la hauteur d'un homme, sur lesquelles des morceaux de cuir étaient mis à sécher. Des peaux de bêtes à moitié tannées étaient suspendues aux balustrades des balcons et répandaient, elles aussi, leur fumet délétère. De là-haut, quelques compagnons tanneurs suivaient des yeux avec curiosité Simon et le paquet sanguinolent qu'il transportait. Sans doute pensaient-ils qu'il apportait au bourreau un agneau fraîchement égorgé.

Il dépassa enfin le quartier des tanneurs, et grimpa le sentier qui menait sur sa gauche à l'étang aux canards. C'était là, ombragée par deux chênes, que se trouvait la maison du bourreau. Avec son écurie, son grand jardin et la remise pour la charrette, elle constituait une très belle propriété. Le médecin contempla l'ensemble, non sans jalousie. Le métier d'exécuteur était certes considéré comme déshonorant, il n'en offrait pas moins une belle situation.

Simon ouvrit le portail fraîchement repeint et pénétra dans le jardin. Maintenant qu'on était en avril, les premières fleurs s'ouvraient et partout poussaient des plantes aromatiques. Armoise, menthe, mélisse, rue fétide, serpolet, sauge… Le jardin du bourreau de Schongau était connu pour sa richesse botanique.

« Oncle Simon, oncle Simon ! »

Les jumeaux, Georg et Barbara, descendirent du chêne et se précipitèrent sur Simon en poussant des cris de joie. Ils connaissaient bien le jeune médecin et savaient qu'il était toujours disposé à jouer avec eux ou à supporter leurs farces.

Alertée par le bruit, Anna Maria Kuisl ouvrit la porte de la maison. Simon la regarda en souriant avec raideur tandis que les enfants tentaient de lui sauter dessus pour saisir le paquet qu'il portait toujours sur ses épaules. À près de quarante ans, la femme du bourreau restait une belle femme qui, avec ses cheveux noirs comme du charbon et ses sourcils broussailleux, ressemblait à son époux presque comme une sœur. Souvent, Simon s'était d'ailleurs demandé si elle n'était pas cousine au deuxième ou troisième degré avec Jakob Kuisl. Comme les bourreaux étaient marqués du sceau de l'infamie et qu'il ne leur était permis d'épouser une bourgeoise qu'à titre exceptionnel, la plupart des familles de bourreaux étaient parentes par alliance. Au cours des siècles s'étaient formées de véritables dynasties. Celle des Kuisl était la plus puissante de Bavière.

Anna Maria Kuisl s'avança vers le médecin en souriant, mais en apercevant le paquet sur son dos, elle rappela ses enfants avec un regard d'avertissement et un geste de recul.

« Georg, Barbara ! Allez jouer derrière la maison. L'oncle Simon et moi, nous avons quelque chose à discuter. »

Les enfants s'éclipsèrent en maugréant et Simon put enfin entrer dans la pièce principale de la maison et poser le cadavre sur le banc de la cuisine. La toile qui l'enveloppait glissa. Lorsque Anna Maria vit le garçon, elle poussa un cri.

« Mon Dieu, mais c'est le petit Grimmer ! Au nom du ciel, mais que s'est-il passé ? »

Simon le lui raconta tout en se laissant tomber sur une chaise près du banc. Pendant ce temps, Anna Maria prit un pichet d'argile et lui versa du vin coupé d'eau, qu'il but avec avidité.

« Et maintenant, tu as besoin de mon mari pour qu'il te dise ce qui est arrivé ? » demanda Anna Maria, une fois qu'il eut fini de parler. Son regard revenait sans cesse au cadavre du garçon et chaque fois elle secouait la tête.

Simon s'essuya les lèvres. « Exactement. Où est-il ? »

Anna Maria haussa les épaules. « Je ne saurais le dire. Il était monté en ville, acheter des clous chez le forgeron. Tu sais que nous avons besoin d'une nouvelle armoire. La nôtre est déjà pleine à craquer. »

Ses yeux se portèrent de nouveau sur le paquet sanguinolent étendu sur le banc de la cuisine. En bonne épouse de bourreau, elle était habituée à voir des morts, mais le trépas d'un enfant l'affligeait toujours. Elle secoua de nouveau la tête. « Le pauvre garçon… »

Puis elle se reprit. La vie continuait, au-dehors les jumeaux se chamaillaient à grand bruit ; la petite Barbara se mit geindre d'une voix aiguë. « Le mieux serait que tu l'attendes, dit-elle en se levant du banc. D'ici là, tu peux lire un peu. »

La femme du bourreau sourit. Elle savait que Simon venait souvent dans l'unique but de feuilleter les in-folio en mauvais état de son mari. Parfois le médecin inventait une excuse cousue de fil blanc, simplement pour venir à la maison du bourreau et vérifier quelque chose dans ses livres.

Anna Maria jeta un dernier regard plein de compassion au garçon mort. Puis elle prit une couverture en laine dans l'armoire et en recouvrit délicatement le cadavre, ainsi il serait caché si les jumeaux entraient à l'improviste. Après quoi elle se dirigea vers la porte. « Je vais aller voir ce que fabriquent les gosses. Reprends un peu de vin, si tu en as envie. »

La porte se referma et Simon resta seul dans la salle de la maison familiale du bourreau. Cette pièce spacieuse occupait presque tout le rez-de-chaussée. Dans un coin se trouvait un grand poêle mural qu'on garnissait depuis le couloir. À côté, la table de la cuisine, au-dessus de laquelle était suspendue l'épée de justice. Un escalier étroit menait du couloir jusqu'à la chambre à l'étage, où le couple Kuisl dormait avec ses trois enfants. À côté du poêle s'ouvrait une étroite porte basse qui donnait sur une deuxième chambre.

Simon se baissa pour passer sous le linteau et pénétra dans le saint des saints.

Sur la gauche se trouvaient deux coffres dans lesquels Jakob Kuisl conservait tout ce qui était nécessaire pour exécuter et supplicier. Des cordes, des chaînes, des gants, mais aussi des écrase-pouces et des tenailles. Le reste de son terrible arsenal était la propriété de la ville, et était conservé dans la prison fortifiée, au plus profond du cachot. Juste à côté des coffres, l'échelle de la potence était appuyée contre le mur.

Mais ce n'était pas cela qui intéressait Simon. La quasi-totalité du mur opposé était occupé par une armoire gigantesque qui s'élevait jusqu'au plafond. Le médecin ouvrit une des nombreuses portes et découvrit un fouillis de flacons, creusets, sacoches en cuir et fioles. Sur la face intérieure de la paroi de l'armoire étaient suspendues des herbes à sécher qui répandaient une bonne odeur d'été. Simon reconnut du romarin, du sainfoin d'Espagne et du daphné. Derrière une deuxième porte se trouvaient d'innombrables tiroirs étiquetés avec des signes et des symboles alchimiques. Simon se tourna vers la troisième porte. Derrière elle s'entassaient des in-folio poussiéreux, de fragiles rouleaux de parchemin ainsi que des livres tant manuscrits qu'imprimés. La bibliothèque du bourreau s'était constituée au fil de nombreuses générations. Un savoir séculaire qui se distinguait, ô combien ! des enseignements poussiéreux que Simon avait suivis à l'université d'Ingolstadt.

Simon s'empara d'un in-folio particulièrement épais qu'il avait déjà souvent consulté. Du doigt, il suivit le titre : « *Exercitatio anatomica de motu cordis et sanguinis* », murmurat-il. Un livre contesté qui soutenait que le sang contenu dans le corps faisait partie d'un système circulatoire permanent propulsé par le cœur. Une théorie dont les professeurs de Simon à Ingolstadt aimaient se gausser et que son père jugeait lui aussi aberrante.

Simon continua son exploration. Un petit volume manuscrit et mal relié, qui s'intitulait « *Buch der Medicie* », contenait une longue liste de remèdes contre toutes sortes de maladies. Le regard de Simon s'arrêta sur une page qui recommandait des crapauds séchés contre la peste. Juste à côté, dans le même rayon, se trouvait un livre que le bourreau venait tout nouvellement d'acquérir. *L'Armamentarium chirurgicum*, du chirurgien municipal d'Ulm, Jean Scultet, était un ouvrage si récent que sans doute l'université d'Ingolstadt ne le possédait même pas. Saisi d'admiration, Simon caressa du doigt la reliure de ce chef-d'œuvre parmi les manuels chirurgicaux.

« Dommage que tu n'aies d'yeux que pour les livres. »

Simon leva la tête. Magdalena se tenait appuyée contre le cadre de la porte et le regardait d'un air provocant. Le jeune médecin se surprit à déglutir. Âgée de vingt ans, Magdalena Kuisl savait quel effet elle produisait sur les hommes. Chaque fois que Simon la voyait, sa bouche devenait sèche et son esprit vide. Au cours des dernières semaines, cela avait empiré, il ne pouvait s'empêcher de penser à elle. Souvent, avant de s'endormir, il revoyait ses lèvres pleines, les fossettes qui creusaient ses joues et ses yeux rieurs. Si le médecin avait été ne serait-ce qu'un brin superstitieux, il aurait soupçonné la fille du bourreau de lui avoir jeté un sort.

« Je... j'attends ton père... », bafouilla-t-il sans la quitter des yeux. Elle avança vers lui en souriant. Dans sa hâte de le rejoindre elle semblait ne pas avoir vu le garçon mort étendu sur le banc. Simon se garda bien d'attirer son attention dessus. Les rares minutes qu'ils avaient pour eux seuls étaient bien trop précieuses pour les remplir de mort et de souffrance.

Il haussa les épaules et remit le livre sur son étagère.

« La bibliothèque de médecine de ton père, c'est tout simplement la meilleure à la ronde. Je serais stupide de ne pas en profiter », murmura-t-il. Son regard glissa sur le décolleté de la guimpe blanche où se dessinaient deux seins bien formés. Il se dépêcha de détourner le regard.

« Ton père à toi n'est pas du même avis », dit Magdalena en se rapprochant lentement.

Simon savait que son père considérait les livres du bourreau comme des objets diaboliques. À plusieurs reprises, il l'avait aussi averti de ne pas trop fréquenter Magdalena. « Cette femme est satanique, avait-il dit. Celui qui fraie avec la fille du bourreau ne sera jamais un médecin respecté. »

Simon savait qu'un mariage avec Magdalena était hors de question. C'était une « paria » comme son père. Pourtant, il ne parvenait pas à se la sortir de l'esprit. Quelques semaines plus tôt, ils avaient brièvement dansé ensemble lors du marché de la Saint-Paul. Toute la ville en avait parlé pendant plusieurs jours, et son père avait menacé de lui donner une correction s'il se laissait voir une nouvelle fois en compagnie de Magdalena. Les filles de bourreau épousaient des fils de bourreau, c'était une loi non écrite. Simon le savait aussi bien qu'un autre.

Magdalena s'arrêta en face de lui et lui passa un doigt sur la joue. Elle souriait, mais dans ses yeux se lisait une tristesse muette.

« Tu m'accompagnes dans les champs, demain ? demanda-t-elle. Père a besoin de gui et d'hellébore… »

Simon crut percevoir quelque chose comme une supplique silencieuse.

« Magdalena, je… » Quelque chose bruissa derrière lui.

« Tu iras toute seule, comme une grande. Simon et moi, nous avons un tas de choses à discuter. Allez, du vent. »

Simon se retourna. Le bourreau était entré dans la pièce étroite sans qu'il l'ait entendu venir. Magdalena jeta un dernier regard au jeune médecin et s'enfuit dans le jardin.

Jakob Kuisl jeta à Simon un regard pénétrant et sévère. Un instant, il sembla sur le point de le jeter dehors à son tour. Puis il sortit la pipe de sa bouche et sourit.

« Ça me fait plaisir que tu l'aimes bien, ma fille, dit-il. Que ton père n'en sache rien, surtout. »

Simon hocha la tête. Il s'était souvent disputé avec son père au sujet de ses visites à la maison du bourreau. Pour Bonifaz Fronwieser, l'exécuteur n'était qu'un médicastre. Cependant, il ne pouvait éviter que son fils et au moins la moitié des habitants de Schongau aillent le consulter pour le moindre bobo, petit ou gros. Jakob Kuisl ne devait qu'une partie de ses revenus aux pendaisons et aux tortures. La médecine lui rapportait nettement plus. Il vendait des potions contre la goutte et les diarrhées, conseillait du tabac en cas de maux de dent, éclissait les jambes cassées et remettait en place les épaules déboîtées. Bien qu'il n'eût jamais fréquenté aucune université, son savoir était légendaire. Simon comprenait que son père ne pût que haïr cet homme. Après tout, celui-ci était son concurrent le plus redoutable. Et puis, au fond, il était meilleur médecin que lui…

Pendant ce temps, Jakob Kuisl était retourné dans la salle. Simon le suivit. En quelques instants, la pièce fut remplie d'épaisses volutes de fumée. Le bourreau n'avait qu'un seul vice, mais il s'y adonnait avec un zèle particulier.

La pipe à la bouche, il se dirigea résolument vers le banc, souleva le garçon mort, le posa sur la table et ôta couverture et drap. Puis il siffla entre ses dents.

« Où l'as-tu trouvé ? » demanda-t-il. Ce faisant, il remplit d'eau une écuelle de grès et se mit à laver le visage et la poitrine du mort. Il jeta un bref coup d'œil aux ongles du garçon. De la terre rouge s'était amassée dessous, comme si le petit Peter avait creusé le sol à mains nues.

« En bas, au port de flottage », dit Simon. Il raconta ce qui s'était passé jusqu'au moment où tout le monde s'était élancé en direction de la ville haute, afin de s'en prendre à la sage-femme. Le bourreau hocha la tête.

« Martha est en vie, dit-il tout en continuant à nettoyer le visage du garçon à petits coups. Je l'ai emmenée moi-même à la prison. Elle y est en sûreté, pour le moment du moins. Pour ce qui est du reste, il faudra voir. »

Comme toujours, Simon fut impressionné par le calme du bourreau. Comme tous les Kuisl, celui-ci parlait peu. Mais ce qu'il disait avait du poids.

À présent, le bourreau avait fini la toilette du mort. Ils examinèrent ensemble le corps martyrisé du garçon. Le nez était cassé, le visage verdâtre tuméfié. Ils comptèrent sept trous qui formaient un cercle sur sa poitrine.

Jakob Kuisl sortit un couteau de son manteau et glissa à titre d'essai la lame dans un des trous. Sur la droite et la gauche, celui-ci restait béant de la largeur d'un doigt.

« C'était une arme plus large, murmura-t-il.

— Une épée ? » demanda Simon.

Kuisl haussa les épaules. « Plutôt un sabre ou une hallebarde.

— Mais qui peut faire une chose pareille ? » dit Simon en secouant la tête.

Le bourreau retourna le corps. Sur l'épaule s'affichait la marque, encore un peu plus effacée qu'avant à cause du transport, mais toujours distincte. Un cercle violet au bas duquel pendait une croix.

♀

« Avec quoi c'est fait ? » demanda Simon.

Jakob Kuisl se pencha sur le corps du garçon. Puis il humecta son index, le passa légèrement sur la marque et glissa le doigt dans sa bouche. Il suçota avec une grimace de plaisir.

« Du jus de sureau, dit-il. Et pas mauvais du tout. » Il tendit son doigt à Simon.

« Comment ? Et moi qui croyais que c'était…

— Du sang ? » Le bourreau haussa les épaules. « Dans l'eau, le sang se serait dissous depuis longtemps. Seul le jus de sureau conserve aussi durablement sa couleur. Demande à ma femme. Si tu l'entendais jurer chaque fois que les enfants s'en barbouillent de partout… Ceci dit… » Il commença à frotter la marque.

« Quoi ?

— La couleur est en partie sous la peau. Quelqu'un a dû l'y injecter avec une aiguille ou un poignard. »

Simon hocha la tête. Il avait vu des œuvres d'art de cette sorte sur des mercenaires venus de Castille ou de France. Ils s'étaient tatoué des croix ou la Sainte Vierge sur les biceps.

« Mais que signifie ce signe ?

— Très bonne question. » Kuisl aspira une bonne bouffée de sa pipe, souffla la fumée et garda longuement le silence. Il ne répondit qu'au bout d'un moment.

« C'est le signe de Vénus.

— Le quoi ? » Simon examina de nouveau la marque. Soudain, il se souvint de l'endroit où il avait déjà vu ce signe. C'était dans un livre d'astrologie.

« Le signe de Vénus. » Le bourreau passa dans la petite pièce et revint avec un in-folio jauni, relié en cuir. Il tourna plusieurs pages avant de trouver celle qu'il cherchait.

« Voilà. » Il montra l'endroit à Simon. On y voyait une reproduction du même dessin. À côté se trouvait un cercle surmonté d'une flèche dirigée vers le haut.

« Vénus, déesse de l'amour, du printemps et de la croissance, lut Jakob Kuisl à voix haute. L'opposé du signe de Mars, le dieu de la Guerre.

— Mais que vient faire ce signe sur le corps de ce gosse ? demanda Simon, troublé.

— Ce signe est vieux, vieux comme le monde, dit le bourreau avant d'aspirer une nouvelle bouffée du long tuyau de sa pipe.

— Et que représente-t-il ?

— Beaucoup de choses. Il représente la femme en tant que contraire de l'homme, il représente la vie, mais aussi la persistance de la vie après la mort. »

Simon eut soudain du mal à respirer. Et ce n'était pas seulement à cause des volutes de fumée qui l'enveloppaient.

« Mais… ce serait de l'hérésie », chuchota-t-il.

Le bourreau haussa ses sourcils broussailleux et le regarda dans les yeux.

« C'est bien ça, le problème, dit-il. Le signe de Vénus est une marque des sorcières. »

Puis il souffla la fumée de son tabac droit dans la figure de Simon.

La lune qui éclairait Schongau était blafarde. Des nuages glissaient à intervalles réguliers devant elle, plongeant la rivière et la ville dans les ténèbres. En bas, au bord du Lech, une ombre regardait pensivement les flots rugissants. L'homme remonta le col de son manteau fourré et se retourna en direction des lumières de la ville. Les portes étaient fermées depuis longtemps mais des gens comme lui parvenaient toujours à entrer. Il suffisait de connaître les bonnes personnes et de disposer de la monnaie nécessaire. Pour cet homme, ça ne présentait aucune difficulté.

Pourtant, il se mit à frissonner. Et ce n'était qu'en partie dû au froid qui, en ce mois d'avril, descendait encore des montagnes. C'était la peur qui effleurait son cuir chevelu. Il jeta un regard méfiant autour de lui. Mais en dehors du ruban noir de la rivière et de quelques buissons sur la berge, il n'aperçut rien.

Il n'entendit le bruissement derrière lui que trop tard. Car en même temps il sentit la pointe d'une épée s'enfoncer dans son dos à travers son manteau fourré, sa veste en velours et son pourpoint.

« Tu es seul ? »

La voix parvint directement à son oreille droite. Il sentit une odeur d'eau-de-vie et de viande avariée.

L'homme hocha la tête, mais cela ne sembla pas suffire à l'ombre derrière lui.

« Tu es seul, nom de Dieu ?

— Mais oui ! »

La douleur dans son dos se fit moins insistante, la pointe de l'épée se retira.

« Retourne-toi ! » siffla l'ombre.

L'homme se retourna comme on le lui avait ordonné et salua craintivement son vis-à-vis de la tête. Engoncé dans un manteau de laine noir, le chapeau mou orné d'une plume profondément enfoncé sur son visage, l'étranger avait l'air de sortir tout droit des enfers.

« Pourquoi m'as-tu fait venir ? » demanda-t-il tout en rengainant posément son épée.

L'homme en face de lui déglutit. Puis il parut retrouver toute son assurance. Il se redressa avant de se répandre en reproches : « Pourquoi je t'ai fait venir ? Vous avez tout fait échouer, tu le sais parfaitement ! »

L'étranger haussa les épaules.

« Le garçon est mort, répliqua-t-il. Que veux-tu de plus ? »

Le citoyen de Schongau ne se contenta pas de cette réponse. Il secoua la tête avec colère et son index osseux fendit l'air de haut en bas. « Et les autres ? siffla-t-il. Il y en avait cinq ! Trois garçons et deux filles. Et les autres, alors ? »

L'étranger eut un geste méprisant de la main.

« On les aura, eux aussi », dit-il, puis il rebroussa chemin. L'autre lui courut après.

« Nom de Dieu ! Ça ne devait pas finir comme ça ! » s'exclama-t-il avant de poser durement une main sur l'épaule de l'étranger. Un geste qu'il regretta aussitôt. Une main noueuse se referma sur sa gorge comme un étau. Dans le visage de l'étranger, on vit soudain luire des dents blanches, il souriait. Un sourire de loup.

« Aurais-tu peur, par hasard ? » demanda-t-il à mi-voix.

L'homme déglutit et se rendit compte que la respiration lui manquait. Juste avant qu'il ne perde conscience, l'autre le lâcha et le jeta à terre, loin de lui, comme un animal importun.

« Tu as peur, constata-t-il. Vous êtes tous les mêmes, crapules de flibustiers. »

L'homme retrouva le souffle et s'éloigna de quelques pas. Après avoir remis de l'ordre dans sa tenue, il se sentit de nouveau en état de parler.

« Finissez-en vite, c'est tout, chuchota-t-il. Il ne faut pas que les enfants parlent. »

Son interlocuteur fit de nouveau luire ses dents blanches.

« Dans ce cas, il faudra encore raquer. »

L'homme de Schongau haussa les épaules. « Tant pis. Ce qui compte, c'est que tout ça finisse. »

L'étranger parut réfléchir un moment, puis il hocha la tête. « Donne-moi leurs noms, dit-il à voix basse. Tu les connais, alors quels sont leurs noms ? »

L'homme déglutit. Il n'avait entrevu les enfants que brièvement. Pourtant, il croyait savoir de qui il s'agissait. L'espace d'un instant, il eut le sentiment d'être sur un seuil. Il était encore temps de revenir en arrière…

Les noms franchirent ses lèvres avant qu'il ait eu le temps de réfléchir davantage.

L'étranger hocha la tête. Puis il se détourna brusquement. Quelques secondes plus tard, il s'était fondu dans les ténèbres.

3

Mercredi,
25 avril de l'an du Seigneur 1659,
7 heures du matin

Jakob Kuisl s'enveloppa dans son manteau et remonta rapidement la Münzgasse en veillant à ne pas marcher dans les tas d'ordures et d'excréments qui s'accumulaient devant l'entrée des maisons. À cette heure précoce de la matinée, le brouillard stagnait encore dans les rues, l'air était humide et froid. Juste au-dessus de lui, quelqu'un ouvrit une fenêtre et déversa le contenu d'un pot de chambre. Kuisl se tassa contre le mur, retenant un juron, avant qu'un flot d'urine s'abattît sur la chaussée, juste à côté de lui.

En tant que bourreau de Schongau, Jakob Kuisl était également chargé de l'évacuation des ordures. Un travail qu'il accomplissait une fois par semaine. Un jour prochain, il sillonnerait les rues et ruelles, armé d'une brouette et d'une pelle. Mais aujourd'hui, il n'en avait pas temps. Juste après les coups de 6 heures, le garde municipal était apparu chez lui et lui avait annoncé que Johann Lechner souhaitait le voir sur l'heure. Kuisl savait bien ce que le bailli lui voulait. La veille, le meurtre du jeune garçon avait été en ville le principal sujet de conversation. Dans une petite cité comme Schongau, les rumeurs de sorcellerie et de rituels diaboliques se répandaient plus vite que les mauvaises odeurs. Lechner avait la réputation de ne jamais hésiter, même quand il s'agissait de prendre une décision délicate. De plus, une réunion du conseil municipal devait se tenir le jour même et ces messieurs les conseillers voudraient certainement savoir ce qu'il en était de ces rumeurs.

Le bourreau avait des élancements dans le crâne. La veille, Josef Grimmer était venu récupérer le cadavre de son fils. L'homme n'avait plus rien de commun avec ce Josef Grimmer qui, quelques heures auparavant, était prêt à tuer la sage-femme à coups de latte. Il chialait comme un môme, et seule l'eau-de-vie de plantes que le bourreau distillait lui-même avait réussi à le calmer un peu. Le bourreau avait lui aussi bu quelques verres…

Jakob Kuisl tourna à gauche dans une rue latérale pour gagner la résidence ducale. En dépit de son mal de tête, il ne put s'empêcher de sourire, car le terme de « résidence » promettait plus que ce qu'il désignait. Le bâtiment qu'il avait en face de lui ressemblait beaucoup plus à une forteresse massive et délabrée. Même les plus anciens habitants de Schongau avaient de la peine à se souvenir de la dernière fois qu'un duc y était descendu. L'intendant du prince électeur, qui représentait son altesse dans la cité, ne se montrait qu'une fois tous les cinquante ans ; sinon, il vivait dans son domaine près de Thierhaupten, très loin de Schongau. Le reste du temps, l'édifice en voie d'abandon servait de caserne à deux douzaines de soldats ainsi que de greffe. En l'absence de l'intendant, c'était le bailli qui conduisait les affaires du prince électeur Ferdinand Maria à Schongau.

Johann Lechner était un homme puissant. Uniquement chargé, à l'origine, de veiller aux affaires de sa majesté, il avait acquis au cours des années, grâce à son zèle, une position qui lui permettait d'influer sur le cours des affaires municipales. Aucun document, aucun décret, aucune note, aussi infime fût-il, n'échappait à sa vigilance dès lors qu'il circulait dans Schongau. Jakob Kuisl était convaincu qu'en ce moment le bailli était penché depuis des heures sur des dossiers municipaux.

Le bourreau franchit le portail en pierre qui supportait deux vantaux aux ferrures rouillées pendant sur leurs gonds et pénétra dans la première cour. Les soldats de garde lui firent un signe de tête las et le laissèrent passer. Jakob Kuisl examina la cour étroite et sale. Depuis le dernier pillage des Suédois, dix ans plus tôt, la résidence n'avait fait que se dégrader chaque jour davantage. La tour fortifiée de droite n'était plus qu'une ruine couverte de suie, les toits des écuries et des granges de battage étaient percés et recouverts de mousses. Des coches cassés et tout un bric-à-brac étaient visibles à travers les cloisons en bois fracassées.

Kuisl monta les marches usées qui menaient au château, traversa un couloir sombre et s'arrêta devant une porte basse. Il était sur le point de frapper quand une voix retentit de l'intérieur.

« Entre. »

Le bailli devait avoir des oreilles de lynx.

Le bourreau ouvrit la porte et pénétra dans la pièce étroite. Johann Lechner était assis à son bureau, presque entièrement caché par des piles de livres et de parchemin. Alors que sa main droite continuait de griffonner des notes dans un cahier, sa main gauche indiquait un siège à Kuisl. Les premiers rayons du soleil brillaient derrière la fenêtre mais la pièce était plongée dans la pénombre, seules quelques bougies à l'huile de baleine offraient un éclairage vacillant. Le bourreau prit place sur un tabouret inconfortable. Il attendit que le bailli lève les yeux de ses dossiers.

« Tu sais pourquoi je t'ai fait venir ? »

Johann Lechner jeta sur le bourreau un regard perçant. Le bailli avait hérité de la barbe noire et fournie de son père, qui avait lui-même exercé la profession de bailli à Schongau. La même pâleur, les mêmes yeux noirs et perçants. Les Lechner étaient une famille influente dans la ville et Johann Lechner aimait à le faire sentir à ses interlocuteurs.

Kuisl hocha la tête et se mit à bourrer sa pipe.

« Laisse cela, dit le bailli. Tu sais que je n'aime pas la fumée. »

Le bourreau rangea sa pipe et jeta un regard hostile au bailli. Il ne lui adressa la parole qu'au bout d'un moment.

« C'est à cause de la sage-femme, je suppose ? »

Johann Lechner hocha la tête. « Ça crée des ennuis. Déjà. Et pourtant, ça n'est arrivé qu'hier. Les gens causent…

— Et en quoi ça me regarde ? »

Lechner se pencha par-dessus son bureau et s'efforça de sourire. Il n'y parvint qu'à moitié.

« Tu la connais. Vous avez eu affaire l'un avec l'autre. Elle a mis tes enfants au monde. Je voudrais que tu lui parles.

— Que je lui parle de quoi ?

— Pousse-la à avouer.

— À faire quoi… ? »

Le bailli se pencha encore plus par-dessus le bureau. Leurs visages n'étaient maintenant plus qu'à quelques centimètres l'un de l'autre.

« Tu m'as parfaitement compris. À avouer.

— Mais rien n'est prouvé. Tout ce qu'on a pour l'instant, c'est le bavardage de quelques commères. Le garçon allait parfois chez elle, c'est tout.

— Il faut qu'on se débarrasse de cette affaire. » Johann Lechner se renversa sur sa chaise, ses doigts tambourinaient sur l'accoudoir. « Il y a déjà eu trop de commérages. Si nous laissons les choses suivre leur cours, nous allons nous retrouver comme au temps de ton grand-père. Pour le coup, ce n'est pas le travail qui te manquera. »

Le bourreau hocha la tête. Il savait à quoi Lechner faisait allusion. Près de soixante-dix ans plus tôt, des douzaines de femmes avaient fini au bûcher au terme du célèbre procès en sorcellerie de Schongau. Ce qui avait commencé par un orage et quelques cas de décès inexpliqués s'était terminé par une hystérie collective où tout le monde dénonçait tout le monde. Son grand-père, Jörg Abriel, avait dû décapiter plus de soixante femmes, dont les corps avaient ensuite été brûlés. Maître Jörg en avait tiré fortune et célébrité. À l'époque, on avait trouvé sur certaines des suspectes ce qu'on appelait « la marque des sorcières », des taches de vin dont la forme décidait du sort de ces malheureuses. Dans le cas présent, on était bien en présence d'un signe manifestement hérétique dont même Kuisl ne pouvait nier l'accointance avec la sorcellerie. Le bailli avait raison. Les gens allaient se mettre à chercher d'autres signes. Et même si, dans un premier temps, il n'y avait pas d'autres morts, les suspicions se multipliaient à n'en plus finir. Un feu de brousse qui pourrait engloutir tout Schongau dans ses flammes. À moins que quelqu'un n'avoue et n'endosse toute la culpabilité.

Martha Stechlin…

Jakob Kuisl haussa les épaules. « Je ne crois pas que la vieille Stechlin soit pour quoi que ce soit dans ce meurtre. Ça aurait pu être n'importe qui, y compris un étranger. Le garçon flottait dans la rivière. Le diable seul sait à quel endroit il a été poignardé. C'étaient peut-être des soldats en maraude.

— Et la marque ? Le père du garçon m'a décrit la marque. Est-ce qu'elle ne ressemblait pas à *ça* ? » Johann Lechner lui tendit un dessin. On y voyait clairement le cercle avec la croix en dessous. « Tu sais ce que c'est, siffla le bailli. Une œuvre de sorcellerie. »

Le bourreau hocha la tête. « N'empêche, ça ne signifie pas que la vieille Stechlin y soit pour…

— Les sages-femmes s'y connaissent dans ce genre de chose ! dit Lechner en élevant la voix, plus haut que de coutume. J'ai toujours pensé qu'il aurait mieux valu ne pas accueillir ce genre de femme dans notre ville. Elles sont les gardiennes d'un savoir mystérieux et elles font du tort à nos femmes et à nos enfants ! Ces derniers temps, elle attirait chaque jour des enfants dans sa maison ! Y compris Peter. Et maintenant, on le retrouve mort dans la rivière ! »

Jakob Kuisl regrettait beaucoup sa pipe. Sa fumée l'aurait aidé, se disait-il, à dissiper les mauvaises pensées qui envahissaient la pièce. Il ne connaissait que trop les préjugés des conseillers municipaux à l'encontre de la sage-femme. Martha Stechlin était la première sage-femme officiellement employée par la ville. Depuis toujours, ces femmes, proches des mystères féminins, étaient suspectes aux yeux des hommes. Elles connaissaient des potions et des herbes, elles touchaient les femmes à des endroits indécents et elles savaient aussi comment faire disparaître le fruit du ventre, ce cadeau de Dieu. Beaucoup de sages-femmes avaient déjà fini comme sorcières sur des bûchers allumés par des hommes.

Jakob Kuisl lui aussi s'y connaissait en potions, et on le soupçonnait d'être un sorcier. Mais il était un homme. Et il était le bourreau.

« Je veux que tu ailles voir la vieille Stechlin et que tu la pousses à avouer », dit Johann Lechner. Il s'était de nouveau plongé dans ses notes et écrivait, le regard fixé sur ses dossiers. L'affaire était entendue.

« Et si elle n'avoue pas ? demanda Kuisl.

— Alors montre-lui tes instruments. À la vue des écrase-pouces, elle se montrera plus coopérative.

— Pour ça, il vous faut la décision du conseil, murmura le bourreau. Je ne peux pas agir tout seul, et vous non plus. »

Lechner sourit. « Comme tu le sais, le conseil se réunit aujourd'hui même. Je suis sûr que le bourgmestre et messieurs les conseillers vont se rallier à ma proposition. »

Jakob Kuisl réfléchit. Si vraiment le conseil donnait son accord pour commencer les tortures dans quelques heures, le procès se mettrait en branle comme un rouage bien huilé. Il se terminerait par la mise au supplice et, probablement, la mort sur le bûcher. Et toutes ces tâches incombaient au bourreau.

« Dis-lui que nous commencerons l'interrogatoire demain, lança Lechner tout en continuant à écrire dans les dossiers posés devant lui. Cela lui laissera le temps de réfléchir. Mais si d'aventure elle s'entêtait… nous serions obligés d'avoir recours à tes services. »

La plume continuait à gratter le papier. Venant de la place du Marché, on entendit la cloche de l'église frapper les coups de 8 heures. Johann Lechner leva les yeux.

« C'est tout. Tu peux t'en aller. »

Le bourreau se leva et se dirigea vers la porte. Au moment d'abaisser la poignée, il entendit s'élever dans son dos, une nouvelle fois, la voix du bailli.

« Allons, Kuisl. » Il se retourna. Le bailli parlait sans le regarder. « Je sais que tu la connais bien. Fais-la parler. Ça lui épargnera des souffrances inutiles, et à toi aussi. »

Jakob Kuisl secoua la tête. « Ce n'est pas elle. Croyez-moi. »

Cette fois-ci, Johann Lechner leva la tête. Il regarda Kuisl dans les yeux.

« Moi non plus, je ne pense pas que ce soit elle. Mais pour notre ville, c'est ce qu'il y a de mieux. Tu peux me croire. »

Le bourreau ne répondit rien. Il se baissa pour passer sous le chambranle de la porte et laissa celle-ci se refermer derrière lui.

Lorsque les pas de l'homme eurent cessé de résonner, le bailli se remit à ses dossiers. Il essayait de se concentrer sur les parchemins qu'il avait sous les yeux, mais il avait du mal. Ce qui l'occupait était une plainte officielle de la ville d'Augsbourg. Le maître flotteur Thomas Pfanzelt avait transporté un gros ballot de laine des marchands augsbourgeois en même temps qu'une lourde meule. À cause du poids excessif, le chargement était tombé dans le Lech. À présent, ceux d'Augsbourg exigeaient un dédommagement. Lechner soupira. L'éternelle querelle entre les citoyens d'Augsbourg et de Schongau lui portait sur les nerfs. La journée d'aujourd'hui était particulièrement mal indiquée pour s'occuper de telles broutilles. Il y avait le feu à sa ville ! Johann Lechner voyait littéralement la peur et la haine ronger Schongau de ses confins jusqu'au centre. Hier soir déjà, ça avait jasé ferme dans la taverne de L'Étoile et dans celle du Soleil. Il était question de cultes sataniques, d'orgies de sorcières et de meurtres rituels. Après toutes ces épidémies, ces guerres et ces intempéries, l'atmosphère était explosive. La ville était assise sur un tonneau de poudre et Martha Stechlin pouvait être la mèche qui y mettrait le feu. Lechner roula nerveusement sa plume entre ses doigts. *Il faut trancher la mèche avant qu'il n'arrive malheur…*

Le bailli avait de l'estime pour Jakob Kuisl, qu'il considérait comme un homme intelligent et réfléchi. Mais la question n'était pas de savoir si la sage-femme était coupable ; le bien de la ville passait avant. Un bref procès et la paix, cette paix si longtemps souhaitée, reviendrait enfin.

Johann Lechner réunit les parchemins, les roula, les rangea à leur place sur les étagères murales puis se mit en route en direction de la Ballenhaus. La grande session du conseil municipal allait commencer dans une demi-heure et il restait encore des affaires à conclure. Par la voix du héraut, il avait fait demander à tous les membres du conseil d'être présents. Les membres du conseil intérieur et ceux du conseil extérieur, mais aussi les six simples membres de la communauté. Lechner voulait en finir.

Après avoir traversé la place du Marché, qui, à cette heure-là, était fort animée, le bailli pénétra dans la Ballenhaus. Dans la grande salle, haute de neuf pas, des caisses et des sacs étaient entassés en attendant d'être transportés vers les cités et les contrées lointaines. Dans un coin s'amoncelaient des blocs de grès et de tuf, cela sentait la cannelle et la coriandre. Lechner emprunta le large escalier en bois pour se rendre au premier étage. En tant que représentant officiel du prince électeur, il n'avait en réalité rien à faire dans la salle du conseil municipal. Mais depuis la grande guerre, les patriciens avaient pris l'habitude qu'une main ferme fasse régner l'ordre et le calme. On laissait donc faire le bailli. À présent, il allait presque de soi qu'il dirige les réunions du conseil. Johann Lechner était un homme de pouvoir et il n'avait pas l'intention de s'en laisser dessaisir.

La porte de la salle du conseil était ouverte. Le bailli constata avec étonnement qu'il n'était pas, comme d'habitude, le premier. Le bourgmestre, Karl Semer, et Jakob Schreevogl, un des membres du conseil, étaient arrivés avant lui. Ils semblaient plongés dans une vive discussion.

« Et moi je vous dis que les gens d'Augsbourg vont construire une nouvelle route, et que nous allons nous retrouver comme un poisson sur la terre ferme », clamait Semer en direction de son interlocuteur, qui se contentait de secouer la tête sans arrêt. Le jeune Schreevogl n'avait intégré le conseil que six mois auparavant, après le décès de son père. C'était loin d'être la première fois que ce patricien de haute taille entrait en conflit avec monsieur le bourgmestre. Contrairement à son père, qui avait été lié d'amitié avec Semer et les autres membres âgés du conseil, il avait sa façon bien à lui de voir les choses. Et une fois de plus, il ne se laissait pas intimider par Karl Semer.

« Ils n'en ont pas le droit, vous le savez très bien. Ils ont déjà essayé de le faire et se sont fait taper sur les doigts par le prince. »

Mais Semer ne voulait rien entendre. « C'était avant la guerre ! Le prince électeur a bien d'autres soucis maintenant ! Croyez-en un vieux briscard comme moi, les Augsbourgeois vont la construire, cette route. Et si, en plus de tout ça, on se retrouve avec ces maudits lépreux à nos portes, sans parler de cette affreuse histoire de meurtre… les gens de commerce vont nous éviter comme la peste ! »

S'éclaircissant ostensiblement la gorge, Johann Lechner entra et se dirigea vers le centre de la table en bois en forme de U, qui occupait toute la pièce. Le bourgmestre Semer se précipita vers lui.

« Heureusement que vous êtes là, Lechner ! Je viens une nouvelle fois de déconseiller au jeune Schreevogl de construire la maladrerie. Surtout à un moment pareil ! Les marchands d'Augsbourg nous dérobent le sol sous les pieds et si, en plus de ça, la nouvelle se répand qu'on trouve devant nos portes… »

Johann Lechner haussa les épaules.

« La maladrerie est gérée par l'Église. Adressez vos doléances au curé, mais je doute que vous obteniez quelque chose. Et maintenant, si vous voulez bien m'excuser… »

Le bailli contourna la panse considérable du bourgmestre et ouvrit la porte de l'arrière-salle. Contre un mur de celle-ci se dressait une armoire qui montait jusqu'au plafond et dont les portes ouvertes révélaient des compartiments et des tiroirs bourrés à craquer de parchemins. Johann Lechner monta sur un escabeau et sortit les papiers nécessaires à la séance du jour. Ce faisant, son regard tomba sur le dossier relatif à la maladrerie. L'année dernière, l'Église avait décidé de faire construire un foyer pour les lépreux près des portes de la ville, au bord de la route qui conduisait à Hohenfurch. L'ancienne léproserie avait croulé des décennies auparavant, mais la maladie n'avait pas faibli depuis.

À la pensée de cette épidémie sournoise, Lechner fut traversé d'un frisson. Avec la peste, la lèpre était considérée comme le plus terrifiant des maux. Celui qui l'attrapait pourrissait vivant. Le nez, les oreilles et les doigts tombaient comme des fruits trop mûrs. Au stade terminal, le visage n'était plus qu'une tumeur, sans aucune ressemblance avec une face humaine. Comme la maladie était très contagieuse, les misérables qui en étaient atteints étaient d'habitude chassés de la ville, ou bien ils devaient porter des grelots et des crécelles afin d'être reconnus de loin et évités. En signe de miséricorde, mais aussi pour éviter des contagions supplémentaires, de nombreuses villes avaient fait construire des léproseries, également appelées « maladreries ». Dans ces sortes de ghettos, situés hors des murailles de la ville, les malades mouraient à petit feu. Schongau avait prévu de construire à son tour ce genre de bâtiment. Depuis six mois, les travaux le long de la route menant à Hohenfurch battaient leur plein, pourtant ce projet continuait à diviser le conseil. Lorsque Johann Lechner revint dans la salle des séances, la plupart des membres du conseil étaient arrivés. Ils se tenaient debout, répartis en petits groupes. On murmurait et on débattait avec virulence. Chacun avait sa propre version de la mort du petit garçon. Même une fois que Johann Lechner eut agité la cloche, il fallut un bon moment pour que chacun soit assis. Comme le voulait l'antique coutume, le premier bourgmestre et le bailli siégeaient au centre. À leur droite étaient placés les membres du conseil intérieur, six hommes issus des familles les plus respectables de Schongau. C'était de ce conseil que provenaient les quatre bourgmestres qui se relayaient chaque trimestre. Cela faisait des siècles que les familles établies depuis longtemps se partageaient les postes de bourgmestre. Officiellement, c'étaient les autres membres du conseil qui les élisaient, mais une loi immuable voulait que les dynasties les plus influentes fournissent également les bourgmestres.

À gauche étaient assis les six membres du conseil extérieur, constitué lui aussi de puissants patriciens. Enfin, les simples représentants communaux prenaient place sur des chaises contre le mur.

Le bailli regarda autour de lui. Tous les notables de la ville étaient réunis en ce lieu. Charroyeurs de la guilde, marchands, brasseurs, apiculteurs, pelletiers, meuniers, tanneurs, potiers et drapiers… appartenant tous aux familles Semer, Schreevogl, Augustin et Hardenberg qui, depuis des siècles, décidaient de la marche de la cité. Des hommes graves, aux habits sombres, qui, avec leur fraise blanche et leur collier de barbe, leur visage gras et leur gros ventre gonflant un gilet couvert de chaînes en or, semblaient sortir tout droit d'une époque révolue. La guerre avait plongé l'Allemagne dans la misère, mais elle n'avait fait que frôler ces hommes sans leur causer du tort. Lechner ne put s'empêcher de sourire. *La graisse surnage toujours.*

L'agitation était générale. Ils savaient tous que la mort du garçon pouvait avoir une incidence fâcheuse sur leurs propres affaires. La paix qui régnait dans leur petite ville était en jeu ! Les murmures qui emplissaient la salle lambrissée du conseil rappelaient au bailli le bourdonnement furieux des abeilles.

« Du calme, je vous prie ! Du calme ! »

Lechner agita une nouvelle fois la cloche. Puis il frappa la table du plat de la main. Enfin, le silence se fit. Le bailli saisit sa plume pour consigner la séance. Le bourgmestre Karl Semer jeta un coup d'œil circulaire, l'air soucieux. À la fin, il s'adressa aux membres du conseil.

« Vous avez tous entendu parler de l'affreux incident d'hier. Un crime abominable qu'il s'agit d'élucider le plus rapidement possible. J'ai convenu avec le bailli que ce point serait débattu en ouverture de séance. Tout le reste peut attendre. Je pense que c'est également dans votre intérêt. »

Les conseillers hochèrent posément la tête. Plus vite ce cas serait résolu, plus vite ils pourraient de nouveau se consacrer à leurs affaires.

Le bourgmestre Semer poursuivit : « Heureusement, il semblerait que nous ayons trouvé la coupable. La sage-femme Martha Stechlin est déjà au trou. Le bourreau lui rendra visite d'ici peu. Elle sera bien forcée de parler.

— Sur quoi reposent les soupçons ? »

Irrités, les conseillers tournèrent la tête vers le jeune Schreevogl. Ce n'était pas l'usage d'interrompre le premier bourgmestre si tôt. Et encore moins lorsqu'on ne siégeait au conseil que depuis si peu de temps. Ferdinand Schreevogl, le père de Jakob, avait été un homme puissant au sein du conseil municipal, un peu excentrique, certes, mais influent. Son fils, lui, avait encore à faire ses preuves. Contrairement aux autres, le jeune patricien ne portait pas de fraise autour du cou, mais un large col de dentelle. De plus, ses cheveux, coiffés à la nouvelle mode, lui tombaient en boucles sur les épaules. Cet accoutrement constituait un affront pour les vétérans du conseil municipal.

« Sur quoi reposent les soupçons ? Eh bien, c'est très simple, très simple… » La question avait désarçonné le bourgmestre Semer. Il prit un mouchoir en tissu pour essuyer les gouttes de sueur qui perlaient sur sa calvitie naissante. Sa large poitrine se gonflait et se dégonflait sous son gilet brodé d'or. Brasseur de son métier et patron de l'auberge la plus importante de la ville, il n'avait pas l'habitude d'être contredit. Pour demander assistance, il se tourna vers le bailli à sa gauche. Johann Lechner se fit un plaisir d'intervenir.

« Avant la nuit du meurtre, elle a fréquemment été vue en compagnie du garçon. De plus, quelques femmes affirment qu'elle a célébré le sabbat des sorcières dans sa maison, en compagnie de Peter ainsi que d'autres enfants.

— Qui affirme cela ? »

Le jeune Schreevogl insistait. Et de fait, à l'heure qu'il était, Johann Lechner ne pouvait citer le nom d'aucune de ces femmes. Mais les gardiens de rue lui avaient rapporté que des rumeurs de cette teneur s'étaient répandues dans les auberges. Et il savait qui en était responsable. Trouver des témoins serait donc chose facile.

« Attendez le procès. Je ne veux rien anticiper, dit-il.

— Si ça se trouve, dès qu'elle apprend le nom de ces témoins qui l'accusent, la vieille Stechlin les ensorcelle depuis son cachot et les fait mourir », intervint un autre membre du conseil. Le boulanger Michael Berchtholdt était membre du conseil extérieur. Aux yeux de Lechner, il était précisément un de ceux qu'il savait capables de ce genre de rumeurs. D'autres notables hochèrent la tête, ils avaient entendu parler de ces événements.

« Balivernes ! Ce ne sont que des chimères. La Stechlin est une sage-femme, et rien de plus ! dit Jakob Schreevogl en bondissant de son siège. Rappelez-vous ce qui s'est passé ici il y a soixante-dix ans. La moitié de la ville avait accusé l'autre moitié de sorcellerie. Beaucoup de sang a coulé. Tenez-vous vraiment à ce que ça se reproduise ? »

Quelques-uns des simples membres du conseil commencèrent à chuchoter entre eux. À l'époque, les plus atteints avaient été les bourgeois les moins aisés, les paysans, les servantes, les valets… Mais on avait également compté des femmes d'aubergiste et des épouses de juge. Sous la torture, les suspectes avaient avoué avoir provoqué de la grêle, profané des hosties et même assassiné leurs propres enfants. La peur était toujours profonde. Johann Lechner se rappelait que son père lui en avait souvent parlé. La honte de Schongau, les livres d'histoire la véhiculeraient à jamais…

« J'ai du mal à croire que *tu* t'en souviennes. Et maintenant, rassieds-toi, petit Schreevogl », dit une voix faible mais perçante. Elle indiquait que son propriétaire avait l'habitude de donner des ordres et qu'il n'avait pas l'intention de s'en laisser conter par un jouvenceau.

Avec ses quatre-vingt-un ans, Matthias Augustin était le plus âgé des membres du conseil. Il avait régné sur les charroyeurs de Schongau pendant des décennies. À présent, il était presque aveugle, mais sa parole avait toujours du poids dans la cité. Avec les Semer, les Püchner, les Holzhofer et les Schreevogl, il faisait partie du cercle qui concentrait tous les pouvoirs.

Les yeux du vieillard étaient dirigés sur un point lointain. Il semblait regarder droit dans le passé.

« *Moi*, je m'en souviens », murmura-t-il. Dans la salle régnait maintenant un silence sépulcral. « J'étais encore très jeune à l'époque. Mais j'ai vu les flammes des bûchers. Je sens encore l'odeur de la chair. On en a fait brûler des douzaines au cours de ce fâcheux procès. Y compris des innocentes. Plus personne n'avait confiance en personne. Croyez-moi, je ne veux pas revivre ça. Et c'est pour ça que la vieille Stechlin doit avouer. »

Le jeune Schreevogl s'était rassis. Aux derniers mots d'Augustin, il aspira bruyamment de l'air entre ses dents.

« Il faut qu'elle avoue, continua Augustin, parce qu'une rumeur est comme une fumée. Elle se répand, elle se propage à travers les fentes et les interstices des portes et des fenêtres, et à la fin, son odeur imprègne toute la ville. Nous devons mettre un terme aussi rapide que possible à cette histoire. »

Le bourgmestre Semer hocha la tête et les autres membres du conseil intérieur marmonnèrent leur approbation.

« Il a raison. » Johann Püchner, dont le moulin, qui avait été détruit au cours de l'attaque des Suédois, n'avait que récemment renoué avec son ancien faste, se cala dans son siège. « Nous devons faire en sorte que le peuple garde son calme. Hier soir, je me suis rendu au port de flottage. J'ai entendu courir les bruits les plus fous.

— C'est vrai. Hier, j'en ai parlé avec mes hommes. » Matthias Holzhofer était lui aussi un puissant marchand pour le compte de qui on flottait du bois jusqu'à la mer Noire. Il jouait avec une des manchettes de son pourpoint. « Mais leurs soupçons se portent plutôt sur les flotteurs d'Augsbourg. Après tout, le vieux Grimmer a souvent eu maille à partir avec eux. Peut-être qu'ils veulent nous causer du tort. Effrayer les gens, pour qu'ils n'accostent plus à Schongau, réfléchit-il.

— Si c'était le cas, la vieille Stechlin serait tirée d'affaire et votre plan tout entier partirait en fumée », objecta Jakob Schreevogl. Il était assis à table, les bras croisés.

L'un des simples membres du conseil municipal assis près du mur s'éclaircit la gorge. Il était peu fréquent que l'un d'eux prenne la parole au cours d'une séance. Le vieux Pogner, qui avait été envoyé au conseil par la guilde des boutiquiers, marmotta : « C'est vrai qu'il y a eu une bagarre entre Grimmer et quelques charroyeurs d'Augsbourg. J'étais moi-même à L'Étoile quand c'est arrivé. »

Le bourgmestre Karl Semer se sentit froissé dans son honneur d'aubergiste.

« Il n'y a pas de bagarres dans mon auberge. Ils se sont juste un peu bousculés, corrigea-t-il.

— Un peu bousculés ? » Pogner était maintenant tout à fait réveillé. « Demandez donc à votre Resl, elle y était. Le sang coulait en ruisseaux sur les tables. Et l'un des gars d'Augsbourg a encore du mal à marcher, tellement Grimmer l'a amoché en lui tapant dessus. Et quand l'autre s'est enfui, il lui a lancé en prime une malédiction. Je crois qu'ils ont voulu se venger, voilà ce que je crois !

— Balivernes ! dit Matthias Augustin, le vieil homme à demi aveugle, en secouant la tête. On peut leur reprocher beaucoup de choses, aux Augsbourgeois, mais de là à commettre un meurtre... Je ne les en crois pas capables. Restez-en à la version Stechlin. Et surtout, faites vite. Avant que tout brûle par ici.

— J'ai donné des instructions pour que l'interrogatoire commence demain, dit Lechner. Le bourreau va montrer ses instruments de torture à la sage-femme. Dans une semaine au plus tard, l'affaire sera réglée. » Il leva les yeux vers les sculptures du plafond en pin. Des rouleaux de parchemin taillés en relief rappelaient qu'ici on édictait la loi.

« Ne faudrait-il pas dans un pareil cas demander conseil à l'intendant du prince électeur ? s'enquit Jakob Schreevogl. Après tout, il s'agit d'un meurtre ! La ville n'a même pas le droit de juger seule en pareil cas ! »

Johann Lechner sourit. Effectivement, lorsqu'il s'agissait de rendre un verdict où il était question de vie ou de mort, le représentant du prince électeur avait obligatoirement son mot à dire. Mais Wolf Dietrich von Sandizell séjournait, comme la plupart du temps, dans son domaine de Pichl près de Thierhaupten, très loin de Schongau. Et en attendant qu'il arrive, son unique représentant à l'intérieur des remparts de la ville, c'était Lechner.

« J'ai déjà envoyé un messager et prié Sandizell de nous rejoindre dans une semaine au plus tard, afin de présider le procès, expliqua-t-il. Je lui ai écrit que nous aurons trouvé le coupable d'ici là. Sinon, l'intendant du prince électeur et son cortège devront rester plus longtemps en ville... », ajouta le bailli d'un air suffisant.

Les conseillers municipaux soupirèrent dans leur for intérieur. Un intendant du prince électeur avec toute son escorte ! Chevaux, serviteurs, soldats... Ça signifiait de grosses dépenses. Ils se mirent à calculer mentalement les florins et pfennigs que chacun de ces hôtes de choix allait engloutir en nourriture et boissons. Jour après jour, jusqu'à l'annonce du verdict. Il était donc impératif de présenter un coupable dès l'arrivée de l'intendant. De cette façon, on s'en tirerait à meilleur compte.

« Vous avez notre accord, dit le bourgmestre Semer en essuyant la sueur de son front chauve. Commencez l'interrogatoire dès demain.

— Bien. » Johann Lechner ouvrit le carnet suivant. « Venons-en aux sujets suivants. Il reste encore beaucoup d'affaires à régler aujourd'hui. »

4

Mercredi,
25 avril de l'an du Seigneur 1659,
9 heures du matin

Jakob Kuisl descendait la ruelle étroite qui longeait les remparts, en direction du sud. Les maisons ici étaient crépies de frais, les toits de tuiles rougeoyaient à la lumière du soleil matinal. Les premiers narcisses et jonquilles fleurissaient dans les jardins. Le quartier dit « de la porte de la cour », qui entourait le château de l'intendant ducal, était considéré comme le meilleur. C'était là que s'installaient les artisans qui avaient fait fortune. Le bourreau passa près de canards cancanant et de poules caquetant qui s'égaillèrent dans la ruelle à son approche. Un menuisier était assis sur un banc devant son atelier et, armé de son rabot, de son marteau et de son ciseau à bois, s'affairait à polir le dessus d'une table. Au passage du bourreau, il rentra la tête. On ne saluait pas le bourreau, cela portait malheur.

Enfin Jakob Kuisl atteignit le bout de la ruelle. À son extrémité, juste au pied des remparts, se trouvait la prison fortifiée, une tour massive de trois étages au toit plat à merlons, construite en blocs de pierre carrée. Depuis des siècles, cet édifice servait de cachot et de salle des tortures.

Adossé près de la porte en bois bardée de fer, le garde municipal tendait sa figure aux rayons du soleil printanier. Il portait à la ceinture des clés d'une taille imposante, et en plus de celles-ci, un gourdin. Il n'avait pas besoin d'armes supplémentaires, après tout, les suspects étaient enchaînés. Pour se protéger des malédictions éventuelles, le garde portait autour du cou, attachées à une lanière de cuir, une petite croix en bois consacrée et une médaille de la Vierge Marie.

« Bien le bonjour, Andreas ! lança Jakob Kuisl. Comment vont les enfants ? La petite Anna s'est-elle remise ?

— Tout le monde va bien. Mille mercis, maître Jakob. Le remède a bien aidé. »

L'homme d'armes regarda furtivement à la ronde pour voir si quelqu'un observait sa conversation avec le bourreau. On évitait l'homme à l'épée, mais on allait le voir quand la goutte vous martyrisait ou que vous vous étiez cassé un doigt. Ou bien quand votre fille, comme c'était le cas pour le garde Andreas, souffrait d'une coqueluche sévère. C'étaient surtout les gens simples qui s'adressaient de préférence au bourreau plutôt qu'au barbier ou au médecin. La plupart du temps, on en revenait en meilleure santé qu'en y allant. De plus, ça coûtait moins cher.

« Qu'est-ce que t'en penses ? Tu peux me laisser un moment causer en tête à tête avec la vieille Stechlin ? » Kuisl bourra sa pipe. Comme fortuitement, il tendit une prise de son tabac à l'homme d'armes. Andreas fourra à la dérobée le cadeau dans la bourse qu'il portait à sa ceinture.

« Je ne sais pas. Le vieux Lechner l'a interdit. Il exige toujours que j'y sois, moi aussi.

— Dis voir, la vieille Stechlin, elle n'aurait pas mis au monde ta petite Anna ? Et aussi ton petit Thomas ?

— C'est vrai, ouais, mais...

— Tu vois, mes enfants à moi, elle les a également mis au monde. Tu crois vraiment que c'est une sorcière ?

— En fait, pas vraiment. Mais les autres…

— Les autres, les autres… Pense par toi-même, Andreas ! Et maintenant, laisse-moi entrer. Tu peux passer me voir demain, le sirop contre la toux de ta petite est prêt. Si je n'y suis pas, tu n'auras qu'à le prendre tout seul. Il sera sur la table de la cuisine. »

Sur ces mots, il tendit la main. Le garde lui remit la clé et le bourreau entra dans la prison fortifiée.

Le fond de la salle était occupé par deux cellules. Martha Stechlin gisait, inconsciente, dans celle de gauche, sur un tas de paille sale. L'odeur d'urine et de chou pourri prenait à la gorge. Un peu de soleil pénétrait dans la salle à travers une lucarne grillagée ; un escalier descendait à la salle des tortures. Jakob Kuisl le connaissait bien. C'est là que se trouvaient les instruments dont le bourreau allait avoir besoin pour son douloureux interrogatoire.

Au début, il ne ferait que montrer les instruments à la vieille Stechlin. Les tenailles incandescentes, les vis écrase-pouces rouillées dont les écrous permettaient d'augmenter la douleur tour après tour. Il devrait lui expliquer ce que cela représentait, de se faire lentement étirer par des pierres lourdes de plusieurs quintaux, jusqu'à ce que les os craquent et que les articulations se disloquent. Souvent, il suffisait de montrer les instruments de torture aux détenus soumis à la question pour les rendre dociles et coopératifs. Dans le cas de Martha Stechlin, le bourreau n'était pas certain que cela marcherait.

La sage-femme semblait dormir. Lorsque Jakob Kuisl se rapprocha des barreaux, elle ouvrit des yeux clignotants. On entendit un tintement. C'étaient les chaînes qui reliaient ses poignets aux anneaux fixés au mur. Martha Stechlin essaya de sourire.

« Ils m'ont attachée comme une chienne enragée, dit-elle en lui montrant ses chaînes. Et la mangeaille, c'est pareil. »

Kuisl prit un air amusé. « Ça peut quand même pas être pire que chez toi. »

Le visage de Martha Stechlin s'assombrit. « Ça ressemble à quoi, chez moi ? Ils ont tout cassé, pas vrai ?

— J'irai voir, t'inquiète pas. Mais à l'heure qu'il est, t'as un problème bien pire. Ils pensent que c'est toi qui as commis ça. Dès demain, je reviens en compagnie du bailli et du bourgmestre pour te montrer les instruments.

— Demain, déjà ? »

Il hocha la tête. Puis il regarda la sage-femme d'un air inquisiteur.

« Martha, dis-le-moi franchement, c'est toi qui as fais ça ?

— Sur la Sainte Vierge Marie, je jure que non ! Jamais je n'aurais fait du mal au garçon !

— Mais il venait chez toi ? Même la nuit avant sa mort ? »

La sage-femme était transie de froid. Elle ne portait que la mince chemise en lin avec laquelle elle avait fui devant Grimmer et ses hommes. Elle grelottait de tout son corps. Jakob Kuisl lui tendit son long manteau troué. Elle le prit sans un mot à travers les barreaux et s'en couvrit les épaules. Elle ne recommença à parler qu'ensuite.

« Il n'y avait pas que Peter qui venait chez moi. Quelques autres aussi. C'est qu'il leur manque une mère.

— Quels autres ?

— Eh bien, les orphelins, quoi. Sophie, Clara, Anton, Johannes… tous ces enfants-là. Ils venaient me rendre visite, parfois plusieurs fois par semaine. Ils jouaient dans mon jardin et je leur faisais des gaufres. Ils n'ont plus personne, tu comprends. »

Jakob Kuisl comprenait. Il avait souvent vu les enfants dans le jardin de la sage-femme. Mais jamais il ne s'était rendu compte qu'il s'agissait presque exclusivement d'orphelins.

Le bourreau connaissait les enfants pour les avoir croisés dans la rue. Ils se tenaient souvent ensemble, à l'écart des autres, qui les évitaient. Il lui était arrivé plus d'une fois d'intervenir quand un groupe d'enfants se jetait sur les orphelins pour les tabasser. On aurait dit qu'ils portaient sur le front une marque qui poussait les autres à en faire leurs victimes. L'espace d'un instant, il repensa à sa propre enfance. Il avait été un fils de bourreau, un paria, mais lui au moins avait des parents. Une chance que de moins en moins d'enfants avaient. La grande guerre avait privé beaucoup d'entre eux d'un père et d'une mère. La ville confiait ces pauvres âmes à un tuteur. Souvent, il s'agissait de bourgeois du conseil municipal, mais aussi de maîtres artisans qui, au passage, s'appropriaient les biens des parents défunts. Dans les familles qui étaient, de toute façon, nombreuses, ces enfants étaient traités comme la dernière roue de la charrette. On les tolérait, on les frappait, on les aimait rarement. Une bouche de plus qu'on nourrissait parce qu'on avait besoin d'argent. Jakob Kuisl pouvait comprendre que les orphelins aient trouvé une sorte de mère dans la gentille Martha Stechlin.

« C'était quand, la dernière fois qu'ils sont venus chez toi ? demanda-t-il à la sage-femme.

— Avant-hier.

— Donc, un jour avant la nuit du meurtre. Peter y était-il, lui aussi ?

— Oui, naturellement. C'était un garçon si sage… »

Des larmes coulèrent sur le visage couvert de sang séché de la sage-femme. « Il n'avait plus sa mère, tu comprends. C'est moi qui l'ai veillée dans ses derniers instants. Peter et Sophie, ces pauvres petits, ils veulent tout savoir. Ce que je fais en tant que sage-femme et de quelles herbes j'ai besoin. Ils m'observent toujours avec attention quand je pile au mortier. Sophie dit qu'elle aimerait devenir sage-femme à son tour.

— Combien de temps sont-ils restés ?

— Jusqu'à un peu avant la tombée de la nuit. Je les ai renvoyés chez eux quand la vieille Klingensteiner m'a fait appeler. J'y suis restée jusqu'à hier matin, Dieu du ciel, il y a des témoins ! »

Le bourreau secoua la tête. « Ça ne te servira à rien. J'ai eu une conversation avec le père Grimmer, hier soir. Peter n'est sans doute jamais rentré chez lui. Grimmer est resté à l'auberge jusqu'à l'heure de la fermeture. Le lendemain, lorsqu'il a voulu réveiller son fils, le lit était vide. »

La sage-femme soupira. « Je suis donc la dernière à l'avoir vu vivant...

— C'est exactement ça, Martha. Et c'est très embêtant. Les gens jabotent à n'en plus finir. »

La sage-femme resserra le manteau autour d'elle. Elle serra les lèvres.

« Quand est-ce que tu t'y mets avec les tenailles et les écrase-pouces ? demanda-t-elle.

— Bientôt, s'il en va d'après Lechner.

— Et moi, je dois avouer ? »

Jakob Kuisl hésita. Cette femme avait mis ses enfants au monde. Il lui devait quelque chose. De plus, et avec la meilleure volonté du monde, il n'arrivait pas à croire qu'elle ait pu infliger de telles blessures à Peter.

« Non, finit-il par dire. Temporise. Nie aussi longtemps que tu le peux. Je te ménagerai, je te le promets.

— Et si ce n'est plus possible ? »

Kuisl tira sur sa pipe froide. Puis il pointa le bout du tuyau sur Martha. « Je l'aurai, l'ordure qui a fait ça. Je te le promets. Tiens le coup jusqu'à ce que je l'aie attrapée, cette ordure. »

Puis il se retourna brusquement et se dirigea vers la sortie.

« Kuisl ! »

Le bourreau s'arrêta net et tourna la tête vers la sage-femme. Sa voix n'était plus qu'un chuchotement.

« Il y a encore une chose. Il faut que tu le saches...

— Quoi donc ?

— J'avais une racine de mandragore dans mon armoire…

— Une racine de… Tu sais que ces messieurs du conseil considèrent ça comme une diablerie.

— Oui, je le sais. En tout cas, elle n'y est plus.

— Elle n'y est plus ?

— Elle n'est plus dans mon armoire. Depuis hier.

— Y a-t-il autre chose qui a disparu ?

— J'en sais rien. Je ne m'en suis rendu compte que quelques instants avant l'arrivée de Grimmer et de sa troupe. »

Jakob Kuisl resta debout devant la porte. Il suçotait pensivement le tuyau de sa pipe.

« C'est étrange, murmura-t-il. C'était pas la pleine lune, avant-hier ? »

Il sortit sans attendre la réponse. Derrière lui, la porte se referma avec fracas. Martha Stechlin s'enveloppa dans le manteau, s'étendit sur la paille et se mit à pleurer sans bruit.

Le bourreau se dirigea aussi rapidement qu'il put vers la maison de la sage-femme. Ses pas résonnaient dans les ruelles. Un groupe de paysannes chargées de paniers et de sacs regarda avec étonnement la haute silhouette qui passait devant elles à grands pas. Toutes les femmes se signèrent, puis se remirent à parler de l'horrible mort du petit Grimmer et de son père, veuf et ivrogne.

Tout en marchant, Jakob Kuisl réfléchissait aux dernières paroles de la sage-femme. La mandragore était une plante dont les fruits, de couleur jaunâtre, avaient un effet sédatif. Quant à la racine, elle ressemblait à un petit bonhomme desséché, raison pour laquelle on l'employait souvent dans les invocations. Une fois moulue, elle entrait dans la composition du si redouté onguent de vol dont les sorcières enduisaient leur balai. On disait qu'elle poussait tout particulièrement sous les potences et qu'elle se nourrissait de l'urine et du sperme des pendus, mais Jakob Kuisl n'en avait jamais découvert une seule sur la colline aux potences de Schongau. Une chose était certaine, c'était un fameux anesthésiant, très efficace aussi pour les avortements. Trouver une racine de mandragore chez Martha Stechlin aurait entraîné son arrêt de mort.

Mais qui aurait pu voler la plante à la sage-femme ? Quelqu'un qui lui voulait du mal ?

Quelqu'un qui voulait qu'on l'accuse de magie noire ?

Cela étant, il était tout aussi possible que la sage-femme ait simplement égaré la racine interdite. Jakob Kuisl força l'allure. Il allait bientôt pouvoir se faire sa propre idée.

Quelques minutes plus tard, il était devant la maison de la sage-femme. En voyant les volets éclatés et la porte défoncée, il se mit à douter de trouver quoi que ce soit.

Le bourreau poussa la porte. Dans un ultime grincement, elle sortit de ses gonds et tomba vers l'intérieur. La pièce elle-même ressemblait à un champ de bataille, on aurait dit que la vieille Stechlin avait expérimenté de la poudre à canon. Le sol de terre battue était couvert de creusets en terre cuite brisés, sur lesquels seuls des signes alchimiques indiquaient leur ancien contenu. Il régnait une lourde odeur de menthe et d'absinthe.

La table, la chaise et le lit étaient fracassés et leurs morceaux étaient répandus dans toute la pièce. La marmite d'avoine froide avait roulé dans un coin, son contenu formait un petit lac d'où partaient des traces de pas qui conduisaient à la porte de derrière, ouvrant sur le jardin. Dans les pâtes et les poudres d'herbes qui jonchaient le sol on distinguait d'autres traces de pas en partie effacées. On aurait dit que la moitié de Schongau avait défilé dans la maison de Martha Stechlin. Kuisl se rappela qu'il y avait bien une douzaine d'hommmes avec Grimmer au moment de l'assaut contre la maison de la sage-femme.

En examinant de plus près les traces de pas, le bourreau eut un instant de stupéfaction. Au milieu des empreintes de grande taille, on en voyait aussi des petites. En partie effacées, certes, mais néanmoins reconnaissables. Des traces de pas d'enfant.

Il parcourut la pièce du regard. La marmite. La table fracassée. Les empreintes. Les creusets brisés. Une cloche résonna quelque part en lui, mais il ne sut dire pourquoi. Quelque chose… ravivait un *souvenir*.

Le bourreau mâchonna sa pipe froide. Puis il sortit, plongé dans ses pensées.

Simon Fronwieser, assis dans la salle, près du feu, regardait le café en train de bouillir. Les yeux fermés, il respirait l'odeur étrange et stimulante. Il aimait le parfum et le goût de cette poudre exotique, il était tout de bon intoxiqué par elle. À peine un an avant, un marchand d'Augsbourg avait ramené un sac de ces petites fèves dures à Schongau. Ledit marchand les avait vantées comme des remèdes miraculeux venus d'Orient. Les Turcs, disait-il, en buvaient pour se mettre dans un état de fureur sanguinaire, et au lit aussi, ce breuvage avait des vertus spectaculaires. Simon n'était pas certain de la véracité de ces rumeurs. La seule chose dont il était sûr, c'était qu'il aimait le café et qu'après en avoir consommé, il pouvait passer des heures penché sur ses livres sans se sentir fatigué.

L'eau brune bouillonnait à gros glouglous dans le pot. Simon prit un gobelet de grès pour transvaser la boisson. Peut-être son effet l'aiderait-il à y voir plus clair dans la mort du petit Grimmer. Depuis qu'il avait quitté la maison du bourreau, la veille, cette affreuse histoire ne lui était plus sortie de la tête. Qui pouvait bien avoir fait une chose pareille ? Et puis ces signes…

La porte s'ouvrit à la volée et son père pénétra bruyamment dans la pièce. Simon comprit qu'il allait avoir des ennuis.

« Tu es encore descendu chez le bourreau, hier. Tu as montré le cadavre du petit Grimmer à ce charlatan. Avoue ! C'est Hannes le tanneur qui me l'a raconté. Et en plus, t'as encore frayé avec cette Magdalena ! »

Simon ferma les yeux. Il avait effectivement vu Magdalena la veille, au bord de la rivière. Ils s'étaient promenés ensemble. Il s'était comporté comme un idiot, il n'avait pas réussi à la regarder dans les yeux et s'était contenté de jeter des cailloux dans le Lech. De plus, il lui avait dit tout ce qui lui avait traversé l'esprit depuis la mort du jeune Grimmer. Qu'il ne croyait pas à la culpabilité de la vieille Stechlin, qu'il avait peur d'un nouveau procès en sorcellerie comme soixante-dix ans avant…

Il avait bafouillé comme un enfant de six ans, alors qu'au fond il voulait seulement lui dire qu'il l'aimait. Quelqu'un avait dû les observer. On n'était jamais seul dans cette maudite ville.

« C'est possible. En quoi ça te regarde ? » Simon se versa son café en évitant de regarder son père.

« En quoi ça me regarde ? Mais ma parole, tu es fou ! » Comme son fils, Bonifaz Fronwieser était un homme de petite taille. Et comme beaucoup d'hommes de petite taille, il était très coléreux. Les yeux lui sortaient de la tête, la pointe de sa barbiche déjà grise tremblait.

« Je suis toujours ton père ! s'écria-t-il. Ne vois-tu pas le mal que tu fais ? Il m'a fallu des années pour nous établir. Pour toi, tout pourrait être si simple ! Tu pourrais être le premier médecin véritable qu'ait connu cette ville ! Mais tu décides de tout gâcher en frayant avec cette garce de fille de bourreau et en fréquentant la maison de son père ! Les gens en font des gorges chaudes, ne t'en rends-tu pas compte ? »

Simon leva les yeux au plafond et subit stoïquement l'algarade. Depuis le temps, il la connaissait par cœur. Son père avait traversé la guerre comme simple chirurgien de champ de bataille, c'était là qu'il avait rencontré la mère de Simon, une modeste vivandière. Simon avait sept ans quand sa mère était morte de la peste. Pendant quelques années, le père et le fils avaient continué à suivre les soldats, ils avaient cautérisé les blessures par balle avec de l'huile bouillante et amputé des jambes à la scie. Une fois la guerre finie, ils avaient erré à travers le pays, à la recherche d'un endroit susceptible de les accueillir. C'était à Schongau qu'on leur avait permis de s'installer. Au cours des années qui avaient suivi, son père, à force de travail et d'ambition, avait accédé au rang de barbier et enfin de médecin municipal, enfin plus ou moins. Car il n'avait jamais fait d'études. Pour cette raison, le conseil municipal ne le tolérait que de justesse, surtout parce que le barbier local était un incapable et que les médecins qu'on faisait venir de Munich, ou même d'Ausgbourg, coûtaient trop cher.

Bonifaz Fronwieser avait envoyé son fils faire ses études à Ingolstadt. Mais l'argent avait fini par s'épuiser et Simon avait dû revenir à Schongau. Depuis, le père économisait chaque pfennig et surveillait son fils de très près, car il le soupçonnait d'être un gandin doublé d'un étourdi.

« … pendant que d'autres tombent amoureux des filles qui leur conviennent. Prends Joseph, par exemple, il fait des avances à la fille Holzhofer. Voilà ce que j'appelle un bon parti ! Il ira loin, celui-là ! Mais toi… ! » conclut son père. Cela faisait un moment que Simon ne l'écoutait plus. Il sirotait son café en pensant à Magdalena. Ses yeux noirs qui toujours semblaient sourire, ses larges lèvres mouillées par le vin rouge qu'ils avaient emporté à la rivière dans une gourde en cuir. Elle en avait fait tomber quelques gouttes sur son corsage et il lui avait tendu son mouchoir.

« Regarde-moi quand je te parle ! » Du dos de la main, son père lui administra une gifle retentissante, qui projeta du café à travers toute la pièce. Le gobelet tomba par terre avec fracas et se brisa. Simon se frotta la joue. Son père se tenait devant lui, frêle et tremblant, sa veste, déjà tachée d'ordinaire, toute mouchetée de café. Il savait qu'il était allé trop loin. Son fils n'avait plus douze ans. Mais c'était tout de même son fils, ils avaient traversé tant d'épreuves ensemble et il ne voulait que son bien…

« Je vais chez le bourreau, murmura Simon. Si tu veux me retenir, tu n'as qu'à m'enfoncer ton scalpel dans le ventre. » Puis il ramassa quelques livres sur la table et partit en claquant la porte.

« Eh bien vas-y, chez ce Kuisl ! s'exclama son père une fois qu'il fut sorti. Pour le bien que ça va te faire ! »

Bonifaz Fronwieser se pencha et ramassa les tessons du gobelet. Il les jeta dans la rue par la fenêtre ouverte, accompagnés d'un juron tonitruant à l'intention de son fils.

Aveuglé par la colère, Simon courait à travers les ruelles. Son père, décidément, quelle… quelle… tête de mule ! En fait il comprenait très bien le vieux, qui n'avait en vue que l'avenir de son fils, les études, une bonne épouse, des enfants. Mais l'université déjà n'avait pas convenu à Simon. Un savoir poussiéreux, appris par cœur, en grande partie fondé sur les savants grecs et romains. Au fond, son père ne savait rien au-delà des purges, des pansements et des saignées. Dans la maison du bourreau, par contre, soufflait un vent nouveau, Jakob Kuisl possédait l'*Opus Paramirum* de Paracelse ainsi que le *Paragranum*. Des ouvrages de grande valeur que Simon avait parfois le droit d'emprunter.

Au moment de tourner dans la Lechtorstraße, il se heurta à un grand rassemblement d'enfants. Des clameurs s'élevaient du centre de l'attroupement. Simon se hissa sur la pointe des pieds et vit un grand garçon, bâti en force, assis sur une petite fille. Il immobilisait au sol sa victime avec les genoux tout en la bourrant de coups de poing. Du sang coulait aux commissures des lèvres de la petite fille, son œil droit était déjà tuméfié. Le groupe d'enfants et d'adolescents saluait chaque nouveau coup par des cris d'encouragement. Simon repoussa la meute hurlante, saisit le garçon par les cheveux et l'arracha du corps de la petite.

« Bande de lâches ! cria-t-il. Attaquer une fille – fichez le camp ! »

La meute récalcitrante ne recula que de quelques mètres. La fille s'assit et repoussa ses cheveux collés à son visage par le fumier de la rue. Elle tournait la tête de tous côtés comme si elle guettait un espace entre deux enfants par où s'échapper.

Le grand garçon se dressa devant Simon. Il avait autour de quinze ans et dépassait le médecin d'une demi-tête. Simon le reconnut. C'était Hannes, le fils de Berchtholdt, le boulanger de la Weinstraße.

« Ne vous mêlez pas de ça, médecin, menaça-t-il. C'est notre affaire.

— Si vous cassez les dents à une petite fille, c'est aussi mon affaire, rétorqua Simon. Comme tu le dis toi-même, je suis le médecin, et je dois évaluer combien va te coûter ce petit plaisir.

— Me coûter ? » Hannes plissa le front. Ce n'était pas une lumière.

« Eh bien, si tu abîmes cette fille, tu vas devoir payer les dégâts. Quant aux témoins, ce n'est pas ce qui manque, hein ? »

Hannes promena sur ses camarades un regard inquiet. Quelques-uns avaient déjà pris la poudre d'escampette.

« Cette Sophie, c'est une sorcière ! intervint un autre garçon. Elle a les cheveux roux et en plus, elle était toujours fourrée chez la vieille Stechlin, exactement comme Peter, et lui, maintenant, il est mort ! » Les autres émirent un grondement d'approbation.

Simon frissonna en son for intérieur. Voilà que ça commençait. Déjà. Bientôt, Schongau ne serait plus peuplé que de sorcières et de gens pour les montrer du doigt.

« Ne soyez pas stupides, s'exclama-t-il. Si c'était une sorcière, pourquoi se laisserait-elle frapper ? Elle se serait déjà enfuie sur son balai, voilà ce qu'elle aurait fait. Et maintenant, fichez le camp ! »

La bande se retira de mauvaise grâce en jetant des regards menaçants à Simon. Quand les garçons furent à un jet de pierre de lui, il les entendit s'écrier : « Il couche avec la fille du bourreau, celui-là !

— J'espère qu'elle lui passera la corde autour du cou !

— Il est si petit, il n'en restera pas grand-chose si on lui coupe la tête ! »

Simon soupira. Sa relation pourtant si récente avec Magdalena n'était déjà plus un secret. Son père avait raison, les gens en faisaient des gorges chaudes.

Il se pencha vers la fillette pour l'aider à se relever.

« C'est vrai que vous étiez toujours fourrés chez la vieille Stechlin, Peter et toi ? » demanda-t-il.

Sophie essuya le sang sur ses lèvres. Ses longs cheveux roux étaient raidis par la poussière. Simon lui donnait environ douze ans. Sous la couche de crasse, son visage était éveillé. Le médecin crut se rappeler qu'elle était issue d'une famille de tanneurs du quartier d'en bas au bord du Lech. Ses parents étaient morts durant la dernière épidémie de peste et elle avait été recueillie par une autre famille de tanneurs.

La fillette ne répondit pas. Simon la saisit rudement par les épaules.

« Je veux savoir si tu étais avec Peter chez Martha Stechlin. C'est important ! répéta-t-il.

— Ça se peut, marmonna-t-elle.

— Et tu l'as vu ce soir-là, Peter ?

— La Stechlin n'y est pour rien, que Dieu me garde.

— Qui, alors ?

— Peter… Peter, après, il est redescendu à la rivière… tout seul.

— Pour quoi faire ? »

Sophie pressa ses lèvres l'une sur l'autre. Elle évitait son regard.

« Je veux savoir : pour quoi faire !

— Il a dit que c'était un secret. Il… il voulait voir quelqu'un.

— Qui ça, bon Dieu ?

— Il l'a pas dit. »

Simon secoua Sophie. Il sentait que la fillette lui cachait quelque chose. Soudain, elle s'arracha à son emprise et s'enfuit vers la ruelle la plus proche.

« Attends ! »

Simon lui courut après. Sophie était pieds nus, ses petits pieds volaient sur le sol d'argile tassé. Déjà, elle avait atteint la Zänkgasse, et se faufilait à travers des servantes qui revenaient du marché leur panier rempli à ras-bord. Lorsque Simon voulut la suivre, il se cogna à l'un des paniers. Celui-ci échappa aux mains de la servante, et des radis, des choux et des carottes s'éparpillèrent dans toute la rue. Simon entendit des clameurs furieuses derrière lui mais il ne pouvait s'arrêter, la fillette menaçait de lui échapper. Sophie était rapide, déjà elle disparaissait au tournant suivant. À cet endroit, les ruelles étaient nettement moins fréquentées. Simon, tout en maintenant son chapeau d'une main, continua à poursuivre Sophie. À gauche s'élevaient deux maisons dont les toits se rejoignaient, et entre les deux s'ouvrait une ruelle étroite, à peine d'une largeur d'épaules, qui menait aux remparts. Le sol était jonché de débris et d'immondices et, à l'autre bout, Simon aperçut une petite silhouette qui s'éloignait à toute allure. Le médecin poussa un juron, dit adieu à ses bottes graissées au suif de bœuf et sauta par-dessus le premier tas de débris.

Il atterrit directement dans des ordures, glissa et se retrouva sur les fesses au milieu des gravats, des légumes pourris et des tessons d'un pot de chambre. Les bruits de pas moururent au loin. Simon se remit debout en gémissant lorsque les premiers volets s'ouvrirent un étage plus haut. Des visages éberlués virent le médecin en piteux état détacher avec peine des feuilles de salade de son manteau.

« Occupez-vous de vos affaires ! » hurla-t-il à leur adresse. Puis il se dirigea en boitillant vers la porte Lechtor.

À travers la lentille, le bourreau vit un amas d'étoiles jaunes qui brillaient à la lueur de la bougie de suif. Des cristaux comme faits de neige, tous parfaits dans leur forme et leur orientation. Jakob Kuisl sourit. Dès qu'il se plongeait dans les secrets de la nature, il était convaincu que Dieu existait. Qui d'autre aurait pu créer des œuvres d'art aussi parfaites ? Par ses inventions, l'homme ne faisait que singer son créateur. Cela dit, le même Dieu acceptait que les humains meurent comme des mouches, victimes de la peste et de la guerre. Il était difficile, en une pareille époque, de croire en Dieu, mais Jakob Kuisl le retrouvait dans les beautés de la nature.

Il était en train de répartir délicatement au moyen d'une pincette les cristaux sur un parchemin qui servait de support quand il entendit frapper à sa porte. Avant même qu'il ait eu le temps de répondre, la porte de son cabinet de travail s'entrouvrit. Un courant d'air s'engouffra qui fit s'envoler le parchemin jusqu'au bord de la table. Il le retint, un juron sur les lèvres, et l'empêcha de justesse de s'envoler. Une partie des cristaux disparurent dans une fente du plateau de la table.

« Mais qui, par tous les diables… ?

« — C'est Simon, dit calmement sa femme, qui avait entrouvert la porte. Il souhaite te rendre tes livres. En plus, il voudrait te parler. Il dit que c'est urgent. Et ne jure pas si fort, les enfants sont déjà au lit.

— Qu'il entre », grogna Kuisl.

Lorsqu'il se tourna vers Simon Fronwieser, il vit son visage effaré. Le bourreau se rappela alors qu'il avait toujours la loupe fichée dans l'œil. Le fils du médecin regardait droit dans une pupille de la taille d'un ducat.

« Ce n'est qu'un jouet, grommela Kuisl avant d'ôter la lentille cerclée de cuivre jaune de son visage. Mais plutôt utile, parfois.

— D'où tenez-vous ça ? demanda Simon. Ça doit valoir une fortune !

— Disons que j'ai rendu service à un conseiller et qu'il m'a payé en nature. » Jakob Kuisl renifla. « Tu pues.

— J'ai… j'ai eu un accident. En venant ici. »

Le bourreau l'arrêta d'un geste, puis il tendit la lentille à Simon et indiqua le petit tas jaune sur le parchemin.

« Tiens, vas-y, regarde donc ça. À ton avis, qu'est-ce que c'est ? »

Armé du monocle, Simon se pencha sur les petits grains.

« C'est… c'est fascinant ! Je n'ai encore jamais vu une loupe aussi parfaite !

— Ce sont des grains de quoi ? C'est ça que j'aimerais que tu me dises.

— Eh bien, à en juger par l'odeur, je dirais : du soufre.

— Je les ai trouvés, avec un peu d'argile, dans la poche du petit Grimmer. »

Simon arracha brusquement le monocle et regarda le bourreau.

« Sur Peter ? Mais pourquoi avait-il du soufre dans sa poche ?

— J'aimerais bien le savoir. »

Jakob Kuisl saisit sa pipe et se mit à la bourrer. Pendant ce temps, Simon se promenait de long en large dans le petit cabinet de travail en narrant sa rencontre avec l'orpheline. De temps à autre, Kuisl faisait entendre un grognement, en dehors de ça, il était entièrement absorbé par le bourrage et l'allumage de sa pipe. Quand Simon eut fini de narrer son histoire, le bourreau était déjà enveloppé de volutes de fumée.

« Je suis allé dans la maison de la vieille Stechlin, dit-il enfin. Les enfants s'y sont effectivement rendus. De plus, il manque une racine de mandragore.

— Une racine de mandragore ?

— Une plante magique. »

Jakob Kuisl relata en peu de mots son entrevue avec la sage-femme et décrivit brièvement le chaos à l'intérieur de sa maison. Ses paroles étaient entrecoupées de longues pauses au cours desquelles il tirait sur sa pipe. Simon avait, pendant ce temps, pris place sur un tabouret, sur lequel il se tortillait nerveusement.

« Je n'y comprends rien, finit-il par dire. Nous avons un garçon mort avec une marque de sorcellerie sur l'épaule et du soufre dans la poche. Nous avons une sage-femme comme suspecte principale, à laquelle on a volé une racine de mandragore. Et nous avons une bande d'orphelins qui en savent plus qu'ils n'en disent. Tout ça n'a aucun sens !

— Nous avons surtout très peu de temps, marmonna le bourreau. L'intendant du prince électeur arrive dans quelques jours. Il faut que, d'ici là, j'aie transformé la vieille Stechlin en coupable, sinon j'aurai des ennuis avec le conseil.

— Et si vous refusiez, tout simplement ? demanda Simon. Personne ne peut exiger de vous… »

Kuisl secoua la tête. « Dans ce cas, ils en font venir un autre et moi, je peux me chercher un nouveau boulot. Non, il faudra se débrouiller comme ça. Nous devons trouver le véritable meurtrier, et le plus rapidement possible.

— Nous ? »

Le bourreau hocha la tête. « J'ai besoin de ton aide. À moi, personne ne veut m'adresser la parole. Ces messieurs du conseil font la grimace du plus loin qu'ils m'aperçoivent. Cela dit…, ajouta-t-il en riant, en ce moment ils feraient également la grimace en te voyant. »

Simon regarda son pourpoint sale et puant. Il était maculé de taches de café, une déchirure montait du genou gauche jusqu'en haut de la cuisse. Une feuille de salade flétrie pendait à son chapeau. Sans parler des taches de sang séché sur sa veste… Il allait lui falloir une nouvelle tenue et il ne savait pas où se procurer l'argent nécessaire. Peut-être que le conseil se montrerait généreux s'il contribuait à l'arrestation du meurtrier.

Simon réfléchit à la proposition du bourreau. Qu'avait-il à perdre, après tout ? Pas sa bonne réputation, en tout cas, il l'avait déjà perdue. Et si désormais il voulait fréquenter Magdalena, ça ne pouvait qu'être avantageux de se mettre bien avec son père. Et puis, il y avait les livres. Sur la table, à côté de la loupe, se trouvait justement un exemplaire déjà bien usé de l'ouvrage du jésuite Athanase Kircher qui traitait des minuscules vers dans le sang. Ce moine avait travaillé avec un objet appelé « microscope » qui permettait sans doute d'agrandir nettement plus que la loupe de Jakob Kuisl. La perspective de lire ce livre chez lui, seul, au lit, avec une tasse de café à portée de la main…

Simon hocha la tête. « Bien, vous pouvez compter sur moi. À propos, ce livre sur la… »

Le fils du médecin n'eut pas le temps de formuler son souhait. La porte s'ouvrit à la volée et le garde Andreas déboula dans la pièce en trébuchant, à bout de souffle.

« Pardon de vous déranger si tard, haleta-t-il. Mais c'est urgent. On m'a dit que je trouverais le jeune Fronwieser ici. Votre père a besoin de votre aide ! »

Andreas était blanc comme un linge. On aurait dit qu'il avait vu le diable en personne.

« De quel genre d'urgence peut-il bien s'agir ? » s'enquit Simon. Il se demandait qui avait bien pu le voir entrer dans la maison du bourreau. Tout portait à croire qu'il était impossible de faire un pas dans cette ville sans être observé.

« Le fils du boutiquier Kratz, il est mourant ! » éructa Andreas avec ses dernières forces. Sa main ne cessait de chercher la petite croix en bois suspendue à son cou.

Jakob Kuisl, qui jusque-là avait écouté en silence, perdit patience. Du plat de la main, il frappa la table en bois branlante, faisant bondir la loupe et le chef-d'œuvre d'Athanase. « Un accident ? Mais parle, à la fin !

— Il y a du sang partout ! Que Dieu nous garde, il porte la marque ! Tout comme le fils Grimmer… »

Simon bondit de son tabouret. Il sentit la peur monter en lui.

À travers les volutes de fumée, Kuisl jeta un coup d'œil perçant au jeune Simon. « Vas-y voir, toi. Moi, je vais aller jeter un œil sur la vieille Stechlin. Je ne sais pas si elle est vraiment à l'abri dans ce cachot. »

Simon se saisit de son chapeau et sortit en courant. Du coin de l'œil, il eut juste le temps de voir Magdalena qui, encore mal réveillée, le saluait de la main du haut de la lucarne. Il comprit qu'ils n'auraient pas beaucoup de temps à se consacrer l'un à l'autre au cours des jours qui allaient suivre.

L'homme était debout à la fenêtre, la tête à une paume de main du lourd rideau rouge. Au-dehors, le crépuscule tombait, mais au fond cela importait peu. À l'intérieur de la pièce, le crépuscule était permanent, une pénombre triste et grise qui engloutissait le soleil même en plein jour. En esprit, l'homme voyait le soleil au-dessus de la ville. Il se lèverait puis se coucherait, sempiternellement, il ne se laisserait pas arrêter. L'homme non plus ne se laisserait pas arrêter, même si, pour le moment, les choses étaient retardées. Ce retard l'agaçait… énormément. Il se retourna.

« Quel empoté tu fais ! Tu n'es qu'un bon à rien ! C'est trop te demander de mener une chose à bien, pour une fois ?

— Elle sera menée à bien. »

On distinguait une autre silhouette dans la pénombre. Elle était assise à table et, avec un couteau, elle fourrageait dans un pâté comme dans les entrailles d'un cochon saigné.

L'homme à la fenêtre ferma plus étroitement les rideaux. Ses doigts s'agrippèrent au tissu. Une vague de douleur le submergea. Il n'avait plus beaucoup de temps.

« Ce truc avec les enfants, c'était aussi superflu qu'un goitre ! Les gens commencent à jaser.

— Personne ne dira rien, fais-moi confiance.

— Certains deviennent méfiants. Il n'y a plus qu'à espérer que la sage-femme avoue. Le bourreau se met déjà à poser des questions stupides. »

La silhouette assise à la table continuait à réduire le pâté en une purée de viande et de miettes. Le couteau se levait et retombait furieusement.

« Peuh, le bourreau ! Qui va croire le bourreau ?

— Ne sous-estime pas Kuisl. Il est malin comme un renard…

— Alors le petit renard va se faire prendre au piège. »

L'homme à la fenêtre se précipita vers la table et donna une gifle à l'homme. Celui-ci se tint brièvement la joue, puis il regarda le visage de son interlocuteur, d'un air à la fois inquiet et sur le qui-vive. Il vit l'autre se prendre le bas-ventre en haletant de douleur.

Un petit sourire naquit sur ses lèvres. Ce problème-là ne tarderait pas à se résoudre tout seul.

« Tu vas arrêter avec ces folies », murmura l'homme plus âgé, le visage tordu par une grimace douloureuse. Des tiraillements et des élancements sourds taraudaient son abdomen de l'intérieur. Il se pencha sur la table.

« Ne t'occupe plus de rien. C'est moi qui vais me charger de tout ça.

— Je ne peux pas.

— Tu ne peux pas ?

— J'ai confié l'affaire à quelqu'un d'autre. Il veillera à ce qu'on ne sabote plus le travail.

— Rappelle-le. Ça suffit comme ça. La Stechlin avoue et nous touchons notre argent. »

Le vieil homme dut s'asseoir. Juste une petite pause. Il avait du mal à parler. Ce maudit corps ! Il en avait encore besoin ! Plus si longtemps que ça, juste le temps de toucher l'argent. Alors il pourrait mourir tranquille. L'œuvre de sa vie était en danger et ce raté allait tout détruire. Mais pas tant qu'il parvenait encore à respirer. Pas tant que...

« Excellent, ce pâté. T'en veux pas ? »

L'autre s'amusait à piquer les bouts de viande éparpillés sur toute la table avec la pointe de son couteau et à les déguster avec ostentation.

Le vieux rassembla ses dernières forces pour secouer la tête. Son interlocuteur sourit.

« Sois tranquille, tout ira très bien. »

Il essuya le jus de viande qui avait coulé dans sa barbe, prit sa rapière et se dirigea vers la sortie en se dandinant.

Sans attendre Andreas, Simon courut à la maison des Kratz, qui se trouvait dans une étroite ruelle près de la porte Lechtor. Les boutiquiers Clemens et Agathe Kratz étaient considérés comme des gens laborieux qui, au fil du temps, avaient réussi à amasser une modeste fortune. Leurs cinq enfants fréquentaient l'école de latin, et ils ne faisaient aucune distinction entre leurs quatre enfants de chair et leur pupille Anton, qui leur avait été confié par la ville à la mort de ses parents.

Clemens Kratz, le père, était effondré près du comptoir. D'un geste machinal, sa main droite caressait l'épaule de sa femme, qui sanglotait pendue à son cou. Devant eux, sur le comptoir, était étendu le cadavre de l'enfant. Simon n'eut pas à l'examiner longuement pour constater la cause du décès. Quelqu'un avait tranché la gorge du petit Anton d'un coup bien net. Du sang caillé avait teinté de rouge la chemise de lin. Le regard fixe du garçon de dix ans était dirigé vers le plafond.

Quand on l'avait trouvé, une heure plus tôt, il râlait encore, mais la vie avait quitté le petit corps en l'espace de quelques minutes. Le médecin municipal, Bonifaz Fronwieser, n'avait rien pu faire sinon constater le trépas. Lorsque Simon arriva, son père avait terminé. Il se contenta de le toiser, avant de ramasser ses instruments et de s'en aller sans le saluer, après avoir exprimé ses condoléances aux Kratz.

Après que Bonifaz Fronwieser eut quitté la maison, Simon resta plusieurs minutes assis en silence près de la tête du mort, contemplant le visage blanc du garçon. Un deuxième mort en si peu de jours… Le garçon avait-il reconnu son meurtrier ?

Enfin, le médecin se tourna vers le père Kratz.

« Où l'avez-vous trouvé ? » demanda-t-il.

Aucune réponse. Les Kratz étaient plongés dans un monde de douleur et de peine dans lequel une voix humaine avait du mal à pénétrer.

« Je m'excuse, mais où l'avez-vous trouvé ? » répéta Simon.

Clemens Kratz leva enfin les yeux. Sa voix était enrouée, tant il avait pleuré. « Dehors, sur le pas de la porte. Il était juste sorti un moment, pour aller voir ses… amis. Comme il ne revenait pas, nous avons ouvert la porte pour aller à sa recherche. C'est là que nous l'avons découvert. Étendu dans son sang… »

La mère Kratz recommença à gémir. Au fond de la pièce, les quatre enfants Kratz étaient assis sur un banc en bois, les yeux écarquillés de frayeur. La plus jeune des filles pressait une poupée de chiffon sale contre sa poitrine.

Simon s'adressa aux enfants. « Savez-vous où votre frère voulait aller ?

— C'est pas notre frère. » En dépit de sa peur, la voix de l'aîné des fils Kratz était ferme et même dure. « C'est un pupille. »

Et vous avez dû souvent le lui faire sentir, se dit Simon. Il soupira. « Bon, je reprends. Un de vous sait-il où Anton comptait aller ?

— Ben, chez les autres, dit le garçon en le regardant bien en face.

— Quels autres ?

— Eh ben, les autres pupilles. Ils se donnaient toujours rendez-vous, en bas, près de la porte Lechtor. C'est là qu'il comptait aller. Sur le coup de 4 heures, je l'ai d'ailleurs vu avec Sophie la rouquine. Ça avait l'air d'être du sérieux entre eux. Ils se frottaient la tête comme des bestiaux. »

Simon revit la petite fille à qui il avait évité une raclée à peine quelques heures plus tôt. Les cheveux roux, des yeux insolents. À douze ans, cette Sophie semblait s'être déjà fait beaucoup d'ennemis.

« C'est vrai, intervint le père. Ils se retrouvaient souvent chez la vieille Stechlin. Cette Sophie et cette Martha Stechlin, c'est de la même engeance de sorcières. Elles l'ont sur la conscience, toutes les deux ! C'est elles qui lui ont fait cette marque du diable ! »

La mère Kratz se remit à pleurer et son mari s'empressa de la consoler.

Simon revint au cadavre et le tourna précautionneusement sur le ventre. En effet l'omoplate droite présentait le même symbole que celle du fils Grimmer. Pas aussi net, cependant. Quelqu'un avait essayé de l'effacer. Mais la couleur avait déjà pénétré trop profondément sous la peau. La marque s'affichait, indélébile, sur l'épaule de l'enfant.

Simon sentit Clemens Kratz s'approcher de lui par-derrière. Le père jeta un regard plein de haine au signe.

« C'est la sage-femme qui le lui a mis. Et Sophie, siffla-t-il. Ma main à couper. Faut qu'elles brûlent, toutes les deux ! »

Le médecin tenta de le calmer. « La sage-femme est au trou, ça ne peut pas être elle. Et Sophie n'est qu'une enfant. Vous croyez vraiment qu'une enfant…

— Le diable s'est emparé de cette enfant ! » hurla la mère Kratz de l'endroit où elle se trouvait. Elle avait les yeux injectés de sang à force de pleurer et le visage pâle et gonflé. « Le diable est à Schongau ! Et il viendra chercher d'autres enfants ! »

Simon examina une nouvelle fois la marque délavée sur le dos du garçon. Cela ne faisait aucun doute : quelqu'un avait essayé de l'effacer sans y parvenir.

« Un de vous a-t-il essayé de la faire partir ? » demanda-t-il.

Le père Kratz se signa.

« Nous n'avons pas touché à cette marque du diable, que Dieu nous en préserve ! » Les autres membres de la famille secouèrent eux aussi la tête en se signant.

Simon poussa un soupir silencieux. Ce n'était pas ici qu'il ferait avancer l'affaire. Il prit congé et sortit dans l'obscurité. Derrière lui, les gémissements de la mère et les prières marmonnées du vieux boutiquier reprirent de plus belle.

Soudain, un sifflement retentit. Simon, surpris, se retourna. Son regard parcourut la ruelle. Une petite silhouette était adossée à un coin et lui faisait signe de la main.

C'était Sophie.

Simon regarda alentour avant de pénétrer dans la ruelle étroite, puis il se pencha vers la petite fille.

« Tu m'as échappé, la dernière fois, chuchota-t-il.

— Et je t'échapperai cette fois encore, répliqua Sophie. Mais d'abord, écoute-moi. Un homme a demandé à voir Anton, juste avant qu'il se fasse trucider.

— Un homme ? Mais d'où tu sais ça ? »

Sophie haussa les épaules. Un léger sourire passa furtivement sur ses lèvres. Simon se demanda brièvement quel visage elle aurait dans cinq ans.

« Nous, les orphelins, nous avons des yeux partout. Ça nous évite de prendre des coups.

— Et à quoi ressemblait-il, cet homme ?

— Il était grand. Avec un manteau et un chapeau à large bord. Il avait une plume à son chapeau. Et une longue cicatrice en travers du visage.

— C'est tout ?

— Et il avait une main de squelette.

— Ne raconte pas d'histoire !

— En bas, à la rivière, il a demandé à des flotteurs où se trouvait la maison des Kratz. Moi, j'étais cachée derrière un tronc d'arbre. Sa main gauche, il la tenait toujours cachée sous son manteau. Mais une fois, elle a glissé dehors. Alors elle a brillé au soleil, toute blanche. Comme une main de squelette. »

Simon se pencha encore plus bas et posa le bras autour des épaules de la fillette.

« Sophie, je ne te crois pas. Le mieux serait que tu m'accompagnes… »

Sophie s'arracha à son bras. Ses yeux étaient emplis de larmes de colère.

« Personne ne me croit. Pourtant c'est vrai ! L'homme avec la main de squelette a massacré Anton ! Il voulait nous retrouver à la porte Lechtor et maintenant, Anton est mort… » La voix de la fille se transforma en un gémissement.

« Sophie, nous pourrions parler de tout ça… »

Sophie tourna sur elle-même pour se libérer de la main de Simon et s'enfuit dans la ruelle. Au bout de quelques mètres à peine, l'obscurité l'avait happée. Alors qu'il s'apprêtait à la poursuivre, Simon sentit que la bourse qu'il portait à sa ceinture, et qui contenait les pièces avec lesquelles il comptait s'acheter une nouvelle tenue, avait disparu.

« Espèce de maudite… »

Il jeta un coup d'œil aux tas d'ordures et d'immondices dans la ruelle. Puis il décida cette fois de ne pas lui courir après. Au lieu de quoi, il rentra à la maison, pour prendre enfin un peu de repos.

5

Jeudi,
26 avril de l'an du Seigneur 1659,
7 heures du matin

Magdalena, perdue dans ses pensées, cheminait sur la route boueuse qui menait à Peiting en passant sur le Lech. Dans le sac qu'elle avait jeté sur son épaule, la poudre de Notre-Dame, moulue la veille, tenait compagnie à des herbes séchées. Ça faisait plusieurs jours qu'elle avait promis à la vieille Daubenberger de lui apporter cette poudre. La sage-femme de soixante-dix ans avait du mal à se déplacer à pied. Il n'en restait pas moins que c'était elle que les habitants de Peiting et des environs allaient chercher quand un accouchement s'annonçait difficile. Katharina Daubenberger avait aidé à mettre au monde des centaines d'enfants. Elle était célèbre pour ses mains qui savaient tirer à la lumière du jour le nouveau-né le plus récalcitrant ; et elle était considérée comme une femme de grand savoir, une guérisseuse, que les curés et médecins regardaient avec méfiance mais dont les diagnostics et les remèdes s'avéraient judicieux la plupart du temps. Le père de Magdalena lui demandait fréquemment conseil. Il lui faisait parvenir la poudre de Notre-Dame pour lui rendre un petit service, en sachant qu'il pourrait lui demander en échange l'herbe dont il aurait un jour besoin.

Quand Magdalena arriva à hauteur des premières maisons de Peiting, elle s'aperçut que les paysans se retournaient sur elle puis se mettaient à chuchoter entre eux. Quelques-uns, même, se signaient. La fille de bourreau faisait peur aux villageois. Certains croyaient même qu'elle couchait avec Belzébuth. On disait également – elle l'avait entendu de ses propres oreilles – que sa beauté était le fruit d'un marché passé avec le prince des enfers en personne. Elle lui aurait donné rien moins que son âme immortelle en échange. Magdalena laissait les gens s'obstiner dans leur croyance ; au moins, cela la préservait de prétendants trop entreprenants.

Sans prêter attention aux paysans, elle emprunta une ruelle sur sa droite et arriva bientôt à la petite maison de guingois de la sage-femme.

Elle vit immédiatement que quelque chose n'allait pas. Les volets étaient clos malgré la beauté de la matinée ; les herbes et les fleurs du petit jardin devant la maison avaient été piétinées. Magdalena tourna la poignée de la porte. La porte était fermée à clé.

Elle comprit alors qu'il y avait vraiment un problème. La vieille Daubenberger avait la réputation d'être particulièrement hospitalière, jamais encore Magdalena n'avait trouvé porte close en arrivant chez elle. Toutes les femmes du village pouvaient l'appeler à n'importe quelle heure du jour.

Elle frappa énergiquement à la lourde porte de bois.

« Katharina, es-tu là ? cria-t-elle. C'est moi, Magdalena, de Schongau ! Je t'ai apporté la poudre de Notre-Dame ! »

Il ne se passa rien pendant un bon moment, puis la lucarne s'ouvrit dans le haut du pignon. Katharina Daubenberger passa la tête et l'examina d'un œil méfiant. La vieille femme avait l'air soucieux, son visage était encore plus ridé que d'habitude. Elle semblait pâle et fatiguée. En reconnaissant Magdalena, elle se força à sourire.

« Ah, c'est toi, Magdalena ! s'exclama-t-elle. Je suis contente que tu sois là. Tu es venue seule ? »

Magdalena hocha la tête. La sage-femme regarda prudemment à droite et à gauche, puis elle disparut à l'intérieur. Des pas résonnèrent dans l'escalier, un verrou fut tiré. Enfin, la porte s'ouvrit. La vieille Daubenberger lui fit signe de se dépêcher d'entrer.

« Que se passe-t-il ? demanda Magdalena en pénétrant dans la maison. Tu as empoisonné le bourgmestre ?

— Que veux-tu qu'il se passe, espèce de cruche ! aboya la sage-femme en guise de réponse, avant d'attiser le feu dans son poêle. Ils m'ont tendu une embuscade en plein milieu de la nuit, les gars du village. Ils voulaient mettre le feu à ma maison. Heureusement que Michael Kößl, le plus gros fermier du coin, est arrivé à temps pour les arrêter. Sans ça, ils m'auraient trucidée !

— C'est à cause de Martha Stechlin ? » demanda Magdalena en prenant place sur la chaise branlante à côté du poêle. Elle avait mal aux pieds à force d'avoir marché.

Katharina Daubenberger hocha la tête.

« Maintenant toutes les sages-femmes sont de nouveau des sorcières, marmonna-t-elle. Comme à l'époque de ma grand-mère ; rien n'a changé. »

Elle s'assit auprès de Magdalena et versa dans son gobelet un breuvage opaque et fortement aromatisé.

« Bois ça, dit-elle. Du miel à l'eau avec de la bière et de l'*aqua ephedra*.

— *Aqua* quoi ? demanda Magdalena.

— De l'essence de raisin de mer. Ça te remettra sur pied en un rien de temps. »

Magdalena goûta du bout des lèvres la décoction brûlante. Le goût en était sucré et vivifiant. Elle eut l'impression que ses jambes retrouvaient toute leur vigueur.

« Sais-tu exactement ce qui s'est passé par chez vous ? » s'enquit Katharina Daubenberger.

Magdalena lui résuma tout ce qu'elle savait. L'avant-veille, au cours de leur promenade au bord du Lech, Simon lui avait parlé du garçon mort et de la marque des sorcières sur son épaule. De plus, la veille, elle avait entendu une partie de la conversation entre le jeune médecin et son père à travers la mince cloison de bois.

« Et maintenant, il y aurait une nouvelle victime, de nouveau un garçon, et toujours avec cette marque sur l'épaule, conclut-elle. Simon y est allé cette nuit même. Depuis, je n'ai pas eu de ses nouvelles.

— Du jus de sureau gravé sous la peau, tu dis ? demanda pensivement la vieille Daubenberger. C'est curieux. Si c'était le diable, on s'attendrait plutôt à ce qu'il utilise du sang, pas vrai ? D'un autre côté…

— D'un autre côté, quoi ? l'interrompit Magdalena, impatiente.

— Eh bien, le soufre dans la poche de ce garçon, et puis la marque…

— C'est vraiment la marque des sorcières ? demanda Magdalena.

— Eh bien, disons que c'est la marque des femmes de grand savoir. Un signe extrêmement ancien. D'après ce que je sais, il représente un miroir de poche, le miroir d'une déesse très ancienne et très puissante. »

La vieille sage-femme se leva et se dirigea vers le feu pour y glisser une bûche supplémentaire.

« En tout cas, ça va encore nous valoir un tas d'ennuis. Si ça continue, je vais aller chez ma belle-fille à Peißenberg et j'y resterai jusqu'à ce que les choses se soient calmées. »

Soudain, elle s'arrêta. Son regard s'était dirigé vers un vieux calendrier posé sur le rebord de sa cheminée.

« Naturellement, murmura-t-elle. Comment ai-je pu oublier une chose pareille ?

— De quoi s'agit-il ? » demanda Magdalena, qui se leva pour la rejoindre. La sage-femme avait pris le calendrier en mains et le feuilletait fébrilement.

« Voilà, dit-elle enfin en montrant le dessin jauni d'une abbesse qui tenait une cruche et un livre. Sainte Walburge. Sainte patronne des malades et des parturientes. Sa fête aura lieu la semaine prochaine.

— Et ? »

Magdalena ne comprenait pas où la sage-femme voulait en venir. Elle regarda l'ouvrage imprimé d'un air déconcerté. Un coin de la page était légèrement roussi. La femme sur l'image avait une auréole ; ses yeux étaient humblement baissés.

« Eh bien, commença la vieille Daubenberger. Le jour de la Sainte-Walburge est le 1er mai. C'est pour cela qu'on appelle la nuit qui précède "la nuit de Sainte-Walburge"…

— La nuit des sorcières », souffla Magdalena.

La sage-femme hocha la tête avant de poursuivre.

« À en croire les paysans de Peiting, au cours de cette nuit-là, les sorcières se retrouvent dans la forêt, du côté de Hohenfurch, pour tenter de s'attirer les faveurs de Satan. Il se peut bien que cette marque, précisément à cette époque de l'année, ne soit qu'une coïncidence, mais c'est tout de même curieux.

— Donc, selon toi… ? »

Katharina Daubenberger haussa les épaules.

« Selon moi, rien. Mais il ne reste plus qu'une semaine jusqu'à la nuit de Sainte-Walburge. Et ne disais-tu pas que vous avez retrouvé un autre garçon mort, la nuit dernière, avec exactement le même signe ? »

Elle se précipita dans la pièce d'à côté. Magdalena la suivit et la vit fourrer hâtivement des vêtements et des couvertures dans un sac.

« Que fais-tu ? demanda-t-elle, étonnée.

— Que veux-tu que je fasse ? rétorqua la vieille femme en soufflant bruyamment. Je fais mes bagages. Je pars chez ma belle-fille à Peißenberg. Si cette série de meurtres continue, je préfère ne pas être dans les parages. Les gaillards du village vont mettre le feu à ma bicoque, peut-être qu'ils n'attendront même pas la Sainte-Walburge pour ça. S'il y a vraiment une sorcière qui sévit dans les environs, je ne voudrais pas qu'on croie que c'est moi. Et s'il n'y en a pas, il leur faudra bien trouver une coupable. »

Elle regarda Magdalena en haussant les épaules.

« Et maintenant, sors d'ici en vitesse. Tu ferais mieux de t'éclipser toi aussi. En tant que fille de bourreau, tu es à leurs yeux aussi redoutable qu'une sorcière. »

Magdalena se dépêcha de sortir sans même se retourner. Alors qu'elle reprenait le chemin du Lech, en longeant les granges et les fermes, elle eut l'impression qu'à chaque fenêtre deux yeux méfiants la suivaient du regard.

Vers 10 heures du matin, Simon, perdu dans ses pensées, déjeunait à L'Étoile Dorée d'un ragoût de mouton aux carottes. Il n'avait pas grand appétit, et pourtant il n'avait rien avalé depuis la veille. Mais les souvenirs de la nuit passée, la vision du jeune Kratz, les pleurs des parents et l'agitation des voisins lui avaient serré l'estomac au point de le rendre incapable d'avaler quoi que ce soit, même avec la meilleure volonté du monde. Mais ici, à L'Étoile, il avait du moins la tranquillité nécessaire pour réfléchir aux événements de la veille.

Le médecin promena son regard sur la grande salle de la taverne. Il y avait une bonne douzaine d'établissements de ce genre à Schongau, mais L'Étoile était la meilleure adresse de la ville. Les tables en bois de chêne étaient propres et bien lisses et la salle était éclairée avec des lustres pendus au plafond et garnis des bougies neuves. Plusieurs servantes veillaient au bien-être des rares clients fortunés et, inclinant les carafes de vin, les resservaient généreusement.

À cette heure de la journée, on ne voyait dans la salle que quelques charroyeurs augsbourgeois qui venaient de déposer leur chargement dans la Ballenhaus. De Schongau, ils continueraient ensuite vers Steingaden, Füssen, et même jusqu'à Venise en traversant les Alpes.

Les charroyeurs tiraient sur leurs bouffardes et ils avaient déjà absorbé des quantités considérables de vin. Des rires bruyants parvenaient à Simon.

La vue de ces charroyeurs rappela à Simon la bagarre dont lui avaient parlé les flotteurs du Lech. Josef Grimmer en était venu aux mains avec certains concurrents augsbourgeois. Était-ce pour cela que son fils était mort ? Mais pourquoi alors l'autre garçon ? Et qu'est-ce que c'était que cette histoire d'homme à la main de squelette dont lui avait parlé Sophie ?

Simon trempa ses lèvres dans sa chope de bière diluée tout en réfléchissant. Depuis longtemps, les gens d'Augsbourg cherchaient à créer une nouvelle route commerciale du côté souabe du Lech, afin de se soustraire au monopole des transports détenu par les gens de Schongau. Jusqu'ici, le duc avait toujours contrarié leurs plans. Mais il ne faisait aucun doute que les événements actuels joueraient à long terme en leur faveur. Si les gens évitaient Schongau en raison d'activités diaboliques, de plus en plus de marchands plaideraient pour une nouvelle route commerciale. À cela s'ajoutait que Schongau avait actuellement l'intention de construire une maladrerie. Plusieurs membres du conseil étaient d'avis que cela constituait un repoussoir de plus pour les marchands.

L'homme à la main de squelette avait-il donc été envoyé d'Augsbourg pour semer la terreur et le chaos ?

« C'est la maison qui régale. »

Arraché à ses pensées, Simon leva les yeux. Le bourgmestre Karl Semer en personne se tenait devant lui et posa son bock sur la table si brusquement que de la mousse en jaillit. Simon considéra l'aubergiste. Il était rare que le premier bourgmestre de Schongau se montre personnellement dans la salle de son auberge. Et Simon ne se rappelait pas qu'il lui ait jamais adressé la parole. Excepté la fois où le fils Semer avait gardé le lit à cause d'une fièvre. Mais alors le bourgmestre l'avait traité de haut, comme s'il n'était qu'un barbier ambulant, et il ne lui avait payé ses quelques hellers qu'à contrecœur. À présent, il lui souriait amicalement puis s'asseyait à sa table. D'un de ses doigts gras et bagués, il fit signe à une servante d'apporter une autre bière. Puis il leva sa chope à la santé de Simon.

« J'ai entendu parler de la mort du petit Kratz. Une sale affaire. On dirait bien que la vieille Stechlin possède un complice en ville. Mais nous ne tarderons pas à le découvrir. Nous allons lui présenter les instruments dès aujourd'hui.

— Comment pouvez-vous être si sûr qu'il s'agit bien de la vieille Stechlin ? » demanda Simon sans lever sa chope en retour.

Semer s'octroya une lampée de sa bière brune puis s'essuya la barbe.

« Nous avons des témoins qui affirment qu'elle a célébré des rites sataniques avec les enfants. De toute façon elle nous avouera elle-même ses péchés dès qu'elle sera sur le chevalet, j'en suis convaincu.

— J'ai entendu dire qu'il y avait eu une bagarre avec des gars d'Augsbourg dans votre établissement, insista Simon. Il paraît que le père Grimmer en a salement amoché quelques-uns… »

Karl Semer montra une brève irritation, puis il souffla avec mépris.

« Ce n'était rien de spécial, ce genre de chose arrive de temps à autre. Tu peux demander à Resl. Elle était de service au comptoir ce jour-là. »

Il fit signe à la servante de les rejoindre. Âgée d'environ vingt ans, Resl avait de gros yeux bovins et un nez de travers : le bon Dieu ne l'avait pas gâtée. Timide, elle gardait les yeux baissés. Simon savait qu'elle le regardait souvent d'un air rêveur. Auprès des servantes, il continuait à être considéré comme un des hommes les plus séduisants de la ville. De plus, il était célibataire.

Karl Semer invita la servante à prendre place à leur table.

« Raconte ce qui s'est passé quand il y a eu la bagarre avec les Augsbourgeois, l'autre jour, Resl. »

La servante haussa les épaules. Puis elle réussit à faire un maigre sourire sans regarder Simon en face.

« C'étaient des gens d'Augsbourg. Ils avaient trop bu et ils se sont énervés après nos flotteurs. Ils attachent pas bien la marchandise et ils l'abîment, qu'ils disaient. Ils picolent pendant le flottage, c'est à cause de ça que le père Grimmer a fait couler le chargement, qu'ils disaient.

— Et qu'est-ce qu'il a répondu, le père Grimmer ? demanda Simon.

— Il était en rage et il a fichu un gnon à un des gars d'Augsbourg. Du coup, tout le monde s'y est mis, ça chauffait. Alors les gens d'armes, ils ont mis tout ce monde dehors. Après, c'est redevenu tranquille. »

Karl Semer adressa un large sourire au jeune médecin et avala une nouvelle gorgée.

« Tu vois bien, rien de spécial. »

Soudain, Simon eut une idée.

« Dis, Resl, est-ce que tu as vu ce jour-là un homme, grand, avec une plume au chapeau et une cicatrice sur le visage ? »

À son grand étonnement, la servante acquieça aussitôt de la tête.

« Y en avait un. Il était assis au fond dans le coin, avec deux autres. Des hommes sinistres, je crois que c'étaient des soldats. Ils avaient des sabres et le grand, il avait une longue cicatrice, en travers de tout le visage. En plus de ça, il boitait un peu. Il ressemblait à un envoyé du diable…

— Ils ont participé à la bagarre ? »

La servante secoua la tête en signe de dénégation. « Non, ils ont juste regardé. Mais après la bagarre, ils sont partis tout de suite. Ils sont…

— Resl, ça suffit, tu peux retourner travailler », coupa le bourgmestre.

Quand la servante fut partie, l'aubergiste dévisagea Simon avec colère.

« C'est quoi, ces questions ? À quoi ça mène ? C'est la sage-femme la coupable, un point, c'est tout. Ce dont nous avons besoin, c'est que la ville retrouve son calme, et toi, avec tes questions, tu ne fais qu'exciter les gens. Laisse tomber, Fronwieser, tout ce que tu récolteras, ce sera encore plus de confusion.

— Pourtant, rien ne nous dit que…

— Moi, je te dis : laisse tomber ! » Du bout de son index gras, Karl Semer tapota la poitrine de Simon. « Toi et le bourreau, à force de poser des questions, vous répandez de l'inquiétude, de l'angoisse. Laisse tomber, c'est compris ? »

Sur ces mots, le bourgmestre se leva de table et regagna ses pénates à l'étage sans prendre congé. Simon vida sa chope de bière et prit le chemin de la sortie.

Au moment où il allait regagner l'air libre, quelqu'un le retint par le bout de son manteau. C'était la servante Resl. Elle regarda en arrière d'un air peu rassuré, pour voir si quelqu'un l'observait.

« Y a quelque chose qu'il faut que je vous dise encore. Les trois hommes…, chuchota-t-elle.

— Oui ?

— Ils sont pas partis. Ils sont juste montés. Ils ont dû aller voir quelqu'un là-haut. »

Simon hocha la tête. Quand on voulait discuter de quelque chose à Schongau, on se retrouvait à L'Étoile. Et quand on voulait ne pas être vu, on louait une des chambres à l'étage. Des entrées latérales permettaient de sortir sans traverser la salle principale. Avec qui les trois hommes avaient-ils bien pu avoir une entrevue là-haut ?

« Je te remercie, Resl.

— Et y a autre chose encore… » La servante regarda autour d'elle à la dérobée. Sa voix était presque inaudible au moment où elle reprit la parole. Ses lèvres étaient si près des oreilles de Simon qu'elles les touchaient presque.

« Croyez-moi ou non, ça m'est égal. Quand le grand avec la cicatrice a payé sa consommation, j'ai vu sa main gauche. Jésus Marie, je vous jure, c'était que des os. Le diable est venu à Schongau et moi, je l'ai vu de mes propres yeux… »

Un appel fit tressaillir la servante, on la réclamait dans la grande salle. Elle s'en fut, non sans avoir jeté un dernier coup d'œil langoureux au jeune médecin.

Sitôt la jeune femme partie, Simon leva les yeux et contempla la splendide façade de l'auberge avec ses fenêtres à meneaux et ses fresques. Avec qui ces hommes avaient-ils bien pu avoir une entrevue ?

Simon se sentit frissonner. Tout portait à croire que Sophie n'avait pas menti dans sa description. Peut-être le diable était-il vraiment venu à Schongau.

« Ça y est, c'est l'heure, Martha. Lève-toi. »

Le bourreau était entré dans la petite cellule sans se faire remarquer, et il souleva doucement le manteau que la sage-femme utilisait en guise de couverture. Martha Stechlin avait les yeux fermés et respirait calmement. Un sourire passa sur ses lèvres. Elle semblait être dans un monde où n'existaient ni peur, ni douleur. Jakob Kuisl fut peiné à l'idée de la ramener à la dure réalité. Ici où la douleur serait bientôt si grande. Il fallait que cette femme soit forte.

« Martha, le conseil va arriver ! »

Cette fois, il la secoua. La sage-femme ouvrit les yeux et regarda autour d'elle d'un air hébété. Puis la mémoire lui revint. Elle repoussa ses cheveux embroussaillés et couverts de poussière et tourna la tête de tous les côtés comme une bête traquée.

« Mon Dieu, ça va donc commencer… » Elle se mit à pleurer.

« Il ne faut pas avoir peur, Martha. Aujourd'hui, je ne ferai rien de plus que te montrer les instruments. Il faut que tu tiennes le coup. Nous le trouverons, l'assassin, et quand ce sera ins… »

Un grincement l'interrompit. La lumière du soleil de cette fin d'après-midi pénétra dans la prison par la porte qui s'ouvrait. Quatre gens d'armes firent leur entrée et se postèrent le long des murs. Ils furent suivis par les émissaires du conseil et par le bailli Johann Lechner.

Quand Kuisl vit les trois membres du conseil, il fut interloqué. Pour aujourd'hui, il n'était prévu que de montrer les instruments de torture. Leur emploi effectif nécessitait une autorisation venue de Munich ainsi que la présence de l'intendant du prince électeur. Était-il pensable que le bailli fasse mettre à la question de sa propre initiative ?

Johann Lechner parut remarquer l'hésitation du bourreau. Il l'encouragea d'un signe de tête.

« Tout est correct, dit-il. Ces trois messieurs du conseil vont faire office de témoins. Plus vite nous en aurons fini avec cette affaire, plus vite le calme sera rétabli dans notre ville. Son Excellence le comte Sandizell nous en remerciera.

— Mais... », commença Jakob Kuisl. Le regard du bailli lui signifia qu'il était inutile de protester. Que pouvait-il faire ? Si aucun imprévu ne se produisait, il allait devoir torturer la vieille Stechlin ce jour même. À moins que...

À moins que les témoins ne parviennent à un autre verdict.

Kuisl savait d'expérience que les conseillers municipaux, lorsqu'ils étaient invités à assister à un interrogatoire, se croyaient souvent obligés d'intervenir personnellement. Le cas échéant, il arrivait qu'ils mettent prématurément fin à la procédure, s'ils avaient le sentiment que la torture ne donnait pas de résultats.

Il jeta un coup d'œil aux trois conseillers. Il connaissait le boulanger Michael Berchtholdt et le jeune Schreevogl, quant au troisième homme...

Le bailli Johann Lechner suivit le regard du bourreau. « Le conseiller Matthias Augustin, qui devait faire office de troisième témoin, est souffrant, dit-il au passage. Comme suppléant, il envoie son fils Georg. »

Kuisl hocha la tête, tout en étudiant attentivement les trois témoins.

La médisance était une seconde nature chez Michael Berchtholdt, un homme que réjouissait le spectacle de la torture et qui croyait fermement que la sorcière Martha Stechlin devait flamber. Il ne la quittait pas des yeux, l'air haineux et apeuré, comme s'il craignait que la sage-femme pût le changer en rat même à distance. Le bourreau rit sous cape en contemplant le petit homme malingre aux yeux cernés de rouge par l'eau-de-vie. Avec son manteau gris et sa toque en fourrure dépenaillée, il ressemblait réellement à une des souris qui, la nuit, infestaient son fournil.

Le jeune Schreevogl, qui avait suivi le boulanger dans le cachot, était considéré comme le digne successeur de son père au conseil, bien qu'un peu colérique. Kuisl avait appris par d'autres membres du conseil qu'il ne croyait pas à la culpabilité de la vieille Stechlin.

Un point pour nous…

Jakob Kuisl examina le rejeton de la famille de potiers la plus puissante de Schongau. Avec son nez légèrement recourbé, son front haut et son teint pâle, il ressemblait trait pour trait à l'image que le bourreau se faisait d'un authentique patricien. Les potiers ne fabriquaient pas seulement de la vaisselle, mais aussi des poêles recouvertes de carreaux de faïence. Les Schreevogl possédaient une petite manufacture en ville où sept compagnons s'employaient à fabriquer cruches, assiettes et carreaux. Le vieux Ferdinand Schreevogl, dont les débuts avaient été des plus modestes, avait toujours eu la réputation d'être un peu étrange. Il était célèbre pour les dessins sarcastiques qui ornaient certains carreaux de sa fabrication et où il brocardait férocement le clergé, le conseil municipal et les gros propriétaires terriens.

Depuis son décès survenu au cours de l'année précédente, il semblait que son fils, au lieu de dilapider l'héritage, l'investissait à bon escient. La semaine dernière, justement, il avait encore embauché un travailleur supplémentaire. Le jeune Schreevogl n'avait accepté que de mauvaise grâce que son père lègue à l'Église le terrain situé près de la montée de Hohenfurch. Car c'est là qu'il était prévu d'édifier la maladrerie.

Le fils de potier faisait partie des rares personnes de la ville qui échangeaient parfois deux mots avec le bourreau. Cette fois aussi, il lui adressa un bref signe de tête. Un mince sourire d'encouragement passa sur ses lèvres.

En ce qui concernait le troisième témoin, Georg Augustin, Kuisl avait du mal à s'en faire une opinion précise. Le jeune Augustin était considéré comme un viveur ; il avait vécu au loin, à Augsbourg et à Munich, et, selon son père, il y faisait des affaires avec la cour. Les Augustin de Schongau étaient une puissante dynastie de charroyeurs affiliés à la guilde, et Georg reflétait bien leur statut. Habillé comme un gandin avec chapeau à plume, culottes bouffantes et bottes à la française, il regardait le bourreau sans daigner le voir. Il considéra avec intérêt la sage-femme qui, tremblante de froid, s'emmitouflait dans le manteau tout en frottant ses doigts de pieds bleuis les uns contre les autres. Les murs en pierre du cachot étaient froids comme de la glace même en ce mois d'avril.

« Commençons. » La voix du bailli brisa le silence qui avait régné jusque-là. « Descendons à la cave. »

Les gens d'armes ouvrirent une trappe au rez-de-chaussée. Un escalier menait à une pièce souterraine dont les murs en pierres grossièrement taillées étaient couverts d'une couche de suie. Dans un coin se trouvait un chevalet muni d'une roue en bois à son extrémité. À coté se dressait une cuve ardente dans laquelle plusieurs tenailles de différentes tailles rouillaient lentement avec les années. Par terre étaient éparpillés des blocs de pierre munis d'anneaux de fer. Du plafond pendait un crochet suspendu à des chaînes. La veille déjà, le bourreau avait apporté des écrase-pouces et des pincettes supplémentaires, qu'il était allé chercher dans la Ballenhaus avant de les jeter négligemment dans un coin ; dans un autre coin s'entassaient des chaises en bois vermoulues. La salle de torture tout entière paraissait bien négligée.

Johann Lechner parcourut la pièce à la lumière de sa torche. Puis il jeta un regard réprobateur au bourreau.

« Tu aurais quand même pu ranger un peu. »

Jakob Kuisl haussa les épaules. « C'est vous qui étiez tellement pressés. » Stoïquement, il se mit à installer les chaises. « Et puis, le dernier interrogatoire date déjà d'un bout de temps. »

Le bourreau s'en souvenait parfaitement. Quatre ans auparavant, il avait suspendu le faux-monnayeur Peter Leitner, les mains liées dans le dos, au crochet qui pendait du plafond. Avec ses assistants, il lui avait attaché des pierres de quarante livres aux jambes, jusqu'à ce que ses bras se fracturent et qu'il avoue en gémissant. Avant cela, Kuisl lui avait déjà fait subir le supplice des écrase-pouces et des tenailles chauffées à blanc. Le bourreau avait été convaincu d'entrée de la culpabilité de Leitner. Aujourd'hui, il était convaincu de l'innocence de Martha Stechlin.

« Nom de Dieu, dépêche-toi un peu ! Nous n'avons pas toute la journée ! »

Le bailli se laissa tomber sur une des chaises et attendit que Jakob Kuisl ait fini d'avancer les sièges des autres participants. De ses deux formidables battoirs qui lui servaient de mains, le bourreau souleva une lourde table en chêne et la laissa bruyamment tomber aux pieds de Lechner. Le bailli lui jeta un autre regard réprobateur, puis il sortit son encrier et sa plume et déploya un rouleau de parchemin devant lui.

« Allons-y. »

Entre-temps, les témoins s'étaient assis. Martha Stechlin se serrait contre le mur d'en face, comme si elle espérait trouver un trou de souris par où s'échapper.

« Qu'elle se déshabille », dit Johann Lechner.

Jakob Kuisl le regarda, étonné.

« Mais vous vouliez d'abord…

— J'ai dit : qu'elle se déshabille ! Nous voulons vérifier si elle porte des marques de sorcière. Si nous en trouvons, sa culpabilité sera avérée et l'interrogatoire en sera d'autant plus rapide. »

Deux gens d'armes se dirigèrent vers la sage-femme accroupie dans un coin, les bras croisés. Le boulanger Michael Berchtholdt se pourléchait déjà les babines. Il ne s'était pas déplacé pour rien.

Jakob Kuisl jura intérieurement. Il ne s'était pas attendu à cela. La recherche de marques était une méthode fréquente de la chasse aux sorcières. Si des grains de beauté ou des taches de vin d'une forme étrange étaient trouvés sur le corps de la suspecte, cela était interprété comme un signe du diable. Souvent, le bourreau procédait alors à l'épreuve de l'aiguille, au cours de laquelle il piquait la supposée sorcière dans la tache suspecte. Si le sang ne perlait pas, la preuve de sa sorcellerie était faite. Kuisl savait que son grand-père avait connu des moyens pour empêcher les saignements lors de la piqûre. De cette façon, le procès se terminait plus vite, et le bourreau encaissait son salaire plus tôt…

Un bruit d'étoffe déchirée l'arracha brutalement à ses pensées. Un des gens d'armes avait arraché la robe puante et maculée de la sage-femme. Dessous, Martha Stechlin était pâle et maigre. Elle avait des bleus sur les cuisses et les avant-bras, traces de sa lutte de la veille avec Josef Grimmer. De ses deux mains, elle essayait de cacher sa poitrine et son pubis tout en se blottissant contre le mur de la cave.

L'homme d'armes la tira par les cheveux pour la remettre debout, si fort qu'elle hurla. Jakob Kuisl vit les petits yeux rouges du boulanger Michael Berchtholdt palper le corps de la sage-femme comme avec des doigts.

« Est-ce vraiment nécessaire ? Donnez-lui une chaise, au moins ! »

Jakob Schreevogl avait jailli de son siège et s'apprêtait à intervenir. Le bailli le força à reprendre place.

« Nous voulons découvrir la vérité. C'est pour cela que c'est nécessaire. Et, si vous voulez, donnez-lui une chaise, à la vieille Stechlin. »

À contrecœur, l'homme d'armes plaça une chaise au milieu et y fit asseoir la sage-femme. Les regards affolés de celle-ci allaient sans arrêt du bailli au bourreau.

« Coupez-lui les cheveux, dit Lechner. Il faut que nous puissions chercher des marques de sorcière partout. »

Lorsque l'homme d'armes s'approcha avec un couteau, Kuisl le lui prit d'un geste vif.

« Je m'en occupe. »

Il coupa délicatement les boucles de la sage-femme. Des paquets de cheveux tombèrent de part et d'autre de la chaise. Martha Stechlin pleurait en silence.

« N'aie pas peur, Martha, chuchota-t-il à son oreille. Je ne te ferai pas mal. Pas aujourd'hui, en tout cas. »

Johann Lechner s'éclaircit la gorge. « Bourreau, je veux que tu cherches des marques de sorcière sur le corps de cette femme, partout. »

Le boulanger Berchtholdt se pencha vers le bailli.

« Vous ne croyez tout de même pas qu'il va trouver quelque chose, marmonna-t-il. Il est de mèche avec la vieille Stechlin. J'ai vu de mes propres yeux comment qu'elle lui donnait des herbes et je ne sais quoi encore. Et la servante de Keußlin, le fermier, m'a raconté…

— Maître Berchtholdt, nous n'avons vraiment pas le temps d'écouter vos remarques. » Johann Lechner détourna la tête, dégoûté par l'haleine fétide du boulanger. Pour lui, Berchtholdt était un poivrot et un vantard, mais dans l'affaire présente, il pouvait entièrement compter sur lui. Ce qu'il n'aurait pu affirmer de son second témoin… Il se tourna donc de nouveau vers Berchtholdt.

« Mais puisque c'est au service de la vérité, je vais suivre votre conseil, dit-il pour le remettre à l'aise. Maître Augustin, auriez-vous l'amabilité d'aider le bourreau dans ses recherches ? »

Le boulanger, satisfait, se recala dans son siège et se remit à lorgner la délinquante. Le fils du puissant charroyeur se leva avec un haussement d'épaules et se dirigea d'un pas tranquille vers la sage-femme. Son visage aux traits fins était blafard, comme s'il voyait rarement le soleil. Son regard bleu était glacial. Il le promena sur Martha Stechlin, presque avec désintérêt. Puis ce fut son index qui se promena sur elle, légèrement, parcourant son corps maigre, dessinant des cercles autour de ses seins, puis s'arrêtant enfin au-dessus de son nombril.

« Retourne-toi », chuchota l'homme.

La sage-femme se retourna en tremblant. Le doigt glissa sur sa nuque et ses épaules. Il stoppa au niveau de l'omoplate droite et tapota un grain de beauté qui paraissait effectivement plus grand que les autres.

« Qu'en pensez-vous ? »

Le charroyeur regarda droit dans les yeux du bourreau, qui s'était tenu près de lui pendant tout ce temps.

Jakob Kuisl haussa les épaules. « Un grain de beauté. Que voulez-vous que j'en pense ? »

Augustin ne lâcha pas l'affaire. Kuisl eut le sentiment de voir un léger sourire de satisfaction sur ses lèvres. « Les deux enfants morts n'avaient-ils pas un signe de ce genre sur leur épaule ? »

Le bailli et le boulanger se levèrent d'un bond, et même le jeune Schreevogl eut la curiosité de s'approcher pour examiner la marque de près.

Jakob Kuisl cligna des yeux et regarda plus attentivement. La tache brune était en effet plus grande que les autres grains de beauté. Quelques poils noirs poussaient dessus. Dans le bas, elle formait un trait uniforme.

À présent, les hommes s'étaient levés et entouraient Martha Stechlin. La sage-femme paraissait résignée à son sort et se laissait examiner comme un veau à l'abattoir. De temps à autre seulement, elle gémissait doucement.

« C'est pourtant vrai, murmura le bailli en se penchant sur la tache. Ça ressemble bien au signe du diable… » Le boulanger Berchtholdt hocha vigoureusement la tête et se signa. Mais Jakob Schreevogl secoua la tête.

« Si c'est une marque de sorcière, alors il faudra me brûler aussi ! »

Le jeune patricien déboutonna sa chemise et pointa une
tache brune sur sa poitrine velue. De fait, ce grain de beauté
avait lui aussi une forme singulière. « J'ai ça depuis que je
suis né et personne ne m'a encore jamais traité de sorcier. »

Le bailli secoua la tête et se détourna de la sage-femme.
« Nous n'arriverons à rien de cette façon. Kuisl, montre-
lui les instruments. Et explique-lui ce que nous lui ferons
tant qu'elle n'aura pas avoué la vérité. »

Le regard de Jakob Kuisl s'enfonça dans les yeux de Martha Stechlin. Puis il prit une tenaille dans la bassine ardente
et s'avança vers elle. Le miracle n'avait pas eu lieu, il n'avait
pas d'autre choix que de commencer.

À cet instant, le tocsin retentit au-dehors.

6

Jeudi,
26 avril de l'an du Seigneur 1659,
4 heures de l'après-midi

Simon aspira le parfum du printemps. Pour la première fois depuis plusieurs jours, il se sentait vraiment libre. Le grondement de la rivière résonnait au loin. Les prés luisaient d'un vert tendre. Des perce-neige se montraient entre des bouleaux et des hêtres chargés de leurs premiers bourgeons. Seules quelques taches de neige subsistaient à l'ombre des arbres.

Il se promenait avec Magdalena sur les berges du Lech, à travers la forêt qui bordait la rive. Le sentier était si étroit que Magdalena et lui ne cessaient de s'effleurer sans le vouloir. Par deux fois déjà, elle avait failli tomber et, chaque fois, elle s'était retenue à lui. Plus longtemps que nécessaire, en vérité.

Après les conversations à L'Étoile, Simon avait couru au Lech. Il avait besoin de calme pour réfléchir et d'air pour respirer. Il aurait dû être en train de broyer des mixtures officinales pour son père, mais ça attendrait bien jusqu'au lendemain. Pour l'heure, de toute façon, Simon préférait se tenir loin de son père. Ils avaient évité de s'adresser la parole même près du lit de mort du pauvre petit Kratz. Son vieux ne lui avait toujours pas pardonné d'avoir quitté la maison pour se rendre tout droit chez le bourreau. Simon savait que sa colère finirait par retomber. Mais en attendant, il valait mieux ne pas se trouver sur sa route. Simon poussa un soupir. Son père et lui n'appartenaient pas à la même époque. Pour son père, la dissection d'un cadavre était un blasphème et le soin aux malades consistait uniquement en purges, ventouses et pilules puantes qu'on préparait soi-même. Une phrase que son père avait prononcée après l'inhumation d'un mort de la peste lui revint à l'esprit : « C'est Dieu qui décide quand nous mourons. Nous n'avons pas à nous mêler de son œuvre. »

À la différence de son père, Simon était, lui, bien résolu à s'en mêler.

Arrivé à la porte Lechtor, il avait rencontré Magdalena, que sa mère avait envoyée cueillir l'ail des ours dans la forêt. Elle lui avait de nouveau souri avec cet air bien à elle, et il n'avait pu faire autrement que de l'accompagner. Quelques lavandières se tenaient près du pont sur le Lech, il sentait leurs regards dans son dos, mais il s'en moquait.

Cela faisait à présent plusieurs heures qu'ils marchaient à travers la forêt qui bordait le Lech. Une nouvelle fois, la main de la jeune femme frôla la sienne. Simon fut traversé d'une vague de chaleur, il ressentit des picotements sur son cuir chevelu. Qu'avait donc cette fille pour le troubler autant ? Était-ce le charme de l'interdit ? Il savait que Magdalena et lui ne pourraient jamais former un couple. Pas à Schongau, pas dans ce nid étouffant où une simple suspicion suffisait à envoyer une femme sur le bûcher. Simon fronça les sourcils. De sombres pensées s'accumulaient en lui comme des nuées avant l'orage.

« Qu'est-ce que tu as ? » Magdalena s'arrêta et le regarda. Elle sentait que quelque chose l'agitait.

« Rien… ce n'est rien.

— Dis-le-moi ou bien nous rentrons sur-le-champ et je ne te regarderai plus jamais. »

Simon ne put s'empêcher de sourire. « Quelle terrible menace ! Même si je sais que tu ne la mettras pas à exécution.

— C'est ce qu'on verra. Alors, qu'y a-t-il ?

— C'est… à cause des garçons. »

Magdalena soupira. « Je m'en doutais. » Elle le poussa doucement vers un tronc de chêne qu'une tempête printanière avait renversé sur le bord du sentier, et s'assit à côté de lui. Son regard devint lointain. Il lui fallut un moment avant de recommencer à parler.

« Une histoire affreuse. Moi aussi, j'y pense tout le temps, à ces gosses, à Peter et à Anton. Je les voyais souvent sur le marché, surtout Anton. Il n'avait personne, lui. Quand tu es orphelin, tu ne vaux pas beaucoup plus qu'un enfant de bourreau. Autant dire rien. »

Magdalena serra ses lèvres pleines jusqu'à ce qu'elles ne soient plus qu'un mince trait rouge. Simon posa la main sur son épaule et de nouveau ils gardèrent le silence.

« Tu savais que tous les orphelins se retrouvaient chez la vieille Stechlin ? » demanda-t-il enfin.

Magdalena fit non de la tête.

« Quelque chose a dû lui arriver chez elle. » Simon laissa son regard errer sur la cime des arbres. Au loin se dressaient les remparts de Schongau.

Au bout d'un moment, il reprit : « Sophie m'a dit qu'ils étaient allés chez la vieille Stechlin la veille du meurtre. Puis qu'ils étaient tous rentrés, sauf Peter, qui avait voulu descendre à la rivière pour retrouver quelqu'un. Qui cela peut-il bien être ? Son assassin ? À moins que Sophie ne mente ?

— Et Anton Kratz ? Il était bien chez la vieille Stechlin, lui aussi ? » Magdalena s'appuyait sur son épaule à présent, et elle posa doucement sa main sur sa cuisse. Mais Simon avait l'esprit ailleurs.

« Oui, Anton aussi, fit-il pensivement. Et tous les deux portaient ce signe étrange sur l'épaule, gravé dans la peau avec du jus de sureau. Chez Anton, c'était déjà moins net, le contour était flou comme si quelqu'un avait essayé de l'enlever.

— Lui-même, tu crois ? » La tête de Magdalena se blottit tendrement contre la sienne.

Simon continuait à regarder fixement au loin. « De plus, ton père a trouvé du soufre dans la poche de Peter, murmura-t-il. Et une racine de mandragore qui était chez la sage-femme a disparu. »

Magdalena se redressa, surprise. En tant que fille du bourreau, elle s'y connaissait en substances magiques.

« Une racine de mandragore ? Tu en es sûr ? » demanda-t-elle sur un ton alarmé.

Simon se redressa d'un bond.

« Une marque de sorcières, du soufre, une racine de mandragore… Tout ça colle trop bien, tu ne trouves pas ? Comme si quelqu'un essayait de nous faire gober toute cette histoire.

— À moins que cette histoire ne soit vraie », chuchota Magdalena. Un nuage avait glissé devant le soleil printanier. La jeune femme ramena son châle de laine sur ses épaules.

« Ce matin, j'suis allée chez la vieille Daubenberger, reprit-elle après avoir hésité. Elle m'a parlé de sainte Walburge. »

Elle rapporta à Simon sa conversation avec la sage-femme et les suppositions de cette dernière : les meurtres pouvaient avoir un lien avec la nuit de Sainte-Walburge, la semaine à venir. Quand elle eut fini, Simon secoua la tête.

« Je refuse de croire à tout ça, dit-il. À la magie, à la sorcellerie, à tous les tours et histoires de ce genre. Il doit y avoir une raison pour laquelle ces enfants sont morts. »

Soudain, il se rappela l'homme à la main de squelette. Sophie et la servante de L'Étoile le lui avaient décrit toutes les deux. Cet homme s'était-il réellement renseigné sur le fils du boutiquier ? Ou n'était-ce qu'une invention de plus de Sophie ? Il se remémora douloureusement que cette fille lui avait volé une jolie petite somme d'argent. Impossible de faire confiance à cette friponne !

Poussant un nouveau soupir, il se rassit près de Magdalena sur le tronc d'arbre. Il commençait à avoir froid lui aussi. La fille du bourreau le vit frissonner et lui couvrit les épaules avec un pan de son châle. Elle chercha sa main, la saisit et l'attira doucement vers son corsage.

Simon ne pensait qu'à l'homme à la main de squelette. S'il existait réellement et s'il avait vraiment la mort des enfants sur la conscience, pour quelle raison les avait-il tués ? Quel lien existait-il entre les deux morts, en dehors du fait qu'ils s'étaient trouvés chez la vieille Stechlin au cours de cette nuit de pleine lune ?

Et surtout…

Qui d'autre était allé chez la vieille Stechlin ?

Magdalena étudia le profil du jeune médecin. Il avait été maussade toute la journée. Il fallait qu'elle sache une fois pour toutes quels sentiments il nourrissait à son égard.

« Simon, je… », commença-t-elle.

À ce moment, le vent leur amena la sonnerie stridente du tocsin. Ici, dans la forêt bordant le fleuve, à bonne distance de la ville, elle ressemblait au gémissement d'un enfant. Il était arrivé quelque chose ! Simon sentit son cœur se serrer. Il se dressa sur ses pieds et se mit à courir en direction de Schongau. Ce n'est qu'au bout de quelques mètres qu'il se rendit compte que Magdalena ne le suivait pas.

« Viens, vite !!! s'écria-t-il. Et prie le Seigneur qu'on ne trouve pas un nouveau cadavre dans la rivière. »

Magdalena soupira, puis elle se mit debout et s'élança derrière Simon.

Dans la prison fortifiée, le bourreau se dépêcha de remonter quatre à quatre les marches qui menaient du sous-sol à la sortie. Derrière lui, il entendait les cris du bailli et des autres, qui se hâtaient à sa suite. Le tintement perçant des cloches couvrait tous les bruits de la ville.

Les tocsins des tours de garde ne sonnaient qu'en cas d'extrême urgence, en cas d'attaque ou d'incendie. Une invasion ennemie était à exclure, se dit Kuisl. La paix régnait depuis plus de dix ans. Certes, il restait encore quelques bandes de mercenaires en maraude qui se cachaient dans les forêts et attaquaient les fermes isolées. Mais Schongau était trop grande pour que quelques ruffians osent l'attaquer. Il ne restait donc que l'incendie…

La plupart des édifices de Schongau étaient en bois et beaucoup de toits encore recouverts de paille. Quand le vent soufflait dans la mauvaise direction, le moindre foyer d'incendie pouvait dévaster la ville tout entière. Les gens avaient une peur panique du feu et le bourreau lui aussi craignait pour sa famille.

Quand Jakob Kuisl sortit de la prison, il vit immédiatement qu'il n'y avait pas encore de danger pour la ville. Un mince filet de fumée montait droit vers le ciel, où il s'élargissait en nuage. La fumée provenait d'au-delà des remparts. Le bourreau supposa que le feu avait pris au port de flottage.

Sans attendre les autres, il descendit en courant la Münzstraße jusqu'à la Ballenhaus, puis tourna à gauche en direction de la porte Lechtor. Les autres habitants de Schongau affluaient également en ce lieu afin de voir de quoi il retournait. Aux étages supérieurs des maisons qui donnaient sur la rivière, les bourgeois rouvraient les volets qu'ils avaient déjà fermés à cette heure de la soirée. Ils ne voulaient pas rater une miette du spectacle qui s'offrait à eux.

Jakob Kuisl passa en courant sous la Lechtor et vit que l'entrepôt du port de flottage était en flammes. Le toit de l'immense hangar brûlait ! Une demi-douzaine de flotteurs avaient formé une chaîne et jetaient des seaux d'eau sur l'incendie. D'autres sortaient en toute hâte des caisses et des tonneaux du bâtiment. Ça crépitait et ça craquait de partout. Le bourreau ne croyait pas qu'on pouvait encore sauver l'entrepôt. N'importe, il courut en direction du pont pour proposer son aide. Il savait que pour chaque caisse réduite en cendres, c'était une petite fortune qui partait en fumée. De la laine, de la soie, du vin, des épices… L'entrepôt du port de flottage accueillait toutes les marchandises qui ne trouvaient pas de place dans la Ballenhaus et qui devaient bientôt reprendre la route fluviale.

Lorsque Kuisl eut dépassé la porte, il interrompit sa course, stupéfait. D'ici, sa vue embrassait l'ensemble du port de flottage. En bas, au niveau des appontements des radeaux, on apercevait une mêlée d'hommes en pleine bagarre. Des poings volaient, quelques hommes gisaient déjà à terre, d'autres s'étaient armés de rames et assénaient coup sur coup. Le bourreau reconnut quelques charroyeurs et flotteurs, mais il y avait aussi des étrangers dans le lot.

Le soleil se coucha derrière les forêts, plongeant les hommes et les flammes dans une lumière irréelle. Jakob Kuisl ne pouvait en croire ses yeux : ces hommes se battaient pendant que l'entrepôt brûlait à quelques pas d'eux !

« Vous êtes fous ! s'exclama-t-il avant de se précipiter sur le pont. Mais arrêtez, l'entrepôt brûle ! »

Les hommes ne semblaient même pas s'en rendre compte. Ils continuaient à se rouer de coups, quelques-uns saignaient déjà au front ou avaient le visage griffé et lacéré. Les bras vigoureux du bourreau saisirent deux combattants qui s'étaient agrippés l'un à l'autre, les tirèrent à lui et les séparèrent. L'un d'eux, l'homme à la veste déchirée, ne lui était pas inconnu, Kuisl reconnut en lui un habitué des beuveries dans les tavernes de derrière la place du Marché.

C'était Georg Riegg, des charroyeurs de Schongau, un bagarreur notoire, mais qui avait bonne réputation parmi ses hommes. L'autre homme ne semblait pas être du coin. Il saignait à la bouche, son arcade sourcilière droite avait éclaté.

« Arrêtez, je vous dis ! » Kuisl les secoua jusqu'à ce qu'ils prissent enfin conscience de sa présence. « Allez plutôt aider à sauver l'entrepôt !

— C'est ceux d'Augsbourg qui l'ont incendié, c'est à eux de l'éteindre ! » Georg Riegg cracha au visage de l'autre qui, en réponse, voulut lui asséner un nouveau coup de poing.

Kuisl entrechoqua leur crâne avant de reprendre la parole. « Qu'est-ce que tu racontes ?

— Des conneries, qu'il raconte ! » L'accent de l'autre indiquait qu'il venait bien d'Augsbourg. Il désigna l'entrepôt en flammes avec de grands gestes. « Vos gardiens n'ont pas fait gaffe et maintenant c'est à nous qu'on veut faire payer les dommages ! Comptez là-dessus, ouais ! Vous allez devoir vous saigner ! »

Jakob Kuisl perçut un mouvement derrière lui. Il se retourna et vit du coin de l'œil qu'une rame fonçait dans sa direction. Il lâcha instinctivement les deux bagarreurs et attrapa la longue perche en bois. Il la repoussa d'un coup sec et l'homme qui la maniait à l'autre bout tomba dans la rivière avec un hurlement. Sur sa gauche surgissait déjà un autre agresseur, un flotteur taillé en force en qui Kuisl reconnut un membre de la guilde d'Augsbourg. Le flotteur se jeta sur lui en poussant un cri. Kuisl l'esquiva au dernier moment avant de lui asséner un coup puissant sur la nuque. L'homme d'Augsbourg s'étala dans un gémissement. Mais il ne lui fallut que quelques secondes pour se remettre debout et repasser à l'attaque. Il lança un crochet qui manqua le bourreau, puis un autre que celui-ci amortit de sa main droite. Il la referma sur la main de l'autre et serra lentement jusqu'à ce que les os des doigts commencent à craquer. Pas à pas, Kuisl poussa l'homme d'Augsbourg vers le bout du môle. À la fin, il le poussa dans l'eau et lâcha. L'homme tomba dans les flots avec un grand plouf et n'émergea, en battant sauvagement des bras, que du côté arrière du port de flottage, où il chercha à s'accrocher à un des piliers.

« Arrêtez ! Au nom de la ville, arrêtez ! »

Johann Lechner, accompagné des gardes municipaux, avait à son tour rejoint le port de flottage. Les quatre gardiens, aidés de quelques citoyens de Schongau, séparèrent les pugilistes.

« Vous, là-bas, à l'entrepôt, vite ! Prenez les seaux ! » En quelques mots, le bailli organisa la lutte contre l'incendie, mais il était trop tard. Le toit s'était écroulé, des poutres ardentes bloquaient l'accès à l'intérieur. Tous les biens qui restaient dans le bâtiment allaient immanquablement devenir la proie des flammes. Des centaines de florins étaient perdues. À côté de l'entrepôt incendié s'entassaient des caisses et des ballots noircis. Quelques-uns rougeoyaient encore. Une odeur de cannelle brûlée flottait dans l'air.

Les gardes avaient rabattu tous les participants à la bagarre dans un coin du port et les avaient répartis en deux groupes, ceux de Schongau et ceux d'Augsbourg. Les deux camps se regardaient avec haine. Mais ils ne semblaient plus avoir assez de force pour s'injurier ou se battre.

Parmi les excités de Schongau, Jakob Kuisl reconnut Josef Berchtholdt, le frère du boulanger. Lequel était en train d'appliquer un torchon humide sur l'œil gauche et déjà tuméfié de son frère tout en lançant force jurons en direction des Augsbourgeois. Les deux autres témoins de l'interrogatoire avaient disparu dans la foule.

Sur ces entrefaites, Bonifaz Fronwieser, le père de Simon, fit lui aussi son apparition, à l'instigation du bailli. Il se mit à soigner les blessures les plus graves avec de l'eau et des bandes de lin. Un des charroyeurs de Schongau avait une coupure au bras. Et chez ceux d'Augsbourg, on en comptait un qui saignait d'une blessure à la cuisse.

Quand Kuisl avait entendu le cri du bailli, il s'était écarté des combattants. À présent, il était assis sur un pilier du môle, tirant sur sa pipe et contemplant de loin le tumulte sur l'appontement.

Tout Schongau semblait s'être déplacé jusqu'à la rivière pour assister au spectacle. Les gens formaient une foule compacte qui remontait jusqu'à la porte Lechtor. Tous regardaient le bâtiment ravagé. Des poutres enflammées continuaient à tomber du toit avec fracas. Tel un feu de la Saint-Jean, l'incendie éclairait la forêt attenante qui se noyait peu à peu dans l'obscurité du crépuscule.

Le bailli Lechner avait entre-temps trouvé le gardien qui, en courbant humblement le dos devant lui, l'assura de son innocence.

« Croyez-moi, maître, pleurnicha-t-il. Nous ne savons pas comment cet incendie a pu éclater. J'étais là, tranquille, à jouer aux dés avec Benedikt, et avec Johannes aussi, et quand je me retourne, tout l'entrepôt est en train de flamber ! Y a quelqu'un qui a dû mettre le feu, sinon, ça aurait pas démarré si vite !

— Moi, je sais qui a fichu le feu, s'écria Georg Riegg de ceux de Schongau. C'est les gars d'Augsbourg, ouais ! D'abord, ils trucident nos enfants, ensuite, ils foutent le feu à notre entrepôt, pour que plus personne débarque chez nous et que tout le monde ait peur et évite la ville. Bande de charognes ! »

Quelques-uns des charroyeurs de Schongau protestèrent. Des pierres volèrent, des jurons fusèrent. Les gardes n'arrivaient à tenir les deux groupes séparés qu'au prix d'un gros effort.

« Mettre le feu à nos propres marchandises ! Et puis quoi encore ! » s'exclama quelqu'un du groupe des Augsbourgeois. Ceux de Schongau se mirent à beugler des insultes.

« Vous n'avez pas été fichus de faire gaffe et vous voudriez que ce soit de notre faute ! poursuivit l'autre. Vous allez nous rembourser chaque kreuzer !

— Ah ouais, et ça, c'est quoi ? dit Georg Riegg en montrant les tonneaux et les caisses entassés devant l'entrepôt brûlé. Vous avez pris soin de bien sortir tous vos trucs avant !

— Menteur ! » Les Augsbourgeois étaient sur le point d'exploser. « Nous les avons sortis quand ça brûlait déjà ! Pendant que vous, vous restiez là comme des piquets, à vous lamenter !

— Silence, ventredieu ! »

La voix du bailli n'était pas particulièrement forte. Pourtant, il y avait quelque chose en elle qui forçait tous les autres au silence. Johann Lechner promena son regard sur les deux groupes ennemis. Puis il s'adressa aux charroyeurs augsbourgeois.

« Qui est votre chef ? »

C'est le gaillard taillé en force que Jakob Kuisl avait jeté à l'eau peu avant qui répondit. Il avait apparemment réussi à revenir sur la terre ferme. Ses cheveux mouillés lui tombaient sur la figure, sa culotte et sa veste trempées collaient à sa peau. En dépit de cela, il n'avait pas une tête à se laisser intimider par un bailli du tribunal de Schongau. Le colosse dévisagea Johann Lechner d'un air maussade.

« C'est moi. »

Lechner l'examina de la tête aux pieds. « Et quel est ton nom ?

— Martin Hueber. Chef charroyeur, de la dynastie des Fugger. »

Quelques personnes émirent un sifflement discret. Les Fugger n'étaient plus aussi puissants qu'avant la grande guerre, loin de là, mais leur nom avait toujours un certain poids. Un homme qui travaillait pour une telle famille pouvait compter sur des appuis solides.

Si cela donna à penser à Johann Lechner, il n'en laissa rien paraître. Il hocha brièvement la tête, puis il dit : « Martin Hueber, tu seras notre hôte jusqu'à ce que cet incident soit éclairci. Jusque-là, tu as interdiction de quitter la ville. »

Le visage de Hueber devint cramoisi. « Vous ne pouvez pas faire ça ! Je dépends de la juridiction augsbourgeoise !

— Si, je le peux. » Lechner parlait d'une voix douce et insistante. « Tu t'es bagarré sur notre territoire, il y a des témoins. Tu resteras donc sur notre territoire, et tu boiras de l'eau. »

Des cris de joie et des rires mauvais retentirent du côté des flotteurs de Schongau. Le bailli se tourna vers eux.

« Vous n'avez pas de raison de vous réjouir, pas la moindre ! Georg Riegg, en tant que chef de cette bande, ta place est au cachot, aux côtés de ce paresseux de gardien du pont. Nous allons voir qui rira vraiment le dernier. »

Georg Riegg, le gardien du pont et l'Augsbourgeois Martin Hueber furent emmenés malgré leurs bruyantes protestations. Arrivé au pont, le charroyeur se retourna une dernière fois vers ceux de Schongau.

« Vous le regretterez ! s'exclama-t-il. Dès demain, les Fugger sauront ce qui s'est passé. Et là, que Dieu vous aide ! Tous les ballots, vous nous les remplacerez ! Jusqu'au dernier ! »

Lechner poussa un soupir. Puis il se tourna vers le bourgmestre, qui se tenait à côté de lui, pâle comme un linge.

« Une malédiction pèse sur cette ville. Et tout ça, depuis que cette sorcière a assassiné ce gosse, dit le bailli.

— Vous croyez qu'elle a aussi mis le feu à l'entrepôt ? »

Lechner haussa les épaules. Puis il sourit.

« C'est possible. Faisons en sorte qu'elle avoue. De cette façon, nous aurons fait table rase. Et tout le monde sera content. »

Le bourgmestre hocha la tête, soulagé. Puis les deux conseillers municipaux reprirent le chemin de la ville.

La petite fille serrait une poupée en bois contre sa maigre poitrine qui, à chaque respiration, émettait un bruit de crécelle. Son visage était pâle et hâve, des cernes profonds s'étaient creusés sous ses yeux. Elle se remit à tousser, une toux sèche et douloureuse, sa gorge la faisait souffrir. De loin, elle entendait les autres près du Lech, il avait dû arriver quelque chose. Elle se redressa péniblement et, de son lit, elle essaya de voir par la fenêtre. Mais elle ne vit que le ciel, des nuages et, au milieu, une colonne de fumée. Son beau-père lui avait dit que tout allait bien, qu'elle n'avait pas à s'agiter et qu'il fallait qu'elle reste couchée. Le médecin viendrait plus tard pour la soigner si les linges humides n'agissaient plus. La petite fille sourit. Elle espérait que ce serait le jeune médecin qui viendrait, et pas le vieux. Elle l'aimait bien, le jeune, une fois, sur la place du Marché, il lui avait glissé une pomme et lui avait demandé comment elle allait. Ils n'étaient pas nombreux à lui demander comment elle allait, en fait, personne ne le faisait.

Clara avait perdu ses parents à l'âge de cinq ans. D'abord la mère, qui ne s'était plus réveillée après la naissance d'un petit frère. Clara se souvenait encore du rire de sa mère, de ses grands yeux doux et des berceuses qu'elle lui chantait souvent. Quand ils suivaient le cercueil, elle avait cru que sa mère ne faisait que dormir, qu'elle se réveillerait d'un instant à l'autre et qu'elle rentrerait à la maison. Son père lui avait tenu la main. Lorsque le convoi funéraire était arrivé à l'église Saint-Sébastien et que le cercueil avait été inhumé dans le nouveau cimetière, il la lui avait serrée si fort qu'elle avait poussé un hurlement. Les femmes avaient cru qu'elle pleurait à cause de sa mère et lui avaient caressé la tête.

Ensuite, le père était allé de plus en plus mal. Cela avait commencé par la même toux que celle qu'elle avait maintenant, dure et sèche. Peu de temps après, il crachait du sang et les voisins la regardaient avec pitié en secouant la tête.

Souvent, le soir, elle restait assise près du lit de son père, et chantait les berceuses que sa mère lui avait apprises. Il n'avait plus qu'elle et elle n'avait plus que lui. Les frères et sœurs étaient partis parce qu'il y avait trop de vanniers à Schongau, ou bien ils étaient morts, comme le petit frère privé du sein de sa mère, qui avait crié trois jours et trois nuits avant de se taire soudain, à jamais.

Le père mourut un jour froid et humide d'automne, et il fut inhumé dans le même cimetière que sa femme. La tombe de la mère était encore toute fraîche, la terre fut facile à creuser.

Les semaines suivantes, Clara les passa chez la voisine, avec une demi-douzaine d'autres enfants. À table, tout le monde se battait pour l'unique écuelle de bouillie d'orge, mais de toute façon, elle n'avait pas faim. Elle allait se cacher sous le banc du poêle pour pleurer toute seule. Elle n'avait personne. Quand parfois la voisine lui glissait une sucrerie, les autres la lui volaient aussitôt. Tout ce qui lui restait, c'était sa poupée en bois, que son père avait taillée pour elle, à une époque plus heureuse. Elle ne la lâchait jamais, ni le jour, ni la nuit, c'était le dernier souvenir qui lui restait de ses parents.

Un mois plus tard, un jeune homme aimable était arrivé. Il lui avait caressé la tête et lui avait annoncé que son nom, désormais, serait Clara Schreevogl. Il l'avait emmenée dans une grande maison à deux étages qui donnait sur la place du Marché. Elle avait un escalier très large et beaucoup de pièces avec de lourds rideaux de brocart. Les Schreevogl avaient déjà cinq enfants, et on disait que Maria Schreevogl ne pouvait plus en avoir d'autres. Ils l'accueillirent chez eux comme leur propre fille. Et quand les frères et sœurs adoptifs, au début, médisaient dans son dos et lui lançaient des insultes, son beau-père accourait et leur frictionnait si fort l'arrière-train avec une baguette de noisetier qu'ils ne pouvaient plus s'asseoir pendant trois jours. Clara mangeait les mêmes mets raffinés, elle portait les mêmes robes de toile, pourtant elle savait qu'elle était différente. Une pupille qu'on nourrissait. À l'occasion des fêtes de famille, à Pâques ou le soir de la Saint-Nicolas, elle percevait un mur invisible entre elle et les Schreevogl. Elle voyait les regards caressants et les embrassades des autres, les paroles muettes, les gestes et les contacts, et elle se précipitait dans sa chambre pour pleurer. Sans bruit, afin que personne ne le remarque.

À présent, des hurlements et des huées lui parvenaient du dehors, sous sa fenêtre. Dans son lit Clara Schreevogl n'y tint plus. Elle s'accrocha pour se redresser, rejeta le lourd édredon en duvet sur le côté et se laissa glisser sur le froid parquet. Aussitôt, elle fut prise de vertiges. Elle avait de la fièvre, ses jambes étaient molles comme de la glaise. Malgré cela, elle se traîna jusqu'à la fenêtre, l'ouvrit et regarda au-dehors.

L'entrepôt au bord du Lech brûlait ! Des langues de feu montaient jusqu'au ciel, tout Schongau était rassemblé autour du port de flottage. Les parents de Clara, ses frères et sœurs ainsi que la nourrice, tous étaient descendus à la rivière pour assister au spectacle. On n'avait laissé qu'elle à la maison, la pupille malade. Elle était tombée dans le Lech trois jours auparavant, au cours de sa fuite éperdue. Au dernier moment, elle avait pu se raccrocher à quelques roseaux, juste avant que le courant ne l'emporte. Elle s'était hissée sur la berge et avait couru en direction de la maison, à travers les marécages et les fourrés. Elle s'était retournée sans arrêt pour voir si les hommes la suivaient, mais ils avaient disparu. Les autres enfants aussi avaient disparu. Elle n'avait retrouvé Anton et Sophie qu'au pied du chêne près de la porte Kuehtor. Anton l'avait regardée avec des yeux élargis par la terreur et avait répété en criant qu'il avait vu le diable. Il ne s'était arrêté que lorsque Sophie lui avait donné une claque. Et maintenant il était mort, et Clara savait pourquoi. Bien qu'elle n'eût que dix ans, elle pouvait imaginer ce qui était arrivé. Clara avait peur.

À cet instant, elle entendit grincer la porte de la maison. Ses parents adoptifs devaient être de retour. Elle allait les appeler quand quelque chose la retint. Quand les Schreevogl revenaient à la maison, ils faisaient toujours grand bruit, les portes claquaient, les enfants riaient, l'escalier résonnait. Même lorsque la nourrice revenait du marché, on entendait au moins le cliquètement des clés et le bruit sourd des paniers qu'elle déposait. Mais cette fois le silence était sépulcral. Comme si quelqu'un avait voulu ouvrir la porte sans bruit et que seul le grincement l'avait trahi. Clara entendit une marche craquer dans l'escalier. D'instinct elle se dépêcha de retourner au lit et se glissa dessous. La poussière envahit ses narines et elle dut se retenir d'éternuer. De sa cachette, elle vit la porte de sa chambre s'ouvrir doucement. Deux bottes maculées de taches de boue s'immobilisèrent sur le seuil. Clara retint sa respiration. Ce n'étaient visiblement pas les chaussures de son beau-père, qui veillait avec un soin jaloux à son apparence. Elle ignorait à qui appartenaient ces bottes, mais elle reconnaissait la boue qui les maculait. Trois jours auparavant, les chaussures de Clara avaient eu le même aspect. C'était la boue du marécage à travers lequel elle s'était enfuie.

Les hommes étaient revenus, ou du moins l'un d'entre eux.

La poussière lui remontait dans le nez, quelque chose lui chatouillait la main droite. Clara y jeta un bref coup d'œil et vit une araignée qui se promenait sur ses doigts avant de disparaître dans l'obscurité qui régnait sous le lit. Elle étouffa un cri et regarda de nouveau les bottes, qui n'avaient pas bougé du seuil. Elle perçut la respiration tranquille d'un homme, puis les bottes s'éloignèrent. Des pas retentirent, ils

montaient vers les chambres du haut. Clara écouta attentivement. Ce n'était pas un bruit de pas normal. À intervalles réguliers, il semblait traîner. Elle se rappela la nuit
de sa fuite. Tout en courant, un de ses poursuivants avait
fait de drôles de bonds. Il... boitait ! Clara en était sûre :
l'homme arrivé à présent en haut de l'escalier, c'était le boiteux. Mais alors il n'était peut-être pas si rapide que ça ?

Clara attendit un moment, puis elle sortit de sous le lit
et courut sur la pointe des pieds vers la porte ouverte. Elle
regarda en haut, mais elle ne vit personne dans l'escalier.
L'inconnu devait être dans une des pièces du haut. À pas
feutrés, elle commença à descendre.

Quand elle fut dans l'antichambre au rez-de-chaussée,
elle se rappela soudain qu'elle avait oublié sa poupée.

Elle se mordit les lèvres. Devant elle, la porte qui menait
dehors était grande ouverte, elle percevait les bruits qui provenaient de la rivière. Déjà, quelques bourgeois commençaient à reprendre le chemin de la ville.

Clara ferma brièvement les yeux, puis elle se dépêcha de
remonter et entra dans sa chambre. Sa poupée était sur le lit,
elle la saisit. Elle était sur le point de redescendre lorsqu'elle
entendit des pas au-dessus d'elle. Des pas pressés.

L'homme l'avait entendue.

Les pas accélérèrent encore, l'homme sautait maintenant
plusieurs marches à la fois. Clara se rua à travers la chambre, la
poupée serrée contre elle. Sur le pas de la porte, elle leva brièvement les yeux. Une ombre noire se ruait sur elle. Un homme
barbu enveloppé d'une cape, la main droite tendue vers elle.
C'était le diable, il avait une main blanche de squelette.

Clara referma la porte de sa chambre et poussa le verrou.
Quelque chose cogna de dehors, elle perçut des jurons pro-
noncés à mi-voix. Puis l'homme se jeta de toutes ses forces
contre la porte, à en faire trembler le cadre. Une fois, deux
fois... Clara courut à la fenêtre, qui était restée ouverte. Elle

voulut appeler au secours, mais elle se rendit compte que sa gorge était trop serrée par la peur. Elle n'était capable que de gémir d'une voix enrouée. La rue sous sa fenêtre était toujours déserte. Au loin, très loin, elle apercevait les gens qui revenaient en ville par la porte Lechtor. Elle voulut leur faire des signes de la main, puis elle réalisa que c'était inutile. Tout ce que les gens feraient, probablement, c'était de lui faire gentiment signe en retour.

Derrière elle, du bois éclata. Clara se retourna et vit la pointe d'un sabre jaillir à travers une fente qui s'élargissait de plus en plus. Elle regarda de nouveau la rue devant la maison. Sa chambre était située au premier étage, il y avait environ dix pieds jusqu'au sol. Un paysan avait garé une charrette pleine de paille juste à côté de l'entrée.

Sans réfléchir davantage, Clara fourra sa poupée dans sa chemise de nuit, juste sur sa poitrine, et grimpa sur le rebord de la fenêtre. Puis elle glissa vers le bas, jusqu'à se retrouver accrochée par les deux mains sur le rebord. Dans la chambre, le fracas augmenta, le verrou glissa avec fracas. Clara poussa un cri sourd, lâcha tout et atterrit directement dans la charrette de paille. Elle ressentit une douleur dans l'épaule droite quand elle heurta la ridelle. Sans y prêter attention, elle l'enjamba et se laissa glisser au sol. Les cheveux pleins de paille et en chemise de nuit, elle s'enfuit dans la rue. Lorsqu'elle se retourna une dernière fois, elle vit le diable debout à la fenêtre d'où elle venait de sauter. Il lui faisait un signe de sa main squelettique et semblait lui crier quelque chose.

À bientôt. Nous nous reverrons…

Clara entendait des voix dans sa tête enfiévrée. Sa vision devenait floue, ses jambes s'agitaient toutes seules. Le bruit de crécelle dans sa poitrine augmentait et diminuait pendant qu'elle courait en titubant dans les ruelles désertes. Le diable était à ses trousses et il n'y avait personne pour l'aider.

Lorsque Simon et Magdalena furent enfin arrivés au port de flottage, la plupart des gens de Schongau étaient déjà retournés en ville. Une unité de pompiers s'efforçait de rassembler les poutres fumantes et versait de l'eau sur les derniers foyers d'incendie. En dehors d'eux, il n'y avait plus que quelques badauds. Au moins, le danger que le feu se propage à la cabane du gardien et au môle en bois semblait écarté.

Simon demanda aux hommes ce qui s'était passé. Finalement, il aperçut le bourreau assis sur un des piliers les plus reculés. Il fumait sa pipe et contemplait les ruines de l'entrepôt d'un air songeur. Lorsque Simon et Magdalena s'approchèrent, il leva la tête.

« Alors ? Vous avez passé une belle journée ? »

Simon sentit le rouge lui monter au front. Magdalena fut assez avisée pour regarder dans une autre direction.

« Je… nous… j'aidais Magdalena à cueillir de l'ail des ours quand nous avons vu la fumée », bredouilla le médecin. Puis il regarda les dégâts en secouant la tête. « C'est épouvantable. Ça va coûter une fortune à la ville ! »

Le bourreau haussa les épaules.

« Si c'est le fait de quelqu'un de la ville… Nos flotteurs disent que ce sont les gens d'Augsbourg qui ont fait ça, et qu'ils ont pris soin d'évacuer leurs marchandises avant. »

Simon regarda par-dessus son épaule. De fait, à bonne distance des ruines fumantes de l'entrepôt, s'entassaient caisses, ballots et sacs. Quelques flotteurs d'Augsbourg, l'air patibulaire, se tenaient à côté, de toute évidence pour les surveiller.

« Et vous ? demanda-t-il au bourreau. Qu'en pensez-vous ? »

Jakob Kuisl aspira une nouvelle bouffée de sa pipe.

« En tout cas, ils ont mis leurs marchandises en sécurité pendant que nous nous disputions avec eux. » Il se mit debout et fit quelques pas pour se dégourdir les jambes.

Enfin, il murmura : « Quoi qu'il en soit, une chose est sûre. Ce feu, c'est quelqu'un qui l'a allumé. J'ai mis le feu à plusieurs bûchers dans ma vie. Pour que ça brûle si bien, il faut vraiment le vouloir. Une torche jetée par mégarde ne suffit pas.

— Un acte délibéré ? demanda Simon.

— C'est sûr.

— Mais pourquoi ?

— J'en sais rien. Mais on finira bien par le savoir. »

Le bourreau se dirigea vers le pont. En passant, il secoua la tête.

« Cet incendie a quand même du bon », dit-il.

Simon le suivit.

« Quoi donc ?

— S'ils interrogent ceux d'Augsbourg et de Schongau afin de tirer l'affaire au clair, ce sera toujours du temps de gagné, du moins je l'espère, pour Martha Stechlin. Pour aujourd'hui en tout cas. »

Jakob Kuisl traversa le pont à pas lourds. Soudain, il se retourna une nouvelle fois.

« Ah, j'ai failli oublier. Tu dois passer chez le jeune Schreevogl. Il te fait dire que sa Clara est malade. Quant à Magdalena, tu la renvoies à la maison. Compris ? »

Simon se retourna vers la fille du bourreau. Celle-ci sourit.

« Père t'aime bien. »

Simon plissa le front. « Tu crois vraiment ?

— Bien sûr. Sans ça, ça fait longtemps qu'il t'aurait flanqué dans le Lech après t'avoir tranché ton petit Jésus, et si vite que tu ne l'aurais même pas senti venir. »

Le médecin eut un sourire un peu forcé. Il préférait ne pas imaginer ce que ce serait de se faire un ennemi du bourreau. Il espérait que Magdalena avait raison.

Jakob Kuisl reprit le chemin du cachot. Dans les rues régnait à présent le crépuscule. Il n'y avait plus qu'un garde devant l'entrée de la prison fortifiée. On lui avait ordonné de rester là en faction pendant que les autres allaient voir ce qui se passait au port. Depuis, quelques-uns des camarades étaient revenus en escortant Georg Riegg et le gardien du pont. Ils les avaient enfermés sans faire de commentaires puis s'étaient dépêchés de retourner à la rivière.

Le garde semblait décontenancé. Apparemment, il était le seul habitant de la ville à ne pas savoir ce qui s'était passé. Et voilà que le bourreau revenait tout seul. Où étaient les autres ? Le bailli ? Les témoins ?

« C'est bon pour aujourd'hui, mon vieux, marmonna Kuisl en lui donnant une bourrade. On plie boutique. Plus que les instruments à ranger. Tu as remis la vieille Stechlin sous clé ? »

Le garde hocha la tête. Il avait à peine dix-huit ans, le visage défiguré par la petite vérole. À la fin, il n'y tint plus et demanda :

« Mais que s'est-il passé au Lech ?

— L'entrepôt a cramé, dit Kuisl. T'as envie d'aller voir ? »

Le garde jeta un coup d'œil déconcerté à l'arrière, dans l'antichambre de la prison. Le bourreau lui tapota l'épaule.

« T'inquiète pas, la sorcière ne s'échappera pas : j'y veille. Allez, vas-y. »

Le jeune homme hocha la tête avec gratitude, puis il remit les clés à Kuisl. L'instant d'après, il avait disparu derrière le coin de la maison voisine.

Jakob Kuisl pénétra à l'intérieur de la forteresse. Aussitôt, il fut saisi par le froid des murs de pierre et par l'air qui sentait le renfermé et puait l'urine et la paille humide. La cellule de gauche était occupée par Georg Riegg et le gardien du pont. Le charroyeur augsbourgeois, quant à lui, avait été enfermé dans un local, plus exigu mais plus confortable, de la Ballenhaus – c'était une mesure en quelque sorte diplomatique car il ne fallait pas courroucer davantage la puissante ville voisine.

Les deux hommes de Schongau semblaient s'être provisoirement résignés à leur sort. Ils s'étaient tous les deux retirés dans un coin de leur cellule pour somnoler. En apercevant le bourreau, le flotteur se releva d'un bond et se mit à secouer les barreaux.

« Kuisl, regarde ça ! Ils nous enferment avec la sorcière. Fais quelque chose avant qu'elle nous jette un sort ! s'exclama-t-il.

— Ferme-la. »

Le bourreau, sans s'occuper de lui, se dirigea vers la cellule voisine.

Le garde avait remis Martha Stechlin sous clé mais avait eu la magnanimité de lui rendre ses vêtements. Elle s'était faite toute petite dans un coin et cachait à deux mains sa tête rasée. Lorsque Kuisl s'approcha des barreaux, un rat lui fila entre les pieds.

« Martha, c'est important, dit-il. Lève la tête, regarde-moi. »

La sage-femme obéit et cligna des yeux.

« Il me faut les noms des enfants, chuchota-t-il.

— Quels noms ? »

Le bourreau posa un doigt sur ses lèvres et indiqua la cellule voisine. Puis il se remit à chuchoter.

« Les noms des enfants qui ont été chez toi la nuit d'avant le meurtre. Tous les noms. Si nous voulons te sortir d'ici, il faut que je sache ce qui s'est passé. »

Martha Stechlin lui donna les noms. Il y en avait cinq. En dehors de Peter Grimmer, tous étaient orphelins. Sur ces cinq enfants, deux avaient cessé de vivre.

Jakob Kuisl, perdu dans ses pensées, tambourinait sur les barreaux. Ces enfants devaient détenir un secret. Il asséna avec indifférence un coup de pied à un autre rat qu'il expédia dans un coin où il creva en couinant.

« À demain, Martha, redit-il, plus fort cette fois-ci.

Demain, ça te fera un peu mal, peut-être. Mais il faudra que tu sois forte.

— Ha, elle va hurler, la sorcière ! Et nous verrons ça de très près, de tout près. »

C'était de nouveau la voix sonore de Georg Riegg. Le charroyeur secoua de nouveau les barreaux. En même temps, il donna un coup de pied au gardien du pont qui somnolait toujours. L'autre se réveilla brutalement, bondit sur ses pieds et le regarda avec effroi.

« Tais-toi donc, Riegg, murmura le gardien. Sois heureux qu'on ne nous torture pas, nous aussi. »

Le bourreau sortit dans la nuit. Mais au coin le plus proche, il s'arrêta, comme cloué au sol.

Venant de la place du Marché, des gens armés de torches venaient à sa rencontre.

Quand Simon Fronwieser fut arrivé à la maison des Schreevogl pour voir l'enfant malade, il se rendit compte immédiatement que quelque chose n'allait pas. Une douzaine de personnes s'étaient rassemblées devant la porte. Certains avaient allumé des lanternes dans l'obscurité naissante. Les mouvements des flammes faisaient naître des ombres chinoises plus grandes que nature sur les murs des maisons, et plongeaient le visage des curieux dans une lumière rouge et mate. On murmurait de tous côtés, et à tout moment on pointait un doigt vers le premier étage. Simon entendit quelqu'un dire : « Il s'est envolé par la fenêtre et il l'a emportée. Le diable en personne, aussi vrai que je me tiens ici ! » Un autre se mit à maudire la sage-femme en souhaitant la voir brûler sur l'heure.

Juste au-dessus du médecin, les volets d'une fenêtre étaient grands ouverts. Le volet de droite pendait au gond inférieur, comme si quelqu'un de lourd s'y était suspendu. De gros morceaux de vitre étaient tombés dans la rue.

Depuis les chambres à l'étage, on entendait sangloter une femme. Les cris de douleur qu'elle poussait par intermittence étaient si aigus que Simon crut que les vitres épargnées allaient éclater à leur tour.

Le médecin se fraya un chemin à travers la foule et monta le large escalier couvert d'un épais tapis jusqu'au premier étage. Les cris provenaient d'une pièce sur la gauche. Une servante et un domestique se tenaient devant, pâles comme des linceuls. La servante marmonnait des prières en égrenant son chapelet. Simon contempla la porte fracassée. Le bois fin au centre avait été fracturé, les éclats de bois jonchaient le tapis. À travers le trou à hauteur de poitrine, Simon put voir sur le lit Maria Schreevogl, étendue à plat ventre, les doigts étreignant l'édredon, la tête enfoncée dans l'oreiller. Jakob Schreevogl, assis sur le rebord du lit, caressait les cheveux de sa femme tout en murmurant des paroles de réconfort. Deux chaises étaient renversées, un portrait de la Vierge Marie gisait par terre, le cadre brisé. Son visage au sourire paisible était barré par l'empreinte d'une botte.

Lorsque Jakob Schreevogl vit le médecin debout près de la porte brisée, il lui fit signe d'entrer.

« Si vous venez pour notre petite Clara, vous arrivez trop tard », chuchota Schreevogl. Simon vit qu'il avait pleuré, lui aussi. Le visage du jeune conseiller municipal était encore plus pâle que d'habitude. Le nez recourbé, un peu trop proéminent, se dressait sous une paire d'yeux rougis par les larmes, ses cheveux blonds, habituellement bien coiffés, paraissaient ternes et lui tombaient sur le front.

« Que s'est-il passé ? » demanda Simon.

Maria Schreevogl recommença à crier : « Le diable l'a emportée ! Il est arrivé dans la chambre en volant et il a ravi notre petite Clara… » Le reste fut noyé par ses sanglots.

Jakob Schreevogl secoua la tête.

« Nous ne savons pas exactement ce qui s'est passé, dit-il. Quelqu'un doit l'avoir… enlevée. Il a ouvert la porte d'entrée alors qu'elle était fermée à clé. Puis il a enfoncé la porte de la chambre, il a saisi notre petite Clara et il a sauté par la fenêtre, apparemment.

— Par la fenêtre ? » Simon fronça les sourcils. Puis il s'approcha du cadre de la fenêtre et regarda en bas. Quelqu'un avait garé une charrette de paille juste en dessous.

Le médecin hocha la tête. En sautant audacieusement juste à cet endroit-là, on avait de bonnes chances d'atterrir sans se briser les os.

« Quelqu'un dans la rue m'a dit que l'homme ou la chose s'était envolé avec la petite Clara », dit Simon tout en regardant la foule sous la fenêtre. Un grondement furieux pareil à celui d'un essaim d'abeilles montait jusqu'à lui. « Y a-t-il des témoins oculaires ?

— Anton Stecher prétend l'avoir vu de ses propres yeux », dit Schreevogl sans lâcher la main de sa femme, qui continuait à gémir doucement. Il secoua la tête. « Jusqu'ici, j'ai cru qu'il y avait une explication naturelle à cette histoire d'enfants et de meurtres, mais maintenant… » Schreevogl ne put achever. Puis, s'adressant à Simon : « Qu'en pensez-vous ? » demanda-t-il.

Simon haussa les épaules. « Je ne crois que ce que j'ai vu moi-même. Et ce que je vois présentement, c'est qu'on est entré ici par effraction et que l'enfant n'est plus dans sa chambre.

— Mais la porte d'entrée était fermée à clé.

— Pour un homme qui sait se servir d'un passe-partout, ce n'est pas un problème. »

Schreevogl hocha la tête. « Je comprends, dit-il. Dans ce cas Anton Stecher a dû mentir.

— Pas forcément », répondit Simon. Il indiqua la charrette sous la fenêtre. « Voici comment les choses se sont déroulées, selon moi. Un homme est entré dans la maison à l'aide d'un passe-partout. Clara l'a entendu et a verrouillé la porte de sa chambre. Il a enfoncé cette porte, et il y a eu lutte. Puis il a sauté par la fenêtre avec Clara, directement dans la charrette, avant de s'enfuir avec elle. »

Schreevogl plissa le front. « Mais pourquoi sauter par la fenêtre avec la petite ? Il aurait tout aussi bien pu ressortir par la porte ! »

Simon n'avait pas la réponse. Au lieu de quoi, il demanda : « Clara était orpheline, n'est-ce pas ? »

Schreevogl hocha la tête. « Ses parents sont morts il y a cinq ans. La ville nous l'a confiée en tant que pupille. Mais nous l'avons traitée comme nos propres enfants. Mon épouse l'aimait même tout particulièrement… »

Des larmes lui vinrent aux yeux. Il s'empressa de les essuyer. Son épouse se contentait de sangloter, elle s'était détournée des hommes et pleurait silencieusement dans son oreiller.

La foule au-dehors s'était accrue dans l'intervalle et devenait tumultueuse. Simon regarda par la fenêtre. De nouveaux arrivants avaient apporté des torches, l'affaire semblait prendre un tour nouveau.

Le médecin réfléchit. Anton Kratz avait lui aussi été un pupille, Peter Grimmer quant à lui avait grandi sans sa mère. Tous avaient passé la nuit d'avant le premier meurtre chez la vieille Stechlin…

« Votre petite Clara se rendait-elle souvent chez la sage-femme Martha Stechlin ? » demanda-t-il en se retournant vers le patricien. Jakob Schreevogl haussa les épaules.

« Je ne sais pas où elle allait traîner. Ça se peut…

— Oui, elle était souvent chez la sage-femme », intervint son épouse. La voix de Maria Schreevogl paraissait plus ferme. « Elle m'a raconté elle-même qu'elle allait la retrouver chez elle. Je n'y voyais rien de mal…

— Le matin d'il y a deux jours, interrogea Simon, le jour de la mort du petit Grimmer, y a-t-il eu quelque chose qui vous a frappé dans le comportement de Clara ? »

Jakob Schreevogl réfléchit brièvement, puis il hocha la tête. « Elle était très pâle, elle n'a rien voulu manger au petit-déjeuner. Nous nous sommes dit que c'étaient les premiers signes d'une fièvre. D'ailleurs elle est tombée malade plus tard dans la même journée. Quand elle a appris ce qui était arrivé au petit Peter, elle est montée dans sa chambre et elle n'en est plus sortie jusqu'au soir. Nous nous sommes tous dit d'abord qu'il valait mieux la laisser seule. Après tout, Peter était son camarade de jeu.

— Elle portait la marque.

— Quoi ? » Simon tressaillit, arraché à ses pensées.

Maria Schreevogl avait levé la tête et regardait dans le vague. Puis elle acquiesça : « Oui, elle portait la marque. »

Jakob Schreevogl dévisagea sa femme avec incrédulité. « Qu'est-ce que tu racontes ? » souffla-t-il.

Sans détourner le regard du mur en face d'elle Maria Schreevogl poursuivit : « Le soir, je l'ai lavée dans le baquet. Je me disais qu'un bain chaud avec des herbes médicinales pouvait faire tomber sa fièvre. Elle a résisté, mais j'ai fini par la déshabiller. Elle a essayé de garder son épaule sous l'eau, mais je l'ai tout de même vu. Le même signe que celui dont tout le monde parle. Complètement délavé, mais encore très reconnaissable. »

La voix de Simon n'était plus qu'un filet. « Un cercle avec une croix en bas ? » prononça-t-il.

Maria Schreevogl hocha la tête.

Un long silence s'ensuivit. On n'entendait que la clameur furieuse de la foule au-dehors. Enfin, Jakob Schreevogl se redressa d'un bond. Son visage était aussi rouge qu'un homard.

« Nom de Dieu, pourquoi ne m'avais-tu rien dit ? » hurla-t-il.

Sa femme recommença à pleurer. « Je… Je… refusais d'y croire. Je me suis dit que si je n'y prêtais pas attention, ça disparaîtrait tout seul… » Elle se remit à sangloter.

« Bougre d'ânesse ! Nous aurions peut-être pu la sauver ! Nous aurions pu en parler avec elle, lui faire dire ce que signifie cette marque. Trop tard, à présent ! »

Jakob Schreevogl se précipita hors de la chambre et s'enferma dans la pièce adjacente en claquant la porte. Simon voulut courir derrière lui, mais quand il fut dans l'escalier, il entendit des cris qui venaient d'en bas. « Allons-y, s'exclamait quelqu'un. On va se la faire ! »

Simon changea ses plans, se dépêcha de descendre pour sortir de la maison et tomba nez à nez avec une meute armée de torches, de faux et de piques qui se dirigeait vers la Münzstraße. Il reconnut également quelques gens d'armes. Par contre, il ne voyait pas trace du bailli et des autres conseillers municipaux.

« Qu'est-ce que vous comptez faire ? » cria Simon en direction de la foule.

Un des meneurs se retourna. C'était le tanneur Gabriel, celui-là même qui avait appris à Simon l'accident du petit Grimmer. « Nous allons nous faire cette sorcière avant qu'elle nous prenne encore plus d'enfants », dit-il. À la lueur des torches, son visage paraissait curieusement défiguré. Ses dents blanches luisaient dans l'obscurité.

« Mais la vieille Stechlin est sous les verrous, dit Simon pour tenter de les calmer. De plus, celui qui aurait emporté la petite Clara était un homme.

— C'était le diable ! » hurla un autre. Simon reconnut Anton Stecher, le témoin oculaire qui prétendait avoir vu le ravisseur.

« Il avait une main blanche comme un squelette et il volait ! C'est la vieille Stechlin qui l'a envoyé grâce à un sortilège ! hurla-t-il tout en courant derrière les autres.

— Mais c'est insensé ! » cria Simon dans la nuit, mais plus personne ne semblait l'entendre. Soudain, il perçut des pas bruyants derrière lui. Jakob Schreevogl avait dévalé l'escalier, une lanterne dans la main droite, son épée dans la main gauche. Il semblait avoir retrouvé son calme.

« Il faut les rattraper pour empêcher un bain de sang, dit-il. Ils sont complètement déchaînés. » Il était déjà dans la Münzstraße lorsque Simon se mit à courir pour le rattraper.

Sans ralentir le pas, il se tourna vers le conseiller municipal. « Vous ne croyez donc plus à la sorcellerie, vous non plus ? demanda-t-il.

— Je ne crois plus à rien, haleta Schreevogl pendant qu'ils tournaient au coin de la Weinstraße. Ni au diable, ni au bon Dieu. Et maintenant, vite, avant qu'ils n'enfoncent la porte du cachot ! »

Le bailli Johann Lechner se réjouissait à la perspective d'un bain chaud. Il avait ordonné à ses domestiques de faire chauffer une marmite d'eau dans la cuisine. Le baquet dans la salle était tendu d'un drap de lin et déjà à moitié rempli d'eau chaude. Lechner enleva son gilet et sa culotte, les plia soigneusement sur une chaise et se laissa glisser avec un délicieux frisson dans le baquet. L'eau sentait le thym et la lavande. Du bois mort et du jonc étaient répandus sur le sol. Le bailli avait vraiment besoin de ce bain pour réfléchir.

Les événements se précipitaient. À l'heure actuelle, il y avait deux enfants morts et un entrepôt détruit par les flammes. Lechner n'était pas encore sûr qu'il existât une relation entre les deux. Il était plausible que les Augsbourgeois aient mis le feu à l'entrepôt, le monopole des transports que détenaient les habitants de Schongau les irritait depuis longtemps. D'ailleurs, ne l'avaient-ils pas déjà fait dans le passé ? Le bailli décida de faire une recherche dans ses dossiers.

En revanche, l'idée que les flotteurs augsbourgeois assassinent des enfants de Schongau lui paraissait trop tirée par les cheveux. D'un autre côté… un entrepôt incendié, des meurtres atroces, et puis, dans un avenir proche, la maudite maladrerie aux portes de la ville, à cause d'un caprice de l'Église. Il y avait, en vérité, beaucoup de raisons d'éviter Schongau ces temps-ci et de choisir une autre route. De ce point de vue, toutes les calamités qui frappaient la ville profitaient surtout aux Augsbourgeois. Durant sa longue carrière de bailli auprès du conseil, Lechner avait retenu, entre autres, la sentence suivante : « Si tu veux savoir qui est responsable d'une chose, demande-toi à qui cette chose profite. »

Cui bono… ?

Lechner plongea sa tête sous l'eau chaude, goûtant la chaleur et le silence qui l'entouraient. Le calme, enfin, plus de palabres, plus de conseillers glapissants et uniquement préoccupés de leur profit personnel, plus d'intrigues. Au bout d'une minute, le souffle lui manqua et il dut émerger en inspirant bruyamment.

Découvrir s'il existait oui ou non un lien entre l'incendie et les meurtres était de peu d'importance, ce qui comptait c'était de trouver le moyen de ramener le calme dans la ville : Martha Stechlin devait avouer. Une fois le bûcher allumé, tous les problèmes s'envoleraient en fumée. Dès demain, il reprendrait l'interrogatoire, même si c'était illégal sans l'aval de Munich.

Après quoi les interrogatoires de Riegg, ce chamailleur notoire, et de cet Augsbourgeois impertinent se régleraient peut-être d'eux-mêmes. Un flotteur des Fugger ! Comme si cela pouvait l'impressionner, lui, Lechner ! Ne serait-ce qu'à cause de son attitude arrogante, le séjour forcé de cet homme dans la Ballenhaus serait prolongé de quelques jours.

On frappa à la porte, un domestique entra, apportant un autre seau fumant. Lechner lui fit un signe de tête satisfait et un jet d'eau chaude se déversa sur le dos tendu du bailli. Lorsque le domestique fut ressorti, Lechner se saisit de la brosse à poils durs. On frappa une nouvelle fois à la porte. Agacé, il laissa retomber la main qui tenait la brosse.

« Qu'est-ce que c'est ? » grogna-t-il en direction de la porte.

La voix du domestique paraissait inquiète. « Pardon de vous déranger, maître…

— Parle donc, qu'y a-t-il ?

— Il y a eu un nouvel incident. On dit que… que le diable se serait envolé avec la petite Clara Schreevogl, et maintenant le peuple se précipite à la prison pour voir brûler la vieille Stechlin. Ils ont des piques, des lances et des torches… »

Avec un juron, le bailli jeta la brosse à poils durs dans l'eau et se saisit d'un drap sec. L'espace d'un instant, il songea à laisser les choses suivre leur cours. Plus tôt la vieille Stechlin cramerait, mieux ce serait. Puis il se rappela que c'était lui qui représentait la loi à Schongau.

Il enfila hâtivement sa chemise. La Stechlin devait brûler. Mais seulement quand il en donnerait l'ordre.

Le bourreau vit la foule et comprit au même instant où elle allait. Il fit demi-tour, remonta les quelques mètres en courant et se campa, jambes écartées, devant l'entrée de la forteresse-prison. La tour massive n'avait que cet unique accès. Quiconque voudrait arriver jusqu'à la vieille Stechlin devrait à présent se frotter à lui. Les yeux mi-clos et les bras croisés, il attendit de pied ferme le groupe qui comptait à présent deux douzaines d'hommes. À la lueur des torches, Kuisl reconnut les mauvais coucheurs habituels, le boulanger Michael Berchtholdt en tête. Mais il y avait aussi quelques fils de conseillers dans le lot. Il vit même le cadet des rejetons du bourgmestre Semer. La plupart des membres de la meute étaient armés de piques et de faux. En voyant le bourreau, ils s'arrêtèrent net. Ils se mirent à parlementer entre eux. Puis Berchtholdt se tourna vers Kuisl avec un rictus complaisant.

« On va se faire la sorcière ! vociféra-t-il. Sors la clé et donne-la-nous, Kuisl, si tu ne veux pas qu'il t'arrive malheur. »

Des exclamations approbatrices fusèrent, une pierre jetée de quelque part dans l'obscurité vola vers lui et rebondit sur sa poitrine. Le bourreau ne bougea pas d'un centimètre. Au lieu de cela, il considéra Berchtholdt d'un air froid et scrutateur.

« Qui est-ce qui parle, le témoin du pénible interrogatoire de ce matin ou bien un fauteur de troubles que je vais pendre à l'arbre le plus proche cette nuit même ? »

Le rictus disparut du visage du boulanger. Puis il se ressaisit.

« Tu n'as donc pas entendu ce qui s'est passé, Kuisl ? dit-il. La Stechlin a invoqué le diable et il a enlevé la petite Schreevogl en s'envolant dans les airs. »

Il se retourna vers ses compagnons. « Si nous ne nous dépêchons pas, il va s'envoler avec la sorcière. Si ça se trouve, elle est déjà partie. »

La foule grogna et se rapprocha de la lourde porte en fer que le bourreau défendait de ses larges épaules.

« Tout ce que je sais, c'est que la ville est régie par la loi et la justice, dit Jakob Kuisl sans s'énerver. Et pas par quelques paysans stupides qui défilent avec des faux et des fléaux en effrayant les braves bourgeois.

— Fais gaffe, Kuisl. » C'était Stecher qui intervenait. « Nous sommes nombreux et tu n'as même pas un gourdin. Nous allons te trucider avant que tu aies le temps de dire ouf, après quoi on te brûlera en même temps que la sorcière ! »

Le bourreau sourit et leva son bras droit. « Voici mon gourdin, annonça-t-il. Qui a envie d'en tâter ? Personne ? »

Pas une voix ne répondit. Jakob Kuisl était réputé pour sa force, et quiconque l'avait vu soulever en l'air un voleur pour lui passer la corde au cou, ou brandir l'épée de justice, aussi longue qu'un homme, n'avait aucune envie de lui chercher des noises. Il n'avait repris l'emploi de son père que quinze ans auparavant. On disait qu'avant cela, il avait participé à la grande guerre et qu'il y aurait tué plus de gens qu'il n'y avait de places dans le vieux cimetière de Schongau.

La foule recula d'un mètre, comme un seul homme. Puis le silence tomba. Le bourreau resta posté là, solide comme un arbre.

Finalement, Anton Stecher se jeta en avant. Il brandit vers Kuisl le fléau qu'il tenait. « À bas la sorcière ! » hurla-t-il.

Le bourreau esquiva le fléau par une légère rotation d'épaule, le saisit par le manche et tira Stecher à lui. Puis il le frappa sur le nez et le rejeta dans la foule comme un sac. Les gens s'écartèrent, Stecher fut projeté au sol et un ruisseau de sang se déversa sur les pavés. Le paysan rampa hors du cercle de lumière en gémissant.

« Un autre ? » demanda Kuisl.

Soudain on entendit, de loin, un bruit rythmique. Jakob Kuisl tendit les oreilles, des bruits de pas cadencés se faisaient entendre en provenance du château. Suivis d'un groupe de soldats, le bailli Lechner et le premier bourgmestre surgirent.

Au même instant apparurent, accourant de la place du Marché, Simon et Jakob Schreevogl. Lorsque le jeune conseiller municipal vit le bailli, il rengaina son épée. « Dieu soit loué, haleta-t-il. Il n'est pas encore trop tard. On peut reprocher beaucoup de choses à Lechner, mais au moins, il tient bien sa ville. »

Simon observa comment les soldats s'approchaient pas à pas de la meute, la lance en avant. Il ne fallut qu'une seconde pour que les émeutiers jettent leurs armes et regardent autour d'eux d'un air inquiet.

« C'est fini ! s'écria Lechner. Rentrez chez vous ! Aucun mal ne sera fait à ceux qui s'en iront maintenant. »

L'un après l'autre, ils s'éclipsèrent par les étroites ruelles de la ville. Le jeune Semer courut rejoindre son père, qui lui donna une petite tape sur la tête avant de le renvoyer à la maison. Simon en fut dépité. Ce garçon avait failli commettre un meurtre et le premier bourgmestre se contentait de l'envoyer dîner au logis… La vie de la vieille Stechlin ne valait plus tripette.

Le bourgmestre Semer considéra enfin le bourreau, qui continuait à monter la garde devant la forteresse. « Vous avez fait du bon travail ! lui lança-t-il. En effet, ici c'est le conseil qui décide, pas la rue. » Il poursuivit, cette fois à l'intention du bailli. « Bien sûr on peut comprendre les gens. Deux enfants morts et une autre enlevée… La plupart d'entre nous ont une famille. Il est temps de mettre un point final à tout cela. »

Le bailli hocha la tête. « Demain, dit-il. Demain, nous en saurons davantage. »

Le diable boitillait à travers les rues, le nez au vent comme pour renifler l'odeur de sa proie. Il s'arrêtait dans des coins obscurs et écoutait, regardait sous chaque chariot à bœufs, fouillait chaque tas de fumier. Elle ne pouvait pas être loin, impossible qu'elle puisse lui échapper.

Un bruit retentit, quelqu'un ouvrait une fenêtre au-dessus de lui. Le diable se serra contre le mur. Avec son manteau noir, la nuit, il était presque invisible. Un jet de pisse s'abattit sur le sol devant lui, puis la fenêtre se referma. Le diable s'enveloppa plus étroitement dans son manteau et reprit sa recherche.

Au loin, on entendait des cris, mais ce n'était pas lui qu'ils visaient. Ils visaient la bonne femme qu'ils avaient enfermée. Il les avait entendus dire que cette bonne femme l'avait fait apparaître par ses invocations. Il ne put s'empêcher de sourire à cette idée, vraiment une belle idée. Quelle tête pouvait-elle bien avoir, cette sorcière ? Sans doute ne tarderait-il pas à le savoir. En attendant, il lui fallait mériter son salaire. Il espérait que les autres avaient fait du bon travail au-dehors pendant qu'il faisait le ménage ici. Il cracha. Une fois de plus, c'était lui qu'ils avaient chargé du sale boulot. À moins qu'il l'ait choisi lui-même ? Des ombres se glissèrent dans son champ de vision, des formes sanglantes, des images… Des femmes hurlantes avec des trous béants à la place des seins. Des nourrissons, brisés comme des jouets contre les ruines noircies de murs. Des prêtres sans tête, la robe rouge de sang…

Il chassa ces images d'un geste de la main, des doigts froids et osseux se posèrent sur son front, cela faisait du bien. Les ombres disparurent. Le diable continua sa marche.

Il vit le garde somnoler au-dessus de la porte Kuehtor. Il était appuyé sur sa pique et regardait dans la nuit, le vent apportait le bruit d'un ronflement discret.

Puis il vit le jardin en friche tout près de la porte. La clôture était effondrée, le bâtiment juste derrière délabré, c'était une ruine qui datait des derniers jours de la guerre. Du lierre et de la renouée persicaire de son jardin grimpaient sur les remparts. Au même endroit, entre les feuilles, une échelle était appuyée à la muraille.

Le diable sauta par-dessus les débris de clôture et examina le sol au pied des remparts. La pleine lune n'était passée que de quelques jours, la lumière suffisait pour reconnaître des traces sur le sol humide. Des traces de pas d'enfant. Le diable se pencha et aspira le parfum de la terre.

Elle lui avait échappé.

À la vitesse d'un chat, il escalada l'échelle clouée de travers. En haut, une corniche large comme un bras courait le long des remparts. Il regarda à gauche, de là-bas provenait toujours le ronflement du garde. Il regarda à droite et courut le long de la corniche rythmée par des meurtrières à intervalles réguliers. Au bout de cent mètres, il s'arrêta soudain et revint de quelques pas en arrière. Il ne s'était pas trompé.

Au niveau de l'une des meurtrières, quelques pierres avaient été arrachées à la muraille, si bien que le trou avait à présent une largeur presque triple.

Une largeur suffisante pour un enfant.

De l'autre côté de la muraille, la branche d'un chêne touchait aux remparts. Quelques branchages venaient d'être brisés. Le diable passa la tête par le trou et huma l'air frais d'avril.

Il la chercherait et il la trouverait. Peut-être qu'à ce moment-là, les images dans sa tête s'évanouiraient pour de bon.

7

Vendredi,
27 avril de l'an du Seigneur 1659,
5 heures du matin

Il faisait froid ce matin-là, une fine couche de givre recouvrait les prés autour de la ville. Un brouillard épais montait en nappe depuis la vallée de la rivière. Les cloches de l'église paroissiale Notre-Dame- de-l'Assomption sonnaient l'angélus.

En dépit de l'heure matinale, les premiers paysans étaient déjà dans les champs bruns disposés en losange de l'autre côté de la ville, loin du Lech. Le dos courbé, ils tiraient leur charrue et leur herse à travers la terre encore à moitié gelée, précédés par leur haleine, qui sortait de leur bouche en petits nuages blancs. Quelques-uns avaient attelé des bœufs et les faisaient avancer en vociférant. Les premiers marchands menaient leur carriole vers les portes Kuehtor et Lechtor, ils transportaient des cages pleines d'oies cancanant et de pourceaux couinant. Des charretiers fatigués attachaient une douzaine de tonneaux sur un radeau amarré près du pont. Il était à présent 5 heures du matin, toutes les portes de la ville étaient ouvertes et la cité se réveillait.

Jakob Kuisl, debout devant sa maison à l'extérieur des remparts, contemplait l'agitation matinale. Il titubait légèrement, sa gorge était brûlante. Une nouvelle fois, il leva le cruchon à ses lèvres sèches, et pour la énième fois, il constata qu'il était vide. Poussant un juron à mi-voix, il le jeta sur le tas de fumier, effrayant les poules qui s'égaillèrent en caquetant.

À pas lourds et en avançant à tâtons, le bourreau parcourut les trente mètres qui le séparaient de l'étang. Arrivé près des roseaux, il se débarrassa de sa culotte et de son gilet et s'immobilisa un instant sur la rive en frissonnant. Puis il prit une profonde inspiration, s'élança sur le ponton et sauta dans l'eau sans hésiter.

Le froid le transperça comme autant d'aiguilles et l'étourdit sur le moment. Mais ses idées redevinrent claires. Après quelques mouvements vigoureux, la sensation sourde à l'intérieur de son crâne faiblit, sa fatigue disparut, il se sentit à nouveau lucide et d'attaque. Il savait que cet état ne durerait pas, qu'il céderait bientôt la place à une lassitude de plomb, mais pour surmonter celle-ci, il suffisait de se remettre à boire.

Jakob Kuisl s'était soûlé toute la nuit. Il avait commencé par du vin et de la bière, puis aux premières heures du jour, il était passé à l'eau-de-vie. À plusieurs reprises, sa tête s'était lentement effondrée sur le plateau de table, mais chaque fois, il s'était redressé et avait ramené la cruche à sa bouche. À plusieurs reprises, Anna Maria Kuisl était venue jeter un coup d'œil à la cuisine remplie de fumée, mais elle savait qu'elle ne pouvait rien faire pour son mari. Ces excès se produisaient à intervalles réguliers. Les lui reprocher n'aurait fait que le mettre en colère et l'inciter à boire encore plus. Aussi le laissait-elle faire, sachant que c'était passager. Comme le bourreau buvait toujours seul, très peu de citoyens étaient au courant de son alcoolisme intermittent. Mais Anna Maria Kuisl pouvait prédire avec une assez grande exactitude à quel moment une nouvelle crise allait survenir. Chaque fois qu'une exécution ou un supplice étaient programmés, ces crises empiraient. Il lui arrivait même de hurler dans son délire, s'agrippant des ongles à la table, en proie aux pires cauchemars.

Grâce à sa forte carrure, Jakob Kuisl tenait remarquablement la boisson. Mais cette fois-ci, l'alcool semblait ne plus vouloir quitter ses veines. Pendant qu'il traversait une nouvelle fois le petit étang aux canards à la nage, il réalisa que la peur le rattrapait toujours. Il se hissa sur le ponton en bois, se rhabilla en vitesse et rentra chez lui.

Dans la cuisine, il fouilla les armoires à la recherche de quelque chose de buvable. Comme il ne trouvait rien, il se précipita dans la petite pièce attenante qui lui servait de pharmacie. Dans le compartiment supérieur de la grande armoire, il tomba sur une fiole dont le contenu luisait d'un vert toxique. Kuisl ricana. Il savait que ce sirop contre la toux contenait essentiellement de l'alcool. Et les plantes qui entraient aussi dans sa composition ne pouvaient que lui faire du bien dans son état actuel. C'était surtout du pavot qui l'aiderait à retrouver son calme.

Le bourreau pencha la tête en arrière et versa délicatement le liquide sur le bout de sa langue. Il comptait savourer chaque goutte de cette puissante décoction.

Le grincement de la porte de la cuisine l'interrompit. Debout sur le seuil, sa femme se frottait les yeux encore ensommeillés.

« Tu bois encore ? demanda-t-elle. Tu ne devrais pas arrêter…

— Laisse-moi, femme. C'est que j'en ai besoin. »

Il porta le goulot à ses lèvres et vida le flacon d'un trait. Puis il s'essuya la bouche et s'empara d'un croûton de pain qui gisait sur la table. Il n'avait rien mangé depuis la veille à midi.

« Tu dois aller voir la vieille Stechlin ? » demanda Anna Maria, qui savait quelle lourde tâche attendait son mari.

Le bourreau secoua la tête. « Pas tout de suite, dit-il, la bouche pleine. À midi seulement. Ces messieurs du conseil doivent d'abord se concerter à propos de l'incendie de l'entrepôt. Il y a d'autres interrogatoires en perspective.

— Et c'est toi qui… ? »

Il éclata d'un bref rire sec. « Faire appliquer les fers rouges à un charroyeur des Fugger, je crois pas qu'ils oseraient. Et pour ce qui est de Georg Riegg, tout le monde le connaît par ici, il y aura un tas de gens pour prendre sa défense. »

Anna Maria soupira. « C'est donc toujours les pauvres gens qui trinquent. »

De colère, le bourreau frappa la table, faisant tanguer dangereusement chopes de bière et verres à vin. « C'est les mauvaises personnes qui trinquent, pas les pauvres ! Les mauvaises personnes ! »

Sa femme, de derrière, posa ses mains sur ses épaules. « Tu ne peux rien y changer, Jakob. Laisse tomber », dit-elle.

À contrecœur, il repoussa les bras d'Anna Maria et se mit à marcher de long en large dans la pièce. Il avait cogité toute la nuit pour trouver comment éviter l'inévitable. Mais pas la moindre idée n'avait germé, l'alcool avait ralenti et entravé sa pensée. Rien n'y faisait, quand 12 heures sonneraient, il lui faudrait torturer Martha Stechlin. S'il refusait de s'y rendre, on lui enlèverait sa charge, on le chasserait de la ville avec toute sa famille et il ne lui resterait plus qu'à gagner sa vie comme barbier ambulant ou comme mendiant.

D'un autre côté… Martha Stechlin avait mis ses enfants au monde, il était convaincu de son innocence. Comment supplicier cette femme ?

Ses pas le conduisirent dans la pièce où se trouvait l'armoire à pharmacie. Le coffre à côté de celle-ci était ouvert, c'est là que le bourreau conservait ses livres les plus importants. Tout en haut de la pile se trouvait, légèrement jauni et usé, le traité de botanique médicinale du médecin grec Dioscoride, un ouvrage antique dont la valeur ne s'était jamais démentie. Sous le coup d'une inspiration subite, le bourreau prit le livre et se mit à le feuilleter. Une fois de plus, il fut saisi d'admiration devant la qualité des dessins et des notices décrivant avec précision des centaines de plantes. Chaque feuille, chaque tige, était rendue avec une grande exactitude.

Brusquement il s'arrêta sur une page, ses doigts soulignèrent quelques lignes, il se mit à marmonner. Enfin, un rictus retroussa ses lèvres. Il se précipita à l'extérieur, saisissant son manteau, son chapeau et son sac au passage.

« Mais où vas-tu ? s'exclama sa femme en le voyant partir en courant. Avale au moins une bouchée de pain !

— Je peux pas ! lui lança-t-il du jardin. Le temps presse ! Attise le poêle, je ne serai pas long !

— Mais, Jakob… »

Mais son mari ne l'entendait déjà plus. Au même instant, Magdalena descendit l'escalier avec les jumeaux. Barbara et Georg bâillaient. Les cris et le tapage du père les avaient réveillés. Maintenant, ils avaient faim.

« Où compte aller père ? » demanda Magdalena en frottant ses yeux encore ensommeillés.

Anna Maria Kuisl secoua la tête. « J'en sais rien, j'en sais vraiment rien, dit-elle tout en versant du lait dans une casserole pour les enfants. Il a feuilleté le livre sur les plantes puis il s'est précipité dehors comme si une mouche l'avait piqué. Ça doit avoir un rapport avec la Stechlin.

— La Stechlin ? »

Magdalena émergea brusquement des brumes du sommeil. Elle vit son père disparaître derrière les saules qui bordaient l'étang. Sans réfléchir plus avant, elle s'empara d'un croûton de pain sur la table et lui courut après.

« Magdalena, reste ici ! » cria sa mère.

En voyant sa fille courir en direction de l'étang, elle secoua la tête, puis se tourna vers les enfants.

« Comme son père, murmura-t-elle. Pourvu que ça n'apporte pas de malheur... »

Simon fut réveillé par des coups frappés à la porte de sa chambre. Ces coups étaient déjà intervenus dans son rêve. Mais à présent qu'il avait les yeux ouverts, il comprit que ce n'était pas un rêve, mais bien la réalité. Il regarda par la fenêtre. Dehors, il faisait encore nuit. Il se frotta les yeux. Il n'avait pas l'habitude de se réveiller si tôt, il dormait au moins jusqu'à ce que huit coups soient frappés au clocher de l'église.

« Qu'est-ce que c'est ? cria-t-il en direction de la porte.

— C'est moi, ton père ! Ouvre, nous avons à parler ! »

Simon soupira. Quand son père s'était mis quelque chose en tête, il était difficile de l'en faire démordre.

« Attends un instant ! » s'écria-t-il. Il s'assit sur le bord du lit, repoussa les mèches noires qui lui tombaient sur le front et essaya de reprendre ses esprits.

Après l'émeute de la veille au soir, il avait raccompagné Jakob Schreevogl chez lui. Le jeune conseiller municipal avait besoin de réconfort et d'une oreille attentive. Il avait parlé de Clara jusqu'aux petites heures du matin. De sa nature si aimable et attentionnée, et de son application et de sa soif d'apprendre à l'inverse de ses frères et sœurs souvent paresseux. Simon n'était pas loin de penser que Jakob Schreevogl préférait Clara, sa pupille, à ses propres enfants.

Le jeune médecin avait administré à Maria Schreevogl un puissant somnifère et une bonne dose d'eau-de-vie, et elle n'avait pas tardé à aller dormir. Après que Simon lui eut une fois de plus affirmé que Clara allait réapparaître bientôt.

L'eau-de-vie qui restait avait pris le chemin du gosier de Simon et de Jakob Schreevogl. Le conseiller municipal avait fini par tout lui révéler sur son propre compte, sur ses soucis avec son épouse souvent taciturne et d'humeur chagrine ainsi que sur ses craintes de ne pas conduire avec succès les affaires que lui avait léguées son père récemment décédé. Le vieux Schreevogl avait la réputation d'être un drôle d'oiseau, mais aussi d'être économe et malin, et de mener ses employés de main de maître. Marcher sur les traces d'un tel père n'était jamais chose aisée. Surtout lorsqu'on avait à peine trente ans. Le vieux Schreevogl avait débuté humblement, et les autres membres de la guilde des potiers avaient toujours jalousé son ascension rapide. À présent, ils surveillaient avec des yeux d'Argus tout ce qu'entreprenait le fils. Une erreur de sa part et ils lui tomberaient dessus comme des vautours.

Juste avant la mort subite du vieux, emporté par un accès de fièvre, Jakob Schreevogl s'était brouillé avec son père. Pour une broutille, en vérité, un chargement de carreaux brûlés, mais la dispute avait été si violente que Ferdinand Schreevogl n'avait pas hésité à modifier son testament. Désormais le terrain situé près de la montée de Hohenfurch, sur lequel le fils avait prévu d'édifier un nouveau four à cuisson, était légué à l'Église. Puis, sur son lit de mort, le vieux avait voulu lui dire quelque chose à l'oreille. Mais ses murmures s'étaient mués en une dernière quinte de toux. Une quinte de toux, ou un rire.

Aujourd'hui encore, Jakob Schreevogl se demandait comment son père avait réellement pris congé de ce monde.

Les souvenirs de la nuit dernière tournoyaient dans la tête de Simon, que les vapeurs d'alcool martelaient et endolorissaient. Il avait besoin de café, et vite. Son père lui en laisserait-il le temps ? Et voilà qu'il frappait de nouveau.

« Mais oui ! » cria Simon en enfilant sa culotte à toute vitesse tout en boutonnant son gilet de l'autre main. En se précipitant vers la porte, il renversa le pot de chambre et son contenu se répandit sur le plancher. Jurant et les doigts de pieds mouillés, il tira le verrou. La porte, en s'ouvrant à la volée, vint le frapper à la tête.

« Enfin ! Mais quelle idée de mettre le verrou ! » s'exclama son père en se précipitant dans la pièce. Son regard tomba sur les livres qui encombraient le bureau de Simon.

« D'où viennent-ils, ceux-là ? »

Simon massa son front endolori. Puis il s'assit sur son lit pour mettre ses bottes. « Ça ne t'intéresse pas, de toute façon », marmonna-t-il.

Il savait que son père tenait tous les ouvrages qu'il empruntait au bourreau pour des diableries. Que l'auteur de l'ouvrage ouvert au sommet de la pile fût jésuite n'améliorait pas les choses. Pour Bonifaz Fronwieser, Athanase Kircher était un inconnu au même titre que Santorio ou Ambroise Paré. Le vieux avait beau être installé à Schongau, il demeurait un chirurgien de campagne dans l'âme, et sa façon de traiter les malades ne reposait que sur l'expérience qu'il avait acquise sur les champs de bataille, auprès des blessés. Simon se rappelait avec effroi son père versant de l'huile bouillante dans des plaies causées par des armes à feu avec une bouteille d'eau-de-vie en guise d'anesthésiant. Son enfance avait été rythmée par les hurlements de soldats dont les cadavres raidis étaient traînés le lendemain par Bonifaz Fronwieser hors de la tente et recouverts de chaux.

Sans s'occuper de son père, Simon dévala l'escalier en direction de la cuisine. Il se saisit précipitamment d'une casserole posée à côté du feu qui contenait encore un reste de café de la veille. Dès la première gorgée, il recouvra ses esprits. Simon se demandait comment il avait fait pour vivre auparavant sans café. Une décoction splendide, un vrai breuvage du diable, se disait-il. Des voyageurs lui avaient appris qu'au-delà des Alpes, à Venise mais aussi à Paris l'élégante, il existait déjà des auberges où l'on servait du café. Simon poussa un soupir. Il faudrait sans doute des siècles pour voir de telles merveilles à Schongau.

Son père descendit bruyamment l'escalier.

« Nous avons à parler, s'exclama-t-il. Lechner était chez moi hier.

— Le bailli ? »

Simon reposa son gobelet de terre et regarda son père d'un air intéressé. « Qu'est-ce qu'il voulait ?

— Il a entendu dire que tu es allé chez le jeune Schreevogl. Et que tu te mêlais de choses qui ne te regardent pas. Il te demande de cesser. Ça ne te mènera à rien.

— Ah bon », dit Simon en avalant une gorgée de café.

Mais son père ne lâcha pas le morceau.

« C'est Martha Stechlin la coupable, a dit Lechner, et personne d'autre. »

Le vieux Fronwieser vint s'asseoir près de son fils sur le banc à côté de l'âtre. La cendre était froide. Simon sentit l'haleine aigre de son géniteur.

« Écoute, dit Bonifaz Fronwieser. Je vais être franc avec toi. Tu sais que nous ne sommes pas des bourgeois reconnus dans cette ville, que nous n'y sommes même pas vus d'un bon œil. On nous tolère, c'est tout, et pour l'unique raison que le dernier médecin a été emporté en enfer par la peste et que les charlatans érudits préfèrent rouler leur bosse à Munich ou à Augsbourg. Lechner peut nous chasser d'ici à tout moment, oui, il le peut. Et il le fera si tu ne te tiens pas tranquille. Toi, et aussi le bourreau. Ne prends pas le risque de foutre ta vie en l'air à cause d'une espèce de sorcière. »

Son père posa une main froide et rigide sur son épaule. Simon eut un mouvement de recul.

« La Stechlin n'est pas une sorcière, chuchota-t-il.

— Et puis même, dit son père. Lechner a décidé qu'il en était ainsi, et d'ailleurs ça vaut mieux pour la ville. De plus… »

Bonifaz Fronwieser eut un rictus en donnant une tape paternelle sur l'épaule de son fils.

« Le bourreau, la sage-femme et nous-mêmes, ça fait de toute façon trop de gens qui veulent gagner leur vie en soignant. Si la vieille Stechlin n'est plus là, nous aurons davantage de travail. C'est-à-dire de plus gros revenus, tu pourras t'occuper des accouchements, je t'en laisserai l'entière responsabilité. »

Simon se leva d'un bond. Le gobelet tomba de la table et atterrit dans le foyer, du café se répandit sur les cendres encore tièdes avec un sifflement.

« Tes revenus, c'est tout ce qui t'intéresse ! » s'écria-t-il. Puis il se précipita vers la porte. Son père se redressa.

« Simon, je…

— Mais vous êtes tous des idiots, ou quoi ? Vous ne voyez donc pas qu'un meurtrier circule dans la ville ? Vous ne pensez qu'à votre panse, et pendant ce temps, quelqu'un assassine des enfants ! »

Simon claqua la porte derrière lui et se rua dehors. Alertés par les hurlements, des voisins étaient penchés à leur fenêtre, dévorés de curiosité.

Simon leva les yeux d'un air furieux.

« Occupez-vous donc de ce qui vous regarde, fulmina-t-il. Vous allez voir ! Quand la vieille Stechlin sera réduite en cendres, c'est alors que les choses vont réellement commencer. Alors on en brûlera une autre, et puis une autre, et puis encore une autre ! Et à la fin, ce sera votre tour ! »

En secouant la tête, il se dirigea à grands pas vers le quartier des tanneurs. Les voisins le suivirent du regard. C'était donc vrai, ce qui se disait : depuis que le fils Fronwieser faisait les yeux doux à la fille du bourreau, il n'était plus le même. Elle l'avait probablement ensorcelé, en tout cas elle lui avait tourné la tête, ce qui revenait au même, finalement. Peut-être faudrait-il brûler encore plus de gens à Schongau pour avoir enfin la paix.

Les voisins fermèrent leurs volets et retournèrent à leur brouet d'avoine matinal.

Jakob Kuisl remonta d'un pas vif le chemin étroit qui menait de sa maison jusqu'à la rive. En quelques minutes il arriva, en suivant le sentier Treidel, au pont sur le Lech.

Des volutes de fumée flottaient toujours au-dessus de l'entrepôt incendié, et par endroits, les ruines rougeoyaient encore. Sebastian, l'autre gardien, était assis sur une pile du pont, appuyé sur sa hallebarde. Lorsqu'il vit le bourreau, il lui adressa un salut de tête fatigué. Le petit gardien trapu avait toujours une cruche sous son manteau les jours de grand froid. Et ce matin, Sebastian avait particulièrement besoin de boire un coup. Comme son collègue se trouvait au cachot, il devait monter la garde pour deux. La prochaine relève ne viendrait que dans une heure et il avait déjà passé toute la nuit sur ces lieux. De plus, il aurait juré que le diable en personne était passé tout près de lui, en silence et à toute vitesse. Une ombre noire dans la nuit, courbée et boiteuse.

« Et il m'a fait un signe de la main, je l'ai vu très nettement », raconta le gardien à mi-voix au bourreau, avant de baiser le petit crucifix en argent qu'il portait au cou suspendu à une lanière de cuir. « Aie pitié de nous, Sainte Vierge, depuis que la vieille Stechlin sévit dans notre ville, les esprits de l'enfer se baladent partout, parole ! »

Jakob Kuisl l'écouta attentivement. Puis il prit congé et passa le pont en direction de Peiting.

Une route de campagne boueuse menait dans la forêt en sinuant. À plusieurs reprises, il dut éviter des flaques et des nids-de-poule qui, au terme de ce rude hiver, étaient particulièrement profonds. Par endroits, la route n'était plus du tout carrossable. Après une demi-lieue, il croisa une carriole à bœufs immobilisée dans la terre détrempée. Le paysan poussait péniblement à l'arrière mais sans réussir à dégager la roue. Kuisl s'arrêta et appuya son corps massif contre le véhicule sans se soucier des regards de l'autre. Une brève poussée et la carriole était libérée.

Au lieu de le remercier, le paysan marmonna une prière, en s'efforçant ostensiblement de ne pas regarder le bourreau dans les yeux. Puis il se dépêcha de rejoindre l'avant du véhicule, sauta rapidement sur le siège et fit claquer son nerf de bœuf. Kuisl poussa un juron et lui lança une pierre.

« Fous le camp, pauvre con de Peiting ! cria-t-il. Ou je te pends au bout de ton fouet ! »

Que beaucoup de gens l'évitent, le bourreau en avait l'habitude, mais cela lui faisait toujours mal. Il ne s'était pas attendu à de la gratitude, mais au moins à une place à l'arrière de la carriole. Faute de quoi, il fut obligé de continuer à suivre à pied le chemin boueux, mal ombragé par les chênes qui le bordaient. Ses pensées revenaient sans cesse à la vieille Stechlin que chaque coup de cloche rapprochait un peu plus de la torture et des flammes.

Ça devrait commencer cet après-midi, se dit-il. *Mais peut-être que je réussirai à gagner du temps…*

Lorsque, sur sa gauche, apparut une ouverture frayée par les animaux, il se glissa dans la forêt en se courbant sous les branchages. Les arbres l'accueillirent avec ce silence qui l'apaisait toujours. C'était comme si le Seigneur étendait sa main protectrice sur le monde. Le soleil matinal qui perçait à travers les branches dessinait des taches de lumière sur la mousse moelleuse. Par endroits il y avait encore des traces de neige. Au loin, un coucou poussait son cri, le bourdonnement des moustiques, des abeilles et des coléoptères ne formait qu'un son unique et ininterrompu. En marchant résolument à travers bois, Kuisl traversait souvent des toiles d'araignée qui se posaient sur son visage comme un masque. La mousse avalait le bruit de ses pas. Ici, dans la forêt, il se sentait vraiment chez lui. Il y venait chaque fois qu'il pouvait pour cueillir des plantes, des racines et des champignons. On disait que personne, à Schongau, n'en savait autant sur les plantes que le bourreau.

Le craquement d'une branche le fit s'immobiliser. Le bruit provenait de sa droite, de la route. Un deuxième craquement retentit. Quelqu'un était en train s'approcher de lui, et ce quelqu'un essayait de le surprendre. Il lui manquait cependant l'adresse nécessaire.

Jakob Kuisl regarda autour de lui et vit la branche d'un sapin qui descendait au niveau de sa tête. Il s'y hissa et monta jusqu'à être entièrement caché par les branches couvertes d'aiguilles. Quelques minutes plus tard, les pas feutrés se rapprochèrent encore. Il attendit que leur bruit fût directement sous lui, puis il se laissa choir.

Magdalena l'entendit au dernier instant. Elle se jeta en avant et vit du coin de l'œil son père atterrir lourdement derrière elle. Juste avant de lui tomber dessus, Jakob Kuisl avait reconnu qui se trouvait sous lui et s'était jeté de côté. À présent, il se relevait, furieux, en tapotant sa veste couverte de neige et d'aiguilles de sapin.

« T'es folle ? siffla-t-il. Qu'est-ce qui te prend de marcher dans la forêt comme un coupeur de bourses ? Tu ne devrais pas être en train d'aider ta mère à piler dans le mortier ? Espèce de femelle têtue ! »

Magdalena avala sa salive. Son père était connu pour ses brusques accès de colère. Néanmoins, elle soutint son regard en lui répondant.

« Mère a dit que tu étais ici à cause de la vieille Stechlin. Alors je me suis dit que je pourrais peut-être t'aider. »

Jakob Kuisl s'esclaffa bruyamment.

« M'aider ? Toi ? Va aider ta mère, le travail ne manque pas. Et maintenant, va-t'en avant que je mette ma main sur ta figure. »

Magdalena croisa les bras sur sa poitrine.

« Je ne me laisserai pas renvoyer comme une gamine. Dis-moi au moins ce que tu as l'intention de faire. Après tout, Martha m'a mise au monde, moi aussi. Je lui ai apporté des plantes et des onguents chaque semaine, aussi loin que je me souvienne. Et maintenant, tu voudrais que son sort ne me préoccupe pas ? »

Le bourreau poussa un soupir. « Magdalena, crois-moi, il vaut mieux que tu t'en mêles pas. Moins tu en sauras, moins tu risqueras d'en raconter partout. C'est déjà assez que tu batifoles avec le jeune médecin. Les gens en font déjà des gorges chaudes. »

Magdalena sourit de ce sourire de petite fille qui lui avait toujours valu quelques sucreries de son papa.

« Hein, toi aussi tu l'aimes bien, Simon ?

— Arrête, grogna-t-il. Qu'est-ce que ça peut bien faire, que je l'aime ou pas ? Il est le fils du docteur, et toi, tu es la fille du bourreau. Donc, ne t'y risque pas. Et maintenant rentre, va aider ta mère. »

Mais Magdalena refusait d'abandonner la partie. Pendant qu'elle cherchait les mots qu'il fallait, son regard se promena sur le sous-bois. Derrière un noisetier, elle vit soudain briller quelque chose de blanc.

Se pouvait-il que cela fût…

Elle y courut et déterra une fleur blanche en forme d'étoile. Les mains pleines de terre, elle la tendit à son père. Celui-ci prit la petite fleur dans ses grandes mains et la contempla avec étonnement.

« Un hellébore, dit-il en portant la fleur à son nez pour la renifler. Ça fait longtemps que je n'en ai plus vu dans les parages. Tu sais ce qu'on raconte, que les sorcières s'en servent pour fabriquer un onguent qui leur permet de voler la nuit de Sainte-Walburge. »

Magdalena hocha la tête. « La vieille Daubenberger de

174

Peiting m'en a parlé. Elle croit d'ailleurs que les meurtres d'enfants ont un lien avec la nuit de Sainte-Walburge. »

Son père la regarda, interdit. « Avec la nuit de Sainte-Walburge ? »

Magdalena hocha la tête. « Elle pense que ça peut pas être un hasard. Dans trois jours, ce sera le sabbat des sorcières, elles vont danser et voler du côté de la montée de Hohenfurch, et… »

Jakob Kuisl lui coupa sèchement la parole. « Et tu crois à ces sornettes ? Rentre à la maison et occupe-toi du linge, j'ai pas besoin de toi ici. »

Magdalena le dévisagea avec colère. « Pourtant, tu viens toi-même de me dire qu'il existait des sorcières et des onguents pour voler ! s'exclama-t-elle avant de donner un coup de pied dans un tronc de bouleau renversé. Qu'est-ce qui est vrai, alors ?

— J'ai dit que les gens le *racontent*. C'est pas la même chose », dit Kuisl. Il poussa un nouveau soupir puis regarda sa fille d'un air grave. « Moi, ce que je crois, c'est qu'il existe des gens mauvais, reprit-il. Et peu me chaut que ce soient des sorcières ou des curetons. Et je crois aussi qu'il existe des potions et des onguents qui donnent *l'impression* d'être une sorcière. Qui vous rendent méchante et vous mettent en chaleur comme une chatte. Des élixirs qui vous font voler, en quelque sorte. »

Magdalena hocha la tête. « La Daubenberger connaît les ingrédients de cet onguent pour voler. » Elle commença à les énumérer, en veillant à ne pas élever la voix. « De l'hellébore, de la mandragore, du datura, de la jusquiame, de la ciguë, de la belladone… La vieille m'a montré beaucoup de plantes dans les bois. Une fois, nous avons même trouvé de l'actée en épi. »

Jakob Kuisl paraissait incrédule.

« De l'actée en épi ? Tu en es sûre ? De toute ma vie, je n'en ai encore jamais vu.

— Sur la Sainte Vierge, je jure que c'est vrai ! Crois-moi, père, je connais la moindre herbe de la région. Tu m'as enseigné beaucoup de choses, et la Daubenberger m'a montré le reste ! »

Jakob Kuisl la regardait, sceptique. Puis il l'interrogea sur certaines herbes. Elle les connaissait toutes. Une fois qu'elle eut répondu à toutes ses questions de façon satisfaisante, il lui demanda si elle connaissait une certaine plante et si elle savait où on pouvait la trouver. Magdalena réfléchit brièvement, puis elle hocha la tête.

« Mène-moi à elle, dit le bourreau. Si on la trouve, je te dirai ce que j'ai l'intention de faire. »

Après une demi-heure de marche, ils atteignirent leur but. Une clairière ombragée au milieu de la forêt, entourée de roseaux. Devant eux s'étendait un étang asséché, au milieu duquel se dressaient des îlots d'herbe. Derrière s'étalait un pré humide parsemé de taches violettes. Ça sentait le marais et la tourbe. Jakob Kuisl ferma les yeux et respira à pleins poumons le parfum de la forêt. Entre l'odeur des aiguilles de pin gorgées de sève et celle de la mousse humide flottait le fin arôme de quelque chose de différent.

Elle avait raison.

La colère de Simon Fronwieser était un peu retombée. Après la dispute avec son père, il s'était d'abord précipité, rouge comme une écrevisse, sur la place du Marché ; là, devant les nombreux étals, il s'était payé un petit-déjeuner frugal, des anneaux de pomme séchée et un bout de pain. Pendant qu'il mastiquait les coriaces anneaux sucrés, sa fureur se calma peu à peu. En fin de compte ça n'avait aucun sens de s'emporter contre son père. Ils étaient tout simplement trop différents. Ce qui était bien plus important c'était de réfléchir à tête reposée. Le temps pressait. Simon fronça les sourcils.

Le patricien Jakob Schreevogl lui avait raconté que l'intendant du prince électeur arriverait dans quelques jours à Schongau afin de prononcer sa sentence. Il fallait qu'un coupable soit trouvé d'ici là, car les conseillers municipaux n'avaient ni l'envie, ni l'argent nécessaire pour prendre en charge les frais de l'intendant et de son cortège au-delà du délai requis. De plus, le bailli Lechner avait besoin que la ville retrouve le calme. Si la paix n'était pas rétablie d'ici l'arrivée de Son Excellence Wolf Dietrich von Sandizell, l'autorité dont le bailli jouissait à Schongau risquait d'en être fortement entamée. Il ne leur restait donc plus que trois jours, quatre tout au plus. C'était le temps que le convoi avec soldats et serviteurs mettrait pour venir du lointain domaine de Thierhaupten. Une fois que l'intendant serait dans la place, ni Simon, ni le bourreau, ni le bon Dieu ne pourraient plus sauver Martha Stechlin des flammes.

Simon fourra le dernier anneau de pomme dans sa bouche et traversa la place du Marché, vivement animée. À plusieurs reprises, il dut esquiver des servantes et des paysannes qui se bagarraient près des étals de viande, d'œufs et de carottes afin d'être les mieux servies. Quelques-unes de ces femmes lui jetèrent un coup d'œil langoureux. Sans y prêter attention, il tourna dans la Hennengasse, où vivaient les parents nourriciers de Sophie.

Il n'avait cessé de penser à la petite fille rousse. Il était convaincu qu'elle en savait plus qu'elle ne voulait l'admettre. Elle était, d'une façon ou d'une autre, la clé de ce mystère, même s'il ne voyait pas, pour le moment, quel rôle précis elle jouait dans cette histoire. Mais quand il arriva au petit atelier qui, coincé entre deux maisons à colombages plus grandes, aurait bien eu besoin d'un coup de peinture, il eut une amère déception. Sophie ne s'était pas montrée depuis deux jours. Ses parents adoptifs n'avaient pas la moindre idée de l'endroit où elle pouvait être.

« Cette petite garce n'en fait qu'à sa tête, grogna le tisserand Andreas Dangler, qui était le tuteur de la fillette depuis la mort de ses parents. Quand elle est là, elle nous boufferait jusqu'aux cheveux sur notre crâne, mais dès qu'elle doit travailler, elle s'en va traîner en ville. J'aimerais mieux n'avoir jamais accepté de la prendre chez moi. »

Simon était sur le point de rappeler à Dangler que la ville lui versait un salaire conséquent en contrepartie de l'entretien de Sophie, mais il se mordit les lèvres et se contenta de hocher la tête.

Andreas Dangler continua à tempêter. « Ça ne m'étonnerait pas qu'elle soit de mèche avec cette sorcière, dit-il en crachant par terre. Sa mère, la femme de Hans Hörmann, le tanneur, était déjà comme ça. Elle a envoûté son mari pour qu'il aille au tombeau, puis elle est morte elle-même de phtisie. La fille a toujours fait la fière, elle se croit au-dessus de nous, ça l'ennuie de s'asseoir à table avec des tisserands. Bien fait pour elle, ce qui lui arrive ! »

Il était appuyé contre le cadre de la porte et mâchonnait un copeau de pin. « Si j'avais mon mot à dire, jamais plus elle ne remettrait les pieds chez moi ! Elle a dû foutre le camp pour ne pas subir le sort de la vieille Stechlin. »

Pendant que le tisserand continuait ses jérémiades, Simon s'assit sur un tombereau à fumier à côté de la maison et respira un bon coup. Il avait l'impression de faire du surplace. Il aurait adoré envoyer son poing sur la figure de ce Dangler qui n'arrêtait plus de beugler. Au lieu de cela, il se contenta d'interrompre sa tirade. « Quelque chose t'a-t-il frappé dans le comportement de Sophie, ces derniers temps ? A-t-elle changé ? »

Andreas Dangler le regarda de haut en bas. Simon avait bien conscience qu'aux yeux du tisserand, il devait faire l'effet d'un gandin. Avec ses hautes bottes en cuir, sa longue veste de velours vert et sa barbiche taillée à la dernière mode, il avait l'air, pour ce simple artisan, d'un citadin efféminé d'Augsbourg, la lointaine métropole. Son père avait raison. Il n'était pas d'ici et il n'essayait même pas de faire semblant.

« En quoi ça te regarde, médicastre ? demanda Dangler.

— Je suis le médecin chargé de superviser les séances de tortures de la vieille Stechlin, mentit Simon, inventant au fur et à mesure. J'aimerais donc me faire une idée d'elle, pour savoir quelles puissances l'habitent. Est-ce que Sophie vous a raconté quelque chose sur Martha Stechlin ? »

Le tisserand haussa les épaules. « Une fois, elle a dit qu'elle aimerait être sage-femme. Et quand ma femme a été malade, elle a ramené aussitôt les remèdes qu'il fallait. C'est la vieille Stechlin qui avait dû les lui donner.

— Et à part ça ? »

Andreas Dangler hésita, puis il sembla se rappeler quelque chose. Il dit avec un ricanement : « Une fois, je l'ai vue qui dessinait une espèce de signe dans le sable, derrière, dans la cour. Quand j'ai voulu voir, elle s'est dépêchée de l'effacer. »

Simon devint attentif.

« Quel signe ? »

Le tisserand réfléchit un moment, puis il sortit le copeau de sa bouche, se pencha et dessina quelque chose dans la poussière.

« Ça ressemblait à peu près à ça », dit-il enfin.

Simon essaya de reconnaître quelque chose dans ces lignes brouillées. Le dessin représentait une sorte de triangle avec une boucle au sommet inférieur.

Cela lui rappelait quelque chose, mais chaque fois qu'il croyait tenir le souvenir, celui-ci lui échappait. Il regarda une nouvelle fois le dessin dans la poussière, puis il l'effaça du pied et s'en alla en direction de la rivière. Il avait encore quelqu'un d'autre à voir aujourd'hui.

« Hé, cria Dangler en le voyant s'éloigner. Alors, qu'est-ce qu'il signifie, ce signe ? Est-ce que c'est une sorcière, oui ou non ? »

Simon accéléra le pas. Les appels du tisserand ne tardèrent pas à se perdre dans les bruits matinaux de la ville. De loin résonnait le martèlement de la forge, des enfants conduisaient un troupeau d'oies qui jacassaient.

Il suffit de quelques minutes au médecin pour atteindre la porte Hoftor, située à côté de la résidence du prince électeur. À cet endroit, les maisons étaient plus cossues, on construisait uniquement en pierre. De plus, les rues étaient moins jonchées d'immondices. Le quartier de la porte Hoftor était le quartier des artisans et des flotteurs établis. Quiconque avait durablement réussi dans les affaires s'installait dans cette partie de la ville, loin du quartier puant des tanneurs, situé au bord de la rivière, ou de celui des bouchers, plus à l'est, qu'habitaient aussi de vulgaires teinturiers et menuisiers. Simon adressa un bref salut au gardien de la porte et continua sa route en direction d'Altenstadt, situé à seulement une lieue au nord-ouest de Schongau.

Bien qu'en ce mois d'avril et à cette heure matinale, le soleil fût encore pâlichon, il n'en éblouissait pas moins les yeux du médecin. Sa tête lui faisait mal, son palais était desséché. Sa gueule de bois, consécutive à la soûlerie de la veille avec Jakob Schreevogl, se rappelait à son bon souvenir. Il s'accroupit près d'un ruisseau qui coulait au bord du chemin en pente pour boire un peu d'eau. Lorsqu'un charroyeur le doubla avec fracas avec son chargement de tonneaux, Simon eut la présence d'esprit de sauter à l'arrière du chariot. Installé parmi les tonneaux attachés, il arriva ainsi confortablement à Altenstadt, sans que le charroyeur l'eût remarqué.

Sa destination, c'était l'auberge de Strasser, qui se trouvait au centre du village. Avant d'aller chez les Schreevogl, la veille, Simon s'était fait donner cinq noms par le bourreau. C'étaient les noms des enfants qui avaient fréquenté la vieille Stechlin : Grimmer, Kratz, Schreevogl, Dangler et Strasser. Deux étaient morts, deux avaient disparu. Il restait un dernier pupille, celui de Strasser, l'aubergiste d'Altenstadt.

Simon ouvrit la porte basse de la grande salle et fut assailli par une odeur de chou, de fumée, de vieille bière et d'urine. Strasser était l'unique aubergiste du village. Les amateurs d'établissements plus relevés se rendaient à Schongau. Dans cette gargote, on venait pour boire et pour oublier.

Simon se posa sur un tabouret en bois près d'une table tailladée par les coups de couteau et demanda une bière. Deux charretiers, qui à cette heure-ci s'envoyaient leur première chope, le dévisagèrent avec méfiance. L'aubergiste, un chauve grassouillet ceint d'un tablier de cuir, lui apporta d'un pas lourd une bière couverte de mousse, et la posa devant lui.

« À votre santé, marmonna-t-il avant de regagner son comptoir.

— Prenez place, dit Simon en désignant le tabouret vide à côté du sien.

— Je peux pas, j'ai de la clientèle, ça se voit, non ? »

L'aubergiste voulut s'éloigner. Mais Simon le retint par le bras et le tira doucement à lui.

« Prenez place, je vous en prie, répéta-t-il. Nous avons à parler. Il s'agit de votre pupille. »

Strasser se retourna prudemment vers les charretiers, qui semblaient d'ailleurs plongés dans une discussion.

« C'est bien de Johannes qu'il s'agit ? chuchota-t-il. Vous l'avez retrouvé ?

— Il n'est donc plus chez vous ? »

Franz Strasser, l'aubergiste, se laissa tomber sur une chaise à côté du médecin en poussant un profond soupir. « Depuis hier midi. Il devait aller voir les chevaux dans l'étable.

Après quoi, il n'est plus réapparu. Il a dû foutre le camp, le petit salopiot ! »

Simon cligna des yeux. L'auberge n'était que faiblement éclairée, les volets fermés laissaient à peine passer la lumière. Sur le rebord de la fenêtre, un copeau de pin luisait faiblement.

« Depuis quand Johannes est-il en apprentissage chez vous ? » demanda-t-il au tenancier.

Franz Strasser réfléchit. « Ça doit bien faire trois ans, dit-il enfin. Ses parents venaient d'ici, d'Altenstadt, de bonnes gens, mais faibles de la poitrine. Elle est morte en couches. Le père l'a suivie dans la tombe à peine trois semaines après. Johannes, c'était le petit dernier, c'est moi qui l'ai recueilli. Il a toujours été bien traité, Dieu m'est témoin ! »

Simon goûta à sa bière. Elle était aqueuse et éventée.

« J'ai entendu dire qu'il se rendait souvent à Schongau », poursuivit-il.

Strasser hocha la tête. « C'est vrai. Dès qu'il avait un moment de libre, il y allait. Le diable seul sait ce qu'il pouvait bien y faire.

— Et vous n'avez pas non plus idée d'où il a pu aller ? »

L'aubergiste haussa les épaules. « Dans sa cachette, peut-être.

— Sa cachette ?

— Il y passait déjà la nuit, de temps à autre, dit le tenancier. Chaque fois que je le corrigeais parce qu'il avait encore fait une sottise, il allait se planquer dans sa cachette. Une fois, j'ai essayé de lui faire dire où ça se trouvait, mais tout ce qu'il a dit, c'est que personne ne saurait jamais, que même le diable ne pourrait pas l'y dénicher. »

Simon, perdu dans ses pensées, continuait à siroter sa bière. Il se moquait bien de son goût à présent.

« Est-ce que d'autres personnes connaissaient cette… cachette ? » demanda-t-il prudemment.

Franz Strasser fronça les sourcils. « Ça se peut, dit-il. Après tout, il jouait aussi avec d'autres enfants. Une fois, ils m'ont cassé toute une rangée de cruches, ici même. Ils sont entrés dans la réserve, ils ont pris une miche de pain, comme ça, et dans leur fuite, ils ont renversé les cruches, bande de salopiots !

— À quoi ressemblaient-ils, ces enfants ? »

Strasser s'était mis en rogne tout seul.

« Une bande de salopiots, parfaitement ! Rien que des bêtises en tête, tous des orphelins de la ville. Racaille ingrate ! Au lieu de se réjouir humblement d'avoir été recueillis par quelqu'un, ils deviennent impertinents, voilà ce qu'ils deviennent ! »

Simon inspira profondément. Son mal de crâne revenait.

« Ce que j'aimerais savoir, c'est à quoi ils ressemblaient », chuchota-t-il.

L'aubergiste devint pensif. « Il y avait une rouquine dans le tas, une chevelure de sorcière… Des vauriens, je vous dis.

— Et vous n'avez aucune idée de l'endroit où cette cachette pourrait se trouver ? »

Franz Strasser parut irrité.

« Mais qu'est-ce que t'as, avec ce garçon ? demanda-t-il. Il a encore fait une connerie, pour que tu tiennes tant à le retrouver ? »

Simon secoua la tête.

« C'est pas si important que ça. » Il posa un kreuzer sur la table pour payer sa bière et quitta la gargote enténébrée. Le tenancier le suivit des yeux en branlant du chef à son tour.

« Maudite bande de salopiots ! cria-t-il pour que le médecin l'entende. Si tu le vois, fous-lui en une bonne derrière les oreilles ! Il l'a mérité ! »

8

Vendredi,
27 avril de l'an du Seigneur 1659,
10 heures du matin

Assis à la grande table de réunion de l'hôtel de ville, le bailli tambourinait du bout des doigts une quelconque marche de lansquenets dont l'air ne lui sortait plus de la tête. Son regard se posa sur les visages boursouflés des hommes qui avaient pris place en face de lui. Des joues rubicondes et pendantes, des yeux chassieux, des crânes toujours plus dégarnis… Même leur habit coupé selon la mode et leur mouchoir en dentelle soigneusement amidonné ne pouvaient dissimuler que ces hommes n'étaient plus à leur zénith. *Ils se cramponnent à leur pouvoir et à leur argent parce qu'il ne leur reste plus que cela*, se dit Lechner. Leurs yeux exprimaient une telle impuissance qu'il n'était pas loin de les prendre en pitié. Leur belle petite cité était dans un sale état et ils ne savaient absolument pas quoi faire. L'entrepôt avait brûlé, plusieurs d'entre eux avaient perdu beaucoup d'argent à cause de cet incendie, et en plus de cela, quelque chose, au-dehors, ravissait les enfants. Les servantes et les valets, les paysans et les simples gens attendaient d'eux, les maîtres de la ville, qu'ils y remettent bon ordre. Mais aucun d'entre eux ne savait comment, aussi regardaient-ils tous

Lechner comme si celui-ci, d'un claquement de doigts ou d'un grattement de plume, allait les affranchir de ce malheur. Lechner les méprisait, il se serait pourtant bien gardé de le leur montrer.

Ne frappe jamais l'âne que tu chevauches...

Il agita la clochette et ouvrit la séance.

« Messieurs, je vous remercie d'avoir bien voulu interrompre vos activités assurément très importantes, afin de participer à cette réunion urgente du conseil intérieur, déclara-t-il pour commencer. Mais cela me paraît nécessaire. »

Les six conseillers municipaux hochèrent la tête avec empressement. Le premier bourgmestre Karl Semer essuya son front trempé de sueur avec son mouchoir en dentelle. Le second bourgmestre Johann Püchner tortilla ses mains et marmonna son consentement. En dehors de lui, tout le monde était silencieux. Seul Wilhelm Hardenberg, le vieil administrateur de l'hôpital, jeta de ses lèvres minces un juron en direction du plafond. Il venait de calculer en son for intérieur combien lui coûtait l'incendie de l'entrepôt. De la cannelle, des sucreries, des ballots des tissus les plus fins, tout cela était réduit en cendres.

« Seigneur Dieu tout-puissant, quelqu'un doit payer pour tout ça ! se lamenta-t-il. Quelqu'un doit payer pour tout ça ! »

L'aveugle Matthias Augustin frappa impatiemment de sa canne le parquet en bois de chêne. « Les imprécations ne nous avancent à rien, dit-il. Laissez parler Lechner, qu'il nous dise ce qu'ont donné les interrogatoires des charroyeurs. »

Le bailli le regarda avec gratitude. En voilà un, au moins, qui avait gardé la tête froide, tout comme lui. Il reprit donc son discours. « Comme vous le savez tous, la petite Clara

Schreevogl a été enlevée hier soir par un inconnu. Avant cela, elle avait, comme les deux enfants morts, régulièrement fréquenté la maison de la sage-femme Martha Stechlin. Des gens affirment avoir vu le diable dans la rue. »

La salle s'emplit de sifflements et de murmures, quelques hommes se signèrent. Johann Lechner leva les mains en un geste apaisant. « Les gens voient beaucoup de choses, y compris des choses qui n'existent pas, dit-il. J'espère qu'au terme de l'interrogatoire de la sage-femme, qui aura lieu cet après-midi, nous serons en mesure d'en dire plus.

— Pourquoi cette sorcière n'est-elle toujours pas sur le chevalet ? grogna le vieil Augustin. Vous avez eu toute la nuit pour le faire. »

Lechner hocha la tête. « S'il n'en allait que de moi, nous aurions progressé plus vite, dit-il. Mais le témoin Schreevogl a demandé un délai. Sa femme va mal. De plus, nous aimerions d'abord interroger les charroyeurs de la guilde à propos du départ de feu.

— Et alors ? » Hardenberg, l'administrateur de l'hôpital, leva les yeux. Ils exprimaient la colère. « Qui est le salopard qui a fait le coup ? Qu'on le pende aujourd'hui même ! »

Le bailli haussa les épaules. « Nous ne le savons pas encore. Le gardien du pont et Georg Riegg ont tous les deux raconté que le feu s'est propagé très vite. L'incendiaire a fait plus que jouer avec des allumettes. Mais aucun d'eux n'a vu un Augsbourgeois à ce moment-là. Ils ne sont arrivés que plus tard, pour mettre leurs marchandises à l'abri.

— Ils sont arrivés très vite, non ? intervint Matthias Holzhofer, le troisième bourgmestre, un homme corpulent et chauve qui avait bâti sa fortune sur les pains d'épice et les friandises. Ils ont sorti tous leurs ballots et n'ont quasiment pas subi de pertes. Ils s'en sont bien tirés, eux. »

Le bourgmestre Semer fourragea dans sa chevelure clairsemée. « Et si ceux d'Augsbourg avaient mis le feu avant de revenir mettre leurs marchandises à l'abri ? demanda-t-il. S'ils veulent vraiment construire une nouvelle route marchande, ils doivent s'arranger pour que plus personne ne puisse entreposer chez nous. Et c'est ce qu'ils ont réussi à faire. »

Püchner, le second bourgmestre, secoua la tête. « Je ne crois pas, dit-il. Un coup de vent imprévu, une poutre brûlante qui tombe, et ils auraient perdu leurs marchandises tout comme nous.

— Et après ? rétorqua Karl Semer. Qu'est-ce que ça représente pour des Augsbourgeois, quelques ballots et quelques tonneaux ? S'ils l'obtiennent, leur route marchande, elle vaudra plus que de l'or pour eux. D'abord la résidence de lépreux devant les remparts, maintenant, l'entrepôt parti en fumée : ils nous mettent sur la paille !

— À propos de la maladrerie…, l'interrompit le bailli. Il n'y a pas que l'entrepôt qui a été détruit hier soir, le chantier de la maladrerie aussi a été lourdement saccagé. Le curé m'a raconté que les échafaudages ont été jetés à terre. Quelqu'un a renversé une partie des murs de soutènement, du mortier a disparu, le bois de construction fracassé… Le travail de plusieurs semaines a été réduit à néant. »

Le bourgmestre Semer hocha pensivement la tête. « J'ai toujours dit que la construction d'une léproserie n'était pas la bienvenue chez nous. Les gens ont tout simplement peur que les marchands nous évitent dès lors que nous en construisons une à nos portes. De plus, qui peut nous garantir que la maladie va s'arrêter aux remparts de notre ville ? Les épidémies, ça se répand ! »

Wilhelm Hardenberg, l'administrateur grisonnant de l'hôpital, lui donna raison. « Ce saccage est condamnable, pour sûr, mais, d'un autre côté… On peut comprendre que les gens se défendent, personne ne veut de cet hospice et on le construit quand même ! Tout cela en raison d'une charité mal comprise ! »

Le bourgmestre Semer but une gorgée dans son verre de cristal avant de reprendre la parole. « La charité doit s'arrêter quand les intérêts de la ville sont menacés, voilà ce que j'en pense. »

Augustin, l'aveugle, donna un coup de canne contre la table qui secoua dangereusement le coûteux porto dans les carafes.

« Sornettes ! Que nous importe la maladrerie dans un moment pareil ! Nous avons des problèmes plus urgents à régler. Si les Augsbourgeois apprennent que nous avons mis un de leurs chefs charroyeurs sous les verrous, et qui plus est un homme qui travaille pour les Fugger… Voilà quel est mon avis : libérez les gars de la guilde et jetez la sorcière aux flammes, après quoi le calme reviendra à Schongau ! »

Le second bourgmestre, Johann Püchner, continuait à secouer la tête. « Tout cela ne colle pas, répliqua-t-il. L'incendie, les meurtres, l'enlèvement, la maladrerie détruite… Ça fait un moment que la vieille Stechlin est bouclée et pourtant, ça continue ! »

Les autres se mirent à leur tour à parler à tort et à travers.

Le bailli Johann Lechner avait tranquillement écouté les discussions et occasionnellement pris des notes. À présent il s'éclaircissait la gorge. Aussitôt, les conseillers municipaux le regardèrent avec espoir. Il prit son temps avant de répondre.

« Je ne suis toujours pas convaincu de l'innocence des Ausgbourgeois, dit-il finalement. Je propose donc de faire mettre à la question dame Stechlin aujourd'hui. Si, en plus d'avoir assassiné les enfants, elle avoue être l'incendiaire, il sera toujours temps de remettre le charroyeur augsbourgeois en liberté. Dans le cas contraire, je ne craindrai pas de le faire interroger lui aussi.

— Et les Fugger ? » demanda le bourgmestre Semer.

Lechner sourit. « Avant la guerre, les Fugger étaient une grande famille. Aujourd'hui, plus personne ne se soucie d'eux. D'ailleurs, si le charroyeur augsbourgeois avouait réellement sous la torture avoir mis le feu, l'embarras serait grand pour les Fugger. »

Il se leva et roula le parchemin sur lequel il avait écrit. « Quant à nous, nous nous retrouverions avec un argument de poids contre Augsbourg, pas vrai ? »

Les conseillers municipaux hochèrent la tête. C'était bon d'avoir un bailli. Un homme comme Lechner. Il vous donnait l'impression qu'il y avait une solution à tout.

La main blanche et osseuse du diable s'empara de la fille et serra lentement. Clara sentit qu'il l'étouffait, sa langue enflait en une boule de chair, ses yeux sortaient de leur orbite et fixaient un visage qu'elle ne percevait plus qu'à travers un brouillard. Le diable était poilu comme un bouc, deux cornes torses lui poussaient sur le front, ses yeux brillaient comme des charbons incandescents. Maintenant, le visage changeait, c'était la grimace de la sage-femme qui lui serrait le cou de ses griffes, avec un regard qui semblait lui demander pardon. Elle paraissait chuchoter quelque chose, mais Clara ne pouvait comprendre le sens des mots.

Blanc comme la neige, rouge comme le sang…

Une nouvelle fois, le visage changea. Son beau-père Jakob Schreevogl était agenouillé au-dessus d'elle, la bouche déformée par un rictus, et il la serrait de plus en plus fort. Clara sentit que la vie la quittait, au loin elle entendit des voix d'enfants, c'étaient des voix de garçons. Elle réalisa avec effarement que c'étaient ses deux camarades de jeu morts, Peter et Anton, qui appelaient au secours. Le visage se transforma à nouveau. C'était Sophie, qui la secouait furieusement en déversant un flot de paroles. Puis elle leva la main et asséna une gifle retentissante à Clara.

Cette gifle ramena la fillette à la réalité.

« Réveille-toi, Clara ! Réveille-toi ! »

Clara s'ébroua. Le monde qui l'entourait devint plus distinct. Elle vit Sophie qui se penchait sur elle ; la fille plus âgée lui caressait sa joue cuisante. Les parois de roche humides autour d'elles, couvertes de signes, de croix et de formules, lui donnèrent un sentiment de sécurité. Le silence régnait, il faisait frais. Au loin, on entendait le vent gronder dans les arbres ; sa poupée en bois gisait près d'elle, certes sale et déchirée, mais évoquant tout de même son foyer. Clara se pencha en arrière, rassurée. Jamais le diable ne la trouverait ici.

« Que… que s'est-il passé ? murmura-t-elle.

— Ce qu'il s'est passé ? » Sophie avait de nouveau le cœur à rire. « Tu as rêvé, et tes cris m'ont fichu une frousse bleue. J'étais dehors quand je t'ai soudain entendue hurler. J'ai bien cru qu'ils nous avaient retrouvées… »

Clara essaya de se redresser. Lorsqu'elle s'appuya sur son pied droit, une douleur vive fusa dans sa jambe jusqu'à la hanche. Elle dut se recoucher dans un cri. La douleur ne s'apaisa que lentement. Sophie regarda vers le bas de sa jambe d'un air soucieux. Quand Clara regarda à son tour, elle vit que sa cheville droite avait pris la taille d'une pomme. Le pied était couvert de bleus et le tibia, lui aussi, paraissait enflé. Son épaule lui faisait mal quand elle tournait le buste. Elle frissonnait, sa fièvre revenait.

Soudain lui revint le souvenir de sa fuite. Le saut par la fenêtre, la course éperdue à travers les rues de la ville, le deuxième saut du haut du chêne près des remparts jusque dans les buissons. Elle avait immédiatement compris qu'elle s'était mal réceptionnée, mais la peur l'avait poussée à courir de plus belle. Toujours plus loin à travers champs, jusque dans la forêt. Des branches avaient heurté son visage comme autant de mains, elle était tombée à plusieurs reprises, mais toujours s'était remise sur ses pieds et avait repris sa course. Enfin, elle avait atteint la cachette. Elle s'était affaissée par terre comme un sac et s'était endormie sur-le-champ. Sophie ne l'avait réveillée que le lendemain.

La jeune fille rousse s'était discrètement enfuie de Schongau, comme elle. Clara était incroyablement soulagée d'avoir Sophie auprès d'elle. À treize ans, elle semblait presque adulte ; lorsqu'elles se retrouvaient ici pour jouer dans leur cachette, elle était presque une mère pour Clara. De toute façon, sans Sophie, leur pacte n'aurait jamais existé, elle aurait continué à n'être qu'une pupille solitaire, moquée et molestée par ses frères et sœurs sans que les parents adoptifs ne s'en rendent compte.

« Maintenant, tiens-toi tranquille. »

D'une sacoche qu'elle avait apportée, Sophie sortit des écorces de chêne et des feuilles de tilleul enduites d'un onguent, et elle fit un cataplasme autour de la cheville de Clara qu'elle fixa avec un nerf de bœuf. Clara ressentit une agréable fraîcheur sur son pied, la douleur dans sa cheville s'atténua. Pendant qu'elle admirait les soins habiles de sa sœur de sang, Sophie attrapa quelque chose derrière elle.

« Tiens, bois. Je l'ai apporté pour toi. » Son amie lui tendit un bol en terre cuite dans lequel tremblait un liquide grisâtre.

« Qu'est-ce que c'est ? »

Sophie ricana. « Ne pose pas de questions, bois. C'est un… un élixir. C'est la vieille Stechlin qui m'a appris à le préparer. Ça va te permettre de dormir tranquillement. Et quand tu te réveilleras, ton pied ira beaucoup mieux. »

Clara regarda d'un œil sceptique le breuvage, qui dégageait une forte odeur d'orties et de menthe. Sophie avait toujours été très attentive aux paroles de la sage-femme, rien n'échappait à son esprit affûté quand Martha Stechlin leur révélait des secrets de femmes. Elle leur avait parlé de poisons et d'élixirs et les avait avertis que quelques gouttes seulement faisaient la différence.

Clara finit par se faire violence et vida le bol d'un seul trait. Le goût était atroce, comme de la morve liquide, sa gorge brûlait au passage de l'élixir. Mais à peine quelques minutes plus tard, elle sentit une chaude pulsation dans son ventre, des rayons de bien-être qui envahissaient tout son corps. Elle s'adossa à la paroi rocheuse derrière elle, d'un seul coup les difficultés s'estompaient, il paraissait y avoir une solution à tout.

« Que… que va-t-il se passer, d'après toi ? Tu penses qu'ils vont nous trouver ? » demanda-t-elle finalement à Sophie, soudain auréolée par une chaude lumière.

L'aînée secoua la tête. « Je ne crois pas. Nous étions déjà trop loin de la cachette. Mais il se peut qu'ils cherchent dans les parages. Tu ferais mieux en tout cas de ne pas sortir d'ici. »

Des larmes montèrent aux yeux de Clara. « Les gens nous prennent pour des sorcières ! sanglota-t-elle. Ils ont trouvé cette maudite marque, et maintenant, ils nous prennent pour des sorcières ! Ils vont nous brûler si nous rentrons chez nous. Et si nous restons ici, ce sont ces hommes qui vont nous trouver ! Le… le diable me poursuivait de tout près, il m'a même touchée… » Elle ne put continuer à parler tant elle pleurait. Sophie lui posa doucement la tête sur ses genoux afin de la consoler.

Subitement, Clara ressentit une immense fatigue. Elle eut le sentiment que des plumes poussaient sur ses bras, des ailes qui l'emportaient loin de cette vallée des larmes. Loin d'ici, dans un pays chaud…

Avec ses dernières forces, elle demanda : « Est-ce qu'ils ont réellement tué Peter et Anton ? »

Sophie hocha la tête. Elle semblait soudain se trouver à des lieues de là.

« Et Johannes ? continua Clara.

— Je sais pas, dit Sophie. Je me mettrai à sa recherche pendant que tu dormiras. » Elle caressa les cheveux de Clara. « N'y pense pas. Tu es en sécurité. »

Grâce aux ailes qui venaient de lui pousser, Clara s'éleva doucement vers le ciel.

« Je... je ne pourrai jamais rentrer chez moi. Ils vont nous brûler », murmura-t-elle, déjà au bord du sommeil.

« Personne ne brûlera, dit une voix lointaine. Quelqu'un va nous aider. Il attrapera le diable puis tout redeviendra comme avant, c'est promis...

— Un ange ?

— Oui, un ange. Un ange avec une grande épée. Un ange vengeur. »

Clara sourit. « Bien », chuchota-t-elle. Puis les ailes l'emportèrent.

Vers 11 heures du matin, Jakob Kuisl frappa à la porte de la prison fortifiée. De l'intérieur lui parvint le bruit d'une clé qu'on tournait dans la serrure, puis la lourde porte s'ouvrit et le garde Andreas apparut, Il regarda le bourreau d'un air étonné.

« Toi, déjà ? demanda-t-il. J'avais cru comprendre que l'interrogatoire ne commençait qu'à midi... »

Kuisl hocha la tête. « Et tu n'as pas tort, mais il me reste des trucs à préparer. Tu sais bien... » Il fit le geste de tirer sur son bras. « Aujourd'hui, on s'y met avec les tenailles et le chevalet, il me faut des braises chaudes. De plus, les cordes sont dans un sale état. »

Il sortit un rouleau de corde tout neuf qu'il brandit devant la figure livide du garde, puis il désigna l'intérieur du bâtiment du doigt.

« Je suis sûr que ça ira comme ça », marmonna Andreas en laissant entrer le bourreau. Soudain, il lui posa une main sur l'épaule.

« Kuisl ?

— Oui ?

— Ne lui fais pas mal, d'accord ? Pas plus qu'il ne faut. Elle a mis mes enfants au monde. »

Le bourreau baissa les yeux sur le jeune homme. Il le dépassait d'une bonne tête. Un sourire passa sur ses lèvres.

« Que crois-tu que je vienne faire ici ? demanda-t-il. Soigner ? Remettre des articulations en place ? Je désarticule, moi, vous l'avez voulu, donc je le fais. »

Il repoussa le garde et pénétra dans le cachot.

« Moi… moi je ne l'ai pas voulu, pas moi ! » s'exclama Andreas dans son dos.

Réveillé en sursaut par ses cris, Georg Riegg se redressa. En tant que principal initiateur de la bagarre qui avait eu lieu près de l'entrepôt, il partageait toujours la cellule de gauche avec le gardien du pont.

« Ah, voilà de la visite, et pas n'importe laquelle ! vociféra-t-il. C'est le spectacle qui commence ! N'est-ce pas, Kuisl, tu vas t'y prendre bien lentement, pour qu'on en profite nous aussi des gémissements de la sorcière ! »

Le bourreau s'approcha de la cellule et contempla le gardien du pont d'un air pensif. Soudain, ses mains passèrent entre les barreaux et saisirent le prisonnier aux parties. Il serra si fort que les yeux de l'autre sortirent de leur orbite et qu'il se mit à beugler.

« Fais bien gaffe à toi, Riegg, chuchota Jakob Kuisl. Je connais tes sales petits secrets. Je vous connais tous. Combien de fois es-tu venu me voir pour une tisane afin de l'avoir bien dure, ou bien pour un flacon de poison des anges, pour que ta femme ne vous chie pas un nouveau marmot ? Combien de fois t'as fait venir la sage-femme chez toi ? Cinq fois ? Six ? Et maintenant, c'est une sorcière, et elle est votre ennemie ! Vous me faites tous gerber ! »

Le bourreau relâcha le supplicié et le projeta en arrière, contre la paroi de la cellule, le long de laquelle il s'affaissa lentement en gémissant. Puis Kuisl se dirigea vers l'autre cellule, où Martha Stechlin l'attendait déjà, les yeux pleins d'appréhension, les doigts convulsivement serrés sur les barreaux.

« Rends-moi mon manteau, je t'ai apporté une couverture », dit Jakob Kuisl à haute voix. Il lui tendit une couverture en laine pendant que la sage-femme se défaisait du manteau en frissonnant. Lorsqu'elle saisit la couverture enroulée, il lui chuchota de façon presque inaudible :

« Déroule la couverture au fond, dans le noir. Il y a un flacon dedans, tu le bois, compris ? »

Martha Stechlin le regarda, interloquée : « Mais qu'est-ce…

— Cause pas, bois », chuchota-t-il. Pendant ce temps, Andreas avait repris place sur son tabouret près de la porte. Appuyé sur sa pique, il les regardait, plein d'intérêt.

« Ces messieurs arriveront sur le coup de midi », reprit Jakob Kuisl, à nouveau d'une voix forte. « Tu ferais tout aussi bien de commencer tes prières. »

Et il ajouta à voix basse : « Ne crains rien, c'est pour ton bien. Fais-moi confiance. Mais tu dois vider le flacon tout de suite. »

Puis il se détourna et descendit l'escalier humide qui conduisait à la salle de tortures afin de se préparer.

Les deux hommes étaient réunis autour d'un verre de porto, mais l'un des deux avait du mal à boire. Ses douleurs le faisaient trembler, si bien que des gouttes du précieux liquide tombaient sur son pourpoint de brocart doré. Des taches qui ressemblaient à des taches de sang parsemaient ses chausses. Son état avait empiré depuis la veille, même s'il avait réussi à le cacher aux autres.

« Ils leur ont échappé, dit-il. Je savais que tu ne ferais qu'aggraver les choses. Il n'y a rien, mais alors vraiment rien, que tu réussisses à faire de ton propre chef ! »

L'autre sirotait pensivement son porto. « Ils finiront par les avoir, dit-il. Ils ne peuvent pas être loin. Ce ne sont que des enfants. »

Une nouvelle vague de douleur déferla sur l'aîné des deux hommes. Il avait de la peine à articuler.

« L'affaire part à vau-l'eau ! » grinça-t-il. Sa main droite se serra autour du verre de cristal. Il ne fallait surtout pas qu'il renonce, qu'il faiblisse, pas maintenant, pas si près du but…

« Ça pourrait être notre fin, pas seulement la tienne ou la mienne, mais celle de toute la famille, est-ce que tu comprends cela ? Notre nom sera souillé à jamais !

— Mais non, dit l'autre en se calant dans son fauteuil. Ce sont des enfants, qu'est-ce que tu crois ? C'est préférable pour nous que cette histoire de sorcière se traîne en longueur. Il faut d'abord que les enfants disparaissent, ensuite on pourra brûler la sorcière. De cette façon, on ne nous soupçonnera pas. »

Il se leva et se dirigea vers la porte. Les affaires attendaient, cela faisait trop longtemps que les choses se dégradaient. Depuis longtemps, il fallait quelqu'un comme lui, quelqu'un qui serre la bride. Tout le monde l'avait sous-estimé.

« Et qu'en est-il de leur véritable mission ? demanda l'homme plus âgé tout en s'appuyant sur la table pour essayer de se mettre debout. Ils ont été grassement payés, que je sache !

— Ne t'inquiète pas, ils l'exécuteront. Dès aujourd'hui, peut-être. » Il abaissa la poignée et s'apprêta à sortir.

« Je te donne encore cinq jours ! cria l'autre. Cinq jours ! Si le travail n'est pas proprement fait d'ici là, j'enverrai nos hommes faire la chasse à cette bande d'assassins ! Et si c'est le cas tu ne vaudras plus le moindre liard ! »

Sourd à ses menaces, son interlocuteur refermait déjà la lourde porte en chêne derrière lui. Les cris ne résonnèrent plus que de manière étouffée.

« Dans cinq jours, tu seras mort, murmura-t-il, bien conscient que son aîné, à l'intérieur, ne pouvait rien entendre. Et si ce n'est pas le diable qui t'emporte, c'est moi-même qui t'expédierai en enfer. »

Tout en suivant le balcon à la balustrade somptueusement sculptée, son regard glissa des toits à la forêt sombre et silencieuse qui s'étendait au-delà des remparts. Un bref instant, il fut pris de peur. Cet homme, là dehors, était imprévisible. Qu'arriverait-il une fois que les enfants seraient éliminés ? S'arrêterait-il jamais ? Lui-même, était-il le prochain sur sa liste ?

Ils arrivèrent pile sur le coup de midi. Une délégation de quatre gardes municipaux marchait en tête, suivie du bailli et des trois témoins. Le visage de Jakob Schreevogl était pâle, il avait passé une mauvaise nuit, sa femme n'avait par arrêté de faire des cauchemars et d'appeler Clara. De plus, sa gueule de bois après la beuverie avec le médecin continuait à le faire souffrir. Il ne se rappelait plus très bien ce qu'il avait raconté au jeune Fronwieser. Mais il avait le sentiment qu'il s'était montré meilleur parleur qu'auditeur.

Michael Berchtholdt le précédait. Le boulanger avait attaché un petit bouquet d'armoise à sa ceinture, censé le protéger de la sorcellerie. Il égrenait son chapelet en marmonnant. En pénétrant dans le cachot, il se signa. Jakob Schreevogl hocha la tête. Le boulanger reprochait probablement à Martha Stechlin son pain si souvent brûlé et les souris si nombreuses dans son fournil. *Une fois que la vieille Stechlin sera réduite en cendres, comme son pain sera toujours brûlé, il devra se trouver une nouvelle sorcière*, pensa Schreevogl en faisant la moue. L'odeur âcre d'armoise qui lui parvenait aux narines le dégoûtait.

Juste derrière lui, Georg Augustin pénétra à son tour dans la prison. Ce rejeton d'une puissante dynastie de charroyeurs rappelait un peu le jeune médecin à Schreevogl. À l'instar de celui-ci, le fils de patricien aimait à s'accoutrer à la dernière mode de France. Sa barbe était taillée avec art, ses cheveux noirs, longs et peignés avec soin, ses chausses moulantes qui descendaient jusqu'aux mollets, parfaitement coupées. Ses yeux d'un bleu glacial examinèrent le cachot avec répugnance. Le rejeton d'une puissante famille de charroyeurs n'avait pas l'habitude d'un tel lieu.

Lorsque les hommes de Schongau s'aperçurent de l'arrivée de ces hauts personnages, ils se mirent à secouer les barreaux de leur cellule. Georg Riegg était toujours aussi pâle, il n'avait plus envie de pousser une beuglante.

« Votre Excellence, s'exclama le charroyeur en direction du bailli. Permettez-moi…

— Qu'y a-t-il, Riegg ? Une déclaration à nous faire ?

— Je vous en prie, laissez-nous sortir. Ma femme est toute seule pour s'occuper des bêtes, les enfants…

— Tu resteras ici jusqu'à ce que ton cas ait été examiné, l'interrompit Lechner sans le regarder en face. Et *idem* pour ton camarade et pour le charroyeur augsbourgeois détenu à la Ballenhaus. La même loi pour tous.

— Mais Votre Excellence… »

Mais Johann Lechner avait déjà le pied sur l'escalier qui menait en bas. Dans la salle des tortures, il faisait bon, presque chaud. Dans un coin, du charbon ardent rougeoyait dans un fourneau posé sur un trépied. Contrairement à la fois précédente, la pièce était bien rangée. Tout était soigneusement disposé, une corde toute neuve pendait au plafond, les écrase-pouces et les tenailles étaient posés, bien triés et huilés, sur le coffre. Martha Stechlin était assise sur une chaise au milieu de la salle, le crâne rasé, la robe déchirée, la tête affaissée sur la poitrine. Le bourreau était posté derrière elle, les bras croisés.

« Ah, je vois, Kuisl, que tout est préparé. Bien, très bien », dit Lechner en se frottant les mains avant de prendre place à son pupitre. Les témoins s'assirent à sa droite. « Nous allons donc pouvoir commencer. » Il s'adressa à la sage-femme, qui jusque-là n'avait pas eu la moindre réaction en les entendant arriver. « M'entendez-vous, dame Stechlin ? »

La tête de la sage-femme était toujours baissée.

« M'entendez-vous ? Répondez-moi ! »

Martha Stechlin ne manifesta toujours pas la moindre émotion. Lechner se dirigea vers elle, glissa deux doigts sous son menton, releva sa tête et lui asséna une claque. Elle ouvrit enfin les yeux.

« Martha Stechlin, sais-tu pourquoi tu es ici ? »

Elle hocha la tête.

« Très bien, mais je vais tout de même te l'expliquer de nouveau. Tu es accusée d'avoir fait périr les deux enfants Peter Grimmer et Anton Kratz d'une façon ignominieuse. De plus, tu aurais enlevé Clara Schreevogl avec l'aide du diable et incendié le même jour l'entrepôt portuaire.

— Et la truie morte dans ma porcherie ? Qu'en est-il de la truie morte ? dit Michael Berchtholdt en bondissant de son siège. Hier, elle se vautrait encore dans la boue, et aujourd'hui…

— Témoin Berchtholdt, le coupa Lechner. Vous ne parlerez que lorsqu'on vous le demandera. Il ne s'agit pas d'une truie morte, il s'agit d'enfants qui nous sont chers à tous !

— Mais… »

Un regard du bailli réduisit Berchtholdt au silence.

« Alors, Martha Stechlin, reprit Lechner. Avoues-tu les crimes qui te sont reprochés ? »

La sage-femme secoua la tête. Ses lèvres étaient serrées, des larmes coulaient sur son visage. Elle pleurait sans bruit.

Lechner haussa les épaules. « Dans ce cas, passons à la question. Bourreau, tu commenceras par les écrase-pouces. »

À présent, ce fut Jakob Schreevogl qui bondit de sa chaise. « Mais tout ça n'a aucun sens ! s'écria-t-il. La vieille Stechlin était déjà au cachot quand le petit Kratz a été assassiné. Et elle ne peut pas non plus être liée à l'enlèvement de ma petite Clara et à l'incendie de l'entrepôt !

— Les gens n'ont-ils pas rapporté que c'était le diable lui-même qui avait enlevé votre petite Clara ? » demanda le jeune Augustin, assis à la droite de Schreevogl. Ses yeux bleus étudiaient le fils de potier, il semblait presque sourire. « Ne se pourrait-il pas que la vieille Stechlin ait prié le diable de faire tout cela une fois qu'elle était ici ?

— Dans ce cas, pourquoi ne l'a-t-elle pas prié de la faire sortir du cachot ? Tout cela est grotesque ! dit Jakob Schreevogl.

— La torture nous conduira à la vérité, reprit le bailli. Bourreau, fais ton devoir. »

Le bourreau tendit la main vers le coffre et se saisit d'un écrase-pouces. L'instrument consistait en une pince en fer qu'on serrait au moyen d'une vis placée à l'avant. Kuisl prit le pouce gauche de la sage-femme et l'introduisit dans l'outil. Jakob Schreevogl s'étonna de l'apparente indifférence du bourreau. Hier encore, il avait protesté avec véhémence contre le supplice ; d'ailleurs le jeune médecin, après quelques verres d'eau-de-vie, lui avait également raconté que Kuisl n'était pas du tout d'accord avec l'arrestation de la sage-femme. Et maintenant il lui fourrait le doigt dans l'écrase-pouces.

Cependant, Martha Stechlin semblait, elle aussi, s'être résignée à son sort. Elle abandonnait sa main au bourreau, comme privée de volonté. Jakob Kuisl tourna la vis. Une fois, deux fois, trois fois... Son corps tressaillit légèrement, rien de plus.

« Martha Stechlin, es-tu maintenant disposée à avouer les crimes dont tu es accusée ? » chantonna le bailli sur un ton monocorde.

Elle continuait à secouer la tête. Le bourreau imprima d'autres tours de vis. Aucune réaction, seules les lèvres devinrent plus fines encore, un trait rouge pâle, aussi clos qu'une porte.

« Ventredieu, serres-tu vraiment comme il faut ? » demanda Michael Berchtholdt au bourreau. Jakob Kuisl hocha la tête. Il desserra la vis et leva le bras de la suppliciée, en guise de preuve. Le pouce tout entier n'était plus qu'un hématome, du sang coulait sous l'ongle.

« C'est le diable qui l'aide, murmura le boulanger. Seigneur, protège-nous…

— Nous ne parviendrons à rien de cette façon. » Johann Lechner secoua la tête et reposa sur le pupitre la plume avec laquelle il voulait prendre des notes. « Hommes d'armes, apportez-moi le coffre. »

Deux des gardiens de la ville tendirent un petit coffre au bailli, celui-ci le posa sur son pupitre puis l'ouvrit. « Regarde, sorcière, dit-il. Toutes ces choses, nous les avons trouvées dans ta maison. Qu'en dis-tu, à présent ? »

À l'étonnement de Jakob Schreevogl et des autres, il sortit un petit sac du coffre et en versa quelques graines brunâtres dans sa main. Il les montra aux témoins. Le fils de potier en saisit quelques-unes entre ses doigts. Elles dégageaient une légère odeur de putréfaction, leur forme rappelait un peu les graines de carvi.

« Des graines de jusquiame, reprit doctement le bailli. Un important composant de l'onguent de vol, duquel les sorcières enduisent leur balai. »

Jakob Schreevogl haussa les épaules. « Mon père en mettait dans sa bière pour lui donner plus de goût. Vous n'allez tout de même pas – le Seigneur ait son âme ! – qualifier mon père de sorcier ?

— Seriez-vous aveugle ? s'emporta Lechner. Les preuves sautent pourtant aux yeux. Voici… ! » Il leva une capsule hérissée de piquants, qui ressemblait à une bogue de châtaigne. « Du datura ! Également un ingrédient de l'onguent des sorcières, également trouvé chez dame Stechlin ! Et ça… ! » Il montra à l'assistance un bouquet de petites

fleurs blanches. « Des roses de Noël, fraîchement cueillies !
Encore une herbe de sorcières !

— Pardonnez-moi de vous interrompre. » Jakob Schreevogl reprit la parole. « Mais cette plante, la rose de Noël,
n'est-elle pas également censée nous protéger du mal ? Monsieur le curé lui-même en a fait l'éloge l'autre jour dans son
prêche, il l'a qualifiée de signe de vie nouvelle et de renou-
veau. Ce n'est pas pour rien qu'elle porte le nom de la fête
de notre Sauveur…

— Qu'êtes-vous donc, Schreevogl ? lui demanda Georg
Augustin en se tournant vers lui. Un témoin, ou son avo-
cat ? Cette femme s'est trouvée avec les enfants, et ces enfants sont morts ou portés disparus. Dans la maison de cette
femme, on a trouvé des herbes et des mixtures diaboliques.
Dès que cette femme a été enfermée, l'entrepôt est parti
en fumée et le diable s'est baladé dans la ville. Tout a commencé par elle et tout s'arrêtera donc avec elle.

— Exact, et vous le verrez bien, beugla Berchtholdt.
Serrez encore plus les vis, elle finira bien par avouer. C'est
le diable lui-même qui la préserve de la douleur. Mais
moi, j'ai ici un élixir de millepertuis dont vous me direz
des nouvelles… » Il sortit un flacon dans lequel luisait un
liquide rouge sang et il le leva bien haut d'un air triomphal.
« Voilà qui chassera le diable. Versez-moi-le donc dans le
gosier de la sorcière !

— Grand Dieu de grand Dieu ! Vraiment, je ne sais plus
qui est le plus sorcier ici, jura Jakob Schreevogl. La sage-
femme ou le boulanger !

— Silence ! hurla le bailli. Ça ne peut pas continuer
comme ça. Bourreau, applique le supplice de l'estrapade.
On verra si le diable continue à lui prêter main-forte. »

Martha Stechlin avait l'air de plus en plus apathique. Sa
tête ne cessait de s'affaisser vers l'avant et ses globes oculaires paraissaient bizarrement tournés vers l'intérieur de

son crâne. Jakob Schreevogl se demanda si elle était encore consciente de ce qui se passait autour d'elle et sur elle. Sans manifester la moindre volonté, elle se laissa redresser par le bourreau et traîner dans un autre coin de la salle, vers la corde qui pendait à travers un anneau de fer fixé au plafond. Un crochet était attaché au bas de cette corde. Le bourreau passa ce crochet dans les liens qui retenaient les bras de la sage-femme dans son dos.

« Voulez-vous que je lui mette une pierre aux pieds tout de suite ? » demanda Kuisl au bailli. Son visage était étrangement pâle, mais il paraissait néanmoins calme et résolu.

Johann Lechner secoua la tête. « Non, non, nous essaierons sans rien pour commencer, nous verrons bien ensuite. »

Le bourreau tira sur un bout de la corde, et le sol se déroba sous les pieds de la sage-femme. Son corps tomba légèrement en avant et commença à se balancer. Quelque chose craqua. La vieille Stechlin gémit faiblement. Le bailli recommença son interrogatoire.

« Martha Stechlin, je te repose la question. Avoues-tu avoir causé la mort du pauvre Peter Grimmer et… »

À cet instant, le corps de la sage-femme fut agité d'un tremblement. Elle commença à tressaillir et à osciller frénétiquement de la tête. De la salive coulait de sa bouche, son visage avait pris une teinte bleue.

« Mon Dieu, mais regardez donc, s'écria le boulanger Berchtholdt. Le diable l'habite ! Il veut sortir ! »

Tous les témoins et le bailli également avaient bondi de leur siège pour voir le spectacle de plus près. Le bourreau avait relâché la femme à terre, où elle se tordait convulsivement. Elle se cabra une dernière fois, puis s'effondra, inanimée, la tête bizarrement tournée de côté.

L'espace d'un moment, personne ne dit rien.

Puis le jeune Augustin prit la parole. « Est-elle morte ? » demanda-t-il, intéressé.

Jakob Kuisl se pencha sur elle et posa son oreille sur sa poitrine. Il secoua la tête.

« Le cœur bat encore.

— Dans ce cas réveille-la, pour que nous puissions continuer », dit Johann Lechner.

Jakob Schreevogl dut se retenir pour ne pas le gifler.

« Comment osez-vous ? s'écria-t-il. Cette femme est malade, ne le voyez-vous pas ? Elle a besoin de secours !

— N'importe quoi, c'est le diable qui est sorti d'elle, c'est tout ! dit le boulanger Berchtholdt avant de tomber à genoux. Je suis sûr qu'il est encore dans cette pièce. Je vous salue Marie, le Seigneur est avec vous… !

— Bourreau ! Tu vas immédiatement réveiller cette femme ! C'est compris ? » La voix du bailli s'était faite stridente. « Et vous… » Il se tourna vers les gens d'armes anxieux derrière lui. « Allez me chercher un médecin, et sans traîner ! » Les gens d'armes montèrent l'escalier en courant, soulagés de quitter ce lieu infernal.

Jakob Kuisl prit un seau d'eau posé dans un coin et le vida sur le visage de la sage-femme. Elle ne manifesta aucune réaction. Puis il commença à lui frictionner la poitrine et à lui tapoter les joues. Comme rien ne marchait, il saisit un flacon dans le coffre derrière lui et versa de l'eau-de-vie entre les lèvres de Martha Stechlin. Il en déversa le reste sur ses seins et commença à les pétrir.

À peine quelques minutes plus tard, on entendit des pas dans l'escalier. Les gens d'armes étaient de retour, amenant avec eux Simon Fronwieser, qu'ils avaient croisé dans la rue. Le jeune homme s'agenouilla à côté du bourreau penché sur la sage-femme et pinça celle-ci au bras. Puis il sortit une aiguille et l'enfonça profondément dans sa chair. Comme elle ne bougeait toujours pas, il lui tint un miroir de poche sous les narines. La surface polie s'embua.

« Elle vit, dit-il à Johann Lechner. Mais elle est saisie d'un évanouissement profond et Dieu seul sait quand elle se réveillera. »

Le bailli se laissa tomber sur sa chaise et frotta longuement ses tempes poivre et sel. À la fin, il haussa les épaules. « Dans ce cas, nous ne pouvons plus l'interroger, il faudra attendre. »

Georg Augustin le regarda avec étonnement. « Mais l'intendant du prince électeur... il sera là dans quelques jours, il faudra lui présenter un coupable ! »

Michael Berchtholdt lui aussi interpella vivement le bailli : « Vous êtes au courant de ce qui se passe au-dehors ? Le diable est parmi nous, nous venons une nouvelle fois d'en avoir la preuve. Les gens exigent qu'on mette fin...

— Damnation ! » Johann Lechner frappa le pupitre du plat de la main. « Je le sais bien ! Mais pour le moment, il est tout simplement impossible de continuer l'interrogatoire. Satan lui-même ne pourrait lui faire prononcer un mot ! Tenez-vous vraiment à faire avouer une femme inconsciente ? Nous devons attendre ! Et maintenant, tout le monde hors d'ici, j'ai dit tout le monde ! »

Simon et Jakob Kuisl portèrent la sage-femme inconsciente dans sa cellule et la couvrirent. Son visage n'était plus bleu mais cireux, ses paupières frémissaient mais sa respiration était régulière. Simon jeta un regard oblique au bourreau.

« C'était vous, n'est-ce pas ? demanda-t-il. Vous lui avez donné je ne sais quoi pour interrompre la torture et nous faire gagner du temps. Puis vous m'avez demandé par l'intermédiaire de votre femme d'attendre dans la rue à partir de midi. Pour que ce soit *moi* que les gens d'armes ramènent ici et pas mon père, qui se serait peut-être rendu compte de quelque chose... »

Le bourreau sourit. « Quelques plantes, quelques baies... Elle les connaissait toutes, elle savait ce qu'elle faisait. Ça aurait pu foirer, d'ailleurs. »

Simon regarda le visage blême de la sage-femme. « Vous voulez dire… ? »

Jakob Kuisl hocha la tête. « Des racines de mandragore, il n'y a rien de meilleur. Je… nous en avons heureusement trouvé. Elles sont très rares. Tu ne ressens pas de douleur, le corps devient mou, les douleurs d'ici-bas ne sont plus que des formes visibles sur une rive lointaine. Mon père en son temps avait déjà souvent administré cette potion à de pauvres pécheurs. Mais en l'occurrence… »

Il frotta pensivement sa barbe noire.

« J'ai dû mettre presque un peu trop d'aconit, cette fois. Je voulais que ça ait l'air vrai, vers la fin aussi. Un soupçon de plus et le Seigneur l'aurait rappelée à Lui. Mais bon, de cette façon, nous avons au moins gagné un peu de temps.

— Combien ? »

Le bourreau haussa les épaules. « Un ou deux jours, puis la paralysie cessera et elle pourra rouvrir les yeux. Et là… » Il caressa une dernière fois le visage endormi de Martha Stechlin avant de quitter le cachot.

« Et là, je crois que je serai obligé de lui faire très mal », dit-il. Son dos remplissait tout le cadre de la porte.

9

Samedi,
28 avril de l'an du Seigneur 1659,
9 heures du matin

Le lendemain, le médecin et le bourreau, assis autour d'une chope de bière diluée dans la salle des Kuisl, méditaient sur les événements des jours précédents. Toute la nuit, Simon avait pensé à la sage-femme évanouie et au peu de temps qui leur restait. À présent, il sirotait silencieusement sa bière tandis que Jakob Kuisl, à ses côtés, mâchonnait le tuyau de sa pipe. Les réflexions du jeune homme étaient distraites par Magdalena, qui entrait trop souvent dans la pièce sous prétexte de venir chercher de l'eau ou pour donner des graines aux poules sous la table. Une fois, elle s'agenouilla même devant Simon. La main de Magdalena lui frôla la cuisse comme par hasard et le corps du jeune homme fut traversé d'un léger frisson.

Jakob Kuisl lui avait dit que c'était sa fille qui avait trouvé la mandragore dans la forêt. L'affection que Simon lui portait n'en avait crû que davantage. Cette fille n'était pas seulement merveilleusement belle, elle était aussi intelligente. Quel dommage que l'accès aux universités fût interdit aux femmes ! Simon était convaincu que Magdalena en aurait remontré à bien des charlatans savants.

« Tu reprendras bien un peu de bière ? » demanda la fille du bourreau en clignant de l'œil avant de lui remplir la chope sans attendre sa réponse. Son sourire rappela à Simon qu'il existait autre chose sur terre que des enfants disparus et des inquisiteurs autoproclamés. Il sourit à son tour. Puis ses pensées revinrent aux lugubres affaires qui les occupaient.

La veille au soir, il avait dû accompagner son père auprès d'un malade. Le valet du paysan Haltenberger avait été pris d'une fièvre maligne. Ils lui avaient appliqué des linges froids et son père avait pratiqué une saignée. Au moins, Simon avait pu convaincre son père d'employer un peu de cette mystérieuse poudre à tisane qu'il avait déjà utilisée contre la fièvre et qu'on disait provenir du bois d'un arbre rare. Les symptômes du malade lui rappelaient un autre cas, celui d'un charroyeur vénitien qui s'était effondré en pleine rue à Schongau. La bouche de cet homme avait dégagé une odeur pestilentielle et son corps s'était couvert de pustules de haut en bas. Les gens avaient parlé de « mal français » et avaient déclaré que c'était la punition du diable envers ceux qui se livraient à l'amour indécent.

La veille, Simon aurait bien aimé lui aussi se livrer à l'amour indécent, mais lorsque Magdalena l'avait rejoint à une heure tardive dans un coin isolé des remparts, c'était uniquement pour lui parler de Martha Stechlin. Elle aussi était convaincue de l'innocence de la sage-femme. Il avait essayé de toucher sa blouse, mais elle s'était détournée. Et lorsqu'il avait fait une nouvelle tentative, le veilleur de nuit les avait surpris et les avait renvoyés chez eux. Huit heures du soir étaient passées depuis longtemps et les jeunes filles n'avaient pas le droit d'être dehors à pareille heure. Simon eut le sentiment d'avoir raté une occasion, et il n'était pas convaincu que le destin lui en offre une autre de sitôt. Peut-être son père avait-il raison, peut-être valait-il mieux ne pas se frotter à la fille du bourreau. Simon ne savait pas vraiment si Magdalena ne faisait que jouer ou bien si elle avait réellement un sentiment pour lui.

Jakob Kuisl non plus ne réussissait pas à se concentrer sur sa tâche, ce matin. Pendant que Simon, à côté de lui, sirotait sa bière diluée tout en regardant fixement par la fenêtre, il fabriquait une pâte dans un mortier en mélangeant de la graisse d'oie et des herbes. Mais, à tout moment, il posait le pilon et bourrait à nouveau sa pipe. Sa femme, Anna Maria, était aux champs, les jumeaux faisaient les fous sous la grande table, manquant à plusieurs reprises de renverser le mortier. En poussant une furieuse gueulante, il finit par les envoyer jouer dans le jardin. Georg et Barbara s'éclipsèrent tête basse, mais pas pour longtemps, sachant que l'irritation du père ne durerait pas.

Simon tournait avec ennui les pages du livre écorné que le bourreau avait ouvert sur la table. Il lui avait rapporté deux ouvrages de sa bibliothèque et il était toujours avide d'en découvrir de nouveaux. Mais le gros in-folio qu'il avait sous les yeux n'entrait pas dans cette catégorie. *De materia medica*, de Dioscoride, constituait encore l'ouvrage de référence de l'art médical, alors que son auteur, un médecin grec, avait été un contemporain de Jésus. À l'université d'Ingolstadt aussi, l'enseignement était basé sur ses écrits. Simon poussa un soupir. Il avait l'impression que les humains faisaient du surplace ; tant de siècles s'étaient écoulés et ils n'avaient rien appris de nouveau.

Il était néanmoins étonné que Kuisl possède même cet ouvrage. Le coffre et l'armoire à pharmacie du bourreau recelaient une bonne douzaine de livres ainsi qu'une infinité de parchemins, parmi lesquels des écrits de la bénédictine Hildegarde de Bingen, mais aussi des ouvrages plus récents sur la circulation du sang et la disposition des organes dans le corps. On y trouvait même une parution aussi récente que le *Traité d'anatomie et de chirurgie*, d'Ambroise Paré, dans sa traduction allemande. Simon pensait qu'aucun bourgeois de Schongau ne possédait autant de livres que le bourreau, pas même le bailli, pourtant réputé en ville pour sa grande érudition.

Pendant que Simon feuilletait le livre du Grec, il se demandait pourquoi lui et le bourreau étaient tout simplement incapables de laisser l'affaire de la sage-femme suivre son cours. C'était sans doute à cause de leur refus inné d'accepter une vérité sans l'examiner, taraudés par cette curiosité qui les poussait à toujours se poser des questions, ce que d'ailleurs on leur reprochait. *Ça et aussi une bonne part d'entêtement*, se dit-il avec un sourire.

Soudain, son doigt s'immobilisa sur une page. À côté d'une esquisse du corps humain étaient représentés quelques symboles d'ingrédients alchimiques. L'un d'eux représentait un triangle avec une boucle dessous.

Il s'agissait de l'antique symbole du soufre.

Simon le connaissait depuis qu'il était étudiant, mais il ne se rappela que maintenant l'endroit où il avait vu ce signe pour la dernière fois. C'était le symbole que le tisserand Andreas Dangler lui avait montré, le signe que Sophie, sa pupille, avait dessiné dans la boue au fond de la cour.

Simon glissa le livre vers Jakob Kuisl, qui continuait à piler des herbes.

« Voilà le signe dont je vous ai parlé ! Le signe de Sophie, maintenant je le reconnais ! » s'exclama-t-il.

Le bourreau regarda la page et hocha la tête.

« Le soufre… c'est l'odeur du diable et de ses maîtresses.

— Alors a-t-elle réellement… ? » demanda Simon.

Le bourreau mâchonnait de nouveau sa pipe. « D'abord, le signe de Vénus, ensuite, le symbole du soufre… C'est tout de même étrange.

— D'où Sophie connaîtrait-elle de tels signes ? enchaîna Simon. Seule la sage-femme a pu les lui apprendre. Elle a dû lui en parler, ainsi qu'aux autres enfants. Si ça se trouve, elle leur a réellement enseigné la sorcellerie… » Il soupira. « Malheureusement, impossible de lui poser la question, du moins pour le moment.

— Foutaises, grommela le bourreau. La vieille Stechlin n'est pas plus sorcière que toi ou moi. Les enfants peuvent très bien avoir découvert ces signes chez elle, tout seuls, dans un livre, sur des creusets, des flacons, que sais-je. »

Simon secoua la tête. « Pour le symbole du soufre, je veux bien, fit-il. Mais pour le signe de Vénus, la marque des sorcières ? Vous disiez vous-même que vous n'avez pas découvert ce signe chez elle. Et si ça avait été le cas, elle aurait bel et bien été une sorcière, non ? »

Le bourreau pilait toujours les herbes dans le mortier, alors même qu'elles étaient depuis longtemps transformées en bouillie.

« Martha Stechlin n'est pas une sorcière, un point, c'est tout, grogna-t-il. Employons-nous plutôt à trouver ce diable qui hante nos rues et qui enlève nos enfants. Sophie, Clara, Johannes, ils ont tous disparu. Et où sont-ils ? Je suis sûr que si nous les trouvons, nous trouverons du même coup la solution de l'énigme.

— À condition que les enfants soient encore en vie », murmura Simon. Puis il réfléchit.

« Sophie a vu le diable en bas, à la rivière, se renseigner sur le petit Kratz, dit-il enfin. Peu après, le garçon était mort. Il s'agit d'un homme grand, portant un manteau, un chapeau avec une plume, et qui a une cicatrice en travers du visage. En plus de cela, il aurait une main de squelette, quoique j'ignore ce que la fillette a vu réellement… »

Jakob Kuisl l'interrompit. « La servante de l'auberge Semer, elle aussi, a vu un homme avec une main de squelette dans l'établissement.

— C'est vrai, confirma Simon. C'était quelques jours avant, il était en compagnie d'autres hommes. La servante a dit qu'ils avaient l'air de soldats. Ensuite, ils sont montés à l'étage pour y retrouver quelqu'un. Mais qui ? »

Le bourreau fit glisser la pâte dans un pot de grès, dont il fixa le couvercle à l'aide d'un bout de cuir.

« Je n'aime pas que des soldats traînent dans notre ville, grommela-t-il. Les soldats, ça n'apporte que des ennuis. Ils boivent, ils pillent, ils détruisent.

— À propos de destruction…, dit Simon. Le jeune Schreevogl m'a raconté l'autre nuit qu'il n'y a pas que l'entrepôt qui a été détruit. Quelqu'un s'en est pris dans la même soirée au chantier de la maladrerie, il ne reste plus une pierre debout. Et si c'était aussi les gens d'Augsbourg ? »

Jakob Kuisl fit un geste dédaigneux. « Ça m'étonnerait. Une maladrerie par chez nous, dis-toi bien que ça les arrange. Ils se disent que d'autant moins de voyageurs voudront descendre chez nous.

— Eh bien, dans ce cas, ce sont des charretiers étrangers qui ont fait le coup, parce qu'ils ont peur d'attraper plus tard la lèpre quand ils passeront par ici, rétorqua Simon. Après tout, la route commerciale ne passe pas loin de la montée de Hohenfurch. »

Jakob Kuisl cracha par terre. « Je connais suffisamment de gens de Schongau qui font déjà dans leur froc pour la même raison. Le clergé veut la maladrerie mais les patriciens sont contre, justement parce qu'ils ont peur que le commerce se mette à faire un grand détour pour nous éviter. »

Simon secoua la tête. « Pourtant, des maladreries, il y en a dans beaucoup de grandes villes, même à Ratisbonne et à Augsbourg… »

Le bourreau alla dans sa pharmacie pour y déposer le pot. « Ces crapules de flibustiers sont tous des poltrons et des lâches, cria-t-il à Simon de l'autre pièce. Certains viennent me voir régulièrement ; ils sont déjà pris de tremblote alors que la peste est encore à Venise ! »

Quand il revint dans la pièce, il portait un gourdin en bois de mélèze, long comme le bras, sur son épaule, en souriant avec férocité. « Dans tous les cas, nous devrions aller voir cette maladrerie de plus près. J'ai comme le sentiment qu'il se passe trop de choses en même temps pour que ce soient des coïncidences.

— Y aller tout de suite ? demanda Simon.

— Oui, tout de suite, dit Jakob Kuisl en faisant des moulinets avec son gourdin. Si ça se trouve, le diable traîne dans les parages en ce moment même. Et justement j'ai toujours eu envie d'en foutre un bon coup sur le dos du diable. »

Son corps massif passa par l'étroite ouverture de la porte avant de se retrouver dehors, dans le matin d'avril. Simon frissonna. Pas impossible que le diable lui-même ait peur du bourreau de Schongau.

Le chantier de la maladrerie se trouvait près de la montée de Hohenfurch, sur une parcelle déboisée qui bordait la route, à moins d'une demi-heure de la ville. Simon avait souvent observé les travaux en passant. Les fondations étaient déjà en place et les murs de briques avaient commencé à monter. Le médecin se rappelait qu'à son dernier passage, il avait aperçu des échafaudages en bois et la charpente du toit. Les murs de soutènement de la petite chapelle adjacente étaient eux aussi sortis de terre.

Simon se souvint que, durant les offices des derniers mois, le curé avait l'habitude de donner avec fierté des nouvelles de l'avancement du chantier. Avec la maladrerie, le clergé accomplissait un souhait longtemps caressé. Soigner les pauvres était son premier devoir. De plus, les lépreux, hautement contagieux, constituaient un danger pour toute la ville. Jusqu'à présent, on les envoyait à Augsbourg, où existait une maladrerie. Mais les Augsbourgeois avaient tant de lépreux chez eux qu'ils avaient déjà, à plusieurs reprises, rechigné à les accueillir. À l'avenir, Schongau ne voulait plus avoir à les supplier d'accepter ses malades. La nouvelle maladrerie devait être le symbole de l'indépendance de la municipalité, même si beaucoup de membres du conseil municipal étaient hostiles à sa construction.

On ne voyait plus grand-chose à présent du chantier sur lequel s'étaient affairés tant d'ouvriers. De nombreux murs étaient à terre, comme si quelqu'un s'était jeté contre eux de toutes ses forces. La charpente du toit se dressait vers le ciel comme un squelette couvert de suie, la plupart des échafaudages en bois étaient brisés ou brûlés. L'air était infesté d'une odeur de cendres humides. Un chariot abandonné chargé de bois et de tonneaux était tombé dans le fossé qui bordait la route.

Dans un coin de la parcelle un groupe d'ouvriers, assis sur la margelle d'un vieux puits de pierres sèches, contemplait avec hébétude ce spectacle de désolation. Le travail de plusieurs semaines, voire de plusieurs mois, était anéanti. Ce chantier de construction avait représenté le pain quotidien de ces hommes, et d'un seul coup, leur avenir était devenu hasardeux. L'Église ne s'était pas encore prononcée sur la suite à donner aux événements.

Simon salua les ouvriers d'un geste de la main et fit quelques pas dans leur direction. Ils dévisagèrent le médecin avec méfiance tout en continuant à mastiquer leur morceau de pain. De toute évidence, le jeune Fronwieser les avait dérangés durant leur déjeuner, et ils n'avaient pas l'intention de gaspiller le bref repos qui leur était accordé en bavardages inutiles.

« C'est moche », dit Simon en marchant, et il désigna le chantier. Le bourreau le suivait à distance. « Vous savez qui a fait ça ?

— Et en quoi ça te regarde ? » Un des ouvriers cracha par terre juste à ses pieds. Simon reconnut l'un des hommes qui, deux jours auparavant, avaient essayé de pénétrer dans la prison fortifiée pour s'emparer de la sage-femme. L'homme regarda par-dessus l'épaule de Simon, en direction de Jakob Kuisl. Le bourreau sourit et agita le gourdin qu'il portait sur son épaule.

« Salut Josef, dit Kuisl. Comment va madame ? Elle se sent mieux ? Mon remède était bon ? »

Les autres ouvriers regardèrent avec étonnement le charpentier que la ville avait embauché pour diriger le chantier.

« Ta femme est malade ? dit l'un d'eux. Tu ne nous avais rien dit.

— C'est que… c'est rien de grave, grogna l'autre en tournant un regard suppliant vers le bourreau. Juste une légère toux. Pas vrai, maître Kuisl ?

— Tout à fait, Josef. Dis, tu serais gentil, si tu voulais bien nous faire visiter ? »

Josef Bichler haussa les épaules et se dirigea vers les murs effondrés. « Y a pas grand-chose à voir. Suivez-moi. »

Le bourreau et le médecin lui emboîtèrent le pas pendant que les autres ouvriers restés sur le puits commençaient à jaser.

« Qu'est-ce qu'elle a, sa femme ? chuchota Simon.

— Elle ne veut plus coucher avec lui, dit Jakob Kuisl en parcourant le terrain du regard. Il a demandé un philtre d'amour à la sage-femme mais elle ne le lui a pas donné. C'est de la sorcellerie, elle a dit. Alors c'est moi qu'il est venu voir.

— Et vous, vous lui avez… ?

— Parfois, la foi, c'est le philtre le plus efficace. La foi, et de la terre argileuse dissoute dans de l'eau. Depuis, il n'a plus eu à se plaindre. »

Simon sourit avec malice. Mais simultanément il secoua la tête en pensant que cet homme voulait voir brûler la sage-femme parce qu'elle était une sorcière et, en même temps, il lui commandait des potions magiques.

Dans l'intervalle, ils étaient arrivés aux fondations de la maladrerie. Les murs, qui s'étaient naguère dressés à hauteur d'homme, étaient par endroits intégralement jetés à terre, on voyait des pierres partout répandues. Une pile de planches avait été renversée puis incendiée. À certains endroits, de la fumée montait encore.

Josef Bichler se signa à la vue de toute cette destruction. « Ça doit être l'œuvre d'un diable, murmura-t-il. Le même que celui qui a enlevé les enfants. Qui d'autre pourrait renverser des murs entiers ?

— Un diable, ou quelques hommes costauds, armés d'un tronc d'arbre, dit Jakob Kuisl. Avec celui-là, par exemple. » Il montra un gros tronc de sapin ébranché qui gisait dans le champ déboisé, non loin du mur nord. Des traces menaient de la lisière de la forêt jusqu'au tronc d'arbre, puis, de là, vers le mur. « Ils l'auront traîné puis utilisé comme bélier. »

Ils enjambèrent un reste de mur et pénétrèrent dans la construction. Le fondement de la cave était ouvert à plusieurs endroits, comme si quelqu'un avait sévi avec une pioche. Des plaques de pierre avaient été déplacées, des morceaux d'argile et des éclats de brique étaient répandus partout. Dans les coins de la cave, la terre avait été creusée à hauteur de genoux, si bien qu'ils devaient par moments enjamber des tas de gravats. L'ensemble avait l'air d'avoir subi pire qu'un assaut des Suédois.

« Mais qui peut faire des choses pareilles ? murmura Simon. Ce n'est plus du sabotage, c'est une aveugle fureur de destruction.

— Étrange, fit Kuisl en mâchonnant sa pipe froide. Pour saboter la construction, il aurait suffi de faire crouler les murs. Mais ça… »

Le charpentier le regarda, plein d'angoisse. « Je le disais, le diable…, siffla-t-il. Seul le diable a une telle puissance. La chapelle d'à côté aussi, il l'a enfoncée avec son poing comme si c'était du parchemin. »

Simon frissonna. Maintenant qu'il était près de midi, le soleil tentait de dissiper le brouillard matinal mais sans y réussir vraiment. D'épaisses volutes de brume flottaient toujours au ras du terrain défriché. La forêt, qui commençait à quelques mètres seulement derrière le chantier, n'était visible qu'à travers un voile.

Jakob Kuisl, pendant ce temps, était ressorti par l'arc maçonné du portail. Il longea la partie occidentale du mur, à la recherche de quelque indice, avant de finalement s'arrêter. « Ici ! s'exclama-t-il. Des traces très nettes. Ça devait être quatre ou cinq hommes. »

Soudain, il se pencha et ramassa quelque chose. C'était une petite bourse en cuir noir, pas plus grosse qu'un poing d'enfant. Il l'ouvrit, regarda dedans, puis y mit son nez. Un sourire ravi illumina son visage. « Du tabac, et de l'excellent », annonça-t-il à Simon et au charpentier, qui s'étaient rapprochés. Il frotta les fibres brunes entre ses doigts pour les émietter et huma une nouvelle fois leur parfum. « Mais pas d'ici. Cette herbe, c'est de la bonne. À Magdebourg, j'ai senti une fois la même. Ils ont égorgé les marchands comme des cochons pour en avoir.

— Vous étiez à Magdebourg ? demanda Simon en baissant la voix. Vous ne me l'aviez jamais dit. »

D'un geste rapide, le bourreau fourra la blague à tabac dans la poche de son manteau. Sans répondre à la question de Simon, il se dirigea à grands pas vers les murs de soutènement de la chapelle. Cet édifice aussi offrait une image de désolation. Ici également, les murs avaient été renversés et ne formaient plus que de petits tas de pierres. Il grimpa sur l'un d'eux et regarda alentour. La blague à tabac qu'il venait de trouver semblait toujours occuper ses pensées. « Personne dans le coin ne fume de ce tabac-là ! s'écria-t-il à l'adresse des deux autres hommes.

— Qu'en savez-vous ? demanda le charpentier avec

sécheresse. Cette herbe du diable a la même puanteur partout. »

Arraché à ses pensées, le bourreau jeta un regard furieux à Josef Bichler. Debout sur son monticule de gravats, plongé dans des volutes de brouillard, il ressemblait, pensa Simon, à un géant de légendes. Le bourreau pointa un doigt sur le charpentier. « C'est toi qui pues ! lança-t-il. Tes dents puent, ta gueule pue, mais cette… herbe du diable, comme tu l'appelles, elle sent bon ! Elle vivifie les sens et t'arrache à tes rêveries ! Elle couvre le monde entier et te fait monter au ciel, je l'affirme ! De toute façon, elle est bien trop bonne pour un péquenot comme toi. Elle vient du Nouveau Monde et elle n'est pas faite pour des imbéciles de ton espèce. »

Avant que le charpentier ait pu réagir à cette tirade, Simon intervint et indiqua un monticule de terre humide juste à côté de la chapelle. « Regardez, il y a des traces là aussi ! » s'exclama-t-il. De fait, le tas était couvert partout d'empreintes de chaussures. Jetant un dernier regard furibond, le bourreau descendit de son promontoire et vint examiner les traces. « Des empreintes de bottes, dit-il enfin. Ce sont des bottes de mercenaire, ça, c'est certain. J'en ai vu suffisamment de ce genre pour les reconnaître du premier coup. » Il émit un sifflement bruyant. « Voilà qui est intéressant… » Il indiqua une empreinte en particulier, légèrement brouillée au niveau de l'extrémité du talon. « Cet homme-ci boite. Il traîne un peu le pied et ne peut pas l'appuyer aussi fermement que l'autre.

— Le pied bot du diable ! siffla Josef Bichler.

— Foutaises, grogna Kuisl. Si c'était un pied bot, même toi, tu l'aurais vu. Non, c'est l'empreinte d'un boiteux. Il a dû se prendre une balle dans la jambe pendant la guerre. Ils ont extrait le projectile, mais la jambe est restée raide. »

Simon hocha la tête. Fils et assistant d'un médecin militaire, il se rappelait encore ce genre d'opération. Muni d'une pince longue et fine, son père fouillait dans la chair du blessé jusqu'à ce qu'il ait trouvé la balle de plomb. La plupart du temps la blessure s'infectait et le soldat mourait peu après. Mais parfois tout se passait bien et l'homme pouvait retourner sur le champ de bataille, après quoi il leur revenait peu après sous forme de macchabée, fauché d'une balle dans le ventre.

Le bourreau désigna le tas de terre humide. « Que fait cette terre glaise ici ? s'enquit-il.

— Elle nous sert à crépir les murs et le sol, répondit le charpentier. Cette terre provient de la fosse près de la tuilerie derrière le quartier des tanneurs.

— Ce terrain appartient à l'Église désormais, n'est-ce pas ? » demanda Simon au charpentier.

Josef Bichler hocha la tête. « Le vieux Schreevogl, ce drôle de bonhomme, l'a légué au clergé juste avant de mourir, et son héritier est resté Gros-Jean comme devant. »

Simon se souvint de sa conversation de l'avant-veille avec Jakob Schreevogl. Le fils du patricien lui avait délivré une version similaire. Bichler ricana dans sa direction et fouilla dans sa bouche pour extraire quelque chose d'entre ses dents.

« Le jeune Schreevogl, ça l'a vraiment fait chier, cette histoire, ricana-t-il.

— Comment tu le sais ? demanda Simon.

— Je travaillais pour le vieux aux fours à poterie. Je les ai entendus se crêper le chignon, quand le vieux a annoncé qu'il donnerait le terrain à l'Église pour qu'elle construise la maladrerie et que le ciel l'en récompenserait, et il a envoyé son fils au diable.

— Et le jeune Schreevogl ?

— Il a juré comme un charretier, surtout parce qu'un nouveau four était prévu ici. Et voilà que le terrain allait à l'Église. »

Simon avait d'autres questions à poser, mais un craquement tonitruant le fit se retourner brusquement. C'était le bourreau qui avait sauté par-dessus un tas de planches et qui traversait la route en courant en direction de la forêt. Là-bas, presque entièrement noyée dans le brouillard, Simon put reconnaître une seconde silhouette. Elle courait, tête baissée, à travers les arbres, en direction de la berge haute du Lech.

Plantant là le charpentier médusé, Simon s'élança à travers le terrain déboisé. Il espérait ainsi couper la route à la silhouette. Lorsqu'il atteignit la forêt, il n'était qu'à quelques mètres derrière elle. Sur sa droite, il entendait un fracas de branches cassées. Le bourreau approchait en soufflant lourdement et en faisant tournoyer son gourdin.

« Poursuis-le, je reste sur la droite, pour qu'il ne s'échappe pas à travers champs ! ahana-t-il. Nous l'aurons sur la berge, au plus tard. »

Simon courait à présent dans une forêt de sapins serrés.

Il ne voyait plus la silhouette, mais il l'entendait. Devant lui, des branches craquaient sans cesse, des pas assourdis par le sol tapissé d'aiguilles s'éloignaient à toute vitesse. De temps à autre, il croyait reconnaître une forme à travers les branchages. L'homme, ou qui que ce fût, courait, le dos voûté et d'une façon… quelque peu étrange. Simon remarqua que le souffle commençait à lui manquer. Un goût métallique se répandait dans sa bouche. Cela faisait une éternité qu'il n'avait pas couru si longtemps et si vite. Depuis son enfance, en fait. Il avait l'habitude de rester chez lui à lire des livres en buvant du café et il avait négligé de s'exercer à la course à pied. À l'exception de la poignée de fois où il avait dû s'enfuir devant le père furieux de quelque jolie fille de bourgeois. Mais la dernière fois remontait à un bon bout de temps, là aussi.

La silhouette gagnait du terrain sur Simon, les craquements de branches cassées faiblissaient en intensité. Plus loin sur sa droite, il entendit soudain un fracas de branches brisées. Ça devait être le bourreau qui sautait comme un sanglier furieux par-dessus des troncs d'arbre renversés.

Peu après, Simon atteignit le fond d'une vallée. Devant lui, le versant remontait en pente raide. Quelque part, là derrière, se trouvait la berge haute du Lech. Au lieu de sapins, il n'y poussait que des buissons bas et touffus quasiment infranchissables. Simon saisit un des buissons pour se hisser et le relâcha aussitôt en jurant. Il avait mis la main droite en plein dans un buisson de ronce et maintenant elle était couverte d'épines. Il tendit l'oreille, mais tout ce qu'il entendait c'était le craquement du bois derrière lui. Puis il vit le bourreau émerger de la forêt. Kuisl sauta par-dessus un tronc pourri et s'arrêta devant lui.

« Alors ? » demanda Jakob Kuisl. Lui aussi était hors d'haleine, après cette course, mais pas autant, loin de là, que le médecin. Simon secoua la tête tout en se pliant en avant pour combattre un point de côté. « Je crois que nous l'avons perdu, haleta-t-il.

— Malédiction, s'emporta le bourreau. Je suis sûr que c'était un des hommes qui ont détruit le chantier.

— Dans ce cas, pourquoi serait-il revenu ? » demanda Simon, qui haletait toujours.

Jakob Kuisl haussa les épaules. « J'en sais rien, peut-être pour voir si le chantier est abandonné. Peut-être qu'il voulait y refaire un tour. Peut-être voulait-il simplement aller récupérer son tabac. » Il asséna un coup de gourdin à un pin rabougri. « Tant pis. De toute façon, nous l'avons perdu. » Il regarda en direction du versant pentu. « En tout cas, il doit être plutôt costaud pour monter ça en courant. C'est pas donné à tout le monde. »

Le médecin, pendant ce temps, s'était assis sur un tronc couvert de mousse et arrachait péniblement les épines plantées dans sa main. D'innombrables petits moustiques voletaient autour de sa tête, à la recherche d'un endroit idéal pour boire son sang.

« Partons d'ici », dit-il en agitant frénétiquement les deux mains pour chasser les insectes.

Le bourreau hocha la tête et fit quelques pas. Soudain, il s'immobilisa et montra quelque chose par terre. Devant lui gisait un arbre déraciné. À l'endroit où les racines s'étaient enfoncées dans la terre, le sol retourné était humide et boueux. Deux empreintes de bottes s'étalaient, bien visibles, en plein milieu. Celle de gauche était moins nette et paraissait effacée au niveau du talon.

« Le boiteux, fit Jakob Kuisl à mi-voix. C'était donc bien un des mercenaires.

— Mais pourquoi ont-ils détruit la maladrerie ? Et quel lien y a-t-il avec les enfants morts ? demanda Simon.

— Nous le saurons bientôt, très bientôt », murmura le bourreau. Son regard scruta une nouvelle fois le haut du versant. Il eut brièvement l'impression d'y voir une silhouette, puis de nouvelles nuées de brouillard passèrent. Il sortit la petite blague à tabac de la poche de son manteau et, tout en marchant, se mit à bourrer sa pipe.

« Au moins, il a du goût, le diable, dit-il. Ça lui fait un mérite, à ce salaud. »

Le diable était debout en haut du versant et, caché derrière un hêtre, il observait les deux silhouettes en dessous de lui. Juste à côté gisait un gros bloc erratique. L'espace d'un moment, il fut tenté de le faire rouler. La pierre dans sa chute en entraînerait d'autres, causant une avalanche de galets, de rochers et de branches mortes qui déferlerait sur les deux hommes en contrebas et peut-être les ensevelirait. Sa main blême de squelette s'avança vers le bloc erratique, mais soudain la plus grande des deux silhouettes tourna la tête dans sa direction. Il put brièvement croiser le regard de cet homme. Le bourreau l'avait-il vu, lui aussi ? Il se cacha de nouveau derrière son hêtre et rejeta sa première idée. Cet homme était trop fort et trop adroit. Il entendrait l'avalanche déferler et se jetterait de côté à temps. Le petit médicastre ne posait pas de problème, ce n'était qu'un fouineur à qui il trancherait la gorge dans un coin sombre à la première occasion. Le bourreau, en revanche…

Il n'aurait pas dû revenir ici. Pas à la lumière du jour. Il était évident qu'ils finiraient par venir examiner le chantier. Mais il avait perdu sa blague à tabac, un indice qui pouvait les mettre sur ses traces. De plus, un soupçon le rongeait. C'était pour cette raison qu'il avait décidé d'aller voir en personne où les choses en étaient. Seulement, les autres ne devaient pas l'apprendre. Ils attendaient que le diable vienne leur verser leur solde. Si les ouvriers recommençaient à construire, ils reviendraient et démoliraient tout de nouveau, c'étaient les termes de leur contrat. Mais le diable était malin, dès le début il s'était douté que l'affaire devait cacher quelque chose de plus gros. C'est pour cette raison qu'il s'y était rendu tout seul. Que le petit fouineur et le bourreau fussent survenus au même moment, voilà qui était fâcheux. Mais ils n'avaient pas réussi à l'avoir, il n'aurait qu'à refaire une tentative cette nuit.

Il avait dit aux autres de rechercher la fille, mais ils n'avaient obéi à son ordre qu'à contrecœur. Pour l'heure, ils continuaient à obéir parce qu'ils avaient peur de lui et parce qu'ils l'avaient longtemps considéré comme leur chef. Mais ils se rebiffaient de plus en plus souvent. Ils ne comprenaient pas pourquoi il était si important d'éliminer ces enfants. Ils avaient liquidé le petit garçon dès le début mais il savait qu'ils en chiaient encore dans leur froc. Ils ne comprenaient pas qu'il fallait mener à bien ce qu'on avait commencé. La mission était compromise, le solde était en jeu ! Ces sales petits crapauds qui pensaient pouvoir lui échapper. Une bande de morveux, de pourceaux couinant, auxquels il fallait trancher la gorge pour que les sons stridents dans sa tête cessent enfin.

Un son de cloche strident, les pleurs des femmes, les geignements aigus des nourrissons aux globes oculaires explosés...

Une nouvelle fois, un brouillard passa devant ses yeux et il dut s'agripper au hêtre pour ne pas basculer et dévaler la pente. Il se mordit les lèvres jusqu'au sang avant que ses pensées redeviennent claires. Il fallait qu'il élimine d'abord la fille, puis le fouineur et enfin le bourreau. Le bourreau serait le plus coriace des trois, un adversaire digne de lui. Et ensuite, il irait voir sur le chantier ce qu'il en était réellement. Il était convaincu que cette crapule de flibustier lui cachait quelque chose. Mais on ne pouvait pas tromper le diable. Et gare à celui qui essaierait, le diable se baignerait dans son sang !

Il huma le parfum de terre fraîche et de fines corolles. Tout allait bien. Un sourire sur les lèvres, il suivit le sommet de la colline avant de se fondre dans la forêt.

Lorsque Simon et Jakob Kuisl revinrent à Schongau, la nouvelle de l'apparition de la silhouette fantomatique circulait déjà partout. Josef Bichler et les autres ouvriers avaient couru sur la place du Marché pour annoncer à chacun la venue prochaine du diable. Entre les étals qui entouraient la Ballenhaus ce n'étaient que murmures et chuchotements ; beaucoup d'artisans avaient interrompu leur activité et s'étaient assemblés en groupes, une ambiance tendue régnait dans la ville. Simon sentit qu'il suffirait de presque rien pour mettre le feu aux poudres. Un mot de travers, un cri strident, et la populace prendrait la prison d'assaut et brûlerait Martha Stechlin sans autre forme de procès.

Suivis des regards méfiants des marchandes et des artisans, le médecin et le bourreau passèrent le portail de l'église paroissiale. Un froid les saisit quand ils pénétrèrent dans le plus grand édifice religieux de la ville. Le regard de Simon remonta le long des hauts piliers dont le crépi tombait par plaques, se promena sur les verrières crasseuses et s'arrêta sur les stalles vermoulues du chœur. Quelques cierges isolés brûlaient dans les bas-côtés sombres, éclairant de leur lumière vacillante quelques fresques jaunies.

Tout comme la ville de Schongau, Notre-Dame-de-l'Assomption avait connu des jours meilleurs. Et beaucoup d'habitants de la ville estimaient qu'il aurait mieux valu investir de l'argent dans la restauration de l'église plutôt que de construire une maladrerie. Le clocher paraissait particulièrement vétuste. Dans les auberges d'en face, les clients escomptaient déjà le jour lugubre où le clocher s'écroulerait en pleine messe.

Maintenant, un samedi midi, on ne voyait sur les bancs de l'église que quelques vieilles femmes en prière. De temps à autre, l'une d'elles se levait pour gagner le confessionnal sur la droite, avant d'en ressortir au bout d'un moment, en marmonnant et en égrenant un chapelet entre ses doigts maigres. Jakob Kuisl s'assit sur le banc le plus reculé et observa les vieilles. Lorsqu'elles l'aperçurent, elles redoublèrent leur prière et se dépêchèrent de gagner la sortie, en se serrant contre la paroi de la nef centrale quand elles passèrent à sa hauteur.

Le bourreau était mal vu à l'église, la place qui lui était attribuée se situait tout au fond, à gauche, et il était toujours le dernier à recevoir l'eucharistie. En dépit de cela, Jakob Kuisl ne put s'empêcher, une fois de plus, d'adresser un sourire particulièrement onctueux à ces rombières. Elles se signèrent avec véhémence et se hâtèrent de quitter l'édifice.

Simon Fronwieser attendit que la dernière ait quitté le confessionnal, puis il y entra lui-même. La voix chaleureuse du curé Konrad Weber se fit entendre à travers l'opaque grille de bois.

« *Misereatur tui omnipotens Deus, et dimissis peccatis tuis, perducat te ad vitam…*

— Monsieur le curé, chuchota Simon, je ne souhaite pas me confesser, j'aurais besoin d'un simple renseignement. »

La litanie en latin cessa. « Qui es-tu ? demanda le curé.

— Simon Fronwieser, le fils du chirurgien.

— Je te vois rarement à confesse, pourtant on me raconte qu'il y aurait de quoi.

— Eh bien… Je vais y remédier, monsieur le curé. Je vous demanderai de me confesser dans un instant. Mais avant cela, j'ai besoin de savoir quelque chose à propos de la maladrerie. Est-il vrai que le vieux Schreevogl vous a légué le terrain près de la montée de Hohenfurch, alors qu'il l'avait promis à son fils ?

— Pourquoi tiens-tu à le savoir ?

— À cause de la destruction du chantier. J'aimerais découvrir qui se cache derrière. »

Le curé garda longuement le silence. Puis il s'éclaircit la gorge.

« Les gens disent que ce serait le diable, chuchota-t-il.

— Et vous, vous y croyez ?

— Eh bien, le diable peut apparaître sous diverses formes, y compris celle d'un homme. Dans quelques jours, ce sera la nuit de Sainte-Walburge et le Malin s'unira de nouveau à quelques femmes impies. On dit justement que le terrain en question servait jadis aux bals des sorcières… »

Simon tressaillit brièvement.

« Qui dit cela ? »

Le curé hésita avant de poursuivre.

« C'est ce que les gens racontent. Des sorciers et des sorcières auraient sévi auparavant à l'endroit même où l'on est en train de construire la petite église. Il y a longtemps, une chapelle s'élevait à cet emplacement, mais elle s'est écroulée et elle est tombée en ruine, tout comme l'ancienne maladrerie. À croire qu'un sortilège pèse sur ce terrain… » La voix du curé baissa encore d'un cran. « On y a trouvé un vieil autel païen en pierre que nous avons heureusement réussi à détruire. Pour l'Église, cela constituait une raison supplémentaire de bâtir une nouvelle maladrerie et une nouvelle chapelle à cet endroit. Le Mal doit s'évanouir quand la lumière de Dieu le frappe. Nous avons aspergé tout le terrain d'eau bénite.

— Sans succès, on dirait », murmura Simon.

Puis il revint à ses questions : « Le vieux Schreevogl avait-il légué ce terrain à son fils, auparavant ? Je veux dire : celui-ci était-il déjà enregistré comme légataire ? »

Le curé s'éclaircit la gorge.

« Tu te souviens encore du vieux Schreevogl ? Un… comment dire… enfin, un vieil homme étrange et buté. Un jour, il est venu me voir au presbytère dans un état de grande agitation, il disait que son fils n'y entendait rien aux affaires et qu'il aimerait léguer à l'Église son terrain au pied de la montée de Hohenfurch. Nous avons modifié son testament, le prévôt a servi de témoin.

— Et peu de temps après, il est mort.

— Oui, d'une fièvre, je lui ai moi-même administré l'extrême-onction. Sur son lit de mort, il parlait encore du terrain, il disait qu'il nous donnerait beaucoup de satisfaction et l'occasion de faire beaucoup de bien. Quant à son fils, il ne lui a jamais pardonné. La dernière personne qu'il a tenu à voir, ce n'était pas Jakob Schreevogl, mais le vieux Matthias Augustin. Après tout, ils étaient amis depuis l'époque où ils siégeaient tous les deux au conseil municipal, et ils se connaissaient depuis leur enfance.

— Et même sur son lit de mort, il n'est pas revenu sur son testament ? »

Le visage du curé était maintenant tout près du grillage en bois.

« Qu'aurais-je dû faire ? demanda-t-il. Dissuader le vieil homme ? J'étais si heureux de pouvoir enfin acquérir ce terrain, et sans débourser le moindre florin, qui plus est. Sa situation est tout simplement idéale pour une maladrerie. Suffisamment loin de la ville, mais néanmoins près de la route…

— Qui, selon vous, a détruit le chantier ? »

Le curé Konrad Weber garda à nouveau le silence. Au moment où Simon commençait à croire qu'il ne dirait décidément plus rien, sa voix retentit de nouveau. Mais encore moins fort qu'auparavant.

« Si les dégâts ne cessent pas, je ne pourrai plus défendre devant le conseil municipal ma décision de construire la maladrerie. Trop de conseillers s'y opposent. Même le prévôt pense qu'une telle construction n'est pas dans nos moyens. Nous allons devoir revendre le terrain.

— À qui ? »

À nouveau le silence.

« À qui, monsieur le curé ?

— Personne ne s'est encore présenté, pour le moment. Mais j'imagine aisément que le jeune Schreevogl débarquera bientôt au presbytère… »

Simon se leva de l'étroit confessionnal et s'apprêta à sortir.

« Je vous remercie vivement, monsieur le curé.

— Simon ?

— Oui, monsieur le curé ?

— La confession. »

Simon reprit place en soupirant et prêta l'oreille aux paroles monotones du curé.

« *Indulgentiam, absolutionem et remissionem peccatorum tuorum tribuat tibi omnipotens et misericors Dominus…* »

La journée promettait d'être longue.

Lorsque Simon quitta enfin le confessionnal, le curé Konrad Weber eut un instant d'hésitation. Il avait l'impression d'avoir oublié quelque chose. Une chose qu'il avait eue sur le bout de la langue et qu'il ne parvenait absolument plus à se rappeler. Au bout de quelques instants de réflexion, il se remit en prière. Cela lui reviendrait peut-être.

Après l'obscurité de l'église, Simon poussa un soupir en regagnant la clarté du jour. Le soleil s'était déplacé au-dessus des toits dans l'intervalle. Jakob Kuisl, assis sur un banc à côté du cimetière, tirait sur sa pipe. Les yeux clos, il jouissait des chauds rayons printaniers et de l'excellent tabac qu'il avait trouvé près du chantier. Cela faisait un bon bout de temps qu'il avait abandonné la fraîcheur de l'église. En entendant Simon, il cligna des yeux.

« Alors ? »

Simon s'assit à côté de lui sur le banc. « Je crois que nous tenons une piste », dit-il. Et il lui rapporta son entretien avec le curé.

Le bourreau mâchonnait pensivement sa pipe. « Ces histoires de sorcières et de sorciers, pour moi, c'est des fariboles. Mais le fait que le vieux Schreevogl ait pratiquement déshérité son fils, ça vaut la peine qu'on y réfléchisse. Tu crois donc que le jeune Schreevogl aurait saboté le chantier pour pouvoir récupérer le terrain ? »

Simon hocha la tête. « C'est possible. Après tout, il voulait y faire construire un nouveau four à poterie, il me l'a dit lui-même. Et c'est un homme ambitieux. »

Soudain, il se rappela quelque chose.

« La servante à l'auberge Semer, Resl, m'avait parlé de ces mercenaires qui avaient rendez-vous avec quelqu'un dans un salon à l'étage, s'exclama-t-il. Un de ces hommes boitait. Ça devait être le diable que nous avons vu aujourd'hui.

L'homme qui voulait rencontrer le diable et les autres mercenaires, ce jour-là, c'était peut-être Jakob Schreevogl.

— Mais quel rapport avec l'incendie de l'entrepôt, les marques de sorcière et les enfants morts ? rétorqua Jakob Kuisl en tirant une nouvelle fois longuement sur sa pipe.

— Si ça se trouve, aucun. Après tout, l'entrepôt a pu être incendié par les Augsbourgeois, et les enfants ont pu être tués par eux ; ensuite, le jeune Schreevogl n'aurait fait que profiter de la confusion générale pour saccager le chantier ni vu ni connu.

— Pendant qu'on enlevait sa pupille ? » Le bourreau se leva en secouant la tête. « C'est n'importe quoi, ce que tu me narres là ! Si tu veux mon avis, il y a trop de coïncidences à la fois. Il doit y avoir un lien entre l'incendie, les enfants morts, les marques et la maladrerie détruite, nous ignorons juste lequel… »

Simon se frotta les tempes. L'odeur de l'encens et les litanies du curé lui avaient donné mal à la tête.

« Franchement, j'y perds mon latin, dit-il. Et le temps presse. Combien de jours encore avant que la vieille Stechlin reprenne conscience ? »

Le bourreau leva les yeux vers le clocher de l'église. Le soleil s'était déjà déplacé au-dessus de sa pointe.

« Plus que deux, tout au plus. Après, le comte Sandizell, le représentant du prince électeur, ne tardera pas à arriver. Si nous ne tenons aucun vrai coupable d'ici là, ils se montreront expéditifs, c'en sera fini de la sage-femme. Le conseil municipal est prêt à tout, pourvu que le comte et sa troupe repartent au plus vite, avant de leur avoir coûté trop d'argent. »

Simon se leva du banc.

« Je vais aller voir Jakob Schreevogl, annonça-t-il. C'est la seule piste que nous avons. Je suis certain qu'il y a quelque chose de tordu dans cette histoire de maladrerie.

— Vas-y, grogna Jakob Kuisl en se rasseyant. Moi, je vais fumer encore un peu le tabac du diable. Il n'y a rien de meilleur pour réfléchir. »

Le bourreau referma les yeux et inspira le parfum du Nouveau Monde.

Le bailli Johann Lechner avait quitté son greffe et se rendait à la Ballenhaus. En route, il fut désagréablement frappé par le spectacle des marchandes qui jasaient et des artisans qui bougonnaient sur la place du Marché. Il distribua quelques petites tapes ou poussées au passage. « Retournez donc à votre travail ! s'exclama-t-il. Tout est en ordre, les choses suivent leur cours, toute la lumière sera faite. Reprenez votre travail, citoyens ! Sans quoi, je devrai en faire arrêter quelques-uns ! »

Les artisans retournèrent silencieusement dans leur atelier, les marchandes se remirent à trier leurs marchandises. Mais Johann Lechner savait que les potins reprendraient de plus belle dès qu'il aurait le dos tourné. Il allait devoir envoyer quelques gardes sur la place pour prévenir une émeute. Il était plus que temps de clore ce chapitre fâcheux. Et c'était précisément le moment qu'avait choisi la maudite sage-femme pour être hors d'état d'entendre et de parler ! Les conseillers municipaux taraudaient le bailli, ils exigeaient des résultats. Soit, il n'allait pas tarder à leur en offrir. Après tout, il avait un deuxième atout dans son jeu.

Le bailli se dépêcha de gravir les escaliers de la Ballenhaus pour rejoindre le premier étage, où se trouvait une petite pièce dont la porte était verrouillée. C'était ici qu'on enfermait les bourgeois respectables, auxquels on ne voulait pas infliger le trou à rats de la Faulturm ou le cachot de la prison fortifiée. Un garde municipal était posté devant la porte. Il fit un signe de tête à Johann Lechner puis ouvrit l'énorme serrure et poussa le verrou.

Martin Hueber, d'Augsbourg, charroyeur de la guilde, était affalé sur la banquette d'une niche devant une petite table, contemplant la rue à travers la vitre en cul de bouteille. En entendant le bailli entrer, il se retourna et ricana.

« Ah, le bailli ! Alors, vous êtes devenu raisonnable, c'est pas trop tôt ! Laissez-moi partir et nous ne parlerons plus de cette histoire. »

Il se leva et se dirigea vers la porte, mais Lechner la claqua avant qu'il ait pu l'atteindre.

« Je crois qu'il y a un malentendu. Martin Hueber, tu es soupçonné d'avoir incendié l'entrepôt du port de flottage, avec la complicité de tes hommes, les autres charroyeurs. »

Le visage de Martin Hueber s'empourpra. Il frappa la table du plat de sa large main.

« Vous savez bien que c'est faux !

— Il est inutile de nier, quelques flotteurs de Schongau vous ont vus. »

Johann Lechner mentait sans ciller. Il était impatient de connaître la réaction de l'autre.

Martin Hueber inspira profondément, puis il se rassit, croisa les bras sur sa large poitrine et garda le silence.

Le bailli insista : « Qu'est-ce que vous auriez pu fabriquer d'autre là-bas à une heure aussi tardive ? Vous aviez déjà débarqué vos marchandises en début d'après-midi. Quand l'entrepôt a brûlé, vous avez été sur place aussitôt, c'est donc que vous traîniez dans les parages. »

Le chef charroyeur ne répondit pas. Lechner posa une main sur la poignée de la porte et fit mine de s'en aller.

« D'accord. Nous verrons bien si tu seras toujours aussi taiseux sous la torture, dit-il tout en appuyant sur la poignée. Je vais te faire conduire à la prison fortifiée aujourd'hui même. Tu as déjà fait la connaissance du bourreau au port de flottage, il sera ravi de te briser quelques os. »

Johann Lechner crut voir les rouages de son cerveau s'agiter sous le crâne de l'homme d'Augsbourg. Il se mordait les lèvres. Finalement, il ne put se contenir plus longtemps.

« C'est vrai, nous étions dans les parages ! s'écria-t-il. Mais pas pour incendier l'entrepôt, bien sûr ! Il y avait aussi nos marchandises dedans ! »

Johann Lechner lâcha la porte et se rapprocha de la table.

« Alors ? Quelles étaient vos intentions ?

— Donner une bonne leçon aux flotteurs de Schongau, c'était ça, notre intention ! Votre charroyeur de la guilde, Josef Grimmer, a foutu une telle raclée à l'un des nôtres, l'autre soir à L'Étoile, qu'il ne pourra plus jamais travailler comme avant ! Et nous voulions vous mettre une bonne tannée pour que ça ne se reproduise plus jamais, mais, Dieu m'est témoin, nous n'avons pas incendié l'entrepôt ! Je le jure ! »

Les yeux du chef charroyeur étaient pleins d'épouvante. Johann Lechner fut saisi d'un sentiment de satisfaction, il s'était attendu à voir l'Augsbourgeois flancher, mais il n'aurait pas cru que ce serait si vite.

« Hueber, tu es dans de sales draps, reprit-il. Existe-t-il quelque chose qui puisse te disculper ? »

Le charroyeur réfléchit un moment, puis il hocha la tête.

« Il y a quelque chose, en effet. Quand nous sommes arrivés au port, nous avons vu des hommes s'enfuir en courant, quatre ou cinq. Nous avons cru qu'ils étaient des vôtres. Peu après, l'entrepôt a flambé. »

Le bailli branla tristement du chef, comme un père immensément déçu par son fils.

« Pourquoi ne nous l'as-tu pas dit plus tôt ? Ça t'aurait épargné bien des désagréments.

— Mais parce que ça aurait confirmé que nous étions bien au port avant le départ de feu, soupira Martin Hueber. De plus, j'ai cru jusqu'à maintenant que ces hommes étaient vraiment des vôtres. Ils avaient l'air de gardes municipaux.

— De gardes municipaux ? »

Le charroyeur augsbourgeois cherchait péniblement les termes adéquats.

« En quelque sorte, du moins. Il commençait à faire nuit et ils s'éloignaient. Je n'ai pas vu grand-chose. Finalement, je crois que c'étaient plutôt des mercenaires. »

Johann Lechner le regarda, décontenancé.

« Des mercenaires…

— Oui, une tenue bariolée, des hautes bottes, des chapeaux. Je crois qu'un ou deux portaient également un sabre. Je… je n'en suis pas certain.

— Il faudrait pourtant que tu le sois, Hueber. »

Johann Lechner se dirigea de nouveau vers la porte. « Il vaudrait vraiment mieux pour toi être sûr de ce que tu dis, sans cela nous serions obligés de t'aider. Je te laisse encore une nuit pour réfléchir. Demain, je reviendrai avec une plume et du parchemin, et nous coucherons tout ça par écrit. S'il reste des incertitudes, nous nous en débarrasserons sur-le-champ. Le bourreau a du temps à tuer en ce moment. »

Sur ces mots, il referma la porte derrière lui, laissant le charroyeur augsbourgeois à ses méditations. Johann Lechner sourit sous cape. On allait bien voir quelles idées germeraient dans le cerveau de Hueber pendant la nuit. Même s'il n'était pas impliqué dans l'incendie de l'entrepôt, son témoignage n'en valait pas moins de l'or. Un charroyeur des Fugger, chef d'une conspiration contre ses confrères de Schongau ! Les Augsbourgeois seraient dans leurs petits souliers au cours des prochaines négociations. Cela lui permettrait peut-être même d'augmenter la taxe demandée pour la conservation des marchandises augsbourgeoises. Après tout, il fallait rebâtir l'entrepôt, et ça avait un coût ! La tournure que prenaient les événements était décidément formidable. Il ne restait plus qu'à recueillir l'aveu de la sage-femme et tout rentrerait de nouveau dans l'ordre.

Fronwieser, ce charlatan, avait dit qu'elle serait de nouveau sur pied le lendemain, au plus tard le surlendemain.

Il devait être patient.

La maison des Schreevogl se trouvait dans la Bauerngasse, dans le quartier Hoftor, pas loin du château. C'était le quartier des maisons patriciennes, des édifices somptueux de trois étages avec balcons à balustrades de bois sculptées et fresques sur la façade. L'odeur qui régnait était nettement plus agréable qu'ailleurs, ce qui était principalement dû à l'éloignement géographique des tanneries puantes qui s'alignaient au bord du Lech. Des servantes secouaient les draps aux balcons, des cuisinières debout sur le pas de la porte se faisaient livrer des épices, de la viande fumée ou des oies plumées par des marchands. Simon frappa contre la haute porte le battoir en cuivre jaune. Quelques secondes après, des pas retentirent à l'intérieur. Une servante lui ouvrit et le fit entrer dans l'antichambre. Peu après, Jakob Schreevogl descendit le large escalier en colimaçon pour venir à sa rencontre. Il regardait Simon avec inquiétude.

« Y a-t-il du nouveau concernant notre petite Clara ? demanda-t-il. Ma femme est toujours forcée de garder le lit. Je ne voudrais en aucun cas la troubler inutilement. »

Simon secoua la tête. « Ce matin, nous sommes allés dans la montée d'Hohenfurch. Le chantier de la maladrerie a été complètement détruit. »

Jakob Schreevogl poussa un soupir. « Je le sais déjà », dit-il, puis il indiqua une chaise à Simon tout en se laissant lourdement tomber dans un des fauteuils rembourrés de l'antichambre. Il prit un morceau de pain d'épice dans une coupelle et se mit à le mastiquer posément. « Qui peut bien faire une chose pareille ? Je veux dire, je sais bien qu'il y a des résistances au conseil contre la construction de cet édifice, mais de là à détruire la maladrerie en entier… »

Simon décida de jouer cartes sur table avec le patricien.

« Est-il vrai que vous aviez déjà dressé les plans d'un second four à poterie précisément sur ce terrain, avant que votre père ne le lègue à l'Église ? » demanda-t-il.

Jakob Schreevogl plissa le front et reposa l'autre morceau de pain d'épice qu'il venait de prendre. « Je vous l'avais déjà raconté. Après la dispute avec mon père, il a modifié son testament et j'ai dû enterrer le projet.

— Et peu après vous avez enterré votre père. »

Le patricien haussa les sourcils : « Où voulez-vous en venir, Fronwieser ?

— Après la mort de votre père, il ne vous était plus possible de faire modifier le testament en le faisant changer d'avis. Désormais le terrain appartient bel et bien à l'Église. Pour le récupérer, il faudrait que vous le rachetiez au clergé. »

Jakob Schreevogl sourit. « Je comprends, dit-il. Vous me soupçonnez de saboter le chantier jusqu'à ce que l'Église, de guerre lasse, renonce et me restitue le terrain. Mais vous semblez oublier qu'au sein du conseil j'ai toujours milité pour la construction de la maladrerie.

— Mais pas sur le terrain auquel vous tenez tant », l'interrompit Simon.

Le patricien haussa les épaules. « Je suis déjà en train de négocier l'acquisition d'un autre terrain. Le deuxième four sera construit, mais ailleurs. Je ne tenais pas à cet emplacement près de la montée au point de mettre ma réputation en jeu. »

Simon regarda droit dans les yeux de Jakob Schreevogl. Il n'y vit pas trace d'un mensonge.

« Qui, à part vous, pourrait avoir intérêt à détruire la maladrerie ? » finit-il par demander.

Schreevogl rit. « La moitié du conseil était contre la construction, Holzhofer, Püchner, Augustin, et plus que tous les autres, le premier bourgmestre, Karl Semer en personne. »

Mais il redevint rapidement sérieux. « Cela étant dit, je ne crois aucun d'eux capable d'un tel acte, bien sûr. »

Le patricien se leva et se mit à marcher de long en large dans la pièce. « Je ne vous comprends pas, Fronwieser, dit-il. Ma petite Clara a disparu, deux enfants sont morts, l'entrepôt du port de flottage n'est plus qu'un tas de cendres et vous m'interrogez à propos d'un chantier saccagé ! À quoi ça rime ?

— Nous avons vu quelqu'un près de la maladrerie, ce matin, précisa Simon.

— Qui cela ?

— Le diable. »

Le patricien en eut le souffle coupé mais Simon continua.

« En tout cas, la personne que les gens d'ici surnomment "le diable", dit-il. Sans doute un mercenaire boiteux. Celui-là même qui a enlevé votre petite Clara il y a quelques jours et qu'on a vu en compagnie d'autres mercenaires à l'auberge Semer. Celui qui est monté dans un salon du premier étage de l'auberge pour une entrevue avec une personne de toute évidence haut placée dans cette ville. »

Jakob Schreevogl se rassit.

« D'où savez-vous qu'il a rencontré quelqu'un à l'auberge Semer ? demanda-t-il.

— Une servante me l'a raconté, répondit Simon avec sécheresse. Le bourgmestre Semer, lui, n'a rien voulu dire. »

Schreevogl hocha la tête. « Et qu'est-ce qui vous fait croire que la personne était haut placée ? »

Simon haussa les épaules. « Les mercenaires se font embaucher, c'est leur métier. Et pour payer le solde de quatre hommes, il faut beaucoup d'argent. La question est : pour quelle raison les a-t-on embauchés… ? »

Il se pencha vers le patricien.

« Où étiez-vous, vendredi de la semaine dernière ? »

Jakob Schreevogl garda son calme et ne détourna pas le regard.

« Vous vous trompez lourdement si vous pensez que j'ai quoi que ce soit à voir avec cette histoire, siffla-t-il. C'est ma fille qui a été enlevée, ne l'oubliez pas.

— Où étiez-vous ? »

Le patricien se recala dans son fauteuil et parut réfléchir brièvement. « J'étais en bas, à l'atelier de poterie, dit-il finalement. La cheminée du four était bouchée et nous avons passé une bonne partie de la nuit à la ramoner. Vous pouvez demander à n'importe lequel de mes ouvriers.

— Et le soir de l'incendie de l'entrepôt ? Où étiez-vous ? »

Jakob Schreevogl frappa un coup sur la table qui fit trembler la coupelle de pain d'épice. « J'en ai assez de vos suspicions ! Ma fille a disparu, c'est tout ce qui compte. Votre chantier détruit, je m'en fous éperdument ! Et maintenant, quittez ma maison, tout de suite ! »

Simon tenta de l'apaiser. « Je ne fais que suivre toutes les pistes que je peux trouver. Moi-même je ne connais pas le lien entre tous ces événements. Mais il y a un rapport quelque part, et le diable est ce lien. »

On frappa à la porte.

Jakob Schreevogl se leva d'un bond, fit les quelques pas vers la porte et l'entrouvrit brusquement.

« Qu'est-ce que c'est ? » demanda-t-il, maussade.

Devant la porte se tenait un petit garçon, âgé de huit ans à peine. Simon le connaissait de vue. C'était un des enfants de Ganghofer, le boulanger de la Hennengasse. Il regardait le patricien en levant la tête, les yeux fixes et angoissés.

« Êtes-vous le conseiller Jakob Schreevogl ? demanda-t-il, timidement.

— C'est moi, qu'y a-t-il ? Allons, dépêche ! » Schreevogl était sur le point de refermer la porte.

« Le père de Clara Schreevogl ? » continua le garçon.

Le patricien s'interrompit. « Oui, chuchota-t-il.

— On vous fait savoir que votre fille va bien. »

Schreevogl ouvrit la porte en grand et tira le garçon à l'intérieur.

« Qui me le fait savoir ?

— Je... je... je n'ai pas le droit de le dire. Je l'ai promis ! »

Le patricien saisit le petit par le col sale de sa chemise et le souleva jusqu'à l'avoir devant les yeux.

« Tu l'as vue ? Où est-elle ? » lui hurla-t-il au visage. Le garçon se tortillait et essayait d'échapper aux bras de l'homme.

Simon s'approcha. Il tenait une pièce de monnaie brillante bien en évidence qu'il fit glisser démonstrativement entre ses doigts. Le garçon se figea et suivit la pièce du regard, comme hypnotisé.

« Ta promesse ne te lie pas, je suppose, ce n'était pas un serment sur le Christ, si ? » dit-il pour rassurer le petit.

Le garçon fit non de la tête. Jakob Schreevogl le reposa doucement à terre et regarda avec intérêt ce qui se jouait entre Simon et l'enfant.

« Bon, reprit Simon. Qui donc t'a informé que Clara va bien ?

— C'est... c'est Sophie, murmura le garçon sans lâcher la pièce de monnaie des yeux. La fille rousse. Elle me l'a dit au port de flottage, à l'instant même. Elle m'a donné une pomme pour que je transmette le message. »

Simon caressa la tête du garçon pour le rasséréner. « Tu as bien fait. Sophie t'a-t-elle également dit où se trouve Clara en ce moment ? »

Le garçon secoua la tête avec angoisse. « C'est tout ce qu'elle a dit. Je le jure, sur la sainte mère de Dieu !

— Et Sophie ? Où est-elle, maintenant ? intervint Jakob Schreevogl.

— Elle... elle s'en est allée tout de suite, elle a passé le pont en direction de la forêt. Comme je la regardais, elle m'a jeté une pierre. Alors je me suis dépêché de venir vous trouver. »

Simon jeta un regard oblique à Jakob Schreevogl. « Je crois qu'il dit la vérité », dit-il. Schreevogl hocha la tête.

Lorsque Simon voulut remettre la pièce de monnaie au petit, le patricien s'interposa et glissa la main dans sa propre bourse. Il en sortit un pfennig d'argent brillant et le tendit au garçon.

« Celui-là est pour toi, dit-il. Et tu en auras un autre si tu découvres où se cachent Sophie ou ma petite Clara. Nous ne voulons pas faire de mal à Sophie, est-ce que tu comprends ? »

Le petit garçon saisit la pièce et referma son petit poing dessus.

« Les… les autres enfants disent que Sophie est une sorcière et qu'elle va bientôt être brûlée, en même temps que la vieille Stechlin…, murmura-t-il.

— Il ne faut pas croire tout ce que racontent les autres enfants, dit Jakob Schreevogl en lui donnant une petite poussée. Et maintenant, cours. Et n'oublie pas, c'est notre secret, hein ? »

Le garçon hocha la tête. Quelques secondes plus tard, il avait disparu au coin de la rue, emportant son trésor.

Jakob Schreevogl referma la porte et regarda Simon.

« Elle vit, chuchota-t-il. Ma petite Clara vit ! Il faut que j'aille tout de suite raconter cela à ma femme. Vous m'excuserez un instant. »

Il se dépêcha de monter les marches. À mi-hauteur de l'escalier, il interrompit sa course et se tourna de nouveau vers Simon.

« J'ai de l'estime pour vous, Fronwieser, dit-il. Maintenant autant qu'avant. Trouvez le diable et je vous récompenserai richement. » Il sourit avant de reprendre. « À l'occasion, venez donc consulter ma bibliothèque privée.

Je crois qu'il s'y trouve quelques ouvrages qui vous inté-
resseront. »

Puis il se dépêcha d'aller retrouver sa femme dans la
chambre.

10

Samedi,
28 avril de l'an du Seigneur 1659,
midi

Pendant près d'une demi-minute, Simon resta debout dans l'antichambre de la maison patricienne, comme figé sur place. Un tourbillon de pensées agitait son esprit. Il finit par prendre une décision et se précipita dehors, remonta la Bauerngasse en courant, puis traversa la place du Marché. Il bouscula quelques marchandes, faillit renverser un étal de pains et continua son chemin sans se préoccuper des cris et des injures qui pleuvaient dans son dos. Contournant la Ballenhaus, il courut vers la porte Lechtor et, quelques minutes plus tard, il se trouva sur le pont qui traversait la rivière. Sa course, qui lui fit longer l'entrepôt brûlé sur sa gauche, le conduisit sur l'autre rive puis sur la route de campagne reliant le port de flottage et Peiting.

Peu après, il avait atteint la lisière de la forêt. Maintenant, à midi presque sonné, la route était déserte, la plupart des charrettes ayant déjà atteint la rivière au cours des premières heures de la matinée. On entendait des oiseaux chanter faiblement et, quelquefois, des branches craquer dans la profondeur de la forêt ; en dehors de cela, tout était calme.

« Sophie ! »

Dans le silence, la voix de Simon sonnait creux et faible, comme si la forêt l'avalait au bout de quelques mètres à peine.

« Sophie, tu m'entends ? »

Il se maudit lui-même pour cette idée. Il n'y avait qu'une demi-heure que la fille avait pris cette direction, mais qu'elle l'entende à présent, c'était tout à fait improbable. Elle devait déjà être loin, très loin. De plus, qu'est-ce qui lui prouvait qu'elle *voulait* l'entendre ? Très possible qu'elle soit assise quelque part sur une branche en train de l'observer en ce moment même. Sophie s'était enfuie de la ville, elle était soupçonnée de s'être livrée à la sorcellerie, de concert avec la sage-femme. Comme elle était orpheline, sans témoin de moralité et sans personne qui pût se porter garant pour elle, il était très probable qu'elle se retrouverait sur le même bûcher que la vieille Stechlin, bien qu'elle n'eût que treize ans. Le médecin avait entendu parler de procès au cours desquels on avait fait brûler des enfants accusés de sorcellerie à un âge bien plus tendre. Quelle raison aurait donc pu pousser Sophie à se montrer en un moment pareil ?

Simon soupira et tourna les talons.

« Reste là, bouge pas ! »

La voix provenait de quelque part au fond des bois. Simon s'arrêta et tourna la tête par-dessus son épaule. Une pierre le frappa au côté.

« Ouille ! Merde alors, Sophie…

— Ne te retourne pas, lança de nouveau la voix de Sophie. Tu n'as pas besoin de voir où je suis. »

Simon haussa les épaules, soumis. L'endroit où le caillou l'avait atteint lui faisait mal. Il n'avait guère envie de recevoir une autre pierre.

« Le garçon a cafté, pas vrai ? demanda Sophie. Il a raconté que c'est moi qui l'ai envoyé. »

Simon hocha la tête. « Ne lui en veux pas, dit-il. Je l'avais de toute façon deviné. »

Il fixait un point quelque part dans les taillis devant lui. Ça l'aidait à converser avec la fille invisible.

« Où est Clara, Sophie ?

— En sécurité. Je peux pas en dire plus.

— Pourquoi ?

— Parce qu'ils nous recherchent. Clara et moi, nous sommes en danger, même dans la ville. Ils ont déjà eu Anton et Peter. Vous devriez aller voir comment va Johann Strasser, chez l'aubergiste d'Altenstadt…

— Il a disparu », l'interrompit Simon.

Elle se tut un long moment. Simon crut percevoir des sanglots étouffés.

« Sophie, que s'est-il passé cette nuit-là ? Vous étiez tous ensemble, non ? Peter, toi, Clara, les autres orphelins… Que s'est-il passé ?

— Je… je ne peux pas le dire. » La voix de Sophie tremblait. « Tout se saurait. On va nous brûler, on va tous nous brûler !

— Sophie, je te le jure, je vais tout faire pour t'aider. Il n'arrivera aucun mal à qui que ce soit. Personne ne… »

Une branche craqua. Le bruit ne provenait pas de derrière, de là où Sophie était probablement debout ou assise, mais de devant. Devant Simon, sur la gauche, des fagots étaient accumulés.

Derrière ce tas, quelque chose bougea.

Simon entendit un plouf derrière lui, puis des pas qui s'éloignaient rapidement. Sophie prenait la fuite.

L'instant d'après, une silhouette émergea de derrière le tas de bois. Elle portait un manteau et un chapeau à large bord. D'abord Simon crut qu'il s'agissait du bourreau. Mais la silhouette tira un sabre de dessous son manteau. Pendant quelques secondes, le soleil perça à travers le sous-bois et un rayon fit reluire l'arme. Quelque chose de blanc brilla au moment où la silhouette traversa le rai de lumière en fonçant sur Simon.

C'était la main du diable, une main de squelette.

Simon eut soudain le sentiment que le temps s'écoulait comme des gouttes de poix. Chaque geste, chaque détail se grava profondément dans sa mémoire. Ses pieds collaient à la terre comme englués dans un marais. Il ne put recommencer à se mouvoir qu'au moment où le diable n'était plus qu'à dix pas de lui. Il fit demi-tour et courut, terrorisé, vers la lisière de la forêt. Derrière lui, il entendait les pas du diable, un grincement rythmique sur le gravier et la terre. Peu après, il perçut la respiration de son poursuivant. L'autre se rapprochait.

Simon n'osait pas se retourner, de peur de perdre du terrain. Il courait, courait. Il sentait le goût métallique du sang dans sa bouche et il se rendait compte qu'il ne tiendrait plus très longtemps. L'homme qui le pourchassait avait l'habitude de courir, sa respiration était calme et régulière, bientôt il l'aurait rattrapé. Et on n'apercevait toujours pas la lisière des arbres, seulement des taillis et des fourrés sombres.

L'haleine de l'autre était de plus en plus près. Simon se maudit d'être allé seul dans la forêt. Le diable les avait vus, lui et le bourreau, sur le chantier. Ils l'avaient poursuivi. Défié. Et maintenant, c'était *lui* que le diable poursuivait. Simon ne se faisait aucune illusion : si l'homme le rattrapait, il le tuerait, avec la rapidité et l'indifférence avec laquelle on écrase un insecte importun.

Enfin, la forêt devant lui s'éclaircissait. Le cœur de Simon battait à tout rompre. Ça devait être la lisière ! Le chemin descendait dans une cuvette avant de finalement sortir de la forêt et de mener à la rivière. De la lumière perçait entre les cimes, les ombres reculaient. Simon fit encore quelques pas en trébuchant, puis une lumière scintillante l'accueillit. Il avait émergé du bois et se retrouvait en plein soleil. Il tituba sur un tertre, puis aperçut le port de flottage en dessous de lui. Des gens étaient debout sur la rive, des bœufs tiraient un chariot qui montait en direction de la forêt. Il n'osa se retourner qu'à ce moment-là. La silhouette derrière lui avait disparu. La forêt s'étalait dans le soleil de midi comme un long ruban noir.

Il ne se sentait toujours pas en sécurité. Il inspira profondément, puis il descendit vers le port en titubant. Il ne cessait de se retourner pour regarder derrière lui. Au moment où il se retournait une énième fois vers la forêt, son buste heurta quelqu'un qui venait à sa rencontre.

« Simon ? »

C'était Magdalena. Elle tenait un panier rempli d'herbes sauvages. Elle le dévisagea avec étonnement.

« Mais que s'est-il passé ? On dirait que tu as vu un fantôme. »

Simon la força à descendre avec lui les quelques mètres qui les séparaient du port de flottage et se laissa tomber sur un tas de solives. C'est seulement ici, au milieu de tous ces flotteurs et charretiers affairés, qu'il se sentit en sécurité.

« Il… il m'a couru après, bafouilla-t-il finalement, lorsque le rythme de sa respiration fut revenu à la normale.

— Qui cela ? demanda Magdalena avec inquiétude, et elle s'assit à côté de lui.

— Le diable. »

Magdalena éclata de rire, mais son rire sonnait faux.

« Simon, ne dis pas de bêtises, dit-elle. Tu as bu et tu as pris un coup de soleil par-dessus ! »

Simon secoua la tête. Puis il lui raconta tout ce qui s'était passé depuis ce matin. La destruction du chantier, la course-poursuite dans la forêt avec son père, les conversations avec le curé, avec Schreevogl, puis avec Sophie, et finalement, sa fuite vers le port. Quand il eut terminé, Magdalena le regarda avec des yeux inquiets.

« Mais pourquoi le diable en a-t-il après toi ? demanda-t-elle. Tu n'as rien à voir avec cette histoire, si ? »

Simon haussa les épaules. « C'est probablement parce que nous sommes à ses trousses. Parce que nous avons failli l'avoir. » Il regarda Magdalena avec gravité. « Ton père aussi est en danger. »

Magdalena sourit. « J'aimerais voir ça : le diable s'en prendre à mon père. Mon père est le bourreau, ne l'oublie pas. »

Simon se remit debout. « Magdalena, ce n'est pas une plaisanterie, s'écria-t-il. Cet homme, si c'en est un, a sans doute tué des enfants ! Il a voulu me tuer moi aussi, et si ça se trouve, il est en train de nous observer. »

Magdalena regarda autour d'elle. En face d'elle, des charretiers étaient en train de charger des caisses et des tonneaux sur deux radeaux et de les y attacher. Plus bas, quelques hommes dégageaient les restes calcinés de l'entrepôt. On commençait déjà à dresser de nouvelles poutres. De temps à autre, un des hommes jetait un regard dans leur direction en parlant à l'oreille de son voisin.

Simon pouvait deviner ce qu'il lui chuchotait : regarde, la putain de fille du bourreau et son amant… Le fils du médecin, qui va coucher avec la donzelle du bourreau et qui ne se rend pas compte que le diable circule dans Schongau et que la sage-femme va être brûlée.

Simon poussa un soupir. La réputation de Magdalena était ruinée de toute façon, et la sienne, si elle ne l'était pas déjà, le serait désormais. Il posa une main sur la joue de la jeune fille et plongea son regard dans le sien.

« Ton père m'a raconté que tu as trouvé une mandragore dans la forêt, dit-il. Tu as probablement sauvé la vie de la vieille Stechlin grâce à ça ! »

Magdalena sourit.

« Ce n'est que justice. Après tout, elle m'a fait cadeau de la mienne. À ma naissance, j'ai été une vraie calamité, du moins, c'est ce que raconte ma mère. J'étais de travers dans son ventre et je refusais de sortir. Sans la vieille Stechlin, je n'existerais pas. Maintenant, je rembourse ma dette. »

Elle redevint grave.

« Nous devons aller voir mon père et le prévenir, murmura-t-elle. Peut-être aura-t-il une idée quant à la façon d'attraper le diable. »

Simon secoua la tête. « Avant tout, nous devons découvrir avec qui ce soi-disant diable et les autres mercenaires avaient rendez-vous à l'auberge Semer. Je suis convaincu que cet homme est la clé de tout. »

Ils se turent, songeurs.

« Pourquoi le diable est-il revenu ?

— Quoi ? » Simon fut arraché à ses pensées.

« Pourquoi est-il revenu sur le chantier ? redemanda Magdalena. Si lui et ses hommes étaient réellement chargés de la destruction, pourquoi y est-il retourné ? Puisque leur tâche était accomplie. »

Simon fronça les sourcils. « Peut-être parce qu'il avait perdu quelque chose ? La blague à tabac que ton père a trouvée. Il ne voulait pas qu'on la découvre et qu'on fasse des suppositions. »

Ce fut au tour de Magdalena de secouer la tête.

« Je ne crois pas. Il n'y avait pas de monogramme sur la blague, rien qui puisse le trahir. Il doit y avoir une autre raison…

— Il était peut-être à la recherche de quelque chose ? suggéra Simon. D'une chose qu'il n'aurait pas trouvée la première fois. »

Magdalena était plongée dans ses pensées.

« Quelque chose l'attire sur ce chantier, dit-elle. La vieille Daubenberger m'a raconté que les sorcières avaient jadis dansé à cet endroit. Et bientôt, ça va être la nuit de Sainte-Walburge… Peut-être s'agit-il réellement du diable. »

Ils se turent à nouveau. Le soleil était presque trop chaud pour un mois d'avril, il chauffait le tas de solives sur lequel ils s'étaient installés. De loin leur parvenaient les appels des flotteurs qui descendaient la rivière en direction d'Augsbourg. L'eau scintillait comme de l'or liquide. D'un seul coup, Simon se sentit excédé par tout ça : la fuite, les questions incessantes, les cogitations, la peur…

Il se leva d'un bond, saisit le panier de Magdalena et s'élança en remontant le cours de la rivière.

« Où galopes-tu comme ça ? s'écria-t-elle.

— Ramasser des herbes, avec toi. Viens, le soleil brille, et je connais un endroit où on sera bien.

— Et mon père ? »

Il fit un moulinet avec son panier et lui adressa un sourire.

« Il peut attendre. Tu as dit toi-même qu'il ne craignait ni la mort, ni le diable. »

Suivie des regards soupçonneux des charretiers, elle s'élança derrière lui.

Le crépuscule tendit ses doigts et s'étendit, de l'ouest, sur les forêts qui entouraient Schongau. La montée de Hohenfurch était entièrement plongée dans le noir, si bien que l'homme qui se rapprochait à présent, venant de l'ouest, devenait à peine perceptible entre les buissons qui bordaient le terrain déboisé. Il avait décidé de ne pas prendre la route, au lieu de cela, il avait suivi une trajectoire parallèle à travers les fourrés. Il mettait presque deux fois plus de temps de cette façon, mais au moins il était sûr de n'être vu par personne. Les portes de la ville étaient fermées depuis une demi-heure ; la probabilité de rencontrer quelqu'un à cette heure-ci était extrêmement réduite. Mais l'homme ne voulait courir aucun risque.

Son épaule lui faisait mal d'avoir porté la pelle, la sueur ruisselait sur son front ; des ronces et des orties s'étaient accrochées à son manteau et l'avaient même déchiré par endroits. L'homme poussa un juron. Ce qui l'animait, c'était la certitude que tout serait bientôt fini. Il serait alors libre de vivre et d'agir à sa guise et il n'y aurait plus personne pour lui donner des consignes. Plus tard, dans un avenir lointain, il en parlerait à ses petits-enfants et ils le comprendraient. Ils reconnaîtraient qu'il n'avait pris tout cela sur lui que pour eux, pour la perpétuation de leur famille, de leur *dynastie*. Qu'il avait sauvé la famille. C'est alors qu'il se rappela qu'il était déjà allé trop loin. Il ne pouvait plus en parler à personne, trop d'événements avaient déjà eu lieu, trop de choses sales et sanglantes. Il allait devoir emporter le secret dans sa tombe.

Une branche craqua dans l'obscurité, un battement d'ailes retentit. L'homme s'interrompit, il cessa de respirer. Il sortit prudemment la petite lanterne qu'il avait jusque-là dissimulée sous son manteau et éclaira l'endroit d'où était venu le bruit. Pas très loin de lui, un hibou s'envola et survola le terrain déboisé. L'homme sourit. La peur le rendait fou.

Il regarda une dernière fois autour de lui, puis il se précipita vers le chantier et se hâta de gagner le bâtiment central.

Par quel endroit commencer ? Il fit le tour des murs de soutènement effondrés, à la recherche d'un indice. N'ayant rien trouvé, il escalada un tas de pierres pour pénétrer à l'intérieur, où il frappa les dalles de pierre avec l'extrémité de sa pelle. Le bruit métallique le fit frissonner de tout son corps. Il avait l'impression qu'on l'entendait jusqu'à Schongau. Il arrêta ses coups aussitôt.

À la fin, il grimpa sur un muret accolé au bâtiment principal et promena son regard sur l'ensemble du terrain. La maladrerie, la chapelle, des amoncellements de poutres, un puits, des sacs de plâtre juste à côté, quelques seaux renversés…

Ses yeux s'arrêtèrent sur un vieux tilleul au milieu de la clairière. Ses branches descendaient presque jusqu'à terre. Les ouvriers l'avaient laissé debout pour une raison quelconque. Peut-être l'Église n'avait-elle pas voulu le faire abattre afin qu'il prodigue de l'ombre aux futurs malades et convalescents ?

Ou parce que son vieux avait fait en sorte qu'il reste ?

Il se précipita vers le tilleul, se courba pour passer sous les branches et se mit à creuser. La terre était dure comme de l'argile, un réseau dense de solides racines partait de la souche dans toutes les directions. L'homme jurait et creusait, et bientôt son manteau fut trempé de sueur. Il saisit la pelle à deux mains et l'enfonça à travers un écheveau de racines épais comme le bras jusqu'à le faire éclater, mais ce fut pour en trouver d'autres en dessous du même acabit. Il fit une nouvelle tentative plus près du tronc, avec le même résultat. Il ahanait et sanglotait, il donnait des coups de plus en plus rapides à la terre et au bois, enfin il s'arrêta, hors d'haleine, et s'appuya sur le manche de son outil. Ça ne devait pas être le bon endroit, il n'y avait rien d'enfoui ici.

Avec sa lanterne, il éclaira le tilleul à la recherche de trous laissés par un nœud. Juste en dessous de la première branche, juste assez haut pour qu'il ne puisse plus l'atteindre avec ses bras, se trouvait une ouverture grande comme le poing d'un homme. Il posa la lanterne et grimpa sur la branche. La première fois, il glissa, parce que ses mains étaient trempées de sueur, mais à la fin il parvint à hisser son corps pesant. Assis à califourchon sur la branche, il avança lentement vers le tronc, jusqu'à ce que sa main droite puisse se glisser dans le trou. Il sentit sous ses doigts de la paille humide et, au milieu, quelque chose de froid, de dur. De toute évidence, du métal.

Son cœur bondit de joie.

Soudain, une douleur aiguë lui traversa la main, il la sortit et vit au même instant quelque chose de grand et de noir s'envoler en protestant bruyamment. Une coupure longue comme un doigt s'étendait sur le dos de sa main, qui se mit à saigner abondamment. Poussant un juron rageur, il jeta au loin la cuillère rouillée que sa main avait serrée jusqu'à cet instant, puis il se laissa glisser à terre. Une fois au sol, il lécha sa plaie tandis que des larmes de douleur et de dépit coulaient sur ses joues. Les piaillements furieux de l'oiseau, une pie, résonnaient comme des railleries à ses oreilles.

Tout cela pour rien.

Jamais il ne trouverait. Le vieux avait emporté son secret dans la tombe. Une dernière fois, son regard se promena sur le chantier. Les murs, les fondations de la chapelle, le puits, le tas de bois, le tilleul, quelques hêtres rabougris au bord de la clairière. Il devait s'agir de quelque chose qui était déjà là auparavant, de quelque chose qu'on pouvait aisément se rappeler, qu'on pouvait retrouver. Mais peut-être les ouvriers avaient-ils démonté ou détruit ce point de repère sans s'en rendre compte.

Il secoua la tête. Le terrain était trop vaste. Il pouvait y creuser des nuits entières sans rien trouver. Mais il se rebella soudain contre son découragement : il n'était pas question de renoncer. Pas si tôt. Trop de choses étaient en jeu. Il lui fallait concocter un nouveau plan… Il devait s'y prendre méthodiquement, diviser le terrain en petites parcelles et les fouiller l'une après l'autre. Il y avait au moins une chose dont il était sûr : ce qu'il cherchait se trouvait bel et bien ici. Il lui faudrait de la patience, mais en fin de compte, il serait récompensé.

Appuyé contre un tronc d'arbre, le diable regardait l'homme creuser. Il souffla un rond de fumée dans le ciel nocturne et le suivit du regard pendant qu'il s'élevait vers la lune. Il savait bien que cette histoire de chantier cachait quelque chose. On ne lui mentait pas à lui. Rien que d'y penser ça le mettait en rage. Il avait une folle envie de trancher sur l'heure la gorge de l'homme qui s'affairait là-bas entre les murs puis de répandre son sang dans la clairière. Mais cela lui gâcherait doublement le plaisir : il ne recevrait plus de récompense pour de nouveaux actes de sabotage et il ne découvrirait jamais ce que cet homme cherchait si désespérément. Il lui fallait donc patienter. Une fois que l'homme aurait trouvé, il serait toujours temps de lui faire payer ses mensonges. De même qu'il serait toujours temps de punir le médecin et le bourreau pour l'avoir poursuivi. Cette fois le médicastre lui avait échappé mais cela ne se reproduirait plus.

Le diable souffla un nouveau nuage de fumée dans le ciel nocturne. Puis il s'installa confortablement sur le tapis de mousse au pied du sapin et observa attentivement l'homme qui creusait toujours. Sait-on jamais, il allait peut-être trouver quelque chose.

11

Dimanche,
29 avril de l'an du Seigneur 1659,
6 heures du matin

Simon fut réveillé par un grincement, un bruit léger qui s'était glissé dans ses songes. En une seconde, il fut tout à fait réveillé. À côté de lui, Magdalena dormait d'un sommeil profond. Sa respiration était tranquille, un sourire se dessinait sur ses lèvres, comme si elle était en train de rêver à quelque chose d'agréable. Simon espérait qu'elle rêvait de la nuit passée.

Avec Magdalena, ils avaient remonté le cours de la rivière pour ramasser des herbes. Simon avait évité de parler des événements de Schongau. Il voulait les oublier au moins pour un moment, il ne voulait plus penser à cet homme qu'ils surnommaient « le diable » et qui avait manifestement l'intention de l'assassiner. Il ne voulait plus penser à la sage-femme dans la prison fortifiée qui n'avait toujours pas repris conscience et il ne voulait pas non plus se souvenir des enfants morts. C'était le printemps, le soleil chauffait et l'eau du Lech clapotait doucement.

Après avoir marché une bonne lieue à travers la forêt qui bordait le fleuve, ils arrivèrent à l'endroit favori de Simon, une petite baie de graviers qu'on ne pouvait apercevoir du sentier. Les branches d'un grand saule formaient un dôme au-dessus de la rivière qui scintillait à travers son feuillage. Simon était souvent venu ici au cours des dernières années lorsqu'il voulait être tranquille pour réfléchir. À présent, il contemplait la rivière en compagnie de Magdalena, ils parlaient du dernier jour de marché, au cours duquel ils avaient dansé ensemble, ce qui avait fait jaser tous les gens attablés alentour. Ils se racontèrent leur enfance, Simon évoqua l'époque où il était médecin militaire assistant et Magdalena la fièvre qui l'avait clouée au lit pendant de nombreuses semaines quand elle avait sept ans. C'était à cette époque que son père, qui ne s'était jamais éloigné de son lit durant toutes ces journées et toutes ces nuits, lui avait appris à lire. Depuis, elle l'aidait à mixer des teintures et à piler des herbes et elle acquérait sans cesse de nouvelles connaissances car, dès qu'elle pouvait, elle fourrait le nez dans les livres paternels.

Pour Simon, c'était un miracle. Magdalena était la première femme avec laquelle il pouvait parler de livres ! La première femme qui avait lu *L'Armamentarium chirurgicum* de Jean Scultet et qui connaissait les œuvres de Paracelse. Son cœur se serrait parfois à l'idée qu'il ne pourrait jamais l'épouser. En tant que fille de bourreau, c'était une paria, jamais la ville n'admettrait qu'il contracte une liaison avec elle. Ils devraient partir à l'étranger, une fille de bourreau et un chirurgien militaire ambulant, et mendier sur les routes pour assurer leur subsistance. Mais au fond, pourquoi pas ? À cet instant précis, son amour pour cette fille était si intense qu'il était prêt à renoncer à tout pour elle.

Ils avaient parlé tout l'après-midi et toute la soirée, et soudain, 6 heures avaient sonné au clocher de l'église. Les portes de Schongau allaient fermer dans une demi-heure, ils savaient qu'ils ne seraient jamais de retour à temps. Ils gagnèrent donc une grange abandonnée des environs, où

Simon avait parfois dormi, et ils y passèrent la nuit. Ils continuèrent à parler et à rire de farces enfantines depuis longtemps révolues. Schongau et ses bourgeois qui jasaient ainsi que leurs pères respectifs étaient loin, très loin. De temps à autre, la main de Simon effleurait la joue de Magdalena ou lui caressait les cheveux, mais chaque fois que ses doigts se rapprochaient de son corsage, elle les repoussait avec un sourire. Elle ne voulait pas encore se donner à lui et Simon l'accepta. Ils finirent par s'endormir côte à côte, comme deux bambins.

C'est le grincement de la porte de la grange qui à l'aube avait arraché Simon au sommeil.

Ils s'étaient couchés en haut, sous la charpente, de là, une échelle descendait jusqu'au sol de la grange. Le médecin regarda prudemment en bas en se dissimulant derrière une botte de foin. Il vit que la porte était légèrement entrouverte, les premières lueurs de l'aube filtraient à travers un interstice. Il était certain d'avoir fermé la porte la veille, ne serait-ce qu'en raison du froid. Il enfila lentement sa culotte et jeta un dernier coup d'œil sur Magdalena qui dormait encore. Directement sous lui, caché par la plate-forme en bois de la grange, des pas traînants se firent entendre. Ils s'approchèrent de l'échelle. Simon fouilla la paille à la recherche de son couteau, un stylet parfaitement affûté qui lui servait à disséquer des cadavres et à amputer des blessés. Il serra bien fort le manche de sa main droite et, de sa main gauche, il poussa une botte de paille particulièrement grosse vers le rebord de la plate-forme.

Une silhouette apparut sous lui. Il attendit encore un petit instant, puis il imprima une ultime poussée à la botte de paille, afin que celle-ci tombe directement sur la silhouette. Avec un cri assourdissant, Simon sauta à son tour, avec la ferme intention de jeter l'inconnu à terre et de lui enfoncer son couteau dans le dos, le cas échéant.

Sans lever les yeux, l'homme pivota sur le côté, la botte tomba par terre à côté de lui et creva en un nuage de poussière et de paille. En même temps, il leva les deux bras en l'air et para l'attaque de Simon. Le médecin sentit des doigts vigoureux enserrer ses poignets comme des étaux. Ahanant de douleur, il lâcha son stylet. Puis l'homme lui asséna un coup de genou dans le bas-ventre qui le fit s'effondrer en avant. Un voile noir tomba devant ses yeux.

Aveuglé par la douleur, il rampa par terre, cherchant désespérément son couteau. Une botte se posa sur sa main droite et l'écrasa d'abord doucement, puis avec de plus en plus de vigueur. Simon eut la respiration coupée lorsqu'il se rendit compte que les os de son poignet commençaient à craquer. Soudain, la douleur s'estompa. La silhouette, qu'il ne percevait plus qu'à travers un brouillard, avait levé le pied de sa main.

« Si tu séduis encore une fois ma fille, je te brise les deux mains et je t'attache au chevalet, tu as compris ? »

Simon se tenait le bas-ventre et rampa hors de la zone de danger.

« Je ne l'ai pas… touchée, croassa-t-il. Pas comme vous l'entendez. Mais nous… nous aimons. »

Un rire sec lui parvint.

« À d'autres ! Cette fille est une fille de bourreau, l'aurais-tu oublié ? C'est une paria ! Tu veux qu'elle soit la risée des gens, juste parce que tu ne sais pas te retenir ? »

Jakob Kuisl se tenait à présent directement au-dessus de Simon. D'une poussée de sa botte, il le fit rouler sur le dos, afin de pouvoir le regarder droit dans les yeux.

« Sois heureux que je ne t'aie pas castré du premier coup, lança-t-il avec fureur. Ça épargnerait pas mal de désagréments à ta personne et à plusieurs jeunes filles de la ville également !

— Laisse-le tranquille, papa ! » s'exclama Magdalena depuis la plate-forme. Le bruit de la lutte l'avait réveillée et elle regarda en bas, les yeux encore ensommeillés et les cheveux pleins de paille. « Pour commencer, c'est moi qui ai séduit Simon et pas l'inverse. Et puis, si je suis une paria, un petit déshonneur de plus n'y changera rien. »

Le bourreau brandit un poing menaçant dans sa direction. « Je ne t'ai pas appris à lire et à soigner pour que tu te laisses engrosser avant de te faire expulser de la ville dans la honte et l'opprobre. On voudrait m'obliger à mettre le masque d'infamie à ma propre fille qu'on ne s'y prendrait pas autrement !

— Je … je pourrais subvenir aux besoins de Magdalena, intervint Simon, qui continuait à se frotter l'aine. Nous pourrions partir dans une autre ville, et là… »

Un nouveau coup l'atteignit du côté non protégé à hauteur des reins, qui le fit de nouveau se recroqueviller en gémissant.

« Des nèfles, ouais ! Vous voulez mendier, ou quoi ? Magdalena va épouser mon cousin de Steingaden, c'est ce qui est convenu. Et maintenant, descends de là ! »

Jakob Kuisl secoua rudement l'échelle. Le visage de Magdalena était devenu livide.

« Épouser *qui* ? demanda-t-elle d'une voix sans timbre.

— Hans Kuisl, de Steingaden, un bon parti, grommela le bourreau. J'en ai discuté avec lui il y a quelques semaines à peine.

— Et tu me jettes la nouvelle à la figure comme ça ?

— Il aurait bien fallu que je te le dise de toutes les manières. »

Une autre botte de paille atteignit si fort le bourreau à la tête qu'il tituba et eut du mal à rester debout. Cette fois-ci, il ne s'était pas attendu au projectile. En dépit de sa douleur, Simon ne put s'empêcher de sourire. Magdalena avait hérité des réflexes de son père.

« Je n'épouserai personne ! cria-t-elle d'en haut. Surtout

pas Hans de Steingaden, ce gros lard. Il pue de la gueule et il n'a plus de dents ! Je resterai avec Simon, mets-toi bien ça dans la tête !

— Femelle têtue », grogna le bourreau. Il semblait du moins avoir renoncé à son intention de ramener sa fille de force à la maison. Il se dirigea vers la sortie. Lorsqu'il ouvrit la porte, le soleil du matin envahit la grange. Pendant un court moment, il resta debout dans la lumière.

« À propos, ils ont retrouvé Johannes Strasser, mort, dans une grange à Altenstadt, murmura-t-il. Lui aussi porte cette marque. C'est la servante de l'auberge Strasser qui me l'a appris. J'allais justement le voir. Si tu veux, tu peux m'accompagner, Simon. »

Puis il sortit dans la fraîcheur du matin. Simon hésita brièvement. Il leva les yeux vers Magdalena, mais celle-ci s'était blottie dans le foin et sanglotait.

« Nous… nous reparlerons de tout ça », chuchota-t-il dans sa direction. Puis il suivit le bourreau en clopinant.

Ils marchèrent longtemps en silence. Passé le port de flottage, où les premiers radeaux commençaient à s'amarrer à cette heure, ils tournèrent à gauche pour prendre le sentier Natternsteig, qui rejoignait la route vers Altenstadt. Ils évitèrent de traverser la ville, ils préféraient ne rencontrer personne. Ici, sur cet étroit sentier qui serpentait au bas des remparts, il n'y avait pas âme qui vive.

Simon se résolut enfin à prendre la parole. Il avait bien réfléchi et il choisit ses mots avec soin.

« Je… suis désolé, commença-t-il en hésitant. Mais c'est vrai, j'aime votre fille. Et je peux subvenir à ses besoins, j'ai étudié, même si je ne suis pas allé jusqu'au bout. Je n'avais plus assez d'argent. Mais cela suffit pour se débrouiller comme chirurgien ambulant. Et en additionnant tout le savoir de votre fille… »

De la hauteur où ils se trouvaient, le bourreau s'arrêta et contempla la vallée couverte de forêt jusqu'à l'horizon.

« Sais-tu bien ce que ça signifie, de gagner son pain quotidien là-dehors ? l'interrompit-il sans détourner les yeux du paysage.

— J'ai déjà été chirurgien ambulant avec mon père, rétorqua Simon.

— Il s'est occupé de toi et tu devrais le remercier jusqu'à la fin des temps pour cela, dit le bourreau. Cette fois, tu seras seul, tu auras à t'occuper de ta femme et de tes enfants. Tu devras errer de foire en foire, un charlatan qui vante ses teintures bon marché alors que personne n'en veut, sur qui on jette des feuilles de chou pourri et qui est en butte aux railleries de paysans qui ne comprendront rien à ta science médicale. Les médecins des villes, ceux qui ont terminé leurs études, veilleront à ce que tu sois expulsé dès que tu auras posé un pied dans leur cité. Tes enfants mourront de faim sous tes yeux. C'est ça que tu veux ?

— Mais avec mon père, nous avons toujours eu un revenu… »

Le bourreau cracha par terre.

« C'était la guerre, reprit-il. Quand c'est la guerre, il y a toujours quelque chose à faire. Couper des membres à la scie, cautériser des blessures avec de l'huile, sortir les morts et les couvrir de chaux. Maintenant, il n'y a plus de guerre. Il n'existe plus d'armée qu'on puisse accompagner. Dieu merci, d'ailleurs ! »

Le bourreau se remit en mouvement. Simon le suivit à quelques pas de distance.

« Maître ? demanda-t-il au bout de quelques minutes de silence. Je peux vous poser une question ? » Jakob Kuisl ne s'arrêta pas. Il répondit sans se retourner.

« Que veux-tu savoir ?

— J'ai entendu dire que vous n'avez pas toujours été à

Schongau. Vous avez quitté la ville à l'âge que j'ai maintenant. Pourquoi ? Et pourquoi êtes-vous revenu ? »

Le bourreau s'arrêta de nouveau. Ils avaient presque fait le tour complet de la ville. Ils avaient maintenant sur leur droite la route d'Altenstadt. Une charrette à bœufs y avançait cahin-caha. Derrière, des forêts s'étendaient jusqu'à l'horizon. Jakob Kuisl garda le silence si longtemps que Simon commençait à croire qu'il n'obtiendrait jamais de réponse. Enfin, le bourreau se mit à parler.

« Je ne voulais pas d'un métier qui me condamnait à tuer, dit-il.

— Et qu'avez-vous fait à la place ? »

Jakob Kuisl eut un rire silencieux.

« J'ai tué encore plus. Au hasard. Sans but. Des hommes. Des femmes. Des enfants. C'était une sorte d'ivresse.

— Vous étiez… mercenaire ? » s'enquit Simon, prudemment.

De nouveau le bourreau se tut longuement avant de répondre.

« Je m'étais joint aux troupes de Tilly. Il y avait des fripouilles, des brigands, mais aussi des hommes droits et des aventuriers dans mon genre…

— Vous avez mentionné une fois que vous étiez à Magdebourg… », continua Simon.

Le bourreau tressaillit brièvement. Les horribles histoires qu'on se racontait sur la destruction de cette ville dans le nord lointain étaient arrivées jusqu'à Schongau. Les troupes catholiques sous le commandement du général Tilly avaient quasiment réduit cette ville à néant. Seuls quelques rares habitants avaient survécu au massacre. Simon avait entendu dire que les lansquenets avaient égorgé les enfants comme des agneaux, qu'ils avaient violé les femmes avant de les clouer comme Jésus à la porte de leur maison. Même si seulement la moitié de ces histoires était vraie, l'autre moitié suffisait à faire réciter des actions de grâce aux habitants de Schongau, pour remercier Dieu que de telles atrocités leur aient été épargnées.

Jakob Kuisl avait continué à marcher. À pas rapides, Simon le rattrapa sur la route d'Altenstadt. Il sentait qu'il était allé trop loin.

« Pourquoi êtes-vous revenu ? demanda-t-il au bout d'un moment de silence.

— Parce qu'il faut un bourreau, marmonna Jakob Kuisl. Sinon, tout fout le camp. S'il faut tuer, que ce soit au moins comme il faut, dans la loi et l'ordre. C'est pour cela que je suis revenu à Schongau, pour l'ordre. Et maintenant tais-toi, j'ai besoin de réfléchir.

— Songerez-vous une nouvelle fois à ce que je vous ai dit à propos de Magdalena ? » dit Simon dans une ultime tentative.

Le bourreau lui jeta un regard de côté plein de courroux. Puis il accéléra le pas, au point que Simon eut du mal à le suivre.

Ils marchaient côte à côte depuis une bonne demi-heure quand les premières maisons d'Altenstadt apparurent devant eux. Des quelques phrases que Kuisl avait prononcées dans l'intervalle, Simon avait appris qu'on avait retrouvé Johannes Strasser, au petit matin, mort dans la grange de son beau-père. Josepha, une servante de l'aubergiste, l'avait découvert entre les bottes de paille. Juste après l'avoir annoncé à l'aubergiste Strasser, elle s'était précipitée chez le bourreau à Schongau afin de se procurer du mille-pertuis. Noué en couronne, celui-ci était censé repousser les forces du Mal. La servante était persuadée que le diable s'était emparé du garçon. Le bourreau avait donné l'herbe à Josepha, il avait écouté son histoire, puis il s'était mis en route en faisant un détour pour administrer au passage une belle correction à l'amant de sa fille. Il avait tout simplement suivi leurs traces à la lueur de l'aube, et avait découvert la grange sans grandes difficultés.

À présent, ils se tenaient tous les deux devant l'auberge d'Altenstadt où Simon s'était rendu quelques jours auparavant. Ils n'étaient pas seuls. Un groupe de paysans et de charretiers des environs se pressait en parlant à mi-voix autour d'une civière qu'on avait assemblée en urgence en clouant quelques planches. Des femmes disaient leur chapelet, deux servantes agenouillées au chevet de la civière priaient en balançant le torse d'avant en arrière. Simon aperçut également le curé d'Altenstadt. Des vers murmurés en latin parvinrent à ses oreilles. Lorsque les habitants d'Altenstadt s'aperçurent que le bourreau venait à leur rencontre, plusieurs se signèrent. Le curé interrompit sa litanie et fixa sur les deux arrivants un regard hostile.

« Que vient faire le bourreau de Schongau ici ? demanda-t-il, méfiant. Il n'y a aucun travail pour toi en ces lieux ! Le diable a déjà fait son œuvre ! »

Jakob Kuisl ne se laissa pas démonter. « J'ai entendu dire qu'il s'est produit un accident. Je pourrais peut-être aider ? »

Le curé secoua la tête. « Je te l'ai déjà dit, il n'y a plus rien à faire. Le garçon est mort. Le diable est venu le chercher et l'a marqué de son signe.

— Laissez le bourreau approcher ! » dit l'aubergiste Strasser d'une voix retentissante. Simon le reconnut au milieu des paysans qui entouraient la civière. « Qu'il vienne voir de ses propres yeux ce que la sorcière a fait à mon garçon. Pour qu'il lui inflige une mort particulièrement lente ! » Le visage de l'aubergiste Strasser était blanc comme de la craie, ses yeux étaient littéralement incandescents de haine pendant que son regard allait du bourreau à son fils adoptif mort.

Jakob Kuisl s'approcha de la civière avec curiosité. Simon lui emboîta le pas. Les planches avaient été couvertes de branches de sapin fraîchement coupées. Le parfum résineux couvrait à peine la puanteur qui se dégageait du cadavre. Le corps de Johannes Strasser commençait déjà à se couvrir de taches noires aux membres, des mouches bourdonnaient autour de son visage. Quelqu'un avait miséricordieusement posé deux pièces de monnaie sur ses yeux ouverts qui fixaient le ciel, dilatés par l'effroi. Sous le menton, une entaille profonde allait presque d'une oreille à l'autre. Du sang séché collait sur la chemise du gamin, elle aussi infestée de mouches.

Simon tressaillit involontairement. Qui pouvait avoir fait une chose pareille ? Ce garçon avait douze ans, tout au plus. Son plus grand péché avait été de dérober une mie de pain ou une cruche de lait à son beau-père. Et maintenant il était étendu, livide et froid, une mort sanglante au terme d'une vie si courte et si triste. Toléré, jamais aimé, il restait un lépreux par-delà la mort. Même à présent, personne ne le pleurait franchement. L'aubergiste Strasser était debout près de la civière, furieux certes, les lèvres serrées, plein de haine pour le meurtrier, mais son cœur n'était pas en deuil.

Le bourreau tourna délicatement le jeune Strasser sur le côté. Au-dessous de l'omoplate s'affichait la marque violette, délavée, mais encore bien visible. Un cercle surmontant une croix.

« La marque du diable », chuchota le curé avant de se signer. Puis il se mit à réciter le Notre Père.

« *Pater noster, qui es in caelis, sanctificetur nomen tuum…*

— Où l'avez-vous trouvé ? demanda Jakob Kuisl sans lever les yeux du cadavre.

— Dans l'étable, tout au fond, caché sous quelques bottes de paille. »

Simon se retourna. C'était Franz Strasser qui avait parlé. L'aubergiste jetait un regard haineux à celui qui avait été son pupille.

« Il a dû passer un bon moment là-dessous. Josepha y est allée voir ce matin, parce que ça puait tellement… Elle a cru qu'il y avait une bête crevée. Mais c'était Johannes… », murmura-t-il.

Simon frissonna. Il avait vu la même entaille sur le petit Anton Kratz, quelques jours plus tôt. *Peter Grimmer, Anton Kratz, Johannes Strasser…* Qu'en était-il de Sophie et de Clara ? Le diable les avait-il eues elles aussi ?

Le bourreau se pencha et se mit à inspecter le cadavre. Il palpa la plaie, chercha des blessures supplémentaires. Comme il ne trouvait rien, il renifla le cadavre.

« Trois jours, pas plus, dit-il. Celui qui l'a assassiné connaît son métier. La gorge est tranchée très proprement. »

Le curé lui jeta un regard courroucé. « Ça suffit, Kuisl, aboya-t-il. Tu peux partir. Ce qui se passe ici est l'affaire de l'Église. Va plutôt t'occuper de la sorcière qui est chez vous, dans votre ville, va t'occuper de cette Stechlin ! C'est elle qui est responsable de tout ce qui est arrivé ! »

L'aubergiste Strasser hocha la tête. « Johannes allait souvent traîner chez elle. Avec les autres pupilles et cette fille rousse, Sophie. Elle les a ensorcelés et maintenant, le diable vient chercher les âmes des petits enfants ! »

Un murmure général retentit, tout le monde marmottait des prières. Strasser devint plus audacieux.

« Dis à ces beaux messieurs de la ville que s'ils ne nous débarrassent pas bientôt de cette engeance de sorcière, nous viendrons nous en occuper nous-mêmes ! » vociféra-t-il en direction du bourreau, la face rouge de colère.

Quelques paysans approuvèrent bruyamment les menaces qui suivirent : « Nous la pendrons au pignon le plus élevé et nous mettrons le feu sous ses pieds. Nous saurons bien, alors, qui sont ses complices ! »

Le curé hocha pensivement la tête. « Il y a du vrai là-dedans, dit-il. Nous ne pouvons pas regarder le diable s'attaquer à nos enfants, l'un après l'autre, sans intervenir pour l'en empêcher. Les sorcières doivent brûler.

— *Les* sorcières ? » demanda Simon, pour vérifier s'il avait bien entendu.

Le curé haussa les épaules. « Bien sûr, c'est évident qu'il ne peut s'agir de l'œuvre d'une unique sorcière. Le diable a beaucoup de concubines. De plus... » Il leva l'index comme pour fournir l'ultime démonstration d'une chaîne d'arguments logiques. « Martha Stechlin est enfermée dans la prison, non ? C'est donc une autre qui a agi ! C'est bientôt la nuit de Sainte-Walburge ! Probable que les fiancées de Satan passent déjà la nuit à danser dans la forêt avec le Malin et à lui baiser l'anus. Après quoi elles descendent en ville, nues et ivres, pour boire le sang d'enfants innocents.

— Comment pouvez-vous croire à ces sornettes ! objecta Simon, désarçonné. Ce sont des histoires destinées à faire peur, rien de plus !

— La vieille Stechlin avait de l'onguent de vol et de la bave de sorcière chez elle, dans sa maison ! s'exclama un paysan qui était debout, un peu en retrait. C'est le boulanger Berchtholdt qui me l'a raconté. Il a assisté à sa torture. Elle s'est jeté un sort à elle-même, afin d'être inconsciente et de ne pas trahir ses compagnes ! Et pendant la nuit de Sainte-Walburge, elles vont venir chercher encore plus d'enfants ! »

Franz Strasser hocha la tête d'un air approbateur. « Johannes allait souvent en forêt. C'est là qu'elles ont dû l'attirer. Il parlait toujours d'une espèce de cachette.

— Une cachette ? » demanda Jakob Kuisl.

Au cours des minutes qui venaient de s'écouler, le bourreau avait continué à examiner le cadavre en silence, il avait observé de plus près même les cheveux et les ongles maculés de sang. Il avait également regardé une nouvelle fois la marque. Mais soudain il sembla s'intéresser à la conversation.

« Quelle cachette ? »

Franz Strasser haussa les épaules.

« Je l'ai déjà raconté au médecin, marmonna-t-il. Quelque part dans la forêt. Il doit s'agir d'une grotte ou d'un truc comme ça. Il était toujours tout crasseux en revenant. »

Une nouvelle fois, le bourreau contempla les doigts du jeune garçon raidis par la mort.

« Qu'est-ce que tu veux dire par "tout crasseux" ? insista-t-il.

— Ben, tout glaiseux, quoi. On aurait dit qu'il avait rampé quelque part... »

Jakob Kuisl ferma les yeux. « Bon Dieu de merde, quel imbécile je fais, murmura-t-il. Ça crève les yeux et moi qui n'ai rien vu...

— Que... qu'y a-t-il ? chuchota Simon, qui, debout à côté de lui, était le seul à avoir entendu le juron du bourreau. Qu'est-ce que vous n'avez pas vu ? »

Jakob Kuisl saisit le médecin par la manche et le tira à l'écart des autres. « Je... je n'en suis pas encore certain, dit-il. Mais je crois que je sais où se trouve la cachette des enfants.

— Où ? » Le cœur de Simon se mit à battre.

« Il nous faut d'abord vérifier quelque chose », chuchota le bourreau pendant qu'il remontait la route de Schongau à grandes enjambées. Mais pour ça il faudra attendre qu'il fasse nuit.

« Dites à ces messieurs que nous n'allons pas continuer à rester sans rien faire ! Cette sorcière doit brûler ! » hurla Franz Strasser alors qu'ils s'éloignaient rapidement. « Et cette Sophie la rousse, nous irons la chercher nous-mêmes dans la forêt. Avec l'aide de Dieu, nous trouverons cette cachette et nous enfumerons ce nid de sorcières ! »

Des beuglements et des applaudissements retentirent. Au-dessus de la clameur s'élevait le filet de voix du curé qui entonnait un cantique, dont quelques bribes leur parvinrent.

« *Dies irae, dies illa. Solvet saeclum in favilla…* »

Simon se mordit les lèvres. Les jours de colère étaient proches, en effet.

Le bailli Johann Lechner souffla du sable sur ce qu'il venait d'écrire puis roula le parchemin. D'un hochement de tête, il signifia au garde municipal d'ouvrir la porte de la petite salle. Tout en se levant, il s'adressa une dernière fois au chef charroyeur augsbourgeois.

« Si ce que vous avez dit est vrai, vous n'avez rien à craindre. La bagarre ne nous intéresse pas… du moins, pas pour le moment, ajouta-t-il. Tout ce que nous voulons savoir c'est qui a mis le feu à l'entrepôt. »

Martin Hueber hocha la tête sans lever les yeux. Sa tête était courbée, sa figure, livide. Une nuit d'isolement au cachot, ajoutée à la perspective d'une torture éventuelle, avait suffi à transformer le chef charroyeur, naguère si fier, en une véritable loque humaine.

Johann Lechner sourit. Si réellement des émissaires des Fugger débarquaient un de ces jours pour exiger avec indignation la libération de leur charroyeur, ils tomberaient sur un pécheur repenti. Lechner aurait alors la magnanimité d'ordonner sa remise en liberté. Pas impossible que Martin Hueber soit remis au cachot dans la lointaine Augsbourg. Ne serait-ce que pour payer l'humiliation de ses supérieurs… Lechner en était convaincu, à la prochaine entrevue, les marchands augsbourgeois se montreraient nettement moins forts en gueule.

Les aveux de Martin Hueber correspondaient, *grosso modo*, à ses déclarations de la veille. Deux semaines plus tôt, quelques-uns de ses hommes avaient été impliqués dans une bagarre à l'auberge À l'Étoile, au cours de laquelle Josef Grimmer avait réduit en bouillie un des leurs. Aussi, le mardi précédent, ils s'étaient glissés en douce sur le port de flottage avec une bande de camarades afin de flanquer une bonne raclée aux gens de Schongau qui étaient de garde. Mais au moment d'atteindre l'entrepôt, celui-ci était déjà en flammes. Martin Hueber avait aperçu des hommes qui ressemblaient à des mercenaires s'enfuir en courant. Cependant, ils étaient trop loin pour reconnaître qui que ce soit. Il y avait bien eu une bagarre, mais c'était uniquement parce que ceux de Schongau les soupçonnaient d'avoir mis le feu.

« Et qui, selon toi, a mis le feu à l'entrepôt ? » demanda Lechner une nouvelle fois, alors qu'il se tenait déjà sur le seuil, prêt à sortir.

Martin Hueber haussa les épaules. « C'étaient des soldats étrangers, pas des gars de la région, c'est sûr.

— Tout de même, c'est curieux qu'aucun des gens de Schongau qui étaient de garde ne les ait vus, seulement vous, les gens d'Augsbourg », insista Lechner.

Le chef charroyeur recommença à gémir. « Sur la Sainte Vierge, mais puisque je vous l'ai dit ! Les gens de Schongau étaient trop occupés à éteindre le feu pour regarder. En plus, avec toute cette fumée, on n'y voyait quasiment rien ! »

Johann Lechner lui jeta un regard inquisiteur. « Que le Sauveur te garde de tout mensonge, murmura-t-il. Sinon, je te ferai pendre, peu importe que tu sois un charroyeur des Fugger ou même de l'empereur. » Il se détourna pour partir.

« Donnez une soupe chaude et un bout de pain au prisonnier, nom de Dieu », cria-t-il à l'homme d'armes au moment de descendre l'escalier qui menait au rez-de-chaussée de la Ballenhaus. « Nous ne sommes pas des sauvages ! » Derrière lui, la porte du cachot se referma en grinçant.

Johann Lechner s'immobilisa un instant sur les marches usées et regarda de là-haut l'entrepôt municipal. En dépit des solives vermoulues et des peintures qui s'écaillaient, la grande salle de la Ballenhaus faisait toujours la fierté de Schongau. Des ballots de laine, d'étoffes et des épices les plus fines s'entassaient par endroits jusqu'au plafond. Un parfum de clous de girofle flottait dans l'air. Qui pouvait donc avoir intérêt à réduire ces richesses en cendres ? Si c'étaient réellement des mercenaires, ils agissaient pour une crapule de flibustier. Mais pour qui ? Quelqu'un de Schongau ? Un étranger ? Ceux d'Augsbourg, malgré tout ? Ou bien s'agissait-il réellement du diable ? Le bailli plissa le front. Quelque chose avait dû lui échapper et il ne pouvait pas se le pardonner. C'était un perfectionniste.

« Seigneur ! C'est le garde Andreas, de la prison, qui m'envoie ! » Johann Lechner regarda en bas, où un garçon chaussé de sabots et vêtu d'une chemise élimée venait tout juste d'entrer. Il était essoufflé, ses yeux lui sortaient de la tête.

« Le garde Andreas ? demanda Lechner, curieux. Que veut-il ?

— Il dit que la vieille Stechlin s'est réveillée, elle hurle et gémit comme dix furies ! » Le garçon se tenait à présent au pied de la marche la plus basse. Il n'avait pas quatorze ans. Il regarda le bailli, plein d'espoir. « Vous allez bientôt la faire brûler, seigneur ? »

Johann Lechner lui jeta un coup d'œil complaisant. « Eh bien, nous verrons, dit-il tout en glissant quelques kreuzers dans la main du garçon. Va donc chercher le médecin, qu'il vienne juger de son état de santé. »

Le garçon partait déjà en courant, mais Johann Lechner le rappela.

« Va chercher le vieux médecin, pas le jeune ! C'est compris ? » Le garçon hocha la tête.

« Le jeune est un peu trop… » Johann Lechner hésita, puis il sourit. « Enfin, nous voulons tous voir bientôt flamber cette sorcière, non ? »

Le garçon hocha la tête. Dans ses yeux brûlait un feu qui fit presque peur à Lechner.

Martha Stechlin avait été réveillée par des coups répétés et rythmés frappés contre la porte comme avec un gros marteau. En ouvrant les yeux, elle se rendit compte que l'outil qui martelait si furieusement se trouvait à l'intérieur de son corps. Une douleur comme elle n'en avait jamais connu agitait sa main gauche à intervalles réguliers. Elle baissa les yeux et vit une vessie de porc informe de couleur bleue et noire. Il lui fallut un certain temps pour comprendre que cette vessie était sa propre main. Le bourreau avait fait du bon travail avec son écrase-pouces. Les doigts et le dos de la main étaient si enflés qu'ils avaient plus que doublé de volume.

Elle se rappelait vaguement qu'elle avait bu en quelques gorgées la potion que Jakob Kuisl lui avait donnée. Elle était amère, et elle s'était doutée de ce qu'elle contenait. En tant que sage-femme, elle avait l'habitude des remèdes à base de datura, d'aconit ou de mandragore. Elle en avait souvent usé à petites doses, pour calmer les douleurs des femmes en gésine. Toutefois, personne ne devait le savoir, car ces plantes étaient considérées comme des herbes de sorcière.

La potion que le bourreau lui avait administrée avait été si forte qu'elle n'avait plus qu'un vague souvenir des événements qui avaient suivi. On l'avait torturée, mais le bailli, les témoins, le bourreau lui-même, lui avaient paru étrangement lointains, leurs voix résonnaient comme des échos perdus. Elle n'avait pas éprouvé de douleur, rien qu'une chaleur agréable dans sa main. Puis ç'avait été le noir et enfin ce martèlement rythmique qui l'avait fait brutalement revenir du pays qui était au-delà de la peur et de la souffrance. La douleur se déversait en elle comme l'eau dans une bassine vide, elle la remplissait complètement. Elle se mit à hurler et à agiter les barreaux de sa main valide.

« Alors la sorcière, tu sens déjà le feu ? » lui cria le flotteur Georg Riegg depuis la cellule attenante. Lui et le gardien du port de flottage étaient toujours incarcérés à côté d'elle. Les hurlements de la sage-femme leur apportaient une distraction bienvenue.

« Jette donc un sort pour te sortir de là, à moins que le diable t'ait laissée tomber ? » se gaussa Georg Riegg.

Le gardien emprisonné avec lui posa une main sur son épaule. « Laisse ça, Georg, l'exhorta-t-il. Cette femme souffre, il vaudrait mieux appeler le sergent de ville. »

Mais ce n'était plus la peine. Au moment précis où le flotteur s'apprêtait à lancer un nouveau jet de haine, le garde Andreas ouvrit la porte de la prison fortifiée. Les hurlements l'avaient arraché à sa sieste. En voyant la vieille Stechlin agiter les barreaux de sa cellule, il se précipita dehors. Les pleurs et les lamentations le poursuivirent jusque dans la rue.

À peine une demi-heure plus tard, les témoins Berchtholdt, Augustin et Schreevogl étaient informés et convoqués à la prison fortifiée. Le bailli Johann Lechner les y attendait déjà en compagnie du médecin.

Le vieux Fronwieser s'était bien comporté en larbin sur lequel la ville pouvait compter. Il était justement penché sur la sage-femme, occupé à lui entourer la main tuméfiée d'une toile humide. L'étoffe était malpropre et sentait comme si elle avait déjà couvert d'autres parties du corps.

« Alors ? » demanda le bailli, qui contemplait la sage-femme en pleurs avec l'intérêt qu'il aurait porté à un insecte écrasé. Ses hurlements s'étaient mués en des gémissements continus qui ressemblaient à ceux d'un enfant.

« Une simple enflure du sang, rien de plus, dit Bonifaz Fronwieser en serrant le tissu avant d'y faire un nœud. Il est cependant probable que le pouce et le majeur soient cassés. Je lui ai fait un pansement à l'arnica et aux écorces de chêne. Ça va faire dégonfler l'enflure.

— Est-elle en état d'être interrogée ? C'est cela que j'aimerais savoir », insista Johann Lechner.

Le médecin acquiesça d'un signe de tête obséquieux pendant qu'il rangeait son sac plein de pots à onguent et de couteaux rouillés, où se trouvait également un crucifix. « Cela étant, en cas de reprise de la torture, il vaudrait mieux prendre l'autre main. Sans cela vous risqueriez qu'elle perde de nouveau conscience.

— Je te remercie pour la peine que tu te donnes, dit Lechner, et il posa un florin entier dans la main de Bonifaz Fronwieser. Tu peux partir. Mais reste dans les parages, nous t'appellerons quand nous aurons de nouveau besoin de toi. »

Le médecin prit congé en multipliant les courbettes et se dépêcha de regagner la rue. Une fois dehors, il secoua la tête. Il n'avait jamais compris pour quelle raison il fallait soigner quelqu'un qu'on avait déjà torturé. Une fois que la question avait commencé, de toute façon les pauvres pécheurs finissaient presque toujours sur le bûcher ou démembrés sur la roue comme une poupée. Quelle qu'en soit l'issue, la sage-femme mourrait, même si son fils Simon était convaincu de son innocence. Enfin, au moins Bonifaz Fronwieser avait-il gagné de l'argent grâce à elle. Et, qui sait ? Il était bien possible qu'on vienne encore le chercher.

Il joua, satisfait, avec le florin dans sa poche et prit la direction de la place du Marché pour s'offrir un pâté en croûte encore chaud. Les soins qu'il avait prodigués l'avaient mis en appétit.

Dans la cave aux supplices, les témoins et le bailli avaient déjà pris place sur leur chaise. Ils attendaient que le bourreau leur amène la sage-femme et qu'il la rende docile. Johann Lechner avait fait apporter du vin, du pain et de la viande froide pour tout le monde car l'interrogatoire d'aujourd'hui promettait d'être long. Lechner jugeait Martha

Stechlin coriace. Tant pis, il leur restait encore au moins deux jours avant que l'intendant du prince électeur arrive avec son cortège et impose son train de vie dispendieux à la ville. D'ici là, Lechner en était convaincu, la sage-femme aurait avoué.

Mais en attendant, le bourreau ne s'était toujours pas montré, et sans lui, impossible de commencer. Le bailli tambourina impatiemment sur la table.

« Kuisl est au courant, n'est-ce pas ? » demanda-t-il à l'un des gardes municipaux de ville. Celui-ci hocha la tête.

« Il a dû se soûler, ce serait pas la première fois », brailla le témoin Berchtholdt, qui avait lui-même l'air de débarquer non pas de son fournil mais d'une des tavernes de derrière la place du Marché. Son habit était taché de farine et de bière, ses cheveux étaient hirsutes et il dégageait une odeur de barrique vide. Il vida goulûment son verre de vin et se resservit.

« Consommez avec modération, l'exhorta Jakob Schreevogl. Nous ne sommes pas réunis ici pour festoyer, mais pour assister à un interrogatoire mené sous la torture. » En son for intérieur, il espérait que le bourreau avait pris le large et que la séance de torture ne pourrait pas avoir lieu. Il savait toutefois que c'était peu vraisemblable. Jakob Kuisl aurait perdu son emploi et le bourreau d'Augsbourg, ou peut-être celui de Steingaden, l'aurait remplacé d'ici quelques jours. Mais un délai de quelques jours aurait peut-être suffi pour trouver le ou les véritables meurtriers. Jakob Schreevogl était désormais convaincu que Martha Stechlin était incarcérée à tort.

Le témoin Georg Augustin goûta un peu de son vin et redressa son col de dentelle blanche.

« Peut-être le bourreau n'a-t-il pas réalisé que nous ne disposons pas d'un temps infini. Chacun de ces interrogatoires me coûte personnellement un tas de florins. » Tout en parlant, son regard se promena avec ennui sur les instruments de torture. « Nos charretiers se dilatent la panse à L'Étoile si nous ne passons pas notre temps à les exhorter au travail. Et les écritures non plus ne se font pas toutes seules. Que l'on commence donc enfin, au nom du ciel !

— Je suis certain que la sorcière avouera aujourd'hui, ou au plus tard demain, dit Johann Lechner pour l'apaiser. Ensuite les choses reprendront leur cours normal. »

Jakob Schreevogl rit doucement. « Leur cours normal ? Vous semblez oublier qu'un diable se promène dans la ville et qu'il a déjà tué trois enfants. Et que ma petite Clara chérie se trouve Dieu sait où… » Il ne put continuer, il essuya une larme qui perlait au coin de son œil.

« Ne soyez pas si sensible, aboya Georg Augustin. Quand la sorcière sera morte, le diable la quittera et retournera d'où il est venu. Et votre petite Clara finira bien par réapparaître.

— Amen », marmonna le témoin Berchtholdt avant de roter bruyamment. Il en était à son troisième verre de vin. Ses yeux vitreux regardaient dans le vague.

« De toute façon, reprit Georg Augustin, si les choses s'étaient déroulées selon mon père, nous aurions commencé cet interrogatoire bien plus tôt. Dans ce cas, la vieille Stechlin pourrait flamber aujourd'hui même et cette histoire serait derrière nous ! »

Jakob Schreevogl se souvenait encore distinctement de la session du conseil municipal du lundi précédent, au cours de laquelle le vieil aveugle Augustin avait rappelé le grand procès en sorcellerie de Schongau aux conseillers et les avait pressés de trouver une solution rapide. Depuis, cinq jours s'étaient écoulés. Ils semblaient une éternité à Schreevogl.

« Taisez-vous ! lança Johann Lechner en direction du fils du vieux charroyeur de la guilde. Vous savez pertinemment que nous ne pouvons pas reprendre pour l'instant. Si votre père était ici à votre place, nous n'aurions pas à subir d'aussi sots discours ! »

Georg Augustin tressaillit en se voyant rabroué de la sorte. Il parut sur le point de dire quelque chose, mais il saisit son verre et tourna de nouveau les yeux vers les instruments de torture.

Pendant que ces messieurs se disputaient en bas, le bourreau se glissait silencieusement dans la cellule de Martha Stechlin. Sous le regard vigilant de deux gardes armés, il ôta les chaînes de la sage-femme qui sanglotait et la remit debout.

« Écoute-moi, Martha, chuchota-t-il. Il faudra que tu sois forte. Je suis sur le point de découvrir le vrai coupable, et à ce moment-là, par le Seigneur tout-puissant, je te jure que tu sortiras. Mais aujourd'hui, je vais encore une fois devoir te faire mal. Et cette fois-ci, je ne pourrai te donner aucune potion, ils s'en rendraient compte. Tu comprends ? »

Il la secoua doucement ; la sage-femme arrêta de sangloter et hocha la tête. Le visage de Jakob Kuisl était maintenant tout près du sien, si bien que les gardes ne pouvaient l'entendre.

« Tu dois simplement ne pas avouer, Martha. Si tu avoues, tout est fichu. » Il prit son visage menu, couleur de cendre, dans ses grosses pattes.

« Tu m'entends ? répéta-t-il. N'avoue pas… »

La sage-femme hocha une nouvelle fois la tête. Il la serra vigoureusement contre lui, puis ils descendirent les marches qui conduisaient à la cave.

Lorsque les pieds nus de Martha Stechlin retentirent dans l'escalier, les témoins tournèrent aussitôt la tête vers la porte. Les conversations cessèrent. Le spectacle pouvait commencer.

Deux gardes poussèrent l'accusée sur une chaise au milieu de la salle et l'y ligotèrent avec des cordes en chanvre aussi épaisses qu'un doigt. Son regard angoissé erra d'un édile à l'autre et se fixa finalement sur Jakob Schreevogl. Même de là où il était assis, celui-ci pouvait voir sa cage thoracique se soulever et s'abaisser frénétiquement, comme celle d'un oisillon saisi d'une panique extrême.

« Notre séance précédente a été interrompue, déclara Johann Lechner en guise de préambule. Pour cette raison, j'aimerais recommencer au début. » Il déroula un parchemin, l'étala devant lui et trempa sa plume dans l'encrier.

« Point numéro un, émit-il doctement. La délinquante possède-t-elle des marques de sorcière pouvant servir de preuve ? »

Le boulanger Berchtholdt se lécha les babines pendant que les gardes retiraient la robe brune de pénitente de Martha Stechlin.

« Pour éviter les disputes de la dernière fois, je me chargerai personnellement de l'inspection », dit Johann Lechner.

Il examina le corps de la sage-femme centimètre par centimètre ; il regarda sous les aisselles, dans la raie des fesses et entre les cuisses. Martha Stechlin gardait les yeux fermés. Même lorsque le bailli, de ses doigts pointus, entreprit d'inspecter sa vulve, elle ne laissa échapper aucun sanglot. Finalement, Lechner s'arrêta. « La marque sur l'omoplate me paraît la plus suspecte. Passons à l'épreuve. Bourreau, l'aiguille ! »

Jakob Kuisl lui tendit une aiguille longue comme le doigt. Le bailli, sans hésiter, enfonça l'aiguille profondément dans l'omoplate. Martha Stechlin poussa un cri si strident que Jakob Kuisl tressaillit. Ils avaient commencé, et il ne pouvait rien faire pour s'y opposer.

Johann Lechner observa l'endroit de la piqûre avec intérêt et finit par sourire avec satisfaction. « Exactement ce que j'avais pensé », dit-il pendant qu'il retournait à son pupitre. Prenant ses ustensiles, il commença à écrire tout en parlant à voix haute. « La délinquante a été mise à nu. Elle a été piquée avec une aiguille, par moi-même. Découverte d'un point qui ne saigne pas…

— Mais ça ne prouve rien ! l'interrompit Jakob Schreevogl. Même un enfant sait qu'il n'y a presque pas de sang au-dessus de l'os de l'épaule ! De plus…

— Assesseur Schreevogl ! le coupa Lechner. Avez-vous remarqué que cette marque se trouve exactement à l'endroit où les enfants, eux aussi, portaient leur marque ? Et que cette marque, à défaut d'être identique, est tout de même très ressemblante ? »

Jakob Schreevogl secoua la tête. « Une tache de vin, rien de plus. Jamais de la vie l'intendant du prince électeur ne l'acceptera comme preuve !

— De toute façon, nous n'en sommes encore qu'au début, dit Lechner. Bourreau, les écrase-pouces. Nous prendrons l'autre main, cette fois-ci. »

Depuis la cave aux supplices, les hurlements de Martha Stechlin retentirent à travers les fenêtres étroites de la forteresse jusque dans la ville. Les gens qui étaient à proximité interrompirent brièvement leur tâche pour se signer ou réciter un Ave Maria. Puis chacun retourna à ses occupations.

Les bourgeois en étaient sûrs : la sorcière recevait une juste punition. En ce moment encore, elle se montrait rétive, mais bientôt elle avouerait ses méfaits à leurs excellences, les assesseurs, après quoi tout serait enfin terminé. Elle avouerait ses fiançailles avec le diable et ses nuits de luxure avec lui, elle raconterait comment ils avaient bu ensemble le sang de petits enfants innocents et les avaient marqués du signe satanique. Elle décrirait les danses et les orgies avec le Malin, ses baisers sur son cul et dans quelles positions elle s'était donnée à lui. Elle parlerait des autres sorcières qui avaient volé dans les airs avec elle sur leur balai, émoustillées par l'âcre parfum de l'onguent de sorcières dont elles avaient enduit leurs parties honteuses. Femmes impudiques, toutes autant qu'elles étaient ! Ils étaient nombreux les braves habitants de Schongau qui en bavaient rien que d'y penser. Et certaines commères savaient déjà qui étaient ces autres sorcières : la voisine qui avait le mauvais œil, la mendiante au fond de la Münzgasse, la servante qui couchait avec le mari irréprochable…

Debout près d'un étal de la place du Marché, Bonifaz Fronwieser était en train de mordre dans son pâté en croûte lorsque les hurlements de Martha Stechlin lui parvinrent. Soudain, la viande lui parut gâtée et immangeable. Il jeta le reste du pâté à une meute de chiens qui se le disputèrent et prit le chemin de sa maison.

Le diable était entré dans Clara et ne la lâchait plus. Sur sa couche de branchages, la petite fille s'agitait et se jetait d'un côté à l'autre. Une sueur froide perlait sur son front, son visage était aussi cireux que celui d'une poupée. Clara ne cessait de marmonner dans son sommeil, de temps à autre elle poussait des cris, si fort que Sophie était obligée de lui fermer la bouche avec la main. À cet instant précis justement, le diable sembla une fois encore être tout près d'elle.

« Il… il me touche. Non ! Va-t'en ! Va-t'en ! Les griffes de l'enfer… arracher le cœur… Ça fait si mal, si mal… »

Sophie étendit doucement sa jeune amie à plat sur sa couche et essuya son front brûlant avec un chiffon humide. La fièvre n'était pas retombée, bien au contraire, elle devenait de plus en plus forte. Clara était chaude comme un petit four. La potion que Sophie lui avait administrée n'avait agi que temporairement.

Cela faisait trois nuits et quatre jours que Sophie la veillait. Elle n'était sortie que pour ramasser des baies ou des herbes ou pour aller voler un peu de nourriture dans les fermes des environs. La veille, elle avait attrapé une poule, elle l'avait égorgée et, la nuit, en avait fait un bouillon pour la petite Clara. Mais très vite elle avait eu peur que quelqu'un aperçoive le feu et elle n'avait pas tardé à ramper de nouveau dans la grotte. Son pressentiment ne l'avait pas trompée. La même nuit, elle avait entendu des pas, ils étaient passés tout près de sa cachette avant de s'éloigner.

Une fois, elle était descendue jusqu'au port de flottage et avait demandé à un garçon d'informer le conseiller Schreevogl que sa fille se portait bien. Elle avait d'abord trouvé que c'était une bonne idée. Mais lorsque ce bougre de médecin était apparu dans la forêt, elle s'était maudite de l'avoir eue. Et encore plus lorsque le diable lui-même était soudain apparu, comme sorti du néant. Elle s'était immédiatement laissée tomber dans un creux couvert de buissons et l'homme à la main de squelette était passé juste à côté d'elle quand il s'était élancé derrière le médecin. Depuis, elle ignorait si le jeune docteur était mort ou s'il avait réussi à en réchapper. Tout ce qu'elle savait c'est que ces hommes les serreraient de près.

Plusieurs fois au cours de la nuit dernière, elle s'était demandé s'il n'aurait pas mieux valu aller en ville et tout raconter. Au médecin, s'il vivait encore, ou au bourreau. Les deux semblaient être de son côté. Si elle disait tout, Clara serait sauvée. Peut-être se contenteraient-ils de mettre la sage-femme au pilori ou d'infliger une amende à ses parents adoptifs parce que leur pupille s'était mêlée d'affaires qui ne la regardaient pas. Peut-être en serait-elle quitte pour une bonne correction, et rien de plus.

Mais un pressentiment, le genre de pressentiment qui l'avait toujours habitée et avait fait d'elle la meneuse des autres enfants, lui soufflait qu'on refuserait de la croire.

Que les choses étaient déjà allées trop loin, qu'on ne pouvait plus revenir en arrière.

À côté d'elle, Clara poussa un nouveau cri dans son sommeil. Sophie se mordit les lèvres. Des larmes coulèrent sur son visage barbouillé de glaise. Elle ne voyait plus d'issue.

Soudain, des exclamations retentirent au loin. Des rires et des cris qui arrivaient jusqu'à leur refuge. Sophie donna un baiser sur le front de Clara, puis elle gagna un endroit d'où elle pouvait embrasser toute la forêt.

Des silhouettes passaient en courant entre les arbres. Comme on était déjà au crépuscule, elle eut d'abord du mal à les reconnaître. Peu après, des aboiements de chiens retentirent. Sophie s'avança prudemment de quelques centimètres. À présent, elle reconnaissait les hommes, c'étaient des paysans d'Altenstadt. Franz Strasser, le beau-père de Johannes, était du nombre. Il tenait un gros chien en laisse qui le tirait en direction de leur cachette. Sophie s'aplatit hâtivement et rampa dans un coin où elle était invisible. Les voix des hommes semblaient curieusement amplifiées et lointaines, comme si elles émergeaient d'un long tunnel.

« Arrêtons, Franz ! s'exclama un des hommes. Nous avons cherché toute la journée. Il va faire nuit. Les hommes sont fatigués et ils ont faim, ils veulent rentrer chez eux. Nous recommencerons à chercher cette cachette demain.

— Attendez un peu, essayons encore par ici ! cria à son tour Franz Strasser. Le chien a senti quelque chose !

— Et que veux-tu qu'il sente ? rigola l'autre. La sorcière ? C'est la chienne de Sepp Spanner qu'il sent, elle est en chaleur. Tu ne vois pas comme il est attiré par elle ?

— Crétin, va ! C'est autre chose. Regarde-le, il devient comme fou… »

Les voix s'étaient rapprochées. Sophie retint sa respiration. Maintenant, ils étaient directement au-dessus d'elle. Le chien se mit à aboyer.

« Il doit y avoir quelque chose ici, murmura Strasser. Fouillons encore cet endroit, puis après, ce sera bon.

— D'accord, mais juste cet endroit. C'est vrai que le chien est complètement fou… »

Sophie entendit des exclamations et des beuglements, les autres paysans commençaient à perdre patience. Au-dessus d'elle, des pas allaient et venaient sur le gravier. À entendre ses halètements, le chien semblait au bord de l'asphyxie. Il tirait si trop fort sur sa laisse qu'il s'étranglait.

À ce moment, Clara se remit à crier. C'était cette fois un cri de terreur prolongé, de nouveau les ombres surgies de l'obscurité l'assaillaient et égratignaient sa tendre peau d'enfant de leurs longues griffes. Dès que Sophie entendit le cri, elle se jeta rapidement sur Clara et lui posa la main sur la bouche. Mais il était trop tard.

« Tu as entendu ? demanda l'aubergiste Strasser au comble de l'excitation.

— Entendu quoi ? Ton chien halète et aboie, que veux-tu qu'on entende d'autre ?

— Maudit cabot, vas-tu te taire enfin ? »

On entendit un coup de pied, puis un geignement. Le chien se tut enfin.

« Quelqu'un a poussé un cri, c'était un enfant.

— Jamais de la vie, c'est le chien qui a glapi. Le diable t'a chié dans l'oreille, on dirait. »

Des rires. Les exclamations des autres faiblissaient.

« Dis pas de conneries ! Je suis sûr que c'était un enfant… »

Clara s'agitait dans tous les sens mais Sophie la retenait de toutes ses forces. Elle appuyait toujours une main sur sa bouche, bien qu'elle eût peur d'étouffer la petite fille. Mais Clara ne devait pas crier. Pas maintenant.

Soudain, un grognement effrayé leur parvint du dessus. « Regarde, le chien ! s'écria Franz Strasser. Il commence à creuser ! Il y a quelque chose !

— C'est vrai, il creuse… Qu'est-ce que ça peut bien… »
La voix de l'autre homme se mua en un rire sonore.

« Un os, une vieille saloperie d'os, c'est ça qu'il déterre !
Ha ha, c'est sûrement un os du diable ! »

Franz Strasser se mit à jurer. « Espèce de sale clébard,
qu'est-ce que tu fabriques ? Laisse ça ou je te tue ! »

De nouveau, des coups de pied et des geignements. Puis
les pas s'éloignèrent. Au bout d'un moment, on n'entendit
plus rien. Pourtant, la main de Sophie continuait à appuyer
sur la bouche de Clara, serrant la petite tête fragile comme
dans un étau. Le visage de la malade avait pris une teinte
bleuâtre. Enfin, Sophie lâcha prise. Clara chercha de l'air
à plusieurs reprises comme après une noyade, puis sa respiration se fit plus régulière. Les ombres s'étaient retirées.
Elle glissa dans un sommeil tranquille.

Sophie, assise à côté d'elle, pleurait silencieusement. Elle
avait failli tuer son amie. Elle était une sorcière, les gens
avaient raison. Dieu la punirait pour ce qu'elle avait fait.

Pendant qu'on torturait Martha Stechlin, Simon Fronwieser préparait du café dans la maison du bourreau. Il avait
toujours une poignée de ces fèves exotiques sur lui, il les
transportait dans une petite bourse à sa ceinture. Il venait
justement de les piler dans le mortier à herbes du bourreau
après avoir posé une casserole d'eau sur le feu. Quand l'eau
se mit à bouillir, avec une cuillère de fer il y versa un peu
de cette poudre noire et touilla. Un parfum âcre et aroma-
tique se répandit dans la maison. Simon mit la casserole
sous son nez et huma à pleines narines. L'odeur dégageait
sa tête et libérait son esprit. Enfin, il versa le breuvage dans
un gobelet. Pendant qu'il attendait que le marc se dépose,
il réfléchissait aux heures qui venaient de s'écouler.

Après leur brève escapade à Altenstadt, il avait raccompagné Jakob Kuisl chez lui, mais le bourreau avait refusé
de révéler le sens des paroles énigmatiques qu'il avait

prononcées chez l'aubergiste Strasser. Simon l'avait interrogé à plusieurs reprises, mais tout ce que le bourreau avait accepté de dire, c'était que Simon devait se tenir prêt pour la nuit prochaine et qu'ils avaient fait un grand pas vers la résolution du mystère. Tout en tenant ces propos, le bourreau, d'habitude si sombre, n'avait cessé de sourire avec satisfaction. Pour la première fois depuis plusieurs jours, Simon avait eu l'impression que Jakob Kuisl était content de lui-même.

Ce bonheur avait été interrompu brutalement lorsqu'ils étaient arrivés à la maison du bourreau. Deux gens d'armes attendaient devant la porte afin d'informer Jakob Kuisl que la sage-femme était de nouveau prête pour l'interrogatoire.

Le visage du bourreau était devenu livide.

« Déjà ? » avait-il murmuré, puis il était entré dans sa maison pour en ressortir quelques minutes après, muni des instruments nécessaires. Il avait alors pris Simon à part et lui avait chuchoté à l'oreille : « Il ne nous reste plus qu'à espérer que Martha soit forte. Dans tous les cas, viens chez moi cette nuit sur le coup de minuit ! »

Puis il avait emboîté le pas aux gens d'armes après avoir jeté sur son dos le sac rempli d'écrase-pouces, de brodequins, de cordes et d'allumettes à glisser et à enflammer sous les ongles. Le bourreau avançait avec une lenteur délibérée, mais il finit tout de même par disparaître derrière la porte Lechtor.

Un court moment après, Anna Maria Kuisl avait trouvé le médecin devant la maison alors qu'il regardait, indécis, les hommes qui s'éloignaient. Elle l'avait fait entrer, lui avait servi un verre de vin, lui avait caressé les cheveux puis était partie acheter du pain au marché avec ses enfants. La vie continuait, même si trois jeunes garçons étaient morts et qu'une femme vraisemblablement innocente était en train, en ce moment même, d'endurer d'insoutenables supplices.

Emportant son breuvage fumant, Simon se retira dans la pièce que se réservait le bourreau et se mit à y feuilleter des livres au hasard. Mais il était incapable de se concentrer, les lettres se brouillaient sans cesse devant ses yeux. Il fut presque soulagé d'entendre le grincement de la porte derrière lui qui annonçait une visite ; il se retourna. C'était Magdalena, le visage gonflé à force d'avoir pleuré, les cheveux en bataille.

« Jamais de la vie je n'épouserai le bourreau de Steingaden, sanglota-t-elle. Je préfère aller me noyer ! »

Simon tressaillit violemment. Les affreux événements des dernières heures lui avaient complètement fait oublier Magdalena ! Il referma le livre et la prit dans ses bras.

« Ton père ne ferait jamais une chose pareille, pas sans ton accord », dit-il pour la consoler.

Elle le repoussa. « Que sais-tu de mon père ?! s'écria-t-elle. Il est le bourreau, il torture et il tue, et quand il n'est pas occupé à ça, il vend des philtres d'amour à des vieilles peaux et du poison à des petites niaises pour qu'elles fassent crever les marmots qu'elles ont dans les entrailles. Mon père est un monstre, un homme affreux ! Il va me marier pour quelques florins et une bouteille de gnôle sans autre forme de procès ! Il n'en a rien à faire, mon père ! »

Simon la retint et la regarda droit dans les yeux. « Tu n'as pas le droit de parler ainsi de ton père ! Tu sais que ce n'est pas vrai. Ton père est le bourreau, mais, nom de Dieu, il faut bien que quelqu'un accepte de faire ce métier ! C'est un homme plein de force et de sagesse. Et qui aime sa fille ! »

Elle s'agrippa en pleurant au pourpoint de Simon tout en ne cessant de secouer la tête. « Tu ne le connais pas. C'est un monstre, un monstre… »

Par la fenêtre, le regard vide, Simon fixait le potager où les premiers légumes se montraient sur la terre brune. Il se sentait si impuissant. Pourquoi ne pouvaient-ils pas tout simplement être heureux ensemble ? Pour quelle raison y avait-il toujours des gens pour leur dire ce qu'ils devaient être ? Son père, le père de Magdalena, et cette maudite ville tout entière…

« J'ai parlé à ton père… de nous deux », commença-t-il sans transition.

Elle cessa de sangloter et le regarda par en dessous d'un air interrogatif.

« Et ? Qu'est-ce qu'il a dit ? »

Son regard était si rempli d'espoir qu'il résolut spontanément de mentir.

« Il… il a dit qu'il va y réfléchir. Qu'il aimerait d'abord voir ce que je vaux. Qu'il prendrait sa décision une fois que l'affaire Stechlin serait terminée. Il a dit qu'il ne voulait rien exclure, voilà.

— Mais c'est… c'est merveilleux ! »

Magdalena essuya les larmes de son visage et lui sourit en plissant ses yeux gonflés.

« Ça veut dire qu'il suffira que tu l'aides à faire sortir la vieille Stechlin de prison. »

À chaque nouveau mot, sa voix devenait plus ferme.

« Quand il se rendra compte que tu as quelque chose dans la cervelle, il sera prêt à te confier sa fille. Pour mon père, ça a toujours été la seule chose qui comptait. Que quelqu'un ait quelque chose dans la cervelle. Et tu vas le lui prouver ! »

Simon hocha la tête mais il évita de la regarder dans les yeux. Magdalena avait repris contenance. Elle se servit un verre de vin et le vida d'un trait.

« Qu'est-ce que vous avez découvert, ce matin ? » demanda-t-elle en s'essuyant la bouche d'un revers de main.

Simon lui apprit que le jeune Strasser était mort et que la sage-femme était revenue à elle. Il lui rapporta aussi les paroles allusives de son père et le rendez-vous qu'il lui avait fixé cette nuit même. Elle écouta attentivement, l'interrompant seulement pour poser une question.

« Et tu dis que l'aubergiste Strasser a raconté que Johannes était souvent barbouillé de glaise ? »

Simon hocha la tête. « C'est ce qu'il a raconté, en effet. Et là, ton père a fait une drôle de tête.

— Tu as regardé les ongles du garçon mort ? »

Il secoua la tête. « Non. Mais je crois que ton père l'a fait. »

Magdalena sourit. Et Simon crut soudain voir le visage de Jakob Kuisl.

« Qu'est-ce qui te fait rigoler ? Allez, dis !

— Je crois que je sais ce que mon père a l'intention de faire avec toi, cette nuit.

— Quoi donc ?

— Eh bien, il va aller examiner les ongles des autres petits gars.

— Mais ça fait un bout de temps qu'ils sont inhumés au cimetière Saint-Sébastien ! »

Magdalena eut un sourire de loup. « Maintenant, tu comprends mieux pourquoi vous ne partirez qu'à minuit. »

Le visage de Simon devint livide. Il dut s'asseoir.

« Tu… tu veux dire… ? »

Magdalena se servit un nouveau verre de vin. Elle but une grande gorgée avant de reprendre.

« Espérons que tous les deux sont réellement morts. Si ça se trouve, ils ont vraiment le diable en eux. Vous feriez bien d'emporter un crucifix. On ne sait jamais… »

Puis elle le baisa légèrement sur la bouche. Elle avait un goût de vin et de terre. C'était meilleur que le café.

12

Dimanche,
29 avril de l'an du Seigneur 1659,
6 heures du soir

Le crépuscule se répandait lentement autour de la ville. Le soleil éclairait encore les chemins et les champs mais le soir tombait déjà sous le feuillage épais des chênes et des hêtres. Dans la forêt, les ombres avançaient à tâtons sur une clairière due à un déboisement ancien. Les quatre hommes étaient assis autour d'un feu de camp crépitant, au-dessus duquel rôtissaient deux lièvres à la broche. La graisse qui tombait dans les braises répandait une odeur qui les faisait saliver. Ils n'avaient encore rien mangé de la journée à part quelques bouchées de pain et d'herbes sauvages ; leur moral était donc au plus bas.

« Combien de temps faudra-t-il encore se geler le cul à rester assis dans ce trou maudit ? grogna celui qui tournait la broche. Reprenons la route, allons plutôt en France. Ils ont besoin de gens comme nous là-bas, vu que la guerre n'est pas finie.

— Et l'argent, hein ? demanda un autre, affalé sur le sol couvert de mousse. Il nous a promis cinquante florins si nous réduisons le chantier en cendres. Et cinquante florins supplémentaires si Braunschweiger zigouille ces petits crapauds. Pour l'instant, nous n'avons vu que le quart de cet argent. Et pourtant *nous* avons rempli notre mission… »

Il jeta un regard oblique vers un homme qui était adossé à un arbre, un peu plus loin. Celui-ci ne leva même pas les yeux. Il était absorbé par sa main. Visiblement, quelque chose n'allait pas avec elle, car il la pressait, la massait et la pétrissait. Il portait un chapeau à large bord orné de plumes de coq bariolées, un pourpoint rouge sang, un manteau noir et de hautes bottes au cuir passablement élimé. Contrairement à celle des autres, sa barbe était soigneusement taillée, si bien qu'on distinguait nettement un visage pâle orné d'un nez crochu et d'une longue cicatrice. Il était haut de taille, mais sec et musclé.

Enfin il parut satisfait de sa main, il la leva en souriant, et elle apparut toute blanche à la lueur du feu. Faite d'os du coude jusqu'aux bouts des doigts, elle était formée de plusieurs os percés en différents endroits et assemblés à l'aide de fils de cuivre. Elle ressemblait à une main de squelette. Le diable leva les yeux vers ses camarades.

« Qu'as-tu dit ? » demanda-t-il d'une voix douce.

Le soldat qui était près du feu déglutit. Il reprit pourtant son discours. « J'ai dit que nous, nous avons fait notre part du travail ; après tout, tu tenais absolument à tuer ces gosses tout seul. Sauf que maintenant, ils courent toujours et que notre argent, eh bien, nous l'attendons… » Il jeta un coup d'œil prudent à l'homme à la main de squelette.

« Trois sont morts, chuchota le diable. Les deux autres sont planqués quelque part dans les parages. Dans la forêt, ici même. Je les trouverai.

— Oui, à l'automne, rigola le troisième près du feu avant de retirer délicatement les lièvres de la broche. Mais je n'ai pas l'intention d'attendre jusque-là. Je m'en vais d'ici, dès demain. Ma part me suffit, et toi, je peux vraiment plus te voir ! » Il cracha en direction de l'arbre.

En un clin d'œil, le diable s'était jeté sur l'homme et lui avait arraché la broche. Il la brandit sous la gorge du mercenaire, sa figure à quelques centimètres à peine de l'autre. Lorsque le mercenaire déglutit, sa pomme d'Adam toucha la pointe incandescente de la broche. Il poussa un hurlement de douleur, un mince filet de sang coula le long de son cou.

« Bougres d'ânes que vous êtes ! siffla le diable sans déplacer la broche d'un millimètre. Qui vous a trouvé ce travail, hein ? Qui vous a toujours fourni de quoi bouffer et picoler ? Sans moi, vous auriez déjà crevé de faim depuis longtemps, ou bien vous vous balanceriez au bout d'une corde. Je finirai par les avoir, ces petits crapauds, n'ayez crainte, et d'ici là, nous restons ici ! Ce serait dommage de perdre cet argent !

— Lâche André, Braunschweiger ! » Le deuxième homme près du feu s'était levé lentement. Il était grand et large d'épaules, une cicatrice lui barrait le visage. L'épée tirée, il pointait sa lame sur le diable. Il fallait le regarder de très près pour apercevoir la peur dans ses yeux. Sa main qui tenait l'épée tremblait légèrement.

« Ça fait assez de temps que nous te suivons, souffla-t-il. Tes cruautés, ta soif de sang, les supplices que tu infliges, tout ça me fait vomir ! Tu n'aurais pas dû tuer ce gamin, nous avons toute la ville à nos trousses maintenant ! »

Le diable, qu'ils appelaient Braunschweiger, haussa les épaules. « Il a écouté notre conversation, et les autres aussi. Il nous aurait trahis et tout ce bel argent aurait été perdu. De plus… » Il sourit largement. « Ils ne nous recherchent même pas, ils croient que c'est une sorcière qui a fait crever les petits. Peut-être qu'ils la brûleront dès demain. Donc, Hans, range cette épée. Nous n'allons tout de même pas nous disputer.

— D'abord tu enlèves cette broche du cou d'André », chuchota le prénommé Hans. Le mercenaire puissamment baraqué ne lâchait pas des yeux son adversaire pourtant moins costaud. Il savait combien Braunschweiger était dangereux en dépit de sa maigreur, qui le rendait moins impressionnant. Il était sans doute capable de les tailler tous les trois en pièces sur cette clairière avant même qu'ils aient pu lui porter le moindre coup.

Le diable abaissa la broche en souriant. « Très bien, dit-il. Alors je peux enfin vous raconter ce que j'ai trouvé.

— Trouvé ? Trouvé quoi ? » demanda le troisième homme, qui était jusque-là resté couché sur la mousse en attendant de voir la suite des événements. Il s'appelait Christoph Holzapfel, c'était un ancien soldat comme les trois autres. Cela faisait près de deux ans qu'ils vadrouillaient ensemble. Ils ne savaient même plus à quelle date ils avaient perçu leur dernière solde. Depuis, ils vivaient de meurtres, de brigandages et de pillages, sans cesse en fuite, pire que des bêtes sauvages. Mais en leur for intérieur, ils conservaient une étincelle d'honnêteté, quelque chose qui leur était resté des histoires que leur mère leur racontait jadis à l'heure du coucher et des prières que le curé de leur village leur avait rentrées dans le crâne. Et tous sentaient que cette étincelle faisait défaut à l'homme qu'ils appelaient Braunschweiger. Il était froid comme la main en os véritables qu'on avait fabriquée pour lui après son amputation. Une prothèse utile, quoique inappropriée au maniement d'une arme. Mais elle répandait la terreur et l'effroi, et c'est ce que Braunschweiger aimait plus que tout.

« De quelle trouvaille parles-tu ? » répéta Christoph Holzapfel.

Le diable sourit. Il comprit qu'il avait repris la main. Il se laissa choir commodément sur la mousse, arracha une cuisse de lièvre et raconta tout en mordant la viande à belles dents. « J'ai suivi le flibustier, je voulais savoir ce que cachait ce chantier. Il y est allé la nuit d'hier, et moi aussi… » Il essuya ses lèvres pleines de graisse.

« Et ? demanda André, impatient d'entendre la suite.

— Il y cherche quelque chose. Quelque chose qui doit y être caché.

— Un trésor ? »

Le diable haussa les épaules. « Ça se peut. Mais vous vouliez partir. Dans ce cas, je chercherai tout seul. »

Le mercenaire Hans Hohenleitner eut un rictus. « Braunschweiger, j'ai jamais rencontré un suceur de sang et une saleté d'enflure pire que toi. Mais au moins t'es une saleté d'enflure rusée… »

Un bruit les fit se retourner brusquement. Un craquement de branches, certes faible, mais pas assez faible pour quatre mercenaires expérimentés. Braunschweiger leur fit signe de se taire, puis il se glissa dans les buissons. Un bref instant plus tard, un cri retentit. Des branches cassèrent, des gémissements et des ahanements retentirent, puis le diable émergea dans la clairière en traînant un paquet qui se débattait. Il jeta ce paquet près du feu et les mercenaires virent qu'il s'agissait de l'homme qui leur avait confié leur mission.

« J'étais venu vous voir, geignit-il, qu'est-ce qui vous prend de me traiter comme ça ?

— Alors pourquoi tu t'approches en douce, flibustier ? grogna Christoph.

— Je… je ne me suis pas approché en douce. Il faut que je vous parle. J'ai besoin de votre aide. Vous devez m'aider à chercher quelque chose. Cette nuit. Je n'y arrive pas tout seul. »

Pendant un moment, personne ne pipa mot.

« Et on partagera ? finit par demander Braunschweiger.

— La moitié pour vous, vous avez ma parole. »

Puis il leur raconta brièvement ce qu'il avait l'intention de faire.

Les mercenaires hochèrent la tête. Une fois de plus, leur chef avait eu raison. Ils le suivraient. Quant au partage, il serait toujours temps d'en discuter plus tard.

Martha Stechlin revint à elle et la douleur la frappa avec violence. Ils lui avaient écrasé tous les doigts et lui avaient enfoncé des allumettes enflammées sous les ongles. La sage-femme avait senti l'odeur de sa propre chair brûlée. Mais elle s'était tue. Lechner n'avait cessé de l'interroger et de consigner chaque question dans son procès-verbal.

« Avait-elle causé la mort des garçons Peter Grimmer, Anton Kratz et Johann Strasser ? » « Avait-elle gravé le signe du diable dans la peau de ces enfants innocents ? » « Avait-elle incendié l'entrepôt ? » « Avait-elle participé à un bal des sorcières et incité d'autres femmes à adorer Satan ? » « Avait-elle jeté un sort funeste à la truie du boulanger Berchtholdt ? »

Jamais elle n'avait répondu autre chose que « non ». Elle était restée stoïque même lorsque Jakob Kuisl lui avait appliqué les brodequins. À la fin, lorsque les témoins s'étaient retirés pour délibérer brièvement autour d'une carafe de vin, le bourreau s'était approché tout près de son oreille. « Tiens le coup, Martha ! avait-il chuchoté. Ne dis rien, c'est bientôt fini. »

Les assesseurs décidèrent effectivement de remettre la suite de l'interrogatoire au lendemain. Depuis lors, elle avait passé le temps dans sa cellule entre veille et sommeil. De temps à autre, elle entendait sonner les cloches de l'église. Même Georg Riegg dans la cellule d'à côté avait cessé de brailler. Il était près de minuit.

En dépit de ses douleurs et de la peur qui la tenaillait, Martha Stechlin tentait de réfléchir. Elle essayait de se représenter les événements tels qu'elle pouvait les reconstituer sur la base des déclarations du bourreau, des interrogatoires et des chefs d'accusation. Pour l'heure, trois enfants étaient morts et deux avaient disparu. Tous s'étaient trouvés chez elle la nuit précédant le premier meurtre. Jakob Kuisl lui avait parlé du signe étrange qu'on avait retrouvé sur leur corps. De plus, sa racine de mandragore avait disparu. Quelqu'un avait dû la lui voler.

Qui ?

D'un doigt, elle dessina le signe dans la poussière sur le sol du cachot puis l'effaça aussitôt, de peur que quelqu'un le découvre. Puis elle le redessina.

♀

C'était en effet une des marques des sorcières. Qui avait pu la graver sur la peau des enfants ? Qui était au courant ?

Qui était la véritable sorcière dans la ville ?

Soudain, un épouvantable soupçon naquit en elle. Elle effaça le signe et le redessina lentement une troisième fois. Se pouvait-il que ce soit ça ?

Elle se mit à rire tout bas, malgré ses douleurs. C'était finalement si simple. Elle l'avait eu sous les yeux tout ce temps et pourtant elle n'avait pas su le voir.

Le cercle avec la croix dessous… une marque des sorcières…

Une pierre la frappa au front. Pendant quelques secondes, un voile noir lui tomba devant les yeux.

« Je t'ai eue, la sorcière ! » La voix de Georg Riegg résonna à travers le cachot. La vue encore trouble, elle le reconnut, debout derrière les barreaux de sa cellule, brandissant encore la main qui avait jeté la pierre. À côté de lui, le gardien du port de flottage, son codétenu, ronflait. « Tu oses rigoler sous cape, salope ! C'est à cause de toi que nous sommes enchristés ici ! Tu vas enfin avouer que t'as foutu le feu à l'entrepôt et que t'as zigouillé les enfants. Pour que la ville retrouve enfin la paix ! Maudite sorcière butée ! Qu'est-ce que t'as à dessiner des signes ? »

Une autre pierre, grosse comme un poing, la frappa à l'oreille droite. Elle s'écroula. Elle fit un effort désespéré

294

pour effacer le signe mais ses mains ne lui obéissaient plus. Une perte de conscience l'entraînait inexorablement dans les ténèbres.

La vraie sorcière… Faut que j'informe Kuisl…

Le clocher de l'église sonnait les douze coups de minuit lorsque Martha Stechlin s'affaissa, la tête en sang, sur le sol du cachot. Elle n'entendit pas Georg Riegg appeler les gardiens en vociférant.

La cloche de l'église paroissiale résonnait sourdement au-dessus des toits de Schongau. Lorsqu'elle eut frappé douze coups, deux silhouettes enveloppées dans leur manteau se mirent en route à travers le brouillard en direction du cimetière Saint-Sébastien. Moyennant une bouteille d'eau-de-vie, Jakob Kuisl avait corrompu le gardien de la porte donnant sur le Lech. Le vieil Alois, de toute façon, se fichait éperdument de ce que le bourreau et le jeune médecin pouvaient faire dehors à une heure pareille. Et puis, les nuits d'avril étaient froides, une goutte ou deux, ça allait le réchauffer. Il leur fit donc signe d'entrer et referma soigneusement la porte derrière eux. Il porta le goulot de la bouteille à sa bouche et aussitôt l'alcool répandit sa tiédeur bienfaisante dans son estomac.

Une fois à l'intérieur de la ville, le bourreau et le médecin choisirent d'emprunter le chemin étroit et peu animé de la Hennengasse. À l'heure qu'il était, il était impensable de rencontrer le moindre bourgeois dans les rues. La probabilité de croiser l'un des deux gardiens de nuit était tout aussi faible, pourtant ils évitèrent la place du Marché et la large Münzstraße, qui grouillaient de monde pendant la journée.

Ils portaient leur lanterne sous le manteau pour ne pas répandre une lumière suspecte ; ils étaient entièrement vêtus de noir. À plusieurs reprises, Simon trébucha dans le caniveau ou sur des tas d'immondices. Jurant à voix basse, il évita la chute de justesse. Alors qu'il s'apprêtait à lancer une bordée d'injures après avoir une fois de plus mis le pied sur le contenu d'un pot de chambre, le bourreau se retourna vers lui et lui serra durement l'épaule.

« Tais-toi, nom de Dieu ! Tu veux que tout le voisinage sache que nous allons déterrer des cadavres ? »

Simon ravala sa colère et continua à avancer dans le noir. Il avait entendu dire qu'à Paris, la lointaine capitale, des rues entières étaient éclairées par des lanternes. La nuit, disait-on, toute la ville se transformait en un océan de lumière. Il poussa un soupir ; il faudrait attendre encore des années avant de pouvoir mettre un pied devant l'autre dans une rue de Schongau, une fois la nuit tombée, sans marcher dans un tas d'excréments ou se cogner le nez contre un mur. Il trébucha une nouvelle fois en jurant à voix basse.

Ni lui ni le bourreau ne se rendirent compte qu'une ombre les suivait à distance.

Elle s'arrêtait au coin des maisons, se recroquevillait dans les niches et reprenait son chemin à pas de loup lorsque le bourreau et le médecin se remettaient en marche.

Enfin, Simon aperçut une lumière vacillante devant lui. La lumière d'un cierge votif toujours allumé à cette heure-là brillait à travers un vitrail de l'église Saint-Sébastien. Cette lumière suffisait à peine pour s'orienter. À côté de l'église se trouvait un lourd portail en fer forgé qui donnait accès au cimetière. Jakob Kuisl baissa la poignée rouillée et poussa un juron. Le sacristain avait bien fait son travail, le portail était verrouillé.

« Il va falloir grimper par-dessus », chuchota-t-il. Il jeta la petite bêche qu'il avait emportée sous son manteau de l'autre côté du mur, qui était à hauteur d'homme. Puis il se hissa et se laissa retomber de l'autre côté. Simon entendit un bruit mou. Il inspira profondément, hissa à son tour son corps plus léger. Il érafla son coûteux pourpoint sur les pierres mais il se retrouva enfin à califourchon sur le mur et vit le cimetière à ses pieds.

Quelques petites chandelles brûlaient sur les tombeaux des bourgeois fortunés, mais en dehors de cela, on ne pouvait que vaguement reconnaître les croix et les tombes. Dans un coin, appuyé contre les remparts de la ville, s'élevait un petit ossuaire.

Juste à ce moment, la lumière s'alluma dans une maison de la Hennengasse, en face. Les volets s'ouvrirent vers l'extérieur en grinçant. Simon se laissa tomber du haut du mur et atterrit en étouffant un cri sur une tombe toute fraîche. Il leva prudemment les yeux. Une servante, debout dans l'encadrement brillamment éclairé de la fenêtre, vidait un pot de chambre d'un geste ample. Elle ne semblait pas l'avoir remarqué. Quelques instants plus tard, les volets se refermèrent. Simon tapota son pourpoint pour en faire tomber la terre humide ; il avait atterri en douceur, c'était déjà ça.

L'ombre qui les avait suivis se serra contre l'arche du portail et, de là, observa les deux hommes dans le cimetière.

Le cimetière de l'église Saint-Sébastien, situé au pied des remparts, n'avait été ouvert que peu de temps auparavant. À cause de la peste et des guerres, l'ancien arpent du bon Dieu, près de l'église paroissiale, n'était plus assez grand. Des buissons et des ronces poussaient en plusieurs endroits, un sentier boueux conduisait aux diverses tombes. Seuls les riches étaient en mesure de s'offrir des sépultures individuelles de pierres sculptées ; le lieu de leur ultime repos était situé sous la muraille. En dehors de cela, la vaste étendue du cimetière n'était parsemée que de croix en bois et de guingois, enfoncées dans des monticules de terre informes. La plupart des croix portaient plusieurs noms. C'était moins cher de partager le peu de place sous terre avec d'autres.

Un monticule sur la droite, près de l'ossuaire, semblait tout frais. Peter Grimmer et Anton Kratz n'y avaient été enterrés que le matin précédent, après deux jours de veille. La cérémonie avait été brève, la ville n'avait pas voulu prendre le risque de susciter une nouvelle émeute. Une prière en latin du curé dans l'intimité familiale, un peu d'encens et quelques paroles réconfortantes, puis on avait renvoyé les membres de la famille chez eux. Chez Peter Grimmer comme chez Anton Kratz, l'argent n'avait été suffisant que pour une tombe commune, aucune des deux familles n'avait assez d'argent pour un caveau individuel.

Jakob Kuisl avait pris de l'avance. La bêche à la main, il se tenait à côté de la croix et regardait pensivement le nom des morts.

« Bientôt, Johannes reposera également là. Et Sophie et Clara aussi, si nous ne nous dépêchons pas. »

Il enfonça la lame de la bêche profondément dans la terre. Simon se signa et jeta un regard inquiet en direction des maisons obscures de la Hennengasse. « Est-ce vraiment nécessaire ? chuchota-t-il. C'est une violation de sépulture ! Si on nous attrape, vous n'aurez plus qu'à vous torturer et vous faire périr sur le bûcher vous-même !

— Arrête de bavarder, aide-moi, plutôt. »

Jakob Kuisl indiqua l'ossuaire, qui avait été consacré à peine quelques mois plus tôt. Une pelle était appuyée à côté de la porte. Simon prit l'outil en secouant la tête et se mit à creuser à côté du bourreau. Il se signa une nouvelle fois, par précaution. Il n'était pas particulièrement superstitieux, mais si Dieu frappait quelqu'un de la foudre pour le châtier, ce serait à coup sûr un violateur de sépulture.

« Nous n'aurons pas à creuser profondément, chuchota Jakob Kuisl. La tombe était déjà presque remplie. »

Effectivement, il ne leur fallut pas creuser plus d'un mètre pour tomber sur une couche de chaux. En dessous apparurent un petit cercueil et un petit paquet enveloppé d'un linceul.

« Je m'en doutais ! » De la pointe de sa bêche, le bourreau donna un coup dans le paquet rigide. « Anton Kratz n'a même pas eu droit à un cercueil. Pourtant, la famille a les moyens. Mais les pupilles, on peut les enfouir comme du bétail crevé ! »

Il secoua la tête puis, de ses bras vigoureux, il souleva le paquet et le cercueil et les posa dans l'herbe à côté de la tombe. Dans ses grosses pattes, le cercueil d'enfant avait presque l'air d'une caisse à outils.

« Tiens ! » Il tendit un bout de chiffon à Simon. « Mets ça, ils doivent déjà puer. » Simon s'attacha le tissu autour du visage et regarda le bourreau manier le marteau et le poinçon. Il fit sauter les clous un à un et peu après, le couvercle en bois céda.

Pendant ce temps, Simon, avec son couteau, avait ouvert le linceul dans le sens de la longueur. Aussitôt, une odeur douceâtre se répandit, donnant un haut-le-cœur au médecin. Il avait déjà vu et senti beaucoup de cadavres dans sa vie, mais ces deux garçons étaient morts depuis plus de trois jours. En dépit du drap de lin, la puanteur était si intense que le médecin dut se détourner. Il souleva brièvement la toile et vomit, puis il s'essuya la bouche en haletant. Lorsqu'il se retourna, il vit que le bourreau lui souriait.

« Je le savais.

— Quoi ? » croassa Simon. Il regarda les enfants morts qui étaient déjà couverts de taches noires. Un cloporte traversa à toute allure le visage du petit Peter.

L'air satisfait, Kuisl sortit sa pipe et l'alluma à la lanterne. Il inspira quelques bouffées généreuses, puis il indiqua les doigts des morts. Comme Simon ne réagissait toujours pas, il racla sous les ongles d'Anton Kratz avec la pointe de son couteau, puis tint celle-ci sous le nez du médecin. Au début, celui-ci ne reconnut rien, mais en rapprochant la lanterne du couteau, il vit que dessus était posée une fine poussière rouge. Simon regarda le bourreau d'un air interrogateur.

« Et alors ? »

Jakob Kuisl lui mit le couteau si près du nez qu'il prit peur et recula d'un pas.

« Mais t'es bouché ou aveugle, espèce de tête d'œuf ? siffla le bourreau. La terre est *rouge* ! C'est la même chose chez Peter et chez Johannes. Peu avant de mourir, les trois gosses ont fouillé dans de la terre rouge ! Et la terre rouge, c'est quoi ? Hein, c'est quoi, la terre rouge ? »

Simon déglutit avant de répondre.

« De la glaise… l'argile est rouge, chuchota-t-il.

— Et où trouve-t-on assez d'argile pour s'y enterrer, par ici ? »

La réponse frappa Simon comme un coup de poing. C'était comme si deux parties brisées s'assemblaient.

« La fosse près de la tuilerie, juste derrière le quartier des tanneurs ! L'endroit d'où proviennent toutes les briques en terre cuite ! Mais alors… alors c'est là que se trouve la cachette des enfants ? »

Jakob Kuisl lui souffla la fumée de sa pipe droit au visage, si bien que Simon dut tousser. Mais au moins la fumée chassa-t-elle l'odeur de cadavre.

« T'es pas bête, le charlatan, dit-il en tapant sur l'épaule de Simon, qui toussait. Et c'est justement là que nous allons retrouver ces gosses. »

Le bourreau se dépêcha d'enfouir de nouveau les deux morts. Puis il saisit sa bêche et sa lanterne et courut vers le mur du cimetière. Il était sur le point de hisser son corps massif sur le faîte du mur quand une silhouette apparut en haut. Elle lui tira la langue.

« Ah, ah, surpris en pleine violation de sépulture ! T'as l'air de la Faucheuse en personne, juste un peu plus gras…

— Magdalena, damnation, je… »

Jakob Kuisl tenta de saisir sa fille par une jambe pour la tirer à lui, mais d'un mouvement vif elle fit un bond de côté et se mit à marcher de long en large sur le faîte du mur. Elle regarda les deux profanateurs de sépulture d'un air narquois.

« Je me doutais que vous alliez vous rendre au cimetière. On ne me la fait pas, à moi ! Alors, papa ? T'as retrouvé la même crasse sous les ongles des petits gars que sous ceux de Johannes ? »

Le bourreau jeta un regard furieux à Simon.

« Lui aurais-tu… ? »

Le médecin leva les mains en signe d'apaisement. « Je n'ai rien dit du tout ! Je lui ai simplement parlé de Johannes… et raconté que vous aviez inspecté ses ongles.

— Crétin ! Il ne faut rien raconter aux bonnes femmes, et surtout pas à ma fille ! Elle trouve une explication à tout. »

Jakob Kuisl tenta de nouveau de saisir Magdalena par la jambe, mais, en équilibre sur le mur, elle avait déjà avancé en direction de l'église. Le bourreau la suivit en courant.

« Descends de là, immédiatement ! Tu vas réveiller tout le voisinage, ça va être la foire ! » chuchota-t-il d'une voix rauque.

Magdalena, d'en haut, dévisagea son père avec un sourire moqueur. « Je vais descendre, mais uniquement si vous me dites ce que vous avez découvert. Je ne suis pas stupide, tu le sais, père. Je peux vous aider.

— Descends d'abord de là, grommela Jakob Kuisl.

— Promis ?

— Oui, foutredieu.

— Tu le jures sur la Sainte Vierge ?

— Sur tous les saints et les diables, s'il le faut ! »

D'un pied léger, Magdalena s'élança du haut du mur et atterrit juste à côté de Simon. Le bourreau leva une main menaçante, puis la laissa retomber avec un soupir.

« Encore une chose, chuchota Magdalena. La prochaine fois que vous vous trouverez devant un portail fermé, regardez un peu autour de vous. Parfois, on y découvre de vrais petits trésors. » Elle tenait une grande clé à la main.

« D'où sort-elle ? demanda Simon.

— D'une niche sous l'arche du portail. Maman aussi cache toujours sa clé dans le mur. »

De ses doigts rapides et agiles, elle glissa la clé dans le trou de serrure, la tourna une fois, et la grille s'ouvrit avec un furtif grincement. Le bourreau passa en silence près de sa fille et se mit à marcher à grands pas vers la porte Lechtor.

« Allez, dépêchez-vous ! lança-t-il. Le temps presse ! »

Simon ne put s'empêcher de ricaner. Puis il prit Magdalena par la main et l'entraîna en courant derrière le bourreau.

Sophie retint sa respiration lorsqu'une fois de plus des pas résonnèrent tout près de sa cachette. Des voix lui parvenaient sous terre ainsi qu'à Clara qui maintenant dormait paisiblement. Depuis son dernier gros accès de fièvre à midi, la respiration de Clara s'était faite plus régulière. Sa guérison semblait en bonne voie. Sophie lui enviait son sommeil. Depuis quatre nuits, elle n'avait quasiment pas fermé l'œil. La peur d'être découverte ne cessait de la torturer. Et maintenant, voilà que des pas et des voix retentissaient une fois de plus au-dessus d'elles. Des hommes se déplaçaient sur le terrain. Ils semblaient chercher quelque chose. Mais ce n'étaient pas les mêmes que la dernière fois.

« Ça ne sert à rien tout ça, Braunschweiger ! On va creuser jusqu'à la Saint-Glinglin, ce terrain est beaucoup trop vaste !

— Ferme-la et continue de fouiller. Il y a un tas de fric caché quelque part, ne comptez pas sur moi pour le laisser moisir. »

Les voix se trouvaient de nouveau pile au-dessus de leurs têtes. Sophie eut un instant de stupéfaction. Elle *connaissait* un de ces hommes. Une boule de peur remonta de son ventre jusque dans sa gorge. Elle réprima à grand-peine un cri d'épouvante.

D'un peu plus loin, un autre homme interpella les deux : « Vous avez déjà regardé dans la chapelle ? Ça doit se trouver là-dedans ! Cherchez une entrée, un trou, peut-être une dalle mal scellée…

— Tout de suite ! » s'exclama la voix au-dessus d'elle. Puis elle baissa soudain en intensité. L'homme semblait à présent parler à celui qui se tenait à côté de lui. « Cette crapule de flibustier, quel maudit paresseux ! Il s'installe sous le tilleul soi-disant pour nous surveiller. Mais attends un peu que nous ayons trouvé le trésor, je lui trancherai personnellement la gorge et j'aspergerai la chapelle de son sang ! »

Sophie appuya ses deux mains sur sa bouche, elle avait failli crier pour de bon. Elle connaissait également l'autre voix, celle qui venait de loin, la voix de l'homme sous le tilleul. Elle n'oublierait jamais aucune des deux.

Elle se *rappelait*.

« *Petit crapaud, il n'avait qu'à pas nous écouter. Maintenant, les poissons se gorgent de son sang. Allons voir où sont les autres…*

— *Sainte mère de Dieu, c'était vraiment indispensable ? C'était vraiment indispensable ? Regarde cette saloperie ! Ils vont se demander ce qui est arrivé au gosse !*

— *Mais non, la rivière va emporter tout ça. Allons plutôt attraper les autres. Il ne faut pas qu'ils nous échappent.*

— *Mais ce ne… ce ne sont que des enfants !*

— *Les enfants aussi bavardent. Tu veux qu'ils te trahissent ? Tu le veux, dis ?*

— *Non… bien sûr que non.*

— Alors arrête de faire ton délicat. Maudits flibustiers, vous gagnez votre argent grâce au sang mais vous êtes incapables d'en voir. Ça va te coûter cher, tout ça ! »

Maudits flibustiers… Sophie respirait par saccades. Le diable était là, tout près, il se tenait juste au-dessus d'elle. Il en avait déjà eu trois de leur groupe. Il ne restait plus qu'elle et Clara. Et maintenant, il allait les avoir, elles aussi. Il n'y avait aucune échappatoire. Il les sentait à coup sûr.

« Attends, je crois savoir où le trésor pourrait se trouver, résonna la voix. Que penses-tu de… »

À cet instant, un hurlement retentit au-dehors. Plus loin, quelqu'un gémit de douleur.

Peu de temps après, ce fut l'enfer. Sophie se boucha les oreilles et espéra que tout ça n'était qu'un cauchemar.

Simon émit un juron lorsqu'il glissa une fois encore sur le sol boueux au fond de la fosse argileuse et qu'il se retrouva sur le cul dans la bouillie rougeâtre. Sa culotte était couverte de glaise de haut en bas, ses bottes s'enfonçaient avec un bruit de succion, si bien qu'il eut du mal à se libérer. Le bourreau et sa fille se tenaient au bord de la fosse et le regardaient de là-haut, d'un air interrogateur.

« Alors ? » cria Jakob Kuisl dans le trou profond de plusieurs mètres. Son visage éclairé par une torche brillait comme un point lumineux dans l'obscurité totale. « Des grottes ou des niches quelque part ? »

Simon tapota son pourpoint pour en faire tomber au moins la boue la plus épaisse. « Rien ! Pas même un trou de souris. » Une fois encore, il regarda autour de lui avec sa torche. La lueur lui permettait d'y voir à quelques mètres à peine, le reste était avalé par l'obscurité. « Vous m'entendez, les enfants ? appela-t-il pour la énième fois. Si vous êtes quelque part, répondez ! Tout va bien. Nous sommes avec vous ! »

On n'entendait que le ruissellement d'un filet d'eau quelque part, en dehors de cela, c'était le silence.

« Malédiction ! s'énerva Simon. Quelle idée débile de chercher les enfants en plein milieu de la nuit dans une fosse pleine de glaise ! Mes bottes ne sont plus que deux tas de boue et mon pourpoint est bon à jeter ! »

Jakob Kuisl ne put s'empêcher de sourire en entendant le jeune médecin tempêter de la sorte.

« Ne fais pas tant de manières, tu sais bien que le temps presse. Allons plutôt voir du côté de l'atelier de cuisson. »

Il tint l'échelle pendant que Simon escaladait les barreaux glissants. Quand le médecin émergea à la surface, le visage de Magdalena apparut devant le sien. Elle lui envoya la lumière de sa torche droit dans les yeux.

« C'est vrai que tu as l'air… un peu mal en point, rigolat-elle. Qu'est-ce qui te prend aussi de t'étaler toutes les cinq minutes ? »

D'un coin de son tablier, elle frotta le front plein d'argile de Simon. Une entreprise vouée à l'échec. La terre s'étala sur sa figure comme une couche de peinture rouge. Magdalena sourit.

« J'ai qu'à te laisser un peu de crasse sur la face, finalement. T'as toujours été un peu blanc autour du nez.

— Tais-toi, si tu ne veux pas que je me demande pourquoi c'est moi qui ai dû descendre dans cette maudite fosse.

— Parce que tu es jeune et que ça ne pouvait pas te faire de mal d'atterrir dans la boue. Bien au contraire, répondit la voix du bourreau. De plus, tu n'aurais pas voulu faire descendre une jeune et tendre fille dans un tel bourbier. »

D'un pas nonchalant, Jakob Kuisl avait déjà rejoint l'atelier de cuisson. Le bâtiment se trouvait au bord d'un terrain défriché, la forêt commençait juste derrière. Du bois à brûler était disposé partout sur la clairière en tas de la hauteur d'un homme. Le bâtiment lui-même était en pierre massive, une haute cheminée s'élevait au milieu du toit. La tuilerie était située entre la rivière et la forêt, à un bon quart de lieue du quartier des tanneurs. À l'ouest, Simon voyait de temps à autre vaciller une lumière, la lueur de lanternes ou de torches qui leur parvenait de la ville. En dehors de cela, ils n'étaient entourés que de ténèbres.

La tuilerie était un des édifices les plus importants de Schongau. Depuis que plusieurs grands incendies avaient eu lieu par le passé, les bourgeois étaient tenus de construire leur maison en pierre et de ne plus les couvrir de chaume, mais de tuiles. Les artisans de la guilde des potiers eux aussi venaient y chercher leur matière première pour la fabrication de récipients et de poêles en faïence. En journée, la clairière était presque toujours couverte d'une fumée épaisse. Les communes d'Altenstadt, Peiting ou Rottenbruch s'y fournissaient également en tuiles, le va-et-vient des chariots à bœufs était incessant. Mais maintenant, en pleine nuit, il n'y avait pas âme qui vive, la lourde porte qui donnait sur la salle de cuisson était verrouillée. Jakob Kuisl marcha le long de la façade jusqu'à ce qu'il trouve une fenêtre dont les vantaux ne tenaient pas droit dans leurs gonds. D'un coup énergique, il tira le vantail droit de côté et éclaira l'intérieur avec sa torche.

« Les enfants, n'ayez pas peur ! cria-t-il dans la salle obscure. C'est moi, Kuisl, du quartier des tanneurs. Je sais que vous n'avez rien à voir avec ces meurtres.

— C'est sûr qu'elles vont sortir si c'est le bourreau qui les appelle, persifla Magdalena. Laissez-moi entrer. Je ne leur fais pas peur, moi. »

Elle retroussa sa jupe et grimpa à l'intérieur par-dessus le rebord peu élevé de la fenêtre.

« Une torche », chuchota-t-elle.

Simon lui tendit silencieusement sa torche. Puis elle disparut dans le noir. Grâce au bruit de ses pas, les deux hommes purent suivre sa déambulation d'une salle à l'autre. Enfin on entendit grincer des marches. Magdalena montait l'escalier.

« Diable de fille, têtue comme une mule, grinça le bourreau en tirant sur sa pipe froide. Elle est comme sa mère. Toujours butée, et toujours à la ramener. Il est grand temps qu'elle se marie et qu'on lui rabatte enfin le caquet. »

Le médecin voulut rétorquer quelque chose mais à cet instant, un fracas et un cri retentirent d'en haut.

« Magdalena ! » s'écria Simon avant de se hisser à l'intérieur, où il atterrit brutalement sur le sol en pierre. Il se releva aussitôt, saisit la torche et s'élança en direction de l'escalier. Le bourreau le suivait. Ils traversèrent la salle abritant le four à cuisson et se précipitèrent au grenier. Il régnait une odeur de fumée et de cendres.

En haut, l'air était rempli de poussière rouge, si bien qu'ils pouvaient à peine y voir, malgré les torches. Un léger gémissement leur parvint du coin droit. La poussière retombait doucement, Simon reconnut des tuiles brisées répandues partout en tas sur le sol. D'autres tuiles étaient empilées contre le mur, jusqu'au plafond. En un endroit se voyait un trou béant. Près de cent kilos de terre cuite avaient dû s'effondrer là. Quelque chose se mit à bouger sous un tas particulièrement haut.

« Magdalena ! s'exclama Simon. Tout va bien ? »

Magdalena se redressa tel un fantôme rouge, couverte de haut en bas de fine poussière de tuiles.

« Je crois… que ça va aller, toussa-t-elle. Je voulais déplacer les tuiles. Je pensais qu'il pouvait y avoir une cachette derrière… » Elle se remit à tousser. Simon et le bourreau, eux aussi, étaient à présent recouverts de poussière rouge.

Jakob Kuisl secoua la tête. « Quelque chose ne colle pas, grommela-t-il. Il y a un truc que je n'ai pas su voir. La terre rouge… il y en avait sous les ongles ! Mais les enfants ne sont pas ici. Où sont-ils, alors ?

— Où les tuiles sont-elles transportées ? demanda Magdalena, qui, assise sur un gros tas de tuiles brisées, essayait de se débarrasser de la poussière. Peut-être les enfants sont-ils là-bas ? »

Une fois encore, le bourreau secoua la tête. « Ce n'était pas de la poussière de tuile sous leurs ongles. C'était de la terre glaiseuse, de l'argile humide. Ils ont dû creuser là-dedans… Où trouve-t-on encore tant d'argile par ici ? »

Soudain, une vague de chaleur traversa Simon.

« Le chantier ! s'écria-t-il. Sur le chantier ! »

Interrompu dans ses réflexions, le bourreau tressaillit violemment. « Que dis-tu ?

— Le chantier de la maladrerie ! répéta Simon. Il y avait de gros tas de terre glaise. Ils s'en servent pour crépir la maçonnerie !

— Simon a raison ! s'exclama Magdalena en se levant d'un bond de son tas de débris. J'ai vu moi-même des ouvriers amener des charrettes de terre glaise là-bas. En ce moment, la maladrerie est le seul grand chantier de Schongau ! »

Le bourreau donna un coup de pied à une tuile qui l'envoya se fracasser contre un mur.

« Tonnerre de Brest, vous avez raison ! Comment ai-je pu être si bête de ne pas penser au chantier ? Nous y sommes déjà allés et nous avons vu l'argile de nos propres yeux ! »

Il dévala les marches. « Vite, à la maladrerie ! s'écria-t-il tout en courant. Prions pour qu'il ne soit pas déjà trop tard ! »

Il y avait bien une demi-heure de marche de la tuilerie jusqu'à la montée de Hohenfurch. Le chemin le plus court coupait par la forêt. Jakob Kuisl choisit un sentier étroit qui ressemblait plutôt à un passage frayé par les animaux. La lune ne brillait qu'occasionnellement à travers les fourrés de sapins, en dehors de cela, l'obscurité était quasi impénétrable. Pour Simon, la façon dont le bourreau trouvait son chemin tenait du miracle. Magdalena et lui-même suivaient tant bien que mal la torche que portait Kuisl. Des branches de sapin leur fouettaient sans arrêt le visage, de temps à autre Simon croyait entendre un craquement dans les fourrés, juste à côté de lui. Mais le bruit de sa propre respiration était si fort qu'il n'aurait pas su dire s'il s'agissait de son imagination ou de pas véritables. Peu de temps après, il se mit à haleter. Exactement comme quand le diable le pourchassait, décidément il manquait d'entraînement pour ce genre de course dans les bois. Il était médecin, merde à la fin, pas chasseur ni soldat. Magdalena à ses côtés courait, légère comme une biche. Aussi essayait-il de ne pas montrer sa souffrance.

Soudain, ils se retrouvèrent hors de la forêt, dans un champ moissonné. Le bourreau parut s'orienter, puis il se remit à courir le long du bord gauche du champ. « Direction est, puis à droite au niveau des chênes ! lança-t-il. Nous y serons bientôt. »

De fait, après avoir traversé un bosquet de chênes ils se retrouvèrent en bordure d'un terrain déboisé assez vaste. On reconnaissait vaguement les contours de bâtiments. Ils avaient atteint le chantier.

Simon s'arrêta en haletant. Des branches, des chardons et des aiguilles de sapin s'étaient accrochés à son manteau. Son chapeau lui avait été arraché quelque part au fond des bois. « La prochaine fois que nous irons courir les bois, prévenez-moi avant, ahana-t-il. Pour que je m'habille en conséquence. Le chapeau a coûté un demi-florin, et les bottes…

— Chuuut. » Le bourreau lui mit sa grosse main sur la bouche. « Arrête de bavarder. Regarde plutôt là-bas. »

Il indiqua les contours du chantier. Des petits points lumineux s'y déplaçaient dans tous les sens. Des bribes de voix leur parvenaient.

« Nous ne sommes pas les seuls, chuchota Jakob Kuisl. Je compte quatre ou cinq torches. Je parie mes fesses que notre ami s'y trouve lui aussi.

— Tu veux parler de l'homme que vous avez poursuivi, la dernière fois ? » chuchota Magdalena.

Le bourreau hocha la tête. « Et qui a failli trancher la gorge de ton Simon. Celui qu'ils surnomment "le diable". Mais cette fois-ci, nous l'aurons. » Il fit signe au médecin de le rejoindre. « Les torches sont réparties sur tout le chantier, dit-il. Ils ont l'air de chercher quelque chose.

— Mais quoi ? » demanda Simon.

Le bourreau eut un grand sourire. « Nous n'allons pas tarder à le savoir. » Il ramassa une grosse branche de chêne qui traînait par terre, en arracha les branchages et la soupesa dans sa main. « Nous allons nous occuper d'eux. L'un après l'autre.

— Nous ?

— Bien sûr. » Le bourreau hocha la tête. « Je n'y arriverai pas tout seul. Ils sont trop nombreux. Tu as ton couteau sur toi ? »

Simon tripota sa ceinture. Puis il brandit le stylet d'une main tremblante.

« Bien, grogna Kuisl. Magdalena, tu vas courir en ville et alerter Lechner, au château. Dis-lui qu'un nouveau sabotage est en cours sur le chantier. Nous avons besoin d'aide, aussi rapidement que possible.

— Mais… » La fille du bourreau s'apprêtait à protester.

« Ne discute pas ou je te fais épouser le bourreau de Steingaden dès demain ! Vas-y, cours ! »

Magdalena prit une mine boudeuse. Puis elle disparut dans les ténèbres de la forêt.

Le bourreau fit un signe à Simon et se mit à courir, penché en avant, en suivant la lisière de la forêt. Simon s'empressa de le suivre. Au bout de deux cents pas, ils atteignirent un empilement de troncs que les ouvriers avaient déposés près de la forêt. L'empilement s'enfonçait loin dans la clairière. Utilisant des troncs pour s'abriter des regards, le bourreau et le médecin se rapprochèrent sur la pointe des pieds du bâtiment à moitié achevé. À présent, ils pouvaient voir qu'il y avait effectivement cinq hommes occupés à chercher quelque chose à la lueur de lanternes et de torches. L'un d'entre eux était assis sur un bloc erratique à côté du tilleul au milieu de la clairière, deux autres étaient appuyés contre le puits, deux autres encore marchaient à travers le chantier.

« Je commence à en avoir assez de me geler les couilles dans ce froid ! s'exclama l'un des hommes, debout entre quatre murs disposés en carré. Nous avons passé presque toute la nuit à chercher. Revenons demain, quand il fera jour !

— Le jour, ça grouille d'ouvriers, espèce d'imbécile ! le rabroua un des hommes près du puits. À ton avis, pourquoi qu'on s'emmerde à faire tout ça la nuit ? Et pour détruire le chantier, pourquoi qu'on a attendu qu'il fasse noir ? Cherchons encore, et si le flibustier a menti et qu'il n'y a rien d'enterré ici, je lui casserai la tête comme un œuf contre le rebord de ce puits ! »

Simon tendit l'oreille. *Quelque chose* était enterré ici. Mais quoi ?

Le bourreau lui donna un petit coup d'épaule.

« Nous ne pouvons pas attendre les gens d'armes, chuchota-t-il. D'ici qu'ils soient arrivés, ces oiseaux se seront envolés. Moi, je vais courir vers ce mur latéral et m'en cueillir un. Toi, tu restes ici. Et si tu vois quelqu'un qui s'approche de moi, tu siffles comme un geai. Tu sais le faire ? »

Simon fit non de la tête.

« Bordel, alors siffle comme ça te chante. De toute façon, ils ne s'en rendront pas compte. »

Jakob Kuisl regarda une dernière fois autour de lui, puis il s'élança à grands pas vers le mur et s'abrita derrière lui. Les hommes ne s'étaient rendu compte de rien.

D'autres exclamations se firent entendre, de plus loin cette fois, si bien que Simon put à peine les comprendre.

Il vit le bourreau courir, penché en avant, le long du mur, droit sur l'homme qui, à l'intérieur du carré de murs, était occupé à soulever les dalles du sol en se servant d'une perche comme d'un levier. À présent, Kuisl n'était plus qu'à quelques pas de lui. Soudain, l'homme se retourna, quelque chose lui avait fait dresser l'oreille. Le bourreau se jeta à terre. Simon cligna des yeux, lorsqu'il regarda de nouveau, Jakob Kuisl avait disparu dans l'obscurité.

Il allait déjà pousser un soupir de soulagement lorsqu'il entendit un bruit devant lui. Le deuxième homme, qui, l'instant d'avant, se promenait sur le chantier, était brusquement en face de lui. Il parut aussi surpris que Simon. De toute évidence, l'homme était venu voir s'il y avait une cachette au pied de la pile de troncs. Après avoir inspecté un côté, il était passé de l'autre et était littéralement tombé sur Simon.

« Que diable… ? »

L'homme ne put en dire davantage car Simon avait saisi un bâton à côté de lui et lui en avait asséné un coup dans les jambes. L'homme tomba de côté. Avant qu'il ait pu se relever, Simon se jeta sur lui et lui martela la figure à coups de poing. Le visage de son adversaire était barbu et couvert de cicatrices. Les coups semblaient rebondir sur lui comme sur du marbre. D'un geste brusque, il empoigna le médecin, le souleva brièvement et le jeta par terre, pendant que son poing droit le frappait de plein fouet.

Le poing atteignit Simon à la mâchoire et lui fit perdre connaissance. Lorsqu'il revint à lui, l'homme était assis sur sa poitrine et lui serrait lentement la gorge à deux mains. Sur sa figure, pendant ce temps, s'élargissait un rictus de plus en plus grimaçant. Simon vit des chicots de dents pourries et des poils de barbe rouges, bruns et noirs comme un champ moissonné en octobre. Du sang qui gouttait du nez de l'homme tombait sur lui. Simon voyait tous les détails avec une netteté inhabituelle. Il s'efforçait en vain de respirer, il sentait que c'était la fin. Des bribes de pensées et de souvenirs tourbillonnaient dans son cerveau.

Il faut… la ceinture… que je sorte mon couteau.

Il tâtonna pour trouver son couteau, les ténèbres commençaient déjà à l'engloutir. Enfin il sentit le manche. Quelques instants avant de sombrer dans l'inconscience ultime, il tira son stylet et frappa. Il sentit la lame pénétrer dans quelque chose de mou.

Un cri ramena Simon à la réalité. Il roula sur le côté et recouvra péniblement son souffle. Le barbu était étendu à côté de lui et se frottait la cuisse. Du sang se répandait sur sa culotte. Simon l'avait atteint à la jambe, mais il était clair que la blessure n'était pas sérieuse. L'homme regarda de nouveau dans sa direction et son rictus reparut. Il se remit debout, prêt à revenir à l'assaut. Apercevant une pierre par terre il se pencha pour la ramasser. L'espace d'un instant, il se détourna, et Simon profita de cette seconde d'inattention pour se jeter sur lui en brandissant son couteau. L'homme poussa un cri de surprise. Il avait cru que ce jeune homme maigrichon prendrait la fuite, cette attaque soudaine le désarçonna. À présent, Simon était assis à califourchon sur la large poitrine de son adversaire, le couteau brandi dans sa main droite, prêt à frapper. Les yeux de l'homme sous lui se remplirent d'effroi, il ouvrit la bouche pour crier. Simon savait qu'il devait frapper immédiatement s'il ne voulait pas risquer que les autres entendent. Il sentait le manche dans sa main, le bois dur, la sueur sur ses doigts. Il sentait les torsions de l'homme sous lui qui voyait la mort en face.

Simon se rendit compte que son bras devenait lourd comme du plomb. Il… ne pouvait pas frapper. Jamais encore il n'avait tué. Impossible de passer outre.

« Un guet-apens ! hurla l'homme sous lui. Je suis ici, ici, derrière la pile de tr… »

Un gourdin en bois de chêne fendit l'air près de Simon et s'abattit droit sur le front de l'homme. Au second coup, le crâne éclata, du sang et une bouillie blanche et épaisse jaillirent. Le visage se transforma en une purée rouge. Une main vigoureuse arracha Simon au cadavre.

« Damnation ! Pourquoi ne l'as-tu pas tué avant qu'il se mette à crier ? Maintenant ils savent où nous sommes. »

Le bourreau jeta le gourdin ensanglanté et traîna Simon derrière la pile de bois. Le médecin ne put répondre. Le visage du mourant s'était imprimé dans son cerveau comme un tableau.

Des voix ne tardèrent pas à retentir. Elles se rapprochèrent.

« André, c'était toi ? Que se passe-t-il ?

— Filons, chuchota le bourreau. Ils sont encore quatre et sans doute des mercenaires aguerris. Ils savent se battre. » Il saisit Simon, à moitié évanoui, et le traîna derrière lui jusqu'à la lisière de la forêt. Là, ils se laissèrent tomber dans un buisson et observèrent la suite des événements.

Il ne fallut pas longtemps aux hommes pour découvrir le cadavre. Des exclamations retentirent, quelqu'un poussa un cri. Puis les hommes se séparèrent. Grâce aux torches, Simon put voir qu'ils restaient deux par deux. Ils inspectèrent les abords de la forêt en les éclairant. Une fois ils passèrent à quelques pas de leur buisson. Mais il faisait trop noir, ils ne purent rien voir. Enfin, les autres revinrent près du cadavre. Au moment où Simon allait pousser un ouf de soulagement, il vit qu'un des points lumineux s'approchait de leur cachette. C'était un homme seul. À sa démarche, il vit qu'il boitait.

Il s'arrêta à la lisière de la forêt, pas loin de leur buisson, et leva le nez en l'air. On aurait dit qu'il flairait. Sa voix parvenait jusqu'à eux.

« Je sais que c'est toi, le bourreau, fit le boiteux d'une voix haineuse. Et je sais que tu es quelque part là-dehors. Crois-moi, je vais me venger. Je vais te couper le nez, les oreilles et les lèvres. Les souffrances que t'as infligées à ceux que tu as torturés ne sont rien comparées à celles que tu vas endurer à ton tour. Tu me supplieras pour que je te brise le crâne comme tu as brisé celui d'André. »

Puis l'homme tourna abruptement les talons. Il disparut dans les ténèbres.

Il fallut un moment pour que Simon ose de nouveau respirer normalement.

« Qui… qui c'était ? » demanda-t-il.

Le bourreau se leva et tapota son manteau pour le débarrasser des feuilles. « C'était le diable. Et il nous a échappé. Parce que t'as fait dans ton froc ! »

Simon se détourna instinctivement de lui. Il sentit qu'il n'avait pas seulement peur du diable mais aussi de l'homme à côté de lui.

« Je… je ne peux pas tuer, murmura-t-il. Je suis médecin. J'ai appris à guérir les gens, pas à les tuer. »

Le bourreau eut un sourire triste.

« Tu vois, et nous, nous sommes censés pouvoir. Et quand nous tuons, ça vous horrifie. Bande d'idiots, vous êtes bien tous les mêmes. »

Il s'enfonça dans la forêt d'un pas lourd. Brusquement, Simon se retrouva tout seul.

Magdalena frappa énergiquement à la petite entrée de la porte Lechtor. Cette porte avait une largeur et une hauteur tout juste suffisantes pour qu'une personne puisse y passer. De cette façon, les gardiens n'avaient pas besoin d'ouvrir les grands vantaux pour ceux qui revenaient tard et ils évitaient ainsi le risque d'une attaque.

« C'est la nuit noire ! Reviens demain, la porte rouvrira sur le coup de 6 heures, grommela une voix de l'autre côté.

— Alois, c'est moi ! Magdalena Kuisl. Ouvre, c'est important !

— Comment ça ? D'abord je te laisse entrer, puis ressortir, et maintenant tu veux encore rentrer. Ça suffit, Magdalena, plus personne n'entrera dans la ville avant demain matin !

— Alois, il y a de nouveau un sabotage en cours sur le chantier près de la montée de Hohenfurch. Ce sont des étrangers ! Mon père et Simon essaient de les retenir, mais qui sait combien de temps ils y parviendront ! Il nous faut des gardes municipaux ! »

Le panneau s'ouvrit en grinçant. Un gardien fatigué était devant elle, il sentait l'eau-de-vie et le sommeil. « Je ne peux pas prendre ce genre de décision. Il faut que tu ailles trouver Lechner. »

Quelques minutes plus tard, Magdalena était devant l'entrée du château ducal. Les gardes la laissèrent certes entrer, mais ils ne l'autorisèrent pas à réveiller le bailli. Elle vociféra et tempêta jusqu'à ce qu'enfin une fenêtre s'ouvrît au premier étage du logis.

« Mais que diantre signifie tout ce boucan ? »

Lechner, en robe de chambre, la regardait de sa fenêtre, les yeux clignotant de sommeil. Magdalena saisit l'opportunité et lui raconta en peu de mots ce qui se passait. Lorsqu'elle eut fini, il hocha la tête.

« Je descends tout de suite, ne bouge pas de là. »

Accompagnés des veilleurs de nuit et des gardiens de la porte, ils remontèrent enfin la route d'Augsbourg en direction de la montée de Hohenfurch. Les gardiens étaient armés de piques et de deux fusils. Ils avaient l'air fatigués et ne donnaient pas l'impression que poursuivre des mercenaires en maraude avant l'aube leur faisait vraiment plaisir. Johann Lechner avait enfilé son pourpoint et son manteau à la hâte, ses cheveux étaient en bataille sous sa calotte de conseiller. Il jeta un regard de biais à Magdalena et dit avec méfiance :

« J'espère que tu dis la vérité. Sinon, cela risque de vous coûter cher, à ton père et à toi. De plus, qu'est-ce que le bourreau peut bien faire près de la montée à une heure pareille ? Les bons bourgeois restent chez eux ! Ton père l'ouvre un peu trop à mon goût, ces derniers temps. Son métier est de supplicier et de pendre, qu'il la ferme pour le reste, foutre à la fin ! »

Magdalena baissa humblement la tête.

« Nous… nous étions allés chercher des herbes en forêt. Du polytric et de l'armoise. Comme vous le savez, on ne doit les cueillir qu'à la lueur de la lune.

— Diablerie que cela ! Et le fils Fronwieser, qu'est-ce qu'il vient faire là-dedans ? Je ne crois pas un mot de ce que tu dis, fille de Kuisl ! »

Entre-temps, l'aurore avait commencé à poindre. Les gardiens éteignirent leur lanterne en s'approchant du terrain déboisé, couvert de brouillard, près de la route. Le bourreau et le médecin étaient assis un peu plus loin, sur une pile de bois.

Johann Lechner se dirigea vers eux à grands pas. « Alors ? Où sont-ils, vos saboteurs ? Je ne vois personne. Et le chantier a la même apparence qu'hier ! »

Jakob Kuisl se leva. « Ils se sont enfuis avant d'avoir pu détruire quelque chose. J'ai cassé la gueule à l'un d'eux. »

« Et ? Où se trouve-t-il à présent ? insista le bailli.

— Il… n'était plus très présentable. Les autres l'ont emporté.

— Kuisl, donne-moi une raison de croire à ton histoire. »

Le bourreau fit à son tour quelques pas vers le bailli.

« Ils étaient cinq, martela Kuisl. Quatre d'entre eux étaient des mercenaires. Le cinquième était… quelqu'un d'autre. Leur commanditaire, je suppose. Et je crois que c'est quelqu'un de la ville. »

Le bailli sourit. « Tu ne l'aurais pas reconnu, par hasard ?

— Il faisait trop noir, intervint Simon. Mais les autres ont parlé de lui. Ils l'ont traité de flibustier. C'est donc un riche bourgeois.

— Et pourquoi un riche bourgeois paierait-il des mercenaires pour détruire le chantier de la maladrerie ? coupa Lechner.

— Ils ne le détruisaient pas. Ils cherchaient quelque chose, dit Simon.

— Ah oui, et quoi ? Est-ce qu'ils ont détruit le chantier ou est-ce qu'ils ont cherché quelque chose ? Au début, vous disiez qu'ils voulaient le détruire.

— Nom de Dieu, Lechner, grogna Jakob Kuisl. Ne soyez donc pas si obtus ! Quelqu'un a payé ces hommes pour qu'ils saccagent tout ici. Pour qu'ils empêchent le chantier d'avancer, afin que leur commanditaire puisse tranquillement chercher ce qui est caché dans les parages !

— Mais ça ne rime à rien ! objecta Johann Lechner. Ces destructions n'ont servi à rien. Les travaux ont continué de toute façon !

— Mais il y a eu des retards », fit remarquer Simon.

Jakob Kuisl se tut. Le bailli était déjà sur le point de se détourner lorsque le bourreau reprit la parole.

« Les fondations.

— Comment ?

— Le flibustier doit supposer que le trésor ou quoi que ce soit se trouve sous les fondations. Une fois que le chantier sera achevé, il ne pourra plus y accéder. Il se retrouvera devant des bâtiments solides en pierre, où tout sera fixé avec du mortier et de la maçonnerie. C'est pour cela qu'il doit saboter le chantier, pour avoir le temps de fouiller chaque coin de terre, jusqu'à ce qu'il ait trouvé.

— C'est vrai ! s'exclama Simon. La première fois que nous sommes venus ici, une partie des fondations était excavée jusqu'aux genoux. Quelqu'un avait soigneusement rangé les dalles sur le côté. Et cette nuit aussi, un de ces hommes soulevait les dalles en se servant d'un levier ! »

Johann Lechner secoua la tête.

« Des histoires de chasseurs de trésor et d'une recherche mystérieuse à minuit… Et vous voudriez que je vous croie ? » D'un geste large de la main, il indiqua tout le terrain déboisé. « Qu'est-ce qui pourrait bien être caché ici ? Comme vous le savez, ce terrain appartient à l'Église. S'il y avait quelque chose à trouver ici, ça fait longtemps que le curé l'aurait découvert dans ses papiers. L'Église conserve des dossiers très précis sur chacun de ses terrains. La disposition, la situation, les antécédents…

— Pas sur celui-là, l'interrompit Jakob Kuisl. Ce terrain, l'Église vient tout juste de l'hériter du vieux Schreevogl, moyennant quoi il s'est tout de même assuré une place au paradis. Elle n'a aucun dossier dessus, pas la moindre information. »

Le bourreau promena son regard au-dessus de la clairière. Les murs de soutènement de la petite chapelle, les fondations de la maladrerie, le puits, le tilleul, un échafaudage de poutres pour la future étable, des tas de bois…

Quelque chose est caché par ici.

Le bailli sourit avec douceur. « Kuisl, Kuisl, contente-toi de ce que tu sais faire et laisse-nous le reste, à nous les conseillers municipaux. Tu m'as bien compris ? Sinon, je viendrai inspecter ton logis de près. J'entends dire ici ou là que tu vends des philtres d'amour et autres babioles peu catholiques… »

Simon intervint. « Mais, seigneur, il a raison, ce terrain… »

Johann Lechner se retourna vivement et le fusilla du regard.

« Et toi, Fronwieser, tu vas enfin fermer ton impertinent claque-merde ! Tes amourettes avec la donzelle du bourreau… » Il regarda en direction de Magdalena, qui se dépêcha de détourner la tête. « Ces agissements prohibés sont une honte, et pas seulement pour ton père. Des voix se sont déjà élevées au conseil pour réclamer le pilori pour vous deux. Non mais, vous imaginez ! Le bourreau appliquant le masque d'infamie sur le visage de sa propre fille ! Je me suis toujours abstenu d'y donner suite, pour l'instant, par égard pour ton père et aussi pour le bourreau, que j'avais toujours apprécié jusqu'ici. »

L'expression « donzelle du bourreau » avait fait bondir Jakob Kuisl, mais Magdalena le retint. « Laisse, père, chuchota-t-elle. Tu vas nous attirer des ennuis. »

Johann Lechner regarda au-delà du terrain et fit signe à ses hommes de faire demi-tour.

« Je vais vous dire ce que je crois, dit-il sans se retourner. Je crois que des mercenaires sont effectivement venus. Je veux même bien croire qu'un patricien de Schongau passablement débile leur a confié la mission de détruire la maladrerie. Parce qu'il croyait que les voyageurs se mettraient à éviter la ville une fois qu'elle serait édifiée. Mais ce que je refuse de croire, c'est votre histoire de trésor à dormir debout. Et je refuse également de savoir qui est ce patricien en question. Trop de poussière a déjà été soulevée depuis le début de cette histoire. À partir d'aujourd'hui, des gardes seront disposés ici toutes les nuits. Le chantier suivra son cours, comme le conseil l'a décidé. Et toi, Kuisl… » Il ne s'adressa directement au bourreau qu'à ce moment-là. « Tu vas m'accompagner et faire ce à quoi Dieu t'a destiné. Tu vas continuer à supplicier la vieille Stechlin jusqu'à ce qu'elle avoue les meurtres des enfants. Voilà en effet ce qui est important. Et pas quelques mercenaires miteux sur un chantier pourri. »

Il s'apprêtait à partir lorsqu'un des hommes d'armes le tira par la manche. C'était Benedict Cost, qui avait été de garde dans la forteresse dans la nuit. « Seigneur, la vieille Stechlin… », commença-t-il.

Johann Lechner s'immobilisa. « Eh bien, qu'a-t-elle ?

— Elle… elle est évanouie et gravement blessée. Vers minuit, elle avait dessiné des signes sur le sol du cachot, alors Georg Riegg lui a lancé une pierre, et maintenant, elle ne bouge plus du tout. Nous avons envoyé chercher le vieux Fronwieser pour qu'il la remette d'aplomb. »

Le visage de Johann Lechner vira au rouge. « Et pourquoi je ne l'apprends que maintenant ? siffla-t-il.

— Nous… nous ne voulions pas vous réveiller, souffla Benedict Cost. Nous pensions que cela pouvait attendre demain. Je comptais de toute façon vous le dire ce matin…

— Attendre demain ? » Johann Lechner avait du mal à se contenir et à parler calmement. « Encore un jour ou deux et l'intendant du prince électeur débarque ici avec armes et bagages, alors ce sera une pagaille pas possible. Si nous ne lui présentons pas nous-mêmes une coupable d'ici là, il fera ses propres recherches. Et là, que Dieu nous garde ! Il ne trouvera pas qu'*une* sorcière, vous pouvez me croire ! »

Il se détourna brusquement et s'élança sur la route qui ramenait à Schongau. Les gardiens le suivirent.

« Kuisl, appela Johann Lechner de la route. Tu viens avec moi et les autres aussi ! Nous forcerons la vieille Stechlin à faire des aveux ! S'il le faut, je vais faire parler une morte aujourd'hui ! »

Le brouillard matinal se dissipa peu à peu.

Lorsque les derniers hommes eurent quitté le chantier, on entendit pleurer faiblement quelque part.

Martha Stechlin était toujours évanouie et hors d'état d'être interrogée. Elle avait une forte fièvre et marmonnait dans son sommeil pendant que Bonifaz Fronwieser, une oreille sur sa poitrine, écoutait.

« La marque… les enfants… tout faux… » Elle ne prononçait aucune phrase cohérente.

Le vieux médecin secoua la tête. Il leva les yeux d'un air soumis vers Johann Lechner, appuyé contre la porte du cachot, qui observait l'intervention avec une impatience croissante.

« Alors ? » demanda Lechner.

Bonifaz Fronwieser haussa les épaules. « Son état est mauvais. Cette femme a une forte fièvre. Elle mourra probablement sans avoir repris conscience. Je vais la saigner… »

Johann Lechner eut un geste de refus. « Laisse tomber, vaut mieux pas. Si c'est pour qu'elle claque encore plus vite entre nos mains… Je vous connais, vous autres charlatans. N'y aurait-il pas un autre remède pour la remettre d'aplomb au moins pour un moment ? Je veux bien qu'elle meure après l'aveu, mais en attendant, cet aveu, il me le faut ! »

Bonifaz Fronwieser réfléchit. « Il existe certains remèdes, dont je ne dispose hélas guère. »

Johann Lechner tambourina impatiemment sur les barreaux. « Et qui dispose de ces remèdes certains ?

— Eh bien, le bourreau, je suppose. Mais ce sont des diableries. Une bonne saignée et la sage-femme…

— Gardes ! » Johann Lechner s'était déjà retourné. « Allez chercher le bourreau. Qu'il remette Martha Stechlin d'aplomb, et vite ! C'est un ordre ! »

Des pas rapides s'éloignèrent en direction du quartier des tanneurs.

Bonifaz Fronwieser s'approcha précautionneusement du bailli. « Puis-je vous être utile d'une autre façon ? »

Johann Lechner se contenta de secouer la tête. Il était plongé dans ses réflexions. « Pars, je te convoquerai quand j'aurai besoin de toi.

— Pardonnez-moi, seigneur, mais mon salaire… »

Johann Lechner posa en soupirant quelques pièces dans la main du médecin. Puis il retourna à l'intérieur de la prison.

La sage-femme était étendue sur le sol de son cachot, respirant avec peine. À côté d'elle, déjà presque entièrement effacé, le signe qu'elle avait tracé.

« Concubine de Satan, cracha Lechner. Dis ce que tu sais, puis va-t'en en enfer. » Il donna un coup de pied dans les côtes de la sage-femme, qui roula sur le dos en gémissant. Puis il effaça complètement la marque de sorcières et se signa.

Derrière lui, quelqu'un secoua les barreaux de sa cellule. « Je l'ai vue qui dessinait la marque ! cria Georg Riegg. Je me suis dépêché de lui lancer une pierre à la tête pour qu'elle ne puisse pas nous jeter un sort. Ah, on peut lui faire confiance à Georg Riegg ! Pas vrai, seigneur ? »

Johann Lechner se retourna, furibond. « Malheureux vermisseau ! À cause de toi, toute la ville va brûler ! Si tu ne l'avais pas blessée, elle serait en train de tout nous révéler sur le diable à l'heure qu'il est, et on aurait enfin la paix ! Mais non, et maintenant l'intendant va arriver. Alors que les caisses municipales sont vides ! Sombre crétin, va ! »

— Je… je comprends pas. »

Mais Johann Lechner ne l'écoutait plus. Il était déjà dans la rue. Si le bourreau n'avait pas guéri la vieille Stechlin d'ici midi, il serait obligé de convoquer une réunion du conseil. Cette histoire commençait à le dépasser.

13

Lundi,
30 avril de l'an du Seigneur 1659,
8 heures du matin

Son panier à la main, Magdalena remontait le chemin en pente qui menait du Lech à la place du Marché. Elle était incapable de penser à autre chose qu'aux événements de la nuit passée. Elle n'avait pas fermé l'œil, mais elle était tout à fait éveillée.

Quand Johann Lechner avait constaté que la sage-femme était réellement inconsciente et gravement blessée, il avait renvoyé le bourreau et le médecin en poussant force jurons. Ils étaient revenus tous les deux dans la maison du bourreau, fatigués, affamés et désemparés. Magdalena s'était proposé d'aller acheter de la bière, du pain et de la viande fumée au marché afin de les ragaillardir. Après s'être procuré une miche de pain de seigle et un bon morceau de lard, elle se dirigea vers les auberges situées derrière la Ballenhaus. Elle évita L'Étoile parce que Karl Semer, l'aubergiste et premier bourgmestre de la ville, était furieux contre son père. Tout le monde savait que le bourreau avait pris le parti de la sorcière. Elle se rendit donc à la Brasserie du Soleil pour acheter deux chopes de bière.

Lorsqu'elle revint dans la rue, les deux récipients débordants de mousse à la main, elle entendit murmurer et rigoler dans son dos. Elle se retourna. Des enfants, attroupés devant l'auberge, la contemplaient, les uns avec des yeux apeurés, les autres avec curiosité. Magdalena se frayait un chemin à travers la horde infantile quand plusieurs voix entonnèrent dans son dos une petite chanson. Pour le moins injurieuse.

« *Magdalena, fille de bourreau, est en chasse de nouveau. Jeunes hommes, enfuyez-vous vite, elle en a après votre bite !* »

Elle se retourna, furieuse.

« Qui a chanté ça ? Allez, dites-moi ! »

Quelques enfants s'enfuirent. Mais la plupart la bravèrent d'un air narquois, curieux de voir la suite.

« Qui a chanté ça ? répéta-t-elle.

— T'as ensorcelé Simon Fronwieser pour qu'il te suive partout comme un petit chien, et t'es aussi de mèche avec Stechlin, la sorcière ! »

Le garçon qui disait cela devait avoir douze ans, il était pâle, avec un nez de travers. Magdalena le reconnut. C'était le fils du boulanger Berchtholdt. Il la regardait droit dans les yeux avec un air de défi, cependant, ses mains tremblaient.

« Ah bon, et qui raconte ce genre de chose ? demanda Magdalena calmement, se forçant même à sourire.

— C'est mon père qui raconte ça, siffla le jeune Berchtholdt. Et à son avis, tu seras la prochaine à grimper sur le bûcher ! »

Le regard de Magdalena fit le tour du petit groupe d'un air de défi. « Quelqu'un d'autre croit-il ce genre de foutaises ? Si oui, il ferait mieux de se tirer avant que je lui mette ma main sur la figure ! »

Soudain, elle eut une idée. Elle saisit son panier et en sortit une poignée de fruits confits qu'elle avait achetés au marché et qu'elle destinait à son frère et à sa sœur. Puis elle dit en souriant :

« Quant aux autres, je leur donnerai peut-être une petite sucrerie, s'ils veulent bien m'expliquer certaines choses. »

Les enfants l'entourèrent.

« Ne prenez rien de cette sorcière ! s'écria le fils Berchtholdt. Ces fruits sont sûrement ensorcelés, ils vous rendront malades ! »

Quelques enfants parurent effrayés, mais l'appétit s'avéra plus puissant. Les yeux écarquillés, ils suivaient chacun des mouvements de la jeune femme.

« Magdalena, fille de bourreau, est en chasse de nouveau… », répéta le petit Berchtholdt. Mais personne ne se joignit à son chant.

« Ferme-la, à la fin ! » le coupa un autre garçon, auquel manquait toute une rangée de dents de devant. « Tous les matins quand je vais chercher le pain chez lui, ton père empeste l'eau-de-vie, parole. Va savoir ce qu'il s'imagine quand il est beurré comme ça ! Et maintenant, du vent ! »

Le fils du boulanger partit en râlant et en pleurnichant. Quelques enfants lui emboîtèrent le pas, les autres se serrèrent autour de Magdalena, hypnotisés par les fruits confits qu'elle tenait dans sa main.

« Bon, commença-t-elle, les petits gars assassinés, Clara et Sophie, qui sait ce qu'ils fabriquaient chez la sage-femme ? Pourquoi ne jouaient-ils pas avec vous ?

— C'étaient des enflures, de vraies plaies, dit le garçon qui se tenait juste devant elle. Ils ne manquent à personne, ici. Personne ne voulait jouer avec eux.

— Et pourquoi ? demanda Magdalena.

— Mais parce que c'étaient des bâtards, voyons, des pupilles et des orphelins, quoi ! intervint une petite fille blonde comme si la fille du bourreau était lente à la comprenette. De plus, eux non plus ne voulaient pas jouer avec nous. Ils passaient tout leur temps à traîner avec cette Sophie. Celle-là, un jour, elle a cassé la gueule à mon frère, cette espèce de sorcière !

— Mais Peter Grimmer n'était pas un pupille, lui. Il avait toujours son père…, objecta Magdalena.

— C'est Sophie qui l'a ensorcelé ! chuchota le garçon édenté. Il était tout changé depuis qu'il était avec elle. Ils se sont embrassés et ils se sont montré leur cul ! Une fois, il nous a raconté que les pupilles avaient conclu un pacte et que, s'ils le voulaient, ils pouvaient faire pousser des verrues sur la figure des autres enfants ou leur donner la vérole. Et une semaine plus tard, le petit Matthias est mort de la vérole !

— Et c'est la vieille Stechlin qui leur a appris à jeter des sorts ! » s'exclama un petit garçon qui se tenait un peu à l'écart.

« Ils étaient tout le temps fourrés chez elle, et maintenant, le diable est venu chercher ses disciples ! affirma un autre.

— Amen », fit Magdalena. Puis elle regarda les enfants d'un air mystérieux.

« Moi aussi, je sais faire de la magie, murmura-t-elle. Vous me croyez ? » Son auditoire recula, un peu effrayé.

Magdalena se composa une mine conspiratrice et fit quelques gestes énigmatiques de la main. Puis elle déclara à mi-voix : « Je sais faire pleuvoir des fruits confits. »

Elle jeta les friandises en l'air. Pendant que les enfants se chamaillaient en hurlant pour les attraper, elle disparut au coin de la rue.

Elle ne remarqua pas la silhouette qui la suivait à bonne distance.

« Je crois qu'aujourd'hui je prendrai bien un peu de ton breuvage du diable », dit le bourreau en montrant la petite bourse qui pendait à la ceinture de Simon. Le médecin hocha la tête et versa la poudre à café dans la casserole d'eau bouillante suspendue au-dessus du feu. Une odeur âcre et vivifiante se répandit. Jakob Kuisl l'aspira à pleines narines et hocha la tête d'un air approbateur. « Ça sent pas si mauvais pour de la pisse du diable ! »

Simon sourit, amusé. « Et ça nous permettra de penser plus clairement, tu peux me croire. »

Il remplit un gobelet en étain pour le bourreau. Puis il but précautionneusement le sien. À chaque gorgée s'estompait la fatigue de son esprit.

Assis de part et d'autre de la grande table usée de la salle, les deux hommes réfléchissaient sur les événements de la nuit passée. Comprenant qu'ils préféraient être seuls, Anna Maria, l'épouse de Kuisl, était allée laver du linge à la rivière avec les jumeaux. Le silence emplissait la pièce.

« Je parie mes fesses que Clara et Sophie sont encore sur ce chantier, finit par grommeler le bourreau en tambourinant sur la table du bout des doigts. Il doit y avoir une cachette quelque part, et elle est vraiment bonne. Sans ça, nous, ou les autres, les aurions déjà trouvées. »

Simon tressaillit. Il s'était brûlé les lèvres sur son gobelet.

« C'est possible, mais nous ne pouvons malheureusement plus le vérifier, répondit-il en passant la langue sur ses lèvres. Le jour, l'endroit regorge d'ouvriers, et la nuit, il y a maintenant les gens d'armes de Lechner. S'ils trouvent le moindre indice de la présence des enfants, ils iront en informer Lechner…

— Et Sophie se retrouvera sur le bûcher, aux côtés de Martha, compléta le bourreau. Par la sainte croix de Jésus, c'est comme de la magie noire !

— Chut, ne prononcez pas ces mots », dit Simon en riant. Puis il redevint sérieux.

« Récapitulons, si vous le voulez bien, dit-il. Les enfants se sont probablement cachés quelque part sur le chantier. De plus, quelque chose d'autre y est enterré. Quelque chose qu'un homme riche aimerait obtenir. Il a payé des mercenaires pour le retrouver. La servante de l'auberge Semer m'a raconté que, la semaine dernière, ces mercenaires ont rencontré quelqu'un au premier étage de l'auberge.

— Sans doute le commanditaire. »

Le bourreau alluma sa pipe avec un copeau de pin. Les volutes de tabac se déployèrent au-dessus des deux hommes comme une tente et se mêlèrent à l'arôme du café. Simon ne put s'empêcher de tousser avant de reprendre.

« Les mercenaires sabotent le chantier de la maladrerie afin d'avoir plus de temps pour y mener leurs recherches. Ça, je peux le comprendre. Mais pourquoi, nom de Dieu, l'un d'eux massacre-t-il les orphelins ? C'est insensé ! »

Le bourreau tira pensivement sur sa pipe. Ses yeux étaient fixés sur un point dans le lointain. Enfin, il ouvrit la bouche.

« Ils doivent avoir vu quelque chose. Une chose qu'absolument personne ne doit savoir… »

Simon se frappa le front du plat de la main. Ce faisant, il renversa le reste de café, qui se répandit en une flaque brune sur la table. Mais à présent, ça lui était égal.

« Le commanditaire ! s'écria-t-il. Ils ont vu celui qui a commandé ces sabotages ! »

Jakob Kuisl hocha la tête.

« Voilà qui expliquerait également l'incendie de l'entrepôt. La plupart des témoins oculaires, le diable a pu les avoir facilement. Peter, il l'a eu au bord de la rivière ; Anton et Johannes, les pupilles, c'étaient des proies faciles parce que personne ne les protégeait. Seule Clara Schreevogl, en tant que fille de patricien, était bien gardée. Le diable a dû apprendre d'une façon ou d'une autre qu'elle était malade…

— Alors ses compagnons ont mis le feu à l'entrepôt pour attirer la famille et les domestiques, afin qu'il puisse tranquillement enlever la petite chez elle, compléta Simon avec un soupir de dégoût incrédule. Schreevogl avait beaucoup à perdre. Il avait des marchandises dans cet entrepôt. Il était évident qu'il allait se précipiter au port. »

Le bourreau ralluma sa pipe. « Du coup, Clara est restée seule à la maison, malade et au lit. Mais elle lui a échappé. Et Sophie également… »

D'un bond, Simon fut debout. « Il faut retrouver ces enfants sur-le-champ avant que le diable ne le fasse. Le chantier… »

Jakob Kuisl le força à se rasseoir.

« Du calme, du calme. Ne précipitons rien. Il ne s'agit pas seulement de sauver les enfants, il faut aussi sauver Martha. Et reste le fait qu'on a retrouvé une marque de sorcière sur les enfants morts. Et que ces mêmes enfants s'étaient tous trouvés, peu auparavant, chez la sage-femme. L'intendant du prince électeur sera peut-être à Schongau dès demain, et Lechner tient absolument à obtenir des aveux d'ici là. J'admets d'ailleurs que je le comprends. Si l'intendant se met à fourrer son nez dans nos affaires, on n'en restera pas à une unique sorcière. C'est déjà ce qui s'était passé au cours du dernier grand procès en sorcellerie de Schongau. À la fin, c'est plus de soixante femmes qu'ils ont fait flamber dans notre région. »

Le bourreau regarda Simon dans les yeux.

« La première chose à faire, c'est de découvrir la signification de cette marque. Et le plus rapidement possible. »

Simon geignit. « Cette maudite marque. Une énigme dans l'énigme. »

On frappa à la porte.

« Qui est là ? grogna le bourreau.

— C'est moi, Benedict Cost, fit une voix timorée à travers la porte. C'est Lechner qui m'envoie te chercher. Tu dois venir t'occuper de la sorcière. Elle ne bouge plus du tout alors qu'elle est censée avouer aujourd'hui même. C'est à toi de la guérir. Tu as des remèdes et des livres que le vieux médecin n'a pas, dit Lechner. »

Jakob Kuisl se mit à rire.

« D'abord, je dois lui faire du mal, puis je dois la guérir, et à la fin, je dois la brûler. C'est vous qui êtes malades. »

Benedict Cost s'éclaircit la gorge.

« Lechner dit que c'est un ordre. »

Jakob Kuisl poussa un soupir.

« Attends-moi, j'arrive. »

Il passa dans l'autre pièce, choisit quelques flacons et creusets, fourra le tout dans un sac et se mit en route.

« Accompagne-moi, dit-il à Simon. Tu apprendras quelque chose. Tout autre chose que ces galimatias universitaires, ces leçons de prétentieux qui pensent qu'il suffit de diviser l'homme en quatre humeurs pour tout expliquer. »

Il claqua la porte derrière eux et ouvrit la marche d'un pas résolu. L'homme d'armes et Simon le suivirent.

Magdalena contourna lentement la Ballenhaus et traversa la place du Marché. Autour d'elle, des femmes vantaient à pleine gorge les premiers légumes du printemps, oignons, choux et tendres navets. L'odeur du pain frais et du poisson tout juste pêché l'assaillait de tous côtés. Mais elle n'entendait et ne sentait rien. Elle réfléchissait à sa conversation avec les enfants. Obéissant à une impulsion soudaine, elle fit demi-tour et prit la direction de la porte Kuehtor. Les clameurs et le bruit s'éteignirent vite, bientôt elle ne croisa plus que de rares passants. Elle eut tôt fait d'arriver à destination.

La maison de la sage-femme était dans un sale état. Les fenêtres étaient brisées et les volets pendaient sur leurs gonds. Quelqu'un avait enfoncé la porte. Le sol devant l'entrée était jonché de tessons de terre cuite et d'éclats de bois. Il sautait aux yeux que la petite pièce avait été à plusieurs reprises visitée par des pillards. Magdalena comprit qu'elle n'y trouverait rien qui eût la moindre valeur, et encore moins un indice qui aurait pu la renseigner sur les événements de la semaine précédente. En dépit de cela, elle entra et examina les lieux.

La pièce avait littéralement été mise à sac. La marmite, le tisonnier, le coffre, mais aussi les beaux gobelets en étain ainsi que les assiettes, que Magdalena connaissait de ses visites d'antan, avaient disparu. Quelqu'un avait fracturé la cage à poules sous le banc et emporté la volaille. Même le coin du bon Dieu, avec sa croix et sa statue de Marie, avait été vidé. Tout ce qui restait des possessions de Martha Stechlin, c'était une table fracassée et d'innombrables tessons de terre cuite qui jonchaient le plancher. Quelques-uns de ces tessons portaient des signes alchimiques. Magdalena se rappela qu'on les voyait jadis sur des creusets en terre cuite que la sage-femme avait coutume de ranger dans une niche à côté du poêle.

La fille du bourreau se plaça au milieu de la pièce dévastée et essaya d'imaginer comment les enfants avaient joué ici avec la sage-femme, à peine une semaine avant. Peut-être la vieille Stechlin leur racontait-elle des histoires à faire peur ; peut-être leur avait-elle parlé de sa science secrète et leur avait-elle montré des herbes et des poudres. Sophie en particulier semblait s'intéresser à ce genre de choses.

Magdalena traversa le couloir et sortit dans le jardin. Bien que l'arrestation de la sage-femme ne datât que de quelques jours, Magdalena eut l'impression que, dans le potager, la nature avait déjà repris ses droits. Les pillards avaient arraché les précoces légumes de printemps et saccagé le jardin d'herbes aromatiques, naguère magnifique. Magdalena secoua la tête. Pourquoi tant de haine et de convoitise, pourquoi une violence si absurde !

Soudain, elle eut le souffle coupé. Elle courut dans la salle pour vérifier quelque chose. L'objet attira immédiatement son œil.

Elle faillit éclater de rire à l'idée de n'y avoir pas songé plus tôt. Elle se pencha, le ramassa et se dépêcha de ressortir.

Dans la rue, elle éclata de rire, si bien que quelques bourgeois levèrent vers elle des yeux effrayés.

Ils s'étaient toujours doutés que la fille du bourreau et la sorcière étaient de mèche. À présent, ils en avaient la preuve !

Magdalena ne se laissa pas intimider par les regards. Riant toujours, elle décida de ne pas rentrer chez elle par la porte Lechtor, mais par la porte Kuehtor. Elle connaissait un petit chemin isolé qui serpentait au pied des remparts et débouchait sur un sentier conduisant au Lech. Le soleil d'avril lui réchauffa le visage dès qu'elle eut passé la porte. Elle salua le gardien et se promena entre les hêtres.

Tout était si simple. Pourquoi n'y avait-elle pas songé plus tôt ? Elle l'avait sous les yeux depuis le début mais elle n'avait rien vu ! Magdalena imagina le moment où elle le dirait à son père. Son poing se referma énergiquement autour de l'objet qu'elle tenait dans sa main. La sage-femme pourrait être relâchée aujourd'hui même. Enfin, pas relâchée, mais en tout cas, on suspendrait la torture afin de délibérer à nouveau sur son cas. Magdalena était convaincue que tout allait prendre meilleure tournure.

La branche la frappa directement à l'occiput et elle tomba en avant dans la boue.

Elle tenta brièvement de se relever, mais elle sentit un poing dans sa nuque qui la forçait à rester allongée dans la gadoue. Sa figure était plongée dans une flaque. Lorsqu'elle tentait de respirer, sa bouche se remplissait de terre et d'eau sale. Elle se tortillait comme un poisson hors de l'eau, mais son agresseur lui appuyait la tête sur le sol. Elle commençait déjà à perdre conscience, lorsque la main la tira soudain vers le haut. Une voix lui hurla dans l'oreille droite :

« Voyons un peu ce que je vais te faire, petite traînée. Une fois, à Magdebourg, j'ai coupé les seins d'une fille et je l'ai forcée à les bouffer. Ça te plairait, ça, hein ? Mais d'abord, j'aurai besoin de ton père, et tu vas m'aider à l'attirer ici, chérie. »

Un deuxième coup fit exploser son crâne. Elle n'eut aucune sensation lorsque le diable la tira hors de l'eau et la traîna au bas de la berge jusqu'à la rive.

L'objet qu'elle avait tenu dans sa main s'enfonça au fond de la flaque et disparut lentement dans la boue.

Jakob Kuisl luttait pour ramener à la vie la sage-femme qu'il avait torturée quelques jours plus tôt. Il avait nettoyé la plaie à la tête et posé un pansement à base d'écorces de chêne. Il avait barbouillé les doigts enflés d'une pâte épaisse et jaune. À plusieurs reprises, le bourreau lui fit boire un liquide contenu dans un petit flacon. Mais Martha Stechlin avait du mal à avaler. Le jus rouge brun dégoulinait de ses lèvres et s'égouttait sur le sol.

« Qu'est-ce que c'est ? » demanda Simon en désignant le flacon.

« Une décoction de millepertuis, de belladone et d'autres plantes que tu ne connais pas. Ça va calmer son esprit, mais rien de plus. Ils auraient dû nettoyer immédiatement la plaie qu'elle a à la tête, ventredieu ! Elle s'est déjà infectée. Ton père est un fichu incompétent ! »

Simon avala l'affront, mais il pouvait difficilement le contredire.

« D'où tenez-vous tout ce savoir ? Je veux dire, vous n'avez jamais fait d'études… »

Le bourreau partit d'un rire tonitruant tout en continuant à examiner les innombrables hématomes sur les jambes de la sage-femme.

« Des études, ha ! Vous ne manquez pas d'air, vous, les docteurs, si vous croyez que c'est dans vos universités glaciales qu'on se rapproche le mieux de la vérité. Mais on n'y trouve rien ! Sinon des ouvrages intelligents écrits par des hommes intelligents qui ont copié sur d'autres hommes intelligents. Mais la vraie vie, les vrais malades, c'est au-dehors, c'est ici qu'ils sont ! C'est eux que tu devrais étudier, pas les livres, ça t'apporterait plus que toute la bibliothèque universitaire d'Ingolstadt !

— Mais vous avez vous-même des livres à la maison, objecta Simon.

— Oui, mais quel genre de livre ? Des livres que vous avez interdits ou que vous négligez parce qu'ils n'entrent pas dans le cadre de votre enseignement poussiéreux ! Scultet, Paré ou le vieux Dioscuride ! Voilà de vrais savants ! Mais non, au lieu de cela, vous saignez, vous examinez la pisse et vous continuez à croire à vos humeurs puantes. Pour vous, le corps humain ne se compose que de sang, de flegme et de bile. Si seulement j'avais le droit de passer ne serait-ce qu'un examen de médecine dans une de vos universités... »

Il s'interrompit et secoua la tête. « Mais pourquoi m'énerver ? Je dois guérir la sage-femme puis je dois la tuer, rien de plus. »

Jakob Kuisl avait fini d'examiner la suppliciée. À la fin, il déchira des morceaux de toile en bandes, les trempa dans la pâte jaune puis en entoura les jambes, qui n'étaient plus qu'un unique et énorme hématome. Ce faisant, il ne cessait de secouer la tête.

« J'espère ne pas l'avoir traitée avec trop de dureté. Mais le pire, c'est sa blessure à la tête. On verra au cours des heures qui viennent si sa fièvre retombe ou si elle augmente encore. Si elle augmente, je crains que la nuit qui vient ne soit la dernière nuit de Martha sur cette terre. »

Il se remit debout.

« En tout cas, on peut dire à Lechner qu'il n'obtiendra plus d'aveux aujourd'hui. Cela nous fait gagner du temps. »

Jakob Kuisl se pencha de nouveau sur la sage-femme et posa sa tête sur une botte de paille fraîche. Puis il se tourna vers la sortie. Comme Simon, désœuvré, demeurait à côté de la malade, il lui fit impatiemment signe de l'accompagner.

« Nous ne pouvons rien faire de plus pour le moment. Tu peux aller dire une prière à l'église ou, si tu y tiens, réciter un rosaire. Moi, pour ma part, je vais aller réfléchir tout en fumant une bonne pipe dans mon jardin. Ça sera plus utile pour la vieille Stechlin. »

Il quitta la prison fortifiée sans jeter un regard en arrière.

En arrivant chez lui, Simon trouva son père assis dans la pièce principale, un verre de vin devant lui, l'air très satisfait. Il s'efforça même de sourire en voyant entrer son fils. Simon se rendit compte qu'il était un peu ivre.

« C'est bien que tu sois un peu là. Je vais avoir besoin de ton aide. La petite Maria Dengler a une éruption cutanée, et Sepp Bichler…

— Tu n'as pas pu l'aider », le coupa Simon abruptement.

Bonifaz Fronwieser le regarda sans comprendre.

« De qui tu parles ?

— Tu as été incapable de lui porter secours. Tu as salopé le travail, et comme tu ne savais plus quoi faire, tu as demandé qu'on aille chercher le bourreau. »

Les yeux du vieux médecin se rétrécirent jusqu'à ne plus former que des fentes étroites.

« Je n'ai pas demandé qu'on aille le chercher, que Dieu me garde, siffla-t-il. C'est Lechner qui l'a fait. S'il ne tenait qu'à moi, on aurait depuis longtemps serré la bride à ce charlatan. C'est tout de même inconcevable que de louches médicastres comme lui traînent notre métier dans la boue de cette façon ! Un homme qui n'a jamais fait d'études, c'est ridicule !

— Charlatan ? Médicastre ? » Simon avait du mal à ne pas hurler d'indignation. « Cet homme possède plus de savoir et plus de sagesse que tous vos parasites d'Ingolstadt réunis ! Si la vieille Stechlin survit, ce sera uniquement grâce à lui et pas parce que tu lui auras fait une saignée, comme je parie que tu l'as fait, ou parce que tu auras reniflé sa pisse ! »

Bonifaz Fronwieser haussa les épaules et avala une gorgée de vin. « De toute façon, Lechner ne m'a pas laissé procéder comme je le voulais. Il préfère s'en remettre à ce charlatan, qui l'eût cru… » Puis un sourire s'épanouit sur son visage. Il était censé être conciliant.

« Mais j'ai tout de même eu mon argent. Et, crois-moi, si la sage-femme devait nous quitter, ce serait le mieux qui puisse lui arriver. Elle devra mourir de toutes les manières. De cette façon, au moins, elle s'épargnera la suite des tortures et le bûcher. »

Simon leva sa main, comme pour frapper. Il ne put se retenir qu'à grand-peine.

« Espèce de maudit… »

Des coups énergiques contre la porte lui coupèrent la parole. C'était Anna Maria Kuisl. Elle haletait et elle était pâle, comme si elle avait couru depuis le quartier de la porte Lechtor.

« C'est… c'est Jakob, bafouilla-t-elle. Il a besoin de toi. Il faut que tu viennes immédiatement. J'étais tout juste revenue de la rivière avec les enfants quand je l'ai vu assis sur le banc, comme pétrifié. Jamais encore je ne l'avais vu comme ça. Seigneur Dieu, j'espère que ce n'est rien de grave… »

— Que s'est-il passé ? » s'exclama Simon. Il se précipita dehors, saisissant au passage un chapeau et son manteau.

« Il refuse de me le dire. Mais c'est en rapport avec Magdalena. »

Simon courait déjà. Il ne put voir son père secouer la tête puis fermer précautionneusement la porte. Bonifaz Fronwieser s'assit et reprit son vin là où il l'avait laissé. Celui qui coûtait trois kreuzers n'était pas de la meilleure qualité, mais il aidait tout de même à oublier.

Plongé dans ses pensées, Jakob Kuisl était rentré chez lui en passant par le quartier des tanneurs qui longeait la rivière. En prenant par la rue principale, il n'y avait que quelques centaines de mètres jusqu'à sa maison. Il venait d'annoncer à Lechner que la sage-femme n'était pas en état d'être interrogée. Le bailli l'avait regardé fixement sans expression, puis il avait hoché la tête. Il n'avait fait aucun reproche à Jakob Kuisl, il semblait s'attendre à cette nouvelle.

Il avait seulement dit en jetant un coup d'œil perçant au bourreau :

« Tu sais à présent ce qui va arriver, Kuisl, pas vrai ?

— Je ne comprends pas, seigneur ?

— Quand l'intendant du prince électeur sera là, tu auras beaucoup à faire. Aussi, tiens-toi prêt.

— Seigneur, je crois pourtant que nous ne sommes plus très loin d'avoir trouvé… »

Mais le bailli s'était déjà détourné. Il paraissait avoir perdu tout intérêt pour son interlocuteur.

Après avoir contourné les dernières ronces, Jakob Kuisl arriva en vue de son jardin, qui s'étendait de la rue jusqu'à l'étang. Le saule près du bord était couvert de chatons. Des éranthes d'hiver et des pâquerettes scintillaient dans les prés humides. Le carré d'herbes comestibles avait été fraîchement bêché et fumait au soleil. Pour la première fois de la journée, le bourreau sourit.

Soudain, son visage se figea.

Un homme était assis sur le banc devant la maison, le visage tourné vers le soleil. Il avait fermé les yeux. En entendant Jakob Kuisl ouvrir le portail du jardin, il cligna des yeux, comme s'il avait été arraché à un beau rêve. Il portait un chapeau orné de plumes de coq et un pourpoint rouge sang. La main avec laquelle il protégeait son visage des rayons du soleil jetait des éclats d'une blancheur aveuglante.

Le diable regarda Jakob Kuisl et sourit.

« Ah, le bourreau ! C'est un jardin magnifique que tu as là ! C'est sûrement ta femme qui l'entretient, ou la jeune Magdalena, n'est-ce pas ? »

Jakob Kuisl resta debout près du portail. Mine de rien, il saisit une pierre sur le mur et la soupesa discrètement. Un jet bien ciblé…

« Eh oui, la jeune Magdalena, continua le diable. Une vraie diablesse. Mais belle comme un cœur, à l'image de sa mère. Ses tétons deviennent-ils durs quand on lui chuchote des saletés à l'oreille ? Il va falloir que j'essaie. »

Jakob Kuisl serra la pierre si fort que les arêtes lui entrèrent dans la chair.

« Que veux-tu ? » murmura-t-il.

Le diable se leva et se dirigea vers le rebord de la fenêtre, sur lequel était posée une cruche pleine d'eau. Il la porta lentement à ses lèvres et but à grands traits. Des gouttes coulèrent le long de sa barbe soigneusement taillée et tombèrent à terre. Il ne reposa la cruche qu'après l'avoir entièrement vidée, puis il s'essuya la bouche avec la main.

« Ce que je veux ? La question serait plutôt… ce que *tu* veux. Veux-tu revoir ta fille en un seul morceau ? Ou alors coupée en deux, comme une bête, après que je lui aurai tranché les lèvres au préalable, celles dont elle se sert pour bavarder ? »

Jakob Kuisl envoya la pierre, qui vola droit vers le front du diable. Celui-ci fit un mouvement latéral presque imperceptible et la pierre heurta la porte sans plus d'effet.

L'espace d'un instant, le diable parut effrayé. Puis son sourire revint.

« Tu es rapide, bourreau, ça me plaît. Et tu sais bien tuer, comme moi. »

Soudain, son visage se déforma en une grimace bestiale. Jakob Kuisl crut brièvement que l'homme était en train de perdre la raison. Puis le diable se contrôla à nouveau. Son visage devint inexpressif.

Kuisl le contempla longuement. Il... connaissait cet homme. Seulement, il ne savait plus d'où. Il fouilla fébrilement sa mémoire à la recherche de ce visage. Où l'avait-il déjà vu ? À la guerre ? Sur un champ de bataille ?

Ses pensées furent brusquement interrompues par le fracas de la cruche en terre cuite. Le diable l'avait négligemment jetée derrière lui.

« Assez bavardé, susurra-t-il. Voici ce que je propose. Tu me montres où se trouve le trésor et je te rends ta fille. Sinon... » Il passa lentement sa langue sur ses lèvres.

Jakob Kuisl secoua la tête.

« Je ne sais pas où se trouve ce trésor.

— Alors découvre-le ! cracha le diable. Tu es si malin, d'habitude. Tu n'as qu'à trouver une idée. Nous avons fouillé tout le terrain en pure perte. Mais le trésor *doit* être là-bas ! »

La bouche de Jakob Kuisl était sèche mais il essaya de garder son calme. Il fallait qu'il retienne le diable. Si seulement il pouvait s'approcher davantage de lui...

« N'y songe même pas, bourreau, chuchota le diable. Mes amis ont ta petite bien à l'œil. Si je ne reviens pas dans la demi-heure qui suit, ils lui feront exactement ce que je leur ai commandé de faire. Ils sont deux, et ils y prendront beaucoup de plaisir. »

Jakob Kuisl leva les mains en signe d'apaisement.

« Et les gens d'armes ? » demanda-t-il pour gagner du temps. Sa gorge aussi était sèche. « Le chantier est surveillé jour et nuit.

— C'est ton problème, dit le diable en guise d'adieu. Demain à la même heure, je reviendrai te voir ici-même. Soit tu as le trésor, soit... »

Il haussa les épaules, comme pour s'excuser. Puis il s'éloigna nonchalamment en direction de l'étang.

« Qui est votre commanditaire ? s'écria le bourreau pour qu'il l'entende. Qui se cache derrière tout ça ? »

Le diable se retourna une dernière fois. « Tu tiens vraiment à le savoir ? Votre ville a déjà assez d'ennuis comme ça, tu ne crois pas ? Je te le dirai peut-être quand tu me remettras le trésor. Mais à ce moment-là, il se peut que cet homme soit déjà mort. »

Il traversa le pré vert et humide, sauta par-dessus un mur et eut bientôt disparu dans les fourrés de la forêt.

Jakob Kuisl se laissa tomber sur le banc et regarda dans le vague. Il lui fallut plusieurs minutes pour se rendre compte que sa main saignait. Il avait serré la pierre si fort que les arêtes l'avaient entaillée comme un couteau.

Johann Lechner mit de l'ordre dans ses papiers à l'étage supérieur de la Ballenhaus. Il préparait la prochaine session du conseil, sans doute la dernière avant longtemps. Le bailli ne se faisait pas d'illusions. Une fois que Sa Seigneurie, l'intendant du prince électeur, le comte Sandizell, serait arrivée en ville, le pouvoir de Johann Lechner ne serait plus qu'un souvenir. Il ne faisait ici qu'office de suppléant. Le comte Sandizell ferait table rase, il ne se contenterait pas d'une unique sorcière. Dès à présent, les rumeurs allaient bon train dans la ville. Lechner lui-même avait déjà été interpellé plusieurs fois par des personnes qui affirmaient pouvoir témoigner devant Dieu que Martha Stechlin avait jeté un sort à leurs veaux, qu'elle avait fait tomber la grêle sur les récoltes et rendu stériles les épouses. Ce matin, Agnes Steingaden l'avait saisi par la manche en pleine rue et lui avait soufflé à l'oreille d'une haleine empestant le vin que sa voisine, Maria Kohlhaas, était également une sorcière. Elle avait déclaré l'avoir vue, la nuit précédente, s'envoler vers le ciel en chevauchant un balai. Johann Lechner poussa un soupir. Si les choses continuaient aussi, le bourreau aurait réellement fort à faire.

Les premiers conseillers municipaux arrivèrent dans la pièce chauffée et chacun d'eux, cérémonieusement vêtu et coiffé d'un bonnet de fourrure, prit place sur le siège qui lui était réservé. Le bourgmestre Karl Semer jeta un coup d'œil oblique à Lechner, comme pour le jauger. Bien qu'il fût le premier bourgmestre, il laissait les affaires administratives au bailli, en qui il avait toute confiance. Mais cette fois, Lechner semblait avoir échoué. Semer le tira doucement par la manche.

« Y a-t-il enfin du nouveau dans l'affaire Stechlin ? chuchota-t-il. A-t-elle avoué ?

— Un instant. » Johann Lechner fit semblant d'avoir à signer un document. Le bailli détestait ces gros flibustiers, ces potiches qui ne devaient leur carrière qu'à leur naissance. Le père de Lechner avait également été bailli et son grand-oncle aussi, mais jamais aucun bailli avant lui n'avait eu autant de pouvoir. La place de juge cantonal était vacante depuis longtemps et l'intendant du prince électeur se montrait rarement. Johann Lechner était assez intelligent pour laisser les patriciens croire que c'étaient *eux* qui dirigeaient Schongau ; en réalité c'était lui, le bailli, qui gouvernait. À présent, son pouvoir semblait vaciller et les conseillers municipaux s'en rendaient compte.

Johann Lechner continua à mettre de l'ordre dans ses papiers. Puis il leva la tête. Les patriciens avaient les yeux fixés sur lui, ils paraissaient impatients et pleins d'attente. À sa droite et à sa gauche étaient assis les quatre bourgmestres et l'administrateur de l'hôpital, ensuite venaient les autres membres du conseil intérieur et extérieur.

« J'en viendrai tout de suite aux faits, commença Lechner. J'ai convoqué cette session du conseil parce que la ville fait face à une situation critique. Nous n'avons malheureusement toujours pas réussi à faire parler Martha Stechlin. Ce matin encore, la sorcière a de nouveau perdu connaissance. Georg Riegg lui avait jeté une pierre à la tête, si bien que...

— Comment est-ce possible ? » l'interrompit le vieil Augustin. Ses yeux aveugles jetèrent des éclairs en direction de Lechner. « Riegg lui-même est enchristé à cause de l'entrepôt brûlé. Comment a-t-il pu jeter une pierre sur la vieille Stechlin ? »

Johann Lechner soupira. « C'est arrivé, voilà tout. En tout cas, elle ne revient plus à elle. Il est possible que le diable l'emporte avant qu'elle ne nous ait avoué ses méfaits.

— Et si tout simplement nous disions aux gens qu'elle a avoué ? marmonna le bourgmestre Semer avant d'essuyer sa calvitie en sueur avec un mouchoir en soie. Elle meurt et nous la brûlons, pour le bien de la ville.

— Votre honneur, grinça Johann Lechner. C'est un mensonge devant Dieu et devant Sa Seigneurie, le prince électeur en personne ! Nous avons des témoins pour chaque interrogatoire ! Voulez-vous qu'ils soient tous parjures ?

— Non, non, je pensais simplement que… comme je le disais, pour le bien de Schongau… » La voix du premier bourgmestre baissa graduellement puis mourut tout à fait.

« Pour quand devons-nous nous attendre à l'arrivée de l'intendant du prince électeur ? insista le vieil Augustin.

— J'ai envoyé des messagers, dit Lechner. Telles que les choses se présentent, Sa Seigneurie, le comte Sandizell, nous honorera de sa présence dès demain matin. »

Un gémissement collectif s'éleva dans la salle du conseil. Les patriciens savaient ce qui les attendait. Un intendant princier, suivi de tout son équipage, qui s'installait pendant plusieurs jours, voire des semaines entières, coûtait une fortune à la ville ! Sans parler des interrogatoires interminables de bourgeois et de bourgeoises soupçonnés de sorcellerie. Dès lors que le, la ou les véritables coupables n'étaient pas sous les verrous, chacun pouvait, au fond, être de mèche avec le diable. Y compris les conseillers municipaux et leurs épouses… Au cours du dernier grand procès en sorcellerie, quelques épouses de bourgeois parmi les plus considérées avaient fini, elles aussi, sur le bûcher. Le diable ne faisait aucune distinction entre une servante et une aubergiste, entre une sage-femme et la fille du bourgmestre.

« Qu'en est-il du charroyeur augsbourgeois que nous avons arrêté suite à l'incendie de l'entrepôt ? demanda le second bourgmestre, Johann Püchner, tout en tambourinant nerveusement sur la table avec ses doigts. Est-il lié à cette affaire ? »

Johann Lechner secoua la tête.

« Je l'ai interrogé personnellement. Il est innocent. Je l'ai donc relâché ce matin, non sans l'avoir admonesté très fermement. Au moins les Augsbourgeois ne viendront pas nous chercher des noises de sitôt. Ils en ont pris pour leur grade. Mais ce charroyeur d'Augsbourg a vu des mercenaires trafiquer quelque chose à proximité de l'entrepôt…

— Des mercenaires ? Quels mercenaires ? s'enquit le vieil Augustin. Cette histoire devient de plus en plus confuse. Lechner, vous êtes prié d'être plus clair ! »

Johann Lechner se demanda brièvement s'il devait raconter aux conseillers la conversation qu'il avait eue sur le chantier avec le bourreau. Il décida de n'en rien faire. La chose était déjà assez compliquée comme ça. Il haussa les épaules.

« Eh bien, il semblerait que ce soit quelques gredins en maraude qui aient mis le feu à notre entrepôt. Ces mêmes gredins ont également détruit le chantier de la maladrerie.

— Et maintenant, ils errent dans les parages, assassinent des petits enfants et dessinent des marques de sorcière sur leur épaule, l'interrompit le vieil Augustin en frappant impatiemment de sa canne le coûteux plancher en merisier. Est-ce ce que vous comptez nous dire ? Lechner, reprenez-vous ! Nous *avons* la sorcière, elle n'a plus qu'à avouer !

— Vous m'avez mal compris, répondit le bailli au patricien aveugle pour apaiser sa fureur. Le feu a vraisemblablement été mis par ces mercenaires. Mais en ce qui concerne la mort de nos enfants, les responsables sont le diable et celle qui l'a aidé, bien entendu. Les preuves sont accablantes. Nous avons trouvé des herbes magiques au domicile de Martha Stechlin, les enfants étaient fréquemment rassemblés chez elle, plusieurs citoyens peuvent témoigner du fait qu'elle les a initiés à la sorcellerie… Tout ce dont nous avons encore besoin, c'est de son aveu. Vous savez aussi bien que moi qu'en vertu de la loi carolingienne, on ne peut condamner qu'une personne qui a avoué.

— Vous n'avez pas à me faire la leçon sur l'application de la justice définie par Charlemagne. Je la connais suffisamment, ma foi, murmura Matthias Augustin. » Ses yeux aveugles se portèrent au loin, les ailes de son nez se gonflèrent comme s'il percevait une puanteur venue d'ailleurs. « Je sens à nouveau l'odeur de la chair de femmes qu'on brûle, comme jadis, il y a soixante-dix ans. D'ailleurs l'épouse d'un juge a également laissé la vie sur le bûcher… »

La tête de l'aveugle jaillit comme celle d'un rapace en direction du bailli. Celui-ci se tourna de nouveau vers ses dossiers tout en prononçant à voix basse : « Ma femme est morte il y a trois ans de cela, comme vous le savez, elle est donc au-dessus de tout soupçon. Si c'est bien à cela que vous faisiez allusion…

— Et si nous soumettions la sorcière à l'épreuve de l'eau ? intervint soudainement Wilhelm Hardenberg, l'administrateur de l'hôpital. Ils l'ont fait à Augsbourg il y a quelques années de cela. On attache les pouces et les orteils de la sorcière ensemble puis on la jette à l'eau. Si elle flotte à la surface, c'est que le diable l'aide et la preuve de sa sorcellerie est faite. Si elle coule, elle est innocente et on en est tout de même débarrassé…

— Nom d'un chien, Hardenberg ! rugit le vieil Augustin. Vous êtes sourd, ou quoi ? La vieille Stechlin est inconsciente ! Elle va couler comme une pierre ! Qui va croire une épreuve de l'eau pareille ? En tout cas, pas l'intendant du prince électeur ! »

Le jeune Jakob Schreevogl prit alors la parole. « Pourquoi trouvez-vous si absurde que les enfants aient été assassinés par des mercenaires, Augustin ? Plusieurs témoins ont observé qu'un homme a sauté par une fenêtre de ma maison juste au moment où Clara a disparu. Il portait un pourpoint rouge sang et un chapeau à plumes comme en portent les mercenaires. Et il boitait.

— Le diable ! » Le boulanger Berchtholdt, qui jusqu'à présent avait visiblement cuvé sa cuite de la nuit dernière, s'était réveillé en sursaut et se signait. « Sainte Vierge, assiste-nous ! »

D'autres membres du conseil se dépêchèrent de dire une prière à mi-voix tout en se signant.

« C'est ça, simplifiez-vous la vie avec votre diable ! s'exclama Jakob Schreevogl à travers les murmures. Il représente la solution à tout. Mais il y a une chose que je sais pertinemment ! » Il se redressa et jeta un coup d'œil furieux à la ronde. « Ma Clara n'a pas été enlevée par un monstre à pied de bouc mais par un homme de chair et de sang. Le diable ne s'acharne pas sur une porte et il ne saute pas par la fenêtre. Il ne porte pas de chapeau de soldat bon marché et il ne retrouve pas des mercenaires autour d'une chope de bière à l'auberge Semer.

— Qu'est-ce qui vous fait dire que le diable fréquente mon établissement ? » Le bourgmestre Semer s'était levé d'un bond. Son visage avait pris une teinte rouge vif, de la sueur perlait sur son front. « C'est un mensonge éhonté, que vous me paierez !

— C'est le jeune médecin qui me l'a raconté. C'est le même homme qui a enlevé ma petite Clara et qui a disparu derrière la porte d'une de vos chambres à l'étage. » Jakob Schreevogl regarda le bourgmestre droit dans les yeux. « Il y a retrouvé quelqu'un pour conférer avec lui. C'était peut-être avec vous ?

— Ce Fronwieser, je lui ferai avaler sa langue, et vous, pareil ! dit Semer en abattant son poing sur la table. Je n'admets pas qu'on profère de tels mensonges sur mon auberge !

— Karl, calme-toi et reprends place. » La voix de l'aveugle Augustin était douce mais le ton était incontestablement tranchant. Semer, ébahi, se rassit.

« Et maintenant, raconte-nous, reprit Matthias Augustin. Y a-t-il du vrai dans ces… allégations ? »

Le bourgmestre Karl Semer roula des yeux et avala une grosse gorgée de vin. Il luttait visiblement pour trouver les mots justes.

« Serait-ce donc vrai ? » insista le second bourgmestre, Johann Püchner. Wilhelm Hardenberg, l'administrateur de l'hôpital, se tourna à son tour vers le respectable tenancier de l'auberge À l'Étoile. « Karl, dis-nous la vérité ! Les mercenaires se sont-ils retrouvés chez toi ? »

Des murmures s'élevaient autour de la table du conseil. Quelques membres du conseil extérieur se mirent à discuter entre eux sur les bancs à l'arrière.

« C'est un mensonge sans pareil ! » finit par siffler le bourgmestre Semer. Des torrents de sueur se déversaient sous son col en dentelle. « Peut-être que d'anciens soldats se sont retrouvés chez moi, à L'Étoile, je n'ai pas le moyen de le vérifier. Mais aucun de ceux-là n'est monté à l'étage, et aucun d'eux n'a eu rendez-vous avec qui que ce soit.

— Voilà qui résout la question, dit Matthias Augustin. Revenons-en donc aux affaires importantes. » Ses yeux aveugles se dirigèrent vers le bailli. « Qu'avez-vous l'intention de faire maintenant, Lechner ? »

Johann Lechner regarda les visages désemparés des conseillers municipaux à sa droite et à sa gauche.

« Pour le dire franchement, je n'en sais rien. Le comte Sandizell arrivera ici demain matin. Si la sage-femme n'a

pas parlé d'ici là, que Dieu nous vienne en aide. Je crains…
que nous n'ayons tous à prier intensément cette nuit. »

Il se leva et remballa la plume et l'encrier. Les autres se
levèrent à leur tour, hésitants.

« Je vais à présent tout préparer en vue de l'accueil du
comte. Chacun d'entre vous devra y aller de son tribut. Et
en ce qui concerne le procès de la sorcière… tout ce qu'il
nous reste à faire, c'est espérer. »

Lechner se précipita dehors sans prendre congé. Les
conseillers le suivirent en discutant par petits groupes de
deux ou trois hommes. Seuls deux patriciens restèrent
dans la salle de réunion. Ils avaient encore quelques affaires
importantes à éclaircir.

Le diable passa lentement sa main de squelette sur la robe
de Magdalena, frôla ses seins et lui caressa le cou en remontant vers son menton étroit. Lorsqu'il arriva à hauteur de ses
lèvres, elle détourna la tête en baissant les yeux. Le diable
sourit et la força à le regarder de nouveau en face. La fille du
bourreau était étendue devant lui, ligotée, à même le sol de la
forêt, un torchon sale fourré dans la bouche en guise de bâillon. De ses yeux rageurs, elle foudroya l'homme qui se tenait
au-dessus d'elle. Le diable lui envoya un baiser de la main.

« Parfait, c'est parfait. Sois bien impertinente, surtout,
comme ça, nous prendrons encore plus de plaisir ensemble,
plus tard. »

Derrière eux, un homme surgit dans la clairière. C'était
le mercenaire Hans Hohenleitner. Il s'arrêta prudemment
et s'éclaircit la gorge.

« Braunschweiger, il faudrait qu'on se tire d'ici. Christoph a été en ville. Les gens racontent que le comte en personne arrive demain, à cause de la sorcière. Ça va grouiller
de soldats dans le coin. Amusons-nous avec cette fille puis
filons en vitesse. André est mort, c'est déjà bien assez.

— Et le trésor, hein ? Qu'en sera-t-il du trésor ? »

Le diable, qu'ils appelaient Braunschweiger, se retourna. Les commissures de ses lèvres frémissaient comme s'il ne contrôlait plus son visage.

« Tu as dû oublier le trésor ! De plus, ce flibustier nous doit un tas d'argent !

— On chie sur cet argent. Hier, il nous a encore donné vingt-cinq florins pour la destruction du chantier et l'incendie de l'entrepôt. C'est plus que suffisant. Il n'y a plus rien à ramasser par ici. »

Le troisième mercenaire, Christoph Holzapfel, vint se placer à côté de lui. Ses longs cheveux noirs en bataille pendaient sur son visage. À la dérobée, il examina Magdalena, qui continuait à se tortiller au sol, immobilisée par des liens. « Hans a raison, Braunschweiger. Partons. Il n'y a pas de trésor, nous avons cherché partout. Dans chaque coin de ce foutu chantier ! Nous avons retourné toutes les pierres une par une ! Et si ça se trouve, les hommes du comte se mettront à vadrouiller dans ces bois dès demain.

— Allons tenter notre chance ailleurs, ça vaut mieux, répéta Hans Hohenleitner. Ma tête m'est plus précieuse que quelques florins. André a morflé, ce n'est pas bon signe. Paix à son âme que Dieu a maudite ! Mais avant de partir, prenons un peu de plaisir... »

Il se pencha sur Magdalena. Lorsque son visage vérolé fut au-dessus d'elle, elle sentit son haleine chargée d'eau-de-vie et de bière. Les lèvres de l'homme se tordirent en un rictus.

« Alors, petite chérie, tu la sens aussi, cette pulsion dans l'aine ? »

La tête de Magdalena jaillit. Son front heurta violemment le nez de Hans, qui éclata sous le choc comme un fruit mûr.

« Espèce de fieffée salope ! » Tout en se tenant le nez en gémissant, le mercenaire asséna un coup de pied au ventre de Magdalena. La fille du bourreau se tordit et ravala sa douleur. Il ne fallait pas qu'ils l'entendent crier. Pas si tôt.

Lorsque Hans voulut lui asséner un deuxième coup de pied, il fut retenu par le diable.

« Laisse, tu vas finir par abîmer son beau visage. Ça nous ferait deux fois moins de plaisir avec elle, tout à l'heure. Je vous le promets, je vous montrerai des trucs trop sales pour le prince des ténèbres lui-même…

— Braunschweiger, tu es malade, dit Christoph Holzapfel en secouant la tête avec dégoût. Tout ce que nous voulons, c'est prendre un peu notre pied avec cette fille. Les saloperies que tu as faites à Landsberg, ça m'a suffi. » Il se détourna. « Enfin, bon. Donne-t'en à cœur joie, puis fichons le camp d'ici. »

Magdalena se replia sur elle-même. Elle attendait le coup suivant.

« Pas encore, murmura le diable. D'abord, nous allons chercher le trésor.

— Bordel de merde, Braunschweiger ! dit Hans Hohenleitner tout en continuant à tenir son nez qui saignait. Il n'y a pas de trésor ! Quand est-ce que ça va entrer dans ta caboche malade ? »

Les commissures des lèvres du diable recommencèrent à frémir, il fit un ample mouvement circulaire de la tête comme pour relâcher une tension intérieure.

« Ne dis plus jamais… "malade", Hohenleitner. Plus jamais… » Son regard erra d'un mercenaire à l'autre. « Et maintenant, écoutez-moi. Nous resterons encore une nuit ici. Juste une seule nuit. Vous emmenez la fille en lieu sûr et moi, d'ici demain matin, j'aurai trouvé le trésor. Vous aurez tellement de florins que vous pourrez vous torcher avec. Et ensuite, nous nous occuperons tous ensemble de la fille.

— Juste une seule nuit ? » demanda Hans Hohenleitner. Le diable hocha la tête.

« Et comment comptes-tu t'y prendre pour le trouver ?

— C'est mon affaire. Tout ce que je vous demande, c'est de bien surveiller la fille. »

Le mercenaire Christoph Holzapfel se rapprocha de nouveau.

« Et où allons-nous nous cacher, hein ? Demain, toute la région va grouiller de soldats ! »

Le diable sourit.

« Je connais un endroit sûr. Ils ne vous trouveront pas. Et on a une belle vue par-dessus le marché. »

Il leur indiqua l'endroit. Puis il descendit vers la ville. Magdalena se mordit les lèvres, des larmes coulaient sur ses joues. Elle détourna péniblement le visage pour ne plus faire face aux mercenaires. Il ne fallait pas qu'ils la voient pleurer.

Les deux hommes se tenaient en bordure du chantier et observaient les ouvriers au travail. Quelques maçons et charpentiers leur firent signe de la main. Ils se demandaient certainement ce que ces hommes pouvaient bien venir faire par ici, mais ils n'en avaient pas la moindre idée. C'étaient des bourgeois respectables. Ils voulaient sans doute se faire une idée de l'avancée des travaux.

Il ne restait presque plus rien des destructions des derniers jours. Les murs de la maladrerie s'élevaient à nouveau, une charpente toute neuve trônait sur les fondations de la chapelle. Deux gens d'armes, assis sur le rebord du puits, tuaient le temps en jouant aux dés. Le bailli avait donné l'ordre de surveiller le terrain vingt-quatre heures sur vingt-quatre. Et comme toujours, ses instructions avaient été très détaillées. On avait fabriqué un appentis en planches tout exprès pour les gardes, afin qu'ils puissent s'y abriter en cas de pluie. Des lanternes étaient accrochées à des crochets sur les murs extérieurs de l'appentis, deux hallebardes étaient posées à côté.

« Et vous avez vraiment cherché partout ? » demanda le plus âgé des deux hommes.

Le plus jeune hocha la tête. « Partout. Et même plusieurs fois. Je ne sais vraiment pas où nous pourrions chercher encore. Mais il *doit* se trouver par ici ! »

L'autre homme haussa les épaules. « Peut-être le vieil avare a-t-il menti. Sur son lit de mort, il n'a peut-être fait que parler à tort et à travers. Les fantasmes enfiévrés d'un vieil homme que nous avons pris pour argent comptant… »

Il gémit et se tint le côté. Il dut se tordre brièvement vers l'avant, puis la douleur sembla s'apaiser. Il s'apprêta à partir.

« Quoi qu'il en soit, l'histoire est terminée.

— Terminée ? » L'homme plus jeune le rattrapa en courant, le saisit rudement par l'épaule et le fit pivoter vers lui. « Qu'est-ce que cela veut dire : terminé ? Nous devons continuer à chercher. Je n'ai pas encore versé l'intégralité du salaire aux mercenaires. Pour quelques florins de plus, ils réduiront tout en poussière et fouilleront la terre comme des cochons. Le trésor est quelque part ici ! Je… je le sens !

— Ventredieu, c'est terminé ! » L'homme plus âgé repoussa, presque avec dégoût, la main de l'homme plus jeune de son épaule. « Le terrain est surveillé. De plus, tu as déjà fait assez de foin comme ça. Lechner est au courant au sujet des mercenaires. Et le bourreau et ce Fronwieser te collent aux basques. Ils vont fourrer leur nez partout. Ils sont même allés chez le curé ! Nous courons trop de risques. Cette histoire est terminée, une fois pour toutes !

— Mais… » Le jeune le rattrapa une deuxième fois.

Le vieux secoua la tête avec indignation, puis se tint de nouveau le côté. Il poussa un gémissement bruyant.

« J'ai bien d'autres soucis, en ce moment. À cause de tes mercenaires, nous allons probablement voir débarquer le comte avec ses hommes, dès demain. Et il y aura vraisemblablement un grand procès. Les bûchers vont être dressés partout, Schongau va tomber dans la misère. Et tout ça à cause de toi, maudit imbécile ! J'ai honte. Pour toi et pour notre famille. Et maintenant, lâche-moi. Je veux partir. »

Le vieil homme partit d'un pas lourd, laissant l'autre planté dans la boue du chantier. Les bottes en cuir poli du jeune homme étaient couvertes de glaise. Il ne renoncerait pas ! Il leur montrerait, à tous. Une vague de fureur le submergea.

Lorsque quelques ouvriers le saluèrent d'un signe de la main, il leur rendit leur salut. Ces hommes ne pouvaient pas voir son visage qui semblait pétrifié par la haine.

14

Lundi,
30 avril de l'an du Seigneur 1659,
2 heures de l'après-midi

Suivi d'Anna Maria Kuisl, Simon remonta en courant la Hennengasse en direction de la porte Lechtor, puis il continua à travers le quartier des tanneurs. La nouvelle que quelque chose était arrivé à Magdalena lui prêtait une agilité qui le surprenait lui-même. Il n'avait pas tardé à laisser l'épouse du bourreau loin derrière. Son cœur battait à tout rompre, un goût métallique lui remplissait la bouche. Pourtant, il ne ralentit pas avant d'avoir atteint la maison du bourreau. Celle-ci était baignée par le plus resplendissant soleil de midi, quelques pinsons gazouillaient dans les pommiers du jardin, au loin retentissaient les appels des flotteurs. Sinon, tout était silencieux. Le banc devant la maison était vide, la porte d'entrée, grande ouverte. La balançoire suspendue à l'un des pommiers oscillait doucement sous la brise.

« Mon Dieu, les enfants ! » Anna Maria Kuisl avait rattrapé Simon. « Pas les enfants, pas ça… »

Sans terminer sa phrase, elle poussa Simon de côté pour se ruer à l'intérieur de la maison. Le jeune médecin la suivit. Dans la pièce principale, ils tombèrent sur deux anges d'innocence assis dans une mare de lait. À côté d'eux gisait une cruche cassée. Ils étaient en train de pêcher du miel dans un bol en terre cuite avec les doigts. Les jumeaux étaient recouverts d'une poudre blanche de la tête aux pieds. Simon vit alors que le tonneau de farine était lui aussi renversé.

« Georg et Barbara, non mais, qu'est-ce que vous... »

Anna Maria s'était apprêtée à les tancer vertement, mais le soulagement de retrouver les jumeaux sains et saufs l'emporta. Elle ne put s'empêcher d'éclater de rire. Mais elle se reprit aussitôt.

« Allez dans votre chambre, et au lit. Je ne veux plus vous voir ici au cours de la prochaine heure. Regardez donc un peu les cochonneries que vous avez faites ! »

Conscients de leur culpabilité, les jumeaux, tête basse, montèrent l'escalier en trottinant. Pendant qu'Anna Maria Kuisl épongeait le lait et balayait les tessons et la farine, en quelques mots elle raconta une nouvelle fois à Simon ce qui s'était passé.

« Je suis rentrée à la maison et je l'ai trouvé assis sur le banc, comme pétrifié. Quand je lui ai demandé ce qu'il y avait, il m'a simplement dit que Magdalena n'était plus là. C'est le diable qui l'aurait enlevée, le diable, mon Dieu... »

Elle jeta distraitement les tessons dans un coin et pressa une main sur sa bouche. Des larmes jaillirent de ses yeux. Elle fut obligée de s'asseoir.

« Simon, dis-moi ce que signifie tout cela ! »

Le médecin la regarda longuement sans répondre. Sa tête était envahie d'un tourbillon de pensées. Il voulut se lever et agir, mais il ignorait ce qu'il devait faire. Où était Magdalena ? Et où était le bourreau ? L'avait-il suivie ? Peut-être connaissait-il l'endroit où le diable avait emmené sa fille ? Et que voulait faire cet homme de la jeune femme ?

« Je... je ne saurais te le dire précisément, finit-il par murmurer. Mais je crois que le même homme qui a fait perdre la vie à ces enfants a maintenant enlevé Magdalena.

— Oh, mon Dieu ! » Anna Maria Kuisl enfouit son visage entre ses mains. « Mais pourquoi ? Pour quelle raison ? Que lui veut-il, à ma petite fille chérie ?

— Je crois qu'il veut s'en servir pour faire chanter ton mari. Il veut que nous cessions de le poursuivre. Que nous le laissions tranquille. »

L'épouse du bourreau le regarda avec espoir. « Et si vous faites ce qu'il vous demande, il relâchera Magdalena ? »

Simon aurait voulu hocher la tête, consoler Anna Maria, lui dire que sa fille reviendrait bientôt. Mais il en fut incapable. Au lieu de quoi, il se leva et se dirigea vers la porte.

« La relâchera-t-il ? » Il y avait quelque chose de suppliant dans la voix d'Anna Maria Kuisl. Elle criait presque. Simon ne se retourna pas.

« Je ne crois pas. Cet homme est malade et mauvais. Il la tuera si nous ne la retrouvons pas à temps. »

Il traversa rapidement le jardin et reprit la direction de la ville. Derrière lui, il entendit les pleurs des jumeaux. Ils s'étaient dissimulés sur un palier et avaient écouté la conversation en catimini. Même s'il était peu probable qu'ils aient compris quelque chose, ils avaient néanmoins senti qu'un événement très grave avait dû arriver.

Dans un premier temps, Simon erra sans but à travers les ruelles du quartier des tanneurs, puis au bord de la rivière. Il lui fallait d'abord mettre de l'ordre dans ses idées, le cours paresseux du Lech l'y aidait. Il y avait deux possibilités. Soit il trouvait la cachette dans laquelle le diable détenait Magdalena, soit il découvrait qui était le commanditaire du diable. Une fois que son identité serait connue, le commanditaire pourrait peut-être mettre fin au rapt. À condition toutefois que Magdalena soit encore en vie…

Simon fut traversé d'un frisson d'effroi. L'idée que la fille qu'il aimait puisse flotter dans la rivière, la gorge tranchée, bloquait toutes ses réflexions. Il devait rejeter cette pensée. De plus, elle n'avait aucun sens. Magdalena était le gage du diable, il n'allait pas s'en débarrasser de sitôt.

Simon n'avait pas la moindre idée de l'endroit où le diable pouvait avoir caché Magdalena. Cependant, il avait une vague idée de la cachette des enfants, et ceux-ci pouvaient lui révéler le nom du commanditaire. Ils étaient quelque part sur le chantier. Mais où, exactement ?

Où, bon Dieu de merde ?

Il résolut de refaire une visite à Jakob Schreevogl. Après tout, ce terrain avait naguère appartenu à son père. Peut-être connaissait-il une cachette éventuelle à laquelle ni le bourreau ni lui-même n'avaient songé jusqu'ici.

Une demi-heure après, il était sur la place du Marché. Les étals s'étaient vidés, à cette heure, en début d'après-midi, les bourgeois avaient fini de faire leurs emplettes. Les marchandes fourraient les légumes qui n'avaient pas trouvé preneur dans des paniers ou bien s'occupaient de leurs enfants qui pleurnichaient, fatigués d'avoir passé toute la journée à côté d'elles. Des feuilles de salade fanées et des choux pourris couvraient le sol entre le crottin de cheval et les bouses de bœuf. Tout le monde se dépêchait à présent de rentrer chez soi. Demain, on fêtait le 1er mai, et pour beaucoup de gens, c'était dès maintenant jour férié. De plus, il y avait tous les préparatifs à faire. Comme beaucoup d'autres villages et villes de Bavière, Schongau s'apprêtait à fêter la naissance de l'été. La nuit qui venait appartenait aux amoureux. Simon ferma les yeux. À l'origine, il avait prévu de passer la fête de mai avec Magdalena. Il sentit une boule dans sa gorge. Plus il réfléchissait, plus l'angoisse montait en lui.

Soudain, il se rappela qu'on célébrait également autre chose, tout autre chose, la nuit prochaine. Comment avait-il pu l'oublier ? La nuit du 30 avril au 1er mai était la nuit de Sainte-Walburge ! Les sorcières dansaient dans la forêt et s'accouplaient avec le diable, et on ne comptait plus les personnes qui s'armaient contre le Mal au moyen d'enchantements protecteurs, de signes sur les fenêtres et de sel sur le seuil de la porte. Ces marques étranges et ces meurtres abominables avaient-ils, en fin de compte, un rapport avec la nuit de Sainte-Walburge ? Bien que Simon en doutât, il craignait que certains bourgeois prennent prétexte de cette nuit-là pour aller liquider la supposée sorcière enfermée dans son cachot. Le temps était de plus en plus compté.

Il longea le château et entra dans la Bauerngasse ; peu après il fut devant la maison des Schreevogl. Une domestique était sur le balcon. De là-haut, elle regardait Simon avec méfiance. Le bruit avait couru, entre-temps, qu'il s'était entiché de la fille du bourreau. Lorsque Simon lui fit signe, elle disparut dans la maison sans le saluer, afin d'aller avertir son jeune maître.

Un instant plus tard, Jakob Schreevogl en personne lui ouvrit la porte et l'invita à entrer.

« Simon, quelle joie de vous voir ! J'espère que les soupçons que vous nourrissiez à mon égard se sont dissipés. Y a-t-il du nouveau au sujet de ma petite Clara ? »

Simon se demanda brièvement comment et dans quelle mesure mettre le patricien dans la confidence. Il n'était toujours pas certain du rôle réel que jouait Jakob Schreevogl dans cette histoire. Il se contenta donc de s'en tenir à quelques phrases brèves.

« Nous croyons que des mercenaires ont assassiné les enfants parce qu'ils auraient vu quelque chose qu'ils n'auraient pas dû voir. Mais nous ignorons de quoi il s'agit. »

Le patricien hocha la tête.

« J'ai supposé la même chose. Mais le conseil refuse de le croire. Nous nous sommes encore réunis ce matin. Ces messieurs les notables veulent faire table rase ! Une sorcière et un diable, c'est ce qui leur convient le mieux, surtout maintenant que le temps presse. L'intendant du prince électeur arrive demain. »

Simon tressaillit.

« Demain, déjà ? Alors ça nous laisse moins de temps que je ne l'avais espéré.

— De plus, le bourgmestre Semer nie que les mercenaires avaient rendez-vous avec quelqu'un dans une pièce à l'étage », continua Jakob Schreevogl.

Simon eut un rire sec.

« Un mensonge ! Resl, la servante de Semer, me l'a affirmé. Elle a même pu me donner une description exacte des mercenaires. Et ceux-ci sont bel et bien montés !

— Et si Resl s'était trompée ? »

Simon secoua la tête.

« Elle était tout à fait sûre de ce qu'elle disait. Il est plus probable que ce soit le bourgmestre qui mente. » Il poussa un soupir. « À l'heure qu'il est, je ne sais plus du tout à qui me fier… Mais je suis venu pour autre chose. Nous croyons savoir où se trouve la cachette de Clara et de Sophie. »

Jakob Schreevogl se précipita vers lui et saisit Simon aux épaules.

« Où ? Dites-moi, où ? Je mettrai tout en œuvre pour la retrouver !

— Eh bien, nous pensons qu'elles pourraient s'être cachées sur le chantier de la maladrerie. »

Incrédule, le patricien cligna nerveusement de l'œil.

« Sur le chantier ? »

Simon hocha la tête et se mit à faire les cent pas dans l'antichambre.

« Nous avons trouvé des traces de terre glaise sous les ongles des enfants morts. De la terre glaise qui pourrait provenir du chantier de la maladrerie. Il est tout à fait possible que les enfants aient vu quelque chose de leur cachette et qu'elles aient peur d'en sortir depuis lors. Cela dit, nous avons déjà cherché partout, sans rien trouver. »

Il demanda alors franchement au patricien :

« Avez-vous une idée de l'endroit où les enfants pourraient s'être cachées ? Votre défunt père avait-il fait une allusion quelconque à une grotte ? À un trou sous les fondations ? Le terrain a-t-il précédemment été occupé par un bâtiment dont il pourrait encore rester la cave ? Le curé a parlé d'un antique autel qui datait encore de l'époque païenne… »

Jakob Schreevogl se laissa choir dans un fauteuil près de la cheminée et réfléchit longuement. Il finit par secouer la tête.

« Pas que je sache. Ce terrain appartient à notre famille depuis plusieurs générations. Je crois que mes arrière-grands-parents y faisaient déjà paître leurs vaches et leurs moutons. D'après ce que je sais, il y a eu une chapelle ou une église dessus, il y a très longtemps de cela. Et aussi une pierre de sacrifice ou quelque chose de semblable. Mais ça fait vraiment une éternité. Nous ne nous sommes jamais particulièrement souciés de ce terrain, jusqu'à ce que je décide d'y faire construire un four à poterie. »

Soudain, son regard s'illumina.

« Les registres municipaux… On devrait y trouver ce genre d'information !

— Les registres municipaux ? demanda Simon.

— Eh bien, avant chaque contrat, chaque transaction, mais aussi chaque donation, on en dresse un acte dans les registres municipaux. Et en tant que bailli, Johann Lechner veille tout particulièrement à ce que tout soit en ordre. Lorsque mon père a légué le terrain à l'Église, il y a eu signature d'un acte officiel de donation. Et pour autant que je me souvienne, était joint à l'acte un vieux plan du domaine qui était encore en possession de mon père. »

Simon sentit sa bouche devenir toute sèche. Il avait le sentiment d'être tout proche de la solution.

« Et où sont ces... registres municipaux ? »

Le patricien haussa les épaules.

« Où voulez-vous qu'ils soient ? À la Ballenhaus, naturellement. Dans le greffe à côté de la salle du conseil. Il y a une armoire dans laquelle Lechner conserve tout ce qui est important pour la ville. Vous n'avez qu'à lui demander de vous autoriser à y jeter un coup d'œil. »

Simon hocha la tête et se dirigea vers la porte. Arrivé devant, il se retourna une dernière fois.

« Vous m'avez beaucoup aidé, merci. »

Jakob Schreevogl sourit.

« Vous n'avez pas besoin de me remercier. Ramenez-moi ma petite Clara, ce sera un remerciement suffisant. » Le conseiller municipal monta le large escalier qui menait à l'étage. « Et maintenant, veuillez m'excuser. Ma femme est toujours malade. Je vais aller voir comment elle se porte. »

Soudain, il s'arrêta. Il parut réfléchir à quelque chose.

« Il y a encore une chose... »

Simon le regarda, dans l'attente d'une révélation.

« Voilà, reprit Jakob Schreevogl, mon père, de son vivant, a mis beaucoup d'argent de côté, vraiment beaucoup. Comme vous le savez, nous nous sommes disputés peu avant sa mort. J'ai toujours cru qu'après cette dispute toutes ses économies étaient allées au clergé. Mais j'en ai parlé avec le curé...

— Et ? insista Simon.

— Eh bien, tout ce que l'Église a reçu, c'est ce terrain. J'ai déjà fouillé notre maison de fond en comble, mais je n'ai trouvé cet argent nulle part. »

Simon ne l'écoutait déjà plus. Il était déjà ressorti dans la rue.

Le médecin gagna la Ballenhaus à pas rapides. Il se doutait bien que le bailli ne le laisserait jamais consulter les registres municipaux. Sur le chantier, ce matin, il leur avait clairement fait comprendre, au bourreau et à lui, ce qu'il pensait de leurs soupçons : il les trouvait nuls et non avenus. Ce que voulait Johann Lechner, c'était le retour du calme dans sa ville, pas l'arrivée d'un médecin qui furetait dans ses registres, au risque de découvrir un secret qui pouvait coûter la tête à quelque patricien. Mais Simon savait qu'il lui *fallait* voir ce contrat. La question étant : « Comment faire ? »

Deux hommes d'armes armés de hallebardes glandouillaient devant la Ballenhaus tout en observant les dernières marchandes qui rangeaient leur étal. À cette heure de l'après-midi, les deux gardes étaient les uniques personnes qui étaient encore de service. Simon savait que plus aucun conseiller municipal ne se trouvait à l'intérieur de l'édifice. La session du conseil avait eu lieu à midi. Depuis, les patriciens étaient tous rentrés chez eux, rejoindre leur famille, quant au bailli, il se trouvait de nouveau au château. La Ballenhaus était déserte. Il n'avait que les deux hommes d'armes à passer.

Il s'arma d'un sourire et s'approcha d'eux. Il en connaissait un pour l'avoir soigné.

« Alors, Georg, comment ça va, ta toux ? Ça s'est amélioré depuis que je t'ai prescrit des tisanes à base de fleurs de tilleul ? »

Le sergent de ville secoua la tête. Comme pour prouver ses dires, il toussa plusieurs fois, bruyamment et avec des sifflements dans la gorge.

« Hélas non, maître. Ça a plutôt empiré. Maintenant, j'ai également mal dans la poitrine. Je peux à peine effectuer mon service. J'ai déjà débité trois rosaires, mais même ça, ça n'a rien changé. »

Simon prit un air songeur. Puis son visage s'éclaira soudain.

« Eh bien, j'ai là peut-être quelque chose qui pourra t'aider. Une poudre des Indes occidentales… » Il sortit un petit sac, puis il leva les yeux au ciel, la mine soucieuse. « Cela dit, il faut la prendre tant qu'on a le soleil de midi droit au-dessus de la tête. Il est donc presque trop tard, déjà. »

Le sergent Georg toussa une nouvelle fois et tendit la main vers le petit sac.

« Je vais la prendre, maître. Immédiatement. Combien je vous dois ? »

Simon lui remit le médicament.

« Cinq kreuzers seulement, parce que c'est toi. Par contre, tu dois la dissoudre dans de l'eau-de-vie pour qu'elle soit efficace. Tu as de l'eau-de-vie ? »

Georg se mit à cogiter. Le médecin commençait déjà à croire qu'il devait l'aider à en trouver, mais le visage du garde finit tout de même par s'illuminer.

« Je peux aller chercher de l'eau-de-vie. En face, à l'auberge. »

Simon hocha la tête et prit l'argent.

« Excellente idée, Georg. Dépêche-toi donc d'y aller. Tu n'en auras pas pour longtemps. »

Georg se mit en route tandis que l'autre homme d'armes restait à son poste, indécis. Simon examina l'homme d'un air songeur.

« Tu tousses, toi aussi ? demanda-t-il. Tu as l'air si pâle. Des douleurs dans la poitrine ? »

Le surveillant de la Ballenhaus parut réfléchir brièvement, puis il jeta un coup d'œil du côté de son collègue qui s'engouffrait dans l'auberge. Enfin, il hocha la tête.

« Alors cours lui dire d'acheter plus d'eau-de-vie, dit Simon. Vous devez la dissoudre chacun dans au moins un gobelet ; deux, c'est mieux. »

Le cerveau du garde était écartelé entre le sens du devoir et la perspective d'un, ou mieux, de deux gobelets d'eau-de-vie, pour raisons médicales, qui plus est. Enfin il se décida et prit le même chemin que son ami.

Simon ricana. Il avait bien assimilé quelques leçons du bourreau. Un petit sac rempli de terre argileuse pouvait décidément faire des merveilles !

Le médecin attendit qu'aucun des deux ne fût plus en vue. Puis il regarda prudemment autour de lui. La place du Marché était déserte. Rapidement, il entrouvrit la grande porte et se glissa à l'intérieur.

Une odeur d'épices et de toile moisie l'assaillit aussitôt. La lumière du soleil pénétrait en minces bandes à travers les hautes fenêtres grillagées. La pénombre commençait déjà à se répandre dans le grand hall ; les sacs et les caisses entassés contre le mur ressemblaient à des géants informes, endormis dans l'obscurité grandissante. Un rat effarouché jaillit de derrière une caisse et disparut dans l'obscurité.

À pas de loup, Simon monta le large escalier, puis colla une oreille contre la porte de la salle du conseil. Comme il n'entendait pas le moindre bruit, il s'autorisa à la pousser précautionneusement. La salle était déserte. Autour de la grande table en chêne, sur laquelle se dressaient des carafes de vin à moitié pleines et des verres en cristal, les chaises avaient été repoussées. Un énorme poêle trônait dans un coin, couvert de carreaux verts, en partie peints. Simon posa sa main dessus, le poêle était encore chaud. On aurait dit que les conseillers n'avaient quitté la salle que le temps d'une brève interruption et qu'ils allaient revenir d'un instant à l'autre.

Simon traversa la pièce à pas feutrés en s'efforçant de ne pas faire grincer les lames du parquet. Au mur oriental était fixé un tableau jauni qui représentait les conseillers municipaux de Schongau réunis autour de la table en chêne. Il examina la peinture de plus près. Au premier coup d'œil, il se rendit compte qu'elle n'était pas récente. Les hommes qui y figuraient portaient autour du cou des fraises qui avaient été à la mode plusieurs décennies auparavant. Ils portaient des gilets raides, noirs et boutonnés jusqu'au col. Les visages avec leur barbe rigoureusement taillée en pointe étaient graves et inexpressifs. Il crut néanmoins reconnaître un de ces hommes. Le conseiller qui se trouvait au centre, avec des yeux perçants et l'ébauche d'un sourire, devait être Ferdinand Schreevogl. Simon se souvint que le vieux Schreevogl avait jadis été le premier bourgmestre de la ville. Dans sa main, le patricien tenait un document couvert d'une écriture serrée. Simon eut l'impression de connaître également l'homme juste à côté de lui. Mais d'où ? Il tritura ses méninges mais ne parvint pas, malgré tous ses efforts, à mettre un nom sur ce visage. Il était certain de l'avoir vu récemment quelque part, mais sans doute très vieilli.

Soudain, il entendit des voix et des rires en provenance de la place du Marché. De toute évidence, les deux gens d'armes avaient respecté son ordonnance. Il sourit narquoisement. Ils avaient même, vraisemblablement, un peu forcé sur la dose.

Simon continua à avancer prudemment à travers la salle du conseil. Au moment de longer les verrières, il courba le dos pour ne pas être vu de l'extérieur. Il finit par atteindre la petite porte des archives. Il abaissa la poignée.

La porte était fermée à clé.

Il se mit à s'injurier à mi-voix. Il était vraiment trop bête ! Comment avait-il pu être assez naïf pour croire que cette porte serait ouverte ? Le bailli l'avait fermée, naturellement. Après tout, elle donnait sur le saint des saints.

Simon était sur le point de s'en aller, découragé, lorsqu'une nouvelle idée lui vint. Johann Lechner était un homme à qui on pouvait faire confiance. Il devait veiller à ce que les quatre bourgmestres puissent avoir accès aux archives même lorsqu'il était absent. Chacun de ces bourgmestres détenait-il par conséquent une clé ? C'était peu probable. Ce qui l'était davantage, c'était que le bailli conservât la clé ici-même. Mais où ?

Le regard de Simon se promena sur le plafond en bois de pin des Alpes avec ses reliefs en forme de rouleaux de parchemin, puis sur la table, les chaises, les carafes de vin… Il n'y avait ni armoire, ni coffre. Le seul meuble notable était le poêle en carreaux de céramique, un monstre large de deux pas, au moins, et qui montait presque jusqu'au plafond. Simon s'en approcha et l'examina de plus près. Une rangée de carreaux peints, à peu près à mi-hauteur du poêle, représentait des scènes de la vie rurale. Un paysan avec une charrue, un autre en train de semer, des cochons et des vaches, une gardeuse d'oies… Au milieu de la rangée se trouvait un carreau qui paraissait différent des autres. Il montrait un homme coiffé d'un large chapeau et qui portait autour du cou la fraise typique des conseillers municipaux. Il était assis sur un pot de chambre qui débordait de rouleaux en papier. Simon tapota ce carreau.

Il émit un son creux.

Le médecin sortit son stylet, en glissa la pointe dans la fente et s'en servit comme d'un levier pour déplacer le carreau. Celui-ci se détacha facilement. Dans la minuscule ouverture qui apparut, quelque chose brilla. Simon sourit. D'après ce qu'il savait, c'était le vieux Schreevogl qui avait fait installer ce poêle à l'époque où il était bourgmestre. Au sein de la guilde des potiers, on le considérait comme un véritable artiste. Il avait en outre le sens de l'humour, cela se vérifiait une fois de plus. Un conseiller municipal qui chiait des documents… Le père de Johann Lechner, le bailli d'alors, s'était-il reconnu dans ce dessin ?

Le médecin sortit la clé en cuivre, remit le carreau orné du conseiller municipal en place et revint vers la porte qui le séparait des archives. Il glissa la clé dans la serrure et la tourna. La porte s'ouvrit vers l'intérieur en grinçant légèrement.

La salle derrière sentait la poussière et le vieux parchemin. Seule une petite fenêtre grillagée donnait sur la place du Marché. Il n'y avait pas d'autre issue. Le soleil de l'après-midi filtrait à travers la fenêtre, des grains de poussière flottaient dans la lumière. La pièce était presque vide. Une petite table très sobre, en bois de chêne, ainsi qu'une chaise branlante étaient disposées contre le mur du fond. Tout le côté gauche de la pièce était occupé par une gigantesque armoire qui allait presque jusqu'au plafond. Elle contenait d'innombrables petits tiroirs qui débordaient de documents. Les plus gros rayons supportaient de lourds in-folio reliés en cuir. Sur la table étaient également étalés quelques livres et papiers épars, en compagnie d'un encrier à moitié rempli, d'une plume d'oie et d'une bougie entièrement consumée.

Simon gémit doucement. Cet endroit était le royaume du bailli. Pour lui, tout devait y avoir un ordre bien établi, pour le médecin par contre, ce n'était qu'un fatras confus de rouleaux de parchemin, de documents et d'in-folio. Les registres municipaux n'étaient d'ailleurs pas une série de registres mais un gigantesque fichier. Comment trouver le plan d'un terrain dans des conditions pareilles ?

Simon s'approcha de l'armoire. Il ne vit qu'à ce moment-là que des lettres étaient peintes sur les tiroirs. Elles paraissaient distribuées au hasard. C'étaient des abréviations dont le sens ne devait être connu que du bailli et peut-être également des membres du conseil intérieur. RE, MO, ST, CON, PA, DOC…

À la lecture de cette dernière, Simon s'arrêta net. Cela pouvait être l'abréviation de *Documentum*. Ce tiroir contenait-il également des actes de donation ? Il sortit le tiroir. Il était rempli à ras bord de lettres cachetées. Au premier coup d'œil, il vit qu'il avait eu raison. Toutes les lettres portaient le sceau de la ville et étaient signées de bourgeois haut placés. On y trouvait des testaments, des contrats de vente et, justement, des actes de donation, relatifs à de l'argent, à des biens en nature et à des terrains laissés par des bourgeois qui mouraient sans descendants. En dessous, il y avait des documents plus récents, sur lesquels l'Église paroissiale figurait toujours comme bénéficiaire. Simon avait chaud, il sentait qu'il approchait du but. Au cours des dernières années, le clergé de Schongau avait bénéficié d'un grand nombre de donations, surtout en vue de l'édification du nouveau cimetière de Saint-Sébastien. En ce moment, tous ceux qui sentaient que leur fin était proche et qui voulaient s'assurer un repos éternel, juste à côté des remparts, léguaient au moins une partie de leur fortune à l'Église. On voyait par ailleurs des donations de crucifix précieux, d'images de saints, de porcs et de bovins, et aussi de terrains. Simon continua à feuilleter les documents. Il finit par arriver au fond du tiroir. Aucune trace d'un contrat relatif au terrain jouxtant la montée de Hohenfurch...

Simon jura. Il savait que la solution de l'énigme se trouvait quelque part, ici même. Il le ressentait physiquement ! Furieux, il ramena le tiroir vers l'armoire pour le remettre en place et en sortir un autre. En se levant, il frôla les papiers qui traînaient déjà sur la table à son arrivée. Ils firent un vol plané et atterrirent sur le parquet. Simon les ramassa hâtivement. Soudain, il s'arrêta. Le document qu'il venait de saisir était déchiqueté sur un côté, comme si quelqu'un en avait hâtivement arraché une partie. Le sceau avait été brisé à toute vitesse. Il jeta un coup d'œil dessus.

« Donatio civis Ferdinand Schreevogl ad ecclesiam urbis Anno Domini MDCLVIII... »

Simon tressaillit. L'acte de donation ! Juste la première page, cependant, le reste avait été détaché très proprement. Il survola les documents sur la table et regarda par terre. Rien. Quelqu'un avait sorti le document de l'armoire, l'avait lu puis avait emporté la partie qui lui paraissait la plus importante, sans doute une esquisse du terrain. Toutefois, il semblait ne pas avoir eu beaucoup de temps, pas assez en tout cas pour ranger de nouveau le document dans le tiroir. Le voleur s'était contenté de glisser le papier vite fait sous le tas d'autres documents sur la table…

… puis il s'était rendu à la réunion du conseil.

Simon frémit. Si quelqu'un avait volé ce document, il fallait qu'il fût au courant de l'existence de la clé cachée derrière le carreau du poêle. Donc Johann Lechner lui-même… ou l'un des quatre bourgmestres.

Simon dut déglutir. Il sentit que sa main, qui tenait toujours le document, se mettait à trembler légèrement. Qu'avait dit le patricien Jakob Schreevogl tout à l'heure en lui parlant de la dernière réunion ?

« Le bourgmestre Semer nie que les mercenaires avaient rendez-vous avec quelqu'un dans une pièce à l'étage. »

Le premier bourgmestre lui-même était-il impliqué dans cette histoire d'enfants ? Le cœur de Simon battit plus vite. Il se rappela comment Semer, dans sa propre auberge, l'avait interrogé quelques jours auparavant puis lui avait déconseillé de continuer à enquêter sur cette affaire. Et n'était-ce pas justement Semer qui s'était toujours opposé à la construction de la maladrerie, en raison de considérations strictement municipales, ainsi qu'il l'affirmait ? Parce que des lépreux aux portes d'une ville marchande, c'était mauvais pour son image ? Et si en réalité Semer tenait à retarder les travaux parce qu'il pensait qu'un trésor était caché sur le terrain ? Un trésor dont son grand ami, le conseiller Ferdinand Schreevogl, lui aurait révélé l'existence juste avant de mourir ?

Les pensées de Simon tourbillonnaient. Le diable, les enfants morts, les marques de sorcière, le rapt de Magdalena, la disparition du bourreau, un bourgmestre qui tirait les ficelles d'un complot monstrueux… Tout déferlait sur lui en même temps. Il essaya d'ordonner le chaos derrière son front en classant tout par ordre d'importance. Le plus urgent, pour l'heure, c'était la libération de Magdalena, et pour cela il fallait qu'il trouve la cachette des enfants. Mais quelqu'un était entré dans cette pièce avant lui et avait volé le plan du terrain qui aurait pu la lui révéler ! Tout ce qui lui restait, c'était un bout de papier, une première page sur laquelle figurait un récapitulatif sommaire de la donation. Simon, désespéré, examina l'écriture en latin. Il traduisit rapidement.

« Terrain appartenant à Ferdinand Schreevogl, légué au clergé de Schongau le 4 septembre 1658, superficie du terrain : 200 × 300 pas, avec en sus deux hectares de forêt et un puits (à sec). »

À sec ?

Simon fixa des yeux bovins sur ces quelques lettres au bas du parchemin, près du bord.

À sec.

Le médecin se frappa le front du plat de la main. Puis il glissa le morceau de parchemin sous sa chemise et se dépêcha de quitter cette pièce étouffante. Il referma hâtivement la porte et remit la clé dans sa cachette derrière le carreau du poêle. En quelques secondes, il fut en bas, à l'entrée de la Ballenhaus. Les gardes avaient disparu. Ils avaient dû repartir à l'auberge afin de se procurer un supplément de remède. Simon quitta la Ballenhaus sans se soucier d'être vu et traversa la place du Marché en courant.

Quelqu'un, d'une fenêtre située du côté opposé de la place, l'observait. Lorsque l'homme en eut assez vu, il tira de nouveau le rideau et retourna à son bureau. À côté d'un verre de vin et d'un pâté encore fumant se trouvait un morceau de parchemin arraché quelque part. Les mains de l'homme tremblèrent lorsqu'il but. Du vin goutta sur le document, des taches rouges comme du sang s'y étalèrent lentement.

Le bourreau était étendu sur un lit de mousse et fumait sa pipe en clignant de l'œil en direction des derniers rayons du soleil de l'après-midi. Au loin, il entendait les voix des gardes sur le chantier. En raison de la fête de mai du lendemain, les ouvriers étaient rentrés chez eux dès midi. À présent, les deux gardes chargés de la surveillance trompaient l'ennui en jouant aux dés, installés sur les murs de la chapelle. De temps à autre, Jakob Kuisl les entendait s'esclaffer. Ces gardes avaient déjà connu des missions plus désagréables.

Un bruit nouveau s'ajouta alors, qui provenait de la gauche. C'était le craquement de branchages. Kuisl éteignit sa pipe, bondit sur ses pieds et disparut dans les fourrés en l'espace de quelques secondes. Lorsque Simon passa près de lui en marchant sur la pointe des pieds, il le saisit par la cheville et le fit tomber d'une brusque traction. Avec un petit cri, Simon s'abattit sur le sol et sa main s'allongea pour saisir son poignard. Le visage ricanant du bourreau apparut entre les branches.

« Boum ! »

Simon laissa tomber le poignard.

« Mon Dieu, Kuisl, vous m'avez fait une de ces peurs ! Où étiez-vous pendant tout ce temps ? Je vous ai cherché partout ! Votre femme se fait un sang d'encre et, de plus… »

Le bourreau posa un doigt sur ses lèvres et indiqua la clairière. Entre les branches, on distinguait vaguement les silhouettes des gardes, toujours occupés à jouer aux dés sur le muret. Simon reprit en baissant la voix.

« De plus, je connais maintenant la cachette des enfants. Il s'agit…

— … du puits », compléta Jakob Kuisl en hochant la tête.

L'espace d'un instant, Simon en eut le souffle coupé.

« Mais d'où le savez-vous ? Je veux dire… »

Le bourreau l'interrompit d'un geste impatient.

« Tu te souviens de la première fois que nous sommes venus sur le chantier ? Un chariot était coincé dans le fossé au bord de la route. Ce chariot transportait, notamment, des tonneaux remplis d'eau. À ce moment-là, je n'y ai accordé aucune importance. Ce n'est que bien plus tard, beaucoup trop tard, que je me suis demandé pourquoi quelqu'un prenait la peine d'amener de l'eau alors qu'il y avait un puits. »

Il désigna le puits circulaire en pierre, qui paraissait ancien et délabré. Quelques pierres avaient été détachées de la rangée supérieure, elles gisaient au bord du puits, entassées comme pour former un petit escalier naturel. Aucune chaîne et aucun seau n'étaient fixés à la structure en bois usée au-dessus du cercle maçonné… Simon déglutit. Ils avaient été si bêtes !

La solution avait été sous leurs yeux en permanence.

Il rapporta rapidement au bourreau son entretien avec Jakob Schreevogl ainsi que ce qu'il avait découvert aux archives de la Ballenhaus. Jakob Kuisl hocha la tête.

« Ferdinand Schreevogl doit avoir enterré son argent par ici, juste avant l'arrivée des Suédois, par peur de tout perdre, grogna-t-il. Peut-être qu'il l'a caché dans le puits. Puis il s'est disputé avec son fils et a légué le terrain contenant le trésor au clergé. »

Simon lui coupa la parole.

« Maintenant, je me souviens aussi de ce que le curé m'a dit quand je suis allé à confesse, s'exclama-t-il. Schreevogl lui aurait confié sur son lit de mort que le terrain lui donnerait l'occasion de faire beaucoup de bien. À l'époque, j'avais cru qu'il parlait de la maladrerie. À présent, je vois clairement qu'il voulait parler du trésor !

— Un des flibustiers du conseil en a eu vent, murmura le bourreau. Le vieux Schreevogl a dû le balancer à quelqu'un quand il était ivre ou juste avant de mourir, et ce quelqu'un a tout mis en œuvre pour saboter le chantier et retrouver ce maudit trésor.

— Apparemment, il s'agit du bourgmestre Semer, dit Simon. Il possède la clé des archives, c'est comme ça qu'il a pu mettre la main sur le plan. Il est bien possible qu'il sache déjà que le puits est à sec.

— C'est bien possible, grogna Jakob Kuisl. D'autant plus important alors d'agir vite. La solution de l'énigme se trouve au fond de ce puits. J'y trouverai peut-être aussi un indice en ce qui concerne ma petite Magdalena... »

Pendant un moment régna le silence. On n'entendait que le gazouillis des oiseaux et de temps en temps le rire des gardes. Simon réalisa que l'excitation de la dernière heure lui avait brièvement fait oublier Magdalena. Il en éprouva de la honte.

« Croyez-vous que... », commença-t-il, avant de se rendre compte qu'il serait incapable de poursuivre.

Le bourreau secoua la tête.

« Le diable l'a enlevée, mais il ne l'a pas zigouillée. Il a besoin d'elle, elle lui sert de gage, pour que je lui montre la cachette des enfants. De plus, ce n'est pas dans ses façons. Avant de tuer, il veut d'abord... s'amuser. Il aime jouer.

— On croirait que vous le connaissez, à vous entendre », dit Simon.

Jakob Kuisl hocha la tête.

« Je crois effectivement que je le connais. Il se peut bien que je l'aie déjà vu. »

Simon bondit.

« Où ça ? Ici, dans la région ? Savez-vous qui il est ? Si c'est le cas, pourquoi ne pas le dire au conseil, afin qu'il fasse mettre cette canaille sous les verrous ? »

Jakob Kuisl balaya les questions de Simon d'un geste de la main, comme pour chasser une mouche qui l'importunait.

« Tu es sot ou quoi ? Pas ici ! Autrefois. Ça fait… déjà longtemps. Remarque, je peux me tromper.

— Dites toujours ! Ça pourrait nous aider, qui sait !? »

Le bourreau secoua vigoureusement la tête.

« Ça ne nous avancera à rien. » Il se laissa retomber dans la mousse et tira sur sa pipe froide. « Reposons-nous plutôt encore un peu, en attendant le crépuscule. La nuit sera longue. »

Sur ces mots, le bourreau ferma les yeux et parut s'endormir sur-le-champ. Simon l'observa avec une pointe de jalousie. Comment cet homme pouvait-il rester si calme ? Pour sa part, il ne pouvait même pas songer à dormir. Il attendit la nuit, rempli d'inquiétude, le cœur palpitant.

Sophie appuya sa tête contre la pierre humide et essaya de respirer calmement et régulièrement. Elle savait qu'elles ne pouvaient plus rester très longtemps dans ce lieu, sous la terre. L'air commençait à se raréfier, elle sentait qu'à chaque heure qui passait, elle était de plus en plus gagnée par la fatigue. Chaque respiration semblait tiède et rance. Cela faisait plusieurs jours qu'elle n'était plus remontée à la surface, elle avait fait tous ses besoins dans une niche adjacente. L'air puait la matière fécale et la nourriture avariée.

Sophie regarda Clara endormie. Sa respiration était de plus en plus faible, elle avait l'air d'un animal mourant qui s'était terré dans une grotte pour y crever. Pâle, hâve, des cernes sous les yeux. Les os de ses épaules et de sa cage thoracique saillaient. Sophie savait que son amie avait besoin d'assistance. La potion qu'elle lui avait administrée il y avait presque quatre jours de cela l'avait certes fait dormir, mais sa fièvre n'en était pas retombée pour autant. De plus, la cheville droite de Clara avait déjà triplé. Sophie pouvait littéralement voir son organisme pomper et lutter. La jambe tout entière était bleue jusqu'au genou. Les compresses de fortune n'avaient pas été d'un grand secours.

Trois fois déjà, Sophie avait rampé dans le puits pour vérifier si le champ était libre. Mais chaque fois, elle avait entendu des voix d'hommes. Des rires, des murmures, des exclamations, des pas… Il se passait quelque chose à la surface, les hommes ne les laissaient pas tranquilles, ni de jour, ni de nuit. Mais, Dieu merci, ils n'avaient pas encore découvert la cachette. Sophie regarda dans l'obscurité. Il leur restait encore une moitié de bougie à l'huile de baleine. Depuis la veille à midi, elle ne l'avait pas allumée, afin d'économiser de la lumière. Quand les ténèbres lui devenaient trop insupportables, elle rampait dans le puits et regardait le ciel, loin au-dessus d'elle. Mais l'éclat du soleil ne tardait pas à lui faire mal aux yeux et elle devait retrouver l'obscurité.

Clara, elle, n'était pas gênée par le noir. Elle somnolait, abrutie, et quand il lui arrivait de se réveiller brièvement pour réclamer de l'eau, Sophie serrait sa main et la caressait jusqu'à ce qu'elle sombre à nouveau dans le sommeil. Parfois, Sophie lui chantait des chansons qu'elle avait apprises dans la rue. Parfois, elle se rappelait des vers que ses parents lui avaient chantés quand ils étaient encore en vie. Mais ce n'étaient plus que des bribes, des fragments d'un passé auquel s'attachait l'idée d'un visage amical ou d'un rire.

« *Balance-toi, balance-toi, berceau ; sur le toit, il y a des tuiles ; sur le toit, il y a des bardeaux ; que Dieu garde mon petit enfant.* »

Sophie sentit les larmes couler sur ses joues. Clara avait eu la chance d'être bien tombée. Elle avait trouvé une famille qui l'aimait. Mais à l'heure actuelle, quel bien en retirait-elle ? Elle était en train d'expirer en râlant dans un trou, au cœur de la roche, proche et néanmoins si éloignée de son doux foyer.

Avec le temps, les yeux de Sophie s'étaient habitués à l'obscurité. Cela ne signifiait pas qu'elle pouvait voir, mais elle distinguait l'obscurité claire de l'obscurité foncée. Elle ne se cognait plus la tête quand elle trébuchait à travers les galeries, et elle pouvait distinguer quand une galerie s'ouvrait à droite ou à gauche. Une fois, trois jours auparavant, alors qu'elle se déplaçait sans bougie, elle avait tourné au mauvais endroit et heurté un mur au bout de quelques pas. L'espace d'un instant, elle avait été saisie d'une peur atroce, celle de ne plus jamais retrouver son chemin. Son cœur s'était mis à battre à tout rompre, elle avait tourné en rond en tâtonnant et n'avait saisi que du vide. Puis soudain, elle avait entendu les gémissements de Clara. En suivant la direction de ce son, elle avait réussi à retrouver son chemin.

Depuis cet incident, elle avait défait l'ourlet de sa robe et tendu un fil de laine de leur niche jusqu'au puits. De cette façon, elle pouvait toujours sentir le fil rugueux sous ses pieds lorsqu'elle se déplaçait à l'aveugle jusqu'au puisard.

C'était ainsi que se passaient leurs journées et leurs nuits. Sophie nourrissait Clara, la berçait de ses chants, fixait les ténèbres et s'abandonnait à ses pensées. De temps à autre, elle rampait à la lumière, afin de prendre l'air. Elle avait momentanément songé à traîner Clara jusqu'au puits, afin qu'elle aussi puisse respirer un peu d'air frais et apercevoir la lumière. Mais d'abord la petite fille était trop lourde à porter en dépit de sa maigreur inquiétante, et puis les gémissements continuels de Clara auraient attiré l'attention des hommes à la surface. Son cri strident de la veille avait failli les trahir. Il fallait donc qu'elles restent ici, dans cette niche, dans les profondeurs de la terre.

Souvent, Sophie s'était demandé à quoi ces galeries, qu'ils avaient découvertes tous ensemble en jouant dans la forêt, avaient pu servir autrefois. À se cacher ? À se réunir ? Mais, en fin de compte, elles n'avaient peut-être pas été creusées par des humains, mais par des nains et des gnomes ? Parfois, elle entendait des susurrements, comme si de petits êtres méchants se gaussaient d'elle. Mais cela s'avérait toujours être le vent qui soufflait quelque part à travers des fentes dans la roche.

À cet instant aussi, un son retentit. Ce n'étaient pas des susurrements, mais des pierres qui s'abattaient dans les profondeurs. Des pierres qui avaient chuté du bord du puits...

Sophie en eut le souffle coupé : on entendait à présent des voix qui chuchotaient. Quelqu'un jura. Les voix ne provenaient pas de la surface, comme d'habitude, elles paraissaient toutes proches, comme si elles venaient du fond du puits.

D'instinct, Sophie ramena le fil de laine jusqu'à en sentir le bout dans sa main. Peut-être ne parviendraient-elles plus à retrouver la sortie. Mais ce qui importait le plus, à cet instant, c'était que les hommes qu'elle entendait ne puissent accéder à elles. Elle replia ses jambes contre sa poitrine et serra la main de Clara. Puis elle attendit.

Lorsque le crépuscule était tombé, le bourreau s'était levé de son lit de mousse et avait regardé à travers les branches, en direction des deux gardes.

« Nous allons devoir les ligoter, sinon c'est trop dangereux, chuchota-t-il. La lune envoie trop de lumière et le puits se trouve au centre du terrain nu, visible de partout. Comme un cul dans un cimetière.

— Mais... comment vous allez vous y prendre pour les maîtriser ? bafouilla Simon. Après tout, ils sont deux. »

Le bourreau ricana.

« Mais nous aussi. »

Simon gémit. « Kuisl, laissez-moi hors du coup. La dernière fois déjà, je ne me suis pas couvert de gloire. Je suis médecin, pas bandit de grands chemins. Je parie que je ferai encore tout foirer.

— Et tu pourrais bien le gagner, ton pari », dit Jakob Kuisl, les yeux fixés sur les gardes, qui avaient allumé un petit feu près des murs de soutènement de l'église et se passaient une bouteille d'eau-de-vie. Il finit par se retourner vers Simon. « Bon, reste ici et ne bouge pas. Je reviens dans un instant. »

Il s'extirpa des fourrés et rampa à travers les hautes herbes, en direction du chantier.

« Kuisl, chuchota encore Simon, ne leur faites pas de mal, d'accord ? »

Le bourreau se retourna une nouvelle fois et sourit avec férocité. Il sortit un petit gourdin en bois de mélèze poli de sous son manteau.

« Ils vont en être quittes pour un beau mal de crâne. Mais ils l'auraient eu de toute façon, s'ils avaient continué à picoler comme ça. Ça revient donc au même. »

Il continua à ramper jusqu'au tas de bois derrière lequel Simon s'était caché la nuit précédente. Là, il ramassa une pierre aussi grosse qu'un poing et la jeta contre les murs de l'église. La pierre rebondit contre la maçonnerie en faisant un grand tapage.

Simon vit les gardes interrompre leur beuverie et se concerter à voix basse. Puis l'un d'eux se mit debout, prit son épée et fit le tour des murs. Au bout d'une vingtaine de pas, il avait disparu du champ de vision de son camarade.

Le bourreau se jeta sur lui comme une ombre noire. Simon entendit un coup sourd, un bref gémissement, puis ce fut à nouveau le silence.

À travers l'obscurité, Simon ne distinguait plus que la silhouette du bourreau. Jakob Kuisl s'accroupissait derrière le muret jusqu'à ce que le deuxième garde montre des signes de nervosité. Au bout d'un moment, l'homme d'armes se mit à appeler son ami disparu, d'abord à voix basse, puis de plus en plus fort. Comme il n'obtenait décidément pas de réponse, il se leva, saisit sa pique et la lanterne et contourna à son tour prudemment le mur de l'église. Lorsqu'il passa à hauteur d'un buisson, Simon vit la lumière vaciller brièvement puis s'éteindre. Un instant plus tard, le bourreau émergea de derrière le buisson et fit signe à Simon de le rejoindre.

« Il faut les ligoter et les bâillonner avant qu'ils reprennent conscience », chuchota-t-il lorsque Simon l'eut rejoint. Jakob Kuisl rayonnait de joie comme un gamin après une farce réussie. Il sortit un rouleau de corde de son sac.

« Je suis sûr qu'ils ne m'ont pas reconnu, ajouta-t-il. Demain, ils raconteront à Lechner qu'ils ont été attaqués par une horde de mercenaires contre laquelle ils se sont héroïquement défendus. Peut-être bien que je devrais leur administrer quelques coups supplémentaires, pour faire plus vrai. »

Il jeta un bout de corde à Simon. Ensemble, ils ficelèrent les deux gardes assommés. Celui que le bourreau avait frappé en premier saignait un peu à l'occiput. Sur le front de l'autre avait déjà poussé une belle bosse. Simon vérifia leur rythme cardiaque et leur respiration. Ils étaient vivants tous les deux. Soulagé, le médecin poursuivit son travail.

À la fin, ils bâillonnèrent les deux gardes avec un morceau de toile et les transportèrent derrière le tas de bois.

« De cette façon, ils ne pourront pas nous voir même quand ils se seront réveillés », dit Jakob Kuisl, qui se dirigeait déjà vers le puits. Simon hésita. Il retourna rapidement auprès du campement des gardes, alla chercher deux couvertures chaudes et les étendit sur les gardes inconscients. Puis il se dépêcha de suivre le bourreau. Ce qui se passait ici, c'était de la légitime défense ! Si jamais cela devait faire l'objet d'un procès, il espérait que ses soins attentionnés lui vaudraient une sentence plus clémente.

La lune, déjà levée, baignait le chantier d'une lumière bleuâtre. Le petit feu qu'avaient allumé les gardes ne rougeoyait plus que faiblement. Le silence alentour était total. Même les oiseaux avaient cessé de gazouiller. Une structure en bois pourri se dressait au-dessus du puits, c'était là que, jadis, la chaîne et le seau avaient dû être fixés. Quelques pierres entassées servaient de marchepied pour mieux accéder au bord. Jakob Kuisl rapprocha sa torche de la poutre déployée diagonalement au-dessus de l'ouverture du puits.

« Là, regarde, des éraflures récentes, murmura-t-il en passant un doigt sur la poutre. Par endroits, le bois clair est visible sous la surface pourrie. »

Il regarda dans le puits et hocha la tête.

« Les petites filles sont descendues à l'aide d'une corde qu'elles ont fait passer au-dessus de la poutre.

— Dans ce cas, pourquoi n'y a-t-il plus de corde, si elles sont en bas ? » demanda Simon.

Le bourreau haussa les épaules. « Sophie a probablement descendu la corde pour que personne n'ait de soupçons. Pour remonter, il faut qu'elle la fasse passer au-dessus de la poutre en la jetant d'en bas. Ce n'est pas franchement facile, mais je crois que Sophie serait capable de le faire. »

Simon hocha la tête.

« C'est sans doute comme ça qu'elle est sortie quand elle est venue me retrouver dans la forêt pour me parler de Clara », dit-il en jetant un coup d'œil dans les profondeurs. Le trou était aussi noir que la nuit qui les entourait. Il jeta quelques pierres par l'ouverture et les entendit heurter le sol en contrebas.

« T'es pas fou, non ? jura le bourreau. Maintenant, elles sont sûrement averties que nous venons ! »

Simon bégaya : « Je… je voulais simplement voir si le puits était très profond. Plus il est profond, plus la pierre met de temps pour arriver en bas. Et en calculant le temps jusqu'à…

— Crétin, l'interrompit le bourreau. Le puits ne peut pas avoir plus de dix pas de profondeur. Sans ça, Sophie n'aurait jamais réussi à lancer la corde à la surface pour te retrouver en forêt. »

Une fois de plus, Simon fut impressionné par la logique simple et néanmoins irréfutable du bourreau. Jakob Kuisl, pendant ce temps, avait sorti une seconde corde de son sac et avait commencé à la nouer autour de la poutre.

« Je vais descendre en premier, dit-il. Si je vois quelque chose en bas, j'agite ma lanterne, et à ce signal, tu descends à ton tour. »

Simon hocha la tête. Le bourreau vérifia une nouvelle fois la solidité de la poutre, en tirant énergiquement sur la corde. La poutre grinça, mais elle tint bon. Kuisl attacha la lanterne à sa ceinture, saisit la corde à deux mains et se laissa glisser dans les profondeurs.

Au bout de quelques mètres, il avait disparu dans l'obscurité. Seul un point lumineux indiquait qu'un homme, en contrebas, descendait le long d'une corde. Le point lumineux descendit de plus en plus bas et stoppa soudain. Puis la lumière commença à osciller à droite et à gauche. Le bourreau faisait des signes avec sa lanterne.

Simon respira de nouveau à fond. Il attacha à son tour sa lanterne à sa ceinture puis saisit la corde et entama la descente. Une odeur humide et de renfermé l'enveloppa aussitôt. De la terre argileuse se détachait à quelques centimètres de ses yeux. De la terre argileuse, comme ils en avaient trouvé sous les ongles des enfants…

Au bout de quelques mètres, il se rendit compte que le bourreau avait raison. Le sol était visible après une descente de seulement dix pieds. Quelques flaques scintillaient à la lumière de la lanterne, mais en dehors d'elles, le puits était sec. En atteignant le fond, Simon comprit pourquoi. D'un côté du puits se trouvait un trou semi-ovale, à hauteur de genou, dont la forme rappelait à Simon l'arc du portail d'une chapelle. Il avait l'air d'avoir été creusé par des hommes dans le sol glaiseux. Derrière ce trou s'ouvrait une galerie basse. Le bourreau était debout à côté du trou et souriait largement. Il désigna l'ouverture avec sa lanterne.

« Un passage souterrain, chuchota-t-il. Qui l'eût cru ? Je ne savais pas qu'on en trouvait dans la région.

— Qu'est-ce que c'est ? demanda Simon.

— Un tunnel. Les gens, parfois, appellent ça des trous à nains, ou de racine de mandragore. Quand j'étais à la guerre, j'en ai vu un tas. Les paysans allaient s'y cacher à l'approche des soldats. Il arrivait qu'ils passent des journées entières dans ces refuges. » Le bourreau éclaira l'entrée de l'antique galerie.

« Ces grottes ont été creusées par des êtres humains, reprit-il à voix basse. Elles sont très anciennes et personne ne sait à quoi elles ont servi. Il y en a qui croient qu'elles ont été creusées pour servir de cachette. Mon grand-père, quant à lui, m'a raconté que les âmes des morts y trouvent leur dernier repos. Il y en a encore qui disent que ce sont les nains eux-mêmes qui les auraient creusées. »

Simon examina l'ouverture semi-ovale de plus près. Elle ressemblait réellement à l'entrée d'une grotte de nains.

Ou à la porte des enfers…

Simon s'éclaircit la gorge. « Le curé a dit que ces lieux, dans le temps, servaient aux réunions de sorcières et de magiciens. Un endroit où les païens célébraient leurs cultes maléfiques. Y aurait-il un lien avec… ces passages ?

— P'têt' ben qu'oui, p'têt' ben qu'non, fit Jakob Kuisl tout en s'accroupissant. Quoi qu'il en soit, il va bien falloir y entrer. Alors, allons-y. »

Simon ferma brièvement les yeux et formula une prière rapide en direction du ciel, à présent couvert de nuages, visible à dix pas au-dessus de lui. Puis il s'engouffra dans le tunnel étroit, à la suite du bourreau.

En haut, au bord du puits, le diable leva ses narines au vent. Cela sentait la vengeance et la revanche. Il attendit encore un moment, puis il saisit la corde et se laissa glisser à son tour dans les profondeurs.

À peine l'ouverture franchie, Simon se rendit compte que cela ne serait pas une promenade de santé. Au bout de quelques mètres déjà, le tunnel rétrécissait. Ils durent ramper latéralement, sur une épaule, afin de pouvoir avancer dans un passage. Simon sentit les arêtes pointues de la roche lui érafler le visage et le corps. Ensuite, la galerie s'élargissait un peu, quoique pas beaucoup. Plié en deux, Simon progressa mètre après mètre, une main tenant la lanterne, l'autre s'appuyant sur la paroi de glaise humide. Il essaya de ne pas songer à l'apparence qu'allaient avoir ses chausses et son pourpoint. Mais de toute façon, on n'y voyait rien dans cette obscurité.

Son seul repère était la lanterne vacillante du bourreau devant lui. Jakob Kuisl avait visiblement de la peine à faire passer son large corps musclé à travers ce chas d'aiguille. De la terre se détachait sans cesse du plafond et lui tombait dans le col. La voûte du tunnel était incurvée comme une galerie de mine. À intervalles réguliers, des niches noires de suies, de la grandeur de la main, s'ouvraient dans les parois. Elles avaient dû servir à poser des bougies ou des lampes à huile. La présence de ces niches permettait à Simon d'avoir une estimation de la longueur du tunnel. En dépit de cela, il ne tarda pas à perdre la notion du temps.

Au-dessus d'eux reposaient des tonnes de roche et de terre. Le médecin se demanda brièvement ce qui se passerait si la terre au-dessus de lui venait soudain à s'effondrer.

Aurait-il encore le temps de sentir quelque chose ? La roche lui épargnerait-elle des souffrances en lui brisant la nuque sur-le-champ, ou bien serait-il condamné à étouffer lentement ? Comme il sentait que son cœur commençait à battre de plus en plus vite, il tenta de diriger ses pensées vers quelque chose d'agréable. Il pensa à Magdalena, à ses cheveux foncés, ses yeux noirs et rieurs, ses lèvres pleines… Il voyait nettement son visage devant lui, presque à le toucher. À présent, son expression changeait, elle semblait l'appeler. Sa bouche s'ouvrait et se fermait sans produire un son ; dans ses yeux brillait l'angoisse la plus nue. Lorsqu'elle se tourna complètement vers lui, le rêve éveillé éclata comme une bulle de savon. La galerie tourna soudainement pour donner sur une chambre de la hauteur d'un homme.

Le bourreau se redressa et éclaira la pièce avec sa lanterne. Simon tapota ses chausses pour en faire tomber tant bien que mal la terre, puis il regarda autour de lui à son tour.

La chambre était à peu près carrée, longue et large d'environ trois pas. Les parois latérales étaient creusées de petites niches et de marches qui ressemblaient à des étagères. Du côté opposé, deux autres tunnels légèrement en pente menaient plus loin au cœur de la roche. Ils présentaient eux aussi la forme semi-ovale que Simon avait vue au niveau de la première entrée. Dans le coin gauche de la chambre, une échelle était appuyée contre la paroi et menait à un trou dans le plafond. Jakob Kuisl examina l'échelle avec sa lanterne. À la lueur blafarde de la lampe, Simon vit des barreaux verdâtres, pourris. Deux d'entre eux étaient complètement brisés. Simon se demanda si cette échelle pouvait encore servir à qui que ce soit.

« Ça doit faire une éternité qu'elle est ici, dit Jakob Kuisl en tapotant le bois pour vérifier sa solidité. Un siècle, deux siècles, peut-être… Le diable sait où elle mène. Je crois que tout cet endroit n'est qu'un fichu labyrinthe. Le mieux, c'est d'appeler les enfants. Si elles ne sont pas sottes, elles répondront, et cette partie de cache-cache sera enfin terminée.

— Et si… quelqu'un d'autre nous entend ? » demanda Simon, inquiet.

« Peuh, qui pourrait nous entendre ? Nous sommes si loin sous la terre que ça me rassurerait qu'on entende nos cris là-haut. » Le bourreau eut un rictus. « Qui sait si nous n'allons pas être ensevelis et si nous n'aurons pas besoin de secours. Tout ça ne me paraît pas très stable, surtout le tunnel étroit à l'entrée…

— Je vous en prie, Kuisl. Il n'y a pas de quoi plaisanter. »

Une nouvelle fois, Simon sentit peser les tonnes de terre au-dessus de leur tête. Pendant ce temps, le bourreau éclaira l'entrée d'en face. Puis il cria dans l'obscurité :

« Les enfants, c'est moi, Jakob Kuisl ! Vous n'avez rien à craindre ! Nous savons maintenant qui sont ceux qui vous veulent du mal. Avec nous, vous êtes en sécurité. Alors sortez, soyez gentilles ! »

Sa voix sonnait étrangement creuse et faible, comme si la glaise tout autour d'eux absorbait ses paroles comme de l'eau. Ils n'obtinrent aucune réponse. Kuisl essaya une nouvelle fois.

« Les enfants ! Vous m'entendez ? Tout va bien se passer ! Je promets de vous sortir d'ici saines et sauves. Et la personne qui touchera au moindre cheveu sur votre tête, je lui briserai tous les os du corps. »

Toujours aucune réponse. On n'entendait que le goutte-à-goutte d'un filet d'eau qui ruisselait quelque part. Soudain, le bourreau frappa la paroi argileuse du plat de la main, détachant des morceaux entiers.

« Foutredieu, bougez-vous enfin, espèces de maudites greluches ! Ou je vous botte le cul, que vous ne pourrez plus en marcher pendant trois jours !

— À mon avis, ce n'est pas ce ton-là qui les incitera à sortir, tenta Simon. Vous feriez plutôt mieux…

« — Chut. » Jakob Kuisl posa un doigt sur ses lèvres et indiqua l'entrée opposée. Un léger gémissement retentit. Très faible. Simon ferma les yeux pour essayer de localiser sa provenance. Il n'y parvint pas. Il n'aurait su dire avec certitude si cela provenait plutôt d'en haut ou de sur le côté. C'était comme si la voix errait comme un fantôme à travers la terre elle-même.

Le bourreau aussi semblait avoir du mal. Il regarda plusieurs fois en haut et sur le côté. Puis il haussa les épaules.

« Il va falloir se séparer. Je monte l'échelle, tu prends un des tunnels. Celui qui les retrouve crie pour avertir l'autre.

— Et si nous ne les trouvons pas ? » demanda Simon, qui se sentait presque nauséeux à l'idée de ramper à nouveau dans un de ces tunnels étroits.

« Compte jusqu'à 500 pendant que tu cherches. Si tu n'as rien trouvé jusque-là, fais demi-tour. Nous nous retrouverons ici pour réfléchir à d'autres possibilités. »

Simon hocha la tête. Jakob Kuisl avait déjà commencé à grimper l'échelle, qui menaçait de craquer sous son poids. Il jeta un dernier regard sur Simon.

« Tiens, d'ailleurs, Fronwieser… »

Simon leva les yeux vers lui dans l'attente d'une révélation importante.

« Oui ?

— Ne va pas te perdre. Sinon, on ne te retrouvera qu'au Jugement dernier. »

Avec un sourire moqueur, le bourreau s'engouffra dans le trou du plafond. L'espace d'un instant, Simon put l'entendre marcher dans la chambre au-dessus de lui, puis ce fut de nouveau le silence.

Le médecin poussa un soupir, puis il se dirigea vers les deux trous. Ils étaient de taille identique et également sombres. Dans lequel s'enfoncer ? Simon se demanda brièvement s'il devait chanter une comptine pour en éliminer un, puis il décida spontanément d'emprunter le passage de droite.

En l'éclairant, il constata que la galerie, dont la hauteur lui arrivait à la hanche, descendait effectivement en pente légère. Le sol glaiseux était humide et poisseux. De minuscules filets d'eau ruisselaient sur les côtés. Simon s'agenouilla puis avança à quatre pattes. Il se rendit compte très rapidement que le sol sur lequel il se déplaçait avait la consistance visqueuse de plantes aquatiques. Avec les mains, il essaya de s'appuyer contre les parois. Mais comme il tenait la lanterne de la main droite, il ne cessait de déraper vers la paroi gauche. À la fin, il ne fut plus capable de s'appuyer du tout. Il fallait qu'il choisisse entre lâcher la lanterne pour pouvoir s'appuyer et se laisser glisser. Il décida de se laisser glisser.

Simon glissa le long de la galerie qui devenait de plus en plus pentue. Au bout de quelques mètres, il sentit tout à coup le sol manquer sous lui. Il était en train d'effectuer un vol plané ! Il atterrit avant d'avoir commencé à hurler. En heurtant le sol argileux et dur, il lâcha la lanterne, qui vola à son tour avant d'aller rouler dans un coin. Simon eut juste le temps d'entrevoir une chambre taillée dans la roche qui ressemblait à la précédente, puis la lumière s'éteignit.

Il se retrouva dans le noir complet.

L'obscurité était si intense qu'elle était pareille à un mur heurté de plein fouet. Passé le premier instant d'effroi, il avança à genoux là où il supposait qu'était sa lanterne. Sa main tâta des pierres et des morceaux d'argile, plongea brièvement dans l'eau froide d'une flaque, puis il sentit enfin le cuivre chaud de la lampe.

Soulagé, il glissa une main dans la poche de ses chausses, pour saisir son briquet d'amadou afin de refaire de la lumière.

Il n'y était plus.

Il commença à tapoter ses poches, d'abord celle de gauche, puis celle de droite. Il fouilla enfin la poche intérieure de son pourpoint. Rien. Le briquet d'amadou avait dû tomber, soit au cours de sa chute, soit avant déjà, lorsqu'il rampait dans la galerie. Il agrippa fiévreusement la lanterne désormais inutile tout en tâtonnant de l'autre main, aveugle et désorienté, afin de retrouver le briquet perdu. Il atteignit vite le mur d'en face. Il rebroussa chemin et tâtonna jusqu'à son point de départ. Après avoir répété cette démarche à trois reprises, il renonça. Il ne retrouverait pas son briquet à cet endroit.

Simon essaya de garder son calme. Autour de lui, tout était toujours aussi noir. Il eut le sentiment d'être enterré vivant ; sa respiration s'accéléra. Il s'adossa contre le mur humide. Puis il appela le bourreau.

« Kuisl ! J'ai dérapé ! Ma lanterne s'est éteinte. Venez m'aider ! »

Silence.

« Kuisl, nom de Dieu ! Ce n'est pas drôle ! »

Mais il n'entendit rien sinon sa propre respiration haletante et des gouttes qui tombaient occasionnellement çà et là. Se pouvait-il que la glaise qui l'environnait avalât le moindre bruit ?

Simon se leva et avança en tâtonnant le long du mur. Au bout de quelques mètres, sa main rencontra du vide. Il avait trouvé la sortie qui conduisait en haut ! Soulagé, il tâta l'endroit. Le trou, large environ d'un bras, commençait à hauteur de sa poitrine. C'était d'ici qu'il était tombé dans la chambre. Normalement, s'il réussissait à remonter dans la pièce supérieure, il devait infailliblement retrouver le bourreau.

Simon n'avait certes pas compté jusqu'à 500, mais il lui semblait qu'il avait déjà passé une éternité en bas. Le bourreau devait déjà être de retour.

Mais dans ce cas, pourquoi ne se manifestait-il pas ?

Simon se concentra sur ce qu'il avait devant lui. Il prit la lanterne entre les dents, se hissa, et il était sur le point de se propulser vers le haut à travers la galerie lorsqu'une chose le frappa. La galerie descendait légèrement.

Mais comment était-ce possible ? Il était pourtant tombé dans la chambre. La galerie aurait donc dû remonter !

Ou bien s'agissait-il d'une autre galerie ?

Simon constata, horrifié, qu'il s'était perdu. Il était sur le point de se laisser à nouveau glisser dans la chambre afin de chercher la bonne galerie lorsqu'il entendit un bruit.

Un geignement.

Cela provenait du tunnel devant lui, celui qui menait encore plus bas, et c'était tout proche.

Les enfants ! Les enfants étaient là-dessous !

« Sophie ! Clara ! Vous m'entendez ? C'est moi, Simon ! » cria-t-il dans l'ouverture.

Les sanglots s'arrêtèrent. Ils furent remplacés par la voix de Sophie.

« C'est vraiment toi, Simon ? »

Simon fut rempli de soulagement. Il avait du moins retrouvé les fillettes ! Peut-être le bourreau était-il déjà auprès d'elles ? Naturellement ! Il n'avait rien trouvé dans la chambre du haut. Alors il était redescendu et avait emprunté le second tunnel. Et maintenant, il était en bas, avec les filles, à lui jouer un tour !

« Kuisl est avec vous ? demanda-t-il.

— Non.

— Vraiment pas ? Il faut me le dire, les enfants. Ce n'est plus un jeu, à présent !

— Sur la Sainte Vierge Marie, non ! retentit la voix de Sophie de tout en bas. Mon Dieu, j'ai si peur ! J'ai entendu des pas et je ne peux pas partir, à cause de Clara… »

Ses paroles furent noyées par des sanglots.

« Sophie, tu n'as pas à avoir peur, tenta de la rassurer Simon. Ces pas, c'était certainement les nôtres. Qu'est-ce qu'elle a, Clara ?

— Elle… elle est malade. Elle a de la fièvre et elle ne peut pas marcher. »

Formidable, se dit Simon. *Je n'ai plus de lumière, je me suis perdu, le bourreau a disparu, et en plus de tout cela, je vais devoir porter une enfant hors d'ici.* Un bref instant, il fut sur le point de pleurer comme Sophie, mais il réussit à se maîtriser.

« Nous… nous y arriverons, tu verras, Sophie. C'est sûr. Je vais maintenant descendre pour te rejoindre. »

Il prit la lanterne entre ses dents et glissa le long de la galerie. Cette fois-ci, il anticipa la chute. Il ne tomba que d'un demi-mètre et atterrit presque en douceur dans une flaque d'eau froide et glaiseuse.

« Simon ? »

La voix de Sophie venait de sa gauche. Il crut apercevoir sa silhouette dans l'obscurité. Un endroit un peu plus noir que les autres, qui semblait se mouvoir lentement d'un côté et de l'autre. Simon fit un signe de la main. Puis il se dit que c'était absurde dans le noir.

« Me voici, Sophie. Où est Clara ? chuchota-t-il.

— Elle est couchée à côté de moi. Et les hommes, alors ?

— Quels hommes ? » Tout en parlant, Simon rampa vers la silhouette. Il sentit une marche en pierre, et dessus, de la mousse et de la paille.

« Ben, les hommes que j'ai entendus à la surface. Ils y sont toujours ? »

Simon, en tâtonnant, monta sur la marche. Elle était aussi longue et aussi large qu'un lit. Il sentit sous ses doigts le corps étendu d'un enfant. Une peau froide, de petits orteils, des haillons sur les jambes.

« Non, répondit-il. Ils… ils sont partis. Vous pouvez sortir sans danger. »

La silhouette de Sophie était à présent tout près de lui. Il tendit sa main vers elle. Il sentit une robe. Une main saisit la sienne et la serra fort.

« Mon Dieu, Simon ! J'ai tellement peur ! »

Simon serra le petit corps contre lui.

« Tout ira bien. Tout ira bien. Nous n'avons plus qu'à… »

Derrière lui, on entendit un frottement. Quelque chose se frayait lentement un chemin à travers l'ouverture de la chambre.

« Simon ! s'exclama Sophie. Il y a quelque chose ! Je peux le voir. Mon Dieu, je peux le voir ! »

Simon se retourna. À un endroit peu éloigné de celui où ils se trouvaient, l'obscurité était encore plus noire qu'ailleurs. Et ce noir se rapprochait d'eux.

« Tu as de la lumière ? s'écria Simon. Une bougie ? N'importe quoi ?

— J'ai… j'ai de l'amadou et du silex. Ils doivent traîner quelque part… Bonté divine, Simon ! Qu'est… qu'est-ce que c'est ?

— Sophie, où est l'amadou ? Réponds ! »

Sophie se mit à hurler. Simon lui donna une claque.

« Où est l'amadou ? » s'écria-t-il une nouvelle fois dans les ténèbres.

La claque fit son effet. Sophie se tut instantanément. Elle tâtonna brièvement, puis elle lui tendit un morceau spongieux et fibreux et un silex frais au toucher. Simon tira son stylet de sa ceinture et frappa frénétiquement la pierre contre l'acier froid. Des étincelles jaillirent. L'amadou commença à rougeoyer. Une flamme minuscule vacilla dans sa main. Mais juste au moment où il voulut se servir des fibres incandescentes pour rallumer sa lanterne, il sentit un courant d'air dans son dos. L'ombre se jeta sur eux.

Avant que la lanterne s'éteigne une deuxième fois, Simon entrevit dans la lumière mourante une main qui s'abattait. Puis l'obscurité le recouvrit comme un raz-de-marée.

Le bourreau, pendant ce temps, avait traversé deux autres chambres sans trouver la moindre trace des enfants. La salle qu'il avait atteinte avec l'échelle était vide. Par terre gisaient les tessons d'une vieille cruche et quelques douelles de tonneau pourries. Dans les coins se trouvaient des niches à banquette taillées dans la pierre, dont la surface lissée semblait indiquer que des centaines de réfugiés terrifiés s'y étaient jadis terrés. Cette chambre était elle aussi prolongée par deux tunnels qui s'enfonçaient dans l'obscurité.

Jakob Kuisl poussa un juron. Ce passage souterrain était bien un fichu labyrinthe ! Il était même possible qu'il mène jusque sous les murs de l'église. Peut-être le curé avait-il raison avec ses histoires à faire peur. Quels rites secrets ces lieux avaient-ils accueillis autrefois ? Combien de hordes de barbares et de soldats étaient-elles passées à la surface pendant que, loin sous la terre, des hommes, des femmes et des enfants écoutaient d'une oreille angoissée les pas et les voix des conquérants ? Ils ne le sauraient jamais.

Au-dessus de l'entrée du tunnel de gauche étaient gravés des signes que Jakob Kuisl ne sut interpréter. Des traits, des lignes incurvées et des croix qui pouvaient être d'origine naturelle ou humaine. Ici aussi, l'ouverture était si étroite qu'il fallait faire un gros effort pour passer. Se pouvait-il que les histoires qu'une vieille sage-femme lui avait racontées près de trente ans auparavant fussent vraies ? À savoir que les ouvertures étaient étroites exprès, afin que le corps puisse abandonner tout ce qui était mauvais, toutes les maladies, toutes les vilaines pensées, à la terre ?

Il se fraya un passage à travers l'entrée étroite et se retrouva dans la chambre suivante. C'était la plus grande de celles qu'il avait vues jusque-là. Le bourreau pouvait s'y tenir debout ; il y avait bien quatre pas jusqu'à l'autre bout. Une galerie étroite et rectiligne s'y ouvrait, un autre trou se trouvait juste au-dessus de la tête de Jakob Kuisl. Des racines jaune pâle, épaisses comme un doigt, poussaient dans la galerie étroite et descendaient jusqu'à lui, lui frôlant le visage. Très loin au-dessus, le bourreau crut entrevoir une minuscule lumière. La lueur de la lune ? Ou bien était-ce une illusion d'optique, parce que ses yeux avaient soif de clarté ? Il essaya d'évaluer à quelle distance il se trouvait à présent du puits. Il était bel et bien possible qu'il se trouve exactement sous le tilleul au centre de la clairière. Le tilleul avait, de tout temps, été considéré comme un arbre sacré, l'exemplaire colossal du chantier était certainement vieux de plusieurs siècles. Une galerie avait-elle mené, jadis, du tronc du tilleul jusqu'à ce lieu de repos des âmes ?

Jakob Kuisl tira, à titre d'essai, sur une des racines ; elles semblaient résistantes et capables de porter un certain poids. Il songea brièvement à s'y hisser afin de vérifier si elles appartenaient réellement au tilleul. Mais il choisit finalement d'emprunter la galerie horizontale. S'il ne trouvait rien au bout, il ferait demi-tour. Il n'avait pas cessé de compter mentalement. Le chiffre 500, sur lequel il s'était mis d'accord avec Simon, allait bientôt être atteint.

Il s'accroupit et rampa dans le tunnel étroit. Cette galerie était la plus étroite de toutes celles qu'il avait visitées jusque-là. La glaise et les pierres raclaient ses épaules. Sa bouche était sèche et remplie d'un goût de poussière et de saleté. Il eut l'impression que le tunnel rétrécissait tel un entonnoir. Un cul-de-sac ? Il était sur le point de faire marche arrière lorsqu'il vit à la lueur de sa lanterne que la galerie s'élargissait de nouveau quelques mètres plus loin. Il franchit péniblement la distance qui restait. Il atterrit finalement dans une autre chambre, à la façon d'un bouchon qui sort d'un goulot.

La pièce était si basse qu'il ne pouvait s'y tenir qu'en baissant la tête ; elle se terminait au bout de deux pas à peine au pied d'un mur humide et glaiseux. Il n'y avait pas d'autre ouverture. C'était incontestablement le bout du labyrinthe. Il allait devoir rebrousser chemin.

Lorsqu'il se retourna vers l'étroite ouverture, il vit, du coin de l'œil, quelque chose qui attira son attention.

Sur la paroi gauche de la chambre, à hauteur de poitrine, des mots étaient gravés dans la glaise. Cette fois-ci, il ne s'agissait pas de simples traits ou gribouillis comme avant, au-dessus de l'arc de la porte. Il s'agissait d'une inscription, et elle paraissait assez récente.

« *F. S. hic erat XII. Octobris, MDCXLVI.* »

Jakob Kuisl en eut le souffle coupé.

F. S…

Ça devait être les initiales de Ferdinand Schreevogl ! Il était venu ici le 12 octobre 1646 et il avait, de toute évidence, tenu à ce que la postérité le sache.

Le bourreau se livra à un rapide calcul mental. 1646, c'était l'année où les Suédois avaient envahi Schongau. Les bourgeois n'avaient pu empêcher l'incendie de leur ville qu'au prix d'une rançon salée. En dépit de cela, toutes les localités à la périphérie immédiate de Schongau, à savoir Altenstadt, Niederhofen, Soyen et aussi Hohenfurch, avaient été détruites par le feu au cours des deux années qui avaient suivi. Kuisl réfléchit. D'après ce qu'il savait, Schongau avait été livré aux Suédois en novembre 1646. Si donc le vieux Schreevogl était descendu ici en octobre de la même année, cela ne pouvait être que pour une unique raison.

Il avait caché sa fortune ici, dans le labyrinthe.

Les pensées de Jakob Kuisl tourbillonnaient sous son crâne. Le vieux avait sans doute toujours été au courant de l'existence de ce passage souterrain et il avait emporté ce vieux secret familial dans la tombe. À l'approche des Suédois, il s'était souvenu du labyrinthe et y avait enfoui la plus grosse partie de sa fortune. Jakob Schreevogl avait raconté à Simon qu'il n'était quasiment pas question d'argent dans le testament de son père. À présent, le bourreau savait pourquoi.

Le vieux avait laissé le trésor sous la terre, sans doute en prévision de temps difficiles ! Et lorsqu'il s'était brouillé avec son fils, il avait décidé de léguer le terrain à l'Église, trésor compris. Sans cependant en informer clairement le clergé ; il s'était contenté de quelques allusions. Qu'avait dit Schreevogl au curé ?

« Ce terrain vous donnera l'occasion de faire beaucoup de bien… »

Qui sait, peut-être avait-il voulu en dire plus au curé et la mort l'en avait-elle subitement empêché ? Mais peut-être avait-il réellement voulu emporter son secret dans la tombe.

Après tout, Ferdinand Schreevogl avait toujours eu la réputation d'être un drôle d'oiseau. Mais quelqu'un devait être au courant de ce secret, et ce quelqu'un avait tout mis en œuvre pour trouver le trésor. La construction de la maladrerie avait contrarié les plans de l'inconnu. Mais ensuite, il avait embauché des mercenaires pour saboter le chantier, afin d'avoir plus de temps pour mener ses recherches discrètes.

L'inconnu n'avait pas non plus hésité à commanditer trois meurtres. Des meurtres d'enfants…

Jakob Kuisl réfléchit. Les enfants devaient avoir vu quelque chose, quelque chose qui aurait pu trahir cet homme. Ou bien avaient-ils été au courant de l'existence du trésor et l'homme avait-il tenté de leur extorquer le secret de force ?

Le bourreau promena la lueur de la lanterne au-dessus du sol argileux. Il y avait un tas de gravats ; dans un coin gisait une pelle rouillée à manche court. Kuisl fouilla les gravats avec ses mains. Comme il ne trouvait rien de cette façon, il saisit la pelle et commença à creuser. L'espace d'un instant, il crut entendre un bruit au loin, comme un appel étouffé.

Il s'interrompit. Comme il n'entendit rien d'autre, il creusa plus profond. La chambre était tout emplie du bruit métallique de la pelle et de la lourde respiration du bourreau. Il creusait, creusait, et finit par atteindre la roche. Rien, pas de trésor. Pas de tessons, pas de coffret vide, rien du tout. Se pouvait-il que les enfants soient venues ici avant lui et qu'elles aient emporté le trésor ?

Une nouvelle fois, son regard se promena sur l'inscription de la paroi.

« *F. S. hic erat XII. Octobris, MDCXLVI… »*

Il eut un moment de stupeur puis se rapprocha davantage du mur. La section qui entourait l'inscription paraissait plus claire que le reste de la paroi. C'était un carré large comme le bras, qui avait été tant bien que mal badigeonné d'argile afin de cacher la différence avec le reste du mur.

Le bourreau saisit la pelle et frappa l'inscription de toutes ses forces. L'argile tomba en morceaux et des briques rouges apparurent derrière. Il donna un deuxième coup. Les briques se fracassèrent, un trou se forma. Au début, il n'avait que la grosseur d'un poing, mais lorsque le bourreau eut asséné trois coups supplémentaires, il s'était suffisamment élargi pour donner à voir une niche dans la paroi, juste derrière, qui avait été murée.

Sur la banquette de la niche se dressait une cruche en terre cuite dont le goulot était scellé avec de la cire.

Le bourreau la frappa avec sa pelle. La cruche se brisa et un flot de pièces d'or et d'argent se déversa dans la niche. Les pièces scintillaient à la lueur de la lanterne, comme si elles avaient été polies la veille.

Le trésor de Ferdinand Schreevogl… Jakob Kuisl l'avait trouvé.

D'après ce que le bourreau pouvait en voir, c'étaient des pfennigs d'argent et des florins d'or rhénans, tous en excellent état et d'un poids irréprochable. Il y en avait trop pour les compter. Kuisl évalua le nombre de pièces à plus de cent. Avec cette somme, on pouvait se faire édifier une nouvelle maison bourgeoise ou s'acheter une écurie avec les plus nobles chevaux ! Jamais de toute sa vie le bourreau n'avait vu autant d'argent à la fois.

Les doigts tremblants, il ramassa les pièces et les versa dans son sac. Elles tintèrent et le sac s'alourdit notablement. Le sac entre les dents, le bourreau refit enfin le chemin inverse, avançant péniblement à travers l'étroite galerie jusque dans la chambre suivante.

Après y être parvenu non sans peine, Jakob Kuisl, baigné de sueur, se mit debout, tapota son habit pour faire tomber la poussière argileuse et s'apprêta à retourner à la première chambre. Il souriait. Le jeune Simon était probablement revenu sur ses pas depuis belle lurette et attendait anxieusement son retour, assis dans le noir. À moins qu'il n'ait retrouvé les enfants dans l'intervalle. N'avait-il pas cru entendre un faible appel, tout à l'heure ? Quoi qu'il en soit, le bourreau avait une jolie surprise à faire au médecin…

Il sourit et passa près des racines qui oscillaient dans le trou au-dessus de lui.

Le bourreau eut un moment de stupeur.

Pourquoi les racines bougeaient-elles ?

Depuis qu'il avait traversé cette salle et frôlé ces racines, pas mal de temps était passé. Pourtant, elles oscillaient encore légèrement. Il n'y avait pas de vent ici, sous la terre. Soit, donc, quelqu'un avait traversé la clairière et le chantier directement au-dessus de lui en faisant osciller les racines, soit…

Quelqu'un les avait touchées d'en bas.

Quelqu'un d'autre était-il passé par ici ? Mais qui ? Et pour aller où ? La chambre n'avait que deux issues. Il venait de sortir de l'une et l'autre était un cul-de-sac.

Bien sûr, il restait la galerie au-dessus de lui.

Le bourreau se rapprocha précautionneusement du bord inférieur du trou et jeta un coup d'œil en haut. Les racines jaunes blafardes le frappèrent au visage comme des doigts.

Au même instant, quelque chose de grand et de noir tomba sur lui du haut de la galerie, comme une chauve-souris gigantesque. Kuisl se jeta instinctivement de côté, son épaule heurta durement le sol argileux. En dépit de cela, il parvint à ne pas lâcher la lanterne allumée. Il trifouilla frénétiquement sa ceinture, à laquelle il portait son gourdin en bois de mélèze. Du coin de l'œil, il vit un homme rouler souplement sur le sol et se redresser. Il portait un pourpoint rouge sang. Le chapeau avec la plume de coq avait glissé de sa tête au cours du saut. La main droite luisait d'une blancheur d'os et tenait une torche, la main gauche se refermait autour du manche d'un sabre.

Le diable sourit.

« Bien esquivé, bourreau. Mais tu crois vraiment que tu m'échapperas avec ça ? »

Il indiqua le gourdin que tenait Kuisl. Le bourreau, dans l'intervalle, s'était remis debout, et oscillait de son torse puissant dans l'attente de l'assaut. Dans sa patte droite, le gourdin avait réellement l'air d'un simple jouet.

« Pour toi, ça sera suffisant, dit-il. Quand j'en aurai fini, ta mère elle-même ne te reconnaîtra pas. En supposant que t'en aies eu une un jour. »

Tout en souriant, Jakob Kuisl se maudit intérieurement. Quel âne il était ! Il avait indiqué le chemin des enfants au mercenaire ! Ils auraient dû se douter que le diable les suivrait. Ils étaient tombés dans son piège comme des andouilles.

Du coin de l'œil, il essaya de reconnaître le tunnel derrière lui. Le diable avait raison. Il n'avait aucune chance contre un homme armé d'un sabre, ne serait-ce qu'en raison de sa portée supérieure. De plus, l'homme à qui il avait affaire était un bretteur chevronné. Rien qu'à sa façon de faire tournoyer sa lame, Jakob Kuisl se rendait compte que son adversaire était d'une force au moins égale à la sienne. La légère claudication du mercenaire ne semblait pas le gêner. Cela ne devait le handicaper que sur de longues distances. En tout cas, l'homme en face de lui ne donnait pas l'impression d'être inoffensif. Au contraire, le mercenaire brûlait d'en découdre.

Jakob Kuisl passa mentalement en revue les possibilités qui lui restaient. Toute retraite était hors de question. Il ne pouvait pas s'enfuir par l'étroit tunnel en direction du puits sans que le diable le hache menu. Il ne restait qu'à espérer que Simon s'aperçoive du combat à temps et vienne lui prêter main-forte. D'ici là, il devait faire traîner les choses.

« Allez, approche, à moins que tu n'oses t'en prendre qu'aux enfants et aux femmes ? » s'exclama Jakob Kuisl avec assez de force pour que Simon l'entende. Une nouvelle fois, il loucha vers l'entrée.

Le diable tordit ses lèvres avec pitié.

« Oh, tu espères du secours ? demanda-t-il. Crois-moi, ces galeries sont tellement ramifiées et profondes que tes cris n'iront pas plus loin que la paroi la plus proche. Je connais ces grottes. J'en ai enfumé quelques-unes pendant la guerre. Quand les paysans émergeaient, à moitié suffoqués, je pouvais les occire en toute tranquillité. Et en ce qui concerne le médecin… »

Il indiqua la sortie étroite, dont la hauteur ne dépassait pas un mètre.

« Il peut toujours venir. Dès qu'il sortira sa tête de là, je la lui trancherai comme à un poulet.

— Le diable, je t'en fais le serment : si tu as touché ne serait-ce qu'à un cheveu de Simon ou de ma Magdalena, je te briserai tous les os jusqu'au dernier, chuchota le bourreau.

— Oh, naturellement, je sais que tu en serais capable. Après tout, c'est ton métier, pas vrai ? rétorqua le mercenaire.

Mais ne t'inquiète pas, je me réserve ta fille pour plus tard. Cela dit… j'ignore ce que mes amis fabriquent avec elle à l'heure où je te parle. Ça fait longtemps qu'ils n'ont plus eu de femme, tu sais ? Ils sont tout… déchaînés. »

Des volutes rouges traversèrent l'esprit de Jakob Kuisl. La colère montait en lui. Une énorme colère.

Je dois me retenir. Il cherche à me déstabiliser.

Il respira à fond, plusieurs fois de suite. La colère retomba au plus profond de lui-même, mais sans s'éteindre pour autant. Le bourreau, prudemment, recula encore de quelques pas. Tout en continuant à parler, il essayait de faire écran avec son corps devant la sortie. Quand Simon s'extrairait du tunnel, le diable devrait d'abord passer sur lui. Et ensuite ? Un étudiant maigrichon et un vieil homme avec un gourdin contre un mercenaire armé et exercé… Il lui fallait du temps ! Du temps pour réfléchir !

« Je… je te connais, dit-il. Nous nous sommes déjà vus une fois, à l'époque, à Magdebourg. »

Une lueur d'hésitation s'alluma dans les yeux du diable. Son visage parut se déformer, comme ce matin, dans le jardin de Jakob Kuisl.

« À Magdebourg ? Qu'est-ce que tu faisais donc à Magdebourg ? » demanda-t-il finalement.

Le bourreau fit tournoyer son gourdin.

« J'étais mercenaire… exactement comme toi », répondit-il. Sa voix devint rauque. « Jamais je n'oublierai ce jour-là. Le 20 mai 1631, nous avons attaqué la ville avec les troupes de Tilly. La veille, il avait décrété que tous les habitants de Magdebourg étaient hors la loi… »

Le diable hocha la tête.

« C'est vrai. Tu étais donc réellement de la partie. Eh bien, dans ce cas, nous avons effectivement quelque chose en commun. Très émouvant. Dommage mais je ne me souviens absolument pas de toi. »

Puis soudain son visage changea d'expression.

« Tu es… l'homme dans la rue ! La maison près des remparts… je m'en souviens maintenant ! »

Le bourreau ferma les yeux un minuscule instant. Le souvenir revenait. Ce qui n'avait été que des contours et des bribes tout à l'heure dans le jardin devant sa maison reprenait à présent forme dans son esprit. Les images s'abattaient sur lui comme de la grêle.

Une canonnade… Une brèche dans le mur. Des femmes et des enfants qui hurlent, qui courent dans les rues. Quelques-uns trébuchent, les mercenaires sont sur eux, ils les hachent à coups de sabre. Le sang coule en rivière dans la rue, les gens glissent dessus en couinant. Sur la gauche, une maison de patricien d'où viennent des pleurs et des cris stridents. Le toit et le premier étage sont déjà en flammes. Un homme est debout dans l'encadrement d'une porte et tient par les jambes un nourrisson dont la tête pend comme celle d'un agneau qu'on va abattre. Le nourrisson hurle si fort que ses pleurs couvrent les détonations, les rires des soldats, le crépitement de l'incendie. Un homme gît par terre, dans une mare de son propre sang. Une bourgeoise se traîne à genoux devant le mercenaire et tire sur son pourpoint.

« Ton argent, où est ton maudit argent, sale catin hérétique, parle ! »

La femme ne peut que pleurer et secouer la tête. Le nourrisson hurle, hurle. Alors l'homme soulève l'enfant qui se tortille et le cogne contre le chambranle de la porte. Une fois, deux fois, trois fois. Les hurlements cessent. Un coup de sabre, et la femme s'effondre sur le côté. Le mercenaire regarde de l'autre côté de la rue. Une lueur de folie brille dans ses yeux. Des étincelles narquoises semblent en jaillir, sa bouche s'agite et se contorsionne. Il lève la main et fait un signe. La main est blanche, des doigts osseux repliés qui invitent à participer à la grande ivresse sanglante. Puis l'homme disparaît à l'intérieur de la maison.

D'en haut parviennent des cris. Tu lui cours après, tu sautes par-dessus l'homme, la femme, le nourrisson, tu remontes l'escalier en feu, à gauche se trouve une chambre. Le mercenaire est debout devant une jeune fille. Elle est étendue sur une table au milieu de la vaisselle cassée et des carafes de vin brisées, sa robe ensanglantée est remontée jusqu'aux genoux. Le mercenaire sourit et te fait un geste engageant. La fille, les yeux écarquillés par la peur, regarde fixement dans le vague. Tu saisis ton sabre et t'apprêtes à porter un coup à cet homme. Mais il se baisse pour l'éviter et s'enfuit sur le balcon. Comme tu lui cours après, il saute dans la rue d'une hauteur de trois mètres. Il se réceptionne mal et fait un tonneau. Puis il s'éclipse dans une rue latérale en boitant. Avant de disparaître, il pointe sa main de squelette vers toi, comme pour te clouer avec ses doigts…

Un sifflement.

Les souvenirs de Jakob Kuisl furent sèchement interrompus, le sabre du diable fonçait droit sur sa tête. Le bourreau put sauter de côté au dernier moment, mais le coup frôla son épaule gauche, provoquant une douleur sourde. Jakob Kuisl recula en titubant contre la paroi. À la lueur de la torche, le visage du diable brillait, déformé par la haine ; la longue cicatrice, qui allait de son oreille jusqu'à la commissure de ses lèvres, tressautait nerveusement.

« C'était toi, bourreau ! C'est à toi que je dois cette jambe tordue. C'est à cause de toi que je boite ! Je t'en donne ma parole, ta mort sera douloureuse. Au moins aussi douloureuse que celle de ta fille ! »

Le mercenaire s'était remis dans sa position initiale. Il se tenait au milieu de la chambre et attendait que son adversaire se découvre une nouvelle fois. Avec un juron, Jakob Kuisl frotta la plaie qu'il avait à l'épaule. Sa main fut barbouillée de sang. Il l'essuya rapidement sur son manteau et se concentra de nouveau sur le mercenaire. Il était difficile à cerner à la lueur de la lanterne. Seule la torche de son adversaire indiquait à Kuisl l'endroit où il devait frapper. Il esquissa une attaque à droite puis virevolta afin de surprendre le mercenaire sur sa gauche. Celui-ci fit un pas de côté, si bien que le bourreau fonça droit dans le mur. Au dernier moment, Kuisl brandit son gourdin. Le bois dur de mélèze ne frappa pas son ennemi à l'occiput, comme il l'avait prévu, mais il l'atteignit tout de même à l'omoplate. Le diable poussa un cri et fit un bond en arrière, pour se retrouver à son tour contre le mur. À présent, ils se faisaient face, dos à la paroi, haletants, se fixant d'un regard froid.

« Tu n'es pas mauvais, bourreau, fit le diable entre deux inspirations. Mais je le savais. À Magdebourg déjà, j'ai vu en toi un adversaire à ma taille. Ton agonie va bien m'amuser. J'ai entendu dire que les sauvages des îles des Indes occidentales dévorent la cervelle de leurs ennemis les plus vigoureux, pour absorber leur force. Je crois que je vais faire la même chose avec toi. »

Il se jeta sans prévenir sur Jakob Kuisl. Le sabre fendit l'air et vola droit sur sa gorge. Le bourreau, d'instinct, leva le gourdin et fit dévier la lame. Le bois de mélèze se fendit mais ne se brisa pas.

Jakob Kuisl planta son coude dans l'estomac du diable, si bien que celui-ci en eut le souffle coupé, puis il courut vers la paroi opposée. Ils avaient changé de côté. Des ombres dansèrent sur les murs, la lanterne et la torche plongeaient la chambre dans une lueur vacillante et rougeâtre.

Le mercenaire se tordit en gémissant presque voluptueusement et couvrit son ventre de la main qui tenait l'arme. Ce faisant, il ne lâcha pas le bourreau des yeux une seconde. Kuisl profita du répit pour examiner sa blessure. En haut du bras gauche, une large entaille s'ouvrait dans le pourpoint. Elle saignait. Mais la blessure ne semblait pas profonde. Kuisl serra le poing et bougea l'épaule jusqu'à sentir une douleur perçante. Les douleurs étaient bon signe : elles signifiaient que son bras fonctionnait encore.

Pour la première fois depuis le début, Jakob Kuisl eut le temps d'examiner plus attentivement la main en os de son ennemi, qu'il avait déjà remarquée à Magdebourg. Elle semblait réellement composée de phalanges, métacarpes et carpes reliés entre eux par un fil de cuivre. À l'intérieur de la paume se trouvait un anneau métallique, le diable y avait fixé la torche, elle s'y balançait doucement. Le bourreau supposa qu'on pouvait également fixer d'autres objets à cet anneau. À la guerre, il avait vu plusieurs types de prothèse ; la plupart étaient en bois et assez grossièrement taillées. Jamais encore il n'avait vu une main de squelette mécanique comme celle-ci.

Le diable semblait avoir remarqué qu'il l'examinait.

« Tu l'aimes bien, ma petite main, hein ? demanda-t-il en l'agitant en même temps que la torche qui y était fixée. Moi aussi. Ce sont mes propres os, tu sais ? Une balle de mousquet m'avait fracassé le bras gauche. Quand la blessure s'est infectée, ils ont dû m'amputer de la main. J'ai fait fabriquer ce joli souvenir avec mes os. Comme tu peux le voir, il remplit parfaitement son but. »

Il leva la main en l'air, afin que la lueur de la torche éclaire son visage blafard. Le bourreau se rappela que le mercenaire s'était caché dans la galerie au plafond. Il réalisa alors que l'homme avait dû se hisser avec son unique main valide ! Quelles forces sommeillaient donc dans ce corps ? Il n'avait pas la moindre chance. Mais que fichait Simon, merde ?

Pour gagner du temps, il continua à l'interroger.

« Vous avez reçu la mission de saboter le chantier, n'est-ce pas ? Mais les enfants vous ont vus, c'est pour ça qu'ils devaient mourir. »

Le diable secoua la tête.

« Pas tout à fait, bourreau. Ces enfants n'ont pas eu de pot. Ils étaient cachés ici quand nous avons reçu notre mission et la première tranche de notre salaire. Le flibustier a eu peur d'avoir été reconnu. Il nous a chargés de faire taire ces gosses. »

Le bourreau tressaillit imperceptiblement.

Les enfants connaissaient l'identité du commanditaire ! Ils savaient qui était derrière tout cela !

Rien d'étonnant à ce qu'ils n'aient plus osé se montrer en ville. Il devait s'agir d'un homme très puissant, de quelqu'un qu'ils connaissaient et dont ils savaient qu'on lui accorderait plus de crédit qu'à eux. De quelqu'un dont la réputation était en jeu.

Du temps. Il lui fallait gagner du temps.

« L'incendie de l'entrepôt, c'était une simple diversion, pas vrai ? insista-t-il. Tes potes ont fait joujou avec les allumettes pendant que tu te faufilais en ville pour enlever la petite Clara… »

Le diable haussa les épaules.

« Et comment j'aurais pu l'approcher sans ça ? Je m'étais renseigné au préalable. Pour les garçons, c'était facile ; ils traînaient toujours dehors, ces sales mioches. Et l'autre môme, la rouquine, je l'aurais eue aussi, tôt ou tard. Mais la petite Clara était malade, elle avait pris froid pendant qu'elle nous espionnait, le pauvre bout de chou, et il fallait qu'elle reste au lit… »

Il secoua la tête avec pitié avant de reprendre.

« Il fallait donc que je fasse preuve d'imagination pour que la gentille famille Schreevogl laisse sa pupille seule à la maison. Je me doutais bien que ce patricien avait des marchandises en dépôt au port de flottage. Et quand l'entrepôt a flambé, il s'est gentiment dépêché d'y courir avec tous ses domestiques. Malheureusement, la petite a tout de même réussi à m'échapper ; mais maintenant, je vais me la faire. Ou, plus exactement : après en avoir fini avec toi. »

Il simula un mouvement avec son sabre, mais sans se

déplacer de l'endroit où il se tenait. Comme s'il continuait à chercher le point faible de son adversaire.

« Et les marques de sorcière ? Ça rimait à quoi ? » continua Kuisl lentement, sans changer de position. Il fallait distraire l'autre. Parler, parler, continuer à parler, jusqu'à ce que Simon vienne enfin à son secours.

Un soupçon de trouble se répandit sur le visage du diable.

« Des marques de sorcière ? Quelles putains de marques de sorcière ? Ne dis pas de conneries, bourreau. »

Le bourreau fut stupéfait, mais n'en laissa rien paraître. Se pouvait-il que les mercenaires n'aient rien à voir avec les marques ? Avaient-ils suivi une fausse piste pendant tout ce temps ? La vieille Stechlin s'était-elle, en fin de compte, réellement livrée à de la sorcellerie avec les enfants ?

La sage-femme lui avait-elle menti ?

Jakob Kuisl, toujours debout devant la sortie, continua à interroger son ennemi.

« Les enfants portaient une marque sur l'épaule. Un signe qu'emploient aussi les sorcières. C'est vous qui leur avez peint ça dessus ? »

Il y eut un moment de silence. Puis le diable éclata d'un rire strident.

« Je comprends maintenant ! rigola-t-il. C'est pour ça que vous avez enchristé la sorcière ! C'est pour ça que personne ne nous a recherchés ! Parce que vous avez cru qu'il y avait de la magie noire derrière tout ça ! Comme ils sont stupides, décidément, ces flibustiers ! Ha, la sorcière flambe et tout va de nouveau comme avant. Amen. Et trois Notre Père en prime. Nous n'aurions pas pu imaginer mieux, même si nous l'avions voulu. »

Le bourreau réfléchit. Ils avaient fait une erreur quelque part. Il eut le sentiment que la solution était à portée de main. Plus qu'un morceau et la mosaïque serait complète.

Mais quel morceau ?

Cela étant, il avait d'autres problèmes pour l'instant. Mais où était donc Simon ? Lui était-il arrivé quelque chose dans ces souterrains ? S'était-il perdu ?

« Puisque je dois aller en enfer de toute façon…, continua-t-il, tu peux me révéler qui est votre commanditaire. »

Le diable riait toujours.

« Tu aimerais le savoir, hein ? En fait, je pourrais bien te le dire, mais… » Il eut un sourire de loup, comme si une pensée amusante lui était soudain venue. « Tu t'y connais en torture, pas vrai ? N'est-ce pas aussi une forme de torture, de chercher une solution sans pouvoir la trouver ? D'espérer apprendre la vérité au moins à l'instant de mourir et de partir sans qu'il n'en soit rien ? Eh bien, voilà la torture que je t'inflige. Et maintenant, meurs. »

Tout en riant, le diable fit une feinte, puis une autre, et se retrouva soudain directement devant le bourreau. Kuisl para le coup de sabre au dernier moment à l'aide de son gourdin. Pourtant, la lame se rapprochait de plus en plus près de sa gorge. Il était dos au mur et ne pouvait rien faire d'autre qu'exercer une poussée contraire. L'homme qui lui faisait face était d'une force monstrueuse. Son visage se rapprochait toujours plus près de celui du bourreau, et avec lui, sa lame. Centimètre par centimètre.

Le bourreau pouvait sentir son haleine qui puait la vinasse. Il regarda le mercenaire dans les yeux et vit l'enveloppe vide derrière. La guerre avait vidé cet homme de sa substance. Peut-être qu'il avait toujours été fou, mais la guerre avait achevé le travail. Jakob Kuisl ne percevait que la haine et la mort, rien d'autre.

À présent, la lame n'était plus qu'à un doigt de sa gorge. Il devait faire quelque chose.

Le bourreau laissa tomber sa lanterne et repoussa la tête du mercenaire avec sa main gauche. Lentement, très lentement, la lame s'éloigna de lui.

Surtout... ne... pas... renoncer... Magdalena...

Poussant un cri, il mobilisa ses dernières forces et projeta le mercenaire contre la paroi opposée, le long de laquelle il glissa comme une poupée cassée.

Le mercenaire se secoua brièvement puis se remit sur pied, sabre et torche à la main, de nouveau prêt à l'attaque. Le bourreau se sentit totalement découragé. Cet homme était invincible. Il se relèverait toujours. La haine libérait en lui des énergies dont les simples mortels étaient dépourvus.

Sa lanterne gisait dans un coin. Par chance, elle ne s'était pas éteinte.

Par chance ?

Une idée jaillit dans l'esprit du bourreau. Pourquoi n'y avait-il pas songé plus tôt ? C'était risqué, mais c'était probablement l'unique possibilité qui lui restait. Sans lâcher le diable des yeux, il saisit sa lanterne qui brillait toujours. Lorsqu'il la tint bien en main, il adressa un sourire à son adversaire.

« C'est un peu injuste, non ? Toi avec un sabre, moi seulement avec un gourdin... »

Le diable haussa les épaules.

« La vie elle-même est injuste.

— Je pense que ce n'est pas indispensable, répliqua Kuisl. Si nous devons nous battre, autant que ce soit dans des conditions identiques. »

Sur ces mots, il souffla sa lanterne.

Son visage fut avalé par les ténèbres. Son adversaire ne pouvait plus le voir.

Au même instant, il jeta sa lanterne, droit sur la main de squelette du diable. Le mercenaire hurla de surprise. Il ne s'était pas attendu à une telle attaque. Il essaya désespérément de retirer sa main, mais il était trop tard. La lanterne frappa les os blancs et fit jaillir la torche hors de sa fixation. Elle tomba sur le sol et s'éteignit dans un sifflement.

L'obscurité était si complète que le bourreau eut l'impression d'être tombé au fond de l'étang d'une tourbière. Il respira à fond.

Puis il se jeta de tout son poids sur le diable.

15

Lundi,
30 avril de l'an du Seigneur 1659,
11 heures du soir, nuit de Sainte-Walburge

Magdalena aussi ne voyait que de l'obscurité. Sa bouche était remplie du goût écœurant du bâillon ; ses poignets et ses chevilles étaient ligotés si solidement qu'ils étaient devenus insensibles, à part un léger picotement. Sa blessure à la tête continuait de la faire souffrir, mais apparemment, elle ne saignait plus. Un bout de lin sale l'empêchait de voir où les hommes la transportaient. Un des mercenaires la portait sur son épaule comme une bête crevée. Pour comble de malheur, le balancement monotone et incessant lui donnait le mal de mer. Elle avait une nausée épouvantable.

La dernière chose qu'elle se rappelait c'était d'avoir quitté la ville le matin, par la porte Kuehtor. Et avant, où était-elle ? Elle était allée… chercher quelque chose. Mais quoi ?

Les maux de tête revenaient. Elle eut l'impression que le souvenir était logé directement sous son crâne mais qu'à chaque fois qu'elle voulait l'extraire, la migraine la frappait au front comme une masse.

La dernière fois qu'elle s'était réveillée, l'homme que son père surnommait « le diable » était penché sur elle. Elle devait être dans une étable, ça sentait la paille et le foin. L'homme lui posait un morceau de mousse sur le front pour arrêter ses saignements et passait lentement sa main gauche, bizarrement froide, sur sa robe. Elle faisait semblant d'être encore évanouie, pourtant elle comprenait chaque parole du mercenaire. Il s'était penché encore plus bas et lui avait chuchoté à l'oreille :

« Dors bien, petite Magdalena. Quand je serai de retour, tu prieras pour que tout ça ne soit qu'un rêve… Dors donc, tant que tu le peux encore… »

Elle avait failli hurler de peur, mais elle avait réussi à continuer de simuler l'inconscience. Elle se forçait à garder les yeux fermés. Peut-être cela lui donnerait-il une chance de fuir ?

Son espoir s'envola lorsque le diable la ligota, la bâillonna et finit par lui bander les yeux. De toute évidence, il voulait absolument éviter qu'elle se réveille et voie où il l'emmenait. En travers de son dos, elle avait traversé la forêt pendant un long moment. Elle sentait l'odeur des hêtres et des sapins et entendit hululer une chouette. Quelle heure pouvait-il être ? La fraîcheur de l'air et le hululement de la chouette lui faisaient supposer que c'était déjà la nuit. N'avait-elle pas, juste avant son rapt, vu briller encore le soleil du matin ? Était-elle vraiment restée inconsciente une journée entière ?

Ou bien plus longtemps encore ?

Elle commençait à paniquer. Elle essayait néanmoins de n'en rien laisser paraître. Il ne fallait pas qu'elle tremble. L'homme qui la portait ne devait pas se rendre compte qu'elle était réveillée.

Enfin elle fut jetée sans ménagement sur le sol de la forêt. Au bout d'un moment, elle entendit des voix d'hommes qui se rapprochaient.

« Voici la fille, dit le diable. Emmenez-la au point de rendez-vous convenu et attendez-moi là-bas. »

Quelqu'un effleura sa robe avec une branche ou quelque chose de semblable, puis la souleva. Elle ne bougea pas.

« Mmmmhhh, elle a l'air appétissante, ta grognasse, émit une voix juste au-dessus d'elle. La fille du bourreau, c'est ça ? L'amoureuse de ce charlatan qui n'a que la peau sur les os ? Ha, vous verrez qu'elle sera contente d'être enfin prise par de vrais hommes !

— Vous lui fichez la paix, compris ? les avertit le diable. Elle est à moi. À travers elle, je vais me venger personnellement de son père.

— Son père a tué André, fit une autre voix grave. Ça faisait cinq ans que je le connaissais, c'était un bon ami… Moi aussi, je veux m'amuser avec elle.

— Exactement, renchérit l'autre homme. De toute façon, tu vas l'ouvrir de haut en bas. Alors pourquoi ne pas nous laisser prendre notre pied avant ? Nous aussi, nous avons le droit de nous venger de ce salaud de bourreau ! »

La voix du diable prit une inflexion menaçante.

« Je répète, vous lui fichez la paix. Quand je reviendrai, nous prendrons tous notre pied, c'est promis. Mais d'ici là, pas touche ! Il se peut qu'elle sache quelque chose que je tiens à lui faire avouer. On se reverra au plus tard à l'aube, à l'endroit convenu. Et maintenant, barrez-vous ! »

Des pas crissèrent sur le sol de la forêt et s'éloignèrent. Le diable était parti.

« Un vrai malade, celui-là, murmura l'un des mercenaires. Vraiment je ne sais pas pourquoi j'accepte qu'il me parle de la sorte.

— Parce que t'en as peur, voilà pourquoi ! dit l'autre. Parce que tu crains qu'il te charcute comme les autres, Sepp Stetthofer ou Martin Landsberger ! Que Dieu aie pitié de leurs âmes noires… Nous avons tous peur de lui !

— Pfff…, peur, tu parles ! s'écria le premier. Je vais te dire ce que nous allons faire, Hans. Nous violons la fille et nous fichons le camp avec. Laisse ce con de Braunschweiger fouiller tout seul pour le retrouver, son maudit trésor !

— Ben ouais, mais s'il le retrouve réellement, alors quoi, hein ? Restons encore jusqu'à l'aube. Qu'est-ce qu'on a à perdre ? S'il ne vient pas, tant mieux. Et s'il débarque avec l'argent, nous prendrons notre part puis nous lui tournerons le dos. Dans tous les cas, passé demain matin, je ne traînerai pas une seconde de plus avec ce vampire.

— T'as raison », grogna le second.

Puis il souleva Magdalena, qui simulait toujours l'inconscience, et la jeta sur son dos. Le roulis reprit.

Pendant qu'elle pendait sur le dos de l'homme, Magdalena se triturait les méninges pour essayer de se rappeler ce qui s'était passé avant que le diable ne l'assomme. Elle se rappelait être allée sur le marché afin d'acheter à manger et à boire pour Simon et pour son père. Puis il y avait eu une conversation avec les enfants, dans la rue, mais elle ne se souvenait pas de sa teneur exacte. Ensuite, sa mémoire ne recelait plus que des bribes. La lumière du soleil. Les gens qui potinaient dans la rue. Une chambre qu'on avait mise sens dessus dessous.

La chambre de qui ?

Les maux de tête revenaient, avec une telle intensité que Magdalena fut sur le point de dégobiller. Elle ravala la remontée acide et essaya de se concentrer sur le chemin. Où ces hommes l'emmenaient-ils ? Ça montait, elle le sentait. Elle entendait le souffle lourd et les jurons de l'homme qui la portait. Le vent soufflait plus fort, ils devaient par conséquent être sortis de la forêt. Puis elle entendit croasser des corbeaux. Quelque chose grinçait faiblement, quelque part dans le vent. Une idée germa en elle.

Les hommes s'arrêtèrent et la jetèrent par terre comme un fagot. Les corbeaux se mirent à croasser tout près d'elle. À présent, Magdalena savait où elle était. Elle n'avait pas besoin d'y voir pour s'en assurer.

Il lui suffisait d'ouvrir les narines.

L'ombre noire se rua sur Simon et lui pressa une main sur la bouche. Il essaya de se défendre en gigotant de toutes ses forces. Mais où était son stylet, merde ? ! Il venait à l'instant de frapper le silex avec, maintenant il gisait quelque part dans l'obscurité, à un endroit qu'il n'arrivait plus à atteindre. La main sur sa bouche appuya plus fort, il pouvait à peine respirer. À côté de lui, Sophie se remit à hurler.

Soudain, il perçut une voix familière, tout près de son oreille.

« Mais fermez-la enfin, calice de Christ ! Il n'est pas loin ! »

Simon se tortilla sous le bras musclé qui, enfin, le libéra.

« Kuisl, c'est vous ! s'exclama-t-il, soulagé. Pourquoi n'avez-vous rien dit ?

— Chuuut… »

En dépit de l'obscurité, Simon pouvait à présent reconnaître devant lui la silhouette massive du bourreau. Elle semblait étrangement tassée.

« J'ai… je l'ai eu, ce fou. Mais, je crois qu'il… n'est pas encore mort. Nous devons… garder le silence… »

Jakob Kuisl parlait à grand-peine, d'une voix hachée. Simon sentit quelque chose de tiède goutter sur son bras gauche. Le bourreau était blessé ; il saignait, et ce n'était pas une simple éraflure.

« Vous êtes blessé ! Puis-je vous aider ? » s'enquit-il en essayant de palper la blessure. Mais le bourreau repoussa sèchement la main du médecin.

« Pas… le temps. Le diable peut… débarquer ici à tout moment. Ooouuuhhh… » Il se tint un côté.

« Que s'est-il passé ? chuchota Simon.

— Le diable nous a suivis… crétins que nous sommes. J'ai… éteint sa torche et je me suis enfui. Mais pas sans lui foutre quelques coups de gourdin, à ce maudit chien ! Qu'il retourne en enfer, c'est bien de là qu'il vient… » Un tremblement agita le corps du bourreau. Simon crut d'abord qu'il tressaillait à cause de ses douleurs, puis il se rendit compte que le grand homme riait. Soudain, le bourreau retrouva son calme.

« Sophie ? » demanda Jakob Kuisl dans l'obscurité.

Jusqu'ici, la jeune fille avait gardé le silence. Puis sa voix résonna juste à côté de Simon.

« Oui ?

— Dis-moi, petite, y a-t-il une autre sortie ?

— Il… il y a un tunnel. Il part directement de cette chambre. Mais il est bouché par des éboulis. » Sa voix, trouva Simon, sonnait autrement qu'avant. Plus ferme. Il reconnaissait maintenant l'orpheline qu'il croisait dans les rues de Schongau : une meneuse capable, au moins temporairement, de dominer sa peur.

« Nous avons commencé à dégager les pierres parce que nous voulions savoir où mène cette galerie, continua-t-elle. Mais nous n'avons pas pu terminer…

— Alors continuez à creuser, dit le bourreau. Et faites de la lumière, bon sang de bonsoir. Si cette satanée canaille se pointe, nous aurons toujours le temps de l'éteindre. »

Simon tâta le sol jusqu'à ce qu'il eût retrouvé son stylet, le silex et l'amadou. Au bout d'un petit moment, la bougie à l'huile de baleine de Sophie brûlait de nouveau. Ce n'était qu'un lumignon, mais sa flamme, en dépit des effluves rances qu'elle dégageait, parut à Simon la lumière du jour après toutes ces ténèbres qu'il avait endurées. Le jeune médecin examina la chambre dans laquelle il se trouvait.

La pièce ne se distinguait pas vraiment des autres. Il put reconnaître le trou à travers lequel il était tombé. Les parois étaient creusées de niches qui ressemblaient à des fauteuils en pierre. Il y avait également des creux plus petits, pour les bougies ou des objets de ce genre ; au-dessus, des mains d'enfants avaient gribouillé des signes alchimiques et des griffonnages. Clara était étendue dans une longue niche, taillée comme un banc. La petite fille respirait par saccades, sa peau était pâle. Quand Simon lui posa une main sur le front, il sentit qu'elle était brûlante.

Puis il distingua le bourreau, adossé contre le banc en pierre, juste à côté de Clara endormie. Il était en train de déchirer avec les dents un morceau de son manteau en lambeaux pour bander sa large poitrine avec. Sur son épaule luisait un liquide rouge. En voyant le regard inquiet de Simon, il se contenta de ricaner.

« Économise tes larmes, charlatan. Kuisl n'est pas encore mort, d'autres ont déjà essayé de le tuer avant lui. » Il pointa un doigt derrière lui. « Va plutôt aider Sophie à dégager la galerie. »

Simon regarda autour de lui. Sophie avait disparu. Il dut y regarder à deux fois avant de voir qu'une autre galerie partait d'une des niches du fond. Au bout de quelques mètres, elle était obstruée par un tas de pierres. Sophie était déjà en train d'en enlever péniblement. À un endroit du tas, on voyait un trou de la grosseur d'un poing, à travers lequel il crut sentir un courant d'air. Où cette galerie pouvait-elle bien mener ?

Pendant qu'il aidait Sophie à repousser les pierres, il lui dit : « Cet homme qui nous a surpris, c'est l'homme qui vous a poursuivies, non ? »

Sophie acquiesça de la tête.

« Il a tué les autres parce que nous avons vu les hommes en haut, sur le chantier, chuchota-t-elle. Et maintenant, il veut nous tuer à notre tour.

— Qu'est-ce que vous avez vu ? »

Sophie s'arrêta dans la galerie et le regarda. La lueur de la bougie était si faible qu'il ne pouvait voir si elle pleurait.

« Ici, c'était notre endroit secret, commença-t-elle. Personne n'était au courant de son existence. C'est ici que nous nous retrouvions chaque fois que les autres enfants nous agressaient. Ici, nous étions en sécurité. Cette nuit-là, nous étions passés par les remparts pour nous retrouver tous dans le puits.

— Pourquoi ? » s'enquit Simon.

Sophie ne répondit pas à sa question.

« Nous avions convenu de nous retrouver ici. Soudain, nous avons entendu des voix. Quand nous sommes sortis, nous avons vu un homme qui donnait de l'argent à quatre autres hommes. C'était une bourse. Et nous avons entendu ce qu'il disait.

— Que disait-il ?

— Que les hommes devaient détruire le chantier. Et que si les ouvriers de Schongau le reconstruisaient, ils devaient de nouveau le détruire, et recommencer jusqu'à ce qu'il leur dise que ça suffisait. Mais ensuite… »

Elle ne put continuer.

« Qu'y a-t-il eu, ensuite ? insista Simon.

— Ensuite, Anton a renversé un tas de pierres et ils nous ont découverts. Alors nous nous sommes enfuis en courant, et j'ai entendu Peter derrière moi qui criait. Mais j'ai continué à courir, toujours plus loin, jusqu'aux remparts. Mon Dieu, nous aurions dû l'aider, nous l'avons abandonné… » Elle recommença à pleurer. Simon caressa ses cheveux poussiéreux jusqu'à ce qu'elle se calme.

Sa bouche était sèche lorsqu'il demanda enfin : « Sophie, ce que je vais te demander est important. Qui était l'homme qui a payé les autres ? »

Sophie continuait à pleurer silencieusement. Simon sentit les larmes humides sur son visage. Néanmoins, il insista.

« Qui était cet homme ?

— Je ne sais pas. »

Simon, d'abord, crut avoir mal compris. Il ne réalisa que peu à peu ce que cette déclaration voulait dire.

« Tu… tu ne sais pas ? »

Sophie haussa les épaules.

« Il faisait noir. Nous avons entendu les voix. Et j'ai reconnu le diable parmi ces hommes parce qu'il portait une sorte de pourpoint rouge et que nous avons vu sa main de squelette. Mais l'autre, celui qui lui a donné l'argent, nous ne l'avons pas reconnu. »

Pour un peu, Simon faillit éclater de rire.

« Mais… mais dans ce cas-là, tout ça, c'était pour rien ! Tous ces meurtres, votre jeu de cache-cache… Vous n'avez pas reconnu l'homme ! Il n'y a que lui qui a cru que vous l'avez vu ! Rien de tout ce qui est arrivé n'était nécessaire. Tout ce sang versé inutilement… »

Sophie hocha la tête.

« J'ai cru que tout ça, c'était un cauchemar, qui passerait. Mais quand j'ai vu le diable en ville, puis quand le petit Anton a été tué, j'ai compris qu'il allait nous traquer, peu importe ce que nous avions vu. Alors je me suis cachée ici. Quand je suis arrivée, Clara y était déjà. Le diable avait failli l'attraper. »

Elle recommença une nouvelle fois à pleurer. Simon essaya de se représenter ce que cette fille de douze ans avait pu traverser au cours des derniers jours. Il n'y parvint pas. Il lui tapota la joue, impuissant.

« Bientôt, ce sera fini, Sophie. Nous allons vous sortir d'ici. Puis tout sera tiré au clair. Nous n'avons plus qu'à… »

Il voulut poursuivre mais une odeur fine et âcre lui montait au nez et le fit s'interrompre.

C'était une odeur de fumée. Et elle devenait de plus en plus intense.

À présent, quelque part au-dessus d'eux, une voix retentit. Elle était éraillée et stridente.

« Bourreau, tu m'entends ? Je ne suis pas encore mort !
Et toi ? J'ai fait un joli petit feu ici, en haut. L'huile de ta
lampe et quelques poutres humides, ça fait une belle fumée,
tu ne trouves pas ? » L'homme au-dessus d'eux toussa arti-
ficiellement. « Maintenant, je n'ai plus qu'à attendre que
vous sortiez de votre trou comme des rats. Naturellement,
vous pouvez aussi étouffer en bas. Je vous laisse le choix. »

Pendant ce temps, Jakob Kuisl les avait rejoints dans la
galerie. Des lambeaux sales arrachés à son manteau entouraient son torse. Simon ne pouvait plus voir de sang. Le
bourreau posa un doigt sur sa bouche.

« Tu sais quoi, petit bourreau ? fit la voix, résonnant à
nouveau et cette fois-ci de plus près. J'ai changé d'avis. Je
vais tout de même descendre vous rejoindre. Fumée ou pas
fumée, l'occasion est trop belle…

— Dépêchez-vous, siffla Kuisl. Je vais à sa rencontre.
Simon, tu dois porter Clara. Si vous n'arrivez pas à dégager cette galerie rapidement ou si elle mène à un cul-de-
sac, vous me rejoignez.

— Mais, le diable… ? commença Simon.

— Je vais le renvoyer en enfer. Définitivement. »

Puis il disparut dans le boyau.

Magdalena était étalée par terre, incapable de bouger.
Ses yeux étaient toujours bandés, le bâillon lui permettait
à peine de respirer. Une fine odeur de putrescence parvenait à ses narines. Quelque chose grinçait à intervalles réguliers. Elle savait que c'était la chaîne au bout de laquelle
oscillait le pendu. Son père avait toujours veillé à ce que
la chaîne soit bien huilée, mais après plusieurs mois passés dans le vent, la neige et la pluie, même une chaîne bien
huilée finissait par rouiller.

Georg Brandner, dont les restes, là-haut, servaient de
pitance aux corbeaux, avait été un des nombreux chefs

de brigands qui sévissaient dans la région. Fin janvier, sa bande avait fini par être capturée par les soldats du comte. Les brigands s'étaient retranchés avec leur engeance, leurs femmes et enfants, dans une grotte d'Ammertal. Ils avaient fini par se rendre au terme de trois jours de siège. Ils avaient négocié le libre départ de leur famille, en contrepartie ils s'engageaient à se présenter devant le juge sans opposer de résistance. On avait tranché la main droite des jeunes voleurs, tous encore des enfants, puis on les avait chassés du pays. Les quatre principaux coupables avaient été pendus sur la colline aux potences de Schongau. Le public était clairsemé. Il faisait trop froid, on avait de la neige jusqu'aux genoux. Pour cette raison, l'exécution s'était déroulée avec une certaine dignité. Pas de jets de fruits pourris, peu d'imprécations. Le père de Magdalena avait fait monter les hommes sur une échelle, un par un, puis il leur avait passé la corde au cou et avait retiré l'échelle. Les brigands avaient agité les pieds et pissé dans leur froc, puis ça avait été terminé. Trois des hommes avaient pu être détachés et ramenés chez eux par leur famille. On n'avait laissé que Brandner, entouré de chaînes, afin qu'il serve d'exemple et de repoussoir. Cela faisait presque trois mois, à présent. Au début, le froid l'avait bien conservé. Mais maintenant, la jambe droite était tombée et le reste n'avait plus grande ressemblance avec un être humain.

Au moins le chef de brigands avait-il joui d'une vue magnifique au moment de rendre l'âme. La colline aux potences était située au nord de la ville, et, par beau temps, on apercevait une grande partie des Alpes. Elle était isolée entre des champs et des forêts, si bien que tous les voyageurs pouvaient voir de loin comment la ville de Schongau traitait les bandits de grand chemin. Les restes d'un chef de brigands, exposés à la vue de tous, étaient parfaitement dissuasifs pour toute la racaille.

Magdalena sentait le vent qui soufflait sur ces hauteurs tirer sur sa robe. Elle entendait les hommes rire à proximité. Ils semblaient jouer aux dés et boire, mais Magdalena ne parvenait pas à comprendre de quoi ils parlaient. Elle jura intérieurement. Cette cachette, à cet endroit, était bien choisie. Même si l'intendant du prince électeur, avec ses soldats, devait débarquer à Schongau au cours des prochaines heures, les mercenaires n'avaient rien à craindre, là où ils se trouvaient. La colline aux potences était considérée comme un lieu maudit. On y pendait des gens depuis des temps immémoriaux. Les âmes des pendus hantaient les lieux, le sol était nourri de leurs ossements. Quiconque n'était pas obligé d'y monter évitait cette colline.

Et même si on la voyait de loin, elle n'en constituait pas moins une excellente cachette. Il suffisait de se dissimuler quelques mètres plus bas dans les bosquets pour être assuré de ne pas être découvert de sitôt.

Magdalena frottait ses mains l'une contre l'autre pour essayer de desserrer les cordes. Depuis combien de temps se livrait-elle à cela ? Une heure ? Deux heures ? Les premiers oiseaux gazouillaient déjà. On s'approchait donc du matin. Mais quelle heure était-il, exactement ? Elle avait perdu toute notion du temps.

Peu à peu, elle sentit que les cordes ne la ligotaient plus aussi solidement, qu'elles se desserraient. Elle se tourna précautionneusement sur le côté, jusqu'à sentir sous elle une pierre aux arêtes coupantes, qui s'enfonça douloureusement dans ses côtes. En déplaçant le centre de gravité de son corps, elle réussit à placer ses poignets sur la pierre et se mit à les frotter dessus. Au bout d'un moment, elle sentit les fibres de la corde de chanvre se détacher. Si elle frottait suffisamment longtemps et avec assez d'énergie, elle réussirait à libérer ses mains.

Et ensuite ?

À cause du bandeau sur les yeux, elle n'avait pas encore pu voir les deux mercenaires, mais elle se dit que, si l'un des deux avait pu la porter aussi longtemps, il devait être costaud. De plus, ils avaient certainement des armes et ils devaient courir vite. Comment leur échapper dans ces conditions ?

Lorsqu'elle eut presque fini de trancher la corde, les voix qu'elle entendait se turent soudain. Des pas se rapprochèrent. Elle fit immédiatement semblant d'être toujours inconsciente. Les pas s'arrêtèrent à côté d'elle et un jet d'eau froide s'abattit sur son visage. Elle s'ébroua en cherchant de l'air.

« Je t'ai gagnée, petite. Aux dés », fit une voix grave au-dessus d'elle. Puis quelqu'un lui asséna un coup de pied dans les côtes. « Allez, réveille-toi et amusons-nous. Si tu es gentille, nous te laisserons peut-être partir avant que Braunschweiger rapplique. Mais d'ici là, il va falloir que tu sois aimable et avec Christoph aussi…

— Allez, grouille, Hans », s'exclama l'autre voix, d'un peu plus loin. Elle était traînante et paraissait éméchée. « Il fera bientôt jour et cette raclure peut s'amener d'un instant à l'autre. À ce moment, on lui flanque une rouste puis on se casse !

— Exact, petite », dit Hans qui, entre-temps, s'était penché sur elle pour lui chuchoter à l'oreille. Il sentait l'eau-de-vie et la fumée. Magdalena s'aperçut qu'il était complètement ivre. « Aujourd'hui, tu sais, c'est ton jour de chance. Nous allons lui régler son compte, au père Braunschweiger, à ce vampire. Comme ça, il ne pourra plus te découper en rondelles. Et ensuite, nous foutrons le camp avec le trésor. Mais avant cela, nous allons te la mettre bien profond. Tu verras, rien à voir avec les léchouilles de l'autre affamé de médecin… »

Il glissa sa main sous sa jupe.

Au même instant, Magdalena trancha les dernières fibres de chanvre. Sans plus réfléchir, elle envoya son genou droit en l'air, frappant le mercenaire directement au bas-ventre. Celui-ci s'écroula avec un cri de douleur étouffé.

« Maudite petite putain… »

Elle arracha le bâillon et le bandeau sur ses yeux. L'aube avait déjà commencé à poindre. C'était encore la nuit qui dominait, mais dans le brouillard matinal, elle distingua le corps du mercenaire qui gisait devant elle comme un gros tas gris. Magdalena se frotta les yeux. Elle avait été aveuglée si longtemps que sa vue ne s'adaptait que lentement à la clarté mate environnante. Elle regarda autour d'elle comme une bête traquée.

Elle était juste au pied de la colline aux potences. Elle vit les restes de Georg Brandner osciller dans le vent. À environ vingt pas d'elle, un petit feu rougeoyait dans les bosquets. Un autre homme se leva et commença à courir dans sa direction. Le mercenaire titubait un peu, il s'approchait néanmoins dangereusement vite.

« Hans, attends ! Je vais me la faire, cette salope ! »

Elle s'apprêtait à prendre ses jambes à son cou lorsqu'elle sentit un coup sur son occiput. L'homme qu'elle avait envoyé à terre devait s'être relevé, il avait dû la frapper avec une branche ou quelque chose de semblable. Des douleurs fusèrent sous son front comme des flèches. L'espace d'un instant, elle crut devenir aveugle. Puis la vue lui revint. Elle tituba vers l'avant, dérapa et soudain elle s'aperçut qu'elle dévalait la pente. Des branches et des orties se prirent dans sa chevelure. Elle sentit un goût de terre et d'herbe dans sa bouche. Puis elle réussit à se remettre sur ses jambes et s'enfonça dans les fourrés en trébuchant. Derrière elle résonnaient des cris pendant que des pas rapides se rapprochaient.

Tandis qu'elle courait, à l'abri des buissons, vers les champs plongés dans le brouillard, le souvenir de la journée précédente lui revint.

Elle revit tout avec exactitude et précision.

En dépit des douleurs et de la peur, elle ne put s'empêcher de rire. Il s'agissait d'échapper à ses deux poursuivants, elle courait pour sauver sa vie. Elle rigolait et pleurait en même temps. La solution était si simple. C'était dommage mais elle ne pourrait probablement plus la communiquer à quiconque.

La fumée devint plus épaisse. Simon ne cessait de tousser. Les nuages envahirent la galerie et enveloppèrent Sophie, qui l'aidait à dégager l'entrée, pierre après pierre. Ils s'étaient attachés des chiffons humides autour du visage, mais cela n'était pas d'un grand secours. Les yeux de Simon brûlaient. Il devait s'interrompre régulièrement pour s'essuyer la face. Cela leur faisait perdre un temps précieux. Il jetait régulièrement un coup d'œil à Clara qui, dans sa niche de pierre, se tordait, agitée de spasmes fiévreux. La fumée devait être infernale pour cette pauvre enfant malade.

Cela faisait un bon bout de temps que le bourreau avait disparu. En dehors de halètements et de quintes de toux, ils n'entendaient plus aucun bruit. Le trou, qui, au départ, n'avait que la grosseur d'un poing, s'était considérablement élargi. Simon l'examinait avec une impatience croissante. Sophie, fluette comme elle l'était, aurait probablement déjà pu se faufiler à travers, mais lui-même en aurait été incapable. Lorsque le médecin repoussa une pierre particulièrement grosse, l'ouverture qu'ils avaient péniblement créée s'effondra de nouveau et ils durent recommencer à déblayer. Enfin le trou fut assez large pour lui permettre de faire passer Clara sans problème. Un courant d'air frais leur parvint. Simon s'en remplit goulûment les poumons, puis il courut chercher Clara dans la chambre et la souleva.

La petite fille était légère comme un faisceau de bois sec. Il eut pourtant du mal à la pousser à travers le trou.

« Je vais voir si la galerie conduit plus loin, dit-il, hors d'haleine, à Sophie, quand il eut constaté qu'il ne pouvait avancer de cette façon. Une fois que je serai passé, je tirerai Clara, et toi, tu la pousseras par-derrière. Il va falloir que nous la soulevions un peu, pour qu'elle ne soit pas meurtrie par les pierres du sol. Tu as compris ? »

Sophie hocha la tête. Ses yeux étaient des fentes dans la suie, entre des cheveux pleins de poussière et un chiffon qui lui cachait la bouche. Une fois de plus, Simon admira son calme. Mais peut-être n'était-ce que l'état de choc. Cette jeune fille avait vu trop d'horreurs au cours des derniers jours.

Le trou qu'ils avaient creusé était juste assez large pour que Simon puisse y passer ses épaules. La galerie avait un jour dû s'effondrer à cet endroit précis. Le médecin priait pour que la terre ne cède pas une nouvelle fois. Il serra les dents. Quel choix lui restait-il ? Derrière lui, il y avait le feu, la fumée et un mercenaire fou. En comparaison, une galerie effondrée était un moindre mal.

Il poussa la lanterne devant lui jusqu'à ce qu'il sente que la galerie s'élargissait à nouveau. Il éclaira brièvement les alentours. Effectivement, le tunnel continuait. Il était si haut qu'il pouvait marcher, le dos courbé. Une nouvelle fois, on trouvait, à intervalles réguliers, de petites niches noires de suie dans les parois. Au bout de quelques pas, la galerie tournait, si bien qu'on ne pouvait plus en voir la suite. Un souffle d'air frais lui parvenait.

Simon se retourna rapidement et regarda en arrière, à travers le trou.

« Tu peux pousser Clara à travers l'ouverture, maintenant », cria-t-il à l'intention de Sophie.

À l'autre bout du trou, il entendit des gémissements et des raclements. Puis la tête de Clara parut. La petite fille était étendue sur le ventre, son visage pâle était tourné sur le côté. Elle était toujours inconsciente et ne semblait se rendre compte de rien. Simon caressa ses cheveux trempés de sueur.

C'est probablement une bénédiction pour cette enfant. Elle croira que tout n'est qu'un mauvais rêve.

Enfin, il saisit Clara par les épaules et la tira doucement à lui. Bien qu'il prît des précautions, sa robe racla le sol rocheux et se déchira, dénudant les épaules.

La marque s'affichait sur l'omoplate gauche. Pour la première fois, Simon la voyait d'en haut.

Simon fut pris de vertige. Il oublia la fumée et la peur. Il ne voyait plus que le signe devant ses yeux. Devant son œil intérieur défilèrent tous les signes alchimiques qu'il avait appris à connaître au cours de ses études.

L'eau, la terre, l'air, le feu, le cuivre, le plomb, l'ammoniaque, la cendre, l'or, l'argent, le cobalt, l'étain, le magnésium, le mercure, le chlorure d'ammonium, le salpêtre, le sel, le soufre, le bézoard, le vitriol, l'hématite…

L'hématite. Cela pouvait-il réellement être si simple ? S'étaient-ils laissé bêtement aveugler par une interprétation, sans réfléchir aux autres possibilités ? Tout n'était-il qu'un grand malentendu ?

Il n'eut pas le temps d'y réfléchir davantage. Au-dessus de sa tête, il entendit un grincement menaçant. De la poussière commençait à lui tomber dessus. Il saisit prestement Clara par les épaules et la tira entièrement à lui.

« Vite, Sophie ! cria-t-il dans le trou, par lequel s'engouffraient à présent des nuages de fumée de plus en plus épais. La galerie va s'effondrer ! »

La tête de Sophie parut dans l'ouverture à peine quelques instants plus tard. Simon fut brièvement tenté de jeter également un coup d'œil sur son épaule à elle. Mais lorsqu'une grosse pierre s'abattit avec fracas juste à côté de lui, il se ravisa. Il aida Sophie à passer à travers l'ouverture. Quand la jeune fille se fut redressée, il prit Clara, toujours inconsciente, sur son épaule et avança à travers la galerie, le dos courbé.

Quand il se retourna une nouvelle fois, il vit à la lueur de sa lampe que la fumée avait complètement rempli la galerie. Puis la voûte s'effondra.

Jakob Kuisl se hissa le long du boyau qui menait en haut, tout en luttant contre la fumée. Il gardait les yeux fermés. De toute façon, il ne voyait rien dans l'obscurité, et puis, la fumée le piquait moins de cette manière. Quand il lui arrivait d'entrouvrir les yeux, il distinguait un léger rougeoiement au-dessus de lui, à l'endroit où le boyau s'arrêtait. La fumée lui laissait à peine assez d'air pour respirer. Il avança le long de la galerie en pente en se propulsant à la force de ses bras massifs. Enfin il sentit les bords du tunnel. Avec un cri haletant, il se hissa dans la chambre, se réceptionna avec une roulade et ouvrit les yeux.

Jakob Kuisl, en clignant des yeux, put reconnaître un trou sur sa droite, dont la hauteur ne dépassait pas un genou, puis une autre galerie ouverte à hauteur de poitrine et conduisant en haut. C'était à travers cette galerie qu'il avait glissé tout à l'heure, après son combat avec le diable. Et c'était de là-haut que semblait provenir le feu. Mais cette chambre aussi avait été entre-temps envahie par d'épais nuages de fumée.

Les yeux de Jakob Kuisl recommencèrent à larmoyer. Il passa ses doigts pleins de suie sur son visage pour l'essuyer. Il était sur le point d'inspecter le petit passage sur sa droite lorsqu'il entendit un bruit venant d'en haut.

Un raclement faible.

Quelque chose descendait lentement en glissant le long de la galerie. Il crut entendre une respiration frénétique.

Le bourreau se plaça sur le côté de la galerie et leva son gourdin en bois de mélèze. Le raclement se rapprocha, le glissement s'entendait de plus en plus fort. À la lueur vacillante du feu, quelque chose glissa hors du boyau et passa près de lui en vol plané. Avec un hurlement, Jakob Kuisl se rua dessus et abattit son gourdin.

Il ne s'aperçut que bien trop tard qu'il s'agissait seulement d'un bout d'échelle pourri.

Au même instant, il entendit derrière lui une sorte de sifflement. Il se tassa de côté, mais la lame transperça la manche de son manteau et le frappa au biceps gauche. Une douleur sourde le traversa. Il se laissa tomber au sol et sentit quelque chose passer au-dessus de lui comme un grand oiseau.

Lorsque le bourreau se redressa, il vit, les yeux embués par les larmes, une ombre colossale qui dansait sur la paroi opposée de la chambre. Le feu allongeait la silhouette du diable du double de sa taille, si bien que son buste s'étalait jusque sur le plafond. De ses longs doigts, il semblait vouloir saisir le bourreau.

Jakob Kuisl cligna des yeux jusqu'à ce qu'au centre de l'ombre il finisse par voir le mercenaire lui-même. La fumée était à présent si épaisse qu'il n'avait qu'une vision floue du diable. Il ne le vit vraiment que lorsque l'autre leva sa torche à hauteur de sa tête.

Le visage de son ennemi était rouge du sang qui lui ruisselait sur le front. Ses yeux étincelants semblaient réfléchir la lumière de sa torche, ses dents blanches luisaient comme celles d'un prédateur.

« Je suis… toujours là… bourreau, chuchota-t-il. Maintenant, ça se décide entre nous deux… »

Kuisl se baissa, aux aguets, tenant son gourdin d'un poing ferme. Son bras gauche cuisait atrocement, mais il n'en laissait rien paraître.

« Où as-tu emmené ma fille ? grogna-t-il. Accouche, avant que je t'éclate la tête comme celle d'un chien enragé ! »

Le diable éclata de rire. Lorsqu'il leva sa main de squelette comme pour le saluer, Jakob Kuisl put voir qu'il y manquait deux doigts. Néanmoins, la torche était toujours fichée dans l'anneau de fer du métacarpe.

« T'aimerais… bien le savoir… bourrelet. Un excellent endroit. Le meilleur pour une sale bourrelle… Peut-être que les corbeaux lui arrachent déjà les yeux… »

Le bourreau leva son gourdin d'un air menaçant avant de reprendre.

« Je vais t'écrabouiller comme un rat… »

Un sourire passa sur les lèvres du diable.

« Voilà qui est bien, ronronna-t-il. Tu es comme moi… Tuer, c'est notre métier… nous sommes… plus semblables que tu ne crois.

— Nous sommes que dalle, connard », susurra Jakob Kuisl.

Sur ces derniers mots, il se jeta dans la fumée, droit sur le diable.

Magdalena dévala la pente sans se retourner. Des branches lui fouettaient le visage, des ronces la griffaient aux jambes et déchiraient sa robe. Derrière elle, elle entendait haleter et ahaner les mercenaires. Au début, les hommes l'avaient appelée, mais depuis quelque temps, la course s'était muée en une poursuite muette. Ils l'avaient prise en chasse comme des chiens. Ils ne s'arrêteraient que lorsqu'ils auraient saisi leur gibier.

Magdalena risqua un rapide coup d'œil en arrière. Les hommes n'étaient plus qu'à vingt pas. À cet endroit, à un quart de lieue de la colline aux potences, le terrain n'était plus couvert d'une végétation aussi dense. Les buissons avaient disparu, devant elle s'étendaient des champs de couleur brune. Se cacher par ici était impensable. Son unique chance, c'était la forêt sur la rive haute du Lech. Une fois qu'elle aurait atteint les sapins et bouleaux, elle aurait peut-être la possibilité de se cacher dans les sous-bois. Mais jusque-là, il y avait encore du chemin. Et les hommes semblaient gagner du terrain.

Tout en courant à en perdre le souffle, Magdalena jetait des coups d'œil à droite et à gauche, pour voir s'il n'y avait pas des paysans occupés à des semailles. Mais à une heure aussi matinale il n'y avait encore personne. Du côté de la montée de Hohenfurch, qui apparaissait régulièrement derrière les collines sur sa gauche, ne se montrait aucun voyageur qu'elle aurait pu appeler au secours. Et même s'il y en avait eu un… une femme seule poursuivie par deux hommes armés – quel paysan ou quel marchand aurait risqué sa vie pour une fille de bourreau ? Le laboureur aurait préféré regarder fixement devant lui en poussant son attelage de bœufs à accélérer davantage.

Magdalena avait l'habitude de courir. Depuis son enfance, elle parcourait, souvent pieds nus, de longues distances pour rendre visite aux sages-femmes des villages environnants. Souvent, pour le simple plaisir, elle courait sur les routes boueuses ou poussiéreuses jusqu'à ce que ses poumons lui fassent mal. Elle était entraînée et endurante et, à présent, elle avait trouvé son rythme. Mais les hommes qui la pourchassaient ne semblaient pas vouloir renoncer. On aurait dit qu'ils avaient l'habitude de traquer des gens. Et de toute évidence, ils y prenaient du plaisir. Leur cadence était régulière et déterminée.

Magdalena traversa la route et courut en direction de la forêt de sapins sur la rive haute du Lech. La forêt n'était qu'une fine bande verte derrière les champs. Magdalena n'était pas sûre de pouvoir l'atteindre. Elle sentit un goût de métal et de sang dans sa bouche.

Tandis qu'elle courait, ses pensées se libéraient et hantaient son esprit comme de petits fantômes. Le souvenir lui était revenu. Elle savait à présent où elle avait déjà vu la marque de sorcières qui s'affichait sur l'épaule des enfants. La veille, quand elle était entrée dans la maison de la sage-femme, elle avait remarqué les tessons sur le sol. C'étaient les tessons des poêlons et creusets en terre cuite qui étaient auparavant rangés sur l'étagère de Martha Stechlin. Des récipients remplis d'ingrédients nécessaires au travail quotidien d'une sage-femme : des mousses contre les saignements, des herbes contre les douleurs, mais aussi des pierres pulvérisées qu'elle mélangeait aux infusions pour les femmes enceintes et malades. Sur certains des tessons étaient gravés des signes alchimiques. Des signes que le grand Paracelse avait déjà employés en son temps et qui étaient aussi en usage chez les sages-femmes.

Sur un tesson, Magdalena avait vu la marque de sorcières.

Au début, elle s'en était étonnée. Que voulait dire ce signe au domicile de la sage-femme ? Était-elle réellement une sorcière, après tout ? Mais lorsque Magdalena avait tourné le tesson dans la main, elle avait vu le symbole à l'envers.

Et soudain, la marque de sorcières s'était transformée en un symbole alchimique inoffensif.

L'hématite. La pierre de sang...

La poudre que donnait cette pierre était administrée lors des accouchements, pour atténuer les saignements. C'était un remède inoffensif que les cercles médicaux plus élevés approuvaient, même si Magdalena avait personnellement des doutes sur son efficacité.

En dépit de sa peur, elle faillit éclater de rire. La marque de sorcières n'était rien d'autre que le symbole inversé de l'hématite !

Magdalena se rappela les descriptions qu'avait faites Simon des marques sur l'épaule des enfants. Le médecin et son propre père avaient toujours considéré le signe selon l'angle sous lequel il ressemblait à une marque de sorcières. Mais une fois qu'on le voyait d'en haut, il se transformait en un signe alchimique banal…

Les enfants avaient-ils gravé eux-mêmes ce signe sous leur peau, avec du jus de sureau ? Après tout, ils étaient souvent fourrés chez Martha Stechlin. Sophie, Peter et les autres avaient donc dû voir ce symbole sur le récipient. Mais pourquoi auraient-ils fait une chose pareille ? À moins que ce soit le fait de la sage-femme, après tout ? Mais ç'aurait été encore plus absurde. Pour quelle raison aurait-elle dessiné le signe représentant l'hématite sur l'épaule des enfants ? C'était donc bien les enfants qui l'avaient fait tout seuls…

Pendant que ces pensées tourbillonnaient dans la tête de Magdalena, la forêt se rapprochait de plus en plus. Ce qui, auparavant, n'avait scintillé dans la lumière de l'aube que sous la forme d'une bande vert sombre se présentait maintenant comme une rangée de bouleaux, de sapins et de hêtres plus très éloignée. Magdalena y courut tout droit. Les hommes derrière elle avaient encore gagné du terrain. Ils étaient à présent à une distance de dix pas. Elle pouvait entendre leur respiration haletante. De plus en plus proche. L'un des hommes, sans ralentir, éclata soudain d'un rire tonitruant de fou.

« J'aime bien comme tu cours, petite putain de bourrelle. Ça me plaît de chasser moi-même le chevreuil que je bouffe… »

L'autre aussi se mit à rire.

« Encore un instant et tu es à nous, petite. On n'en a jamais laissé échapper une seule ! »

Magdalena avait presque atteint la forêt, à présent. Un pré boueux s'étendait entre elle et la protection que lui assureraient les arbres. Ses pieds ne tardèrent pas à s'enfoncer dans la gadoue jusqu'aux mollets. Entre les bouleaux et les saules s'ouvraient de petites flaques et de petits étangs, reliquats des dernières neiges. Au loin, elle entendit le grondement du Lech.

La fille du bourreau tenta de franchir le marécage en passant d'une bosse couverte d'herbes à l'autre. Mais elle dérapa entre deux bosses particulièrement distantes l'une de l'autre et se retrouva les deux pieds dans le marais bourbeux. Elle tenta en vain d'extraire ses jambes de la vase.

Elle était prisonnière !

Ses poursuivants arrivèrent. Lorsqu'ils virent que leur gibier était pris au piège, ils se mirent à beugler de joie. Ils contournèrent en rigolant le trou boueux, à la recherche d'un chemin qui leur permette de rejoindre leur proie à pied sec. Magdalena se hissa avec les mains sur une bosse couverte d'herbe. Avec un grand bruit de succion, ses jambes sortirent enfin de la bourbe et elle se retrouva libre. Devant elle, un des mercenaires fit un bond dans sa direction. Elle se jeta de côté au dernier moment et il atterrit dans le marais avec un grand plouf. Avant qu'il ait eu le temps de se relever, Magdalena profita de l'espace entre les deux hommes pour s'élancer vers la forêt.

Lorsqu'elle arriva dans le taillis ombragé, elle comprit immédiatement qu'elle n'avait aucune chance. Il y avait beaucoup trop d'écart entre les arbres, il n'y avait pas assez de sous-bois pour s'y cacher. En dépit de cela, elle continua de courir, même si c'était insensé ; les hommes à ses trousses avaient regagné le terrain perdu. La partie de chasse ne pourrait durer bien longtemps. Le grondement de la rivière devint plus intense. La rive escarpée devait se trouver droit devant elle. Sa fuite allait prendre fin…

Soudain, son pied gauche ne rencontra que du vide. Elle s'arrêta net et n'eut que le temps de voir quelques cailloux disparaître dans l'abîme. En écartant les branches d'un saule, elle découvrit un versant presque vertical qui descendait jusqu'à la berge.

Pendant qu'elle titubait encore au bord du précipice, Magdalena perçut du coin de l'œil un mouvement. L'un des mercenaires apparut soudain derrière le saule et tenta de la saisir. Sans se donner le temps de réfléchir, Magdalena se laissa tomber au bas du versant. Elle dégringola sur des rochers et des blocs d'argile, tenta de se retenir à des racines et fit plusieurs tonneaux. Un voile noir tomba un instant sur ses yeux. Lorsqu'elle recouvra sa vision, elle était couchée sur le ventre dans un noisetier qui avait amorti sa chute à quelques mètres seulement au-dessus du lit de la rivière. Directement sous elle s'étendait une berge étroite couverte de gravier.

Elle resta allongée quelques instants, tordue de douleur. Puis elle tourna prudemment la tête et regarda vers le haut. Très loin au-dessus d'elle, elle put voir les deux hommes. Ils semblaient chercher un endroit pour accéder à la rivière. L'un des mercenaires commençait déjà à attacher une corde à un tronc d'arbre qui surplombait le précipice.

Magdalena s'arracha au noisetier et descendit les derniers mètres jusqu'à terre en progressant à la force des bras.

À cet endroit de la rive, où le Lech décrivait une courbe, ses eaux se déversaient à une vitesse périlleuse. Des tourbillons blancs se formaient en son milieu ; sur les bords, l'eau écumait en passant par-dessus les arbrisseaux de la rive. Même en cette fin d'avril, les eaux étaient encore si hautes que quelques bouleaux isolés des plaines alluviales étaient noyés jusqu'à la cime. Une bonne douzaine de troncs d'arbres abattus s'étaient enchevêtrés et se balançaient à droite et à gauche entre les bouleaux. Le Lech cognait avec fureur sur l'obstacle ; régulièrement, quelques troncs se déplaçaient. Dans peu de temps, les flots allaient de nouveau les emporter.

Entre les troncs, une barque oscillait au gré du courant.

Magdalena n'en croyait pas sa chance. L'esquif pourri avait dû se détacher quelque part en amont. À présent, il était bloqué par les troncs d'arbres et tournait en rond, prisonnier impuissant des tourbillons. En regardant mieux, elle put même voir deux rames posées dans la coque.

Elle scruta les alentours. L'un des mercenaires était déjà en train de descendre le long de la corde. Encore quelques instants et il serait à sa hauteur. L'autre était probablement encore en train de chercher un autre chemin pour atteindre le bas du versant. Magdalena jeta un coup d'œil sur les troncs d'arbres qui flottaient devant elle, fit une rapide prière, ôta ses souliers et sauta sur le tronc le plus proche.

Le bois sous ses pieds trembla et s'agita, mais elle parvint à garder son équilibre. Elle parcourut le tronc avec une légèreté de danseuse puis sauta sur l'arbre géant suivant. Il tourna autour de son propre axe de façon menaçante tout en dérivant vers la droite. La fille du bourreau fut assez adroite pour contrer la rotation avec des mouvements dansants. En jetant un bref coup d'œil en arrière, elle vit que le mercenaire à la corde, à présent arrivé au bas du versant, restait debout sur le rivage, l'air hésitant. Mais lorsqu'il aperçut la barque, il se mit à son tour à avancer précautionneusement le long du tronc d'arbre.

Le coup d'œil en arrière faillit coûter son équilibre à Magdalena. Elle dérapa sur le bois glissant et ne put se rétablir que de justesse, frôlant la chute dans l'eau. Elle se trouvait à présent avec la jambe droite sur un tronc et la jambe gauche sur le tronc d'à côté. Sous elle, l'eau blanche gargouillait et écumait. Elle le savait : si elle y tombait les troncs gigantesques la broieraient comme des meules.

Elle continua précautionneusement à se déplacer en direction de la barque. Le mercenaire à ses trousses avait déjà, pendant ce temps, considérablement avancé sur les troncs. Magdalena regarda son visage, qui exprimait l'effort et la concentration. Elle reconnut en lui Hans, le mercenaire qui avait voulu la violer en premier. Aucun doute n'était permis, l'homme avait peur, une peur mortelle même. Mais il était désormais trop tard pour faire marche arrière.

Elle sauta lestement sur le tronc suivant, dont l'extrémité touchait l'esquif. Lorsqu'elle eut presque atteint celui-ci, elle entendit un cri derrière elle. Elle se retourna et vit la silhouette du mercenaire danser comme un saltimbanque sur une corde. L'espace d'un instant, il sembla se figer en l'air. Puis il s'abattit latéralement dans les flots. Des troncs vinrent glisser avec un grincement à l'endroit où il avait sombré. Magdalena crut brièvement voir une tête émerger entre les troncs. Puis il ne resta plus rien du mercenaire Hans.

En haut de la berge escarpée, le deuxième soldat restait debout, indécis, considérant les eaux qui grondaient furieusement en contrebas. Il fit finalement demi-tour et disparut dans la forêt.

Magdalena fit un dernier bond et saisit le rebord de la barque. Elle réussit à l'agripper fermement et se hissa à l'intérieur. La coque était humide et il y avait plusieurs centimètres d'eau au fond, mais par bonheur la barque ne semblait pas trouée. La jeune femme s'effondra dedans en tremblant et se mit à pleurer doucement.

Lorsque le soleil matinal l'eut réchauffée un peu, elle se redressa, saisit les rames et commença à pagayer. Restant toujours près du rivage, elle descendit la rivière en direction de Kinsau.

Lorsque la galerie s'effondra derrière eux, Simon se jeta sur la petite Clara pour la protéger de son corps. Puis il se mit à prier. Il entendit des grincements et des craquements. Des pierres s'abattirent sur sa droite et sur sa gauche.

Quelques mottes de glaise atterrirent sur son dos, une ultime pluie de terre. Enfin, ce fut le silence.

La bougie, bizarrement, brûlait encore. Simon la tenait toujours dans son poing convulsivement serré. Il s'agenouilla précautionneusement et éclaira la galerie. Le nuage de poussière et de fumée retombait lentement, dégageant peu à peu la vue sur les quelques mètres que la lumière de la bougie permettait d'éclairer.

Derrière lui, Sophie était tassée sur le sol. Elle était couverte de terre et de mottes de glaise, une couche de poussière s'était déposée sur elle comme de la farine brune, mais sous cette couche, Simon put voir un léger tremblement. La jeune fille semblait en vie. Juste derrière elle, il n'y avait plus que des pierres et l'obscurité. Simon hocha rageusement la tête. Le chemin de retour était définitivement coupé. Mais au moins la fumée ne parvenait-elle plus jusqu'à eux.

« Sophie ? Mon Dieu, tu es blessée ? » chuchota-t-il dans sa direction.

La jeune fille secoua la tête et se redressa. Son visage était d'une pâleur mortelle, mais en dehors de cela, elle avait l'air d'aller bien.

« La galerie… Elle s'est… effondrée… », murmura-t-elle.

Le médecin leva prudemment les yeux. La voûte juste au-dessus d'eux paraissait stable. Aucune poutre de soutènement, mais de l'argile lisse et solide. La forme ronde, rétrécissant légèrement vers le haut, conférait une stabilité supplémentaire au tunnel. Simon avait déjà vu une chose pareille dans un livre sur l'industrie minière. Les hommes qui avaient creusé ces galeries étaient des maîtres dans leur domaine. Combien de temps leur avait-il fallu pour créer tout ce labyrinthe ? Des années ? Des décennies ? L'effondrement qui venait d'avoir lieu devait être dû à l'humidité, qui avait rendu friable l'argile pourtant solide. De l'eau devait s'être infiltrée d'on ne sait où. Cela mis à part, les tunnels étaient en excellent état.

Simon ne pouvait s'empêcher de s'émerveiller devant cette construction. Pourquoi les hommes avaient-ils consacré tant d'efforts à la création d'un labyrinthe qui ne servait aucun but évident ? Les récents événements avaient démontré que cet endroit ne valait rien en tant que refuge. Il suffisait d'allumer un feu dans une des chambres supérieures pour déloger les gens qui n'avaient plus d'autre solution que de regagner la surface comme des rats. Quand ils ne périssaient pas lamentablement étouffés dans les galeries.

À moins que le tunnel ne conduise quelque part à l'air libre…

Simon tira Sophie par les mains.

« Nous devons continuer. Avant que la galerie ne s'effondre tout à fait. Il doit y avoir une sortie par ici. »

Sophie le regarda avait des yeux écarquillés par la terreur. Elle semblait paralysée. Figée par le choc.

« Sophie, tu m'entends ? »

Aucune réaction.

« Sophie ! »

Il lui asséna une claque retentissante. La jeune fille reprit ses esprits.

« Quoi… quoi… ?

— Nous devons sortir d'ici. Tâche de faire un effort. Tu marches devant et tu tiens la bougie. Fais bien attention à ce qu'elle ne s'éteigne pas. » Il la regarda droit dans les yeux avec insistance avant de poursuivre. « Je prends Clara et je reste juste derrière toi. Tu me comprends ? »

Sophie hocha la tête. Puis ils se mirent en route.

La galerie fit une courbe avant de redevenir rectiligne. Elle montait, d'abord imperceptiblement, puis de plus en plus nettement. Au début, ils ne pouvaient avancer qu'à genoux, mais progressivement, la galerie devenait plus large et plus haute. À la fin ils purent marcher en baissant la tête. Simon portait Clara sur son dos, ses bras pendaient à droite et à gauche de ses épaules. Elle était si légère qu'il la sentait à peine.

Soudain, Simon sentit un courant d'air qui arrivait d'en face. Il inspira profondément. Ça sentait l'air frais, la forêt, la sève et le printemps. Jamais encore l'air ne lui avait semblé aussi précieux.

Quelques instants plus tard, le tunnel se termina en cul-de-sac.

Simon eut du mal à y croire. Il prit la bougie des mains de Sophie et regarda autour de lui, paniqué. Pas de galerie. Pas même un trou.

Ce ne fut qu'au bout d'une longue recherche qu'il trouva un boyau étroit qui menait en haut.

À environ cinq pas de hauteur, la lumière du jour filtrait à travers de fins interstices. Une dalle en pierre fermait le passage, trop haut pour qu'ils pussent l'atteindre. Même si Sophie était montée sur les épaules de Simon, elle n'aurait pu y accéder. Et encore moins soulever cette lourde dalle.

Ils étaient prisonniers.

Simon fit délicatement glisser à terre Clara, toujours inconsciente, puis il s'assit à côté d'elle. Ce n'était pas la première fois de la journée qu'il avait envie de pleurer ou de pousser un hurlement.

« Sophie, je crois que nous sommes coincés… »

Sophie se blottit contre lui et posa sa tête dans son giron. Ses mains s'agrippèrent à ses jambes. Elle tremblait.

Soudain, Simon se souvint du signe. Il tira sur la robe de Sophie et mit son épaule à nu.

La marque de sorcières s'affichait sur l'omoplate droite.

Il la regarda longuement en silence.

« Vous avez vous-mêmes dessiné ce signe sur votre peau, n'est-ce pas ? demanda-t-il finalement. L'hématite, une simple poudre… Vous avez dû voir ce symbole quelque part chez la vieille Stechlin, puis vous l'avez gravé sous votre peau avec du jus de sureau. Tout ça n'était qu'un jeu… »

Sophie acquiesça de la tête. Elle était toujours blottie contre Simon.

« Avec du jus de sureau ! reprit Simon. Comment avons-nous pu être si bêtes ? Quel Satan dessinerait sa marque avec un jus pour les enfants ? Mais pourquoi, Sophie ? Pourquoi ? »

Le corps de Sophie était agité de tremblements. Elle pleurait dans les bras de Simon. Enfin elle parla, sans lever la tête.

« Ils nous ont frappés, cognés, mordus… Dès qu'ils nous voyaient, ils nous crachaient dessus et se moquaient de nous !

— Qui ? demanda Simon, irrité.

— Les autres enfants ! Parce que nous sommes des orphelins, parce que nous n'avons pas de famille ! À cause de ça, on peut nous piétiner !

— Mais alors, pourquoi le signe ? »

Pour la première fois, Sophie leva la tête.

« Nous l'avons vu sur l'étagère chez Martha. Sur un récipient. Il avait l'air… d'être magique. Nous nous sommes dit que si nous portions ce signe, il serait comme une protection magique. Plus personne ne pourrait nous faire quoi que ce soit.

— Une protection magique », murmura Simon. Un stupide jeu d'enfants, rien de plus…

« Martha nous avait parlé de protections magiques de ce genre, continua Sophie. Elle nous a raconté qu'il existe des signes qui font reculer la mort ou les maladies ou les orages. Mais elle ne nous en a appris aucun. Elle a dit que si elle le faisait, les autres la traiteraient de sorcière…

— Mon Dieu…, chuchota Simon. Et c'est exactement ce qui est arrivé.

— Alors nous sommes descendus dans notre cachette, à la pleine lune. Pour que la magie soit plus efficace. Nous

nous sommes mutuellement gravé le signe sous la peau et nous avons juré de rester solidaires à tout jamais. De nous entraider toujours, de cracher sur tous les autres et de les mépriser.

— Et c'est à ce moment-là que vous avez entendu les hommes… »

Sophie hocha la tête.

« La magie n'a pas fonctionné. Les hommes nous ont découverts et nous ne nous sommes pas entraidés. Nous nous sommes enfuis et ils ont frappé Peter à mort, comme un chien… »

Elle recommença à pleurer. Simon la caressa jusqu'à ce qu'elle se calme et que ses pleurs se transforment en sanglots espacés.

À leurs côtés, Clara râlait dans son sommeil. Simon toucha son front. Il était toujours chaud. Le médecin n'était pas certain que Clara survivrait les prochaines heures au fond de ce trou. Ce qu'il fallait à la petite fille, c'était un lit chaud, des compresses froides et une tisane à base de tilleul pour faire baisser sa fièvre. En plus, il fallait soigner la plaie à sa jambe.

Simon appela au secours, prudemment d'abord, puis de plus en plus fort.

Comme personne ne répondait même après plusieurs appels, il renonça et se rassit sur le sol pierreux et humide. Où étaient les gardes ? Étaient-ils toujours au sol, ligotés et bâillonnés ? Ou bien avaient-ils déjà réussi à se libérer ? Peut-être étaient-ils déjà retournés en ville pour rapporter l'agression dont ils avaient été victimes. Et si le diable les avait assassinés ? On était le premier jour du mois de mai. En ville, les gens dansaient et s'amusaient. Il était bien possible qu'une journée entière, voire deux, s'écoulent avant que quelqu'un revienne inspecter le chantier. D'ici là, Clara aurait succombé à sa fièvre.

Afin de chasser ces idées noires, le médecin continua à questionner Sophie pour qu'elle lui en révèle davantage. Au fur et à mesure, des détails lui revenaient qu'ils avaient découverts, lui ou le bourreau, et qui tout à coup prenaient une signification.

« Le soufre que nous avons trouvé dans la poche de Peter, fait-il également partie de votre abracadabra ? »

Sophie hocha la tête.

« Nous l'avions trouvé dans un creuset chez Martha. Nous nous sommes dit qu'il pourrait nous servir à nous aussi puisque les sorcières l'emploient pour leurs sortilèges. Peter, il en a pris plein ses poches. Il a dit qu'il aimait bien comment ça puait…

— Vous avez volé la racine de mandragore chez la sage-femme, pas vrai ? reprit Simon. Parce que vous en aviez besoin pour vos jeux de magie.

— Je l'ai trouvée chez Martha, admit Sophie. Elle m'avait parlé, une fois, de la puissance magique de la racine de mandragore, et j'ai cru que si je la laissais tremper trois jours dans du lait, elle se transformerait en homuncule qui nous protégerait… Mais tout ce que ça a fait, c'est sentir mauvais. Je me suis servie de ce qui en restait pour préparer une potion pour Clara, ici, sous terre. »

Le médecin jeta un coup d'œil à la petite fille inconsciente. Qu'elle eût survécu à ce remède de cheval tenait presque du miracle. Mais peut-être la racine de mandragore avait-elle eu un effet bénéfique. Après tout, Clara dormait depuis plusieurs jours et son corps avait eu assez de temps pour guérir.

Il se tourna de nouveau vers Sophie.

« C'est pour ça que vous n'êtes pas allés voir le bailli ni un autre conseiller pour raconter ce que vous avez vu, constata-t-il. Parce que vous craigniez qu'à cause de la marque on vous soupçonne de sorcellerie. »

Sophie hocha la tête.

« Quand on a vu ce qu'ils avaient fait à Peter, nous avions encore l'intention d'y aller, dit-elle. Je le jure sur notre Seigneur, nous voulions aller voir Lechner sur le coup de 10 heures pour tout lui avouer. Mais vous avez retrouvé Peter dans le Lech et la marque de sorcières sur son épaule. Et puis il y a eu toute cette agitation et tout le monde ne parlait plus que de sorcellerie… »

Elle regarda Simon avec désespoir.

« Nous nous sommes dit que plus personne n'allait nous croire. Qu'ils allaient nous prendre pour des sorcières et nous brûler en même temps que Martha ! Nous avions si peur ! »

Simon caressa ses cheveux crasseux.

« C'est bon, Sophie. C'est bon… »

Il regarda la petite bougie qui brûlait doucement devant lui. Dans une demi-heure, tout au plus, elle serait entièrement consumée. La seule lumière qu'ils auraient alors serait les minces rayons qui filtraient à travers les interstices de la dalle de pierre. Il se demanda s'il devait mettre une compresse froide autour de la cheville enflée de Clara en se servant d'un bout de sa veste, mais il finit par rejeter cette idée. L'eau qui s'était amassée en petites flaques par endroits dans ces souterrains était trop sale. Une telle compresse n'aurait sans doute fait qu'empirer la maladie de la petite. Contrairement à beaucoup de médecins de sa corporation, Simon était convaincu que la crasse causait des infections. Il avait vu trop de soldats crever, entourés de bandages sales.

Quelque chose, soudain, l'arracha à ses pensées et le fit tendre l'oreille. Quelque part au loin, des voix se faisaient entendre. Elles provenaient d'en haut. Simon se leva d'un bond. Il devait y avoir des gens sur le chantier ! Sophie aussi avait cessé de pleurer. Ils essayèrent de déterminer à qui ces voix pouvaient bien appartenir. Mais elles étaient trop faibles pour cela.

Simon évalua brièvement les risques. Il était tout à fait possible que ce soient les mercenaires qu'ils entendaient, voire le diable en personne… Peut-être ce fou avait-il tué le bourreau avant de remonter à la lueur du jour par le puits. D'un autre côté, Clara était perdue si personne ne la remontait d'ici peu. Après un moment d'hésitation, il mit ses mains en porte-voix et cria d'une voix rauque en direction de l'ouverture du boyau :

« Au secours ! Nous sommes ici ! Sous la terre ! Vous nous entendez ? »

Les voix à la surface se turent. Les hommes étaient-ils partis ? Simon hurla de plus belle. Sophie se joignit à lui.

« Au secours ! Est-ce que quelqu'un nous entend ? » hurlaient-ils ensemble.

Soudain, ils entendirent des chocs sourds et des bruits de pas. Plusieurs personnes parlaient juste au-dessus d'eux. Puis la dalle de pierre s'écarta avec un grincement et un large rai de lumière tomba sur le visage des trois prisonniers. Une tête apparut dans l'ouverture. Simon plissa les yeux. Après tant de temps passé dans l'obscurité, la lumière du soleil l'aveuglait. Enfin il reconnut le visage.

C'était celui du patricien Jakob Schreevogl.

Lorsque le conseiller municipal reconnut sa fille au fond du trou, il poussa un cri. Sa voix semblait cassée.

« Mon Dieu, Clara ! Tu es vivante ! Louée soit la Sainte Vierge Marie ! »

Il se retourna vivement.

« Vite, apportez une corde ! Il faut la sortir de là ! »

Peu de temps après, une corde fut descendue jusqu'au fond à travers l'ouverture. Simon fit un nœud coulant à son extrémité, le passa autour du ventre de Clara, puis donna le signal pour qu'on la remonte. Puis ce fut au tour de Sophie. Il passa en dernier.

Une fois à la surface, Simon regarda autour de lui. Il lui

fallut un moment pour se repérer. Tout autour se dressaient les murs de la nouvelle chapelle. Le boyau se trouvait sous une dalle de pierre usée, exactement au centre de l'édifice. Les ouvriers semblaient avoir réutilisé d'anciennes fondations pour faire le sol. Le médecin regarda une nouvelle fois au fond du trou. Il était tout à fait possible qu'une église, ou un autre bâtiment consacré, se fût autrefois élevée à cet endroit, relié par un passage souterrain aux enfers. En tout cas les ouvriers qui exécutaient les travaux actuels ne semblaient pas avoir remarqué la dalle.

Un frisson secoua le médecin. Un puits datant de temps immémoriaux, qui descendait jusqu'au royaume de damnés… Et sous la terre, le diable en personne attendant les misérables pécheurs.

Plus loin, Simon vit les deux gardes de la nuit précédente assis sur un pan de mur. L'un portait un pansement sur le front et se frottait la tête d'un air hébété. L'autre paraissait relativement éveillé, en dépit du gigantesque coquard qu'il avait à l'œil droit. Simon ne put s'empêcher de rire. Le bourreau avait fait du bon boulot sans causer de séquelles durables. C'était bel et bien un maître dans sa spécialité.

Jakob Schreevogl, pendant ce temps, s'affairait autour de sa fille adoptive, lui versant de l'eau goutte après goutte dans la bouche et lui tapotant le front avec un linge humide. Lorsque le jeune conseiller vit le regard de Simon, il dit sans interrompre son activité :

« Après que vous êtes venu chez moi, hier après-midi, pour m'interroger sur les vieux documents, je n'ai plus eu un instant de tranquillité. Je n'ai pas réussi à fermer l'œil de toute la nuit. Le matin, je suis d'abord passé chez vous, puis je suis allé chez le bourreau. Comme je n'ai trouvé personne, je suis venu sur le chantier. »

Il indiqua les deux gardes, toujours assis, un peu sonnés, sur le mur.

« Je les ai trouvés derrière le tas de bois. Ils étaient ligotés et bâillonnés. Simon, pouvez-vous m'expliquer ce qui s'est passé ici ? »

Simon fit un résumé de leur découverte dans le puits. Il parla du refuge souterrain, du combat du bourreau avec le mercenaire et de leur fuite à travers le tunnel. Il mentionna également ce que les enfants avaient vu au cours de la nuit de la pleine lune de la semaine d'avant. Il ne garda pour lui-même que sa supposition que le trésor du vieux Schreevogl se trouvait là-dessous et le fait que les gardes avaient été assommés par Jakob Kuisl. Le patricien croirait que c'était le diable qui avait mis les gardes hors d'état de nuire avant de descendre à son tour dans le puits.

Jakob Schreevogl écoutait, bouche bée. De temps en temps, il posait une question brève ou se penchait sur Clara pour continuer à la soigner.

« Les enfants se sont donc peint eux-mêmes la marque des sorcières dessus, afin de se protéger des autres enfants… », finit-il par dire.

Il caressa le front brûlant de Clara, qui dormait. La respiration de la petite fille était nettement plus calme. « Mon Dieu, Clara, mais pourquoi ne m'as-tu rien dit ? J'aurais pu vous aider ! »

Il jeta un coup d'œil menaçant à Sophie avant de continuer.

« Le petit Anton et Johannes Strasser auraient peut-être pu être sauvés si vous n'aviez pas été si bornés ! Mais qu'est-ce que vous espériez, espèces de morveux ? Un fou furieux hante la région et vous continuez à jouer à vos petits jeux !

— Inutile de faire des reproches aux enfants, objecta Simon. Ils sont jeunes et ils avaient peur. Ce qui importe davantage, c'est d'arrêter les meurtriers. Deux d'entre eux ont sans doute enlevé Magdalena ! Et leur chef se trouve toujours dans les souterrains, avec le bourreau ! »

Il regarda du côté du puits. De la fumée en montait. Que se passait-il là-dessous ? Jakob Kuisl était-il mort ? Simon chassa cette pensée. Au lieu de cela, il se tourna de nouveau vers le patricien.

« Qui peut bien être le commanditaire ? Qui veut tellement que la maladrerie ne soit pas construite ? Qui ne recule pas, même devant les meurtres d'enfants ? »

Jakob Schreevogl haussa les épaules.

« Il y a peu, vous alliez encore jusqu'à me soupçonner, moi… Pour le reste, je ne peux que me répéter : la plupart des patriciens du conseil, y compris les bourgmestres, étaient contre la construction, parce qu'ils craignaient une baisse du chiffre d'affaires. C'est ridicule, quand on pense que même Augsbourg possède une maladrerie ! »

Il secoua la tête avec colère avant de redevenir pensif.

« Mais détruire le chantier pour cette raison et éliminer les témoins ? Des enfants, qui plus est ? Je suis incapable de l'imaginer, même avec la meilleure volonté… »

Une effrayante quinte de toux les fit sursauter. Ils se retournèrent aussitôt.

Une forme noire comme de la poix émergeait du puits en grimpant le long de la corde. Les gardes saisirent leur arme et se ruèrent vers le puits. Ils se cramponnaient à leur hallebarde pour ne pas s'effondrer d'effroi. Ce qui se dressa au-dessus du rebord du puits paraissait le diable incarné. Il était noir de suie de la tête aux pieds, les seuls points blancs étaient ses yeux. Par endroits, les habits étaient brûlés ou couverts de sang. L'esprit tenait entre ses dents un gourdin en bois de mélèze qui rougeoyait à son extrémité. Il jeta le gourdin dans l'herbe.

« Tonnerre de calice de bougre de Christ ! Vous ne reconnaissez plus votre propre bourreau ? Vite, de l'eau, avant que je brûle tout à fait ! »

Les gardes se retirèrent, intimidés. Simon courut vers le puits.

« Kuisl, vous êtes vivant ! Je croyais que le diable… Dieu, que je suis content ! »

Le bourreau franchit le rebord du puits.

« Épargne ta salive. Ce salopard est maintenant là où il aurait toujours dû être. Mais ma petite Magdalena est encore aux mains de quelques chourineurs. »

Il boitilla vers un bac d'eau et se lava. Peu à peu, le visage du bourreau réapparut sous la couche de suie. Il jeta un rapide coup d'œil du côté de Jakob Schreevogl et des enfants. Puis il hocha la tête d'un air approbateur.

« Tu les as sauvés, c'est bien, grommela-t-il. Maintenant, retourne à Schongau avec eux et le conseiller. Nous nous retrouverons chez moi. Je vais aller chercher ma fille. »

Il saisit son gourdin et s'élança en direction de la montée de Hohenfurch.

« Vous savez donc où elle est ? » cria Simon dans sa direction.

Le bourreau hocha imperceptiblement la tête.

« Il me l'a dit. Vers la fin. Tout le monde finit par parler… »

Simon déglutit.

« Et les gens d'armes ? » s'écria-t-il, toujours à l'intention de Jakob Kuisl, qui était déjà en train de courir sur la route qui menait à Hohenfurch. « Ne voulez-vous pas les emmener avec vous, pour vous… assister ? »

Ces dernières paroles furent perdues. Car le bourreau avait déjà disparu au tournant le plus proche. Il était très, très en colère.

Magdalena tituba le long de la route qui menait à Schongau. Ses habits étaient déchirés et trempés, elle tremblait de tout son corps. De plus, sa tête continuait à la faire souffrir. L'absence totale de sommeil au cours de la nuit passée, qu'elle n'avait pas perçue jusque-là, commençait vraiment à se faire sentir. Une soif brûlante la torturait. Elle ne cessait de se retourner pour vérifier que le second mercenaire ne la suivait pas malgré tout. Mais la route était déserte. Il n'y avait pas non plus de paysan en vue qui aurait pu la prendre sur sa carriole. Schongau trônait devant elle sur sa colline, entourée de ses remparts. Sur la droite, déserte à présent, se trouvait la colline aux potences. Bientôt, bientôt elle serait arrivée chez elle.

Soudain, un point apparut devant elle, qui se rapprocha et grossit. Une silhouette qui courait dans sa direction en boitillant.

En clignant des yeux, elle reconnut son père.

Jakob Kuisl fit les derniers mètres au pas de course, bien que tout son corps lui fît mal. Il avait reçu un coup profond, quoique peu dangereux, sur le côté de la poitrine, ainsi qu'une blessure au bras droit. Il avait perdu du sang, et en plus de cela, il semblait s'être tordu la cheville quelque part dans le labyrinthe. Mais cela mis à part, et étant donné les circonstances, il allait bien. Au cours de la grande guerre, le bourreau avait dû se remettre de blessures autrement plus sérieuses.

Il prit sa fille dans ses bras et lui caressa la tête. Elle disparaissait presque contre sa large poitrine.

« Mais qu'est-ce que tu fabriques, Magdalena ? chuchotat-il presque tendrement. Tu te laisses attraper par un mercenaire stupide…

— Je ne le referai plus jamais, père. Promis », répondit-elle.

Pendant un moment, ils se tinrent serrés l'un contre l'autre, sans rien dire. Puis elle le regarda dans les yeux.

« Père, dis ?

— Quoi, Magdalena ?

— Ce mariage avec Hans Kuisl, le bourreau de Steingaden, tu vois ce que je veux dire… Tu vas y réfléchir encore ? »

Jakob Kuisl garda d'abord le silence, puis il sourit d'un air malicieux.

« Je vais y réfléchir encore. Mais maintenant, rentrons vite. »

Il passa son bras puissant autour de sa fille. Ils remontèrent ensemble vers la ville qui était en train de se réveiller et au-dessus de laquelle le soleil se levait.

16

Mardi,
1ᵉʳ mai de l'an du Seigneur 1659,
6 heures du soir

Depuis une fenêtre de la salle du conseil, le bailli Johann
Lechner contemplait la joyeuse animation qui régnait sur la
place du Marché. Les coups de 6 heures frappés par l'église
paroissiale résonnaient jusque chez lui, le crépuscule tombait. De petits feux brûlaient dans des bacs sur trépieds
qu'on avait disposés en bordure de la place, des enfants
dansaient autour. Les jeunes hommes avaient dressé un
arbre de mai devant la Ballenhaus et l'avaient décoré de
rubans bariolés et d'une couronne de feuilles. Quelques
ménestrels, debout sur une estrade en sapin récemment
construite et encore tout odorante de sève, accordaient leurs
violons et leurs luths. Partout s'élevait l'odeur des viandes
bouillies et grillées.

Lechner promena son regard sur les tables qui avaient
été dressées pour la fête du 1ᵉʳ mai. Autour d'elles s'étaient
installés des bourgeois en habit du dimanche pour déguster la bière de mai dont le bourgmestre Karl Semer offrait
une tournée générale. On chantait et on riait ; cependant, le bailli avait du mal à se joindre à cette ambiance
festive.

Cette maudite sage-femme était toujours inconsciente et l'intendant du prince électeur était attendu ce soir même. Johann Lechner frissonnait d'horreur à l'idée de ce qui allait suivre. Interrogatoires, tortures, espionnages, suspicions… Si la vieille Stechlin avait avoué, tout se serait bien passé. On aurait fait le procès de la sorcière et on l'aurait brûlée. Nom de Dieu, elle était déjà quasiment morte, après tout ! Sa disparition dans les flammes aurait été une libération, pour elle et pour la ville !

Johann Lechner feuilleta les vieux dossiers concernant la chasse aux sorcières qui avait eu lieu deux générations auparavant. Ils les avaient sortis des archives près de la salle du conseil. Quatre-vingts arrestations, d'innombrables tortures… soixante-trois femmes brûlées ! La grande vague de persécutions n'avait débuté que lorsque le tribunal suprême de Bavière avait pris les choses en main et que le duc lui-même avait fini par s'en mêler. Dès lors, il n'y avait plus eu moyen d'arrêter l'emballement général. Lechner savait que la sorcellerie était un feu qui couvait et qui pouvait dévorer une société entière, s'il n'était pas étouffé à temps. À présent, il était sans doute trop tard.

Le grincement de la porte le surprit, il se retourna brusquement. Jakob Schreevogl était entré dans la salle du conseil, le visage rouge vif. Sa voix tremblait.

« Lechner, nous avons à parler. Ma fille a été retrouvée ! »

Le bailli était tout ouïe. « Elle est en vie ? »

Jakob Schreevogl hocha la tête.

« Je m'en réjouis pour vous. Où l'a-t-on retrouvée ?

— Sous terre, sous le chantier de la maladrerie, haleta le conseiller municipal. Mais ce n'est pas tout… »

Puis il rapporta au bailli ce que Simon lui avait raconté. Au bout de quelques mots seulement, le bailli fut forcé de s'asseoir. L'histoire que lui narrait le jeune patricien était par trop incroyable.

Lorsque Jakob Schreevogl eut terminé, Lechner secoua la tête.

« Même si c'est véridique, personne ne voudra nous croire, dit-il. Et l'intendant du prince électeur encore moins que quiconque.

— Pas si nous avons le soutien du conseil intérieur, objecta le patricien. Si nous plaidons d'une seule voix la libération de Martha Stechlin, le comte devra donner son accord. Il ne peut faire fi de notre résolution. Nous sommes des citoyens libres, c'est stipulé dans les lois de notre ville. Que le duc lui-même a paraphées jadis !

— Mais le conseil ne votera jamais pour nous, fit remarquer Lechner. Semer, Augustin, Holzhofer, ils sont tous convaincus de la culpabilité de la sage-femme !

— Sauf si nous leur présentons le véritable commanditaire des meurtres d'enfants. »

Le bailli rit.

« N'y pensez plus ! S'il s'agit vraiment d'un membre des cercles les plus influents de la ville, il aura assez de pouvoir pour dissimuler ses activités. »

Jakob Schreevogl, épuisé, posa son visage dans ses deux mains et se massa les tempes.

« Alors je ne vois plus ce qui pourrait sauver la vieille Stechlin…

— À moins que vous sacrifiiez les enfants, fit le bailli, incidemment. Si vous révélez la véritable provenance des marques de sorcière au comte, il ordonnera peut-être la libération de la sage-femme. Mais les enfants… ? Elles se sont adonnées à la sorcellerie. Je ne crois pas que le comte les laissera circuler comme si de rien n'était. »

Pendant un temps, ce fut le silence.

« La sage-femme ou votre fille, vous avez le choix », dit Johann Lechner.

Puis il se dirigea vers la fenêtre. Du nord, on entendit

soudain l'appel d'un cor. Le bailli passa sa tête par la fenêtre afin de déterminer la provenance exacte du son. Il cligna des yeux, puis il comprit.

« Sa seigneurie arrive, dit-il en direction du patricien, qui était resté assis à la table du conseil, comme pétrifié. Il va falloir vous décider vite. »

Les petits garçons qui jouaient près de la porte Hoftor furent les premiers à voir arriver le comte. L'intendant du prince électeur venait par la route d'Altenstadt. Il voyageait dans un somptueux carrosse tiré par quatre chevaux. De chaque côté chevauchaient six soldats entièrement cuirassés, avec casque ouvert, pistolet et rapière. Le soldat qui allait en tête portait un cor, au moyen duquel il annonçait l'arrivée de Sa Seigneurie. Le carrosse était suivi d'un deuxième véhicule qui transportait les serviteurs du comte ainsi que les coffres contenant son nécessaire.

À cette heure, la porte était déjà fermée, mais on s'empressa de la rouvrir. Les sabots des chevaux cliquetèrent sur le pavé ; la plupart des bourgeois qui s'étaient rassemblés pour faire la fête sur la place du Marché accoururent à la porte pour contempler l'arrivée de ce grand seigneur avec un mélange d'admiration et de scepticisme. Il était devenu fort rare que des nobles de cette envergure viennent à Schongau. Jadis, le duc s'y montrait volontiers, mais il y avait bien longtemps de cela. À présent chaque visite d'un membre de la noblesse était un événement spectaculaire qui changeait agréablement du quotidien. En même temps, les bourgeois savaient pertinemment que le comte et ses soldats allaient dévorer leurs maigres provisions. Au cours de la grande guerre, des troupes de mercenaires s'étaient à plus d'une reprise abattues sur la ville comme des sauterelles. Mais peut-être Sa Seigneurie ne s'attarderait-elle pas trop longtemps…

Rapidement, la population avait formé une haie humaine, le long de laquelle l'équipage avançait lentement en direction de la place du Marché. Les gens murmuraient et chuchotaient entre eux et désignaient les coffres ornés de ferrures en argent dans lesquels le comte transportait, sans doute, ses biens mobiliers précieux. Les douze soldats avaient le regard fixé droit devant eux. Le comte lui-même n'était pas visible, caché par le rideau en damas rouge qui fermait la portière du carrosse.

Arrivé sur la place du Marché, le carrosse s'arrêta devant la Ballenhaus. Le crépuscule était déjà tombé sur la ville. Mais comme les bûches en bois de bouleau flamboyaient toujours dans les bacs, les badauds purent voir une silhouette vêtue d'un pourpoint vert descendre du carrosse. Le comte portait une épée d'apparat au flanc droit ; sa barbe était taillée avec art, ses cheveux longs et soyeux fort bien peignés. Ses hautes bottes en cuir poli étincelaient de propreté. Il jeta un rapide coup d'œil à la foule, puis se dirigea vers la Ballenhaus, à l'entrée de laquelle les conseillers municipaux s'étaient déjà rassemblés. Seule une minorité d'entre eux avait pu revêtir une tenue appropriée, compte tenu du peu de temps dont ils avaient disposé. Chez quelques conseillers un pan de chemise dépassait du pourpoint, d'autres avaient boutonné leur gilet de travers. Certains se passaient la main dans les cheveux à la dérobée, afin d'arranger leur coiffure.

Le bourgmestre Karl Semer avança vers l'intendant du prince électeur et lui tendit la main non sans hésitation.

« Nous nous languissions de votre arrivée, Votre Seigneurie, commença-t-il en bafouillant légèrement. Quelle bonne chose que votre venue se conjugue avec la célébration du mois de mai ! Schongau est fière de pouvoir fêter avec vous le début de l'été, et… »

Le comte l'interrompit d'un geste impatient de la main avant de promener un regard plein d'ennui sur les tables grossièrement charpentées, l'arbre de mai, les petits feux et l'estrade en bois. Visiblement, il avait connu des célébrations plus impressionnantes.

« Eh bien, je suis moi aussi content de revoir ma ville de Schongau, finit-il par dire. Même si l'occasion est bien triste… La sorcière a-t-elle déjà avoué ?

— Eh bien, il se trouve hélas qu'elle s'est évanouie par ruse au cours du dernier interrogatoire, intervint le bailli Johann Lechner qui, en compagnie de Jakob Schreevogl, s'était entre-temps joint au groupe. Mais nous avons bon espoir qu'elle reviendra à elle d'ici demain. À ce moment-là, nous pourrons poursuivre. »

Le comte secoua la tête pour exprimer sa désapprobation.

« Vous savez pertinemment qu'il nous faut l'autorisation de Munich pour procéder à une mise à la question. Vous n'aviez aucun droit de commencer avant de l'avoir reçue. » Il agita le doigt en signe d'avertissement mi-sérieux, mi-enjoué.

« Votre Seigneurie, nous pensions pouvoir accélérer le processus en… », reprit le bailli, mais le comte lui coupa aussitôt la parole.

« Fi ! L'autorisation avant toute chose ! Je ne vais tout de même pas me mettre les conseillers auliques munichois à dos ! J'enverrai un messager dès que j'aurai un bon aperçu de la situation. Demain, cependant… » Il leva les yeux vers le ciel, qui était sans nuages et parsemé d'étoiles. « Demain, je souhaite aller d'abord à la chasse. Le temps promet d'être bon. Je me consacrerai à la sorcière plus tard. »

Le comte eut un sourire malicieux.

« Elle ne s'envolera pas d'ici là, n'est-ce pas ? »

Le bourgmestre Semer s'empressa de secouer la tête. Johann Lechner devint livide. Dans sa tête, il calcula rapidement les dépenses auxquelles la ville aurait à faire face si le comte attendait réellement d'avoir l'autorisation de Munich. Les soldats resteraient un bon mois, peut-être plus... Ce qui représentait un mois de nourriture et de gîte, mais aussi d'interrogatoires, de suspicions, d'espionnage ! Au final, on n'en resterait pas à une unique sorcière...

« Votre Excellence », commença-t-il. Mais le comte Sandizell s'était déjà tourné vers ses soldats.

« Dessellez les chevaux ! s'écria-t-il. Puis allez vous distraire ! Nous allons ripailler ce soir. Célébrons ensemble le commencement de l'été. Je vois que les feux brûlent déjà. Espérons que dans quelques semaines, un feu bien plus grand brûlera ici même et que les démons qui hantent cette ville seront enfin et définitivement chassés ! »

Il frappa dans ses mains et leva les yeux vers l'estrade.

« Musiciens, jouez ! »

Pinçant leurs cordes, les ménestrels commencèrent nerveusement à jouer une allemande. Les premiers couples se formèrent pour danser, d'abord en hésitant, puis de plus en plus vite. La fête était lancée. La sorcière, la magie noire et les meurtres étaient oubliés pour le moment. Mais Johann Lechner savait que dans quelques jours à peine, tout cela signerait la perte de la ville.

Agenouillé devant Martha Stechlin, le bourreau changeait le pansement qu'elle avait sur le front. L'enflure avait dégonflé. À l'endroit où la pierre de Georg Riegg l'avait atteinte restait néanmoins une vilaine bosse bleue et rouge. Cependant, la fièvre semblait avoir diminué. Jakob Kuisl hocha la tête avec satisfaction. La tisane à base de tilleul, de genévrier et de sureau qu'il lui avait donné à boire le matin semblait avoir eu des effets bénéfiques.

« Martha, est-ce que tu m'entends ? » chuchota-t-il en lui caressant la joue. Elle ouvrit les yeux et fixa sur lui un regard hébété. Ses mains et ses pieds avaient gonflé comme des ballons sous l'effet de la torture ; tout son corps, à peine dissimulé sous une couverture en laine tachée, était maculé de sang séché.

« Les enfants sont… innocents, croassa-t-elle. Maintenant, je sais ce qui s'est passé. Ils ont…

— Chuuut, fit le bourreau en posant un doigt sur ses lèvres sèches. Ne parle pas tant, Martha. De toute façon, nous sommes déjà au courant. »

La sage-femme eut l'air étonnée.

« Qu'ils ont vu et copié le signe chez moi ? »

Jakob Kuisl poussa un grognement affirmatif. La sage-femme se redressa sur sa couche.

« Sophie et Peter se sont toujours intéressés à mes herbes. Surtout à celles qui ont des vertus magiques. Une fois, j'ai montré la racine de mandragore à Sophie, mais rien de plus ! Je le jure par Dieu ! Je sais bien ce que ça peut déclencher. Combien une rumeur peut se répandre vite. Mais Sophie était insatiable. Et c'est alors qu'elle a dû regarder de plus près les signes sur les creusets…

— L'hématite. Je sais…, l'interrompit le bourreau.

— Mais c'est quelque chose de complètement innocent, se mit à sangloter Martha Stechlin. J'en donne de la poudre aux femmes quand elles ont des saignements en bas, mélangée à du vin, rien de grave, par Dieu…

— Je sais, Martha, je sais.

— Les enfants se sont peint le signe sur l'épaule eux-mêmes ! Quant aux meurtres, sur la Sainte Vierge Marie, je n'ai rien à voir avec ça ! »

Elle éclata en sanglots incontrôlables qui secouèrent tout son corps.

« Martha, dit Jakob Kuisl pour essayer de la calmer. Écoute-moi. Nous savons qui a tué ces chers enfants. Mais nous ne savons pas encore qui a commandité ces meurtres. Je vais le découvrir, crois-moi, et je te sortirai d'ici.

— Mais la douleur, l'angoisse, je ne pourrai plus supporter tout ça, sanglota-t-elle. Tu vas encore devoir me faire mal ! »

Le bourreau secoua la tête.

« Le comte vient d'arriver, répondit-il. Il veut attendre d'avoir l'autorisation de Munich pour poursuivre ton interrogatoire. Ça va durer encore un moment. D'ici là, tu es en sécurité.

— Et ensuite ? » demanda Martha Stechlin.

Le bourreau garda le silence. Il lui caressa l'épaule avec un geste qui trahissait presque son désarroi, puis il la quitta. Il savait que la sentence de mort à son encontre n'était plus qu'une formalité, sauf si un miracle avait lieu dans l'intervalle. Même s'ils découvraient l'identité du commanditaire, le sort de la sage-femme était scellé. Martha Stechlin allait brûler dans quelques semaines et c'était lui, Jakob Kuisl, qui devrait la mener sur le bûcher.

Lorsque Simon arriva sur la place du Marché, la fête battait déjà son plein. Il s'était reposé chez lui quelques heures et à présent, il brûlait de revoir Magdalena. Il parcourut la place du regard, à la recherche de son amie.

Des couples se donnaient la main et dansaient autour de l'arbre de mai. Le vin et la bière coulaient à flots. Les premiers soldats ivres titubaient à l'écart des feux ou bien coursaient des servantes qui poussaient des cris aigus. Le comte, installé à la table des conseillers municipaux, paraissait d'excellente humeur. Johann Lechner venait, semblait-il, de lui raconter une anecdote croustillante. Le bailli savait comment s'entretenir avec Sa Seigneurie. Tout le monde s'amusait. Même le curé était de la fête, assis un peu à l'écart il sirotait, détendu, un gobelet de vin rouge.

Simon regarda en direction de l'estrade. Les ménestrels avec leurs instruments à cordes jouaient une allemande au tempo de plus en plus vif, jusqu'à ce que les premiers danseurs s'effondrent par terre, hilares. Les cris aigus des femmes et les rires sonores des hommes se mêlaient à la musique et au tintement des gobelets et chopes, pour ne plus former qu'un unique bruit monotone qui montait dans le ciel nocturne constellé d'étoiles.

Lorsque Simon, ce matin, avait émergé du souterrain au terme d'une longue nuit, il avait cru que plus rien ne serait comme avant. Mais il s'était trompé. La vie continuait, du moins pour le moment.

Jakob Schreevogl avait pris Clara sous son aile et aussi Sophie, en attendant. Le conseil avait décidé de n'interroger les enfants que le lendemain. Jusque-là, Simon et le jeune patricien réfléchissaient à ce qu'ils devaient dire aux autres conseillers. La vérité ? Mais cela ne revenait-il pas à signer la perte des deux filles ? Les enfants qui s'amusaient à la magie noire pouvaient finir sur le bûcher comme les adultes. Simon le savait pour s'être intéressé aux procès antérieurs. Le comte allait probablement interroger les enfants jusqu'à ce qu'elles finissent par dénoncer la sage-femme comme sorcière. Et de nombreuses autres femmes aussi…

« Alors, quoi ? Tu danses ? »

Brusquement arraché à ses sombres pensées, Simon se retourna vivement. Devant lui se tenait Magdalena, toute souriante. Elle portait un bandeau sur le front, mais en dehors de ça, elle avait l'air reposée et bien portante. Le médecin ne put s'empêcher de sourire. Pas plus tard que ce matin, la fille du bourreau détalait devant deux mercenaires. Elle venait de subir deux nuits effroyables, à moitié évanouie, et maintenant elle l'invitait à danser. Elle paraissait indestructible. *Exactement comme son père*, se dit Simon.

« Magdalena, tu devrais te reposer, commença-t-il. De plus, les gens… » Il indiqua les tables, autour desquelles quelques servantes commençaient déjà à cancaner en les montrant du doigt.

« Ah oui, les gens, l'interrompit Magdalena. Est-ce que je me soucie des gens ? »

Elle le prit par le bras et l'entraîna sur la piste de danse installée devant l'estrade. Étroitement enlacés, ils dansèrent un lent pas de deux. Simon sentit que les autres couples de danseurs s'écartaient d'eux, mais ça lui était égal. Il regardait au fond des yeux noirs de Magdalena et avait l'impression de s'y enfoncer. Tout ce qui l'entourait se fondait en une mer de lumière, au centre de laquelle se trouvaient ces yeux. Les inquiétudes et les pensées maussades étaient loin, seuls existaient ces yeux rieurs. Il se pencha lentement sur ses lèvres.

Soudain, du coin de l'œil, il aperçut une ombre. C'était son père qui se ruait vers lui. Bonifaz Fronwieser empoigna durement son fils par l'épaule et lui fit faire un demi-tour.

« Comment oses-tu ? siffla-t-il. Ne vois-tu pas que les gens en font des gorges chaudes ? Le médecin avec une fille de bourreau… ! Quelle plaisanterie ! »

Simon s'arracha à son emprise.

« Père, je t'en prie…, commença-t-il, dans l'espoir de le calmer.

— Rien du tout, aboya son père en tirant sur lui pour l'éloigner de la piste de danse et sans un regard pour Magdalena. Je t'ordonne… »

Soudain Simon fut submergé par une vague noire. Les épreuves des derniers jours, les angoisses mortelles qu'il avait vécues, son inquiétude pour Magdalena. Il repoussa son père si brutalement que celui-ci en eut le souffle coupé. Au même instant, la musique cessa, si bien que ses paroles furent parfaitement audibles pour tout le monde.

« Tu n'as aucun ordre à me donner ! Pas toi ! haleta-t-il, encore essoufflé par la danse. Qu'est-ce que tu es, après tout ? Un minable petit chirurgien qui passe son temps à retourner sa veste ! Tout ce que tu sais faire, c'est purger et renifler la pisse ! »

Le coup l'atteignit durement à la joue. Il vit devant lui son père, d'une pâleur crayeuse, la main encore levée. Simon sentit qu'il était allé trop loin. Mais avant qu'il ait pu s'excuser, Bonifaz Fronwieser avait tourné les talons et disparu dans l'obscurité.

« Père », lui cria-t-il après. Mais la musique reprit, les couples recommencèrent à tournoyer. Simon regarda Magdalena, qui secouait la tête.

« Tu n'aurais pas dû faire ça, dit-elle. C'est ton père, après tout. Le mien, il t'aurait tranché pour moins que ça.

— Tout le monde a donc un reproche à me faire ? » murmura Simon. Le bref instant d'intimité qu'il avait eu avec Magdalena était ruiné. Il se détourna et l'abandonna sur la piste de danse. Il avait un besoin urgent d'une chope de bière de mai.

Alors qu'il se dirigeait vers le tonneau posé sur des tréteaux, il passa devant la table des conseillers municipaux. Les patriciens, Semer, Holzhofer, Augustin et Püchner, y étaient installés en parfaite harmonie. Le comte était allé rejoindre ses soldats, pour vérifier si tout était en bon ordre. C'était enfin l'occasion pour les patriciens de s'entendre pour les jours et les semaines à venir. Ils chuchotaient entre eux, d'un air inquiet. Le bailli Johann Lechner était attablé au milieu, immuable comme un roc, plongé dans ses pensées.

Simon s'arrêta et contempla la scène de l'endroit obscur où il était.

Ce tableau lui rappelait quelque chose.

Les quatre patriciens. Le bailli. La table…

Sa tête était chaude d'avoir dansé. Ses os lui faisaient encore mal en raison des efforts de la nuit dernière. Il avait déjà bu deux chopes de bière chez lui. Aussi lui fallut-il un moment pour trouver.

Il eut alors le sentiment qu'un fragment de mosaïque venait de s'insérer dans le dernier espace vide.

Ils n'avaient tout simplement pas écouté comme il fallait.

Simon se détourna d'un air hésitant. Il vit le curé assis tout seul, une table plus loin, qui observait les danseurs à distance. L'expression de son visage passait sans arrêt de la réprobation à la détente. En tant que représentant du clergé, il ne pouvait guère approuver cette agitation effrénée et païenne. Mais en même temps, il savourait visiblement la douceur de la nuit, le spectacle des feux qui flamboyaient et l'entrain de la musique. Simon alla le rejoindre et prit place à côté de lui sans y avoir été invité. Le curé le regarda avec étonnement.

« Mon fils, tu ne viens tout de même pas te confesser dans un moment pareil ? demanda-t-il. Cependant… comme j'ai pu le constater à l'instant, tu en aurais bien besoin. »

Simon secoua la tête.

« Non, mon père, dit-il. Je n'ai besoin que d'un renseignement. Je crois que la dernière fois, je n'ai pas écouté comme j'aurais dû. »

Au terme d'un bref entretien, Simon se releva et retourna pensivement du côté des danseurs. En chemin, il passa de nouveau devant la table des conseillers. Il s'arrêta soudain.

Un siège était maintenant inoccupé.

Sans réfléchir davantage, il courut vers une maison qui bordait la place du Marché. À ses oreilles, les rires et la musique s'atténuèrent. Il en avait assez entendu.

Maintenant, il devait agir.

L'homme était assis dans un lourd fauteuil tendu de velours et regardait par la fenêtre. Sur la table devant lui étaient posées une coupe de noix et une cruche d'eau. C'étaient les seules nourritures qu'il pouvait encore supporter. Respirer lui était pénible, la douleur fulgurait dans son aine. Les rideaux tirés n'obstruaient pas complètement les fenêtres, si bien qu'il aurait pu regarder le spectacle au-dehors. Mais ses yeux n'y voyaient plus très bien, le feu et les danseurs se fondaient en une image brouillée aux contours flous. Son ouïe par contre était restée excellente, si bien qu'il entendit le bruit des pas derrière lui, même si l'intrus s'efforçait d'entrer dans la pièce incognito.

« Je t'attendais, Simon Fronwieser, dit-il sans se retourner. Tu es un petit curieux doublé d'un donneur de leçons. À l'époque déjà, je m'étais opposé à ce que ton père et toi receviez le droit de cité, et il s'avère aujourd'hui que j'avais raison. Tu n'es qu'un fauteur de troubles dans cette ville.

— Fauteur de troubles ? » Simon ne se souciait plus de discrétion. Il se dirigea vers la table à grandes enjambées tout en continuant à parler. « Qui donc est à l'origine des troubles actuels ? Qui a payé des mercenaires pour assassiner de jeunes enfants qui en avaient trop vu ? Qui a fait mettre le feu à l'entrepôt ? Qui a fait en sorte que la peur et la haine soient de retour à Schongau et qu'on allume de nouveaux bûchers ? »

Il s'était échauffé au son de ses propres paroles. Il fit un dernier pas, atteignit le fauteuil et le retourna vers lui d'un geste rageur. Il vit les yeux aveugles d'un vieillard qui secouait la tête, presque avec pitié.

« Simon, Simon, dit Matthias Augustin. Tu n'as toujours pas compris. Tout cela n'est arrivé que parce que vous vous en êtes mêlés, toi et ce misérable bourreau. Crois-moi, je n'ai pas envie de voir brûler des sorcières, moi non plus. J'ai vu bien trop d'autodafés dans mon enfance. La seule chose que je voulais, c'était le trésor : il me revenait. La responsabilité de tout le reste n'incombe qu'à vous seuls.

— Le trésor, le maudit trésor », marmonna Simon en se laissant choir dans une chaise à côté du vieillard. Il était fatigué, il ne ressentait plus que de la fatigue. Il continuait à parler, mais comme en transe.

« Quand je suis allé parler au curé à l'église, il m'a fourni un indice déterminant, mais je n'ai pas su l'entendre. Il savait que vous étiez la dernière personne à laquelle le vieux Schreevogl s'était adressé avant sa mort. Et il m'a raconté que vous aviez été amis, tous les deux. »

Simon secoua la tête avant de reprendre.

« À ce moment-là, dans le confessionnal, je lui ai demandé si quelqu'un d'autre avait récemment montré de l'intérêt pour le terrain. Mais il ne se rappelait plus que c'est vous qui aviez cherché à vous renseigner sur ce terrain peu après le décès du vieux Schreevogl. Cela ne lui est revenu que tout à l'heure, à la fête de mai. »

Le patricien chenu mordit ses lèvres exsangues.

« Ce vieux fou. Je lui avais offert de grosses sommes, mais rien n'y a fait, il tenait absolument à faire édifier cette maudite maladrerie… Pourtant, ce terrain me revenait, à moi seul ! Ferdinand aurait dû me faire cadeau de ce terrain. C'était la moindre des choses que ce radin aurait dû faire pour moi ! La moindre des choses ! »

Il prit une noix dans la coupe et la cassa d'un coup de main expert. Des éclats de coquille s'éparpillèrent sur la table.

« Ferdinand et moi, nous nous connaissions depuis l'enfance. Nous allions à l'école ensemble, enfants, nous jouions aux billes et, plus tard, nous courtisions les mêmes filles. Il était comme un frère…

— Le tableau dans la salle du conseil vous montre tous les deux au milieu des patriciens. En parfaite harmonie, l'interrompit Simon. J'avais oublié cette peinture, jusqu'au moment où je vous ai revu ce soir, assis au milieu des autres conseillers. Sur le tableau, vos mains tiennent un papier. Aujourd'hui, je me suis demandé ce qui était écrit dessus. »

Les yeux de Matthias Augustin se tournèrent de nouveau vers le flamboiement qui venait de la fenêtre ouverte. Il semblait regarder au loin.

« Ferdinand et moi, nous étions tous les deux bourgmestres, à l'époque. Il avait un besoin d'argent urgent. Sa manufacture était au bord de la faillite. Je lui ai prêté cet argent, une somme respectable. Ce papier sur le tableau, c'est sa reconnaissance de dette. Le peintre voulait qu'en tant que bourgmestre, je tienne un document dans la main. Alors j'ai pris la reconnaissance de dette, sans que les autres comprennent de quoi il s'agissait. Un témoignage éternel de la dette de Ferdinand… » Le vieillard se mit à rire.

« Où est la reconnaissance de dette, à présent ? »

Matthias Augustin haussa les épaules.

« Je l'ai brûlée. À l'époque, nous étions amoureux de la même femme. Elisabeth, un ange à la chevelure de feu. Un peu simplette, il est vrai, mais d'une beauté inégalée. Ferdinand m'a promis de ne plus la toucher, et en contrepartie, j'ai brûlé la reconnaissance de dette. Ensuite j'ai épousé cette femme. Une erreur… » Il secoua la tête avec regret. « Elle m'a fait cadeau d'un mioche inutile et stupide puis elle est morte en couches.

— De votre fils Georg », dit Simon.

Matthias Augustin opina du chef. Puis il reprit, tandis que ses maigres doigts goutteux tressaillaient.

« Le trésor me revient ! Ferdinand m'en a parlé sur son lit de mort et aussi, qu'il l'avait caché quelque part sur le chantier. Il a dit que je ne le trouverais jamais. Il voulait se venger ! À cause d'Elisabeth ! »

Simon fit le tour de la table. Ses pensées virevoltaient dans tous les sens puis se recomposaient. Chaque chose prenait d'un seul coup une signification. Il s'arrêta et pointa un doigt sur Matthias Augustin.

« C'est vous qui avez volé le plan du terrain joint à l'acte de donation aux archives municipales ! s'écria-t-il. J'ai été tellement stupide ! J'avais cru que seul Lechner ou l'un des quatre bourgmestres pouvait être au courant de la cachette derrière le carreau. Mais vous… ? »

Le vieillard eut un sourire satisfait.

« Ferdinand avait fait fabriquer cette cachette à l'époque où il construisait ce poêle. Il m'en avait parlé. Un carreau représentant un bailli qui chie des documents ! Il avait toujours été réputé pour son humour très cru.

— Mais puisque vous aviez le plan…, demanda Simon.

— Il ne m'a rien appris du tout, l'interrompit Augustin. Je l'ai tourné dans tous les sens sans réussir à trouver cette maudite cachette !

— Et vous avez donc fait saboter les travaux de construction pour disposer de plus de temps pour vos recherches, poursuivit Simon. Puis les enfants vous ont épiés et vous les avez fait assassiner parce que vous les jugiez dangereux. Saviez-vous qu'ils n'ont pas reconnu le commanditaire ? Tous ces meurtres ont été entièrement superflus. »

Matthias Augustin, furieux, brisa une nouvelle coquille de noix.

« C'était Georg, ce gandin, ce simplet. Il a l'intelligence de sa mère, pas la mienne ! Tout ce qu'il était censé faire, c'était de remettre le salaire du sabotage aux mercenaires. Mais, même pour ça, il est trop bête ! Il s'est fait surprendre, et il a donné l'ordre d'éliminer les enfants ! Comme s'il n'était pas évident que ça allait créer des ennuis ! »

Le patricien semblait avoir oublié Simon. Il tempêtait sans plus se soucier de la présence du médecin.

« Je lui ai demandé d'arrêter ! De dire à ce Satan que c'était suffisant ! Qu'auraient-ils bien pu raconter, ces enfants ? Qui serait allé les croire ? Mais les meurtres ont continué. Et maintenant, les enfants sont morts, le comte fouine partout dans la ville pour dénicher des sorcières, et en dépit de tout ça, le trésor, nous ne l'avons pas ! Quel désastre ! J'aurais dû laisser Georg à Munich, il a tout fichu en l'air !

— Mais quel besoin aviez-vous de ce trésor ? demanda Simon, incrédule. Vous êtes riche. Pourquoi risquer autant pour quelques pièces d'or ? »

Le vieillard saisit soudain son ventre à deux mains et se tordit sur lui-même. Une vague de douleur parut le traverser, avant qu'il puisse reprendre la parole.

« Tu… ne comprends pas, finit-il par ahaner. Mon corps est un morceau de chair pourrie. Je me décompose de mon vivant. Bientôt, les vers me dévoreront. Mais ça… peu… importe. »

Il dut de nouveau s'interrompre en attendant que la douleur retombe. Puis la crise sembla surmontée.

« Ce qui compte, c'est la famille, c'est le nom, dit-il. Les charroyeurs de la guilde d'Augsbourg ont failli me ruiner. Maudits pourceaux de Souabes ! Dans peu de temps, cette maison sera bonne à jeter aux chiens. Cet argent, il nous le faut ! Pour l'instant, mon seul nom suffit pour qu'on nous fasse crédit. Mais cela ne pourra pas durer. Il me faut… ce trésor. »

Sa voix se mua en un faible râle pendant que ses doigts agrippaient la surface de la table. Ses coliques l'assaillaient de nouveau. Avec une horreur croissante, Simon observa les tressautements du vieillard, les oscillations violentes de son crâne, le roulement de ses yeux aveugles. De la bave coulait aux commissures de ses lèvres. Les douleurs devaient être inimaginables. Sans doute un nœud dans les entrailles, supputa le médecin. Une tumeur qui s'était répandue dans tout le bas-ventre. Matthias Augustin n'en avait plus pour très longtemps.

À cet instant, Simon perçut du coin de l'œil un mouvement derrière lui. Il voulut se retourner, mais avant qu'il ait pu le faire un coup violent l'atteignit sur le côté de la tête. Il s'effondra ; déjà sonné, il vit que le jeune Georg Augustin s'apprêtait à lui asséner un deuxième coup avec un chandelier de fer.

« Non, Georg ! cria son père en haletant. Tu ne fais qu'empirer les choses ! » Puis Simon plongea dans les ténèbres. Sans savoir si le chandelier l'avait frappé une seconde fois ou s'il avait perdu conscience avant.

Lorsqu'il se réveilla, il sentit un tiraillement au niveau de la poitrine, des pieds et des mains. Sa tête pulsait de douleur, son œil droit refusait de s'ouvrir, sans doute ses paupières étaient-elles collées par du sang séché. Il était assis sur la même chaise qu'avant, mais il ne pouvait plus bouger. En regardant vers le bas, il vit qu'il était attaché au siège par un cordon de rideau qui le ligotait des pieds à la poitrine. Simon voulut crier, mais il ne réussit qu'à produire un bruit étranglé. Un bâillon était profondément enfoncé dans sa bouche.

Puis le visage ricanant de Georg Augustin apparut dans son champ de vision. Il promena son épée sur le pourpoint de médecin, faisant sauter plusieurs boutons de cuivre. Simon jura en son for intérieur. Quand il s'était aperçu que Matthias Augustin avait quitté la table de la fête, il n'avait pas pensé une seconde à son fils. Il s'était dépêché de se rendre à la maison des Augustin, et le jeune patricien avait dû le suivre sans qu'il ne s'en rende compte. À présent, sa chevelure parfumée et pommadée se penchait sur le visage de Simon. Georg Augustin le regardait droit dans les yeux.

« C'était une erreur, siffla-t-il. Une maudite erreur, charlatan ! Tu aurais dû te contenter de fermer ta gueule et de sauter ta putain de bourrelle. La fête est si belle dehors. Mais non, il fallait que tu fasses des tiennes… »

De son épée, il caressa le menton de Simon. Le médecin entendit le vieil Augustin gémir à l'arrière-plan. Lorsqu'il tourna la tête en direction de la plainte, il vit le vieillard étalé par terre, à côté de la table. Ses mains agrippaient les pieds en merisier ; son corps tout entier tressaillait convulsivement. Georg ne lui jeta qu'un bref coup d'œil avant de se tourner de nouveau vers Simon.

« Mon père ne nous ennuiera plus, dit-il avec indifférence. Je connais ces crises, depuis le temps. Les douleurs augmentent jusqu'à un point inimaginable, mais elles finissent toujours par s'arrêter. Quand elles retombent, il n'est plus qu'une coquille vide. Beaucoup trop épuisé pour entreprendre quoi que ce soit. Il va s'endormir et quand il se réveillera, il ne restera rien de toi. »

Le patricien passa lentement son épée sur la gorge de Simon. Simon tenta de crier, mais cela eut pour seul effet d'enfoncer le bâillon encore plus profondément dans son gosier. Il faillit s'étouffer, il fut pris de suffocations. Il ne parvint à reprendre son souffle qu'à grand-peine.

« Tu sais », chuchota le jeune Augustin. Il se pencha de nouveau sur Simon, qui fut assailli par l'odeur de ses parfums dispendieux. « D'abord, j'ai été furieux de voir que tu allais chez mon père. J'ai pensé que c'était la fin de tout. Mais maintenant, voilà que s'offrent, disons… des éventualités tout à fait inespérées. »

Il se dirigea vers l'âtre, dans lequel flambait un petit feu, et s'empara du tisonnier, dont l'extrémité rougeoyait. Il tint celle-ci tout près de la joue de Simon, de sorte que le médecin en sente la chaleur. Il reprit avec un sourire suffisant.

« Lorsque nous avons dû assister au travail du bourreau dans la prison fortifiée, je me suis rendu compte que la torture était une chose qui me plaisait. Les cris, la chair fumante, les regards suppliants… Il est vrai que la sorcière n'était pas trop à mon goût, mais toi par contre… »

D'un mouvement rapide, il abaissa le tisonnier et l'appuya fermement sur les chausses bouffantes de Simon. Le fer incandescent perça le tissu et atteignit la cuisse dans un sifflement. Les yeux de Simon s'emplirent de larmes. Il poussa un hurlement, qui fut étouffé par le bâillon. Réduit à l'impuissance, il se tortillait sur la chaise. Enfin, Augustin releva le tisonnier et le regarda dans les yeux en souriant froidement.

« Ces belles chausses bouffantes… À moins que ce ne soit déjà la toute dernière mode, des chausses, comment dit-on, rhingraves ? Vraiment dommage pour elles. Tu es une grande gueule, mais au moins tu sais t'habiller. Je me demanderai toujours comment un petit chirurgien ambulant peut se procurer des vêtements pareils. Mais trêve de plaisanterie… »

Il fit pivoter un fauteuil et s'assit à califourchon, les bras sur le dossier, faisant face à Simon.

« Ce que tu viens de subir n'était qu'un avant-goût des douleurs qui t'attendent. À moins que… » Il pointa le tisonnier vers la poitrine de Simon. « À moins que tu me dises où se trouve le trésor. Tu ferais mieux de me le dire tout de suite. De toute façon, tu seras forcé de le faire, tôt ou tard. »

Simon secoua la tête avec frénésie. Il n'aurait pas pu le lui dire même s'il l'avait voulu. Il ne savait pas où était le trésor. Il supputait certes que le bourreau l'avait trouvé. Après tout, Kuisl avait laissé échapper quelques allusions. Mais il n'en avait pas la moindre certitude.

Georg Augustin interprétait sa dénégation comme un refus de parler. Il se leva, l'air désolé, et se dirigea vers l'âtre.

« Dommage, dit-il. Abîmer un beau pourpoint comme celui-là… Au fait, c'est qui ton tailleur, charlatan ? Je suppose que ce n'est pas quelqu'un de Schongau ? »

Le jeune patricien tint le tisonnier dans le feu et attendit qu'il devienne rouge. Simon perçut alors de la musique et des rires qui entraient dans la pièce. La fête n'avait lieu qu'à quelques pas, mais tout ce que des bourgeois curieux pouvaient voir de l'extérieur, c'était une fenêtre brillamment éclairée et un homme assis sur une chaise, tournant le dos à la fenêtre. Aucun doute n'était permis : Georg Augustin ne serait pas dérangé. Les domestiques et les servantes étaient tous descendus sur la place du Marché, ils avaient sans doute leur soirée libre. Il était probable que personne n'entrerait plus dans la maison des patriciens avant minuit.

Derrière Simon, le vieil Augustin se tordait sur le sol en gémissant faiblement. Les coliques semblaient se calmer. Pour autant, il n'était pas en mesure d'intervenir. Simon priait pour que le vieillard ne s'évanouisse pas. Matthias Augustin était le seul espoir qui lui restait. Peut-être parviendrait-il à ramener son dément de fils à la raison. Simon venait en effet de se rendre compte que Georg n'était pas normal.

« Mon père m'a toujours pris pour un gandin », dit le jeune patricien tout en tournant le tisonnier dans le feu. Ses yeux regardaient presque rêveusement les flammes. « Jamais il n'a cru en moi. Il m'a éloigné, il m'a envoyé à Munich… Mais l'idée du chantier, c'est moi qui l'ai eue. J'ai embauché les mercenaires après un entretien à l'auberge Semer. J'ai donné un tas d'argent au bourgmestre pour qu'il garde le silence. Il m'a laissé entrer par la porte de derrière, le gros tas. Il croyait que j'avais besoin de mercenaires pour détruire la maladrerie parce qu'elle nuisait au commerce. Comme si je me souciais du commerce ! »

Il éclata de rire. Puis il avança vers Simon, le tisonnier rougeoyant à la main.

« Maintenant, mon père verra enfin que je ne suis pas le gandin pour lequel il m'a toujours pris. Quand j'en aurai fini avec toi, ta putain de bourrelle ne te reconnaîtra plus. Peut-être que je vais me la faire un jour, cette petite salope.

— Georg… prends garde… »

Le vieil Augustin avait réussi à se remettre debout. Il s'appuyait sur la table en haletant et paraissait vouloir dire quelque chose. Mais la douleur le fit s'affaisser de nouveau.

« Tu n'as plus rien à me dire, susurra Georg Augustin, en avançant lentement vers Simon. Dans quelques semaines, ce sera fini. Alors ce sera moi qui serai assis à ta place et qui conduirai les affaires. Tu te décomposeras dans ta tombe, mais notre maison et notre nom resteront. Avec l'argent, j'achèterai quelques voitures neuves et quelques chevaux vigoureux, puis nous en ferons tellement voir aux Augsbourgeois qu'ils ne s'en remettront pas. »

Le vieillard indiquait désespérément la porte derrière son fils.

« Georg, derrière toi… »

Le jeune patricien, étonné d'abord, puis visiblement effrayé, regarda son père qui pointait un doigt décharné vers la porte. Lorsque enfin il se retourna, il était trop tard.

Le bourreau se jeta sur lui comme un démon nocturne ; d'un seul coup, il désarma Georg Augustin. Le tisonner rougeoyant vola dans un coin de la pièce où il atterrit avec fracas. Georg Augustin regarda, ahuri, le grand homme au-dessus de lui, qui, à présent, se penchait et le soulevait à deux mains.

« La torture, tu me la laisses, gandin », dit le bourreau. Puis, de son gros crâne carré, il asséna un coup violent au patricien, qui s'affaissa comme un sac vide sur le fauteuil. Du sang se mit à couler de son nez. Il tomba en avant et resta allongé par terre, inconscient.

Le bourreau n'accorda plus le moindre regard à Georg Augustin et se précipita vers Simon, qui se tortillait sur sa chaise. D'un mouvement rapide, il lui ôta le bâillon.

« Kuisl ! haleta le médecin. C'est le ciel qui vous envoie ! D'où saviez-vous que…

— Je suis venu à la fête pour calmer les ardeurs de ma

petite Magdalena, l'interrompit le bourreau en grognant. Je pensais vous surprendre en plein badinage. Au lieu de cela, vous vous êtes disputés, à ce qu'il paraît. Tu as de la chance qu'elle t'aime toujours bien et qu'elle t'ait vu entrer chez le vieil Augustin. Elle m'a donc indiqué où tu étais. Comme tu ne ressortais pas, je suis entré à mon tour. »

Le bourreau indiqua la déchirure dans les chausses de Simon, sous laquelle se dessinait la peau noirâtre, brûlée.

« Qu'est-ce que tu as là ? »

Simon regarda sa cuisse. En voyant la brûlure, la douleur revint.

« Ce salaud m'a eu avec le tisonnier. Un peu plus et il me brûlait vif.

— Au moins, maintenant tu sais ce que la vieille Stechlin va bientôt endurer, grommela Jakob Kuisl. Et lui, qu'est-ce qu'il a ? »

Il indiqua le vieil Augustin, qui s'était remis dans l'intervalle et les regardait avec des yeux pleins de haine du fauteuil dans lequel il s'était assis.

« C'est le commanditaire que nous avons si longtemps cherché », dit Simon tout en pansant sa plaie du mieux qu'il pouvait avec un bout d'étoffe. Il raconta au bourreau tout ce qui était arrivé.

« L'honorable Matthias Augustin, grommela Jakob Kuisl en direction du vieillard lorsque Simon eut fini son histoire. Vous semblez avoir un appétit insatiable pour les bûchers. Tous ceux que votre grand-père a allumés jadis ne vous ont-ils donc pas suffi ? N'y a-t-il pas eu assez de hurlements de femmes ?

— Dieu m'est témoin, je n'ai pas voulu cela, dit Matthias Augustin. Tout ce que je voulais, c'était l'argent.

— Votre maudit argent, dit le bourreau. Il est gluant de sang. Je n'en veux pas. Prenez-le et bouffez-le, si ça vous fait plaisir ! »

Il glissa une main sous son manteau et sortit un petit sac de toile crasseux. D'un air dégoûté, il le jeta sur la table. Le sac s'ouvrit. Des pièces d'or et d'argent se déversèrent sur le plateau et roulèrent sur le sol en tintant.

Le vieillard regardait cela, bouche bée. Puis il se pencha sur la table et s'empara des pièces.

« Mon trésor ! Mon argent, ahana-t-il. Je vais pouvoir mourir dignement. Ma maison continuera à vivre. » Il se mit à compter les pièces.

« C'est quand même dommage, tout cet argent pour un flibustier de votre espèce, grogna Jakob Kuisl. Je me demande si je ne devrais pas vous le reprendre. »

Matthias Augustin le regarda d'un air apeuré. Il cessa de compter, ses doigts tremblaient.

« Tu n'oserais pas, bourreau, siffla-t-il.

— Et pourquoi pas ? fit Kuisl. Personne ne s'en rendrait compte. À moins que vous ne comptiez raconter au conseil que je vous ai volé le trésor de Ferdinand Schreevogl ? De l'argent qui revient de droit au clergé et que vous vous êtes approprié de façon totalement illégitime ? »

Matthias Augustin le dévisagea avec méfiance.

« Que veux-tu, bourreau ? demanda-t-il. Cet argent ne t'intéresse pas. Alors, pourquoi ? »

Jakob Kuisl avança son torse massif au-dessus de la surface de la table, jusqu'à ce que son visage soit en face de la bouche édentée du vieillard.

« Vous ne devinez pas ? murmura-t-il. Que vous convainquiez le conseil et le comte qu'il n'y a jamais eu de sorcière, voilà ce que je veux. Que tout n'était qu'un jeu d'enfants, avec du jus de sureau et des formules magiques inventées. Que la sage-femme soit libérée et que cette chasse se termine. Aidez-moi à y parvenir et vous aurez ce maudit argent. »

Matthias Augustin secoua la tête et rit.

« Même si j'acceptais, qui me croirait ? Il y a eu des morts, l'entrepôt n'est plus qu'un tas de cendres, et puis ces mercenaires sur le chantier…

— La destruction du chantier, c'était un sabotage commis par des citoyens qui s'opposent à la présence d'une maladrerie. Une bagatelle, intervint Simon, qui avait compris où le bourreau voulait en venir. L'entrepôt, ce sont les Augsbourgeois qui l'ont incendié. Mais pour des questions de bonne entente entre les villes, cette affaire n'aura pas de suites. Quant aux enfants morts…

— Peter Grimmer est tombé à l'eau, c'était un accident, le médecin ici présent peut en témoigner, déclara Jakob Kuisl pensivement. Pour ce qui est des autres… Eh bien, la guerre ne remonte pas à tant d'années que ça. La région grouille de malandrins et de bandits de grand chemin. De plus, qui va se soucier de la vie de quelques orphelins si un mensonge peut lui permettre de sauver toute la ville ?

— Sauver… la ville ? demanda Matthias Augustin, étonné.

— Eh bien voilà, interjeta Simon. Si vous ne servez pas une histoire bien tournée au comte, il va continuer à chercher des sorcières, jusqu'à ce que la moitié de Schongau soit en flammes. Rappelez-vous les procès en sorcellerie de votre enfance, des douzaines de femmes ont fini sur le bûcher. Le conseil vous soutiendra et sera même prêt à avaler quelques petits mensonges si grâce à cela l'histoire ne se répète pas. Vous seul êtes assez influent pour convaincre les membres du conseil et le comte. Servez-vous de cette influence ! Je suis certain que vous connaissez assez les petites turpitudes de chacun pour pouvoir menacer de les révéler, s'il le faut. »

Matthias Augustin secoua la tête.

« Votre plan n'a aucune chance. Trop de choses se sont passées…

— Pensez à l'argent, l'interrompit le bourreau. À l'argent et à votre réputation. Si nous racontions aux gens là-dehors quelles immondes crevures vous êtes, vous et votre fils, personne n'accepterait de nous croire. Nous savons bien nous-mêmes que nous manquons de preuves. Mais calomniez, il en reste toujours quelque chose… Je connais les gens. Ils bavardent, et comme il arrive que des messieurs et des dames haut placés viennent m'acheter un philtre d'amour ou un baume contre les verrues, il me sera facile de faire naître des rumeurs…

— Arrêtez, arrêtez ! s'écria Matthias Augustin. Vous m'avez convaincu. Je ferai tout mon possible. Mais je ne peux rien vous promettre.

— Nous ne promettons rien, nous non plus », rétorqua le bourreau qui, d'un geste rapide du bras, rempocha toutes les pièces qui se trouvaient sur la table dans son grand manteau. Le vieillard essaya de protester mais un regard du bourreau le réduisit au silence.

« Venez me voir chez moi après-demain, après la grande réunion du conseil municipal, dit Jakob Kuisl. Je suis certain que votre fils a besoin d'un pot d'arnica. » Il jeta un coup d'œil presque empreint de pitié à Georg Augustin qui, toujours inconscient, était étalé par terre dans une position tordue. Une mare de sang s'étalait sous ses boucles noires. Puis le bourreau se tourna à nouveau vers le père.

« Mon armoire contient peut-être un élixir qui pourra soulager vos douleurs à vous. Car, croyez-moi, les misérables barbiers et petits chirurgiens itinérants comme nous possédons bien des secrets que les docteurs bardés de diplômes ne connaissent pas. »

Il se dirigea vers la sortie et agita le sac en guise d'adieu.

« Si la réunion du conseil apporte quelque chose de positif, ce sac changera de propriétaire. Sinon, je le jette dans le Lech. Portez-vous bien. »

Simon le suivit au-dehors. Juste avant de refermer la porte, il entendit le vieillard gémir de nouveau. Les convulsions avaient recommencé.

La réunion du conseil qui eut lieu deux jours plus tard fut la plus étrange que la ville de Schongau eût jamais connue. Matthias Augustin avait mis la journée de la veille à profit pour travailler au corps chaque membre du conseil intérieur, l'un après l'autre. Il détenait des éléments à charge contre chacun d'eux. Il parvint donc à les convaincre à force de menaces, de flatteries et de persuasion. Lorsque pour finir il eut rallié le bailli Johann Lechner à sa cause, plus rien ne s'opposait à l'exécution du plan.

Lorsque le comte se présenta ce matin-là devant l'assemblée des conseillers, il se retrouva devant une conspiration de bourgeois éclairés qui renvoyaient le moindre soupçon de sorcellerie au royaume des légendes. Les enquêtes menées par le conseil avaient révélé, de façon indubitable, les faits suivants : les marques de sorcière n'étaient rien qu'un jeu d'enfants, l'incendie de l'entrepôt une vengeance de cette maudite racaille d'Augsbourg et les enfants morts les victimes de gens de mauvaise vie qui se terraient dans les bois tout autour de Schongau. Tout cela était triste, au demeurant, mais ne justifiait aucunement la moindre hystérie.

De plus, par un heureux coup du sort, le matin du 3 mai avait vu la capture, par les soldats du comte, de l'ancien mercenaire et malandrin Christoph Holzapfel. Magdalena, la fille du bourreau, le reconnut formellement comme son ravisseur ; et, le soir même, enfermé au cachot de la prison fortifiée, l'infâme mercenaire avoua avoir tué trois petits enfants de Schongau par simple volonté de faire du mal.

Bizarrement, aucun supplice ne fut nécessaire pour lui arracher ces aveux. Mais le bourreau lui avait sans doute montré les instruments de torture au cours de la petite heure qu'il avait passée seul avec le ravisseur de sa fille. Après cela, le meurtrier fut en tout cas disposé à livrer des aveux manuscrits, qu'il signa de sa main gauche. Sa main droite pendait comme une loque rouge et humide et ne semblait plus se composer que de peau et de tendons.

Le comte fit quelques faibles tentatives pour faire tout de même condamner Martha Stechlin pour sorcellerie. Mais comme elle n'avait pas avoué jusque-là, il aurait fallu qu'il reçoive l'autorisation de Munich pour pouvoir la faire remettre au supplice. Les quatre bourgmestres et le bailli lui firent clairement comprendre qu'il ne devait pas compter sur leur soutien dans cette entreprise.

Ce fut finalement le vieux Matthias Augustin qui fit pencher la balance en décrivant de façon imagée devant l'assemblée au grand complet les horreurs du dernier grand procès en sorcellerie, en 1589. Même l'intendant du prince électeur ne voulait pas que l'histoire se répète.

Aussi, le 4 mai 1659, à midi, le cortège du comte Wolf Dietrich von Sandizell partit regagner sa propriété éloignée de Thierhaupten, depuis laquelle il continuerait à veiller aux destinées de Schongau. Pendant que les soldats dans leur cuirasse étincelante chevauchaient à travers la porte de la ville, les bourgeois prirent longuement congé de leur seigneur en agitant la main. Des enfants qui piaillaient et des chiens qui aboyaient accompagnèrent le carrosse jusqu'à Altenstadt. Tous les citoyens en convenaient : ç'avait été une belle chose, de voir de si près un noble de cette importance et sa cour. Et c'était une chose encore plus belle de les voir repartir.

Le bourreau se rendit à la prison fortifiée, en face, et se fit ouvrir par les gardes municipaux. Martha Stechlin était étendue sur la paille humide et ses propres excréments puants, endormie. Sa respiration était régulière, la bosse sur son front avait presque entièrement désenflé. Jakob Kuisl se pencha sur elle et lui caressa la joue. Un sourire passa sur son visage. Il se rappelait l'aide que cette femme lui avait apportée à la naissance de ses enfants. Il se souvenait du sang, des cris et des pleurs. *Étrange*, pensa-t-il. *L'être humain se défend et se débat lorsqu'il vient au monde, et lorsqu'il doit quitter le monde, il fait pareil.*

Martha Stechlin ouvrit les yeux. Il lui fallut un moment pour émerger de ses songes et retrouver la réalité du cachot.

« Qu'y a-t-il, Kuisl ? demanda-t-elle, encore mal réveillée. Ça continue ? Tu vas devoir me faire mal encore ? »

Le bourreau secoua la tête avec un sourire.

« Non, Martha, on rentre à la maison.

— À la maison ? »

La sage-femme se redressa. Elle cligna des yeux, comme pour vérifier si elle n'était pas encore en train de rêver. Jakob Kuisl hocha la tête.

« À la maison. Magdalena a remis un peu d'ordre dans ta maison et le jeune Schreevogl a fait don d'une belle somme d'argent. Pour l'achat d'un nouveau lit, de vaisselle, de tout ce dont tu as besoin, quoi. Pour un début, ça ira. Viens, je t'aide à te relever.

— Mais pourquoi ?

— Ne pose pas de questions maintenant. Rentre chez toi. Je te raconterai plus tard. »

Il la saisit sous les aisselles et l'aida à se remettre sur ses pieds, qui étaient toujours enflés. S'appuyant sur le bourreau, Martha Stechlin marcha vers la porte ouverte par laquelle pénétrait la lumière du soleil. C'était le matin du 5 mai, une journée douce et chaude. Les oiseaux gazouillaient, de la place du Marché retentissaient les cris des servantes et des bourgeoises qui marchandaient ; le vent apportait une odeur d'été et de fleurs en provenance des champs. Si on fermait les yeux, on pouvait même entendre le grondement du Lech. La sage-femme s'arrêta dans l'entrée et laissa la lumière du soleil baigner son visage.

« À la maison », chuchota-t-elle.

Jakob Kuisl voulut de nouveau la soutenir sous les aisselles mais elle secoua la tête et se détacha de lui. Elle remonta la ruelle toute seule en boitillant pour retrouver enfin sa petite maison. Puis elle tourna à un coin et disparut.

« Un bourreau humaniste, qui l'eût cru ? »

La voix venait d'une autre direction. Jakob Kuisl se retourna et vit le bailli avancer posément vers lui. Il était vêtu de son manteau de promenade, le rebord de son chapeau était élégamment replié vers le haut, une canne se balançait dans sa main droite. Le bourreau le salua sans rien dire et s'apprêta à repartir.

« Une petite promenade, ça te dit, Kuisl ? demanda Johann Lechner. Il fait un temps splendide et je trouve que nous devrions avoir une vraie conversation, tous les deux. À combien se monte ton salaire annuel, au fait ? Dix florins ? Douze ? Je trouve qu'on ne te paie pas assez.

— Ne t'inquiète pas, j'ai bien gagné cette année », grommela le bourreau sans lever les yeux. Il bourra sa pipe en prenant tout son temps. L'intérieur de la tête de pipe paraissait nettement plus intéressant que l'homme qu'il avait en face de lui. Johann Lechner s'immobilisa et joua avec sa canne. Pendant un long moment, aucun des deux ne parla.

« Vous le saviez, pas vrai ? demanda enfin Jakob Kuisl. Depuis le début, vous l'avez su.

— Je n'ai toujours pensé qu'au bien de la cité, dit Lechner. C'est la seule chose qui compte. Tout me paraissait plus simple comme ça…

— Plus simple… »

Le bailli jouait avec sa canne. On aurait dit qu'il cherchait des entailles dans la poignée.

« Je savais que le vieux Schreevogl devait des sommes importantes à Matthias Augustin. Et je savais qu'en tant que maître potier réputé, il avait dû posséder bien plus que ce qui était inscrit dans son testament, dit-il, en levant vers le soleil des yeux clignotants. De plus, je connaissais le sens de l'humour particulier du vieux. Lorsque le plan du terrain constructible a disparu des archives, il était clair que quelqu'un s'y intéressait beaucoup. Au début, j'ai soupçonné le jeune Schreevogl, mais il ne pouvait pas rentrer aux archives… Puis soudain j'ai réalisé que Ferdinand Schreevogl avait à coup sûr dû révéler à son ami Augustin la cachette derrière le carreau de poêle. Partant de là, tout devenait évident. Enfin, je suis heureux que tout se soit bien terminé, en fin de compte.

— Vous avez couvert Augustin, grogna Jakob Kuisl en tirant sur sa pipe.

— Comme je le disais : c'était pour le bien de la ville. Je n'arrivais pas à m'expliquer cette histoire de signes. De plus… qui aurait accepté de me croire ? Les Augustin sont une des familles les plus puissantes de Schongau. La mort de la sage-femme semblait résoudre tous les problèmes à la fois. »

Il sourit à Kuisl.

« Vraiment, tu n'as pas envie d'une petite promenade ? »

Le bourreau secoua la tête sans rien dire.

« Dans ce cas, dit le bailli, je te souhaite une bonne fin de journée, et que Dieu te bénisse. »

Il disparut en direction de la porte Lechtor en agitant sa canne. Les bourgeois qui le croisaient saluaient poliment et se découvraient. Juste avant qu'il disparaisse dans une ruelle, Jakob Kuisl crut voir Johann Lechner lever sa canne une dernière fois. Comme pour le saluer de loin.

Le bourreau cracha par terre. Sa pipe, soudain, lui paraissait infecte.

ÉPILOGUE

Un dimanche du mois de juillet 1659, le bourreau et le médecin étaient assis sur le banc devant la maison du bourreau. Une odeur de pain frais leur parvenait de la salle. Anna Maria Kuisl était en train de préparer le repas de midi. Il y aurait du ragoût de lièvre aux graines d'orge et aux navets, le plat favori de son époux. Dehors, au jardin, les jumeaux Georg et Barbara jouaient avec leur grande sœur. Magdalena s'était couverte d'un drap propre et courait à travers le pré en fleurs, déguisée en effrayant diable du Lech. Les enfants s'enfuyaient devant elle en criant et en riant et ils allèrent se réfugier près de leur mère dans la maison.

Jakob Kuisl observait la scène tout en tirant songeusement sur sa pipe. Il savourait les agréments de l'été et ne faisait que le strict nécessaire. Une fois par semaine, il fallait balayer les ordures dans les rues, dépecer de temps à autre un canasson crevé, ou bien quelqu'un avait besoin d'un onguent contre les tiraillements ou les picotements… Au cours des deux derniers mois, il avait tant gagné qu'il pouvait se permettre une certaine oisiveté. L'exécution du dernier mercenaire resté en vie, Christoph Holzapfel lui avait rapporté pas moins de dix florins d'argent municipal ! Le lansquenet, capturé peu après l'arrivée du comte, avait été condamné à mort avant d'agoniser sur la roue sous les applaudissements de la foule. Le bourreau lui avait brisé les bras et les jambes en dehors de la ville au moyen d'une roue de chariot, puis il l'avait attaché dessus avant de l'exposer à côté du tribunal. Christoph Holzapfel avait encore vécu et hurlé pendant deux jours ; à la fin, le bourreau avait cédé et l'avait étranglé avec un garrot.

On suspendit par des chaînes le cadavre d'André Pirkhofer, qui avait été tué sur le chantier, à côté de celui de son complice. On fit de même avec le cadavre de Christian Braunschweiger, que les bourgeois, apeurés, continuaient à appeler *le diable* même après sa mort, en se signant trois fois. Son cadavre carbonisé, réduit à la taille d'un corps d'enfant, avait été extrait du passage souterrain juste avant que les entrées en soient définitivement obstruées. Les lèvres étaient brûlées et la peau du crâne ratatinée, si bien que les dents paraissaient ricaner. Au milieu de toute cette chair noire, la blancheur de la main faite d'os éclatait tout particulièrement, et les gens disaient que cette main avait continué à faire des signes même une fois le cadavre pendu. Deux semaines plus tard, la dépouille entière du diable n'était plus qu'ossements et peau momifiée ; en dépit de cela, le conseil la laissa suspendue, à des fins dissuasives, jusqu'à ce que les os se mettent à tomber un par un.

Le quatrième lansquenet, Hans Hohenleitner, ne fut jamais retrouvé. Probablement le Lech l'avait-il emporté en direction d'Augsbourg, où les poissons avaient dû dévorer son cadavre. Mais rien de tout cela n'importait plus à Jakob Kuisl. En tout, le bourreau de Schongau avait gagné plus de vingt florins au cours des deux derniers mois. Cela devait suffire pour un moment.

Simon sirota le café qu'Anna Maria Kuisl avait eu la gentillesse de lui préparer. Il était amer et fort et chassait la fatigue de son corps. La nuit précédente avait été épuisante. Une fièvre sévissait à Schongau. Rien de dramatique, mais les gens réclamaient la nouvelle poudre en provenance des Indes occidentales que le jeune médecin administrait depuis l'année précédente. Même son père semblait à présent convaincu de son efficacité.

Simon regarda en direction du bourreau. Il avait des nouvelles qu'il ne voulait pas cacher à son ami et maître.

« Je suis allé chez les Augustin, ce matin, dit-il, aussi incidemment que possible.

— Et alors ? demanda Jakob Kuisl. Que devient le jeune gandin ? Depuis que son père est mort, le mois dernier, je n'ai plus entendu parler de lui. Il conduit brillamment ses affaires, à ce qu'on raconte.

— Il est… malade.

— La fièvre des trois jours ? Dieu fasse qu'il transpire et grelotte longtemps. »

Simon secoua la tête.

« C'est plus sérieux que cela. J'ai vu des taches rouges sur sa peau, qui s'étendent lentement. À beaucoup d'endroits, il ne sent déjà plus rien. Je crois… qu'il a la lèpre. Il a dû l'attraper au cours de son dernier voyage à Venise.

— La lèpre ? »

Le bourreau se tut pendant un moment. Puis il éclata de rire.

« Augustin, un lépreux ! Qui l'eût cru ? Dans ce cas, il ne peut que se réjouir de l'inauguration prochaine de la maladrerie. Ce godelureau, d'abord il sabote le chantier, puis il s'installe dans le bâtiment… Il y a quand même une justice divine, la preuve ! »

Simon ne put s'empêcher de sourire. Mais il eut aussitôt mauvaise conscience. Georg Augustin était un homme mauvais, un fou, un meurtrier d'enfants, et il l'avait torturé, par-dessus le marché. La cicatrice de la brûlure sur la cuisse de Simon cuisait toujours. Cependant il ne souhaitait cette maladie à personne, pas même à son pire ennemi. Georg Augustin allait pourrir lentement, de son vivant.

Afin de penser à autre chose, Simon changea de sujet.

« Et ces fiançailles de Magdalena avec le bourreau de Steingaden…, commença-t-il.

— Qu'est-ce qu'elles ont ? grommela le bourreau.

— Vous y tenez réellement ? »

Le bourreau tira sur sa pipe. Il attendit un bon moment avant de répondre.

« Je les ai annulées. Cette garce est trop têtue. Il ne mérite pas ça. »

Un sourire illumina le visage de Simon. C'était comme si un nœud se dénouait dans son estomac.

« Kuisl, je vous suis tellement…

— Tais-toi ! l'interrompit le bourreau. Si tu ne veux pas que je change encore une fois d'avis. »

Sur ces mots, il se leva et se dirigea vers la porte. Il fit silencieusement signe à Simon de le suivre.

Ils traversèrent la salle, qui sentait bon le pain frais, et se rendirent dans la petite pièce attenante. Comme toujours, le bourreau dut baisser la tête pour passer par la porte basse, puis Simon se glissa à son tour dans le saint des saints. Une nouvelle fois, il regarda, plein de respect, l'imposante armoire qui montait jusqu'au plafond. *Un coffre plein de trésors*, se dit Simon. *Qui contient le savoir médical des derniers siècles…*

Immédiatement, le jeune médecin ressentit le besoin urgent d'aller ouvrir l'armoire pour fouiller dans les livres et les in-folio. Alors qu'il se dirigeait vers elle, il faillit trébucher sur un petit coffre qui se trouvait au milieu de la pièce. Il était en merisier poli, avec des ferrures en argent et un cadenas qui avait l'air solide et dans lequel se trouvait encore la clé.

« Ouvre-le, dit le bourreau. Il est à toi.

— Mais…, protesta Simon.

— Considère ça comme la récompense de tes efforts,

déclara Jakob Kuisl. Tu m'as aidé à libérer ma fille et à sauver la femme qui a mis mes enfants au monde. »

Simon s'agenouilla et ouvrit le coffre. Le couvercle se leva avec un petit clic.

Il y avait des livres dedans. Au moins une douzaine.

C'étaient tous des éditions récentes. *L'Armamentarium chirurgicum*, de Scultet, *Le Livre des sages-femmes*, du Suisse Jakob Ruf, l'œuvre intégral d'Ambroise Paré dans sa traduction allemande, l'*Ophtalmodouleia*, de Georg Bartisch, *La Grande Chirurgie*, de Paracelse, reliée en cuir, avec des illustrations en couleur…

Simon fouilla et feuilleta. Devant lui était étalé un trésor, et il avait une valeur bien plus grande que l'argent qu'ils avaient trouvé dans les galeries souterraines.

« Kuisl, bafouilla-t-il. Comment vous remercier ? C'est trop ! Ça… ça a dû vous coûter une fortune ! »

Le bourreau haussa les épaules.

« Quelques pièces d'or de plus ou de moins… Le vieil Augustin ne s'en est même pas aperçu. »

Simon se redressa avec effroi.

« Vous avez… ?

— Je crois que Ferdinand Schreevogl l'aurait voulu ainsi, dit Jakob Kuisl. Pourquoi laisser tant d'argent au clergé ou aux flibustiers ? Il y prend autant de poussière qu'au fond de son trou. Bon, maintenant, vas-y et lis avant que je regrette mon geste. »

Simon rangea les livres, referma le coffre et sourit.

« Vous pouvez venir m'emprunter des ouvrages quand vous voulez. Si, en échange, Magdalena et moi…

— Hors d'ici, fripouille ! »

Le bourreau lui donna une petite tape sur l'occiput, si bien que Simon, chargé de son coffre, faillit trébucher sur le seuil de la porte. Il se précipita au-dehors, courut le long du Lech, à travers le quartier des tanneurs, jusque dans la ville, puis remonta au pas de course la rue pavée Münzstraße, emprunta ensuite les étroites ruelles puantes avant d'arriver en haletant chez lui.

Il allait avoir beaucoup de lecture pour le reste de la journée.

EN GUISE DE POSTFACE

Je ne sais pas à quel moment j'ai entendu parler pour la première fois des Kuisl. Je devais avoir cinq ou six ans lorsque ma grand-mère m'a pour la première fois examiné, me dévisageant de ce regard songeur avec lequel elle divise en *Kuisl* et *non-Kuisl* toute sa famille, qui compte plus de vingt descendants. À l'époque, je n'aurais su dire si être un *Kuisl* était une vertu ou une tare. Cela ressemblait à une qualité, à une couleur de cheveux inhabituelle ou à un adjectif que je ne connaissais pas encore.

Depuis toujours, notre famille considère comme *kuisliens* certains signes extérieurs comme le nez en bec d'aigle, les sourcils épais et noirs, la carrure athlétique et la chevelure fournie, mais aussi le talent musical ou artistique qui se manifeste parmi les nôtres, ainsi qu'une tendance à la sensibilité qui confine à la nervosité. Dans la description des Kuisl que nous a laissée un cousin de ma grand-mère, un passionné de généalogie, il est dit notamment « ongles recourbés (griffes) » et « sentimentaux, mais quelquefois brutaux ». Ce n'est donc pas, tout compte fait, la plus sympathique des individualités, mais puisqu'on ne peut choisir sa famille...

C'est également ce cousin de ma grand-mère qui m'a, beaucoup plus tard, donné l'idée de m'intéresser au métier de bourreau. J'avais une petite vingtaine d'années lorsqu'un jour un tas de papiers jaunis s'est retrouvé sur une table de notre maison. Des pages flétries, couvertes d'une écriture à la machine très dense, sur lesquelles Fritz Kuisl a rapporté tout ce qu'il a trouvé sur nos ancêtres. Au milieu figuraient des photos en noir et blanc d'instruments de torture et de l'épée de justice des Kuisl (exposée au musée d'histoire locale de Schongau, volée dans les années 1970, jamais retrouvée depuis), une lettre de maîtrise vieille de deux cents ans au nom de mon aïeul Johann Michael Kuisl, le dernier bourreau de Schongau, des copies manuscrites d'articles de journaux et un arbre généalogique manuscrit long d'un mètre. J'entendis parler des ouvrages de magie de mon ancêtre Jörg Abriel, qui seraient toujours conservés à la *Bayerische Staatsbibliothek*, à Munich, et j'appris que la dynastie des Kuisl était une des dynasties de bourreaux les plus célèbres de Bavière. Rien qu'au cours du procès en sorcellerie de Schongau de 1589, plus de soixante exécutions, sans doute, sont à mettre sur le compte de mon sanglant aïeul.

Depuis, l'histoire de ma famille ne m'a plus jamais lâché. Lorsque Fritz Kuisl est mort, il y a quelques années de cela, sa femme Rita m'a laissé entrer dans le saint des saints : un bureau étroit, rempli jusqu'au plafond de classeurs poussiéreux et de livres sur le métier de bourreau. Dans cette pièce minuscule, s'entassaient des caisses d'arbres généalogiques et de copies de registres ecclésiastiques, dont quelques-uns du XVIᵉ siècle. Les murs étaient décorés de photos pâlies et de portraits peints d'ancêtres morts depuis longtemps. Fritz Kuisl avait établi des listes de parents sur des milliers de fiches ! Nom, métier, date de naissance, date de décès…

Sur une fiche était inscrit mon nom, sur une autre, celui de mon fils qui était né l'année précédente. Rita Kuisl avait ajouté le nom après la mort de son mari.

Le bout de la lignée.

À la vue de tout cela, je fus pris d'un léger frisson d'épouvante, mais aussi d'un sentiment d'appartenance. Comme si une grande communauté m'intégrait dans son cercle. Au cours des dernières années, la généalogie est devenue de plus en plus populaire. Cela s'explique peut-être aussi par le besoin de retrouver un foyer appréciable dans un monde qui devient de plus en plus complexe. Nous ne grandissons plus au sein de grandes familles. L'homme se sent de plus en plus aliéné, interchangeable et éphémère. La généalogie lui donne un sentiment d'immortalité. L'individu meurt, la tribu survit.

Entre-temps, je parle à mon fils de sept ans de ses étranges ancêtres. Je n'évoque pas les détails sanglants. (Pour lui, ils doivent être des sortes de chevaliers, ce qui sonne mieux que des bourreaux, il est vrai.) Au mur de sa chambre d'enfant est fixé un collage de photos de parents défunts depuis belle lurette. Des arrière-grands-parents, des arrière-arrière-grands-parents, leurs tantes, oncles, nièces, neveux… Parfois, le soir, il désire connaître l'histoire de ces gens, alors je lui raconte ce que je sais. De belles histoires, des histoires tristes, des histoires qui font peur. Pour lui, la famille est un abri sûr, un lien qui le relie à de nombreuses personnes qu'il aime et qui l'aiment. J'ai entendu dire que tous les gens sur terre sont parents les uns des autres au septième degré. Cette idée a quelque chose de rassurant.

Ce livre est un roman, ce n'est pas un ouvrage universitaire. J'ai essayé de m'en tenir le plus possible aux faits. Néanmoins, j'ai souvent dû simplifier pour des raisons narratives. Même à une époque aussi troublée que celle-là, il fallait obtenir davantage de documents officiels pour pouvoir appliquer la torture, et la ville de Schongau n'aurait sans doute guère accepté un bailli aussi dominateur que Johann Lechner. Les affaires municipales étaient en effet régies par les conseillers municipaux et le bourgmestre, et non par l'intendant du prince électeur.

Il n'y a pas de galeries souterraines dans les environs de Schongau, mais on en trouve à plusieurs endroits de Bavière. La raison et le but de leur existence n'ont toujours pas fait l'objet d'études conséquentes à ce jour.

Contrairement au médecin Simon Fronwieser, le personnage de Johann Jakob Kuisl est historiquement avéré – ainsi que celui de sa femme Anna Maria et ceux de ses enfants Magdalena, Georg et Barbara. De nombreux Kuisl étaient considérés comme lettrés et ils étaient connus au-delà des limites de leur ville pour leur talent de guérisseur. C'est sans doute pour cette raison que les médecins qui avaient fait des études leur mettaient régulièrement des bâtons dans les roues et les dénonçaient aux autorités. Un de mes ancêtres se plaint amèrement dans une lettre de n'avoir pas le droit de passer un examen en médecine. Sans cela, il aurait pu prouver toute l'avance qu'il avait sur les charlatans à diplôme !

Tout ce que l'on peut apprendre dans mon livre sur le métier de bourreau correspond aux faits documentés par les recherches historiques les plus récentes. Je doute cependant que mon aïeul se serait réellement battu pour une sage-femme qu'il devait torturer. Toutefois, il me plaît de l'imaginer ainsi. Après tout, c'est mon arrière-arrière-arrière-grand-père, et on ne doit pas laisser dire du mal de sa famille, c'est bien connu.

Beaucoup de gens ont contribué à ce que ce livre soit mené à son terme. Je souhaite tout particulièrement remercier Helmut Schmidbauer, de la société d'histoire locale de Schongau, qui m'a fourni les détails nécessaires ; Franz Grundner, du musée municipal de Schongau ; madame le professeur Christa Habrich, du musée allemand de l'histoire de la médecine d'Ingolstadt ; Rita Kuisl, qui a eu la gentillesse de mettre à ma disposition les archives de son époux ; mon frère Marian, le premier à me relire et à m'encourager ; mon père, que j'ai consulté pour les questions de médecine et de latin ; et enfin, *last but not least*, ma femme Katrin qui, le soir, se forçait vaillamment à lire mon manuscrit – et qui subvenait aux besoins de notre famille pendant que je réalisais mon rêve de jeunesse.

Oliver Pötzsch, mai 2007

Retrouvez les enquêtes de Jakob Kuisl,
Magdalena et Simon
chez Jacqueline Chambon
et dans la collection Babel noir.

LA FILLE DU BOURREAU ET LE MOINE NOIR
roman traduit de l'allemand par Johannes Honigmann

*Schongau, 1660 : le curé d'Altenstadt a été empoisonné.
Il utilise ses dernières forces pour dessiner un symbole qui
mène à la très ancienne tombe d'un Templier. Le bourreau
Jakob Kuisl, sa fille Magdalena et le médecin Simon vont-
ils découvrir le mythique trésor de cet Ordre ?*

À paraître en 2020
chez Jacqueline Chambon

LA FILLE DU BOURREAU ET LE ROI DES MENDIANTS
roman traduit de l'allemand par Johannes Honigmann

Apprenant que sa sœur est mourante, Jakob Kuisl prend le bateau pour Ratisbonne. Mais il arrive trop tard et la découvre, auprès de son mari, tous deux étendus dans leur sang. Le testament le désignant comme unique héritier, tout porte à croire qu'il est le meurtrier. Pendant ce temps, sa fille Magdalena et le médecin Simon sont accusés d'avoir provoqué la mort en couches d'une femme, et sont obligés de fuir, eux aussi, hors des frontières de Bavière, vers Ratisbonne. Ils décident alors de mener l'enquête…

OUVRAGE RÉALISÉ
PAR L'ATELIER GRAPHIQUE ACTES SUD
REPRODUIT ET ACHEVÉ D'IMPRIMER
EN NOVEMBRE 2019
PAR NORMANDIE ROTO IMPRESSION S.A.S.
À LONRAI
POUR LE COMPTE DES ÉDITIONS
ACTES SUD
LE MÉJAN
PLACE NINA-BERBEROVA
13200 ARLES

DÉPÔT LÉGAL
1re ÉDITION : JANVIER 2020
No impr. : 1904654
(Imprimé en France)